Kerstin Ekman
Schwindlerinnen

Kerstin Ekman
Schwindlerinnen

Roman

Aus dem Schwedischen
von Hedwig M. Binder

Piper München Zürich

Mehr über unsere Autoren und Bücher:
www.piper.de

Die Originalausgabe erschien 2011 unter dem Titel
»Grand final i skojarbranschen« im Albert Bonniers Förlag,
Stockholm.

Von Kerstin Ekman liegen im Piper Verlag vor:

Der Wald
Winter der Lügen
Zeit aus Glas
Geschehnisse am Wasser
Springquelle
Die Totenglocke
Das Engelhaus
Hundeherz
Tagebuch eines Mörders

ISBN 978-3-492-05544-4
© Kerstin Ekman, 2011
Published in the German language by arrangement
with Bonnier Group Agency, Stockholm, Sweden.
Deutschsprachige Ausgabe:
© Piper Verlag GmbH, München 2012
Gesetzt aus der Stempel Garamond
Satz: Kösel, Krugzell
Druck und Bindung: GGP Media GmbH, Pößneck
Printed in Germany

Der Verleger trägt Sakko und T-Shirt. Sie selbst hat eine rosa Jacke aus dünnem Lederimitat an, dazu eine graue Hose und eine weiße Seidenbluse. Zu Hause im Garderobenspiegel sah das gut aus, fand sie, doch als sie den Raum betritt und sieht, wie er gekleidet ist, fühlt sie sich alt und lächerlich.

Vorhin hat sie an einem Fußgängerüberweg am Valhallavägen neben einer Dichterin gestanden, die sie für tot gehalten hatte: Im weinroten Mantel und mit Baskenmütze samt Silberbrosche wirkte sie jedoch höchst lebendig und gepflegt. So haben wir in den Fünfzigerjahren ausgesehen, denkt Lillemor. Und erst vor ein paar Tagen war im *Svenska Dagbladet* ein Bild von Nelly Sachs: blaues Seidenkleid mit Kragen, silberner Halsschmuck mit kleinen Anhängern. Sicherlich trug sie auch Pumps, doch die waren auf dem Bild nicht zu sehen. Vermutlich solche, wie ich sie anhabe.

Er redet schon eine Weile, und sie hat nicht hingehört. Peinlich, dass das Bewusstsein beim geringsten Anlass so leicht in die Vergangenheit abgleitet. Als sie sich jetzt seiner Beredsamkeit bewusst wird, kommt ihr der Gedanke: Er bittet mich womöglich, meine Memoiren zu schreiben! Ihr Unbehagen ist nicht weit vom Schrecken entfernt.

»Entschuldigung«, sagt sie. »Ich habe nicht ganz verstanden.«

Taub ist sie nicht. Jedenfalls nicht ganz, noch nicht. Wenn aber die Gedanken abschweifen, muss sie etwas vorschützen.

»Ich habe dein Manuskript bekommen«, sagt er unnötig laut und tätschelt einen dicken Stapel Papier, nein, eigentlich schlägt er mit der Hand darauf. Das ist so seltsam, dass sie lieber schweigt. Merkt sie doch, dass er verärgert ist. Sitzt da hinter seinem Schreibtisch, schlägt Respekt gebietend auf einen Manuskriptpacken und ist dabei gekleidet wie früher die Kerle in den Bierschenken. Dort saßen die Säufer in Sakko und Unterhemd und nahmen auch drinnen ihre Schiebermütze nicht ab. Dreitagebart hatten sie auch, genau wie er.

»Komm bitte mal zur Sache, Max«, sagt sie. »Du hast mich herbestellt, also hast du etwas auf dem Herzen.«

»Aber nicht doch, liebste Lillemor!« Er steht auf und versucht, jovial zu wirken. Setzt sich sogar neben sie auf das kleine Sofa. Aber er ist verärgert.

»Ich habe dich keineswegs herbestellt! Ich wollte mich mit dir treffen. Die Sache mit deinem Manuskript kann ich doch nicht am Telefon klären.«

»Ich habe kein Manuskript geschickt.«

»Nein. Ich weiß, du hast es nicht hierhergeschickt. Nicht an uns.«

Stille breitet sich aus, ein viel zu langes Schweigen. Er fürchtet wohl, die Situation nicht mehr zu beherrschen, denn er kehrt an seinen Schreibtisch zurück, baut sich in Sakko und Unterhemd auf und blickt sie streng an.

»Du hast es an einen anderen Verlag geschickt«, sagt er. »Und mir will nicht einleuchten, warum.«

Pause. Offenbar Raum für eine Erklärung. Da sie keine hat, schweigt sie.

»Du fragst dich wahrscheinlich, wie ich an dein Manuskript gekommen bin.«

»Ja, allerdings«, erwidert sie. »Zumal es gar keines gibt.«

Da legt er wieder die Hand auf den Papierstapel. Seine Fingerrücken sind schwarz behaart. Sie fragt sich, ob seine Brust auch so haarig ist. Das wäre ja gruselig. Sune war jedenfalls glatt. Wie Jakob. Der hier ist ein Esau, aufgeblasen, aber vielleicht nicht böswillig. In diesem Moment vermisst sie ihre vorherige Verlegerin sehr, ja nahezu schmerzlich. Eigentlich alle drei, auch die beiden Verleger, mit denen sie hier schon zu tun hatte. Den Ersten, mit dem sie verhandelt hat, einen schüchternen Rotgesichtigen. Den Zweiten, korrekt und mit trockenem Humor. Und schließlich die gute Sara, die sich in den Ruhestand verabschiedet hat. Die vermisst sie am meisten.

»Komm jetzt bitte zur Sache, Max«, sagt sie und klingt müde, weil sie müde klingen will. »Du hast ein Manuskript, das du andauernd tätschelst, als ob es ein kleiner Hund wäre. Aber du tätschelst es nicht liebevoll.«

»Nein, und ich bin natürlich enttäuscht«, sagt er und schafft es tatsächlich, betrübt zu klingen. »Ich hätte nie gedacht, dass du uns verlassen würdest, nicht nach all den Jahren, die du jetzt beim Verlag bist, über fünfzig schon.«

»Zweiundfünfzig.«

»Und das, ohne etwas zu sagen! Einfach –«

Sie unterbricht ihn: »Wenn das Manuskript an einen anderen Verlag ging, wie kannst du es dann haben und in einem fort tätscheln?«

»Lillemor, ich verstehe dich nicht, und ich finde auch nicht, dass du das veröffentlichen solltest.«

»Bitte, beantworte meine Frage«, sagt sie. »Wie kannst du im Besitz eines Manuskripts sein, das an einen anderen Verlag ging?«

Wieder breitet sich Stille aus, sehr lange.

»Wir haben Kontakte«, sagt er schließlich. »Wir – ich meine, nicht *wir*, sondern der Konzern besitzt Verlage, die, wie du vielleicht gar nicht weißt, den Besitzer gewechselt haben. Du hast es an Rabben und Sjabben geschickt. Und dort hat jemand – der Name tut nichts zur Sache – mal bei uns gearbeitet und möchte wieder hierher. Also hat er angerufen.«

Schweigen. Er zieht mit dem Mittelfinger das Halsbündchen seines T-Shirts herunter und kratzt sich. Er ist tatsächlich fast bis zum Hals schwarz behaart. Ein Schuljunge, denkt sie. Ein Schuljunge mit rauer Stimme und schwarzen Haaren auf Brust und Fingergliedern.

»Und du hast es abgekauft?«

»So könnte man es ausdrücken, ja. Du wirst folglich eine Ablehnung bekommen, du verstehst. Also an dieses Pseudonym und an die Adresse, die du angegeben hast. Einen Brief des Inhalts, dass das Buch nicht zum Verlagsprofil passt, du aber hoffentlich nichts dagegen hast, dass er es an uns weitergeschickt hat.«

»War's teuer?«, fragt sie und ist jetzt wirklich interessiert.

»Jaa – schon, in der Tat. Aber ich finde, das ist es wert.«

»Das Manuskript?«

»Nein, nein. Das ist nichts, was du veröffentlichen solltest. Ich möchte dir nur helfen.«

»Wobei?«

Darauf kann er offensichtlich nicht antworten. Er trommelt jetzt auf dem leidigen Papierstapel herum. Der *paperasse*. Dieses Wort hat sie in ihrem langen Schriftstellerinnenleben so oft gehört, dass sie es irgendwann im Larousse nachgeschlagen hat: *papier sans valeur*. Doch das kann er nicht wissen.

»Lass es mich lesen«, sagt sie. »Ich werde allmählich wirklich neugierig.«

Als sie sich das Manuskript nehmen will, legt er beide Hände darauf und sagt, das sei Dynamit und sie dürfe es unter gar keinen Umständen mitnehmen. Er scheint jetzt fast zu glauben, dass sie nicht weiß, was drinsteht. Glauben oder nicht glauben. Er bewegt sich vielleicht genau dazwischen, jedenfalls ist er sehr verlegen.

»Ich will es lesen«, beharrt sie.

»Unten im Autorenraum, da kannst du es lesen. Dieses Manuskript darf das Haus nicht verlassen.«

Er trägt den Manuskriptpacken auf dem Weg nach unten. Lillemor tun die Knie weh. Treppab spürt sie die Arthrose. Als sie beim ersten Mal die andere Treppe hinaufgestiegen ist, die sie in das Zimmer des Buchverlegers geführt hat, trug sie Stöckelschuhe. Das geht jetzt nicht mehr. Sie erinnert sich auch, dass ihr das helle Haar wie ein Heiligenschein um den Kopf stand und sich nicht mal mit Pilsner und Lockenwicklern bändigen ließ. Damals gab es wohl noch keinen Haarbalsam, denkt sie, und dann ist sie verlegen, weil er wieder etwas gesagt und sie es nicht gehört hat. Sie muss nachfragen und ihn bitten, stehen zu bleiben und sich zu ihr umzudrehen. Anders versteht sie ihn nicht.

»Ich habe gesagt, du kannst dieses Buch nicht allen Ernstes veröffentlichen wollen. Es käme dann nächstes Jahr heraus. Wenn du achtzig wirst. Das kannst du nicht wollen. Außerdem wäre es einer Lillemor Troj nicht würdig, unter Pseudonym zu veröffentlichen.«

Er scheint doch davon auszugehen, dass sie dieses Manuskript verfasst hat.

»Ist es denn so schlecht?«

»Absolut nicht! Aber es ist so – wie soll ich sagen –, es ist so ganz anders als das, was du sonst schreibst.«

Als sie endlich den Treppenabsatz erreicht haben und die nächste Treppe zum Erdgeschoss hinuntergehen wollen, sagt er: »Das ist ja der reinste Unterhaltungsroman.«

Da steigt sie erneut in den Brunnen der Zeit hinab, und ebenso deutlich wie das Wort *paperasse* vernimmt sie die Worte: Was ist eigentlich verkehrt an Unterhaltung?

In dem kleinen Autorenraum angelangt, an dessen

Wänden Porträts von Nobelpreisträgern und anderen großen Schriftstellern – alles Männer – hängen, legt er den Papierstapel auf den Schreibtisch und sagt: »Meiner Meinung nach solltest du das noch mal durchsehen. Bestimmt kommst du dann zu einer anderen Entscheidung. Ich bin überzeugt davon, Lillemor. Möchtest du ein Tässchen Kaffee?«

»Ja bitte, gern.«

Wie gut, dass er geht. Er macht sie nervös. Hier, wo sie so oft gesessen und ihre Bücher signiert und mit Widmungen versehen hat, fühlt sie sich zu Hause. Kaum ist er gegangen, nimmt sie den Stapel und beginnt auf der ersten Seite zu lesen.

Jugend Freude List

Dreimal habe ich mich im Oktober 1953 im Engelska Parken an Lillemor Troj herangeschlichen. Bestimmt hat sie mich unter den Bäumen stehen sehen, aber sie tat so, als bemerkte sie mich nicht, weil ich nämlich aus Kramfors bin. Das ist sie zwar auch, aber daran wollte sie nicht erinnert werden. Sie sagte stets, sie habe in Härnösand Abitur gemacht, was ja auch stimmt. Als ich das zweite Mal dort stand, waren wir einander so nahe, dass sie mich eigentlich hätte grüßen müssen. Doch sie schwang sich auf ihr Fahrrad und schaute stur geradeaus.

Ich hatte mir jetzt schon zweimal freigenommen, um auf sie zu warten. So konnte das nicht weitergehen, denn meinem Vorgesetzten passte es nicht, dass ich mir freinahm. Ich arbeitete damals in der Stadtbibliothek von Uppsala. Wo Lillemor wohnte, wusste ich nicht, nur dass sie Literaturgeschichte und Poetik studierte. Wenn ich sie also treffen wollte, musste ich die Zeiten der Prüfungsseminare im Philologischen Institut am Ende des Parks abpassen. Ich sagte, ich müsse zum Zahnarzt, und beim dritten Mal meinte mein Chef, ich hätte anscheinend schlechte Zähne. Da sah ich durch seinen braunen Anzug hindurch. Ich sah, dass sein Baumwollunterhemd so graugelb war wie seine lange Unterhose und geflickte Ärmelbündchen hatte. Seine Brust mit den grauen Haarbüscheln und den pigmentlosen Flecken war über zwei fehlenden

Rippen und einem ausgeheilten tuberkulösen Herd eingesunken.

Das ist meine Kunst. Sie ist nicht mal schwierig. Ich kann auch Gebäude durchdringen. Von meinem Aussichtsposten aus sah ich das Haus, in dem ein eierköpfiger kleiner Professor durch das Charmeusefutter der Hosentasche an seinem Schwanz fingerte, als Shelleys *Ode an den Westwind* durchgenommen wurde. Ich hörte Lillemor etwas sagen. Sie verwendete das Wort frappant. Shelleys Ansicht, dass aus seinen Worten Erneuerung entstehen sollte, während sie gleichzeitig mit Funken aus einem erloschenen Ascheherd und mit einem Wirbelsturm aus Laub verglichen wurden, sei frappant. Sie äußerte sich scheu, wie es sich für eine Angehörige des weiblichen Geschlechts gehörte, dabei aber hoffnungsvoll sicher. Und sie hatte allen Grund der Welt, sicher zu sein, denn der Eierkopf intensivierte sein Gefingere, als er sie ansah.

Ich hatte diese Prüfungsseminare drei Jahre zuvor durchlaufen. Zwar waren die Studenten jetzt noch ganz am Anfang, sprachen also eher über die Antike. Vielleicht über Sappho. Aber dass er fingerte, dessen war ich mir sicher.

Die Fähigkeit, durch Steinwände und Unterhemden zu sehen, war mir damals ein Zeitvertreib. Mehr wurde daraus eigentlich nie. Sie verkürzte mir die Warterei, als ich auf meinen Kreppsohlen dort im Laub stand, das in schwefelgelben, brandroten und schwarz gesprenkelten Haufen unter den Bäumen moderte.

Diesmal, es war das dritte Mal, würde ich mich nicht an der Nase herumführen lassen. Ich hatte mich ganz in der Nähe des Eingangs zum Philogicum hinter einen Ahorn gestellt. Sowie Lillemor sich auf ihr Fahrrad setzte, wollte ich hervortreten.

Nun schwärmten sie heraus. Ihre Stimmen klangen in dem stillen Park wie Vogelgezwitscher. Sie steckten sich

Zigaretten und Pfeifen an. Feuerfliegen glühten unter ihrem eifrigen Gepaffe. Daraus würden Tumoren und Emphyseme entstehen, ich sah ihr Haar ergrauen und ihre Wangen vertrocknen und einfallen. Ich sah auch drei Besoffene auf Pontus Wikners Grab, zwei Männer und eine fette, verbrauchte Frau, deren Schlüpfer auf die Schenkel gerutscht war. Das war aber erst vor ein paar Jahren, denn so ging es damals dort nicht zu, allenfalls in Dragarbrunn. 1953 fiel auf dem Friedhof das Laub still auf unbefleckte Grabsteine herab. Zeiten zu durchdringen ist im Prinzip nicht schwieriger als Gebäude und Körper.

Diesmal war ich gewappnet. Als Lillemor sich auf ihr Fahrrad setzte und ihren grauen Plisseerock um den Sattel drapierte, peilte ich sie an und stapfte durchs Laub. Wir stießen auf dem Kiesweg aufeinander. Sie geriet ins Schwanken und sprang vom Rad. Ich grüßte, und sie tat überrascht. So begann unser gemeinsames Leben.

Es tut weh, wenn ich daran denke, dass sie es mir nehmen wollte. Sie scheint zu glauben, das ginge so einfach. Überlegt sie es sich anders – und wann hat sie das nicht getan! –, packe ich diese Geschichte in den Karton für havarierte Projekte. Diesen Karton bewahre ich ebenso wie alle Karteikästen und Ordner auf dem Dachboden auf. Dort sind auch ihre Tagebücher. Über deren Verlust kann sie sich ja Gedanken machen, sobald sie ihn entdeckt.

Als sie geheiratet hatte, schrieb sie, dass in dem hellhörigen Haus Radioapparate lärmten, Toiletten rauschten und Schranktüren schlügen und dass sie glaube, man werde von wahrer Stille scheu. Weiter schrieb sie, dass sie ihre Volantgardinen in der Küche gewaschen und mit einem Döschen Pulver hellblau gefärbt habe. Sie hätten das Blau des Himmels angenommen, fügte sie hinzu, da sie die Dinge immer von der lichten Seite zu sehen versuchte. In ihre Küche war also der Himmel eingezogen, und sie war ein Engel, der Heringe briet und von Stille scheu wurde. Obwohl ich glaube, dass Stille ihr eher Schrecken einjagte.

Das Präsens ist eine Zeitform, die sie missbilligte. Sogar verbot. Sie sagte, es sei das Tempus der Angst. Doch da übertrieb sie, denke ich. Im Übrigen sollte man mit einem Wort wie Angst nicht leichtfertig umgehen, und das sagte ich ihr auch.

»Na, dann eben Bangigkeit«, sagte sie. »Angst hat man wohl eher in diesen bibbrigen Morgenstunden, wenn man die Rezensionen noch nicht gelesen hat.«

»O nein, das ist bloß Bangigkeit. Gerade du müsstest wissen, was Angst ist.«

»In Übersetzungen ist das Präsens jedoch unmöglich«, erklärte sie. »Besonders im Englischen. Im angelsächsischen Sprachraum scheut man davor zurück.«

Man scheut also vor der Gegenwart zurück. Denn das Präsens ist ja die Gegenwart. Lillemor wollte das Imperfekt haben, wahrscheinlich weil man die Dinge damit hinter sich gelassen hat und sie in einer Erzählform, fest wie Gusseisen, beherrscht. Noch schlimmer wäre natürlich das Plusquamperfekt, von diesem Altmännertempus lässt man klugerweise die Finger. Damit wird das Vergangene nur noch weiter nach hinten verschoben, und es ist, als stakste man in sehr fernen Erinnerungen herum, farblos geworden wie alte Diapositive.

Wenn das Präsens Angst ist, gebe ich es ihr. Das Imperfekt ist für mich, da alles hinter mir zu liegen scheint. Das Leben. Jetzt ist nur noch diese unvermeidliche Ackerei übrig. Aufstehen, Radio anmachen, Teewasser aufsetzen. Weiterackern.

Das nächste Mal traf ich sie dann in einer Konditorei. Ich hatte Landings vorgeschlagen, doch sie zog Güntherska vor, das ein bisschen abseits in der Östra Ågatan lag. Als wir schließlich im Engelska Parken aufeinandergestoßen waren, hatte ich kurzerhand mein Anliegen vorgetragen; sie war verblüfft. Ich hatte mit Entrüstung und Zurückweisung gerechnet, denn sic war konventionell, schließlich war die Familie auf dem Weg nach oben.

»Ich kann das allerdings nicht machen, ohne es gelesen zu haben«, hatte sie gesagt und dafür jetzt zwei Tage Zeit gehabt. Ich musste fast eine Dreiviertelstunde warten, bis sie auftauchte. Ihre Wangen waren rosig, sie war wohl wieder schnell geradelt, und sie steckte sich eine Zigarette an.

»Diese Geschichte ist gar nicht dumm!«, sagte sie. »Du kannst ja schreiben.«

»Ich will den ersten Preis.«

Es roch nach Kaffee, Vanille und Tabak, als ich mir das Foto anschaute, das Lillemor mitgebracht hatte. Es war eine Atelieraufnahme. Das blonde Haar, gescheitelt und mit gelocktem Pony, war ordentlich frisiert. Ihren bis zum Lockenkranz im Nacken flachen Hinterkopf sah man nicht. Ihre Augen waren sehr groß und tief, die gezupften Augenbrauen darüber diskret mit einem Stift nachgezogen. Die Lippen waren sorgfältig geschminkt und glänzten. Sie trug den ausgeschnittenen rosaroten Angorapulli wie auch jetzt, doch auf dem Bild war er hellgrau. Um den Hals hatte sie eine Perlenkette, die adrett auf den zerbrechlich wirkenden Schlüsselbeinen lag.

Die Kellnerin kam, und Lillemor bestellte Kaffee und zwei Schokorollen mit Pistazien und Sahne. Da sie die letzte Zigarette aus ihrer Packung geraucht hatte, ergänzte sie die Bestellung um eine Schachtel Marlboro. Mir war klar, dass ich sie einladen sollte, und ich reduzierte den letzten Teil der Bestellung auf zwei einzelne Zigaretten der Marke Boy. Sie hatte sich die Lippen geleckt. Die Gier, von der sie nichts wusste, lag weit vor dem Gedanken.

»Das mit dem Foto gefällt mir nicht«, sagte Lillemor. »Wozu brauchen Sie das?«

»Zum Veröffentlichen. Ist doch ein Magazin.«

Sie sah mich an, nachdenklich. Ich war nicht hübsch, aber sie war es. Im Güntherska hatte ich mich so gesetzt, dass ich den Konditoreispiegel im Rücken hatte. Normalerweise wäre es mir egal gewesen, aber jetzt war die Frage des Aussehens so wichtig, um nicht zu sagen: schicksalsträchtig, dass ich den direkten Beweis dafür, niemals einen Preis in einem Magazin gewinnen zu können, vermied. Ich hatte mein Abitur in allen Fächern außer Sport mit Eins plus gemacht. Doch darum ging es jetzt nicht.

Wir verabredeten, dass Lillemor die Hälfte der Preissumme von fünfhundert Kronen dafür bekommen sollte, dass sie die Geschichte unter ihrem Namen einschickte und im Restaurant Metropol in Stockholm den Preis entgegennehmen würde.

»Du scheinst dir ja recht sicher zu sein!«

»Ja«, sagte ich. »Ich werde gewinnen.«

Natürlich überlegte sie es sich anders. Schon nach einer Woche rief sie an und sagte, es sei doch bescheuert, bei einem Kurzgeschichtenwettbewerb für einen anderen Menschen einen Preis entgegenzunehmen. Außerdem sei es Betrug. Sie rief mich in der Bibliothek an, was meinen Chef aufbrachte. Wir durften keine Privatgespräche führen. Wie üblich überlegte sie es sich dann doch noch mal. Sie hatte ja auch die Geschichte und das Foto schon eingeschickt.

Die Zuerkennung des ersten Preises beruhte nicht nur darauf, dass ich schreiben kann. Anstatt Lucia wie selbstverständlich zum Opfer zu machen, hatte ich sie in der Wettbewerbskonkurrenz morden lassen. Das war allerhand, und den alten Knackern in der Jury gefiel das sicherlich im gleichen Maße wie die von Lillemor Troj eingesandte Fotografie. Die Mordmethode war natürlich fragwürdig. Von einem Glas Wasser, in dem ein paar Stunden Maiglöckchen gestanden haben, wird einem höchstens schlecht. Aber es ging durch. Es ist zumindest zweifelhaft, ob im Dezember zum Blühen gebrachte Maiglöckchen überhaupt noch Gift absondern, und von der damals führenden Krimiautorin, die in der Jury saß, hatte ich in dem Magazin einen ironischen Kommentar bekommen. Ganz offensichtlich hatte sie nicht für meine Geschichte gestimmt.

Wir saßen in Lillemors Zimmer im Studentinnenheim Parthenon in der Sankt Johannesgatan. Sie erzählte mit Bravour von ihrem Besuch in Stockholm und wie sie den Preis entgegengenommen hatte. Ich weiß nicht, ob ich schon damals an ihre dramatische Ader herankommen wollte. Sie ist eine Schauspielerin. Und die verkümmert ohne Publikum. Dieses Talent ist vielleicht nicht angeboren, aber frühzeitig erworben. Ein süßes Mädchen lernt seine Erlebnisse so aufzubauschen, dass die Schilderung hörenswert wird.

Sie machte in einem Elektrokocher Wasser heiß und bot Tee an. Auf dem Tisch zwischen uns reihte sie die Geschenke auf, die sie und die Luciakandidatinnen erhalten hatten. Sie stammten von Firmen, die in dem Zeitungsbericht erwähnt werden wollten. Ich durfte nun wählen zwischen einem Minifläschchen Parfüm (Hermès) und einem Döschen Pancake Make-up, das den Teint glatt und braunrosa machte, zwischen einem Paar nahtloser Nylonstrümpfe und einem rosa Plastikschminktäschchen mit Reißverschluss. Die Strümpfe saßen allerdings schon an Lillemors Beinen. Sie hatte den Scheck mit der Preissumme eingelöst, gab mir jetzt das Geld, und ich gab ihr zweihundertfünfzig Kronen zurück.

Sie saß in einem Korbsessel, den sie mit schwarzer Lackfarbe angestrichen und mit einem roten Kissen bestückt hatte. Hinter ihr an der Wand hing eine Kalebasse neben der ungerahmten Farbreproduktion eines Van-Gogh-Gemäldes: ein Straßencafé am Abend. Von den Straßenlaternen ergoss sich das Licht in die Anilinschatten der Reproduktion. Ich saß auf der Ottomane.

Als ich die Scheine in meine Brieftasche steckte, sagte Lillemor: »Ich finde, du könntest dir einen neuen Mantel kaufen.«

Ich verstand nicht, was an meinem braunen Mantel verkehrt war. Ich hatte ihn zu einer Jacke umgearbeitet.

»Du solltest nicht in so einem abgeschnittenen alten Ding herumlaufen«, sagte Lillemor. »Du siehst darin nur noch größer aus.«

»Es kommt mir nicht zu, mich kleiner zu machen, als ich bin«, erwiderte ich.

Ich hatte nicht erwartet, dass wir Freundinnen würden, aber doch wenigstens in Kontakt blieben. Daraus wurde nichts. Zweimal besuchte ich sie noch im Studentinnenheim, aber sie bot mir keinen Tee mehr an. Und beim letzten Mal erzählte sie, dass sie sich verlobt habe. Das Foto ihres Zukünftigen stand auf der Kommode, und ich hatte das Gefühl, dass er uns bei unserer Unterhaltung beobachtete. Er schien ein dunkler Typ zu sein. Die Fotografie hatte jedoch einen Braunstich, und sein Haar war in Wirklichkeit von der schwedischen Nichtfarbe. Im Lauf der Jahre sollte er einen dicken Bauch bekommen, was im Verein mit seinen kurzen Beinen fatal war.

Da saß Lillemor nun. Sie war mir so gelegen gekommen. Auf dem Bild in der Zeitung war sie vom Blitzlicht geblendet, doch es wurde ein Ausschnitt aus der Lichtflut gemacht: glänzende schwarze Hüften, vom Korsett geformt, während die Rüsche am Busen das gespannt Straffe milderte und Lillemor mädchenhaft verletzlich und verwirrt wirken ließ. Genauso dankbar, überwältigt und durch und durch glücklich, wie ein Mädchen aufzutreten hat, das in einem Kurzkrimiwettbewerb mit Luciathema Siegerin geworden ist. Als ich das Bild in der Zeitung sah, glaubte ich fast selbst an den Betrug. Lillemor war perfekt.

Zuerst war sie die Lucia in der Kurzgeschichte gewesen. (»Was geschieht in der dunkelsten aller Nächte? Wer war das weiß gekleidete Mädchen mit dem Blutfleck auf der Brust? Schick Deine Kurzgeschichte bis zum 15. Oktober an unsere Redaktion.«) Dann hatte sie den Preis entgegengenommen und mit schlanken Fesseln auf dem Podium gestanden. Und jetzt war sie also verlobt.

»Warum schreibst du keinen Krimi?«, fragte sie. »Jetzt brauchst du doch keine Komplexe mehr zu haben.«

Sie war der Meinung, dass man zum Schreiben Selbstvertrauen braucht. Doch sie irrte sich. Man braucht Anonymität.

Ja, ich hatte es mir anders überlegt, denkt Lillemor. Aber diese merkwürdige Person sagte wahrscheinlich nur: »Ach was!« Und legte auf. Die Hälfte der Preissumme entsprach genau dem Betrag, den ich monatlich von meinem Studiendarlehen ausbezahlt bekam, und deshalb war es gar nicht so abwegig, dass ich es mir doch noch mal überlegte. Nie aber habe ich auch nur einem Menschen etwas von meinem Deal mit Babba Andersson erzählt.

In jenem Herbst hat sie eines Vormittags Babba angerufen und ihr von dem Brief erzählt, in dem stand, dass sie gewonnen habe. Oder hatte sie »wir« gesagt? Diese Person schien jedenfalls nicht die Spur überrascht zu sein. Irgendwann Anfang Dezember fuhr Lillemor mit der Bahn nach Stockholm und ging zum Restaurant Metropol an der Ecke Sveavägen und Odengatan. Dort saß eine Jury aus acht Herren in gestreiftem Anzug, dieser älteren, asymmetrisch mit Crêpe de Chine drapierten Krimiautorin und einem Chefredakteur im Blazer mit Clubknöpfen. Eigenartig, dass der Text in der *paperasse* Erinnerungen weckt, deren sie sich kaum bewusst war. Sie sieht zehn Luciakandidatinnen in weißer Bluse und engem schwarzem Rock im Gänsemarsch hereinkommen und auf einem Podium Aufstellung nehmen.

Sie muss bei den Herren gesessen und zugesehen haben, denn sie hat sie noch genau so in Erinnerung: auf einer

Estrade. Einige waren hübscher als sie, und viele hatten einen größeren Busen und einen knackigeren Po. Aber keine war so sehr der Luciatyp wie ich, denkt sie. Das hatte sie den Komplimenten entnommen, die man ihr machte. Zum Essen schloss sich die Jury in einen separaten Raum ein, folglich muss sie selbst mit den Luciakandidatinnen gegessen haben. Sie erinnert sich nicht mehr genau. Nur daran, dass die Mädchenstimmen vor der Entscheidung vor Aufregung schrill wurden. Zu Kaffee, Likör und Kognac-Sodas kam die Jury wieder heraus, und da erhielten die Kandidatinnen recht handfeste Komplimente. Lillemor legte jedoch keiner die Hand auf den Po. Als Akademikerin und Autorin von Kurzgeschichten wurde sie eben anders behandelt als Verkäuferinnen und Büroangestellte.

Die Stimmzettel des Leserkreises wurden aus einem Karton gekippt und ausgezählt. Sie wurden der Entscheidung der Jury gegenübergestellt. Das Mädchen, das zur Lucia des Magazins gewählt wurde, weinte. Die übrigen neun lächelten, auch wenn es schwerfiel. Sie erinnert sich aber nur an diese eine, die derart weinte, dass ihr die Wimperntusche als grauschwarze Lavierung unter den Augen verlief. Die großen runden Blitzgeräte der Fotografen blendeten, die Kameras klickten. Schließlich war Lillemor an der Reihe, aufs Podium zu steigen, der Chefredakteur hielt eine Rede auf sie, und es blitzte wieder.

So hatte sie sich das wohl nicht vorgestellt. Sie hatte gedacht, man würde sich mit der Atelieraufnahme begnügen, auf der Frisur, Gesicht und Kleidung in Ordnung waren. Diese Minuten, in denen sie auf dem Podium stand und von den Blitzen aus den blanken Lampentrichtern geblendet wurde, hatten etwas Loderndes und Unkontrolliertes, ja Besinnungsloses an sich. Genau in dem Moment dürfte ich es bereut haben, denkt sie. Ich muss befürchtet haben, dass es ruchbar würde. In der Studentenvereinigung. In der Prüfungskommission.

Als ihr diese Szene durch den Kopf geht, kommt der Kaffee, und sie legt reflexartig die Hände auf die Seite, die sie gerade gelesen hat. Es ist Kattis, die ihr die Tasse Cappuccino bringt. Sie weiß genau, was Lillemor gern hat. Verlagssekretärinnen gibt es nicht mehr, jetzt sind alle Assistentinnen oder etwas noch Feineres. Den Kaffee dürfen sie aber nach wie vor bringen.

Kattis sieht den Manuskriptpacken und ruft: »Ein neuer Roman! Wie wunderbar!«

Lillemor glaubt an die freundliche Seele, schüttelt aber doch den Kopf.

»Sie tun immer so geheimnisvoll«, sagt Kattis.

Du kannst Gift darauf nehmen, dass ich allen Grund dazu habe, denkt Lillemor und lehnt die Zimtschnecke dankend ab, die Kattis ihr anbietet.

»Rufen Sie mich an, wenn Sie Saft oder Obst oder sonst etwas haben möchten. Werden Sie lange bleiben?«

»Ich weiß noch nicht«, erwidert Lillemor. Doch sie merkt schnell, dass sie nicht lange bleiben wird, weil es ständig Unterbrechungen gäbe. Es würde Freundlichkeiten hageln. Und bald käme Max herunter, um sie zu kontrollieren.

Als Kattis gegangen ist, steckt Lillemor den Manuskriptpacken in ihre Tasche von Furla. Sie hatte beim Kauf sorgfältig darauf geachtet, dass ein A4-Format hineinpasst. Und es passt sogar die ganze *paperasse* hinein.

Sie will das Haus nicht durch die Rezeption verlassen, deshalb bleibt sie an der Tür zum Hof stehen und überlegt. Wenn man den Knopf mit dem Schlüsselsymbol drückt, kommt man hinaus. Lillemor ist sich jedoch nicht sicher, dass sie dann auch auf die Luntmakargatan gelangt. Sie will keinesfalls auf den Sveavägen gehen, da Max möglicherweise bereits entdeckt hat, dass der Autorenraum leer ist.

Das große Tor zur Luntmakargatan geht auf, und ein

LKW ächzt herein. Sie eilt über den Hof und huscht hinaus. Der Manuskriptpacken in der Tasche ist schwer. Max glaubt wohl, dass sie das alles geschrieben hat. So weit, so gut.

Und wenn er es nicht glaubt? Seit sie im Autorenraum den ersten Abschnitt gelesen hatte, war ihr leicht übel.

Sie muss ihre Ruhe haben. Auf dem Weg zum U-Bahnhof Hötorget bei der Tunnelgatan angelangt, wird ihr klar, dass Max schon hinter ihr her sein kann. Er nimmt sich natürlich ein Taxi, das dann warten darf, bis sie am Karlaplan aus dem U-Bahnhof auftaucht, in die Breitenfeldsgatan einbiegt und zu ihrem Haus geht. Für ihn, der glaubt oder auch nicht glaubt, ist das Manuskript in ihrer Tasche wohl eine Art Gedankenexperiment wie Schrödingers Katze. Er muss den Kasten öffnen, um zu sehen, ob die Katze noch lebt. Lillemor biegt also lieber in den Tunnel ab, eilt an einem schmuddeligen, frierenden Geiger vorbei, stürmt nach nicht mal zehn Minuten an der Statue des Schriftstellers Hjalmar Söderberg mit den roten Handschuhen seiner Figur Tomas Weber vorüber und ist auch schon in der Königlichen Bibliothek. Ihren Mantel muss sie in ein kleines Schließfach knüllen, weil die großen Schränke, in die man einen Max Mara aus Kamelhaar hängen kann, so spät am Nachmittag alle belegt sind. Wenn sie jetzt bloß mit der Tasche, in der sie das Manuskript hat, durchkommt! Sie hängt sie sich über die linke Schulter, und zum Glück nickt die Frau hinter der Theke freundlich als Zeichen des Wiedererkennens und merkt überhaupt nicht, dass sie etwas mit hineinnimmt. Genau wie Max begriffen hat, steckt in ihrer Tasche eine Bombe, und bevor diese sich an eine Entscheidung herangetickt hat, muss Lillemor in Ruhe lesen können.

Sie will durch eine der schweren alten Schwingtüren in den großen Lesesaal und weiter zum Zeitschriftenraum gehen, doch im letzten Moment fällt ihr ein, dass der ja verlegt wurde. Sie hat sich dort immer wohlgefühlt und sich gefreut, dass sie immer noch schlank genug ist, um zwischen einem Pfeiler und einem Bücherregal hindurch den Weg zu den Tischen abkürzen zu können. Sonnenschutzfenster sorgten für ein behagliches und gleichmäßiges Licht unter den Leuchtstoffröhren. Lillemor würde sich jetzt am liebsten in die helle Ruhe und Zeitlosigkeit des alten Zeitschriftenraums setzen, muss sich aber nun in unterirdische Regionen begeben, wo es kein Tageslicht gibt.

Dort unten ist es fast menschenleer. Als sie die Lampe über der Tischplatte angeknipst und sich den dicken Manuskriptpacken zurechtgelegt hat, kommt ein Student und setzt sich zu ihr an den Schreibtisch, obwohl es noch viele freie Plätze gibt. Er ist bestimmt ein Gewohnheitstier wie sie, das am liebsten seinen vertrauten Platz einnimmt. Jetzt loggt er sich in seinen Computer ein. Lillemor versucht, sich auf die Manuskriptseiten zu konzentrieren, aber von seiner Tastatur dringt ihr ein emsiges Klicken und von seiner Nase ein lockeres Geschniefe ans Ohr. Ab und zu schnäuzt er sich inhaltsreich in ein Papierhandtuch aus der Toilette, sodass Lillemor flieht und sich in die Leseecke setzt, die gerade leer ist. Es kann aber jemand kommen, und damit das dicke Manuskript keine Aufmerksamkeit erregt, zieht sie wahllos einen Zeitschriftenband aus einem Regal. Es ist *Ny Illustrerad Tidning* aus irgendeinem 1880er-Jahr, die sie aufgeschlagen auf den Tisch legt. Ihren Extischnachbarn hört sie immer noch schniefen, wenn auch jetzt entfernt.

Sie kann sich gerade noch mal anschauen, was sie über die Begegnung im Engelska Parken schon gelesen hat, da bekommt sie auch hier Gesellschaft. Wenigstens ist es kein Bekannter. Aber den Affen kennen alle, nur der Affe kennt keinen. Es überrascht sie also nicht, als der Mensch, rundes Gesicht und Schifferbart und in ihrem Alter, zischt: »Neuer Roman in Arbeit?«

Die Königliche Bibliothek ist zu einem Treff für alte Knacker geworden, denkt sie. Hier laufen zu viele pensionierte Humanisten herum und lechzen nach Gesellschaft.

»Ich prüfe nur Zitate«, brummelt sie und macht einen möglichst beschäftigten Eindruck. Während sie in der *Ny Illustrerad Tidning* blättert, fesselt sie eine Initiale mit einem ausgemergelten Jungen mit einer Krücke. Über ihm schwebt ein Schutzengel, und unter ihm ist ein Blumenstrauß. Um glaubwürdig zu wirken, liest sie das Gedicht mit dem Titel *Erbarmen*.

*Wie kann dein Herz ihr widerstehn
Der Bitte derer, die vergehn
Zum Leid verdammt am Lebensmorgen?*

Unwillkürlich denkt sie an den Geiger im Tunnel, an dem sie vorbeigestürmt ist, ohne ihm etwas in den Geigenkasten zu legen. Und als sie weiterliest, sieht sie Fernsehbilder abgemagerter Kinder in Afrika vor sich. Mit aufgetriebenen Bäuchen und großen Augen. Hier liegt der Dichter ein bisschen daneben, aber vom Inhalt her ist das Gedicht zeitlos.

*Und große Augen bitten scheu
Und blasse Lippen lächeln treu
Vom Weh sie beben stets aufs neu
Und flüstern: Hilf mir jetzt, nicht morgen!*

Ihr Nachbar hat jetzt seine *Nordisk Tidskrift* aus der Hand gelegt, beugt sich schamlos vor und liest mit. Sie sieht ihn mit einem, wie sie hofft, strafenden Blick an, aber das berührt ihn nicht.

Er lächelt schmeichlerisch und flüstert: »Erbärmlich, was? Richtiger Kitsch. Aber Sie haben jetzt was Schönes in Arbeit, nicht wahr?«

Da steht Lillemor auf, nimmt den Manuskriptpacken und verlässt den Raum. Sie ist überzeugt, dass er es nie gewagt hätte, das Gedicht erbärmlich zu nennen, hätte er nicht den Namen Carl David af Wirsén darunter gelesen. Jede Zeit hat ihre Übereinkünfte. Die Königliche Bibliothek wird in hundert Jahren noch stehen, und irgendjemand wird dann darüber feixen, was Lillemor Troj in ihrem Romanzyklus *Kuckucksspeichel* über die Armen geschrieben hat. Obwohl – wer sollte das sein? Sie ist sich nur einer Sache sicher, der des Vergessens. Es ist ein Wasserfall. Und wir stürzen hinab. Zu Wirséns Zeiten ist man sanfter gefallen.

Sie weiß nicht, wohin sie gehen kann, um ihre Ruhe zu haben, und bleibt, nachdem sie aus den unterirdischen Regionen aufgetaucht ist, im Lesesaal an einem Fenster stehen und starrt hinaus auf den überdimensionierten Linné zwischen bereiften Dahlien. Aus dem Regal mit den Enzyklopädien hat sie ein Buch genommen und vor sich hingelegt. Es ist ein Lexikon von Aschehoug und Gyldendal, und als sie hinter sich Schritte hört, liest sie zerstreut ein paar Zeilen, um einen beschäftigten Eindruck zu machen. Dabei lernt sie, dass Airbag auf Norwegisch *sikkerhetspute* heißt.

Ja, wer an dem Inhalt dieser Tasche zu tragen hat, dem kann ein *sikkerhetspute* nützlich sein. Es ist nicht gut, an der Fensterbank zu lehnen und die Bäume im Humlegården anzustarren, die zu einem kranken Graugrün verblasst sind. Angst ist Präsens, denkt sie und möchte wieder lesen, im Imperfekt verschwinden. Aber hier unter den Leuten kann sie das nicht. Wenn es nicht Angst ist, was sie empfindet, dann ist es zumindest Furcht. Ein ganz normaler, grundloser Angstanfall wäre dem vorzuziehen. Sich fallen lassen zu dürfen, ohnmächtig zu werden oder zu schreien.

Um sie herum ist alles irrenhausgrün. Hatten nicht die

Wände auf Station 57 genau diese Farbe? Sie weiß es nicht mehr, fürchtet aber, es bald zu erfahren, wenn sie weiterliest. Die Pfeiler mit ihren pseudokorinthischen Kapitellen sind speigrün. Ich darf mit dem Manuskript nicht ohnmächtig werden, denkt sie, nicht mal schwanken. Sie starrt auf den Fußboden, doch auch das Linoleum ist grün. Überall trotten Leute mit Bücherlasten herum. Nirgends kann sie in Ruhe sitzen, denn auch auf die Galerien kann sie nicht. Dort ist es zu eng, und es gibt nur Leseplatten für die Ahnentafeln des schwedischen Adels oder die Biografien der Geistlichen des Bistums Skara. Ganz oben in dem engen Gang mit den Schriften der Akademie für Schöne Literatur, Geschichte und Altertümer, wo lediglich ein mickriges Geländer sie von der Tiefe trennt, wird ihr normalerweise schwindlig.

Da kommt ihr die Idee, die breite und sichere Treppe mit dem starken Staketengeländer im Forschungssaal zur Galerie hinaufzugehen. Dort setzt sie sich an einen Tisch, die Konkordanz der Werke Vilhelm Ekelunds im Rücken. Deren Nähe beruhigt natürlich nicht recht, aber sie braucht wenigstens keinen der vier dicken Bände aufzuschlagen. Hier ist sie allein. Unten sitzen die Forscher bei Leselampen mit grünen Glasschirmen, und über ihnen und unter ihr leuchten weiße Lichtkugeln.

Orgasmus Ablehnung

Ich schrieb auf Karteikarten, die ich aus der Bibliothek mit nach Hause nahm. Oben gab es ausreichend Raum für eine Überschrift, darunter waren zwei rote Linien und anschließend weitere in Grauschwarz. Auf einer Karte hatten zweiundzwanzig Zeilen Platz, wenn man beide Seiten beschrieb. Die Gestaltung der Karten bestimmte das Format dessen, was ich schrieb. In gewisser Weise bestimmte sie auch den Inhalt. Erzählungen hatten auf den Karten keinen Platz. Ich schrieb mit Füller und Tinte, und die Karten verwahrte ich in einem Karteikasten mit alphabetischem Register.

Die Kurzgeschichte über den Messermord an Lucia hatte ich mir auf Spaziergängen ausgedacht, wobei ich kaum wusste, wo ich war. Ich fühlte mich wie in einem Rausch, der ebenso gut von Drogen hätte herrühren können. Mit List und Mühe hatte ich die Erzählung auf der Underwood der Bibliothek getippt, ständig gewärtig, dass der Stadtbibliothekar auf mich herabstoßen konnte. Zur Ausarbeitung hatte ich vier Karten aus dem Kasten benutzt. Sie trugen die Überschriften *Die Spirelladame*, *Die Lucia des Männerchors*, *Kussechter Lippenstift* und *Pathologie*. Die letzte Karte hatte ich beschrieben, nachdem ich mit einem Kommilitonen, der Arzt geworden war, dem Anatomischen Institut einen Sonntagsbesuch abgestattet hatte.

Um *Die Spirelladame* einbauen zu können, hatte ich mein Konzept geändert. Ich entdeckte, dass ich unter den Karten Lieblinge hatte, das Kurzgeschichtenschreiben führte aber auch zu Ausschuss. Abstrakte Überlegungen und lyrische Impressionen waren nicht sonderlich brauchbar und konnten nach einiger Zeit im Karteikasten schal wirken. Tatsachenbeschreibungen und Anekdoten aus Kramfors und der Stadtbibliothek hielten meistens stand, aber auch pure Bosheiten, Wutausbrüche und nächtliche Träume, sofern sie nicht zu verworren waren.

1951 hatte ich einen Volksschullehrer namens Herman Gustafsson kennengelernt. Er absolvierte ein Aufbaustudium in Geschichte, bezog aber weiter einen Teil seines Lehrergehalts. Er hatte bereits Literaturgeschichte und Nordische Sprachen studiert und wollte nun den Magister machen, nicht um Studienrat zu werden, sondern um sich auf eine Rektorenstelle zu bewerben. Hermans Pläne hatten nichts Vages oder Verträumtes an sich. Er wollte das erreichen, was er sich vorgenommen hatte.

Er lieh sich viel in der Stadtbibliothek aus und gestand, dass er sich dort wohler fühlte als in der Universitätsbibliothek Carolina Rediviva. Als er mitbekam, dass ich studierte Philologin und Bibliothekarin war, wurde er verlegen, was eigentlich nicht seine Art war. Er hatte mich für eine Ausleihhilfe gehalten. Von da an aßen wir manchmal in der Milchbar am Fyris Torg gemeinsam zu Mittag. Ich sagte, er könne Babba zu mir sagen, so habe man mich nämlich zu Hause und in der Schule genannt. Niemand sagte Barbro zu mir. Anfangs hatte er mich, dem Namensschild auf der Informationstheke entsprechend, mit Fräulein Andersson angesprochen.

Herman war groß und korpulent. Er hatte Hängebacken und eng stehende Augen. Frisch vom Friseur, war sein graublondes Haar auf dem ganzen Kopf einen halben Zentimeter lang. Diese Igelschnitt genannte Frisur war über Filme der Besatzungsmächte in Deutschland Mode geworden. Im Verein mit seinem stämmigen Körper, seinen massigen Schenkeln und Stampferwaden gab sie ihm das Aussehen eines Unteroffiziers in der amerikanischen Zone.

Herman und ich waren nicht ineinander verliebt, es war eine Freundschaft. Wir lasen die gleichen Bücher, brannten Stearinkerzen ab und tranken Tee. Ziemlich bald schliefen wir auch miteinander. In seiner Heimatstadt hatte er eine Verlobte, das wusste ich von Anfang an.

Als Liebespaar waren wir ungezwungen, vielleicht gerade weil wir nicht verliebt waren. Wir gaben einander Anleitungen und korrigierten hier und dort eine Stellung. Trotz unseres sachlichen Verhältnisses gerieten wir oft in einen lang anhaltenden Taumel des Genusses. Unsere Herzen klopften, Herman tropfte der Schweiß von der zottigen Brust, die Geschlechtsorgane wurden heiß und brannten lustvoll, Muskeln zogen sich außerhalb der Kontrolle unseres Willens zusammen, zuckten oder zitterten. Hinterher machten wir Witze darüber. Diese heftigen Augenblicke hinterließen aber auch etwas anderes. Manchmal überkam mich das starke Gefühl, Hermans Seele oder seinem wahren Ich sehr nahe zu sein. Oder Herman als Kind.

Er entdeckte meinen Karteikasten. Aus purer Neugier öffnete er ihn, als ich Kaffeegebäck einkaufen war. Bei meiner Rückkehr hatte er den Kasten auf dem Schoß und blätterte darin. Es ließ sich nicht sagen, wie viele Karten er gelesen hatte.

»Sammelst du Aphorismen und dergleichen?«, fragte er. Ihm war nicht klar, dass er eine Grenze überschritten hatte.

Ich antwortete nur mit Mühe, denn mein Mund war trocken. »Stimmt«, sagte ich.

Dann nahm ich ihm den Kasten weg und stellte ihn auf

die Kommode neben den Messingleuchter mit dem schwerem Fuß. Als ich den sah und meinen Blick danach zu Hermans Hinterkopf wandern ließ, dachte ich mir, dass es lange dauern würde, Herman, stark wie er war, damit zu erschlagen.

»Obwohl es auch irgendwelche Beschreibungen waren«, sagte er. »Schreibst du Zitate aus Büchern heraus?«

»Ja.«

Ich schloss den Kasten weg und hatte ihn von da an immer weggeschlossen, wenn Herman mich besuchte.

Eines Abends schlug er mir vor, eine Kurzgeschichte zu schreiben und sie an die Zeitschrift *All Världens Berättare* zu schicken. Mir war klar, dass diese Idee mit den Karteikarten zusammenhing. Er hatte keineswegs geglaubt, dass es Zitate waren.

»Du hast doch Talent«, sagte er.

Dieses Wort erfüllte mich mit heller Wut, doch ich schwieg. Mit von Plundergebäck vollem Mund begann er eine Geschichte zu skizzieren und war davon so begeistert, dass er gegen den elektrischen Heizkörper trat. Der geriet zu nahe an die Kommode, und als wir später am Abend zusammen im Bett lagen, sengte er an der Stirnseite der Kommode einen großen schwarzbraunen Fleck ins Holz.

Ich musste natürlich für den Schaden aufkommen, und das war teuer. Die Vermieterin rächte sich auf diese Weise an uns, denn sie hatte entdeckt, was wir auf ihrer Ottomane trieben, wenn sie aus dem Haus ging, indem sie ganz leise zurückgekehrt war. Einmal sahen wir, wie sich im Luftzug der Vorhang über der Tür zum Flur bewegte, und wussten, dass sie ihn geöffnet hatte, um uns besser belauschen zu können. Da schalteten wir das Radio ein und ließen sie einen Vortrag über Rentierzucht hören, während wir uns zu einem viel zu schnellen Orgasmus hetzten.

Nach einiger Zeit kündigte mir die Vermieterin, und ich

ließ mich seelenruhig darauf ein. Das war aber gar nicht ihre Absicht. Sie hatte nur diesem Verhältnis ein Ende setzen wollen. Es wäre schwierig geworden, das längliche, zugige Zimmer, die einstige Dienstmädchenkammer, wieder zu vermieten. Das Haus lag in der Svartbäcksgatan und hatte ein Plumpsklo im Treppenaufgang. Der Abort grenzte an mein Zimmer, und im Flur roch es schwach danach. Ich durfte bleiben. Die Vermieterin traute sich nicht mal, Herman das Haus zu verbieten.

Die Geschichte, die Herman bei Tee und Plundergebäck zusammenphantasiert hatte, handelte von einem Pfarrer, der Konfirmanden zum Sommerunterricht empfing. Unter seinen Eleven war ein schlagfertiger und spöttischer junger Mann. Es stellte sich heraus, dass es der Teufel war.

In Hermans Erzählung war der junge Teufel nicht viel schlimmer als Karsten Kirsewetter in Olle Hedbergs Werk, und ich konnte das Vorbild erahnen: glattes schwarzes Haar, lebhafte dunkle Augen, leicht erregbares Geschlechtsorgan. Ich machte ihn weißblond, verstärkte seine spöttische Ader, bis sie leicht schmierig war, und schrieb dann das Manuskript von meinem Spiralblock auf der Underwood der Bibliothek ins Reine. Ich weiß nicht, warum ich das getan habe. Vielleicht wollte ich Herman imponieren. Er war denn auch Feuer und Flamme. Und konnte überhaupt nicht verstehen, dass ich die Geschichte nicht einschicken wollte.

Im Frühjahr 1954 war er mit seinem Examen fertig. Er änderte seinen Namen in Bärenryd und verabschiedete sich von mir. Es war gar keine Frage, dass er nach Hause zurückkehren und heiraten würde. Wir machten Witze, waren aber beide ein wenig gerührt, als wir das letzte Mal miteinander schliefen.

Drei Wochen nach Hermans Abreise bekam ich von *All Världens Berättare* ein dickes Kuvert. Es enthielt den

Durchschlag der Geschichte, den ich Herman gegeben hatte, und einen Brief von gerade mal einer Zeile:

»Wir haben von Ihrer Kurzgeschichte Kenntnis genommen und danken für Ihr Interesse.«

Ich hockte auf der Ottomane, vornübergebeugt, und wartete mit offenem Mund darauf, dass der Schmerz dieser Demütigung vergehen würde. Aber er verging nicht. Er saß direkt über dem Zwerchfell. Als ich endlich meinen Blick unter Kontrolle hatte, stand in seinem Fokus still die Kommode mit dem schwarzen Brandfleck. Drum herum aber flatterte oder wimmelte etwas. Vorhänge, Tapetenmuster.

Ich war noch nie ernstlich krank gewesen. Phobien und Angstattacken waren mir ebenfalls fremd. Ich verstand nicht, was sich jetzt abspielte. Das heißt, es war als körperlicher Schmerz zu verstehen. Er ging vom Zwerchfell aus und presste mir in kurzen Stößen Luft aus der Kehle und dem offenen Mund. In den Handflächen hatte ich ein Stechen.

Es wurde nicht besser, als ich mich aufs Bett legte, vielmehr kam noch eine heftige Übelkeit hinzu. Die Zimmerdecke bewegte sich, die Stockflecken, an deren Ähnlichkeit mit Tiergesichtern, Erdteilen und Früchten ich sonst meinen Spaß hatte, sahen jetzt gar nichts mehr ähnlich. Es waren lediglich unruhige Formen aus braunen Streifen mit gekerbten Rändern. Zweifellos eine Art Muster, da sich die gekerbten und bogigen Konturen wiederholten. Doch vollkommen bedeutungslos.

Im Zimmer war es stickig. Es roch intensiv nach staubigen Vorhängen und schwach nach Plumpsklo. Es war der Geruch meines Lebens.

Wie war es so weit gekommen? Ich hörte Pferdehufe dumpf die Steigung der Svartbäcksgatan hinauftrampeln und dachte mir, dass das Pferd auf dem Weg zum Schlachthof in Boländerna war. Auf seinen eigenen Beinen.

Ich ging mit schweren Schritten auf und ab. Nach etwa einer Stunde kam ich mir allmählich lächerlich vor. Ich trank ein wenig Wasser. Davon wurde es auch nicht besser. Ich war in zwei Babbas verwandelt: eine, die vor Schmerz wimmerte und den Brechreiz zu unterdrücken versuchte, und eine, die belustigt die Misshandelte betrachtete.

Ja, es war eine Misshandlung. Ich nahm den Brief und las den Namen des Redakteurs, der ihn unterschrieben hatte. Uno Florén. Uno Florén. Ich kaute still auf dem Namen herum, aber er sagte mir nichts. Er hatte kein Gesicht, sodass sich meine Gedanken ruckartig weiterbewegten und schließlich bei Herman landeten. Ich sah sein großes, hochrotes Gesicht vor mir, wie er Makkaroni in weißer Soße in sich hineinstopfte. Endlich konnte ich mich übergeben.

Ich gewöhnte mir an, viel zu Fuß zu gehen. Sobald ich nicht in die Bibliothek musste, zog ich los. Ich ging bis nach Rickomberga, bis zur Kirche von Vaksala oder nach Ulleråker, wo es vorkam, dass ich sehnsüchtig zu den Gitterfenstern der Nervenheilanstalt aufblickte. Mit dem Schlafen hatte ich keine Probleme, im Gegenteil: Ich sank wie bewusstlos in den Schlaf. Wenn ich aufwachte, war der Schmerz so zuverlässig da, als würde einem mit einer Nähnadel ins freiliegende Zahnmark gestochen.

Uno Florén war ein leerer Fleck, doch Herman Gustafsson konnte ich sehen: Er saß in der Milchbar und schaufelte Nudeln in sich hinein. Ein Stillstand war eingetreten. Den Karteikasten verstaute ich ganz hinten im Schrank, hinter den Koffern. Die Karten waren eine Quelle der Heiterkeit, munterer Bosheit und einer Art aufgeräumter Zärtlichkeit gewesen, die Vermieterinnen ebenso gelten konnte wie einer Plankenwand und Türen aus dem 18. Jahrhundert in Dragarbrunn. Manchmal waren sie berauschend gewesen. Von ihrem giftigen Potenzial hatte ich nichts geahnt. Jetzt waren sie explodiert wie Kreosot in einem entzündeten Zahn.

Natürlich wurde es besser. Der Herbst verging. Die nassen und gedankenleeren Spaziergänge brachten schließlich Linderung. Die Schmerzattacken kamen in immer größeren Abständen. Der Gedanke an den leeren Fleck Uno Florén oder den etwas schuppigen und rot geäderten Fleck Herman Gustafsson tat nach wie vor weh. Ich lernte aber, meine Gedankentätigkeit zu disziplinieren.

Tun Menschen das nicht ganz allgemein?

Herman ist ein Schock. Oder eine Erfindung. Doch warum sollte sich Babba einen rotschuppigen großen Kerl mit dickem Bauch und stämmigen Waden ausdenken und behaupten, er sei ein guter Liebhaber? Und kann es wirklich wahr sein, dass sie mit einem Mann geschlafen hat?

Lillemor muss sich beruhigen. Deshalb nimmt sie aus dem Regal hinter sich einen Band mit Briefen von Gustaf Fröding und legt ihn aufgeschlagen auf den Tisch, damit er besetzt aussieht. Dann knautscht sie die *paperasse* wieder in ihre Tasche und geht den etwas schmerzhaften Weg die Wendeltreppe hinunter. Bis in die Cafeteria Sumlen muss sie noch eine weitere lange Treppe überwinden, aber Lillemor braucht dringend einen Kaffee. Vor dem, den Kattis ihr gebracht hat, ist sie ja auf und davon. Koffein beruhigt sie inzwischen. Sogar einschlafen kann sie danach.

Eine halbe Stunde vor Schluss sind nicht mehr viele Leute in dem Café. Und zum Glück keine nach Gesellschaft lechzenden alten Forscher oder Greise aus Vorständen literarischer Gesellschaften. Sie könnte das Manuskript hervorholen, lässt es aber sein, weil sie überlegen muss, was da im weiteren Verlauf noch stehen kann. Ein klitschiges Gefühl, daran zu denken. Aber sie muss unbedingt versuchen, sich zu wappnen.

Babba hat Herman 1951 kennengelernt, steht da. Zwei Jahre später hat sie die Luciageschichte geschrieben, die den Preis davontrug. Diese Zeit brauchte sie wohl, um über die Ablehnung von *All Världens Berättare* hinwegzukommen. Oder vielmehr um zu erkennen, dass sie sich einer solchen Gefahr nicht mehr aussetzen wollte. Diesen Part durfte ich übernehmen, denkt Lillemor, für die 1953 das Jahr ihrer Verlobung mit Rolf war. Im späten Herbst war das, doch für sie steht die Verlobung in keinerlei Zusammenhang mit der Luciageschichte und der Fahrt nach Stockholm. Die liegen in einer anderen Gedächtnisschublade.

Als Rolf und sie sich verloben mussten, wollte sie es am Ulvafall stattfinden lassen. Das war originell, und er wusste offensichtlich nicht, was für ein Gesicht er aufsetzen sollte, als sie diesen Vorschlag machte. Ihre Menstruation war schon elf Tage überfällig, und es war eine stürmische Zeit gewesen. Er versuchte gelassen zu bleiben und sie zu beruhigen. Eines grauen Morgens kam dann doch Blut. Sie glaubte zuerst nicht, dass es wahr war. Der Fleck in ihrem Babydollhöschen war so winzig. Ein Streifen. Fast wie Rost. Sie dachte an rostige Nägel im Waschtrog und kratzte mit dem Zeigefingernagel an dem Fleck. Im Wasser verlor er die Kontur und roch nach Eisen.

Als das ausgestanden war, überrollte sie eine neue Woge der Furcht. Ja des Schreckens. Sie sagte zu Rolf, sie wage nicht mehr, mit ihm zu schlafen. Sie müssten sich verloben. Sie brauche Sicherheit.

Später bereute sie es, denn eigentlich musste ja er ihr einen Antrag machen. Sie hatte sich oft ausgemalt, wie das ablaufen würde, und nun hatte sie diese Möglichkeit zunichtegemacht. Sie fand das Leben so kompliziert, schmuddlig und graubleich wie jenen Dienstagmorgen, an dem sie den rostroten Streifen entdeckt hatte.

Rolf würde bald seinen Magister in Politik haben und mit der Lizenziatsarbeit in Staatswissenschaft beginnen. Er machte zwar nicht ständig einen drauf, war Geselligkeiten aber keineswegs abhold und galt als witzig. Er wollte das Leben gern von der heiteren Seite nehmen, und deswegen hatte Lillemor sich so erbärmlich gefühlt, als sie in seinen Armen in Tränen aufgelöst war.

Wenn es so schlimm gewesen wäre, wie von ihr befürchtet, dann hätte sich das natürlich bereinigen lassen. Der Gynäkologieprofessor an der Uniklinik betrieb in seinem großen, modernen Steingebäude am Fluss, das Gelber Pavillon genannt wurde, eine Privatpraxis. Bei einem Juvenalordensdiner ohne Damen war das Haus unter diesem Namen in einem Couplet vorgekommen. Der Refrain war der ursprüngliche von Emil Norlander.

*Kommen Sie doch mit herein
in den Gelben Pavillon,
dort sitzt Gott Amor selbst
seit langer Zeit gefangen.
Und wenn Sie es denn woll'n,
gibt's killekillekillekill,
ein kleines Liebesspiel.*

Verfasst hatte es Rolf, ohne es Lillemor zu zeigen. Sie fand es jedoch in einer Schreibtischschublade und war äußerst pikiert. Sie wusste, dass dieses Haus auch Denkmal ungeborener Kinder genannt wurde.

Warum kommt das jetzt hoch? Ist das Rolf in einer Nussschale? Killekillekillekill und ein kleines Liebesspiel. Du lieber Himmel, denkt sie. Ich habe ihn fast vergessen. Und jetzt geht er am Rollator.

Sie erinnert sich, dass er verlegen wirkte, als er seinen Eltern an einem Sonntag nach dem Essen von der geplanten Verlobung erzählte. Was sein Vater wohl gesagt hätte, wenn er denn etwas hätte sagen können? Er saß auf seinem Stuhl und sah sie aus freundlichen Augen an. Er war Ortsvorsteher einer Stadt in Bergslagen gewesen, hatte aber vor drei Jahren eine Gehirnblutung erlitten. Daraufhin waren sie nach Uppsala zurückgezogen und hatten sich in der Wohnung des Generals am Stora Torget niedergelassen. Der General nutzte sie nicht mehr, denn er lebte mit seiner Haushälterin auf dem Familiengut außerhalb der Stadt.

Seine Mutter war nicht begeistert, holte aber trotzdem eine Karaffe Portwein und vier Gläser, damit sie auf die Verlobung anstoßen konnten. Sie am Ulvafall zu begehen, das war natürlich meine Idee, ist sich Lillemor klar. Ich habe vermutlich gesagt, dass wir sie in der Natur erleben wollten, oder etwas in der Art, und anschließend könnte ja alles stattfinden, was sein müsse. Diners. Anzeigen. Besuchstour. Ich war eine Gans. Ob es das Haus am Stora Torget noch gibt? Dort hat jedenfalls Hennes & Mauritz eröffnet. Oder war das schon vorher?

Der Fyrisån hatte einen hübschen kleinen Wasserfall mit irgendwelchen Gebäuden auf beiden Seiten. Rolf muss mit dem schwarzen Ford Eifel seines Vaters hingefahren sein, der während des Kriegs aufgebockt gewesen war. Im Wasserschleier des Katarakts war es kalt, daran erinnert sie sich noch deutlich. Und dass Rolf die Sache humorvoll nahm, ihr den Ring über den schlanken Finger streifte und sie lieb und unerotisch küsste. Er merkte wohl, dass die Stimmung dementsprechend war. Ein Windstoß kam, und auf dem Autodach blieb gelbes Laub kleben. Der Himmel war graubleich und glatt wie Haut. Das Gras braungelb und verwachsen und voller Feuchtigkeit und Pilze. Oder ist das eine spätere Erinnerung? Es war wohl kaum die Natur, die sie sich vorgestellt hatte. Der Wasserfall klang ohnehin wie ein Automotor.

Ich will beten.

Diese Erinnerung ist ihr peinlich. Rolf muss betreten dreingeschaut haben. Er ging zwar bei seinen Besuchen auf Sjöborg mit dem Großvater und seiner Haushälterin immer in den Gottesdienst. Doch das war Teil des gesellschaftlichen Lebens. Komischerweise hat sie ganz deutlich vor Augen, dass er einen großen gelben Badeschwamm in der Hand hatte, während sie im Wind das Vaterunser betete und in die Strudel unter dem Wasserfall blickte. Vielleicht wollte er die Gelegenheit nutzen und das Auto waschen, aber sie kann sich nicht erinnern, dass er einen Eimer dabeigehabt hätte.

Das Personal im Sumlen rumpelt jetzt auffordernd mit den Stühlen, die umgekehrt auf die Tische gestellt werden sollen, damit der Fußboden gewischt werden kann. Die Geschirrwagen werden scheppernd in die Küche geschoben. Lillemor weiß nicht, wohin sie gehen soll. Sie kann sich natürlich auf die Galerie über dem Forschersaal setzen, denn bis die gesamte Bibliothek geschlossen wird, dauert es noch ein paar Stunden.

Da taucht eine Frau auf. Hat sie die ganze Zeit hinter ihrem Rücken gesessen? Sie beugt sich vor und legt Lillemor die Hand auf den Arm. Das tun die Leute oft. Das tun sie im ICA oder in der Markthalle in Östermalm oder in Hedengrens Buchhandlung oder sogar auf der Straße. Selbst völlig Fremde legen ihr die Hand auf den Arm. Sie wollen sich vergewissern, dass ich wirklich bin, denkt sie. Aber das bin ich nicht.

Sie sind freundlich und fangen fast immer mit derselben Phrase an: »Ich muss Ihnen sagen ...« Diese Frau bildet keine Ausnahme. Sie hat ganz glattes, grau meliertes braunes Haar, das unterhalb der Ohren und an der Stirn absolut gerade geschnitten ist. Ihre Strickjacke ist von der Art, die Lillemor im Stillen als Intellektuellenklamotte zu bezeichnen pflegt: aus Baumwolle, in zwei Graunuancen quer gestreift, schenkellang. Die Brille hängt ihr an einer Schnur auf der Brust.

»Ich muss Ihnen sagen, wie viel mir Ihre Bücher bedeuten. Danke!«

Lillemor weiß genau, was sie antworten muss. Sie tut es immer mit einer gewissen Zurückhaltung. Das steht ihr, ist aber auch ein Anspruch. Die Leute erwarten nämlich, dass sie nett, bescheiden, fröhlich, tiefsinnig und erfreut ist. Babba wäre das alles wahrlich nicht. Gar nichts davon. Lillemor ist es, zumindest einigermaßen.

Diesmal aber gerät sie aus dem Konzept und sagt: »Bedanken Sie sich nicht bei mir.«

Die Frau schaut verdutzt drein. Dann ruft sie aus: »Sie meinen, dass Sie nicht … dass es nicht Ihr Verdienst ist. Dass Sie …«

»Genau«, sagt Lillemor.

Dann sucht sie das Weite. Sie will jetzt nach Hause. Nur zu Hause kann sie ganz sicher sein, Blicken und Stimmen und Leuten, die sie anfassen, zu entgehen. Die Frau folgt ihr hoffentlich nicht die Treppe hinauf? Womöglich möchte sie noch mehr wissen. Ob es die Inspiration oder gar Gott sei, der Lillemor Troj ihre Romane eingebe. Sie muss jetzt einfach nach Hause. Selbst wenn Max in einem Taxi vor dem Eingang sitzt.

Ruhe haben. Das ist mein Mantra, denkt sie. Ich muss meine Ruhe haben mit diesem furchterregenden Papierstapel.

Sherry Käseglocke Fleischwolf

1954 heiratete Lillemor einen Staatswissenschaftler namens Rolf Nyrén. Der erste Gratulationsempfang fand in Kramfors statt, und ich bin hin. Astrid Troj war es gelungen, den Verkaufsleiter des Papierkonzerns hinzulotsen, da sie seine Frau vom Roten Kreuz her kannte. Zwei Lehrer erschienen, einer mit seiner Frau und einer, der nach Knoblauch roch. Er war Gesundheitsfanatiker und der Bruder des Propsts. Astrid Troj hatte im Vorfeld schon Befürchtungen gehegt, aber alle von ihrer Seite kamen mit Hut. Von der Nyrén-Uddfeldt-Seite kamen nur Rolfs Mutter und seine beiden Schwestern. Wenn man nicht sehr scharfe Augen hatte, war Astrid ihre Nervosität nicht anzumerken. Die schien sie nur noch liebenswürdiger und unbefangener zu machen. Es war doch jetzt Frühling, fast schon Sommer. Dadurch wurde das Haus größer (fand Astrid), die Terrassentüren standen zu den Fliesen und dem Steingarten hin offen. Sicherlich hatte Lillemor gesagt, sie sollten die Sonnenuhr entfernen, und Kurt Troj hatte sie weggebracht, weil er sich auf das Stilgefühl seiner Frauen verließ. Das von Lillemor hatte sich mit jedem Monat in Uppsala weiterentwickelt. Sie hatte ihre Aussprache verfeinert und ließ sich kein ungebeugtes norrländisches Prädikativ entschlüpfen. Ja sie wählte jetzt den Begriff Norrländisch. Als Gymnasiastin hätte sie sich darüber geärgert, es müsse Ångermanländisch heißen.

Das Haus habe etwas von einem Schuhkarton und sei bestimmt aus dem Katalog, sagte die ältere Schwägerin halblaut. Drinnen war es hell, und in den Sonnenstreifen schwebten blaue Zigarettenrauchschleier. Es roch nach Wein, der Sherry war halbsüß und versetzte die Nasenflügel der jüngeren Schwägerin in gequältes Beben. Die Geschenke kamen auf den Esstisch. Damasttücher mit altem Muster und moderne Wolldecken mit Streifen in Hellgrün, Rosa und Gelb. Salatschüsseln aus Teak. Toaster. Dessertteller mit Blumendekor. Die Frau des Konzernverkaufsleiters drehte sie um und sah, dass sie von Bavaria waren. Sie und die anderen Damen drückten sich am Tisch entlang und lasen die Karten.

Lillemor trug ein rosarotes Kleid mit gefälteltem Rock und darüber einen Bolero. Astrid nähte gut, obendrein war es billig. Lillemors Haar war elektrisch geladen und wölkte sich, obwohl sie es auf eine Netzwurst gewickelt hatte, um einen Pagenkopf hinzukriegen. Es umgab sie wie eine Mandorla aus Sonnenlicht, und sie hatte nichts zu befürchten, sie war jung. Wenn sie sich mit den Schwägerinnen unterhielt, war sie von euphorischer Freundlichkeit. Die Ältere roch komischerweise nach Hund. Sie hatten sich an den Vitrinenschrank gestellt, was Astrid zu beunruhigen schien.

Ich war früh gekommen und hatte eine Käseglocke auf den Geschenketisch gestellt. Es war die dritte und keineswegs die teuerste. Lillemor hörte sich beschwipst an, als sie sagte, dass man nie genug Käseglocken haben könne. Dann korrigierte sie sich, man könne sie ja umtauschen, und leise: »Deine tausche ich nicht um, aber wo hast du sie denn gekauft? Im Porzellanladen?«

Die Käseglocke war aus grünem Glas mit eingeätzten Blumen. Eine Art Ewigkeitsblumen, nichts Modernes. Sie stand jedoch auf einem Untersatz aus Teak. Ich zog mich zur Wand zurück.

»Nimm dir doch Torte«, sagte Lillemor.

Wir waren ja nicht unbedingt Freundinnen, und die Käseglocke war leicht übertrieben. Doch wir hatten immerhin diese Kurzgeschichte und den ersten Preis gemeinsam. Ich stand neben dem Schrank und lauschte. Die Stimmen waren schriller geworden.

»Der muss sehr alt sein!«

»Antik, meinen Sie?«

»Kaum, aber er erinnert mich an etwas. Er ist originell, sehen Sie sich nur die Regalfächer und Glasscheiben an. Was meinen Sie, Fräulein Nyrén?«

»Ungenberg. Doktor Ungenberg.«

»Oh, verzeihen Sie. Ihre Mutter sagte nur ...«

»Ja, soll ich sagen, wie er aussieht?«

Kurt war ahnungslos und schenkte ihnen Sherry ein. Am anderen Ende des Raums hatte Astrids Rücken sich versteift. Lillemor war von dem Südwein und der Freundlichkeit zu aufgedreht, um eine Gefahr zu wittern, und außerdem war ihr der Schrank ihres Großvaters vertraut.

Jetzt hob Rolfs ältere Schwester die Stimme und sagte zu Kurt Troj: »Sie müssen unbedingt unseren kleinen Zwist schlichten.«

Astrid Troj eilte quer durch den Raum, kam jedoch zu spät. »Nehmen Sie sich etwas Torte«, sagte sie. »Ich glaube, die Damen haben noch keine Mandeltorte abbekommen.«

Es war aussichtslos. Das waren keine Gänschen. Das waren Raubfische.

»Was ist das bloß für ein Schrank? Er ist offensichtlich antik, nun, jedenfalls alt. Wir verstehen nur nicht ... er ist schrecklich originell. Meine Schwester, Frau Doktor Ungenberg, hat eine bizarre Idee.«

Und die Frau Doktor, Rolfs jüngere Schwester, tat ihre Idee kund: »Friseurschrank. Ich finde, er sieht aus wie ein Friseurschrank.«

Und daraufhin die ältere Schwester: »Ist es ein Erbstück?«

In etwa ein, zwei Stunden würde Astrid in dem Schuhkarton ein Glas in den offenen Kamin schleudern und laut fluchen, ja geradezu schreien. Aber jetzt noch nicht. Und Kurt würde es nicht verstehen, nicht richtig verstehen. Es würde um Haare auf dem Boden und Bartstoppeln auf der Emaille gehen. Rasierpinsel, Seifennäpfe, gemangelte Gesichtshandtücher, abgezogene Rasiermesser in den Regalfächern. Um Großvater, den Barbier. Der anderer Leute Körper anfasste.

Noch wollten sie nicht gehen. In Dumpfheit und Süße zogen sie ihren Triumph in die Länge. Ich aß unentwegt Marzipantorte, Kekse, Weintrauben, Konfekt, Salzgebäck und Sandwiches mit Käse und Anchoviscreme. Stand neben dem Schrank und hörte jedes Wort. Ich ging als eine der Letzten, obwohl ich die ganze Zeit kaum jemanden gehabt hatte, mit dem ich mich hätte unterhalten können. Ich stand nur deswegen so lange dort herum, weil ich noch nie in der Nähe des Großbürgertums gewesen war. Es war interessant zu hören, wie Parvenüs zurechtgestutzt wurden. Die Käseglocke nahm ich wieder mit, als ich ging.

Der General konnte zu dem zweiten Gratulationsempfang in Uppsala nicht kommen, da er an den Rollstuhl gefesselt war. Hoch und ausladend standen zwei Neorokoko-Kandelaber mitten auf dem Geschenketisch. Die waren von ihm, und seine Haushälterin hatte sie aufpoliert. Lillemor rief: »Ooooh!«, und ganz offensichtlich verschwendete sie keinen Gedanken daran, wie die Dinger sich auf dem Tisch in der Essecke im fünften Stock des Punkthauses in Stabby ausnehmen würden.

»Das ist Neusilber, mein liebes Kind«, sagte Rolfs Mutter, und Lillemor bereute bestimmt, sich so laut dazu geäußert zu haben. Sie trug ein graublaues Seidenkleid. Astrid hatte vermutlich Baumwolle für ein junges Mädchen als passend erachtet und das rosarote Kleid mit dem Bolero, das Lillemor in Kramfors getragen hatte, für gelungen gehalten. In der Wohnung am Stora Torget in Uppsala sollte es dagegen Seide sein. Und eine Perlenkette. Zuchtperlen im Verlauf. Lillemor sagte ehrlich, dass es sich um ein Geschenk zu Mutters Vierzigstem handelte. Ich glaube, sie war dazu übergegangen, in bedrängter Lage aufrichtig zu sein. Mädchenhaft unbefangen. Dem ist nichts hinzuzufügen.

Wirklich schlimm war die jüngere Schwester, die Frau Doktor. Die ältere wohnte noch zu Hause, und sie roch tatsächlich nach Hund. Ich ging nahe an sie heran, um mich davon zu überzeugen.

Alle äußerten sich zu den Kandelabern des Generals. Ich hatte die Käseglocke umgetauscht und brachte mein neues Geschenk mit. Lillemor packte den Karton aus und platzierte den Fleischwolf, der darin lag, weit von den Kandelabern entfernt.

Da ging versehentlich eine Tür auf, die eigentlich geschlossen bleiben sollte, und die drei Hirschhunde der älteren Schwester kamen frei. Angesichts der starken Witterungen und Stimmen der Menschenansammlung in Panik, rannten sie eine Runde nach der anderen durch die Wohnung und sprangen dreimal über ein Sofa mit vier kreischenden Damen. Verschütteter Kaffee, hinter dem Sofa ein Hut auf dem Boden und ein Herz, das vermutlich wie ein Fisch zuckte. Die Dame musste auf ein Bett gelegt werden, Lillemor half mit, ich desgleichen.

Ich roch die Muffigkeit in dem Schlafzimmer. Vornehm war es. Aber muffig. Als ob hier etwas sehr schnell alterte. Kandelaber und Hüte in Gesellschaft sollten bald nur noch Hieroglyphen sein, vergessenes Gerümpel.

Lillemor sinniert auf dem Heimweg von der Königlichen Bibliothek im Taxi über Sjöborg. Das Haus war ein Holzgebäude mit Seitenflügeln. Ob es noch steht? In einer Mälarbucht ergoss sich träges grünes Wasser in den Uferschlamm.

Sind es die scharfen Erinnerungsbilder, die Leute dankbar machen? Möglicherweise hat das Gedächtnis erogene Zonen, die beim Romanelesen stimuliert werden. Babbas Text hat den General heraufbeschworen, obwohl über ihn eigentlich nichts drinsteht. Er war ja nicht auf dem Gratulationsempfang zu ihrer Hochzeit. Sie mussten sich bei ihm jedoch für die Kandelaber bedanken, weswegen sie wohl mit diesem Ford Eifel nach Sjöborg hinausgefahren sind.

Sie denkt an Rolfs Großvater, an die braunen Flecken und dicken blauen Adern auf seinen Händen. Alles an ihm war schlaff, hängend und fließend. Außerdem war er ungleichmäßig rasiert. Es muss schwierig gewesen sein, die alte Haut so zu spannen, dass der Bart abgeschabt werden konnte.

Er empfing sie in der Bibliothek. Die Haushälterin schob ihn in seinem Rollstuhl herein und stellte ihn ab. Hieß sie nicht Fräulein Lundbom? Egal, sie schenkte Sherry ein und breitete dem General eine Serviette auf dem Schoß aus. Lillemor hatte zuerst gedacht, er sei nicht

mehr bei Verstand. Doch da fragte er, wo ihr Vater angestellt sei, und sie antwortete keck, dass er eine eigene Firma habe.
»Was macht er?«
»Er hat eine Bootswerft.«
»Im Telefonbuch steht Oberbuchhalter«, sagte der General.
In der Bibliothek oder draußen tickte es. Irgendwo war eine Uhr. Dann merkt sie, dass es im Taxi tickt. Der Chauffeur hat irgendetwas an seinem Rechner gemacht, sodass sich langsam eine Quittung herausschiebt. Lillemor kramt ihre Master Card hervor und reicht sie ihm. Was um alles in der Welt hat sie dem General erzählt? Dass Vater zuvor im Konzern gewesen war. Dass die Bezeichnung Oberbuchhalter versehentlich stehen geblieben war.
»Na ja«, sagte der General, der beileibe nicht verkalkt war. »Ich werde mich bei Odde erkundigen.«
Den Namen Odde so en passant hinzuwerfen war unglaublich. Er war damals Vorstandsvorsitzender des Konzerns. Ein paarmal im Jahr kam er von Stockholm angereist, folglich gab es ihn tatsächlich. Vor allem aber war er ein Anzugtuch unvorstellbarer Qualität.
Nach einem dürftigen Mittagessen waren Rolf und sie ins Turnhaus gegangen. Es hatte Fenster zum See, Sprossenwände und einen trockenen Geruch, denn es war lange her, dass junge Generalssöhne hier trainiert hatten. Rolf wollte, dass sie sich an die Trapeze hängten, nackt. Sie unbewegt und er aus seiner Richtung her pendelnd. Er wollte versuchen, genau zu treffen. Das erforderte eine steile Erektion.
Rolf hatte so viele sexuelle Einfälle. Sie wurde müde und sah, wie das Wasser des Mälaren am Ufer graubraun wurde, denn Wind war aufgekommen, und die Wellen schäumten. Rolf versuchte es. Es war ja eine Frage kon-

zentrierter Präzision, und da war es nicht leicht, die Erektion aufrechtzuerhalten.

Lillemor verspürte diese tiefe Müdigkeit. Gleichwohl nur am Anfang.

Müde vom Kampf, das ist der Gedanke, der ihr jetzt kommt.

Da sagt der Chauffeur: »Würden Sie bitte hier unterschreiben.«

Er hält ihr die Unterlage mit der Quittung und einen Stift hin und wartet offenbar schon eine geraume Weile.

Verzweiflung Wahnsinn Mäuse

Am 13. September 1959 um 22:02:30 Uhr schwedischer Zeit erreichte Lunik II den Mond und schlug dort auf, und als das erledigt war, brachten sie im Radio Schubert. Am 14. September war der Himmel über Uppsala bedeckt, trotzdem schauten viele nach oben. Tage Erlander war Ministerpräsident und Gustaf VI. Adolf König. Was mich angeht, so schob ich das sechste Jahr einen Bibliothekswagen durch die unterirdischen Gänge und Korridore der Uniklinik. Lunik befand sich zwischen dem Meer der Ruhe, dem Meer der Heiterkeit und dem Meer der Dünste.

Am Nachmittag kam ich zur Psychiatrie. Auf dem Flur der Station 56 saß ein Mann in ausgewaschener blauer Patientenkleidung. Er war drauf und dran, seinen Schwanz herauszuholen, als ich den Bücherwagen aus dem Aufzug stieß. Während er an sich fummelte, ging ich zur 57 weiter, einer ruhigen Station mit Geranien.

Eine Tür stand halb offen. Ich sah ein Bett mit grünem Bezug, auf dem zusammengesunken eine Frau saß und von einem Teller auf dem hohen Wagen, der als Nachttisch diente, aß. Eigentlich aß sie nicht, sondern hielt nur den Löffel in der Hand.

»Möchten Sie Bücher ausleihen?«, fragte ich.

Sie hob den Blick. Jämmerlich wie der Mond, hohlwangig und graufleckig. Zuletzt hatte ich sie auf der Hochzeit einer Klassenkameradin in Kramfors gesehen. Damals trug sie ein Kleid mit einem Rock aus zwei oder drei Lagen blassblauer Seidenblasen und einer silbergrauen Tüllrose in einer Falte. Sie sah wieder auf ihren Teller, namenlos im karierten Baumwollmorgenrock des Krankenhauses.

»Erkennst du mich nicht mehr?«, fragte ich.

Tags darauf kam ich zur Besuchszeit. Da war ihre Tür zu, doch ich klopfte an. Von drinnen war kein Laut zu hören. Ich öffnete und glaubte zuerst, es sei niemand im Zimmer, aber dann sah ich, dass Lillemor Troj hinter dem Sessel am Fenster kauerte. Man durfte ihr Gesicht nicht sehen, so majestätisch war ihre Trauer. Sie war die Mondkönigin persönlich. Wahnsinnig und streng. So schlimm war es freilich nicht. Aber das war ihr nicht klar.

Einleitung, Höhepunkt und Schluss, das waren Lillemors Spezialitäten. Hier war sie jedoch in der Zeitlosigkeit gelandet. Sie hatte einen trockenen Mund und zittrige Beine. Man verabreichte ihr scharfe Sachen, um sie auf andere Gedanken zu bringen: Insulin, Barbitursäure. Ich war überzeugt, dass man seine wahre Freude daran hatte, wie mexikanische Köche: je schärfer, desto besser.

Lillemor hatte das nicht so verstanden. Sie glaubte: je wahnsinniger, desto schärfer. Mit Einleitung, Höhepunkt und Schluss erzählte sie, dass der Professor Maklow hieß und seine Opium-Mixtur Mackipillen genannt wurden. Das waren blaugraue, in Hexenmehl gewälzte Kügelchen. Die hatte sie nach ihrem ersten Besuch in seiner Praxis bekommen und sich in einer Walpurgisnacht alle auf einmal einverleibt. Es war ihr nicht sonderlich gut gegangen nach dem Magenauspumpen, und sie glaubte, sie sei geisteskrank und alles sei zu Ende.

Sie war nicht geisteskrank, das musste sie schon bald einräumen. Sie war nur an einem Ort gelandet, wo man, mütterlich sanft, von ihr verlangte, mit einem Uhrmachergehilfen, der einen Laden in der Drottninggatan hatte (es war eine gemischte Station), einem Fleischer aus Boländerna, der die Pflegerinnen Bräute nannte, und einer Frau, die sich die Haare ausgerissen hatte, zusammen zu essen. Außerdem sollte sie mit dieser fast kahlköpfigen Frau aus Enköping Kaffeetassen abwaschen und dann mit einer Pflegerin Mensch-ärgere-dich-nicht spielen, die mit ihren Gedanken auf Reisen war, weil sie den Flur noch wischen musste, bevor sie nach Hause ging. Die Fliege machte, wie es hieß.

Eine härtere Truppe saß in der Eingangshalle und rauchte. Ihre Tabletten spuckten sie aus. Sobald die Schwester die Tür zugemacht hatte, prasselte es im Papierkorb. Eine Telefonistin, die bei Domus arbeitete, bleichte sich mit Wasserstoffsuperoxid die Haare, dass es im Waschbecken der Toilette zischte. Um zu fliehen, lieh sie sich von ihrem Bruder, einem Rocker, das Motorrad und fuhr damit in eine Hecke. Ein Junge, der neben ihr saß, als sie dies erzählte, sagte, er überfahre gern Tiere, wenn er mit einem Fahrzeug unterwegs sei. Lillemor, die ein paarmal dabeigesessen hatte, hörte auf zu rauchen und verkroch sich wieder hinter dem Sessel in ihrem Zimmer.

Diesmal kroch sie hervor, als ich kam, setzte sich ans Fenster und starrte wortlos hinaus.

Die Espen am Hang unterhalb des Sten-Sture-Monuments sind schon ganz schwefelgelb, schrieb ich später in meine Kartei und strich das Wort »ganz«. Doch hält sich noch ein blasses Grün, und kleine Tupfen Rost und Braun schleichen sich ein. Sterbendes Laub ist wie Haar. Die Espe verliert es aus Kummer, erinnert sich nicht, dass es vorübergeht, ja verzweifelt gegen Moos und Erde. Daneben die Wacholderbüsche, sie müssen nicht durchhalten, sie gedeihen einfach. Ich kam früh ins Wacholderalter.

Ach, ach, ach, was sind diese Herbstnebel weich im Herzensgrund. Hatte mir den *Herbst* von Gunnar Ekelöf angeeignet, das war wohl 1951. Wenn man doch etwas abgeben könnte von der Barmherzigkeit der Jahreszeiten, nein, von des Spätsommers Barmherzigkeit gegen den Herbst! Sich nicht zu Tode hetzen lassen.

Da fiel mir wieder ein, dass auf Lillemors Gepäckträger Ekelöfs *Im Herbst* festgeschnallt war, als wir uns endlich im Engelska Parken getroffen hatten. Ich zog die Rolle mit dünnem Durchschlagpapier hervor, durch das die blaue Karbonschrift schimmerte, und reichte sie ihr. Sie schnaubte und schnallte sie auf dem Buch fest.

»Bücher solltest du aber anders behandeln«, sagte ich.

»Ach was, das habe ich doch nur antiquarisch beim Bücher-Viktor gekauft.«

Sie log bestimmt. Das Buch war ja erst vor zwei Jahren erschienen.

»Tschüss, ich muss zum Zahnarzt!«

Sie strampelte unter den Bäumen davon. Der Fahrtwind spannte ihren Rock wie einen Sonnenschirm auf.

Sie war furchtbar süß. Zerbrechlich in ihrem schwankenden Leben, das von wahren oder unwahren kleinen Ausrufen zusammengehalten wurde.

Das nächste Mal kam ich mit dem Bibliothekswagen auf Station 57, und da trug sie einen chinesischen Pyjama aus schwarzem Satin. Sie war geschminkt und hatte das Haar mit einem fast weißblonden Nylonzopf rings um den Scheitel hochgesteckt. »Von Tag zu Tag besser und besser«, sagte eine Pflegerin, die aus Tierp war und Lillemors Putzfrau kannte. Das durfte sie aber nicht erzählen.

»Ich kann nicht lesen«, sagte Lillemor. »Es ergibt keine Wörter. Nur Buchstaben.«

»Pfeif drauf«, meinte ich.

»Ich kann auch keine Musik hören. Es sind nur Geräusche, mehr nicht.«

»Sie bringen ohnehin fast nur Mist«, sagte ich.

Da fing sie von Schubert an, dass sie seine Musik gebracht hatten, als Lunik II auf dem Mond gelandet war.

Ich stieg jetzt jeden Nachmittag oben beim Monument herum und besuchte Lillemor bis zu viermal in der Woche, dann fünfmal und schließlich jeden Abend. Ich durfte nach Feierabend zu einer besonderen Besuchszeit kommen, weil Lillemor lieber mit mir Fünf-in-eine-Reihe spielen wollte als mit einer zerstreuten Pflegerin Mensch-ärgere-dich-nicht. Statt Kreuzen und Kreisen nahmen wir Fruchtgummimäuse. Rote und grüne. Die gelben aßen wir auf.

Wir unterhielten uns. Lillemor konnte hervorragend erzählen, und warum sollte sie sich vor mir schämen? Die anderen, die himmlisch weißen Gestalten, wollten ihr elektrischen Strom durchs Gehirn jagen. Ich aber gehörte zur Erde, wo man sich versteckt und List anwendet.

Ich sagte: »Die einzige Möglichkeit ist, sie zu täuschen, anders kommst du nie hier raus.«

»Wie denn?«

»Du musst so tun, als ob du gesund wärst.«

»Das ist nicht so einfach.«

»Wenn man sich wahnsinnig stellen kann, dann kann man sich auch gesund stellen.«

So leicht, wie ich gedacht hatte, waren sie aber nicht zu täuschen. Lillemor kam um die Elektroschocks herum, weil es dort einen freundlichen und recht vernünftigen Stationsarzt gab. Seiner Ansicht nach war es auch nicht gut, dass sie so viele Medikamente bekam. Er meinte, sie solle ihre Probleme angehen. Sie erzählte, was er gesagt hatte, und sie erzählte es mitten in ihrer Trübsal auf lustige Art. Sie besaß Talent dazu.

Maklow genehmigte drei Therapiegespräche pro Woche, und damit ihr überhaupt Worte aus dem geschwollenen Mund und über die starren Lippen kamen, hatte man die Medikamentendosis gesenkt. Lillemor hockte jedoch bald wieder hinter dem Sessel. Dass sie mit mir sprach und anfing, sich anzukleiden, zu schminken und die Haare mit dem blonden falschen Zopf hochzustecken, betrachteten sie als ein Wunder, und sie wollten natürlich wissen, was meine Methode war.

Ich hatte aber keine. Sie durfte einfach drauflosreden, und in diesem Herbst erzählte sie mir so ziemlich ihr gesamtes Leben, während wir auf großen Therapieblättern, die wir mit Buntstift kästelten, Fünf-in-eine-Reihe spielten. Manchmal aß sie alle Mäuse auf, während sie erzählte.

Der Arzt gab nicht so leicht auf, und als er sie wieder in der Therapie hatte, stoppte er ihre Aussagen. Er wollte sie zwingen zu verstehen, was sich, natürlich unbewusst, dahinter verbarg und ihr Erzählen wie auch ihr Leben steuerte.

»Und was ist es?«, fragte ich.

»Ich glaube, er meint meine Mutter.«

Sie hatten Astrid Troj verboten anzurufen. Lillemors Zustand verschlechtere sich dadurch, dass ihre Mutter abwechselnd sagte, Lillemor solle sich zusammenreißen und sie habe sie aufgegeben.

Der Stationsarzt hatte in den Gesprächen ein Buch erwähnt, das er gerade las. Es war *Neurose und menschliches Wachstum* von der deutsch-amerikanischen Psychoanalytikerin Karen Horney. Lillemor sagte, wenn diese Frau nicht schon tot wäre, würde sie zu ihr fahren, um sie kennenzulernen. Zum ersten Mal äußerte sie damit einen Wunsch, und deshalb nahm ich es auf mich, das Buch in der Lundequistska-Buchhandlung zu besorgen. Sie wollte mit dem Stationsarzt um die Wette lesen, und somit begann ihr rezeptiv und imitativ funktionierendes Gehirn wieder zu arbeiten.

»Es gibt drei Arten neurotischer Lösungen«, teilte sie mit, als ich das nächste Mal kam.

Sie legte eine gelbe Fruchtgummimaus auf die Resopalplatte des Nachttischs und sagte: »Die expansive Lösung im Zeichen der Macht. Das ist Mutter. Dann haben wir die Nummer zwei, das bin ich. Die selbstverleugnende Lösung im Zeichen der Liebe.«

Sie legte eine rote Maus neben die gelbe.

»Und schließlich haben wir die Resignation im Zeichen der Freiheit.«

»Klingt gut«, sagte ich.

»Überhaupt nicht. Das ist die Schlimmste. Das ist Rolf«, sagte sie und quetschte eine grüne Maus neben die beiden anderen.

Es fiel mir schwer, an Lillemor das Selbstverleugnende zu sehen.

»Roffe«, sagte ich stattdessen. »Nach all dem, was du über ihn erzählt hast, wirkt er nicht sonderlich resigniert.«

»Damit ist nicht passiv und phlegmatisch gemeint«, erklärte sie. »Er hat mit seinem Leben aber nichts Bestimmtes vor, und er verscheucht Fragen nach dem Sinn und Zweck. Ich glaube, im Grunde erhofft er nichts über – tja, das Gewöhnliche hinaus.«

»Das ist ja wohl nicht ungewöhnlich«, sagte ich.

Jedenfalls möbelte dieses Buch sie auf, und bald verstand sie sich auch mit dem Stationsarzt besser. Sie fühlte sich, nachdem sie beide das gleiche Buch gelesen hatten, natürlich beinahe gleichauf. Lillemor war nicht gern unterlegen. Im Übrigen war er ein ziemlich kluger Mann.

Es ging aufwärts, doch Lillemor kam erst an Lucia heraus. Viele ihrer Geschichten waren unterhaltsam, und einige landeten in meinem Karteikasten. Im November hatten wir schließlich angefangen, eine Intrige zu einem Kurzkrimi zu entwickeln. Sie wuchs, und als Lillemor nach Hause fuhr, reichte es für einen Roman, aber er war noch ungeschrieben.

»Den schreibst du doch schnell zusammen«, sagte Lillemor. »Aber vergiss nicht meine Provision.« Dann fuhr sie mit dem Taxi davon, gekleidet in einen Tweedulster mit Revers aus kamelhaarfarbener Wolle, auf dem Kopf eine voluminöse Rotfuchsmütze.

Lillemors Elend hieß Angstneurose. Maklow nannte es indes endogene Depression und sagte, es hänge nicht mit ihren Erlebnissen, zum Beispiel am Walpurgisabend, zusammen, sondern komme von innen. Es sei die Chemie im Gehirn, und davon verstünden sie etwas. Lillemor hatte ihre Mackipillen und ihre Schlaftabletten geschluckt, und an Walpurgis hatte ein Arzt aus Rolfs Bekanntenkreis ein Kuvert mit ein paar Ritalin mitgebracht, weil er erfahren hatte, dass sie sich müde und down fühle. Daraufhin ging es hoch her, die gesamte Cocktailparty, sie wurde ein richtig ausgelassenes Fest, das bis weit in die Nacht ging. Und weil sie jetzt so zentral wohnten, stieg die Party bei ihnen. Nach dem Mützenschwenken vor der Unibibliothek am Carolinabacken kamen die Leute mit Kleinkindern und Luftballons an. Sie waren jetzt schließlich in einem Alter, in dem man nicht mehr draußen herumrannte und die Frauen Hüte statt Studentenmützen trugen, zumindest die verheirateten.

Die meisten gingen vermutlich nach Hause und brachten ihre Kinder ins Bett, aber es waren immer noch viele Leute da, und gegen zwei Uhr in der Nacht war nach wie vor ordentlich Schwung in der Bude. Lillemor zauberte einen Imbiss aus einem Bauernfrühstück und einem Kurzen und suchte Rolf, um ihn zu fragen, wo er den Schnaps hingetan habe, da sie ihn im Kühlschrank nicht fand. Von dem Schnaps war dann keine Rede mehr, denn sie ertappte Rolf und eine Juratusse, die er aus der Studentenvereinigung kannte, hinten im Abstellraum, den Lillemor als Kinderzimmer vorgesehen hatte und in dem ein Sofa stand.

Es war die Nacht, die für sie kein gutes Ende nahm.

»Lillemor ist zusammengebrochen, wie du weißt«, sagte Rolf Nyrén, als ich mit ihm auf Station 57 zusammenstieß. Er kam mit einem Strauß Astern an, ich mit meinen Fruchtgummimäusen. Er glaubte, es würde alles gut gehen.

Sie pumpten sie mit Barbituraten und Insulin voll, dann noch mit den Vorläufern der Benzodiazepine, die in Probepackungen aus Amerika kamen, und sie versicherten ihr, dass dies die richtige Methode sei. Es funktionierte doch alles: automatische Toaster, Heizung in Autos, Adoptionen ausländischer Kinder, die allgemeine Zusatzrente, die gesamte Demokratie funktionierte. Wer hätte da vermutet, dass es in Lillemors Gehirn einen Einbruch geben würde und dass ausgerechnet diese Frau so schwer zu behandeln wäre und sich hinter einen Sessel hockte und sich weigerte zu sprechen?

Sie hatte dagestanden und Nyréns wippenden Hintern sowie die gespreizten und angewinkelten Beine der Juratusse gesehen. Wahrscheinlich mit beiden Augen.

Sie hat ungleiche Augen. Betrachtet man ein Foto von ihr genau, egal, welches aus all diesen Zeiten, doch eines direkt von vorn, so sieht man: Ein Lid, nämlich das rechte, verdeckt den Augapfel mehr als das linke. Man könnte auf die Idee kommen, dass sie vom Leben nur gut die Hälfte wahrnimmt. Auf einen Blick.

Das Leben mit Rolf würde ebenfalls funktionieren, daran hatte sie fest geglaubt. Aber dort auf dem Sofa in der Walpurgisnacht wurde es zu viel, auch für das andere Auge, und sie war schnurstracks hergegangen und hatte über das Ritalin hinaus auch alle ihre Mackipillen geschluckt.

Während sich Lillemor Troj so erfolgreich durch die Welt schwindelte, hatte natürlich auch ich ein Leben. Aber dies ist nun mal ihre Biografie, und auf den Bildern ist schließlich sie zu sehen gewesen. Die Zeit verging, wie es in alten Romanen immer heißt. Sie verging auch für mich, obwohl ich es kaum merkte, als ich in kribbelnder Unzufriedenheit in der Bibliothek herumackerte. Für Lillemor war ich wohl wie einer dieser Romanzyklen, die sich jetzt im Keller der Bibliothek befinden. Oder aber ich saß auf den Steinen.

Sie erinnerte sich bestimmt an die Situation aus den Buddenbrooks: Auf den Steinen sitzen hieß abseits sein, in diesem Fall abseits des gesellschaftlichen Lebens der besseren Kreise, woran Tony Buddenbrook in dem Badeort teilhaben durfte, nicht aber ihr Schwarm. Ich saß auf den Steinen zwischen muffig riechenden Büchern und nörgelnden Menschen.

Im Keller zu landen hat seine Entsprechung in der Literatur. Heutzutage führen *Die Thibaults* ein Kellerleben, das kein Leben ist, zusammen mit *Rot und Schwarz* und *Wilhelm Meisters Lehr- und Wanderjahre*. Aber schon damals wollten die Leute Roger Martin du Gards Familienepos in sieben Bänden nicht lesen, wo es doch Vic Suneson und Maria Lang gab. Jedenfalls nicht im Sommer. Das machte mich aus zwei eigentlich unvereinbaren Gründen sauer. Zum einen, weil die meisten freiwillig Mist statt guter Bücher zu wählen schienen, zum anderen, weil meine Vorgesetzten über die Leute, die sich Unterhaltungsliteratur ausliehen, die Nase rümpften. Trotzdem war das erst der Anfang.

Im Herbst würden die alten Meister ja wieder nachgefragt werden, als Studienlektüre. Dass ihre Aussichten nicht rosig waren, war mir aber schon damals klar.

Obwohl, auf der anderen Seite, was ist eigentlich verkehrt an Unterhaltung?

Erst fünf Uhr. Noch Stunden, bis der Schlaf kommt – so sie überhaupt auf Schlaf zu hoffen wagt. Das Bewusstsein kann auf Selbstquälerei eingestellt sein. Dann treiben aus der Mülldeponie des Gehirns gerissene Fetzen umher, und es sind keine Vorboten jenes tiefen Schlummers, der Hypnos' Geschenk ist. Sie wirbeln herum, als gäbe es weder Wahl noch Wille. Heutzutage hört sie oft ein Rauschen, wenn sie wach liegt. Wahrscheinlich ist es ein leichter Tinnitus, der sich nur dann bemerkbar macht, wenn es um sie herum still ist. Das Geräusch ängstigt Lillemor jedoch. Es klingt für sie wie Stimmengewirr, bisweilen wie Lärm aus der Chaosnacht.

In Rotbol hat sie sich zum Einschlafen immer den kleinen Finger in das Ohr gesteckt, das nicht auf dem Kissen lag. Der Geräusche wegen. Aber das waren wenigstens reale Geräusche: ein fast nicht wahrnehmbares Knispern, manchmal auch ein leises Rascheln, das leicht ans Bewusstsein stupste und sie wieder hochholte, wenn sie in den Brunnen des Schlafs sank. Waren das Ratten?

Sie war damals, im Sommer 1960, der Stille wegen in der Kate, und im Großen und Ganzen war es tagsüber auch still. Die Nächte aber waren voller leiser Geräusche. Es gibt im Gehirn eine Stelle namens Amygdala. Eigentlich sind es zwei Stellen, und sie sehen aus wie Mandeln. Das weiß sie. Aber was hilft es, das zu wissen? Die Mandeln der Amygdala sind für die Wachsamkeit zuständig. Sie lassen die Menschen wie einen Hasen aus dem Gras hochfahren. Sie sind schlicht das Schreckzentrum und jenseits aller Vernunft. Lillemor wünscht, man könnte sie herausoperieren. Sie waren in der Steinzeit nützlich, aber doch nicht heute.

Sie nimmt eine Packung Nudeln aus dem Schrank. Es gibt nur etwas Einfaches, denn sie erträgt es nicht, zu Sabis ins Einkaufszentrum Fältöversten zu gehen und Gefahr zu laufen, dass sie wieder jemand anfasst und ihr für alles, was sie geschrieben hat, dankt. Sie kann noch eine Handvoll tiefgefrorener Erbsen auftauen und dazugeben, dann ist es gesund. Während die Nudeln ihre vier Minuten kochen, denkt sie an Rotbol.

Sie hatte damals kein gutes Frühjahr hinter sich. Schon im März war zu viel zu tun gewesen: das Manuskript zum Film für den Landwirtschaftsverband, über das Rolf lachte und das er »Von der Ähre zum Brotlaib« nannte. Das war doch in jenem Frühjahr? Sie wollte es nicht schreiben, musste es aber aus finanziellen Gründen tun. Und sie plagte sich mit dem Sprechertext zu dem Film über die schwedische Einheitsschule ab, den die oberste Schulbehörde Version um Version peinlichst genau durchging und den sie ständig überarbeiten musste. Bis spätabends saß sie mit dem Kameramann am Schneidetisch und versuchte, dem Material für den Film über Schweden als Urlaubsland den letzten Schliff zu geben. Dann bearbeitete sie auch noch die Dialoge eines Krimidrehbuchs. Es stammte von einem recht bekannten Autor, der aber nicht wusste, wie Menschen redeten. Auf der Heimfahrt schrieb sie an einer Krimiserie, die Tage Danielsson für den Rundfunk in Auftrag gegeben hatte. Als Freiberuflerin konnte sie sich inzwischen eine Monatskarte in der zweiten Klasse leisten und endlich im Zug arbeiten. In der dritten Klasse saßen die Pendler, knallten mit ihren Spielkarten, lachten und redeten mit lauten Stimmen. Sie verdiente mehr als eine Festangestellte, bürdete sich aber zu viel auf.

Auf der Heimfahrt nach Uppsala saß sie eines Abends Ragnar Edenman im Zug gegenüber und begriff, dass sie schwanger war. Diese Erkenntnis überfiel sie mitten im Stress. Mit dem Kultusminister vor Augen konnte sie sich ihre ausgebliebene Menstruation, ihre seltsame Müdigkeit und ihre angeschwollenen Brüste zusammenreimen, und mit einem Mal war ihr klar, was mit ihr los war.

Nur zwei Wochen später lief sie umher und murmelte: »Bleib bei mir, bleib bei mir!« und versuchte, ihren Körper rund um den wachsenden Embryo zusammenzuhalten. Sie hatte jetzt nämlich wieder Blutstreifen in der Hose und ein seltsames Ziehen im Bauch. Zu Rolf sagte sie nichts, da sie befürchtete, mit Worten könnte noch mehr Unheil heraufbeschworen werden. Also lief sie murmelnd umher und ging nicht zum Gynäkologen. Sie hatte Angst vor ihm. Auch er wäre imstande, ein Elend heraufzubeschwören.

Eines Abends hatten sie Gäste zum Essen eingeladen, eine ehemalige Kommilitonin und ihren Mann. Lillemor hatte ein kompliziertes Gericht aus Nordseeaal in Zitrone, Weißwein und Sahne zubereitet. Sie brachte es in einem emaillierten Eisentopf herein, doch als sie an den Tisch trat und ihn abstellen wollte, überfiel sie ein jäher, stechender Schmerz im Bauch. Der warf sie mit einem Stöhnen vornüber, und sie ließ den Eisentopf der Kommilitonin auf den Schoß fallen. Zunächst kümmerten die anderen sich um sie, die von dem heißen Papp aus Fisch und Sauce fast verbrüht wurde. Lillemor hatte weitere Schmerzattacken, und niemand nahm Notiz davon, dass sie ins Schlafzimmer ging und sich aufs Bett legte.

Merkwürdigerweise rief Rolf keinen Krankenwagen. Das fiel ihr erst hinterher auf, auch weil der Professor sie fragte, warum er es nicht getan habe. Sie hatte ihn gebeten, ihr ein paar schmerzstillende Pillen zu bringen, die er nach einer Zahnentzündung aufbewahrt hatte. Irgendwann war sie weggedämmert, und die Gäste waren gegangen. Der Fischpapp klebte noch auf dem Tisch und sogar an den Büchern im Regal, als sie am nächsten Morgen mit wackligen Beinen aufstand.

»Wie geht's dir, mein Schatz?«, fragte Rolf, und dann vereinbarten sie, dass Lillemor sich einen Termin beim Arzt geben lassen sollte. Er fuhr zu seinem Forschertisch in der Carolina Rediviva, und Lillemor kratzte erstarrte Fischsauce und übel riechende Nordseeaalstücke zusammen.

Der Gynäkologieprofessor riet ihr, mit dem Taxi ins Krankenhaus zu kommen, wo er sie sofort aufnahm. Sie hatte eine Tubargravidität. Sie wusste nicht, was das war, doch die Oberschwester auf der Privatstation sagte ihr, das bedeute Eileiterschwangerschaft. Erst als sie operiert war und alles vorbei sein sollte, erfuhr sie, dass ein befruchtetes Ei im Eileiter stecken geblieben war und aufgrund von Verengungen nicht weiterkam. Der Embryo hatte sich also an einer Stelle außerhalb der Gebärmutter entwickelt, wo er nicht genügend Platz zum Wachsen hatte. Auch in der Gebärmutter hatte sich ein Embryo eingenistet.

Die Gedanken daran befielen sie wieder, als sie in Rotbol lag und sich in den Brunnen des Schlafs abseilen wollte. Die Ratten raschelten. Vielleicht waren es ja auch nur Mäuse. In jenen Sommernächten hatte das Leben etwas hoffnungslos Graues, nach Ratten Riechendes. Ihr Leben. Aller Leben. Ist es denn so?

Mangel Embryo Eier Schmutz

Es vergingen tatsächlich nur etwas mehr als sechs Monate, bis Lillemor sich meldete. Mir kam es viel länger vor. Sie hatte kaum Zeit für mich, als ich sie mal anrief, denn sie war mitten im Trubel mit festlichen Klamotten von Leja, darunter ein Kleid aus Paris. Allerdings Prêt-à-porter, das gab sie zu. Jedenfalls mir gegenüber.

Sie hatte jetzt wieder dieses Flattern in der Stimme, und sie sagte, sie könne nicht offen sprechen, weil sie von einem Nachbarn aus anrufe. Sie sei in der Kate, allein.

Warum allein? Weil Roffe an seiner Dissertation arbeite. Ich glaubte eher, dass er im Flustret saß und sich leichte Sommerdrinks genehmigte, doch das sagte ich nicht, weil sie sich anhörte, als würde sie gleich zerbrechen.

»Wir könnten doch diesen Krimi schreiben, den wir uns ausgedacht haben. Falls du es nicht schon getan hast. Und falls du kommen kannst.«

»Ich habe ab Freitag Urlaub«, sagte ich. Es war Mittwoch, und ihre Stimme verriet, dass sie diese zwei Tage mit knapper Not überstehen würde. Ich war heftig unter Druck geraten, später Urlaub zu nehmen. Mein Chef war der Meinung, zuerst sei das verheiratete Bibliothekspersonal an der Reihe. Wenn man Familie habe und mehrere Termine unter einen Hut bringen müsse, dann habe man bei den begehrten Juliwochen den Vortritt. Da wurde ich so sauer, dass ich auf meinem Recht beharrte, obwohl ich keine anderen Urlaubspläne hatte, als nach Kramfors heimzufahren. Ich wollte lesen und vielleicht mit meinem Vater in seinem Kunststoffkahn von Gustafsson & Troj auf den Fluss hinausrudern und mit ihm und Emil angeln.

Ich freute mich, dass Lillemor angerufen hatte, und als ich sie dann sah, war sie so ergreifend, dass sie einem nur leidtun konnte. Sie war hohlwangig, hatte schwarzblaue Augenringe und spitzknochige Arme, die aus den angeschnittenen Ärmeln eines weiß getüpfelten grauen Kleides ragten. Es war gerade geschnitten, ohne Taille. Sie habe es gekauft, weil sie schwanger gewesen sei, aber daraus sei nichts geworden, erklärte sie.

So klang das zunächst. Tapfer, fast verbissen. Es war wie immer schwierig, aus dem Menschenkonzept Lillemor Troj klug zu werden. Sie konnte nicht schlafen, doch das hätte sie nicht zu erwähnen brauchen, das sah man.

»Das ist doch nicht weiter verwunderlich«, sagte ich. »Du mit deiner Angst vor der Dunkelheit. Trotzdem haust du mutterseelenallein in einer Hütte, ohne Nachbarn, nur mit einem geistesgestörten alten Knacker, der sich an dich heranschleicht.«

Den entdeckte ich gleich am ersten Tag. Er stand in einem Erlengebüsch und spannte lüstern auf Lillemor, die im Bikini auf einer Decke lag, während ich drinnen saß und unseren Krimientwurf durchlas, den sie ihrer Filmwelt entsprechend Synopsis nannte.

Ich schlich mich von hinten an den Alten heran und brüllte: »Was suchen Sie hier?«

»Soll paar Eier bring«, nuschelte er und hatte tatsächlich eine Papiertüte bei sich.

»Nehmen Sie Ihre Scheißeier, und machen Sie, dass sie fortkommen«, sagte ich.

Er glotzte mich böse an, und ich dachte mir, dass wir uns vorsehen müssten. Ein paar Tage später hörte ich im Laden, er habe im Sommer davor seine Frau erst fast zu

Tode erschreckt, indem er mit Selbstmord drohte, und anschließend im Brennholzschuppen eine Schlachtmaske für Schweine abgefeuert. Der äußerst mitteilsame Kaufmann hatte keine Schlagsahne zu unseren Walderdbeeren, die wir milchsattenweise gesammelt hatten, bot aber aus der Gefriertruhe einen uralten Tetrapak Sahne an, von der er glaubte, sie sei dort wieder frisch geworden. Gefriertruhen waren ein derart neues Phänomen, dass ihnen magische Kräfte zugeschrieben wurden.

Spätestens jetzt erkannte ich, wo Lillemor da gelandet war. Als sie einmal Pflanzen suchte, hatte ein anderer Geistesgestörter mit einer Schrotflinte auf sie geschossen. Sie war der Meinung, in einem dunklen Waldsee eine Wasseraloe entdeckt zu haben, und wollte schon einen Steilhang hinunterklettern, als das Schrot gegen die Bergwand prasselte. Die Entfernung war groß, und Lillemor kam nur deswegen davon, weil sie in ihrer Eile von dem Felsenband gestürzt war.

Im Laden erfuhr ich, dass der Freiherr, dem das Gut, das Hüttenwerk und die Ländereien gehörten und der den Herrschaften Nyrén auch die Kate verpachtete, für die Sportfischerei Teiche angelegt und mit Edelfischen besetzt habe. Zum Schutz der Teiche vor Fischwilderei hatte er ein paar alte Waldarbeiter angeheuert, und die nahmen ihre Aufgabe ernst. Es war ein Wunder, dass Lillemor so lange unversehrt geblieben war.

Lillemor hatte keinen Selbsterhaltungstrieb. Sie dachte vor allem daran, wie sie sich ausnahm, wie sie sich verhalten sollte und was ihre Pflicht war.

Ihre erste Pflicht schien es zu sein, von Leuten Gutes zu denken. Dass sie noch immer an den Schwätzer Roffe Nyrén glauben wollte, war vielleicht nicht so verwunderlich. Sie hatte ja hoch gesetzt und ihn geheiratet. Aber warum musste sie von einem alten Knacker mit Schnapsfahne, der mit Eiern voller Hühnerkacke und Daunenfedern daherkam, Gutes annehmen, und warum quälte sie sich an einem öden Ort in den Wäldern von Roslagen angstvoll allein durch die Nächte? Um im Bett die vielen seltsamen und furchterregenden Geräusche nicht zu hören, hatte sie sich den Finger ins Ohr gesteckt. Sie sehnte sich danach, dass es endlich vier Uhr wurde, weil dann die Sonne aufgegangen wäre und sie wie immer ein wenig eindämmern konnte.

Ich fragte sie, warum sie nicht nach Hause fuhr, wenn sie solche Angst hatte, und sie sagte, dass sie in Eriksberg an der Endhaltestelle der Buslinie sechs wohne. Der Bus stehe immer lange mit stark vibrierendem Leerlauf unter ihrem Schlafzimmerfenster. Und das Haus sei so hellhörig, dass sie nachts, wenn alles still sei, den Deutschlehrer der Mädchenschule Magdeburg pinkeln höre.

»Ich konnte nicht daliegen und mir das anhören«, sagte sie. »Und Rolf muss seine Dissertation schreiben.« Das war alles nicht ganz einfach zu verstehen, doch nach und nach erhellte es sich. Sie hatte entdeckt, dass sie schwanger war. Das war ihr im Zug auf der Fahrt von Stockholm klar geworden. Und sie wäre nicht Lillemor gewesen, wäre ihr diese Einsicht nicht als kolossale Offenbarung gekommen und hätte sie sich, in Uppsala angelangt, nicht aufs Rad gesetzt, um in einem Gefühl der Bedeutung und Erfüllung nach Eriksberg zu fahren. Und dann ging es also schief.

Sie war wie üblich zu der Filmgesellschaft nach Stockholm gependelt, wo sie nicht etwa Werbetexte schrieb, wie sie ausdrücklich betonte. Sie verfasse Sprechertexte und sei vor allem kein Skriptgirl, damals der Frauenberuf beim Film schlechthin. Sie setze Bilder und Texte zu Kurzfilmen zusammen (so drückte sie es aus, um den Begriff inszenieren zu vermeiden), die manchmal von Kunst handelten. Sie hatte ja jetzt ihren Magister in Literaturgeschichte und Nordischen Sprachen samt zwei Semestern Kunstgeschichte und einem Semester Ästhetik.

Die Schwangerschaft endete in einer Katastrophe; danach ging es ihr schlecht, und sie erhielt mehrere Bluttransfusionen. Sie war nach wie vor schwanger, als das überstanden war, doch ich weiß nicht, wie sehr sie darauf noch zu hoffen wagte. Zu guter Letzt fuhr sie mit ihrer Gebärmutter und deren kostbarem Inhalt, der ziemlich mitgenommen sein musste, nach Hause. Wie und wo dieser zweite Embryo abgegangen war, wollte sie nicht erzählen, weshalb ich annehme, dass es auf der Toilette war.

Nun saß sie hier, Tränensäcke unter den Augen vor Schlafmangel, zittrig und mit dünnem Stimmchen, und sagte, wir sollten diesen Krimi schreiben, den wir uns ausgedacht hätten. Sie besaß noch die Aufzeichnungen von Station 57, jede Menge Seiten in einem A4-Spiralblock. Ich legte mich aufs Bett und las und ging nur mal hinaus, um diesem alten Knacker mit seiner speckigen Schiebermütze und der Tüte Hühnereier Beine zu mache. Als ich durch war, sagte ich zu Lillemor, dass sich daraus nichts machen lasse. Sie war maßlos enttäuscht und versuchte, unsere Einfälle zu verteidigen.

Ich hielt dagegen, dass wir die Idee mit dem literarischen Zitat als Motto vor jedem Kapitel von H. K. Rönblom geklaut hätten und das akademische Milieu und die geschraubte Ausdrucksweise von Maria Lang. Das Uppsalamilieu sei verstaubt, die Geschichte als solche an den Haaren herbeigezogen und wenig glaubwürdig.

»Von einem Krimi verlangt doch niemand Glaubwürdigkeit«, sagte Lillemor.

»Bisher war das vielleicht so. Aber es ist Zeit, es mal damit zu versuchen.«

»Du meinst mit Realismus? Ich möchte auf keinen Fall diese Bücher aus dem Giftschrank der Unibibliothek über richtige Morde an kleinen Mädchen und so lesen.«

Sie wusste, dass ich Otto Wendels *Handbuch der Tatortuntersuchung* gelesen hatte und mich in Zeitungsbänden in legendäre Mordfälle an Mädchen vertieft hatte. Ich merkte jedoch, dass sie vom Realismus auch nicht besser schlafen würde.

Lillemor isst ihre Nudeln, ohne Licht anzuknipsen, denn sie fürchtet, Max würde mit einem Taxi kommen und zu ihrem Fenster hochschauen. Sie hat ihren Anrufbeantworter abgehört. Im Laufe von fünf Mitteilungen wechselte seine Stimme von Erregtheit über kaum verhohlene Wut und winselndes Flehen bis hin zu resignierter Quengelei. Dieses schwarzzottige Knochengerüst befindet sich in Auflösung.

Ihr Handy ist abgestellt, seit sie die Königliche Bibliothek betreten hat; sie schaltet es jetzt ein, und sofort beginnt es zu klingeln, doch sie nimmt den Anruf nicht entgegen. Die SMS, die es ihr anzeigt, ruft sie nicht auf, sondern schaltet das Gerät aus. Doch dann überlegt sie es sich anders und schaltet es wieder ein. Als sie selbst eine SMS schreiben will, liest sie immerhin seine Nachricht.

drgd mtndr reden
gr Sorge wg Manus

Sie tippt jetzt ein:

Last Minute nach Palma
bin in Kastrup
bis in 14 Tg

Bevor sie die Nachricht abschickt, überlegt sie es sich jedoch anders, löscht sie und beginnt von vorn. Warum muss man beim Lügen immer so ängstlich realistisch sein? Sie tippt:

Last Minute

Da fällt ihr Blick auf *Svensk Botanisk Tidskrift* auf dem Couchtisch, und sie löscht es wieder. Jetzt schreibt sie voll Zuversicht:

Unverhofft Platz frei Ägypten
Botanikreise Täckholms Spur
bin in Kastrup
bis in 14 Tg

Nach kurzem Überlegen fügt sie noch hinzu:

Die Wüste blüht
Lillemor

Dann nimmt sie den Manuskriptpacken, geht ins Schlafzimmer, das zum Hof hin liegt, schließt die Tür hinter sich und schaltet die Bettlampe ein.

Schmöker Dunkelheit

Es war nicht so, dass ich mich damals im Engelska Parken an eine Person herangemacht hätte, die ich nur vom Sehen her kannte. Ich war seit Langem mit ihr bekannt und hatte ihr schon öfter einen Gefallen getan.

Während der Schulzeit half ich ab und zu in der Bibliothek in Kramfors aus, wo ich auf den kleinen Papierflügel im hinteren Einbanddeckel das Rückgabedatum stempeln durfte. Die Stempelfarbe war violett, und in den populären Romanen reihten sich die Daten in leicht krummer Linie bis weit nach unten. Lillemor lieh sich dagegen Bücher aus, in denen nicht viele Stempel waren. Sie kam mit allen Teilen der *Forsyte Saga* im Arm an, und ich sagte natürlich, dass sie nicht so viele Bücher auf einmal ausleihen dürfe.

»Ich lese schnell«, sagte sie. »Und ich mag vielbändige Romane, weil sie ein Weilchen reichen.«

Als sie mit drei Bänden von Martin du Gards *Die Thibaults* ankam, klagte sie, dass der Rest ausgeliehen sei, und zwar schon lange. Vor dem Hintergrund meiner frisch erworbenen Katalogisierungskenntnisse sagte ich ein bisschen überheblich, Honoré de Balzacs *La comédie humaine* sei etwas für sie. Von dem Gedanken an einen Romanzyklus in fünfundachtzig Teilen war sie hellauf begeistert, und ich musste gestehen, dass wir von Balzac nicht so viel in der Bibliothek hatten. So viel war wohl auch gar nicht übersetzt. Ich wurde freilich neugierig auf das Mädchen, und als ich *Die Thibaults* ausgelesen hatte – die fehlenden Bände hatte nämlich ich –, nahm ich sie und suchte das Haus, in dem Lillemor mit ihren Eltern wohnte.

Genau wie ich war sie ein Einzelkind, doch im Unterschied zu mir arbeitete sie offensichtlich nicht in den Ferien, denn ich fand sie in einer Hängematte, die zwischen zwei Ebereschen gespannt war. Es war ein regnerischer Tag, und Lillemor lag, in eine braungraue Decke gehüllt und mit einem bezogenen Kopfkissen, unter einem Regenschirm und las so versunken, dass sie mich erst bemerkte, als ich direkt vor ihr stand. Als sie den Blick hob, sah sie verwirrt drein. Es stellte sich heraus, dass sie mitten im Schluss des dritten Teils und bei Antoine Thibaults Selbstabrechnung nach der tödlichen Injektion war. Sie schluckte ein paarmal, bevor sie etwas sagte.

Als sie sah, welche Bücher ich im Arm hatte, fragte sie: »Hast du das mit dem Kind gelesen – mit der Injektion?«

Selbstverständlich hatte ich das gelesen.

»Es ist hart, ein sterbendes Kind mit einem zappelnden Huhn zu vergleichen«, sagte sie.

»An seinem Mitgefühl kannst du aber nicht zweifeln.«

Dass ausgerechnet sie, dieses adrette Ding, Sachen las, die Ekel und Mitleid hervorriefen, wunderte mich. Sollte sie nicht besser glauben, die Welt sei genauso süß und lecker, wie sie sich vor dem Spiegel zurechtzumachen suchte?

Süß ist, auf Mädchen bezogen, ein eigentümliches Wort. So saccharinhaltig. Als ich aufs Gymnasium ging, half ich in den Sommerferien in der Konditorei aus, in der meine Mutter arbeitete. Zu der Zeit war es für eine Oberschülerin nicht schicklich, als Kellnerin zu jobben. Aber in Kramfors würde wohl kaum eine Lehrkraft aus meiner Oberschule in Härnösand auftauchen.

Lillemor Troj kam oft. Meine Mutter erzählte, sie und ihre Freundinnen würden Gebäck verschlingen, sobald sie genug Geld beisammenhatten. Doch Lillemor war die Schlimmste. Sie kam auch allein, und ich fand heraus, dass sie so gierig war auf Süßes, dass sie nicht immer teilen wollte, wenn sie Geld beisammenhatte. Süßes für die Süße, dachte ich. Gleichzeitig aber wusste ich, was sie las, und wurde nicht klug aus ihr.

Eines Tages fragte sie mich, ob es auch Gebäckbruch gebe. Dieser Ausdruck aus meiner Kindheit rief mir die Tüten mit zerbrochenem Kuchen und verunglücktem Gebäck in Erinnerung, die wir uns in ebendieser Konditorei für fünf Öre gekauft hatten. Lillemor bestimmt auch. Von nun an versorgte ich sie mit Trümmern von Backwerk, für die wir kein Geld verlangen konnten.

»Für den Kaffee musst du aber löhnen«, sagte ich.

Ich empfand einen gewissen Widerwillen dagegen, diese adrette Figur mit Süßigkeiten vollzustopfen. Sie wurde von ihren Exzessen allerdings nicht dicker.

Viel später, während ihrer Zeit im Krankenhaus, hörte ich sie sagen: »Ich kann kein Essen bei mir behalten.«

»Kotzt du?«

»Mir wird schlecht, und ich muss mich übergeben.«

Schon damals fragte ich mich, ob sie mit zwei Fingern im Hals nachhalf. Während unserer Schulzeit hatte man von einem solchen Verhalten nie etwas gehört. Doch mit steigendem Wohlstand wurde es immer üblicher.

Den Vergleich zwischen Lesen und Süßigkeitenverdrücken kann ich nicht weiter treiben als bis zur Unersättlichkeit. Von dem, was man liest, kann man sich schließlich nicht befreien.

In unserem ersten Sommer in Roslagen, als ich dem alten Knacker mit den Eiern Beine machte und noch so manches andere regelte, betrachtete ich sie meist als gepflegte

Leere. Sie tat noch immer so, als glaubte sie an ihre aussichtslose Ehe. Gott schien nicht mehr aktuell zu sein, auch wenn sie sich manchmal anders verhielt.

Die Leere und die verlorene Hoffnung teilte sie mit vielen. Das Entsetzen über die Atombombe und ihren giftigen Ascheregen war abgeklungen, dreizehn Jahre nachdem in Hiroshima und Nagasaki Gebäude, Menschen und Sand geschmolzen waren. Danach hatte sich ein nagendes Gefühl der Leere breitgemacht, der Status quo des Eisernen Vorhangs, dessen Ende sich auszumalen niemand genug Kraft oder Phantasie besaß. Der Wohlfahrtsstaat und die Sozialdemokratie erzeugten keine Kampfeslust mehr. Die Gläubigen hatten ihr Glücksreich wohl erlangt, als Arbeiter wie mein Vater sich ein Auto kaufen konnten, und die Widersacher hatten vor der Gleichmacherei und Verarmung durch Steuern die Waffen gestreckt. Die Zustände glichen einander, wenn auch der eine aufgebläht, der andere giftig war. Status quo allenthalben. Sogar meine Eltern wandten verlegen den Blick ab, wenn ihre Gewerkschaftsvertreter sich Bonzenbäuche zulegten.

Sie lasen am Küchentisch, wo die Leuchtstoffröhre ein Segen war, als ihre Sehkraft allmählich nachließ. Sie verleibten sich die Dunkelheit und den monatelangen Regen Afrikas ein, indischen Urzeitschrecken in Bergeshöhlen und klitschige Liebe in Kolonien, die gerade abgewickelt wurden. Ich hatte ihnen Greene, Forster, Shute und Maugham empfohlen. Die Lebensbeschreibungen unserer Arbeiterschriftsteller hatten sie gelesen, bis sie sie auswendig kannten, denn sie hatten sie über den Vertrauensmann am Arbeitsplatz bezogen und in der Küche ins Stringregal gestellt. Sie lasen sie immer wieder. Ich schäme mich, wenn ich daran denke, dass ich sie aus dieser Welt sauber gearbeiteter Holzschnitte in schillernde dunkle, vom Öl fremder Erdteile schwere Gemälde gelockt habe.

Sie waren der Meinung, sich Wissen einzuverleiben,

doch ihre Lektüre glich dem Gebäck, das Lillemor früher in sich hineingestopft hatte. Die Leere hätten sie niemals eingestanden. Niemand von uns hat das getan, handelt es sich doch um späte Reflexionen in einer völlig anderen Zeit. Ich frage mich, ob jemals irgendein Teil der Menschheit so sehr in seinem Heute, so eingeschlossen in einem überaus kleinen Raum der Welt gelebt hat wie wir damals. Selbst für Attilas Hunnen muss die Welt größer gewesen sein. Als ich *Joseph in Ägypten* las, dachte ich, dass es Thomas Mann gelungen war, unseren üppig ausgestatteten Vorraum der Auslöschung in seinem ganzen Luxus zu schildern. Oder schlicht den Totenraum. Wie alle herausragenden Autoren war er seiner Zeit voraus.

Nevil Shutes *Das letzte Ufer* enthielt ich meinen Eltern vor, denn Kinder haben den Instinkt, ihre Eltern zu schützen. Ich wollte nicht, dass sie läsen, wie die Nordhalbkugel von einer Atombombe verwüstet wird und die Radioaktivität zur Südhalbkugel zieht. Ich selbst machte mir nicht allzu viele Gedanken über eine Auslöschung, sondern war vollauf damit zufrieden, dass der Liter Benzin fünfundsiebzig Öre kostete und Lillemor und ich auf einer geraden, für Holztransporter angelegten Straße zu ihrer Kate preschen und dort unsere Romanhandlung aushecken konnten. Wir wussten, dass das Holz zur Papierfabrik nach Hallstavik gebracht wurde, noch aber war der Wald, in dem Lillemor botanisierte, nicht den Motorsägen zum Opfer gefallen. Wir machten uns keine Gedanken darüber. Ich kann nicht sagen, warum, nur beschreiben, wie wir Vollgas gaben und mit einem Ewigkeitsgefühl aus der Stadt fuhren, wie es auch Vergil empfunden haben muss, als er in den *Bucolica* die duftenden Haine der Hirten schilderte. Oder beschrieb er in der harten Zivilisation nach dem Bürgerkrieg etwas bald Verlorenes? Ahnte er den Verlust und die Verwüstung, wenn die Ziegen an den Eichenschösslingen nagten und die großen Eichen gefällt wurden, damit daraus Planken für die Schiffe der Kriegsflotten wurden? Eines weiß ich, und das weiß ich sicher, dass ich den ersten Kahlschlag entlang der Straße zur Kate sah. Ich stieg aus und kletterte auf das Schlachtfeld, nur ein kleines Stück weit. Dabei fielen mir ein paar Worte aus den *Bucolica* ein: »Streuet Laub auf den Boden und schützet mit Schatten die Quellen, Hirten!« Es war aber schon zu spät.

Unser erstes Buch kam im Oktober 1960 heraus. Das mag sich seltsam anhören, da wir es während einiger Urlaubswochen im Sommer desselben Jahres zusammengeschrieben hatten. Damals war es jedoch möglich, dass man im August ein Manuskript abgab, das im Herbst als Buch erschien. Bei uns war es natürlich unsicher. Ich bekam immer noch einen trockenen Mund, wenn ich an Uno Florén dachte. Das Ablehnungsschreiben würde aber Lillemor Troj erhalten, und ich bildete mir ein, dass mir das die Sache erträglich machen würde. Freilich glaubte ich durchaus an unsere Geschichte.

Den Spiralblock mit dem akademischen Quatsch hatten wir in einen Müllsack geworfen, den wir in Hallstavik auskippten. Mir war die Idee gekommen, dass wir etwas über Lillemors Unterhaltungsmilieu in Stockholm schreiben sollten. Damals waren das vor allem Rundfunk und Film. Sie befürchtete, die Leute könnten sich wiedererkennen, und versuchte mich zu bremsen, was aber nicht möglich war.

»Das sollen sie auch, sie sollen sich wiedererkennen«, sagte ich. »Das muss so ofenfrisch sein wie Zimtschnecken aus dem Backrohr. Wetten, die Leute wollen das lesen!«

Es gefiel mir, über sie und andere Frauen zu schreiben, die auf hohen Absätzen und in einer Duftwolke von Chanel Nr. 5 in diesem Milieu umhertrippelten. Sie mussten sich alles gefallen lassen, um es eventuell zu etwas zu bringen. Sie gingen in die Horizontale – oder standen vielmehr vorgebeugt – mit Regisseuren und Produzenten auf Toiletten, und sie weinten in der Einsamkeit eines sommerheißen Stockholms, wenn der Liebhaber mit Frau und Kindern nach Smögen fuhr. Meistens brachten sie es trotzdem nur bis zum Scriptgirl oder zur Sekretärin. Nicht mal die Gewitztesten konnten die Barriere durchbrechen, die männliche Selbstgefälligkeit errichtet hatte. Ich glaube, damals wurden in ganz Schweden Männer in leitender Stellung von kompetenten Frauen, die meist intelligenter waren als ihre Chefs, wie Säuglinge umsorgt. Später sah ich Männer, die vor ihrer Verrentung Chefredakteurssessel und Vorstandsposten innegehabt hatten und von ihrem Berufsleben so vermurkst waren, dass sie nicht mal ein Flugticket bestellen konnten.

Obwohl ich all die überschwänglichen Erzählungen Lillemors über ihr Leben in der Unterhaltungsbranche im Gedächtnis hatte, fiel es mir nicht leicht, eine Geschichte daraus zu machen. Mit Intrigen tat ich mich schwer. Meine Bibliothekskarteikarten bestanden ja aus Impressionen, Beschreibungen und Reflexionen, die durch nichts zusammengehalten wurden. Ich muss zugeben, diese Krimis zusammenzupuzzeln war eine gute Schule. Es mussten Handlungsfäden angedeutet und ausgelegt werden, die ein gewiefter Leser verfolgen konnte oder an die er zumindest im Nachhinein denken würde. Der Mord sollte appetitlich sein, kaum Blut, allenfalls ein Loch in der Stirn oder ein umgekipptes Glas und ein Hauch von Bittermandel.

Ich saß auf dem Dachboden der Kate, und dort hatte sich nie zuvor etwas ereignet. Es war keine alte Hütte, die Lillemor gemietet hatte, sondern eine für die Waldarbeiterfamilien des Eisenwerks in den Vierzigerjahren erbaute Behausung. Der Dachboden duftete nach Holz, und ich hatte das Gefühl, in einem jungfräulichen und geschützten Winkel des Lebens zu sitzen. Ich trank Tee und schrieb mit der Hand in einen Spiralblock.

Ein Krimi musste meiner Meinung nach eigentlich auf der Maschine getippt werden. Ich hatte mich jedoch rettungslos dem Füllfederhalter verschrieben. Lillemor nahm sich der Seiten an und hämmerte sie in die Halda, die wir uns gekauft hatten. Diese Maschine wurde sowohl berüchtigt als auch beliebt, nachdem Bischof Dick Helander seine anonymen Schmähbriefe gegen seine Konkurrenten um das Episkopat in Strängnäs verfasst hatte. Es musste schnell gehen. Ich durfte nicht vom Kurs abkommen, wenn wir es schaffen wollten.

Nun komme ich zu dem problematischen Wörtchen »wir«. Wir schrieben. Wir ließen uns etwas einfallen. So nannte Lillemor das. Von den Einfällen hielt ich sie jedoch fern. Sie besaß im Grunde keine Phantasie, weil sie ihr Inneres in Ordnung zu halten suchte. Aber sie besaß Adleraugen, wenn ich ein paar Seiten zusammengeschrieben hatte. Rechtschreibung, die konnte sie, und Kommas setzen. Manchmal hielt sie meinen Satzbau nicht für korrekt und änderte ihn pedantisch. Mir machte das nichts aus, denn selbst wenn ich mit einem irregulären Satzgefüge eine Absicht verfolgt hatte, so sah ich doch ein, dass dies kein Experiment auf einer Bibliothekskarteikarte war. Es war flotte Prosa.

Leute, die schriftstellernde Frauen rühmten, liebten dieses Wort. Frauen sollten flott schreiben. Und rank und schlank sein. Ich mit meiner stämmigen Figur und einer Sprache, die wild wachsen wollte, saß geschützt auf dem Dachboden der Kate. Doch ich konnte so tun, als wäre ich sowohl rank und schlank als auch flott, und ich genoss es, in einer Sprache zu schreiben, die zu Lillemors Erscheinung passte.

Als die Geschichte ihr Ende erreicht hatte und alle, die sterben sollten, gestorben waren, schrieb Lillemor das

Ganze mit Kohlepapier zwischen den Blättern ins Reine. Es wurden hundertachtzig Seiten. Die schickten wir an den größten Verlag Schwedens. Ich hatte eigentlich an etwas Bescheideneres gedacht, aber Lillemor parodierte mich: »Es steht uns nicht zu, uns kleiner zu machen, als wir sind.«

Nachdem ich mit dem Bus nach Hallstavik gefahren war und das Manuskript bei der Post aufgegeben hatte, wartete sie mit einer Überraschung für mich auf. In der Spüle krabbelten und knisperten mindestens drei Dutzend grauschwarzer Krebse. Sie hatte Wasser mit grobem Salz und großen Dillblüten zum Sieden gebracht. Wir mussten noch bis zum nächsten Tag warten, weil die Tiere in ihrem Sud ziehen mussten. Aber dann legten wir los, wir genehmigten uns Schnäpschen aus Roffe Nyréns Flasche, die er zurückgelassen hatte, und es wurde ein kolossal schmatzender und schlürfender Schmaus. Uns lief das Salzwasser am Kinn hinunter und verwischte Lillemor das Make-up. Unglaublich, dass sie sich sogar in der Kate schminkte. Ich bin mir sicher, dass sie sich auch geschminkt hat, als sie allein war.

Erst als wir tags darauf abspülen mussten, sah ich die weiße Waschschüssel mit dem blauen Rand, in der die Krebse gekommen waren. Die Emaille hatte Schmutzspuren, das machte mich misstrauisch. Und richtig, es war der voyeuristische Sabbergreis, der sie als Geschenk angebracht hatte. Lillemor hatte natürlich nicht Nein sagen können, ob aus Ängstlichkeit oder aus dem Wunsch heraus, es recht zu machen, weiß ich nicht.

Ich wanderte zu der Kate, wo er wohnte, traf seine verschüchterte Frau an und überraschte ihn in einer baufälligen Hofschmiede, wo er sich mit irgendetwas am Amboss zu schaffen machte, obwohl die Esse schwarz und kalt war. In dem dort herrschenden Halbdunkel hing ein Geruch nach Ruß und Asche, und dem alten Knacker lag sehr daran zu verbergen, was er gerade trieb. Ich gab ihm einen Fünfziger und sagte, der sei für die Krebse. Das war für Flusskrebse gut bezahlt damals. Dann sagte ich, wenn er sich noch einmal im Gebüsch erwischen ließe, würde ich ihn bei der Polizei anzeigen.

Als ich nach dem Urlaub wieder in der Bibliothek zu arbeiten anfing, nahm ich die Ausdünstungen der Menschen und Bücher deutlicher wahr als zuvor. Darüber, wonach Leute riechen können, wollen wir gar nicht reden. Die Bibliotheksbücher jedoch umgab damals ein säuerlicher Geruch nach dem Kunstleder, in das sie eingebunden waren. Eingebunden wurden sie, damit sie jahrzehntelang hielten, und sie müffelten von Anfang an wie ungewaschene Greise in einem Altersheim. Es war entsetzlich, dass der junge Werther und die schöne Irene Forsyte von dergleichen umschlossen sein sollten. Mir wurde die Bibliothek allmählich zuwider, und ich sehnte mich nach unaufgeschnittenen Büchern mit schönen mehrfarbigen Umschlägen. Mir waren auch meine Kollegen zuwider, die nachlässige Ausleiher abkanzelten, und mir waren jene Leute ein Ärgernis, die in den Büchern, die sie lasen, Wurstscheiben oder Haarspangen deponierten, Unterstreichungen, Fettflecken, Ausrufezeichen und Eselsohren hinterließen und die Seiten besudelten, auf denen sie die lediglich angedeuteten Beischlafschilderungen jener Zeit gefunden hatten. Ich konnte allerdings nicht kündigen, denn wo sollte ich hin? Die Wochen in der Roslagskate hatten mich in der Überzeugung bestärkt, dass ich mich in der Einsamkeit am wohlsten fühlte, am zweitbesten ging es mir aber doch zwischen Bibliotheksbüchern.

Als ich an einem Tag im September Abendschicht hatte, kam Lillemor direkt vom Zug aus Stockholm angerast.

»Sie haben angerufen!«, sagte sie. »Der Verleger möchte mich treffen. Du wirst Augen machen!«

Sie hatte bei dem Telefonat so getan, als wäre sie nicht

sicher, ob sie an dem Tag, den die Privatsekretärin des Verlegers vorschlug, Zeit hätte. Dazu legte sie den Telefonhörer beiseite und raschelte auf dem Schreibtisch mit Papier, so als sähe sie in ihrem Kalender nach.

Dann sagte sie, gleichsam überrascht: »Ja, das sieht gut aus.«

Und auf diese Art setzte sie auch den Kontakt zum Verleger fort. Lillemor hat von ihrer Mutter Astrid eine bemerkenswerte Sensibilität für die Anforderungen der unterschiedlichsten Milieus geerbt. Und auch ihre Ehe mit dem Enkel des Generals war eine gute Schule. Doch das kultivierte Buchverlagsambiente, wo es nach ledergebundenen Erstausgaben duftete und die Porträts glückhafter Ahnen an den Wänden hingen, schätzte sie völlig falsch ein. Sie begann so zu verhandeln, wie sie es von ihren Begegnungen mit hartgesottenen Direktoren von Filmgesellschaften gewohnt war, die mit falschem Lächeln ihre Jacketkronen blitzen ließen.

Der reservierte und leise Buchverleger war unangenehm berührt und bot ihr eine Alternative an. Statt einer Pauschale von eintausendfünfhundert Kronen könne sie eine Beteiligung von sechzehn zwei drittel Prozent haben. Doch dann, hob er milde hervor, riskiere sie natürlich, dass sie, falls das Ergebnis aus dem Verkauf nicht so gut ausfalle, keine eineinhalbtausend erziele. Da ahnte sie, dass er ein Fuchs war, wenn auch ein kultivierter. Aber sie schlug zu, denn Lillemor ist eine Spielerin.

Sie trug ein rotes Terylenkleid, und das Haar stand ihr wie eine blonde Wolke um den Kopf. Vermutlich trommelten ihre Absätze Siegesfanfaren auf das Gehsteigpflaster des Sveavägen, als sie den Verlag verließ.

Für mich wurde erst jetzt alles Wirklichkeit, und ich hatte große Angst. Wie ein grauer Spuk tauchte Uno Floréns unbekanntes Gesicht vor mir auf. Aber ich konnte nicht mehr zurück. Lillemor hatte den Vertrag unterschrieben. Anschließend hatte sie sich fotografieren lassen, diesmal in einem Atelier in Stockholm. Der Verlag brauchte ein Foto für die Rückseite des Buches. Sie schickte es ein, und der Verlagsredakteur schrieb zurück, ihr Porträt habe *body and soul*. Das Ganze ging majestätisch langsam mit Briefwechseln und sorgfältig in Postpaketen verpackten Korrekturfahnen vonstatten. Trotzdem ging es irgendwie schneller als heute, und schon knapp zwei Monate nach Einsendung des Manuskripts – den Durchschlag hatten wir natürlich behalten – war es so weit.

Es war ein kalter Oktobermorgen. Mir war schlecht, und ich konnte nichts essen, als Lillemor mit einer Tüte frischer Brötchen und der *Upsala Nya Tidning* kam. Das war die einzige Zeitung, die etwas über das Buch brachte, seit dessen Erscheinen nun schon elf Tage vergangen waren.

Lillemor war ganz aus dem Häuschen vor Freude, denn es wurde tatsächlich gelobt. Es sei exakt so flott und wortgewandt, wie es sein sollte. Ich empfand dagegen ein heftiges Unbehagen, denn ich fühlte mich von dem Rezensenten angegrapscht. Während er ein Bild nach Lillemors Atelierfoto zeichnete, das jetzt in schwerem Blei klischiert worden war, befingerte er gleichzeitig mein Inneres. Wie auch immer es sich mit dem Verstellspiel verhielt, die Sprache dieses Buches war ich. Verkleidet und angepasst, aber trotzdem nichts als ich.

Irgendwann aß ich ein Brötchen und trank starken Kaffee. Der kalte, öde Morgen normalisierte sich durch die Geräusche von der Svartbäcksgatan, den Wetterbericht im Radio und Lillemors hell perlendes Schwatzen.

Ein paar Wochen später war der Erfolg ein Faktum in Druckerschwärze: »SIEBTES TAUSEND, eine wache und elegante Schilderung Stockholms, die Bedrohung der herrschenden Krimielite in diesem Herbst heißt Lillemor

Troj. Wir prophezeien: das Top-Weihnachtsgeschenk des Jahres!«

All das mit Lillemor, *body and soul*, in Schwarz-Weiß.

War es bei dieser Gelegenheit, dass ich im Kaufhaus NK signieren sollte? Lillemor ist sich nicht sicher, dass es zum ersten Mal beim Debüt der Fall war, aber so wie das eingeschlagen hatte, ist es durchaus wahrscheinlich. Im Lichthof des Kaufhauses war ein kleines Podium aufgebaut worden, und dort saß sie mit Stapeln des Buches und einem Füller von Parker in Bereitschaft. Sie glaubt sich zu erinnern, dass sie ein dunkelblaues Kostüm aus Leinen und Viskose mit Faltenrock trug, dazu eine zweireihige Perlenkette, nicht die von Mutters Vierzigstem, sondern ein Simili, das sie sich in der Parfümerie Dottnes in Uppsala gekauft hatte. Sicherlich hatte sie sich vor diesem Auftritt eine Gesichtsbehandlung gegönnt. Ein hellroter Samthut, der an der Spitze zu einem zottigen weißen Büschel auslief, saß ihr wie ein Helm auf dem Kopf. Es war ein ganz unglaublicher Hut, und sie kann nur hoffen, dass sie ihn mit Selbstverständlichkeit und Überzeugung getragen hat.

Es muss ein Bild davon geben. Lillemor legt das Manuskript aufs Bett. Sie verlässt das Schlafzimmer und schaut sicherheitshalber auf die Straße hinunter. Dort steht kein Taxi. Max hat ihre SMS inzwischen erhalten und hat wohl resigniert, sodass sie Licht zu machen wagt. Wenn er aber doch anruft? Dann wird sie sich mit Daisy-Duck-Stimme melden und sagen, sie sei Lillemors Kusine und hüte für vierzehn Tage die Wohnung.

Er ruft nicht an. Sie denkt an den Bodenraum, wo die Kartons mit den Zeitungsausschnitten stehen. Sie würde aber nicht die Energie aufbringen, Bilder von dreiundfünfzig Jahre alten Triumphen herauszusuchen. Allerdings war diese Signierstunde alles andere als ein Triumph.

Babba trabte vor dem Podium im Lichthof von NK herum und mischte sich unter die Leute, die zum Einkaufen unterwegs waren. Eine Stunde lang wanderte sie in ihrem grässlichen braunen Mantel treppauf und treppab. In meiner Sichtweite, denkt Lillemor. War das irgendwie hilfreich für mich? Mein Gesicht muss immer starrer geworden sein, denn das Schild LILLEMOR TROJ SIGNIERT lockte keinen Käufer an. Dass sie sich noch an die Dame mit dem Turban erinnert, die zu ihr gekommen war, ist nicht weiter verwunderlich, so oft, wie sie sie nachgeäfft und mit schneidend schriller Stimme geflötet haben:

»Kommt denn Kar de Mumma nicht bald?«

Als das passierte, flüchtete Babba in die Herrenkonfektionsabteilung, und Lillemor saß mit trockenem Mund da und starrte die Stapel unverkaufter Bücher an. Ich habe aber durchgehalten, denkt sie. Ich habe Kar de Mumma alias Erik Zetterström, der in Melone und Kamelhaarmantel ankam, freundlich begrüßt. Die Exemplare unseres Buches verschwanden alle in Kartons, und seine Causerien wurden ausgepackt. Nie wieder, sagte Babba, als wir gingen. Ich hatte tatsächlich mehr Ausdauer, denkt Lillemor.

Sie hat zusammen mit Größen wie dem Revuekönig Karl Gerhard im Restaurant Operaterrassen gelesen und signiert. Aber das war wohl später. Babba wollte prompt mit und konnte die Eintrittskarte nehmen, die wahrscheinlich für Rolf gedacht war. Es interessierte ihn im Grunde nicht, auch wenn er ständig den Kehrreim runterbetete: Ich bin dein größter Fan! Dann aber sagte er, dass er zu Hause bleiben müsse, um sich seinen Forschungen zu widmen. Möglicherweise bosselte er ja an seiner Dissertation, in der es um *development economics* ging. Sie glaubte aber schon damals, dass er Patiencen legte, wenn er nachts aufblieb. Eine Zusammenkunft des Juvenalordens ließ er nie aus. Einmal hatte er am Samstagnachmittag um halb zwei das Haus verlassen und war am Sonntagmorgen um vier Uhr zurückgekehrt, wobei sein kurzer grüner Umhang etwas schmuddlig war. Den hatte Lillemor genäht, als er einen Grad nach oben geklettert war. Er schaffte es noch, sich den Frack mit den falschen Medaillen auszuziehen, und sank in einen schweren Schlaf. Ich war wohl sehr wütend, denkt sie, denn ich erinnere mich, dass ich Babba anrief und sagte, wir könnten zur Kate hinausfahren und an unserer Intrige arbeiten. Roffe wolle bestimmt kein Abendessen haben.

»Kotzt er?«, fragte Babba, doch sie gab ihr keine Antwort.

Molluske Vichywasser

Ich bin Eidetikerin, und die Vergangenheit liegt in meinem Gedächtnis wie unsortierte Fotos in einem Pappkarton. Ganze Berge davon. Sie werden entwickelt und verblassen. Solange ich sie aber sehe, sind sie sehr deutlich. Schwer zu sagen, aus welchem Jahr sie stammen oder ob sie überhaupt wirklich wahr sind. Das Gedächtnis ist kein Registrator, es dichtet und träumt. In dem Fluss, dessen Teil wir sind, tappen wir nach Jahreszahlen und Namen von Orten, um sie an uns und unserem Schicksal festzumachen.

Ein Großteil meines Lebens, unseres gemeinsamen Lebens, steckt auch in den kleinen Kästen mit den Karteikarten. Es steht selten ein Datum darauf, aber ein Gespräch im Herbst 1961 kann ich nachträglich datieren, denn es ging um unser zweites Buch. Irgendwas an diesem Buch nagte an uns, noch bevor es zustande gekommen war. Ich schrieb ohne Zuversicht, während die Soldateska im Kongo plünderte und vergewaltigte und der schöne John F. Kennedy zum Präsidentschaftskandidaten der Demokratischen Partei nominiert wurde. Ständig dachte ich an meine Leute zu Hause. Ich brauchte ihnen das Buch ja nicht zu geben, so wie das erste. Sie wussten, wer Lillemor Troj war, und als mein Vater es gelesen hatte, fragte er: »Führt sie so ein merkwürdiges Leben?«

Es war wohl das erste Mal, dass ich ahnte, wie Menschen Bücher lesen, wenn sie die Autorin kennen. Oder sogar auch dann, wenn sie sie nicht kennen.

Als ich unser zweites Buch schrieb, sah ich oft meinen Vater vor mir. Ich dachte daran, wie er von der Arbeit nach Hause kam und das Vorderrad in den Fahrradständer schob. Ich hörte seine Schritte auf der Vortreppe und wie er sich im Windfang die Schuhe mit den Stahlkappen auszog. Er schlurfte ins Haus, und das Linoleum flüsterte von ihm. Im Licht der Leuchtstoffröhre lag das gelb karierte Wachstuch und offenbarte dicht an dicht Risse.

Ich weiß nicht mehr, welcher Tag es war. Ob es der Tag war, an dem sie gepökelten Speck mit Roten Beten und Pellkartoffeln aßen. Oder der Kloßtag. Oder der ewige Freitag des Herings. Meine Mutter werkelte herum. Sie war die Herdwärme in Person. Nach dem Essen wischte sie das Wachstuch ab, und mein Vater holte die Bücher. Das Radio lief ununterbrochen. Gegen neun Uhr kochte sie Tee. Viele Jahre und zahllose Tage mit Hering, Klößen, Speck, Büchern und Tee. Und im Herbst 1961 also dann dieses Buch.

Allerdings waren jetzt die Sechzigerjahre, und meine Eltern setzten sich nun in die Stube, um auf die gewölbte Glasscheibe in dem Kasten zu schauen, der ihr erstes Fernsehgerät war. In der Küche muss es kälter geworden sein, seit sie einen Elektroherd hatten, folglich würde mein Vater unser zweites Buch wohl im Wohnzimmer lesen. Bestimmt hatte er sich gefragt, woher Lillemor Troj diese Menschen kannte, von denen es handelte. Reiche und herrschsüchtige Leute – und natürlich mörderisch.

Der Polizeikommissar, den wir uns bereits im ersten Buch ausgedacht hatten, war nun an der Nordsee, die lange, traurige Wellen an den Strand warf. Es gab viel Nebel und äußerst verwickelte Verwandtschaftsverhältnisse. Der Kommissar glich immer mehr Lillemors erster

Liebe in Uppsala, offenbar ein schöner Mann. Sie erwähnte ihn in diesem Sommer zum ersten Mal.

Und dann fragte sie mich: »Glaubst du, ich werde in acht, zehn Jahren mir gegenüber das gleiche Unbehagen empfinden wie jetzt, wenn ich an diese Achtzehnjährige denke, die damals nach Uppsala kam?«

Ich sagte, dass ich mich daran erinnerte, wie sie in ihrem ersten Semester war. Sie hatte eine schwarze Hemdbluse getragen, eine schwarze, eng anliegende lange Hose und um die Taille einen strammen roten Elastikgürtel.

»Ach herrje, stimmt«, erwiderte sie. »Und eine schwarze Jacke mit beinernen Knöpfen, die mir zum Glück in der Uni gestohlen wurde. Vor dem Hörsaal zehn. Damals war ich verzweifelt, weil ich so wenig Geld hatte, aber das wäre nicht nötig gewesen. Es war ohnehin nur ein Fetzen.«

Wie üblich ging es um Kleidung, wenn sie sich selbst betrachtete.

»Uppsala ist schrecklich«, sagte sie. »Man fühlt sich unerwünscht, wenn man hinkommt. Ich glaube, so ist es zu erklären, dass ich viel zu viele Stunden mit einem seelisch und körperlich weichhäutigen und nachgiebigen und ständig schnapsdurstigen Schlafsüchtigen verbracht habe. Oder mit seinen ungewaschenen und verkaterten Freunden auf dem Dachboden der Studentenvereinigung. Einer hieß Necklund, der hatte eine Molluske in einem Einmachglas.«

»So hat der bestimmt nicht geheißen«, sagte ich nach ihrem Ausbruch.

»Er wurde so genannt, ich habe nie einen anderen Namen für ihn gehört. Und er hatte eine ewige Verlobte, die hieß Goldie. Jedenfalls sagten das alle zu ihr, sie wusch sich nie die Haare und hatte Glupschaugen. Sie hat ebenfalls getrunken. Ansonsten hatten die meisten ständig wechselnde Weibergeschichten und eine Menge

Sorgen, weil sie dem Oberkellner vom Gillet Geld schuldeten. Alles war darauf angelegt, Geld für den nächsten Kneipenbesuch aufzutreiben. Schlimmstenfalls gab es nur Bauernfrühstück und ein paar Schnäpse in einer Bierkneipe. Häufiger aber Chateaubriand mit Sauce béarnaise im Gillet.«

»Ich kann kaum glauben, dass du mit solchen Wracks zusammen warst. Es entspricht nicht meinem Bild von dir.«

»Nein«, sagte sie. »Denn du bist mir erst begegnet, als ich Rolf kennengelernt hatte. Verglichen mit diesen Gangs aus den Studentenheimen Arkadien und Karthago, war er frisch wie eine Flasche Vichywasser.«

»Na ja, Abstinenzler war er auch nicht gerade.«

»Nein, aber sauber und ordentlich. Er gab seine Hemden zur Wäsche und hatte ein aufgeräumtes Zimmer mit einem blau gestreiften Flickenteppich auf dem Boden und Büchern auf zwei langen Regalbrettern, die auf Ziegelsteinen lagen. Ich wohnte in einer Mietskaserne hinterm Vaksala Torg, habe von meinem Studiendarlehen Gebäck gegessen und neue Make-up-Effekte ausprobiert. Gegen Ende des Monats habe ich gehungert.«

»Ach was!«

»Doch. Ich habe mein Geld für idiotische Klamotten und eben für Gebäck ausgegeben. Rolf regelte alles für mich. Er ordnete meine finanziellen Verhältnisse. Er war ja immer schon ökonomisch vernünftig.«

Das wusste ich. In dem Frühjahr, als die Fahrten nach Stockholm sie so stressten, war ihr herausgerutscht, dass sie sich wie eine Maschine vorkomme, die eine bestimmte Anzahl Schecks pro Jahr produzieren müsse, weil Roffe sonst um ihre offenen Rechnungen bange.

»Glaubst du, ich werde, wenn ich alt bin, mein Leben wie einen Haufen peinlicher alter Fetzen betrachten?«

»Warum solltest du?«

»Weil ich meine erste Zeit in Uppsala jetzt so sehe. Man bekommt einen bösen Blick.«

Es juckte mich, darüber zu schreiben. Über Arkadien und Karthago und Necklunds Molluske. Das war ein anderes Uppsala als dieses gediegene akademische Milieu, das wir in unserem ersten, später verworfenen Krimientwurf zusammengebastelt hatten. Aber Lillemor wollte nicht. Sie zimmerte sich gerade ein völlig anderes Bild von sich selbst und ihrer Jugend zurecht. In Uppsala hatte sie allmählich mit dem Leben zu flirten begonnen. Härnösand lag zu nahe an Kramfors, dort war sie nicht unbefangen gewesen. Doch einmal einquartiert im Studentinnenheim Parthenon in der Sankt Johannesgatan, mit Rolf Nyréns Porträt auf der Kommode, machte sie aus der schönen alten Residenz- und Bischofsstadt Härnösand eine Heimatstadtkulisse. Als sie Interviews zu geben begann, war diese Kulisse noch ausgebaut worden. Tempelmans Gymnasium mit der Säulenapsis, Ludvig Nordströms pittoreske Viertel mit den hölzernen Bruchbuden und verträumten alten Gärten, wo sie mit Bertil Malmbergs Åke in die Vergangenheit sank – all das fügte sie ein.

Sie log nicht rundheraus, denn das gab es dort ja alles, und sie hatte in Härnösand das Gymnasium besucht, wenn auch eines ohne Säulen. Sie radierte nur ein klein wenig in ihrer Lebensgeschichte, um unser Image aufzubauen. So hieß das damals, glaube ich zumindest. Aber es ist schwierig, sich an das Jahr oder auch nur an das Jahrzehnt zu erinnern, in dem ein Terminus zum Schlagwort wurde und eine Kultur zu durchdringen begann.

Lillemor weiß seit langem, dass Barbro Andersson ihr Böses will. Sie hat geglaubt, sie könnte sich ihrer Verbitterung entziehen. Doch wie war es überhaupt dazu gekommen? Das hat sie nie verstanden, und solange sie sich noch getroffen haben, hat sie nicht danach zu fragen gewagt. Dieser Zorn war so erschreckend, weil es ein kalter Zorn war.

Man rennt nicht davon. Man lächelt und entgleitet. Das nennt man dann wohl mit dem Leben flirten. Ist das so verachtenswert?

Torheit Seide

Unser zweites Buch war zu verwickelt, so sehe ich das heute. Bedrückend wie sein Umschlag in Schwarz, Blau und Violett. Die Rezension in *Dagens Nyheter* war nicht überschwänglich, die im *Svenska Dagbladet* voller Superlative, aber etwas an ihrem Ton ängstigte Lillemor. Mich auch. Als sie erschien, war Lillemor erkältet, und obendrein war am selben Tag die Präsentation eines Films, den sie über Schweden als Urlaubsland gemacht hatte. Für sie galt es, die Auftraggeber vom Schwedischen Institut und eine Menge andere Leute zu bezirzen, auch mit Schnupfen und Fieber. Davon war sie nämlich überzeugt: Ohne Charme, Schönheit und Kleider von Leja oder der französischen Damenschneiderei von NK brachte es keine Frau weit.

Am 10. Oktober wurde ich von ihrem Anruf geweckt, und sie fragte, ob ich das *Arbetarbladet* schon gelesen habe. Natürlich hatte ich es noch nicht gelesen.

»Dann geh und kauf es dir«, sagte sie.

Ihre Stimme war anders als sonst. Hohl und kratzig, als hätte sie an dem Morgen noch nicht gesprochen. Mir war klar, worum es ging, und ich machte mich auf den Weg zur Bushaltestelle. Es war sehr früh am Morgen, und aus dem Sumpfland hinter der Ziegelei strich kalter Nebel über den Boden. Schweigende Menschen, die in einer Schlange auf den Bus warteten, traten von einem Fuß auf den anderen. Fast alle, die einstiegen, fuhren bis zum Hauptbahnhof, wo viele Leute zum Zug nach Stockholm strömten.

Ich fühlte mich trostlos: allein in einem grauen Universum, wo am Rand meines Gesichtsfelds Feinde lauern. Wer waren sie, und was hatte ich ihnen eigentlich getan?

Oder war ich in die Gemeinschaft der Gefangenen eingetreten, die hustend und mit gesenktem Blick zur Arbeit gingen? Dieses Gefühl war mir schließlich bis ins Innerste vertraut, und ich wünschte mir einzig, unsere Krimis würden sich so gut verkaufen, dass es mir erspart bliebe, in die Bibliothek zu gehen und den Geruch von Kunstlederbänden und schmutzigen Buchseiten zu atmen.

Als ich ein Weilchen in der hustenden Schlange angestanden und endlich die Zeitung in Händen hatte, rannte ich auf den Bahnhofsplatz hinaus und blätterte mich zu den Rezensionen durch. Es hatte jedoch aufgefrischt, und der Wind zerrte derart an den Seiten, dass ich nicht lesen konnte. Ich ging wieder hinein und setzte mich ins Café.

Die Rezension war schnell gelesen. Es ging genauso fix, wie darauf zu warten, dass die Kellnerin mit dem Kaffee kam. Und dann saß ich da, während die Böswilligkeit in mich eindrang und zu einem Teil meines Lebens wurde. Nicht so wie bei dem Ablehnungsschreiben damals, denn Uno Floréns Nonchalance dürfte kaum eine bewusste Gemeinheit gewesen sein. Das hier war die pure Bosheit. Und ihr Ziel war Lillemor Troj. Dieser Fiesling rezensierte ihr Aussehen!

Ich verließ das Café und fuhr nach Hause, um sie anzurufen. Sie hatte noch immer diese komische Stimme.

»Mein Stil soll genauso banal sein wie dieses banale Mädchengesicht, das einen aus den Anzeigen anstarrt«, sagte sie. »Das kann gar nicht sein. Es ist doch *dein* Stil.«

»Valter Hedman«, fragte ich, »wer ist das?«

Wir hätten es wissen müssen, denn Lillemor schrieb für

das *Arbetarbladet* Rezensionen. Ich kannte den Namen aber nicht.

»Das muss ein Pseudonym sein.«

»Ach ja, irgendein Fiesling, der so bösartig ist, dass er es nicht wagt, dafür einzustehen.«

»Ich weiß nicht, ich weiß nicht ...«

Die Stimme erstarb.

»Ist Roffe zu Hause?«, fragte ich.

»Ja, aber er schläft.«

»Hast du ihm die Zeitung gezeigt?«

»Ich habe sie nicht«, sagte sie. »Mich hat jemand angerufen und es mir vorgelesen. Einer, den ich von früher kenne. Wir waren im studentischen Literaturklub.«

»Wer denn?«

Der Name sagte mir nichts, blieb aber hängen. Ich erkannte ihn wieder, als der Typ ein paar Jahre später mit einem kleinen Roman herauskam.

Wir schrieben sechs Krimis. Ich schrieb sie. Obwohl im Nachhinein schwer zu sagen ist, welches Gewicht unsere Gespräche hatten sowie die Synopsen, wie Lillemor das nannte. Sie strukturierte gern, obwohl sie dramaturgischen Aufbau nicht gelernt hatte. Ich glaube, solche Kurse kamen erst mit dem Fernsehen auf. Sie besaß jedoch ein inneres Gespür für Einleitung, Entwicklung, Höhepunkt und Schluss. Sie sagte, das Leben sei so, und ich fühlte mich nicht bemüßigt, ihr zu erklären, dass sie sich irrte, denn immerhin passte es gut fürs Krimischreiben. Also richtete ich mich damals danach. Später nicht mehr. Jedenfalls nicht immer. Ich habe ihr aber auch etwas beigebracht. Zum Beispiel: Kriegt man auf den ersten Seiten nicht mit, in welcher Jahreszeit man gelandet ist, sollte man den Roman weglegen.

Wir versuchten, so viel wie möglich in der Kate im Wald von Roslagen zu schaffen, doch erreichten wir nicht immer unser Ziel. Roffe musste sich damit abfinden, dass ich in ihrem Urlaub dabei war. Ich schrieb auf Gotland an einem sandigen, mit Kiefern bestandenen Strand in einem Zelt und bekam Rückenschmerzen. Die Tante, bei der wir gemietet hatten, wohnte weiter weg in Richtung Strandwald, und sie hatte einen Dackel, der im Morgengrauen Kaninchen totbiss und sie jeden Tag vor dem Haus verteilte. Es war eine blutige und erbärmliche Angelegenheit, und manchmal vergaß er eine Leiche, die in der Sommerhitze bald zu riechen begann. Wenn Lillemors Schnauzer herauskam, schlugen sie sich um die Kaninchenkadaver.

Am Uferrand lagen schwarze Ölklumpen. Sie bildeten an unseren Füßen einen braunschwarzen Belag, der sich nur schwer entfernen ließ und auf Strümpfen und Handtüchern Flecken hinterließ. Wir glaubten, das sei nur vorübergehend. Manchmal war es neblig, und dann hörte man die Nebelhörner muhen und konnte ahnen, dass da draußen ein Ozeanriese vorbeifuhr. Es war wie in Gunnar Ekelöfs *Eine Welt ist jeder Mensch*, und ich dachte an das unsichtbare Schiff und wurde, genau wie es in dem Gedicht steht, von einer seltsamen Unruhe gepackt. An das Öl dachte ich dabei nicht. Es beunruhigte mich auch nicht sonderlich.

Wir waren zur selben Zeit in einer Pension im Norden Ölands, als dort ein Pyromane sein Unwesen trieb, und ich hatte nicht übel Lust, unsere Geschichte beiseitezulegen und stattdessen über Brände zu schreiben. Lillemor meinte jedoch, das sei zu nah an der Wirklichkeit. Die wollte sie nicht mit unserem Schreiben vermischen. Roffe suchte recht bald das Weite, er konnte mich nicht mehr ertragen und musste sich wohl auch um seine Weibergeschichten kümmern. Warum Lillemor mich dabeihaben musste, wenn sie schrieb, war ihm immer ein Rätsel, aber es interessierte ihn nicht weiter. Er glaubte, ich sei von uns beiden die Tipperin und hätte, so wie damals, als wir mit

Fruchtgummimäusen Fünf-in-eine-Reihe spielten, einen beruhigenden Einfluss auf Lillemor.

Als wir allein waren, aßen wir in der Pension zu Abend und tranken hinterher Kaffee im Gesellschaftsraum, zusammen mit zierlichen älteren Herren, schweratmigen Damen und einem deplatzierten Komponisten, der an Tbc litt. Das gab es immer noch. Er war nicht dabei, als Lillemor neben einem der Herren saß, der sogar in den Ohren weiße Haare hatte und Kaffee auf die Untertasse verschüttete, weil seine Hände zitterten.

»Das haben wir gleich«, sagte Lillemor, nahm das *Svenska Dagbladet*, blätterte darin, riss rasch ein Stück heraus und legte es ihm zwischen Tasse und Untertasse.

»Aber es ist doch schade, die Zeitung zu zerreißen«, sagte der alte Herr.

»Ich reiße ja nur Todesanzeigen heraus«, erwiderte Lillemor munter, und ich erinnere mich an den versonnenen Blick, mit dem der alte Mann sie ansah.

Seltsamerweise fiel mir in dem Moment ein, dass sie ein Bild von Brigitte Bardot in der Brieftasche aufbewahrte. Das hatte ich mal kurz gesehen, als sie bei ICA-Essge in Hallstavik bezahlte. Dass sie es aufgehoben hatte, war eigenartig, und sie gab mir keine Erklärung. Wahrscheinlich hätte ich es vergessen, wenn ich nicht eine der Figuren in unserem zweiten Roman der Bardot nachgebildet hätte. Es war ein bösartiges Porträt mit sehr spitzem Busen und schwulstigen Lippen. Jetzt musste ich daran denken, was für ein trauriges Film-Pin-up sie war, von einem Leben im Blitzlichtgewitter kaputtgemacht. Sie hatte eine Menge Schlaftabletten geschluckt und wäre dabei fast draufgegangen.

Lillemor erzählte damals oft von ihrem Onkel, einem trockenen Alkoholiker, aber auch der Hoffnung der Familie, oder zumindest Astrid Trojs, auf sozialen Aufstieg, hätte er doch beinahe einen akademischen Abschluss gemacht. Als er in zweiter Ehe eine Grundschullehrerin heiratete, sah die Verwandtschaft darin seine Rettung. Aber er floh vor der Frau und der Abstinenz nach Paris, wo er sich nach einem einwöchigen Besäufnis von der höchsten Galerie in einem weihnachtlich geschmückten Kaufhaus stürzte. Ich weiß nicht mehr, ob es Lafayette oder Printemps war.

Warum erzählte sie so viel von ihm? Und warum hatte sie noch immer das Bild von Brigitte Bardot in der Brieftasche? Ich hatte nachgeguckt, als sie es nicht sah. Mir war nicht wohl dabei, dass sie es dort stecken hatte. Der Onkel, genauer sein Tod, beunruhigte mich ebenfalls.

Zurück in Uppsala rief sie mich eines Nachmittags weinend an. Sie sollte am Abend ein Essen geben und war in die Stadt gefahren, um in der Markthalle am Sankt Eriks Torg Mastkalbsbraten und bei Hellqvist im Domtrappshuset Räucherlachs zu holen. Geparkt hatte sie zwischen dem Dekanhaus und der Dreifaltigkeitskirche, und beim Ausparken hatte sie den Wagen rückwärts an einen Laternenpfahl gesetzt. Sie hatte es natürlich zu eilig. Sie hatte es immer zu eilig.

Ich nahm den Bus, denn sie sagte, sie wage nicht mehr zu fahren, und fand sie schließlich mit dem Lachs und dem Kalbsbraten und einer Menge Blumen in ihrem Volvo Amazon. Es war heiß, und sie saß da und ließ den Kopf hängen. Sie weinte nicht mehr, hatte aber verquollene Augen. Das Problem war, dass sie das Auto nicht in die Werkstatt in Boländerna bringen wollte, wo sie immer die Inspektion machen ließen, da Roffe dann früher oder später dahinterkommen würde, dass es einen ordentlichen Schlag abgekriegt hatte und ein Rücklicht eingedrückt worden war.

Hatte sie Angst vor Roffe? Nein! Aber er sei so sparsam, und darum sei es das Beste, er würde von dieser

Sache gar nichts erfahren. Könnten wir denn nicht zu meiner Werkstatt nach Valsätra fahren?

Ich fuhr sie in ihrem Amazon zu Bengans Kfz-Werkstatt, die zwar eher einem Schrottplatz glich, wo Bengt (so nannte ich ihn immer) den Wracks aber noch Verwendbares entnehmen konnte. Ich war doch nicht so blöd und brachte meinen gebrauchten VW zur Inspektion in eine teure Vertragswerkstatt. Lillemor hatte wohl gehofft, Bengt würde ein schnelles Wunderwerk vollbringen, doch er sagte, er müsse das Auto wenigstens über Nacht dabehalten. Also kutschierte ich sie mit dem Kalbsbraten und allem Drum und Dran nach Eriksberg.

»Dann musst du ja noch mal dorthin«, sagte sie. »Und anschließend auch noch mit dem Bus nach Hause fahren.«

»Das lass nur meine Sorge sein.«

Ich fuhr wieder nach Valsätra hinaus zu Bengt, der sich nur mir zuliebe bis spät am Abend an dem Amazon zu schaffen machte. Danach kam er ins Haus, und da hatte ich Bratkartoffeln und geräucherte Bratwurst gemacht und ein Glas Rote Bete hingestellt. Wir genehmigten uns einen Schnaps zum Pilsner, und dann zog er den Overall aus und umfing mich mit seinem warmen Ölgeruch. Alles war wie immer, und Lillemor hatte nichts begriffen.

Als ich ihr tags darauf das Auto brachte, lud sie mich zum Mittagessen ein. Es roch stark nach Levkojen in ihrer Wohnung, wo inzwischen ein Sofa im Karl-Johan-Stil aus dem mittlerweile aufgelösten Haushalt des Generals stand. Der war schließlich und endlich gestorben.

Wegen des Zigarettenrauchs vom Vorabend hatte sie ihr Dinnerkleid zum Lüften auf den Balkon gehängt. Als sie es hereinholte, hielt sie es sich an und sagte, dass es so nicht besonders aussehe, aber es habe an den Hüften eine Drapierung und einen ziemlich tiefen Rückenausschnitt. Es war aus schwarzem Stoff, türkis und blau geblümt und wirkte steif. Bei abendlicher Beleuchtung sah es vielleicht besser aus, aber als sie es im grauen Vormittagslicht hochhob, war die Hüftdrapierung platt.

»Möchtest du dir mein Abendkleid anschauen und mir sagen, ob ich es zum Ball des Juvenalordens anziehen kann?«

Ich konnte ja nicht gut sagen, dass mir ihre langen Kleider genauso egal waren wie Roffes Frack und seine Blechmedaillen. Sie wartete aber erst gar keine Antwort ab, sondern holte es sofort aus dem Schlafzimmerschrank. Es war rosa und raschelte, als sie es hereintrug. Ich starrte es gehörige Zeit an und sagte, dass es durchaus fein sei. Ich weiß nicht recht, was sie erwartet hatte. Jedenfalls war sie enttäuscht und hängte es wieder weg.

»Ich muss mir ein neues anschaffen«, sagte sie, und es klang, als redete sie mit sich selbst.

Es war noch etwas Lachs da, und wir aßen auch in Scheiben geschnittenen kalten Braten mit gebräunten Kullerkartoffeln und dem Rest der Sauce. Sie meinte, kein Räucherlachs reiche an den von Hellqvist heran, und ich erwiderte, mir sei schleierhaft, warum sie überhaupt im teuersten Laden der Stadt Fisch kaufe. »Das macht man eben so«, sagte sie.

Es war ein einmaliges Ereignis, dass ich ihre Vierzimmerwohnung zu sehen bekam, das war mir klar. Ich glaube nicht, dass sie mich jemals eingeladen hätte, wenn Roffe nicht verreist gewesen wäre. Ich schaute mir deshalb alles genau an: das dänische Sofa mit einem Untergestell aus Teak, den Kristalllüster über Roffes ererbtem Tisch, die hellgelben Gardinen, die über das halbe Fenster drapiert und zu einer kleinen Rosette zusammengefasst wurden, die in einer Halterung aus goldfarbenem Holz saß. Ich starrte einen hochmodernen Sessel in Rot und Schwarz an, und Lillemor erklärte, er sei vor ein paar Jahren Teil einer Inszenierung des Studententheaters gewesen.

»Sie haben allerdings einen Brandfleck in den Bezug

gemacht«, sagte sie. »Ich musste ihn also neu beziehen lassen.«

Die Mischung aus hypermodern und alt fand ich seltsam, aber sie wollte es wohl so haben.

»Und worüber unterhaltet ihr euch?«, fragte ich.

»Ach weißt du, wir unterhalten uns über alles! Im Moment vorwiegend über seine Dissertation.«

»Nein, ich meine bei so einem Essen, wie ihr es gestern Abend hattet.«

»Ach so, du sammelst Stoff!« Sie lachte und lehnte sich zurück, dachte nach und sagte, das Gespräch sei von einem Thema zum anderen geflattert. Von den Kampfflugzeugen J28 zur Zerebralparese. Von Stuhlgangsriten bei Negerstämmen zu Intrigen in den höheren Schichten der Pfingstbewegung.

»Erzbischof Brilioth kam auch aufs Tapet. Außerdem Alkoholkater, Nekrophilie und Gewitter. Ach ja, die Probleme ehelichen Zusammenlebens – wer kriegt morgens zuerst die Zeitung. Und dann natürlich die Kongofrage. Und es war recht viel die Rede von Rolfs Dissertation, da sein Professor dabei war. Er steckt jetzt so richtig im Thema drin, und das ist ungeheuer anregend und interessant. Wie du, wenn du schreibst.«

Nie und nimmer, dachte ich, sagte aber nichts. Von Roffes Dissertation wollte ich nichts hören. Alles andere schrieb ich hinterher auf, es steht auf einer Karteikarte. Was mir von diesem Nachmittag aber wirklich in Erinnerung geblieben ist, habe ich nicht aufgeschrieben: dass Lillemor redete und redete und wirklich allen Ernstes die Frage stellte: Wie oft sollte es einem Mann erlaubt sein, mit seiner Frau zu schlafen?

Und ich verstand es nicht. Verstand es tatsächlich nicht. Obwohl ich ja eigentlich wusste, dass sie Schmerzen hatte und es seit der Operation nach ihrer Eileiterschwangerschaft mit jedem Monat schlimmer wurde.

Es kann im Sommer 1962 gewesen sein. Sie pendelte wie üblich nach Stockholm und arbeitete. Keine Ahnung, wie sie das geschafft hat, denn die Feste konnten bis zwei Uhr nachts dauern. Sie ging in diesem Jahr auf den Oscarsball, denn sie war jetzt Schwester im Juvenalorden. Gustafsson & Trojs Kunststoffboote waren so gut gegangen, dass Astrid das Kleid bezahlte. Die Eltern, die hoch setzten, betrachteten Lillemor als einen reinen und blanken Spielstein. Oder auf jeden Fall einen aufpolierten, nachdem die bedauerliche Episode auf Station 57 fast vergessen war. Und schließlich war sie ja mit einem Professor in spe verheiratet. Das glaubten sie zumindest. Also durfte sie sich jetzt ein neues Ballkleid kaufen.

Sie traf sich mit ihrer Mutter in Stockholm am Hauptbahnhof, und sie gingen zunächst zu NK. Aber da fanden sie nichts Geeignetes, also zogen sie weiter zu Leja und wählten unter Kleidern mit Namen wie Gilda, Red Fire, Paulette, Christiansborg und Slottsbal. Die Verkäuferinnen trugen alle schwarze Kleider und Perlenketten. Zur Anprobe wurden Astrid und Lillemor in einen Salon mit Kristalllüster und Stühlen mit Petit-Point-Bezug dirigiert. Dort entschieden sie sich für Christiansborg, ein Krinolinenkleid aus apfelgrüner Duchesse. Es war schulterfrei, hatte eine Toreadorschärpe und eine Turnüre in Form langer balmaininspirierter Rosettenenden, die sich lösen und über die Schulter legen ließen und so zum Schal wurden. Es kostete annähernd tausend Kronen, und nachdem Astrid bezahlt hatte und ihnen der Karton ausgehändigt worden war, gingen sie zu NK zurück, kauften Goldsandaletten mit hohen, sehr schmalen Absätzen und fuhren dann nach oben zu Bobergs Matsalar, wo sie an einem Tisch mit rosa Decke und einer Vase mit rosa Nelken zu Mittag aßen und wo sich kein einziger Mann befand, obwohl das Restaurant voll besetzt war. Die Damen trugen alle Hut.

Am Balltag regnete es. Rolf holte Lillemor bei der Friseuse ab und fuhr mit dem Auto bis vor den Eingang, damit sie einsteigen konnte, ohne dass ihr das Haar unter der Plastikregenhaube durcheinandergeriet. Sie hatte noch zu Dottnes zum Schminken gehen wollen, musste aber wegen des Regens davon absehen.

Frühzeitig vor dem Ball fuhren sie mit dem Taxi zur Villa des Großmeisters in Norby, der sie in einem mit weißem Pelz verbrämten roten Samtcape empfing. Seine Frau trug dunkelgrüne Seide und ein Diadem. Vier Männer mit ihren Frauen waren versammelt, alles JO-Brüder, die die Unterhaltung bei Tisch bestimmten. Sie bekamen zwei Cocktails, und anschließend wurden die Seidenkleider und Fräcke in Taxis verstaut.

Bei der Studentenvereinigung angelangt, versammelte sich der Hof in einem Musikraum, und sie bekamen erneut Cocktails. Die Brüder trugen Mäntel in unterschiedlichen Farben, die ihren Grad anzeigten, und die meisten hatten die Capes in Taft oder Samt schneidern lassen. Sie waren reichlich mit Medaillen behängt. Ein älterer Höfling hatte so viele, dass sie gar nicht zu zählen waren. Rolf sagte, es seien zweiundfünfzig. Es handelte sich schließlich um einen studentischen Gesellschaftsorden, der sich gegründet hatte, um das Geheimbundwesen auf die Schippe zu nehmen. Aber mittlerweile hatte Lillemor begriffen, dass die Ordensbrüder einander halfen und eingegangene Verbindungen nicht unwichtig waren. Sie hatte Telefongespräche mitbekommen, die am Vormittag nach Zusammenkünften über eine Stunde dauern konnten. Dabei wurde mit großer Schärfe und bisweilen Erbitterung über die Verleihung von Medaillen und Ernennungen diskutiert.

Rolf trug den übermannshohen, mit Efeu umwundenen Marschallstab, stieß ihn auf den Boden und forderte sie auf, sich in den Courraum zu begeben. Lillemor saß beim Hof, als der Zeremonienmeister einhundertdreißig Paare ankündigte. Die Herren verneigten sich, und die Damen machten einen tiefen Knicks vor dem Großmeister und seiner Frau. Vielerlei Hofknickse wurden da vollführt: tiefe und graziöse, kurze und ungelenke. Einige Damen zitterten, andere genossen es. Ein nervöses Paar kam herein und drehte sich vor dem Podium mit den gustavianischen Stühlen in die falsche Richtung. Sie grüßten anstelle des Großmeisters den großen Humoristen des Ordens. Der machte eine leichte Verbeugung vor ihnen und zwirbelte seine langen, roten Schnurrbartenden nach oben. Grausames Gelächter ertönte, und das Paar irrte vernichtet hinaus. Die Zeremonie ging weiter, je nach Aussehen der knicksenden Damen von einem »Oh«, »Ooh«, »Oooh!« der Höflinge begleitet. Ganz zum Schluss führte ein Bruder sechs Damen herein, deren Partner als Herolde eingespannt waren. Drei zu jeder Seite, und alle sechs machten auf das Kommando »Hepp!« einen sehr tiefen Knicks.

Nach diesem Hepp verschwamm Lillemor alles vor Augen. Sie hatte vier Cocktails getrunken, wusste aber nicht genau, ob das die Ursache war. Sie hatte heftige Schmerzen in den Eierstöcken. Während des Diners war ihr ganz wirr, und sie war dankbar, dass viele und lange Reden gehalten wurden, sodass sie nicht die ganze Zeit mit ihrem Tischherrn Konversation machen musste. Die Reden waren verwickelt, und sie konnte ihnen nicht ganz folgen, zumal sie allmählich Müdigkeit überfiel. Sie hörte aber, dass eine der Reden folgendermaßen endete: »Mit Frauen verhält es sich wie mit Stradivarigeigen, je älter und misshandelter, desto spröder und feiner ihr Ton.«

Das musste die Damenrede gewesen sein, und sie löste dröhnende Lachsalven aus. Lillemor erhielt jetzt das Zeichen, sich zu erheben und vor den Thron des Großmeisters zu treten, wo Belohnungen und Orden verliehen wurden. Ihr winkte das Kreuz des Großmeisters aus Weißmetall mit blauer Rosette. Ein Basschor aus »Ooooh!« ertönte, als es an der apfelgrünen Seide befestigt wurde und sie ihren Hofknicks machte. Ihr war durchaus bewusst, dass sie das Ding wegen der Verdienste ihres Mannes bekam, und Rolf gehörte denn auch zu den fünf Herren, die einen Orden erhielten.

Anschließend stand Unterhaltung auf dem Programm, und da ruhte sie wieder in ihrer sonderbaren Mischung aus Wirrheit und Müdigkeit und erfasste gar nicht richtig, was vor sich ging. Sie lachte aber, wenn die anderen lachten. Es endete damit, dass der rundliche Humorist des Ordens Tom Lehrer sang:

I hold your hand in mine, dear,
I press it to my lips.
I take a healthy bite
from your dainty fingertips.

Sein Bariton war nicht übel, und zwischen den Strophen drehte er jedes Mal die Enden seines roten Schnurrbarts nach oben.

My joy would be complete, dear,
if you were only here,
but still I keep your hand
as a precious souvenir

sang er mit kummervoll vibrierender Stimme. Lillemor fand den Song über die Frauenleiche wirklich widerlich, wahrscheinlich deshalb, weil es ihr nicht gut ging. Er löste so heftige Lachorkane aus, dass der Sänger bei der nächsten Strophe noch mal von vorn anfangen musste, damit die Worte überhaupt durchdrangen.

Sie schaffte es nicht, sich zur Polonaise aufzustellen, als Rolf mit dem Marschallstab auf den Boden pochte. Das war schade, denn schließlich war sie dreimal zu einem Kurs gegangen, um die Tänze zu lernen. *If you were only here*, bohrte und brummte es in ihr, während sie dasaß und dem Tanz zusah. Es half nichts, dass die Musik jetzt rokokosüß und preziös war. *If you were only here, if you were only here*, leierte es in ihr fort.

Als jedoch die Française kam, musste sie aufstehen, da der Zeremonienmeister Rolf und sie dazu ausersehen hatte, den Tanz anzuführen. Sie war schlicht gezwungen, ihn über die Bühne zu bringen. Es ging recht gut, und als sie die andere Seite die Damenkette machen sah, fand sie es schön, und die hartnäckige Tom-Lehrer-Zeile war aus ihrem Kopf verschwunden.

Es wurde eine lange Nacht, die am Ende kaum durchzustehen war. Sie tanzten unter Begleitung von Arvid Sundins Orchester, das auch auf den Bällen der Prinzessinnen im Schloss zu spielen pflegte. Gegen zwei Uhr gab es einen Mitternachtsimbiss mit gedünsteten Champignons, Wurst und Schinken, danach auf der Treppe Serenaden, und erst um vier Uhr kamen sie los und mussten dann lange im Wind stehen und auf ein Taxi warten. Als Lillemor ihr Kleid auszog, fiel ihr nichts Besonderes daran auf, doch am nächsten Vormittag entdeckte sie auf einem der Rosettenenden drei fette Fingerabdrücke. Für sie war das Kleid dadurch verdorben, und ihr ging durch den Kopf, dass es neunhundertfünfundachtzig Kronen gekostet hatte. Aber sie wollte es nicht mehr haben.

Es ist Nacht, und Lillemor weiß, dass sie nicht schlafen kann, wenn sie das Manuskript aus der Hand legt, denn sie begreift, dass Babba ihre Tagebücher hat. Sie muss einen Schlüssel für den Tresor haben, oder sie hat ihn auf der Rückseite aufschweißen lassen. Anders kann sie nicht derart über Lillemors Gedanken und Gefühle schreiben.

Doch, natürlich kann sie das! Es stimmt jedoch alles. Es ist keine Dichtung. Das ist Diebstahl von Leben. Sie hat meine Erinnerungen und Geschichten. Warum war ich nur so erzählfreudig?

Lillemor ruht ein Weilchen, indem sie die Leselampe beiseiteschiebt und ins Kissen rutscht. In einem Augenblick flüchtigen Halbschlafs denkt sie: Mutter war nett.

Als sie wieder wach ist: Mutter konnte durchaus nett sein. Dinge wie die, dass man zum Oscarsball ein neues Abendkleid braucht, verstand sie wirklich.

Sie las, sie hätten sich am Hauptbahnhof in Stockholm getroffen und seien zu NK gegangen. Sie hatten aber ein Taxi genommen. Lillemor ist sich ziemlich sicher, dass sie damals den Chauffeur gebeten hat, in der Hamngatan auf halber Höhe anzuhalten.

Und er antwortete: »Hör mal, da geht's nicht mehr hoch.«

Ihre Mutter hat sich bestimmt mehr darüber geärgert, dass ein Chauffeur mit Uniformmütze ihre Tochter duzte, als darüber, dass die Stadt abgerissen und umgegraben wurde. Wenn Lillemor in Richtung Norden fährt, schaut sie immer auf den Berg weit draußen vor der Stadt, der mit dem Abraum des Brunkebergsåsen aufgeschüttet wurde.

Das mit Mutter und dem Chauffeur habe ich nie erzählt. Alles weiß sie nicht! Und manche Peinlichkeit schreibt man eben nicht in ein Tagebuch. Wie etwa die, dass am Tag nach dem Oscarsball eine Beamtin und ein Beamter auf dem dänischen Sofa saßen, um Rolfs und ihre Tauglichkeit als Eltern zu beurteilen. Es handelte sich um einen Hausbesuch, ein Wort, bei dem Lillemor an ganz andere soziale Verhältnisse dachte.

Als sie am Tisch saßen, sah sie, dass sie Rolfs Frack und ihr grünes Abendkleid auf dem Balkon hatte hängen lassen. Weil sie sich an das Bild der Ballkleider im Wind noch so deutlich erinnert, weiß sie, dass es der Tag nach dem Ball gewesen sein muss und dass die Sozialamtsleute früh gekommen waren. Rolf war verkatert. Draußen flatterten der Frack und das Kleid wie Widerreden zu dem Bild, das sie mit Selbstgebackenem von ihrem Leben zu erstellen versucht hatte. Sie hatte ein Tuch mit Spitzeneinsatz auf den Couchtisch gebreitet und Hefegebäck, Korinthenkekse und Gewürzkuchen aufgetischt.

Es waren zwei Kinder da, deren Eltern von ihrer stürmischen Scheidung beansprucht waren. Dieses Wort nahm Lillemor selbstverständlich nicht in den Mund. Sie sagte, die Eltern seien verreist. Nachdem der Termin für den Hausbesuch endlich zustande gekommen war, sollten diese Kinder ein lebender Beweis dafür sein, dass sie Interesse an und ein Händchen für Kinder hatten. Lillemor dachte schon in denselben Termini, wie sie in dem endlosen Briefwechsel mit dem sozialen Dienst standen. Ihre ansonsten recht flotte professionelle Sprache hatte eine bürokratische Schlagseite bekommen, das merkte sie selbst. Aber wenn sie erst ihr Kind bekämen, würde alles gut werden, auch die Sprache. Ich stellte mir vor, sie würde blühen, denkt sie.

Rolf und sie mussten nun darlegen, wie sie ihr Familienleben aufbauen wollten, wenn sie ein Kind bekämen. Aufbauen war ein Ausdruck, der bei ihr hängen geblieben war, denn er machte sie böse. Als ob sie vorher kein Familienleben oder überhaupt ein Leben gehabt hätten und jetzt erst anfingen, mit Sozialklötzchen eines aufzubauen.

Lillemor sagte, sie wolle von nun an zu Hause bleiben. Dass sie ein Kindermädchen einstellen wollten, erzählte sie nicht. Um die beiden zu überzeugen, sagte sie, ihre Bücher würden sich mittlerweile so gut verkaufen, dass sie Hausfrau werden könne. Als sie dieses Wort aussprach, geriet ihr der Tonfall mokant, und die Atmosphäre wurde einen Tick anders.

Sie war so sehr damit beschäftigt, die Abordnung des sozialen Dienstes zu überzeugen, dass sie nicht merkte, wie eines der Kinder, ein Baby, durchs Zimmer zur Balkontür krabbelte, wo Puck auf einer zusammengelegten Decke lag. Was das Kind mit dem Hund anstellte, bekamen sie nicht mit. Sie hörten nur, dass er kläffte und knurrte, und dann sahen sie, wie er das kleine Mädchen in den weichen Arm biss, den es ihm entgegenstreckte.

Rolf war als Erster dort. Er packte Puck am Nackenfell und schüttelte ihn fluchend. Die Kinder schrien beide. Es sah schrecklich aus, wie das Baby den Mund aufriss, sodass er zu einem heulenden Loch wurde. Das Mädchen blutete nicht am Arm, hatte aber deutliche Bissspuren. Rolf hielt den Hund in die Höhe und schüttelte ihn noch mehr. Als er ihn auf den Boden setzte, biss Puck ihn ins Bein. Da gab Rolf ihm einen Tritt, dass er ins Bücherregal flog. Lillemor reichte das Baby, das sie auf den Arm genommen hatte, der Sozialdame und befahl Puck, ihr in die Küche zu folgen. Als er in seinem Körbchen lag, ging sie hinaus und schloss die Küchentür hinter sich. Sie hatte heftiges Herzklopfen. Die Besucher waren bereits aufgestanden, als sie wieder ins Wohnzimmer kam.

»Ja«, meinte der Mann. »Es taugt wohl nicht so ganz ...«

Da sagte Rolf mit viel zu lauter Stimme, ja Lillemor glaubt sich sogar daran zu erinnern, dass er schrie: »Der kommt weg! Dieser Hund kommt weg. Der war schon immer heimtückisch.«

Lillemor bekam jetzt derart weiche Knie, dass sie sich aufs Sofa setzen musste. Sie ging nicht mal mit hinaus, um die Sozialmenschen zu verabschieden. Immerhin hatte die kleine Caroline zu schreien aufgehört. Ihr Bruder saß mit gerunzelten Augenbrauen da und glotzte. Er hielt einen Teddy im Arm und sagte, das sei sein Teddy und der Hund habe versucht, ihn sich zu schnappen. Er log, was sein kleiner Hals hergab. Ein Kind konnte also schon im Alter von fünf Jahren die herrschende Stimmung erfassen und sich derart durchtrieben verlogen und kriecherisch verhalten! Lillemor hatte gute Lust, ihn ebenso zu schütteln, wie Rolf es mit Puck getan hatte.

Rolf schloss sich in sein Arbeitszimmer ein, und Lillemor rief die Eltern der Kinder an und fragte, ob sie sie jetzt bringen könne. Der Scheidungssturm schien im Moment abgeflaut zu sein, sie mummelte die Kinder ein und schlüpfte in einen Mantel. Sie wollte nicht in die Küche gehen und Puck holen, denn wenn sie ihn mitnähme, was sie sonst natürlich getan hätte, bekämen die Kinder Angst.

Blut Asphalt

Ich hatte lange über den nächsten Krimi nachgedacht. Lillemor war ebenfalls auf eine Idee gekommen. Weit hergeholt und unbrauchbar, doch sie bestand darauf, dass ich sie verwendete und dass das Buch *Das Kreuz des Großmeisters* heißen sollte. Der Titel war gar nicht so dumm, aber der Rest war einfach idiotisch. Ballkleider und Kerle im Frack, die einander wegen Auszeichnungen hassten, die der eine bekam, aber nicht der andere. Bei der Leiche handelte es sich um eine in hellgrüne Duchesse gekleidete junge Frau, die erdrosselt in der Damentoilette lag und eine blutige Fingerspitze hatte. Ich sagte Lillemor, was ich davon hielt, und da war sie natürlich eingeschnappt.

»Nein, wir schreiben über diesen Ort da im Norden, wo du zum Filmen warst«, schlug ich vor. »Wie hieß er noch gleich? Lannavaara? Ich habe viel darüber nachgedacht. Diese eigenartigen Menschen, die Film hassten und kaum mit euch reden wollten und sich weigerten, euch ein Boot zu vermieten, als ihr vom Fluss aus filmen wolltet. Fenster ohne Gardinen und Leute, die über eure Köpfe hinweg Finnisch oder so redeten. Das lebhafte Wasser im Fluss, dazu diese lockenden langen Abenddämmerungen.«

»Igitt!«, erwiderte Lillemor. »Du bist noch nie dort gewesen. Das war trist. Geradezu deprimierend.«

Für diese dumme Idee mit dem erdrosselten Mädchen auf der Damentoilette konnte sie den Direktor einer Filmgesellschaft interessieren. Sie schlossen einen Vertrag und machten sich mit einem für mich besorgniserregenden Enthusiasmus daran, das Drehbuch zu schreiben. Lillemors Filmkarriere durfte schließlich nicht zu gut verlaufen, wenn sie zu unserer Arbeit zurückkehren sollte.

Sie dachte wohl an eine wehmütige Geschichte, denn während sie an diesem Drehbuch arbeitete, summte sie ständig die Titelmelodie aus *Die Regenschirme von Cherbourg*. Nachdem sie ihre Synopsis abgeliefert hatte, musste sie ihre Schularbeiten noch mal machen. Die Handlung sollte unterhaltsamer ausfallen, und die Erotik war zu zahm und melancholisch. Sie bekam nun als Kooperationspartner einen berühmten Journalisten, der im *Vecko-Journalen* giftige Kolumnen schrieb. Er verlangte, während dieser Arbeit im Hotel Foresta untergebracht zu werden, und Lillemor musste mit Bahn und Taxi dorthin fahren und sich auf Kosten der Filmgesellschaft durch mordsmäßige Mittag- und Abendessen futtern. Die Berühmtheit aß und trank und sprudelte vor Ideen, die Lillemor ein bisschen schmierig fand. Sie erzählte, dass er davon ausging, sie studiere in Uppsala, und er habe sie gefragt, ob die Studentinnen immer noch nichts außer Reitstiefeln und Peitschen trügen, wenn sie sich amüsieren wollten.

Lillemor war eigentlich nicht prüde. Wenn Roffe mit ihr Schubkarre fahren wollte, glaubte sie, die programmatische Emanzipation würde dies eben erfordern. Aber ich wusste, dass ihr die neurotische Melancholie in *Das süße Leben* besser gefiel als das Plantschen im Brunnen.

Die Altmännererotik ekelte sie an. Sie arbeitete jedoch pflichttreu an dem Drehbuch weiter und ging auch darauf ein, die Frau des Journalisten in einer dunklen Wohnung in Östermalm zu besuchen. Diese hatte einst ein Skandalbuch geschrieben, war jetzt aber krank und unbeweglich. Lillemor merkte, dass sie selbst wie ein Gegenstand aus der feilen Filmwelt vorgeführt wurde, und verspürte eine unselige Mischung aus Unlust und Mitleid. Sie gab aber erst auf, als sie ausmanövriert und durch eine Journalistin ersetzt worden war, die ins Königshaus eingeheiratet hatte. Sie musste auch noch darum kämpfen, für ihre Arbeit bezahlt zu werden, und nach diesem Ausflug in eine eigene Unternehmung kehrte sie erleichtert zu mir und dem gediegenen Verlag zurück.

Die Episode mit dem Filmdrehbuch hätte uns eine Warnung sein müssen vor dem, was sich auf lange Sicht zusammenbraute. Wir befanden uns natürlich in einer historischen Epoche, dachten aber nicht weiter daran und glaubten, sie würde niemals zu Ende gehen. Wir spielten mit unseren Figuren, die sich gruselten und starben und dem Publikum gefielen, weil sie nicht so viel bluteten. Wir spielten auf der Welle des bürgerlichen Humanismus und hatten eine Leserschaft, die literarische Anspielungen schätzte. Ein solides Abitur samt literarischer Sondenernährung lange vor der Pubertät hatte uns Leserinnen und Leser mit Unterscheidungsvermögen beschert. Sie ahnten nicht, dass es ebendieses Unterscheidungsvermögen sein würde, das ihre Skidbladnir versenkte.

Die Ersten, die neue Horizonte erblickten, hatten keine Blumen im Haar und trugen keine zerrissenen Jeans, sondern Maurerhemden aus dem Arbeitsklamottenladen. Schon damals gab es einen Anflug von Panik in Europa. In Frankreich verließ de Gaulle fluchtartig Paris und seine Regierung, als es Pflastersteine zu hageln begann. Olof Palme, seinerzeit Bildungsminister, ging ins besetzte Studentenzentrum und versuchte über Demokratie zu sprechen. Es lohnte sich aber nicht. Man wollte eine andere Studienordnung als die eines bürgerlichen Humanismus, der mit den Forderungen der Wirtschaft Arm in Arm ging. (Niemand ahnte, welcher der beiden Kontrahenten zum Tode verurteilt war.)

Kultur ist Unterscheidungsvermögen. Sie ist Montaignes *distinguo*. Eine Kultur kann nicht alles umfassen, denn dann fällt sie auseinander. Nachdem der totale Freiheitstraum sich ausgetobt hatte, setzte erneut ein Prozess der Unterscheidung ein. Jetzt aber passte er sich Gruppen an, die sich mit sich selbst beschäftigten. Dass es nach den totalitären Träumen nun um die *distinguo* des Individuums ging, war ja nicht weiter verwunderlich.

Heute kann schließlich jede und jeder das eigene Unterscheidungsvermögen im *world wide web* anwenden. Literaturförderung und Kleinverlage helfen dabei, den persönlichen oder schlichtweg originellen Geschmack auszubilden. Die großen Verlage sehen zu, dass diejenigen, denen es an kultureller Distinktion mangelt, ihren Teil bekommen. Krimis sind bestialisch geworden, Romane und journalistische Prosa tendieren in Richtung Enthüllungsgenre. In einer Hinsicht ändert sich die Welt nämlich nicht: Der Klatschfaktor erhält die Prosa am Leben, heute wie zu Fredrika Bremers Zeiten. Die Autorinnen und Autoren präsentieren sich lautstark auf den Buchmessen, falls sie es können, ohne Migräne zu bekommen. Der Rest hat sich in literarische Cafés zurückgezogen und liest bei Kerzenlicht vor. Da ich eine breit angelegte Erzählerin bin, gehört Lillemor zum Buchmessenvolk.

Von all dem ahnten wir nichts, nicht mal als Lillemors kultiviertes Filmdrehbuch in den Händen ihres Koautors von Überparfümierung in Gestank überging.

Ich wollte mitkommen, wenn Lillemor verreiste, um unsere Bücher zu präsentieren, doch sie war nicht sonderlich scharf darauf. Immerhin klappte es nach Erscheinen unseres dritten oder vierten Krimis, der sogar übersetzt worden war. In dem großen Hotel in Oslo angekommen, kehrte sie mir an der Rezeption den Rücken und scherte sich nicht darum, dass wir zu zweit waren. Ich blieb mit meinem Gepäck im Foyer stehen und starrte auf ein Blumenarrangement in einer riesigen Vase mit Fuß. Es bestand aus massenhaft Rosen in verschiedenen Farbnuancen, die so kunstvoll angeordnet waren, dass sie von einer Basis aus voll aufgegangenen Blüten in Rosarot mit leichtem Stich ins Gelbe in die Höhe strebten wie ein sich verjüngender Turm und in einer Spitze aus Knospen ausliefen, die sich gerade erst öffneten. Nicht eine war welk oder ließ auch nur den Kopf hängen. Dabei waren es echte Blumen. Dieses Arrangement erschreckte mich zu Tode.

»Hier kann ich nicht bleiben«, sagte ich zu Lillemor.

»Meinetwegen bleib, wo du willst«, sagte sie. Ich wusste, dass sie vor ihren Interviews nervös war und mich nicht dabeihaben wollte. Ich ging. Eine geschlagene Stunde saß ich in einem Straßenlokal unterhalb des Nationaltheaters und glaubte, sie würde mich suchen, aber Pustekuchen!

Ich fühlte mich wie ein geprügelter Hund. Was das Hotel anging, wurde mir klar, dass da mein Vater in mir spukte. Er konnte nicht mal in eine Bank gehen, obwohl er keine Ahnung hatte, wie es war, dorthin zu kommen. Er wusste nur, dass dies kein Ort für ihn und seine Klasse war. Meine Mutter war da schneidiger, und deshalb erledigte sie die wenigen Bankgeschäfte, die in ihrem Leben anfielen. Es handelte sich vor allem um die Ratenzahlungen für das Haus. Sie hatten Geld aufgenommen, um den Kasten mit Badezimmer und allem zu renovieren.

Von dem eleganten Continental, in das ich ebenso gut passte wie meine ausgetretenen Schollsandalen, floh ich in ein normaleres Hotel in der Karl Johan Gate und schrieb, bis ich am Abend erschöpft war. Schlief ein, wachte nach zwei Stunden auf und hatte Hunger. Ich hatte völlig vergessen, etwas zu essen. Erinnerte mich, an der Straße einen Kiosk mit Imbiss gesehen zu haben, schmiss mich wieder in meine Klamotten und verließ durch totenstille Flure und einen knarrenden Aufzug das Hotel. Kaufte mir Kartoffelpüree mit einer zu lange gegrillten Wurst, Gurkenrelish, gerösteten Zwiebeln und Ketchup und schmuggelte die Pappschale so unauffällig wie möglich am Nachtportier vorbei auf mein Zimmer. Auf der Bettkante sitzend, aß ich die Wurst und das Püree und trank Leitungswasser dazu. Ich bringe es einfach nicht fertig, in einem Hotelzimmer die Getränke in dem kleinen Kühlschrank anzurühren. Da schlägt wieder mein Vater zu. Geld, um sie zu bezahlen, hätte ich ja, folglich handelt es sich nur um sein nie ausgesprochenes, aber deutliches: *Das ist nicht für dich.*

Am Montag saß ich in der Bibliothek, und als es Zeit war für die Lesung, ging ich in die Buchhandlung, um Lillemor zu hören. Als sie fertig war, dachte ich, sie würde zu mir kommen. Aber sie sah mich nicht oder wollte mich nicht sehen. Auf dem Rückweg zum Hotel kaufte ich mir *Verdens Gang* und erfuhr, dass vor einem Imbiss in der Karl Johan Gate ein Mann erschossen worden war. Ich kaufte noch eine andere Zeitung und schaute mir im Fernsehen die Nachrichten an. Kein Zweifel: Der Kerl war an dem Kiosk gestorben, wo ich mir etwas geholt hatte. Es gab ein Bild von einer Blutlache auf dem Asphalt. Neben der Lache lag eine Papierserviette, die unbenutzt wirkte. Die Serviette, die ich zu meiner Pappschale mit dem Püree bekommen hatte, war mir auf die Erde gefallen, doch ich hatte sie nicht vom Gehsteig aufheben wollen, wo die Leute herumgetrampelt waren.

In dem Hotel konnte ich unmöglich bleiben. Ich wollte beim Rein- und Rausgehen nicht über Blutspuren steigen. Ich nahm samt meinem Gepäck ein Taxi und fragte den Chauffeur nach einem Hotel, denn ich hatte nicht die Energie, herumzurennen und mir eines zu suchen. Vermutlich schätzte er meine Zahlungsfähigkeit nach meiner Kleidung ein, denn er fuhr mich in einer kleinstädtisch anmutenden Straße, doch nicht weit vom Zentrum, zu einer

Art Pension. Das Haus hieß Myras Pensjonat und pries preiswerte Übernachtungen an. Ich bekam ein Zimmer, das mit Erinnerungen an die Havarie eines Lebens überfrachtet war, welche die Inhaberin gezwungen hatte, Pensionsgäste aufzunehmen. Trotz des Geruchs, der den Gardinen entströmte, und der sinnverwirrenden Eindrücke von Bildern, die dicht an dicht über drei Wände verteilt waren, schrieb ich. Etwas zu essen kaufte ich mir weiter unten in der Stadt: ein halbes Grillhähnchen, eine Tomate und ein Brot, aß es am Schreibtisch und spülte das Ganze mit einem Kakao namens Pucko hinunter. Womöglich brachte dieser mich zu der Einsicht, dass ich nicht ganz bei Trost war, derart zu hausen. Ich packte wieder meinen Kram und bestellte ein Taxi. Sei's drum, ich würde jetzt im Continental wohnen, wo Lillemor herumscharwenzelte. Als ich dort ankam, hatte sie jedoch ihre letzte Lesung absolviert und war im Begriff, nach Hause zu fahren. Die ganze Heimreise über erzählte sie alles, was sie erlebt hatte, doch über mich und meine Hotelausflüge verloren wir kein Wort.

Gegen elf Uhr steigt Lillemor aus dem Bett und zieht einen kuscheligen rosaroten Morgenrock an, in dem sie sich wie eine wandelnde Wolke vorkommt, und diese Wolke schlurft in die Küche und denkt: Meine Güte, es ist doch bloß ein Roman, weiter nichts. Ein Roman, in dem die Autorin ihre eigene Wahrheit erzählt, worauf sie nicht nur das alleinige Recht, sondern auch das Copyright besitzt. Da werden wehrlose Menschen vielleicht nicht gerade aus einem Garten Eden, aber immerhin aus einem Leben verwiesen. Verurteilt und in Morgenröcke oder nur mäßig reine Unterhosen gekleidet, werden sie mit Wortpeitschen aus ihrem Leben in die Fiktion getrieben, und die Autorin steht wie ein Engel mit brennendem Schwert Wache, sodass sie nie wieder zurückkehren können. Dort dürfen sie sich dann in der Ewigkeit des Jetzt auf Stehpartys und im Small Talk vor einer Sitzung oder nach einem Beischlaf verlustieren. Oder an der Delikatessentheke im ICA Esplanad.

Es ist keineswegs merkwürdig, dass eine Autorin oder ein Autor so vorgeht, das hat schon Dante so gemacht. Er ließ seine Widersacher in lodernden Flammen brennen und im Schlamm ertrinken und verpasste ihnen am ganzen Körper Aussatzmale. Sie durften sich durch die Hirnschalen ihrer Feinde nagen und den Inhalt schlürfen. Die Partys der Florentiner müssen einen ungeheuren Drive bekommen haben, nachdem die Leute gelesen hatten, wie Freunde und Bekannte dem strengen Aufbau der aristotelisch-thomasischen Klugheitslehre gemäß für ihr Scheitern bestraft wurden. In unserer Zeit wäre das vielleicht übertrieben, zu uns passt Swedenborgs Hölle besser. Lillemor hält Babba wie geschaffen dafür, über die schäbigen und überaus privaten Winkel der Gehenna zu schreiben, wohin die Zeitgenossen des Engelsehers verpflanzt wurden und ihren Mief nach schmutzigen Strümpfen mitnehmen durften. Olle Hedberg muss seinen Swedenborg verstanden haben, denkt Lillemor, denn er schreibt irgendwo über ein behagliches Grunzen aus den Schlammpfützen der Verdammten.

Dann bereitet sie sich ihren bewährten Nachttrost: erhitzt in der Mikrowelle Milch mit Honig und fügt anschließend eine Verschlusskappe voll Kognak hinzu. Das beruhigt und wärmt, und nachdem sie unter die Decke geschlüpft ist, fängt sie die *paperasse* noch mal von Seite eins zu lesen an und merkt, dass sie bloß in einem Roman ist und weiter nichts. Und die Hauptfigur ist ein Trugbild von ihr.

Erfolg Lügen Rußgeruch

Ich schrieb das Buch über einen Mord unter den pietistischen Laestadianern. Es war kein gewöhnlicher Krimi, denn diese Chose hatte ich allmählich leid. Lillemor gefiel die Idee gar nicht, ihr waren sowohl die Moore als auch die Menschen dort oben zuwider. Grau, meinte sie, durch und durch grau. Absolut nichts für einen Krimi, nicht mal für einen normalen Roman. Ich sagte, Geschichten seien Sprache, keine Wirklichkeit: »Und du kannst nicht behaupten, dass meine Sprache grau ist.« Sie las gerade die ersten Seiten im Spiralblock. Widerstrebend schrieb sie den Text ins Reine und stocherte im Grau. Sie begriff nicht, dass meine Sprache, falls sie denn grau war, dann so grau war wie die Bartflechte in den Fichten und der Morgennebel über dem Fluss, in dem die Leiche versenkt wurde. Lillemor hütete sich zu klagen, war aber nervös. Sie meinte, es könne unser Ende bedeuten, wir seien in diesem Grau hängen geblieben, und die Kritiker würden uns aus Langeweile töten, ungefähr so, wie man eine Blattlaus knackt, die sich zwischen Buchseiten verirrt hat. Doch es wurde ein Erfolg.

Schweden besaß damals einige Journalistinnen von Format. Diese Damen jagten einem zu gleichen Teilen Schrecken und verblüffte Dankbarkeit ein, wenn sie anriefen und ein Interview haben wollten. Was heißt da haben wollten – sie teilten mit, dass sie kommen würden.

Und das bedeutete: Jetzt, meine Liebe, ist dein Glück gemacht!

Thea Oljelund aus Grängesberg schrieb in *Året Runt* und fuhr mit einem rasanten Sportwagen zu ihren Aufträgen. Ihre Spezialität hieß Empathie, und sie organisierte Sammlungen für bedauernswerte Kreaturen, über die sie auch schrieb. Ich warnte Lillemor trotzdem davor, sie für eine liebe Tante zu halten, denn ohne Giftstachel dürfte es in der Zeitungswelt noch nie jemand so weit gebracht haben wie sie. Und dann gab es Bang alias Barbro Alving, zigarettenheiser und von ihren Heldentaten an verschiedenen Fronten vernarbt. Sie hob gern mal den Status eines süßen Mädchens, wenn es sich gebührend dankbar zeigte. Und das tat Lillemor. Sie war ganz aus dem Häuschen. Man kann schon sagen, berauscht. Bislang hatte sie an der Droge nur genippt, jetzt war es Zeit, sie in vollen Zügen zu genießen: Glück, Glück! Dass es gefährlich war, fiel ihr im Traum nicht ein. Wenn ich daran denke, wie sie damals war, wie süß, wie enthusiastisch, wie groß und vertrauensvoll lächelnd sie zitterte, bin ich gerührt. Damals hielt ich sie für eine Gans.

Als die Interviews erschienen waren, wurde ich böse. Ich, die ich in meinem ganzen Leben noch nie einen Menschen zusammengestaucht hatte, denn ich hatte weder einen Grund noch die Gelegenheit dazu, wusch ihr so gründlich den Kopf, dass sie anfing, zu schniefen und sich die Tränen abzuwischen, das Kleenextuch war bald nass.

»Mach dich doch nicht zum Affen«, sagte ich. »Das nützt dir nicht die Bohne. Du hast mit deinem einfältigen Geplapper meinen Ruf als Schriftstellerin aufs Spiel gesetzt.«

»Deinen Ruf! *Du.*«

»Ja, wer, zum Teufel, ist denn von uns beiden die Schriftstellerin? Hättest du vielleicht einen Roman über die Leute in Lannavaara hinbekommen?«

»Ich war aber dort«, gab sie zurück und warf den Schnabel auf, der vom Weinen schon verquollen war.

»Aber gesehen hast du nichts. Dich hat es nur gegruselt, und du hast dich angestellt, als die Klospülung in der Pension nicht ging und du den Deckel des Spülkastens aufgemacht und drei Flaschen geschmuggelten Schnaps und eine Plastiktüte mit Kondomen gefunden hast. Das ist dein Beitrag.«

»Du bist nie dort gewesen. Wie willst du …«

»Ich habe *gelesen*. Weißt du, was das ist? Ich habe etwas über den Laestadianismus und über die Person Laestadius gelesen, über die Leute und über ihre Sprache, die du Finnisch genannt hast, die aber Meänkieli heißt, aber du weißt ja nicht mal, was das ist. Das ist eine Sprache mit höllisch vielen Kasus, Illiativ und Essiv und noch fünf anderen, von denen du noch nie etwas gehört hast. Und dann hast du dich auch noch darauf eingelassen, Stellen zu streichen, die für deinen doofen Verleger Finnisch waren. Ich habe mich jedoch damit vertraut gemacht, und das ist mehr als das, was du getan hast, als du da im Speiseraum der Pension auf der Stuhlkante gesessen und in einem Essen gestochert hast, das für dich Labskaus war, in Wirklichkeit aber Suovas. Hörst du! *Suovas*. Da waren nämlich auch Lappen, die mit ihren Renen zur Sommerweide gezogen sind – nichts hast du begriffen. Außerdem habe ich bei Stina Aronson von all den lockenden Abenddämmerungen und den doofen Mooren gelesen, die es da oben gibt.«

»Du hast plagiiert!«

»Nee nee, ich habe nicht plagiiert. Ich habe es mir anverwandelt. Ich habe es gelesen und verdaut, und dadurch wurde es meins. Literatur lebt von Literatur, kapierst du das nicht? Sie kommt von Geschriebenem und Erzähltem, *kommt von Gelesenem*! Du bist keine Schriftstellerin, vergiss das nicht. Das Einzige, was dir eingefallen ist, sind diese einfältigen Lügen in den Zeitungen.«

»Das sind keine Lügen.«

»Doch, das sind von vorn bis hinten Lügen, und das weißt du. Das Schlimmste aber ist, dass du sie nicht verinnerlicht hattest. Der einen berühmten Pressetante erzählst du, dass dir die Idee zum Schreiben gekommen ist, als du in der Stockholmer Filmwelt gearbeitet und dabei gesehen hast, wie falsch und oberflächlich es da zugeht. Du meine Güte, welch dummes Geschwätz von einer, die dort herumgetrippelt ist und sich *wohlgefühlt* und obendrein noch Geld verdient hat! Und der Alten, die fürs *Vecko-Journalen* schreibt, erzählst du, dass dir die Idee zum Schreiben gekommen ist, als es dir in Härnösand, wo du aufgewachsen bist, langweilig war und du einen Lichtschein zwischen den Bäumen gesehen und Angst bekommen hast und was weiß ich noch alles. Du bist gar nicht in Härnösand aufgewachsen, und dir ist noch keine Sekunde im Leben langweilig gewesen. Du weißt gar nicht, was es heißt, sich zu langweilen, denn dann hättest du womöglich selbst zu schreiben angefangen. Literatur kommt nämlich auch aus der Langeweile. Aber davon hast du keinen Schimmer. Nicht den leisesten. Und jetzt bist du so richtig schön in die Scheiße getappt. Diese Tanten sind nämlich Profis und gehen die Artikel der anderen durch, als wären es die Schriftrollen vom Toten Meer. Die wollen sehen, ob andere etwas gesagt bekommen, was ihnen selbst durch die Lappen gegangen ist. Warte nur, bis eine von ihnen zuschlägt. Und ich wette, es wird die sein, die wirklich gefährlich ist, die fürs *Vecko-Journalen* schreibt. Wenn nicht gar alle beide. Und eines sage ich dir, du hast meinen Ruf als Schriftstellerin zum letzten Mal verlabert. Von nun an bin ich bei den Interviews dabei. Ich werde den Mund halten, und meine Anwesenheit darfst du erklären, wie du willst. Aber ich werde mir alles anhören, das wird deine Lust, blindlings draufloszureden, bestimmt dämpfen.«

Wir hatten Erfolg gehabt und uns entzweit. Die großen Pressetanten, die in unser Schriftstellerinnendasein gedüst kamen, hatten die Macht, uns zu versenken. Zum Glück war die spitze Marianne Höök nicht gekommen, obwohl sie einen Termin vereinbart hatte. Ein Lämmchen wie Lillemor hätte sie doch mit dem Nagel ihres kleinen Fingers aufschlitzen können.

Als ich sie wegen ihres naiven Gelabers zusammenstauchte, tat sie etwas, was für mich damals nicht lillemorartig, sondern bloß seltsam war. Ich lernte aber, dass sie eine Seite besaß, die nicht anders als subversiv genannt werden kann. Diese Seite sollte mit der Zeit immer stärker zutage treten. Diesmal machte sich Lillemor lediglich mit dem Auto davon und ließ mich in der Kate zurück. Ich dachte, sie würde zurückkommen, wenn sie sich ausgeschluchzt hätte, aber sie kam nicht mehr. Ich saß mit einer Dose abgestandenem Kaffee, einer Tüte Nudeln und einer Flasche eingetrocknetem Ketchup da, und auf der drei Kilometer entfernten Landstraße kam erst wieder am nächsten Vormittag um elf ein Bus vorbei.

Ich schlief nicht sonderlich gut in dieser Nacht. Einmal wachte ich davon auf, dass ich eine Straßenbahn hörte. Mir fiel ein, dass es in Uppsala gar keine Straßenbahnen mehr gab, die letzte hatten wir ja zur Endstation draußen bei Graneberg begleitet. Dann wurde mir klar, dass ich in einem ausgekühlten Sommerhaus unter feuchten Decken lag. Im Schlaf drangen Geräusche aus meinem Leben an die Oberfläche. Ich hörte Vaters Pantoffeln auf dem Linoleum und das bissige Geklapper der Halda, wenn Lillemor unsere Geschichten ins Reine schrieb.

Während ich noch im Halbschlaf lag, kam der schmutzige alte Knacker wieder. Und er machte mir wieder genauso viel Angst wie damals, als ich die Krebse bezahlte, die Lillemor von ihm bekommen hatte. In seiner dunklen Schmiede mit der vom Rußgeruch noch beißenden Luft hatte ich versucht, die Angst zu unterdrücken. Er hatte sich in der Ecke mit irgendetwas zu schaffen gemacht, was ich nicht erkennen konnte. Ich hatte den Fünfziger zwischen den Fingerspitzen gehalten und mich davor gehütet, zu viel zu sehen. Aber die Erinnerung sog dieses Dunkel an, und als mein Bewusstsein zwischen Schlaf und Wachen schwankte, drang sie an die Oberfläche.

In welcher Gehirnhälfte die Vernunft auch immer stecken mag, sie funktionierte, wenn ich aufwachte und mir sagte, dass ich mich an etwas zu erinnern glaubte, was ich in der Dunkelheit der Schmiede gar nicht gesehen haben konnte. Folglich war es ein Hirnsausen und ein Albtraum.

Aber ich hatte es gesehen, immer und immer wieder, wenn ich schlief oder halb wach war.

Lillemor hatte ich erzählt, dass mir im Traum der Alte in der Schmiede erscheine und ich dann immer starr, mit trockenem Mund und offenen Augen aufwachte.

»Ich habe geschlafen, die Augen dabei aber weit aufgerissen, kannst du das verstehen?«

Da hatte sie mich ausgelacht.

»Erkennst du das nicht? Den Alten. Das Dunkle, Grauenerregende, womit er sich zu schaffen macht. Willst du etwa sagen, du weißt nicht, was das ist?«

»Nein«, sagte ich. »Wenn ich es wüsste, brauchte ich doch keine Angst zu haben.«

»Das ist Anna Karenina«, sagte sie. »Das Männlein mit einem Gerät, das Anna Angst macht.«

Genau so drückte sie das aus, und sie glaubte, das Grauen auf diese Weise wie mit einer Pinzette einfach auszupfen zu können. Das-Männlein-mit-einem-Gerät-das-Anna-Angst-macht klang wirklich nicht gefährlich. Das hatte sie sich wohl ursprünglich zurechtgelegt, um es in einem Prüfungsseminar in Literaturgeschichte zu referieren und dann wirkungsvoll zum sozialen Kontext oder der Gestaltung des Unbewussten überzugehen.

Sie wusste nicht, dass das, was man gelesen hat, zu gelebtem Leben wird. Sie begriff nicht, dass die Bilder, die das Gelesene hervorruft, in eigene verwandelt werden, nicht in die von Tolstois Anna Karenina, wenn sie das Männlein und sein Gerät sieht, oder in die von Capotes Herb Clutter, wenn er gefesselt im Keller liegt und das Leben aus ihm rinnt, oder in die von Sem-Sandbergs Adam Rzepin, wenn er die Schreie aus den Rattenkäfigen in Łódź hört. Es sind meine Bilder. Ich kann sie in meinem eigenen Dunkel sehen. Im Übrigen wusste ich, dass sie sich irrte. Was immer ich gesehen hatte, es konnte nicht damit abgetan werden, dass es von Anna Karenina stamme.

Lillemor weiß nichts über das Innerste dessen, woher wir kommen. Sie schwatzt drauflos und konstruiert plausible Erklärungen. Zum Plausiblen greift man, weil man es nicht schafft, an die dunklen und komplizierten Ursachenketten zu denken, die hinter jedem Ereignis unseres Lebens stecken, wo wir weder Akteure noch Zuschauer sind, sondern auf der Oberfläche eines starken Stroms zappeln, der uns und die Ereignisse über sein Dunkel dahintreibt.

Vor der Dunkelheit hat sie sich stets gehütet. Eines ist sicher: Sie hat sich nie am Flussufer im bläulichen Lehm gewälzt und ist dabei schwarz geworden. Sie wandte rasch den Kopf ab, wenn Assar Malms Hündin mit hängendem Bauch und zitternden ausgeleierten Zitzen auf den Hinterbeinen ankam. Wie etwas halb Ertränktes, das sich in dem Moment zeigen wollte, als ich in der Küche saß und fror, weil das Feuer im Herd nur schwelte, ohne sich richtig zu erholen, trieb diese Erinnerung an die Oberfläche. Ich sollte öfter hier sein, dachte ich. Allerdings mit Heizstrahlern und gutem Holz.

Es war doch sie, an die ich mich erinnerte. Sie und ihre psychopathische Mutter und irgendeine dämliche Tante und ein Kind, das mit Astrid zweistimmig *Veilchen möcht ich pflücken gehn* sang. Die sich fast sicher war, dass ihr Lillemormädchen sauer dreinschaute. Sie hatte nie eine sonderlich gute Singstimme gehabt, und man merkte ihr an, dass sie neidisch war. Sie saßen alle vier auf einer Decke, und da waren auch Kaffeetassen, Gläser, eine Gebäckschale, eine Saftflasche mit Bügelverschluss und eine rote Thermoskanne. Ich bin mir sicher, dass sie es war, so sicher, wie man nach all den Jahren nur sein kann, sind wir doch alle schwer austauschbar. Das Gedächtnis platziert uns in Fächer, so wie wir als Mädchen Lesezeichen in einem Schreibheft mit eingebogenen Blättern hatten. Sie verstecken sich, tauchen wieder auf und haben manchmal den Platz gewechselt. Was aber immer bleibt, ist das Bild mit der Thermoskanne und der Gebäckschale und den zwei kleinen Mädchen, deren Badeanzüge mit Reihfaden genäht waren, sodass der Stoff überall Blasen bildete. Ich war böse, weil ich keinen Badeanzug hatte, ihn natürlich vergessen hatte, und meine Mutter sagte: »Na und, geh ruhig ins Wasser, hier sieht dich doch niemand.«

Ich schwamm im Fluss, und er umfing mich wie mit Armen und trug mich (Mutter: »Nicht zu weit raus! Nicht zu weit raus!«), und er trug mich am Birkenwald und an dem Salweidengebüsch vorbei, das diese etepetete Gesellschaft vor uns verbarg, und ich hörte übers Wasser hinweg zweistimmig von der Heide feinen Fransen singen. Ich fand das saublöd.

Als ich ans Ufer stieg, sah ich die drei dämlichen Gänse und Astrid Troj, die immerhin nicht dämlich war. Da schwamm ich gegen die starke Strömung des Flusses bis zu der Stelle mit dem bläulichen Lehm, wälzte mich darin und bemalte mich am ganzen Körper und auch im Gesicht damit. Und als ich schwarz war, schlich ich durch das Weidengebüsch, sodass ich am Rand des Birkenwäldchens herauskam, schnell, schnell, weil man nicht mehr richtig schwarz ist, wenn der Lehm erst trocknet. Dort hüpfte ich dann herum, schrie und schlug mit den Armen und schrie und schrie.

Sie fürchteten sich aber gar nicht so sehr, wie ich gehofft hatte. Sie glotzten nur. Da kam Onkel Assars Hündin an, sie hatte mich wohl gehört. Als sie die Decke mit der Gebäckschale bemerkte, rückte sie schnell näher, und ein Stück davor erhob sie sich auf die Hinterbeine und zockelte so weiter. Dieses Kunststück hatte Assar ihr beigebracht: auf den Hinterbeinen zu laufen. Aber eigentlich schluffte sie vorwärts. Da fingen sie alle zu schreien an. Dolly war dick, und an ihrem Bauch hingen lauter gelbe Zitzen. Sie sabberte vor Gier nach den Zimtschnecken und hechelte mächtig, denn sie hatte eine große, platt gedrückte Schnauze, die ihr das Atmen beschwerlich machte. Ihre Augen waren rot gerändert und triefen, und ihr rechtes Ohr war abgebissen.

Meine Mutter kam angerannt, sie hatte das Geschrei gehört. Sie schubste Dolly und gab ihr einen Klaps aufs Hinterteil, sodass sie zu unserer Decke und Onkel Assar zockelte, dessen Nase die Farbe überreifer Bergjohannisbeeren hatte. Mich packte sie grob am Arm und zog mich ans Wasser.

»Du wäschst dich jetzt«, sagte sie.

Als wir wieder bei unserer Decke waren und ich mich angezogen hatte, fragte sie, warum ich das getan hätte.

»Das war nicht ich. Die haben vor Dolly Angst gekriegt.«

»Ich habe dich gehört«, sagte meine Mutter. »Warum wolltest du sie denn erschrecken?«

»Ach, solche feinen Leute …«

Da lachte meine Mutter kurz und sagte leise:

»Nee nee, die sind nicht fein.«

Ja, es ist ein Roman. Und auf Lillemor übt er den gleichen Sog aus, wie es Romane zeit ihres Lebens getan haben. Oder auch Erzählungen, was das angeht. Kürzlich hat sie Alice Munro gelesen und verstanden, dass sie in eine geologische Spaltenbildung stürzen würde, wenn sie aus dem Haus ginge; wenn sie aber zu Haus bliebe, riskierte sie, von einem Dreifachmörder umgebracht zu werden, wenn sie zum Arzt ginge, bekäme sie Krebs, und wenn sie noch mal heiratete, einen Rentner, der bei Clas Ohlson einen Kreuzschlitzschraubenzieher in der richtigen Größe sucht, dann würde er sie bald einer jungen Schönheit wegen verlassen, die ihre Sicherungen selbst eindrehen kann. Obwohl die guten Autorinnen und Autoren uns unermüdlich sagen, der Zufall sei mächtiger als der gute Wille und die Welt voller Spaltlöcher, ist es seltsam tröstlich, gute Bücher zu lesen. Sie sind besser als die Wirklichkeit, viel besser, denn sie sind konzentriert und *gesteuert.* Wir brauchen Stetigkeit und Steuerung. Der Mensch ist zwar ein sinnstiftendes Wesen, doch es ist schwierig, in einem Leben Sinn zu stiften, das ebenso viel Kongruenz und Kontinuität aufweist wie die Werbeplakate, die auf den Rolltreppen der U-Bahnhöfe an einem vorübergleiten.

Nun bin ich in keine geologisch geformte Spalte gerutscht, stellt Lillemor fest, sondern ich habe mir meine

Fanggrube selbst gegraben, und das Leben hat eine Sprengfalle darübergelegt, die so verführerisch und realistisch angeordnet war, dass ich glaubte, mich auf ebenem Gelände zu bewegen.

Im Magazin *Forskning & Framsteg* hat sie gelesen, dass der freie Wille nicht existiere, die Zeit sowohl rückwärts- als auch vorwärtsgehen könne und Ursache und Wirkung nichts miteinander zu tun zu haben scheinen. Das spielt sich jedoch auf dem Energieniveau ab; hier, wo sie über trügerisch ebenes Gelände trottet, ist das eine ganz andere Sache. Hier ist gestern ein schönes Kristallglas zu Bruch gegangen, weil sie es auf die Steinplatte vor dem Herd hat fallen lassen. Das Glas hing nicht in der Luft, um etwas zu sein, was sowohl geschehen als auch nicht geschehen war, und die Ursache dafür, dass es ihr aus der Hand in dem nassen, spülmittelglatten Handschuh glitt, war sonnenklar, ebenso der freie Wille, aus dem heraus sie es hervorgeholt hat, um sich an einem schmutzig grauen Herbstabend mit der Schönheit des Glases um einen tiefroten Wein aufzumuntern. Auf ihrem Heimweg hatten die Dohlen um die Hedvig-Eleonora-Kirche gekreischt, und sie hatte natürlich gedacht: Hier hat sich gestern jemand erschossen. Sie hatte jedoch nicht geahnt, dass sie am nächsten Tag mit einer so einfachen Zeitmaschine wie einem Roman brutal und magisch in das Uppsala der Dohlen, der Dichter und des Selbstmords versetzt werden würde.

Als sie mit einem Glas Wein, diesmal sicherheitshalber einem gewöhnlichen Trinkglas, zum Bett zurückkehrt, weiß sie, dass sie wieder an Bord dieser Maschine geht und davon so leicht woandershin versetzt werden wird, als ob sie von Aufwinden und Heliumgas zu Gefilden getragen würde, in denen sie einst war und die sie sehr wohl wiedererkennt. Gleichzeitig aber sind sie so falsch wie gemalte Pappkulissen in einem alten Theater. Und dann: Stellenweise genießt sie es sogar, die Lillemor Troj in diesem Roman zu sein, jedenfalls solange sie liest, und sie wünscht jedem Menschen dieses prickelnde Erlebnis, den Roman über sich selbst zu lesen.

Genau das ist mein Fehler, denkt sie. Ich genieße das Prickeln.

Tümpel Schwärze Lehm

Es war jetzt dunkler Herbst. Eines Nachmittags rief mich Lillemor an und sagte, ich solle sie zu dem Sumpf hinter der Ziegelei begleiten. Den gab es aber gar nicht mehr, weil dort Mietshäuser gebaut werden sollten und die Ziegelei, in der die Landstreicher geschlafen hatten, abgerissen war. Sie klingelten nicht mehr bei mir, um ein belegtes Brot und ein paar Kronen für ein Pilsner zu bekommen.

Lillemor kam trotzdem, und sie hatte Kartons auf dem Rücksitz.

»Gibt es keinen anderen Sumpf?«, fragte sie. »Oder einen Tümpel oder so. Ich will ein paar Sachen loswerden.«

Ich hielt die Müllhalde für den richtigen Ort, doch sie fürchtete, dass die Sachen dort zu sehen wären. Womöglich würde jemand darin herumschnüffeln, sodass sie wieder auftauchen könnten. Lillemor wollte sie endgültig versenken. Das hörte sich unheimlich an, und ich sagte, man sei versucht zu glauben, sie habe eine zerstückelte Leiche in den Kartons.

»Habe ich auch«, erwiderte sie.

Bei der Kate gebe es einen Tümpel, schwarz und tief, erinnerte ich sie. Und so fuhren wir hin, fünfundvierzig Kilometer auf der schnurgeraden Straße für die Holztransporter und anschließend auf der kurvenreichen Straße unter den Eichen, an denen noch ein paar Blätter hingen. Wir hatten belegte Brote dabei, die wir essen wollten, nachdem alles erledigt wäre, doch wenn wir in der Hütte Kaffee trinken wollten, mussten wir gleich jetzt den Küchenherd einheizen, da er ausgekühlt war.

Wir vergaßen, in der Rußklappe zusammengeknülltes Zeitungspapier anzuzünden, deshalb qualmte es in den Raum. Es war auch schwierig, Brennholz zu holen. Im Schuppen war es stockfinster, und es gab kein Licht. Das ganze Unternehmen hatte etwas Wahnsinniges an sich. Lillemor schlüpfte in eine gestreifte Strumpfhose, die sie in einer Kommodenschublade gefunden hatte, mummelte sich in zwei dicke Pullover und zog ihren Mantel darüber. Trotzdem fror sie. Sie klang auch nicht wie sonst.

Schließlich brannte das Feuer im Küchenherd einigermaßen zuverlässig, und wir machten uns daran, die Kisten zu dem Tümpel zu schleppen. Es hatte aufgefrischt, und Wolkenfetzen trieben in einem grauen Strom über den Himmel, manchmal glänzten sie metallisch. Wenn sich der Mond kurz zeigte, sah man wenigstens, wohin man die Füße setzte. Man gewöhnte sich jedoch an die Dunkelheit und sah immer besser. Lillemor hatte mich gebeten, einen Rechen zu holen, und als sie jetzt den Inhalt der Kartons in das schwarz glänzende Wasser zu kippen begann, sollte ich die Bündel mit dem Rechen hinunterdrücken, sodass sie nicht mehr an die Oberfläche trieben, sondern sanken.

»Du hättest das Zeug verbrennen sollen«, sagte ich. »Es ist doch alles Papier.«

»Man kann nirgendwo etwas verbrennen, wenn man in der Stadt wohnt.«

»Ich begreife nicht, warum du das machst«, sagte ich und stieß mit dem Rechen auf das Papier, das ständig wieder an die Oberfläche trieb. Lillemor schluchzte. Ich glaube, vor Wut. Sie nahm mir den Rechen aus der Hand und bearbeitete das Papier nun selbst. Mit einem Schwapp tauchte es ab und kam wieder hoch. Nach und nach schien aber doch das meiste zu verschwinden.

Während sie mit dem Rechen hantierte und mir den Rücken zukehrte, nahm ich einige Blätter aus einem Karton und steckte sie ein. Aus dem letzten hob sie etwas Glänzendes. Ich konnte zuerst nicht sehen, was es war, doch als der Mond zwischen den fliehenden Wolkenfetzen hervorkam, erkannte ich das Hochzeitsgeschenk des Großvaters General. Der erste Kandelaber landete mit einem Platsch weit draußen im Tümpel. Sie hatte mit großer Kraft geworfen.

Ich packte sie am Arm und versuchte sie wegzuziehen. Doch sie befreite sich, holte das zweite Exemplar aus dem Karton und schleuderte es weit hinaus.

»Spinnst du!«, sagte ich.

»Das wäre erledigt«, erwiderte sie nur, sammelte die Kartons ein, steckte sie ineinander und brachte sie zur Hütte.

Lillemor erinnert sich, wie sie sich alles vom Hals geschafft hat, aber offensichtlich hat Babba nie verstanden, warum. Sie wusste ja nichts von der Gonorrhö, die Rolf ihr beschert hatte und die im Übrigen seit vielen Jahren ausgeheilt war. Dass seine Dissertationsexzerpte zusammen mit den Kandelabern seines Großvaters versenkt wurden, war nur folgerichtig. Obwohl Folgen dauern können. Der kleine griechische Junge musste ins Kinderheim zurück.

Lillemor erinnert sich, dass sie wieder auf Station 57 eingeliefert wurde, doch sie glaubt nicht, dass sie länger als eine Woche dort war. Weil sie ja nicht wie beim vorigen Mal eine Gefahr für sich selbst darstellte, konnte man sie nicht zwingen.

Eines trostlos windigen Februarnachmittags ging sie zu Göran Ceder, einem von Roffes JO-Brüdern, und er begrüßte sie mit: »Schwesterchen! Was verschafft mir die Ehre?«

Sie wünschte, es wäre das letzte Mal, dass sie sich so ein affektiertes Geschwätz anhören musste, aber er war nun mal Direktor der Studentenunterkünfte, und sie musste ihn dazu bringen, ihr zu helfen. Und er half ihr auch, denn schließlich war sie feierlich in den Juvenalorden aufgenommen worden und hatte das Recht, sowohl die Silbereule als auch das Kreuz des Großmeisters zu tragen.

Er war verblüfft. Geschockt, kann man sagen. Denn so

hatte in besseren Kreisen eine Scheidung wohl nicht vonstattenzugehen. Einfach abzuhauen. Und nicht mal eine Bleibe zu haben. Ein kalter Hauch von etwas, was über Verwunderung hinausging. An den erinnert sie sich.

Sie landete in einer der Studentenbaracken in der Artillerigatan. Im Zimmer nebenan wohnte ein Naturwissenschaftler, der gerade einen Fasanenhahn konservierte, den er angeblich tot aufgefunden hatte. Wahrscheinlich hatte er ihn aber mittels einer Falle oder dergleichen gefangen, denn er war auf tote Tiere fixiert, füllte ihren geleerten Balg mit Gips und setzte ihnen Glasaugen in den Schädel. Diesmal kam sie in einem frühen Stadium des Konservierungsprozesses in sein Zimmer, der abgezogene Vogelkörper lag noch auf dem Schreibtisch. Eigentlich wollte sie ihn bitten, ihr eine Glühbirne in die Deckenlampe zu drehen, an die sie ohne Leiter nicht herankam.

»Welch ein Mahl man daraus machen könnte!«

Da sagte er, das Tier sei voller Quecksilber und deshalb völlig ungenießbar.

»Konservierst du die mit Quecksilber?«

»Nein, Quatsch, das verleiben sie sich auf den Äckern ein.«

»Auf den Äckern?«

Da kapierte sie, und in ihrem Tischgesellschaftsgedächtnis trippelten die Fasane und Schneehühner von *Hellquists Vilt & Fisk* vorbei, und sie fragte sich, ob sie schlichtweg giftige Gerichte angeboten hatte. Und wenn. In diesem Augenblick hatte sie sich wohl gewünscht, sie wären alle gestorben. An tödlichem Fasan und unblanchierten Morcheln in Béchamelsauce, an Schneehühnern in der Todesumarmung des Botulismus und Moosbeeren. Kurze Zeit liegt sie nur da und hasst in der Erinnerung, hasst so sehr, dass sie einen trockenen Mund bekommt.

Dann ist sie wieder sie selbst und vermutet, dass sie damals auf dem Artillerigärdet den Fasanenausstopfer gebeten hat, ihr die Glühbirne reinzudrehen, wenn er mal Zeit habe. Von dem Fasan konnte sie nicht mal Jeppe etwas geben. Der bekam Graupen, die sie gekocht und mit durchgedrehtem Rinderherz vermischt hatte. Aus diesem Grund hatte sie auch den Fleischwolf mitgenommen.

Jeppe hatte einen Schraubspund im Bauch, und sie fragte sich, ob sich daraus irgendwelche Unannehmlichkeiten ergeben könnten, eine Entzündung oder so. Denn was sollte sie in einem solchen Fall dem Tierarzt sagen? Ihm wäre bestimmt sofort klar, dass der Hund gestohlen war.

Waren da noch drei operierte Hunde in ihren Zwingern im Keller der Physiologie? Oder waren es mit Jeppe drei gewesen? Sie konnte ja nur ihn mitnehmen, und das war reibungslos gegangen, denn sie hatte gesagt, sie würde ihn wie gewohnt ausführen. Bruno, der die Tierversuche machte, schrieb seine Dissertation über Magensäure. Bestimmt hatte er seinen alten Schulfreund Roffe angerufen, als der Hund nach ein paar Stunden noch nicht zurück war. Doch Rolf wusste nichts von Jeppe und auch noch nichts von der Baracke auf dem Artillerigärdet.

Sie denkt an die drei anderen Hunde. Oder zwei. Doch das wäre nicht gegangen. Nur *ein* Hund. Und das fast aus Egoismus, denn nach all ihren Spaziergängen liebte er sie sehr.

Sie hatte sich alles vom Hals geschafft und dann diesen Hund gestohlen, der nun einen Namen bekam, den hatte er vorher nicht. Er freute sich, als sie Jeppe zu ihm sagte. Alles, was zu dem anderen Leben gehörte, war fort. Eierstöcke und Gebärmutter hatte der neue Professor entfernt, als ihre Schmerzen unerträglich geworden waren. Er erklärte ihr, die Verengungen in den Eierstöcken hätten eine normale Schwangerschaft unmöglich gemacht und sie rührten von der Geschlechtskrankheit her, die sie gehabt habe. Sie hatte kein Wort verstanden.

»Geschlechtskrankheit? Ich soll eine Geschlechtskrankheit gehabt haben?«

»Das steht hier in der Krankengeschichte«, sagte er.

Seine Worte gaben ihr viel zu denken.

Zuerst dachte sie an den vorigen Professor, diesen vornehmen alten Mann. Den, der ihre Krankengeschichte geschrieben hatte. Er war so vornehm, dass er sie von einer, wie er es bezeichnete, kleinen Infektion heilte, ohne deren Namen zu erwähnen. Der neue Professor ist da nicht so vornehm. Er sagt, was ist, und das Wort lautet Gonorrhö. Rolf hatte, was er eine Infektion in den vitaleren Teilen der Familie nannte. In dieser Art war darüber gescherzt worden. Er musste aber gewusst haben, worum es sich handelte, denn einem Mann gegenüber war der alte Professor bestimmt nicht so zimperlich gewesen.

Jetzt war es jedenfalls vorbei, sie hat sich alles vom Hals geschafft und findet es nach wie vor angenehm, daran zu denken. Außer vielleicht an diesen kühlen und erstaunten Blick, mit dem Göran Ceder sie angesehen hat. Diese beherrschte Bestürzung über ihre Deklassierung.

Verwüstung Müll

Wir teilten schwesterlich die Einkünfte aus den Krimis, nachdem die Steuern bezahlt waren, und so hatte ich mir das Auto kaufen können, das Bengt für mich wartete. Ich hatte in der Bibliothek gekündigt und eine Stelle in der Lundequistska-Buchhandlung bekommen. Dort hieß es für mich in erster Linie sortieren, katalogisieren und Büroarbeiten erledigen. Zur Verkäuferin eignete ich mich nicht. Ich war aber versiert, und davon konnten sie profitieren. Ich wohnte nach wie vor in Bortre Svartbäcken. Lillemor und Roffe wollten sich in Norby ein Reihenhaus kaufen; ich glaube sogar, es gab schon einen Vertrag. Sie hatten beschlossen, einen kleinen griechischen Jungen zu adoptieren. Er sollte nach Lillemors Operation aus Kramfors geholt werden, wo Astrid Troj sich um ihn kümmerte, während Lillemor im Krankenhaus lag.

Sie musste wegen dieser Schmerzen operiert werden. Danach sollte es mit dem Reihenhaus in Norby einen Neuanfang geben. Der Höhepunkt lag in ferner Zukunft, wenn der kleine griechische Junge sein Abitur hätte.

Daraus wurde aber nichts. Schon als ich in der Kate nach unserer Expedition mit den Kartons zu dem Tümpel den eisernen Herd wieder hatte einheizen wollen, war ich verwirrt gewesen. Die Blätter, die ich in die Tasche gesteckt hatte, sah ich mir natürlich an, bevor ich sie zerknüllte und unter das Anbrennholz stopfte. Es handelte sich um Exzerpte und lange Tabellen, und sie konnten eigentlich nur Roffes Dissertationsmaterialien entstammen. Ich traute mich nicht, Lillemor zu fragen, was sie getan hatte. Es war zu sonderbar. War es nicht sogar kriminell?

Es dauerte Jahre, bis ich eine Bestätigung bekam. Es waren tatsächlich Roffes Dissertationsmaterialien gewesen. Kartonweise.

»War er denn nicht fuchsteufelswild?«, fragte ich.

»Er hat es nie gemerkt.«

»Er hat nicht gemerkt, dass seine Forschungsunterlagen weggekommen waren? Versenkt worden waren?«

»Nein«, sagte sie. »Er hat es nicht gemerkt, denn diese Dissertation war seine Lebenslüge. Ich habe alte Zeitungen in die Kartons gepackt und sie wieder in seinen Schrank gestellt. Als wir auseinanderzogen, müsste er es eigentlich entdeckt haben. Aber er hat nie etwas gesagt.«

»Schmalzgrafen«, nannte meine Mutter die Reste, die im Topf nach oben trieben, wenn sie Schweinefett ausließ. Roffe war eine Zeit lang nach Umeå gefahren. Machte Reklame für ein Arzneimittelunternehmen in Uppsala und bearbeitete die jungen Mediziner an der dortigen Hochschule. Er trieb als Berater mit unwahrscheinlich teuren Krawatten nach oben.

Lillemor verschwand einfach. Es dauerte vier Monate, bis ich sie zu fassen kriegte. Da ging sie mit einem großen, mageren Hund an der Leine durch die Bäverns Gränd. Ich glaube, es war eine Promenadenmischung und so weit von ihrem niedlichen kleinen Schnauzer entfernt, wie es ein Hund nur sein kann.

»Wo ist Puck?«, fragte ich.

»Er ist tot.«

Nun, Hunde sterben schon mal, deshalb kam mir gar nicht der Gedanke, noch weiterzufragen. Ich brauchte Jahre, um Pucks Geschichte zusammenzupuzzeln. Lillemor, die sonst richtige Erzählausbrüche bekommen konnte, und das galt auch für Traurigkeiten, schwieg lange über diesen Hund.

»Er war erst sechs Jahre alt«, sagte sie. »Und wir haben ihn getötet, weil er ein Kind in den Arm gebissen hat.«

Sie kam nicht darüber hinweg.

»Ein Hund«, sagte ich. »Du hattest doch wohl keinen bösen Hund.«

»Er war nicht böse. Er war nicht mal labil. Wir haben ihn uns vom Hals geschafft, um ein Kind zu bekommen.«

»Dann ist das doch nicht weiter verwunderlich. Wenn er Kinder gebissen hat, dann konntet ihr ihn ja nicht behalten.«

»Er hat keine Kinder gebissen. Er hat sie zuerst gewarnt. Aber wenn die nicht darauf achten oder sein Knurren nicht verstehen, kann natürlich ein Unglück passieren. Er war auf seine Integrität bedacht.«

Die Vorstellung, dass ein Hund Integrität besitzen könne, fand ich absurd.

»Körperliche Integrität«, erklärte sie. In diesem Punkt war sie kategorisch.

Jetzt in der Bäverns Gränd, wo sie, es war Februar, im Schneematsch stand und der große Hund an einen Bretterzaun pinkelte, sagte sie jedoch gar nichts. Erzählte nicht mal, wo sie wohnte.

»Es ist nur vorübergehend«, sagte sie.

»Wir können doch zur Kate rausfahren«, schlug ich vor. »Wir müssen doch zu schreiben anfangen.«

»Nein, damit ist Schluss.«

Wie treulos sie war. So durch und durch falsch und unzuverlässig, dass sie mir nicht mal eine Erklärung geben wollte. Als wäre die Arbeit in all diesen Jahren nichts Gemeinschaftliches gewesen. Waren wir denn keine Freundinnen? Noch nie bisher? Zumindest aber waren wir doch

Partnerinnen! Lebte sie denn nicht von dem, was wir zusammen erarbeitet hatten? Was *ich* erarbeitet hatte.

Als sie mit dem großen, knochigen Hund verschwand, der eigenartig gelbe Augen und einen Metallspund im Bauch hatte, verstand ich die Welt nicht mehr und brachte es nicht mal fertig, ihr nachzugehen. Es tat zu weh. Ich ging in die entgegengesetzte Richtung und stapfte so heftig durch den Matsch, dass die Pampe auf die Östra Ågatan spritzte, und machte erst halt, als ich vor Güntherska stand. Es war dumm, in diese Konditorei zu gehen, wo ich doch den Tränen nahe war. Mir fiel nämlich ein, dass wir dort die Sache mit der Luciageschichte abgemacht hatten. Ich ging trotzdem hinein und bestellte Kaffee. Es war schön, von der Konditoreiwärme und dem Duft von der Kuchentheke umfangen zu werden.

Warum saßen wir nicht gemeinsam hier? Ganz hinten an der Wand saß Jarl Hjalmarson. Was machte er hier? Er war jetzt nicht mehr Parteivorsitzender, sondern irgendwo Regierungspräsident. Ganz allein saß er da. Ich erinnerte mich, dass er mal ein geschickter Zauberer gewesen war. Trotz der Angebote eines Zirkusdirektors wurde weiter nichts daraus. Stattdessen wurde er Parteivorsitzender der Rechtspartei und Freund der Gefangenen. Jetzt saß er hier mit seiner kleinen gestreiften Fliege und rührte in einer Teetasse. Bereute er, nicht Zauberer geworden zu sein? Bereute ich, es geworden zu sein?

In den Jahren, in denen ich in meiner Vorhölle herumtrottete, hatte ich zumindest den Vorteil, Bücher lesen zu können, die nicht schlecht rochen. Bevor ich abends von der Buchhandlung nach Hause ging, steckte ich sie mir unauffällig in die Tasche. Mit Bengt war Schluss, ja mit Bengans Kfz-Werkstatt überhaupt, da ihm der Sinn danach stand, zu heiraten und Kinder zu kriegen, weswegen er anfing, tanzen zu gehen. Mit den entsprechenden Folgen. Es machte mich ein Weilchen traurig, aber mein größter Kummer war, dass ich jetzt allein schreiben musste.

Eigentlich sollte das kein großes Problem sein, denn ich konnte schreiben. Ich war ganz einfach gut. Es war nicht nötig, dass Lillemor in meinen Manuskripten herumstocherte. Und ausgedacht hatte ohnehin alles ich.

Maschineschreiben kam mir natürlich absolut trist vor. Mit krummem Rücken dazusitzen und in die Tasten zu hacken konnte kein Vergnügen sein. Damals hatten die Schreibmaschinen außerdem einen Wagenrücklauf, den man mit der Hand betätigen musste. Bei jedem Zeilenende plingte es zur Erinnerung an die Mechanik unseres Vorhabens. Aber das Tippen konnte ich mir ja bis zuletzt aufsparen. Ebenso meinen wirklichen Kummer: einen Verlag zu finden.

Wovon es handeln sollte, wusste ich schon. Von einem ungleichen Paar, das in Babelsberg in Kramfors einen zugigen Holzkasten bewohnte. Er arbeitete bei den Hackschnitzeln im Sägewerk, sie als Kellnerin in einer Konditorei. Ursprünglich waren es wohl mein Vater und meine Mutter, aber das Paar entwickelte in meinem Kopf bald ein Eigenleben. Dadurch, dass die beiden ihr Auskommen hatten und nicht aufsteigen wollten, besaßen sie eine Art Unberührbarkeit. Allein der Gedanke, über anderen zu stehen, erschreckte sie. Sie wollten an ihrem Küchentisch sitzen und lesend allem entfliehen. Sie glaubten an den guten Willen ihrer Politiker und betrachteten deren Machtansprüche mit Nachsicht. Auch wenn sie zu den Stillen im Lande gehörten, waren sie nicht so naiv zu glauben, dass Menschen wie sie irgendwann die Erde als Besitz erhalten würden. Sie wollten sie auch gar nicht haben. Sie wollten nur so leben, wie sie es für sich erprobt hatten, ohne jemandem zu nahe zu treten und außer dem Hypothekendarlehen auf ihren Holzkasten etwas schuldig zu sein. Das mochte originell erscheinen (vor allem weil sie wie besessen lasen), doch war ich mir im Klaren darüber, dass es in Babelsberg und den anderen Winkeln in der Gegend von Kramfors viele eigenartige, um nicht zu sagen: seltsame Lebensweisen und etliche Besessenheiten gab. Bestimmt gab es die überall.

Die Bilder ihres Lebens erfüllten mich, sobald ich das Haus verließ und auf geschotterten Straßen oder Wegen mit moderndem Laub ging. Das war kein Problem. Schlimmer war es im Hinblick auf einen Verlag. Ich konnte mich nicht die berühmte Treppe hinaufsteigen sehen, die Lillemor beschrieben hatte. Einige von denen, die sie erklommen hatten, waren bettelarm und verzweifelt, andere so gelassen bürgerlich wie der Verleger. Aber sie waren nicht wie ich. Natürlich musste ich nicht zu dem großen Verlag gehen. Vielleicht würde Tidens besser zu mir passen. Mein Vater hatte die Bücher dieses Verlags über den Vertrauensmann im Werk bezogen.

Ich füllte Bibliothekskarteikarten mit dem Traumleben in Kramfors, aber es war irgendwie nichts. Nichts Ganzes. Ich kann es nicht erklären.

Und außerdem war ich eine Frau. Man solle sich mit niemandem vergleichen, sagte mein Vater immer. Dabei ging es aber in erster Linie darum, dass wir uns keine Schlittschuhstiefel leisten konnten, sondern dass ich eben nur diese altmodischen Kufen hatte, die man mit Riemen an den Schuhen festschnallte. Doch es saß. Jetzt verglich ich mich, und es bekam mir nicht gut. Als Sven Delblanc *Waldstein* herausbrachte, wurde ich vor Neid mutlos, erholte mich aber wieder, als er den wunderlichen *Homunculus* vorlegte. Per Olov Enquist war zu der Zeit noch nicht auf der Höhe, weswegen ich ihn wohl nicht so im Auge behielt. Es war jedoch unmöglich, jene Autorinnen wegzudenken, deren Bücher in der Lundequistska-Buchhandlung lagen und sich zumindest teilweise wie warme Semmeln verkauften. Dagmar Edqvist. Ich war nicht sie.

Alice Lyttkens war ich auch nicht. Birgitta Trotzigs Abgrund war nicht der meine, und Sara Lidman war nach Südafrika gereist und hatte sich mit einem Schwarzen liiert, der dann des Landes verwiesen wurde. Sie betrachtete sich als Vorkämpferin der Schwarzen. Ich war auch nicht sie.
Um die Wahrheit zu sagen, ich war Lillemor Troj.

Manchmal sah ich sie in der Stadt. Wir winkten uns von Weitem zu, doch wenn ich auf die Straße trat, um auf sie zuzugehen, verschwand sie. Einmal wäre ich beinahe überfahren worden.
Beinahe, das schien meine Lage zu beschreiben. Beinahe sterben oder zumindest zum Krüppel werden, ihr beinahe begegnen, beinahe Schriftstellerin werden. Aber es wurde nichts. Ich werde nicht darauf herumreiten, denn eigentlich neige ich nicht zur Selbstbeobachtung. Im Übrigen bin ich ihr dann doch noch begegnet. Irgendwann mal bei Landings; es war, als hätte ich sie drangekriegt. Wie eh und je war sie närrisch auf Süßes, und um in ihrer Nähe sein zu können, kam ich für ihre Schwelgerei auf.
Als sie kein Gebäck mehr schaffte, schnipste sie ihr Eidechsentäschchen auf und kramte darin. Sie fand nicht, was sie suchte, und zeigte auf meine Tasche, die aus Kunstleder war.
»Einen Stift«, sagte sie.
Nachdem sie meinen Caran d'Ache bekommen hatte, den einzigen kostbaren Gegenstand, den ich besaß, hob sie ihn in die Höhe. »Schau her«, sagte sie. »Was ist das?«
»Mein Füller«, antwortete ich.
»Nein, das ist ein Phallus.«
»O nein, danke«, erwiderte ich.
»Ich meine natürlich als Symbol. Er ist das Symbol männlichen Schreibens. Die Kreativität ist geschlechtlich bestimmt, und die Frau kommt da nicht heran. Sie ist zu

formbar. So zu sein, dazu wird sie schon von alters her gezwungen.«

Ich hatte nichts dazu zu sagen, denn ich saß da und dachte über den Ausdruck »geschlechtlich bestimmt« nach. Ich musste an Einzeller und Amphibien denken, die dem Meer entstiegen, und an Fadenwürmer im Kompost. Wann wurden wir geschlechtlich bestimmt? Und sind eigentlich alle betroffen?

Als Lillemor fortfuhr, sagte sie »ich«, nicht »die Frau«: »Ich bin eine Fremde, ein anderes Wesen in einer männlich definierten Welt.«

»Und ich?«

»Kann ich bitte ausreden? Ich wurde in die Rolle gezwungen, gefallsüchtig zu sein, eine formbare *Frau*, kein schreibendes Subjekt.«

Ich glaube, es war das erste Mal, dass ich das Wort Subjekt in dieser Verwendung hörte. Davor war es immer mit Prädikat und Possessiv- oder Reflexivpronomen verbunden gewesen und mit der Subjektregel, Dingen also, die Lillemor gern wiederkäute.

»Du bist also ein schreibendes Subjekt«, sagte ich.

»Und was bin dann ich?«

»Ich habe nicht gesagt, dass ich es *bin*.«

Es dauerte ein Weilchen, bis ich begriff, dass sie es tatsächlich werden wollte.

Ein andermal sahen wir uns nach einem Konzert in der Aula im Universitätsfoyer. Wir gingen zusammen in die Stadt hinunter. Lillemor war so wie immer, trug dünne Schühchen, in denen es sich nur schwer zwischen den Regenpfützen hindurchbalancieren ließ. Von dem Geld, das sie mit Artikelschreiben, mit Literaturkursen beim Arbeiterbildungsverband und mit Kursen an einer Volkshochschule in der Stadt zusammenbringen konnte, schien fast alles für Klamotten draufzugehen.

Seltsamerweise schrieb sie einen politischen Artikel

und brachte ihn in einer Abendzeitung unter. Die Zeiten wurden ja jetzt politisch. Göran Palm fuhr mit dem Bus und versuchte sein Aussehen in einem Verkehrsspiegel zu kontrollieren. Aber statt seiner pickligen Visage sah er die Welt. Darüber schrieb er, und es erklärte mir auch, warum ihm, als ich ihn im studentischen Literaturklub gesehen hatte, mehr Haare über die Augen hingen als einem Skye-Terrier. Barbro Backberger hielt die Familie für unbrauchbar und schrieb mit hasserfüllter Energie, was ihr viele schmerzhafte Konfrontationen eintrug. Auch schien sie davon ihren Lebensunterhalt nicht bestreiten zu können, denn ich hatte sie bei Tempo Plastikmatten verkaufen sehen.

Dass Lillemor sich in diese Front einreihen würde, hätte ich nie gedacht, jedenfalls nicht, bevor sie mir bei Landings das mit dem Füller demonstrierte. Aber es gab ja eine ganze Schar schreibender Menschen, die aufgewacht waren und die Welt sahen und mit denen man durchaus sympathisieren konnte. Allerdings hätte ich Lillemor nie zu ihnen gezählt.

Ihr Thema war eine Gruppe, die sich Waldweiber nannte. Ein paar Jahre später würden wir sie eine Kommune und ihr Programm »Zurück zur Natur« nennen, im Augenblick aber war es eine Bande zorniger Frauenzimmer, die mit ihren Kindern einen stillgelegten Hof in Ångermanland besetzt hatten. Der Grund und Boden und somit auch die baufälligen Häuser gehörten einem der größten Forstunternehmen. Quadratkilometer um Quadratkilometer Altwald, der eine Welt für sich gewesen war, wurde jetzt in Kahlschläge mit Steingeröll und Wurzeltellern und am Ende dann in produktive Holzplantagen verwandelt. Man versprühte nach Herzenslust Herbizide, Stickstoff und Phosphor und wollte dabei natürlich nicht von kampflustigen Enthusiastinnen für ein natürlicheres Leben und weniger ausbeuterische Produktionsbedingungen beobachtet werden. Diese Leute trugen zwar Inkamützen und Hippiehalsbänder, schrieben aber auch in den Zeitungen. Deshalb hätte man sie am liebsten wie Ungeziefer ausgeräuchert. Sie bissen sich fest.

Lillemors Artikel lief darauf hinaus, dass sie ein Recht hätten, in den Häusern zu wohnen, ein Recht zu versuchen, die verwucherten Äcker und verwachsenen Weidegründe wieder urbar zu machen. Sie standen für eine andere Ordnung, ein Experiment alternativer Lebensweise, und Lillemor meinte, unser Wohlstandsland müsste es sich leisten können, solche friedlichen Abweichler zu tolerieren. Sie redete offenbar einer Art Naturrecht das Wort, und das mit großer Energie. Ich war überrascht. Um ehrlich zu sein, ich war verblüfft.

Eines Frühlingstages kam sie in einem Hosenanzug aus schmiegsamem Cord in die Lundequistska. Er war zartgrün und saß wie eine zweite Haut. Sie sagte, sie hätte gern Rachel Carsons *Der stumme Frühling*. Wir hatten das Buch nicht da, deshalb riet ich ihr, es in einem Antiquariat zu versuchen. Und dann begab ich mich selbst auf die Jagd nach diesem Buch. Ich wollte es ihr, wenn ich es bekäme, nach Hause bringen. Ich wusste jetzt, dass sie in einer baumlosen Gegend zwischen Kvarngärdet und Gränby wohnte. Sie hatte einen kleinen Renault 4, so einen mit einem Schalthebel, der wie der Griff eines Krückstocks aussah, und ich fragte sie, ob sie die Adresse einer preisgünstigen Werkstatt haben wolle. Das sei nicht nötig, antwortete sie.

Ich war besessen davon, Rachel Carsons Buch zu bekommen. Schließlich nahm ich mir frei und setzte mich in den Zug nach Stockholm, um dort durch die Antiquariate zu ziehen und danach zu suchen. Ich hatte kein Glück. Da entwendete ich es aus der Stadtbibliothek. Ich fand das nicht weiter merkwürdig. Es war wahrscheinlich so, als wenn es Balzac nicht gelungen wäre, Walter Scotts *Ivan-*

hoe zu bekommen, als er sich gerade in der Branche nach vorn kämpfte, und er daraufhin einfach irgendeinen Salon betrat und es dort mitgehen ließ. Oder wenn Strindberg, als er *Das rote Zimmer* schrieb, Balzacs *Verlorene Illusionen* gestohlen hätte, was gar nicht so unwahrscheinlich ist. Manchmal muss man ein bestimmtes Buch einfach haben, um weiterzukommen.

Eigentlich brauchte ich *Der stumme Frühling* gar nicht zu lesen. Ich würde vor Lillemors Tür stehen, und wenn ich es in der Hand hielte, würde sie mich schwerlich abweisen.

Die Gegend, in der sie wohnte, war das stadtplanerische und architektonische Gegenstück zu den zig Quadratkilometer großen Kahlschlägen. Hier würde man sich, hol's der Teufel, wohlfühlen oder eben eingehen. Und genau wie nach einem schlagweisen Hieb und der Umpflügung eines Waldes ist an einer solchen Stelle eigentlich nur eine Art Bewohner rentabel und überlebensfähig. Ich war mir ziemlich sicher, dass Lillemor nicht dazugehörte.

Als ich vor ihrer Tür stand und den Zeigefinger auf den Klingelknopf setzte, fürchtete ich, sie würde womöglich sauer, weil ich schon wieder auftauchte, und zitterte. Das wäre nicht nötig gewesen. Denn als die Tür aufging, stand da eine fremde Frau im Putzkittel. Ich fragte nach Lillemor.

»Die ist ausgezogen.«
»Wohin denn?«
»Das weiß ich nicht. Irgendwo nach Norrland.«

Ich stellte den Fuß in die Tür und versuchte Zeit zu gewinnen, um mehr zu erfahren. Außerdem wollte ich sehen, wie Lillemor gewohnt hatte. Von der Diele aus sah man aber nur ein ausgeräumtes Wohnzimmer.

»Sie wird wohl noch mal wiederkommen und packen«, sagte ich und deutete auf einen großen Kleiderhaufen auf dem Fußboden in der Diele.

»Das hat sie alles zurückgelassen«, sagte die Frau. »Ich soll den Umzugsputz machen.«

Ziemlich aggressiv fügte sie hinzu, sie habe die Erlaubnis, sich der Kleider anzunehmen.

»Das glaube ich nicht«, erwiderte ich.

Sie wollte die Tür schließen, aber das ging nicht. Mein Schuh war zu kräftig.

»Ich glaube, sie hat sie vergessen«, sagte ich.

Die Tante bekam jetzt rote Flecken im Gesicht. Außerdem schien sie Angst zu haben.

»Geben Sie mir den Schlüssel«, sagte ich. »Die Sache sieht nicht gut aus. Sie bekommen noch Ihr Geld für die Reinigung der Wohnung. Und dann dürfen Sie gehen.«

Ich gab ihr vierhundert Kronen, fast alles, was ich bei mir hatte. Ruck, zuck war sie in Mantel und Baskenmütze und verschwand mit Eimer, Mopp und einer Tasche voll Lappen und Putzmitteln. Sie war sicherlich beglückt, zweimal bezahlt worden zu sein und nicht putzen zu müssen.

Ich hatte ihr geglaubt. Es wäre nicht Lillemor, wenn sie nicht gutgläubig im Voraus bezahlt und sich dann auf die Socken gemacht hätte. Möbel waren keine mehr in der Wohnung, nur Umzugsmüll. Kartonreste, Weinkorken, Sicherungen aus dem Verteilerkasten, zusammengeknüllte Klebestreifen, ein einzelner Strumpf, eine nicht ganz leere Packung Haferflocken. Auf dem Fußboden in der Küche lagen Reiskörner, verschüttetes Waschpulver und eine fast leere Küchenrolle. Und dann war da dieser große Kleiderhaufen. Ich sah einen Schimmer von hellgrüner Seide.

Es war herzzerreißend. Ich zog dieses Abendkleid hervor, um das sie einen Roman hatte bauen wollen. Es lag auf dem grauen Linoleum wie eine abgelegte Hülle. Das Wesen, das sie ausgefüllt hatte, war fortgeflogen. Vielleicht für immer.

Ich setzte mich mit ausgestreckten Beinen auf den Boden und nahm das Kleid vorsichtig hoch. Es war eigentlich nicht ruiniert, nur etwas zerknittert. Besonders die große Rosette war zerknüllt. Als ich es drehte und wendete, entdeckte ich, dass die Seide mit Vlieseline versteift war. An den Säumen war jeder Stich sorgfältig ausgeführt. Der Rock war staubig geworden, aber keineswegs zerstört.

Eine Hülle.

Ich glaubte, was die Putzfrau über die Kleider gesagt hatte. Von Anfang an schon. Es war aber so jämmerlich, diesen Kleiderhaufen zu sehen, dass ich mich vor Weinen schnäuzen musste. Ich kam mir zwar lächerlich vor, aber mehr noch ergriff und erfüllte mich Widerstand gegen das, was hier geschehen war. Mir wurde nämlich klar, dass Lillemor Troj wieder eine ihrer Lebenswendungen vollzogen hatte. Sie würde jetzt eine andere werden, und das wollte ich nicht.

Ich nahm die Schlüssel, sperrte die Tür hinter mir ab und trottete zu einem neu gebauten Kaufhaus namens MIGO in Kvarngärdet. Dort kaufte ich ein Paket großer Plastiktüten und kehrte in die Wohnung zurück. Alle möglichen Klamotten lagen dort in der Diele auf dem Fußboden, nur keine Jeans und solche karierten Hemden, die sie auf dem Land immer getragen hatte. Auch keine Pullover, Strickjacken oder Anoraks. Zuunterst lagen Stöckelschuhe. Davon etliche der Marke Magli, die sie liebte, wie ich wusste. Aber keine Stiefel und kein derbes Schuhwerk. Ganz offensichtlich hatte sie bei ihrem Umzug Dinge für ein Dasein mitgenommen, ähnlich dem, das wir in der Kate geführt hatten.

Ich packte das beige und blau karierte Kostüm aus grober reiner Seide ein sowie ein kurzes Abendkleid aus kräftig dunkelgrünem Crêpe de Chine mit Goldborte um den Ausschnitt. Ein anderes war aus heller schokoladenbrauner durchplissierter Seide. Da waren ein Shantungkostüm in Beinweiß und ein Tweedkostüm in Beige mit feinem hellblauem Einschuss und Lederpaspeln. Und da waren verschiedenfarbige Seidenblusen und Leinenhosen. Baumwollkleider mit Blümchen, Karos und Tupfen. Ich erkannte das weiß getupfte graue, das sie getragen hatte, als es ihr nach ihrer ersten Operation so erbärmlich ging. Nicht dabei war dagegen der zartgrüne Hosenanzug aus Cord, in dem ich sie zuletzt gesehen hatte und der sich ihrem schmalen Körper wie eine Haut angeschmiegt hatte. Was ich am behutsamsten zusammenlegte und einpackte, war das Abendkleid aus apfelgrüner Duchesse.

Tanz Musik Lügen Kramfors' Schönheit Eiras Blut

Ich schrieb ihr Briefe in der Hoffnung, dass sie einen Nachsendeantrag gestellt hatte. Es war, als schmierte ich mir Salbe auf ein Ekzem, es linderte einen Moment, doch die Einsamkeit fing bald wieder zu schmerzen an. Einsam im landläufigen Sinne war ich ja nicht. Ich hatte zum Beispiel einen neuen Freund, den ich nach einer Kinovorstellung im Röda Kvarn kennengelernt hatte, als mein Auto, das ich vor der Västgöta Studentenvereinigung geparkt hatte, nicht anspringen wollte. Die Batterie war schon alt, und ich war wohl in letzter Zeit nur kurze Strecken gefahren. Er kam an, stellte sich hin und sah eine Weile zu, dann hob er die Hand zum Zeichen, dass ich Ruhe bewahren solle, und holte aus seinem Kofferraum Startkabel. Diese Geste, die er da gemacht hatte, gefiel mir. Sie zeigte, dass er die Dinge, wie etwa Autos, beherrschte. Solche Typen sind oft gute Liebhaber.

Er fuhr hinter mir her zu mir nach Hause und bekam dort Bier und belegte Knäckebrote. Als Belag hatte ich bloß rohe Fleischwurstscheiben anzubieten, doch stellte sich heraus, dass er das mochte. Wir hatten denselben Film gesehen und folglich kein Problem, uns zu unterhalten. Er war Fahrlehrer, und später, als wir uns nähergekommen waren, erzählte er, dass er vom vielen Sitzen an Hämorrhoiden leide und gern eine andere Arbeit hätte. Mir ging es ja genauso, nur dass mich das Gerenne zwischen Lager und Laden vor Himmelsfreuden bewahrt hatte. (So nannte er das in seinem Musikerjargon.) An etlichen Abenden und an allen Wochenenden spielte er in einer Band Schlagzeug, wodurch er freilich nur noch mehr saß. In seiner Eigenschaft als Musiker hatte er Stoppelhaare und ein Spitzbärtchen. Beim Spielen trug er hellbraune Gabardinehosen, schmale rote Hosenträger über einem Nylonhemd, an den Füßen lila Strümpfe und elegante, extrem spitze Pikes. Mit der Hand über seinen gestutzten Schädel zu streichen fühlte sich dicht und filzig an.

In der nächsten Zeit begleitete ich ihn oft und hörte zu. Die Band hatte einen Pianisten, der zwar leider ziemlich versoffen war, aber der geborene Musiker, sonst nichts. Sein Gesicht war von der Stubenhockerei leichenblass und voller Quaddeln und Pickel. Ich glaube nicht, dass er wusste, wer General Westmoreland war oder wo Vietnam lag. Er war nicht auf Erden, um Quizfragen zu beantworten oder die Welt zu verändern, sondern um zu spielen. Zwischen die Tanznummern schmuggelte er meist recht avancierten Jazz, und einmal war es Erroll Garners *Misty*.

Ich verliere im Allgemeinen nicht so leicht den Halt, aber nach diesem Stück wurde mir klar, dass ich im Moment notgedrungen ein verdammt normales Leben führte, und ich schrie vor Überdruss. Ich schrie wirklich: trabte zum Sten-Sture-Monument hinauf und schrie los. Lillemor antwortete nicht auf meine Briefe. Ich weiß nicht, ob ich ihr egal war oder ob sie keinen Nachsendeantrag gestellt hatte.

Im Winter ging es ja noch. Da ist es normal, wenn man alles überhat. Als aber der Frühling kam und die Erde mit einer großen Lichtglocke umgab, als es irgendwann nach nasser Erde roch und ich statt Dohlengeschrei Kohlmeisengezwitscher hörte, war es kaum auszuhalten.

Zu Walpurgis und zum ersten Mai fuhr ich immer nach Kramfors heim. Ich hasste es, wenn die Studenten Uppsala übernahmen und sich aufführten, als ob wir noch immer im 17. Jahrhundert lebten und sie das Privileg besäßen, hemmungslos zu saufen und Bürger zu drangsalieren. Als Studienanfängerin stiefelte ich im Zug der Studentenvereinigung mit zur Gunillaglocke hinauf, die an diesem Frühlingsabend läuten sollte, während in der Ebene Feuer entzündet wurden. Ich glaube mich zu erinnern, dass ich das feierlich fand. Halb auf dem Hang wurde ich von einem Polizisten angehalten und zurückgewiesen. Ich sei keine Studentin, sagte er. Ich war aber eine, sogar eine mit besseren Noten als die meisten dieser halb abgefüllten Idioten um mich herum. Allerdings trug ich keine Studentenmütze. In meinen Augen war eine weiße Mütze mit Schirm ein ungeheuer lächerliches Kleidungsstück, außer für das Verkaufspersonal einer Metzgerei. Also stiefelte ich wieder hinunter und ging am nächsten Vormittag zum Vaksala Torg, wo sich der Demonstrationszug der Sozialdemokraten sammelte. Ich reihte mich ein und fühlte mich gut, obwohl ich eigentlich noch nie sonderlich politisch war. Seit dieser Zeit fahre ich an Walpurgis immer nach Hause.

Diesmal musste ich drei Tage Urlaub nehmen, weil sowohl Walpurgis als auch der erste Mai auf gewöhnliche Werktage fielen. Mein Vater wollte sich wie üblich das kommunale Feuer anschauen, das in diesem Jahr von einem alten Tretschlitten gekrönt wurde, wie immer man den dort hinaufgebracht hatte. Als der Männerchor sang, wollte meine Mutter ein heißes Würstchen haben, aber ich wehrte ab, denn ich hatte eine Überraschung für die beiden: Ich hatte im Hotel Kramm einen Tisch bestellt. Während der Chor *Zum Wald ein kleiner Vogel flog* sang, standen wir da und diskutierten hin und her. Mein Vater wollte nicht dorthin gehen. Ich wusste, dass er wütend war, weil man sowohl die Stadt als später auch das Hotel nach einem Holzbaron benannt hatte. Warum hieß die Stadt nicht Brantingsfors und das Hotel Brantingsborg? Das könne man sich natürlich fragen, sagte ich zu ihm, aber die Zeit vergehe. Kein Mensch wüsste mehr, wer Johan Kristoffer Kramm gewesen sei, und sein Sägewerk sei verrottet. Dass ich mich fragte, wie viele wohl wussten, wer Hjalmar Branting gewesen war, sagte ich nicht.

Ins Hotel gingen schließlich nur meine Mutter und ich. Den Tisch hatte ich in der Weinstube bestellt, womit sie aber nicht zufrieden war, denn sie hörte im großen Speisesaal einen Pianisten *La vie en rose* spielen. Ich ging zu der Faltwand und schob sie ein bisschen weiter auf, damit er besser zu hören war. Meine Mutter wollte aber in den Saal.

»Wenn ich schon ein einziges Mal hier bin!«, sagte sie.

Ich fand es zu blöd, den Oberkellner zu fragen, aber meine Mutter gab nicht nach, marschierte in den Saal und überredete ihn. Er war ein gelecker Typ, doch Sohn einer von Mutters alten Schulkameradinnen, und ich hörte sie mit dieser Stimme, mit der sie früher im Café, wenn es Krach gab, die Ordnung wiederherstellte, sagen: »Hör mal, Sture!« Und so endete das Ganze damit, dass er unmittelbar vor die Bühne einen kleinen Tisch zwängte. Nun war meine Mutter zufrieden.

Als der Pianist Feierabend hatte und die Tanzcombo gerade ihre Instrumente auf die Bühne schleppte, bekamen wir unser Entrecote mit Sauce béarnaise und Pommes frites. In der Weinstube hätte es 13,75 Kronen gekostet, hier durften wir 18,50 bezahlen. Meine Mutter wollte auch noch einen Schnaps haben, Schwarzen Johannisbeerschnaps. Sie war von dem Pilsner schon angeheitert.

Es wurde voll in dem Lokal. Zehn Studienzirkel, die sich Västernorrlandsfärsen nannten, hatten zu ihrem Abschluss eine Menge Tische bestellt, was jene Kramforser wütend machte, deren Freunde dadurch draußen bleiben mussten. Man ahnte schon, dass es die Hiebe, die in der Luft lagen, setzen würde, sobald die Västernorrlandsfärsen abzogen und in die kühle Frühlingsnacht hinaustraten. Doch das dauerte noch, denn im Moment schwoften die Färsen mit Leib und Seele und hatten kaum Zeit, ihr Schweinefilet mit Champignonsauce zu vertilgen.

Auch meine Mutter tanzte, denn es waren mehrere ihrer Bekannten da, und in dem geblümten Crimplenekleid, das sie sich zu Vaters Siebzigstem gekauft hatte, war sie auf ihre Weise schön. Als der Kellner kam und fragte, ob wir Kaffee trinken wollten, rief ich meine Mutter, die gerade vorbeitanzte, bekam aber keine Antwort.

»Sie hört nichts«, sagte der Kellner. »Sie tanzt und ist glücklich.«

Ich bestellte uns Kaffee. Und ich war ehrlich froh, dass mein Vater nicht dabei war, denn er hätte bloß gemault: über die Preise, die Västernorrlandsfärsen, die Koteletten, die nach vorn gekämmten Haare, die Anzughosen mit Schlag. Meine Mutter wunderte sich über die Hosen, die so stramm saßen, dass sich der Pimmel abzeichnete, selbst beim Rektor der Schule.

Ein bisschen ängstlich und reumütig wurde sie, als die Rechnung kam, zumal sie ja keine Ahnung hatte, dass ich ein Bankfach mit Geld besaß, sogar ziemlich viel. Mir reichte das Krimigeld noch, doch mir schwante, dass Lillemor alles ausgegeben hatte. Ihre Scheidung war eine teure Angelegenheit gewesen. Wer Tisch und Bett verlässt, muss sich alles neu beschaffen: Wohnung, Auto und Fernseher. Meine Mutter war jedenfalls zufrieden, und als wir in den hellhörigen Holzkasten in Babelsberg zurückkehrten, bekam ich mit, dass mein Vater wach wurde und sie anfing, ihm alles zu erzählen, einschließlich der Koteletten des Rektors und des Gedränges in seiner Hose. Ich glaube, da hat er gelacht, wenn es auch nicht zu hören war.

Am nächsten Tag war der erste Mai, und meine Eltern wollten demonstrieren gehen, wie sie es immer getan hatten. Wofür oder wogegen, weiß ich nicht recht. Als ihr Spross sollte ich natürlich mitkommen. Und das habe ich gemacht, seit ich mit meiner Mutter einen Kampf darum geführt hatte, an diesem Tag Kniestrümpfe anzuziehen, egal, wie kalt es war. Wir kamen spät los, denn sie sah, dass es geregnet hatte und sie sich die Schuhe ruinieren würde. Bis sie endlich ihre Überschuhe gefunden hatte, verging viel Zeit, und dann hätte sie eigentlich kleinere Schuhe anziehen müssen, um den Gummi der Galoschen drüberzustülpen. Der Reißverschluss ließ sich nicht zuziehen, und als sie ordentlich zerrte, ging er kaputt. Meine Mutter fluchte und pfefferte die Überschuhe mit der abgewetzten Kaninchenfellverbrämung in den Flur. Die ganze Prozedur hatte Zeit gebraucht, mein Vater sagte »Weiber« und ließ mit diesem Wort deutlich Dampf ab.

Von Babelsberg rannten wir die Straße hinunter, wo in den Grasbüscheln, die über den steilen Hang hingen, Blausterne nickten. Ein Schienenbus zischte und ratterte zu unserer Linken und ertränkte für einen Moment die Blasmusik, die wir schon zu hören meinten. Als die Bahn ausgerattert hatte, war klar, dass die Internationale gespielt wurde; der Zug hatte sich bereits in Bewegung gesetzt, und wir würden ordentlich verspätet dazustoßen. Wir stolperten ihm hinterher und mischten uns in der Stationsgatan unter die Marschierenden.

Mein Vater sagte: »Das ist ja richtig gut in diesem Jahr. Junge Menschen. Da wird man noch Augen machen!«

Ich begriff, dass er die Zukunft der Arbeiterbewegung aufleuchten sah, weil ringsherum Strickmützen, Jeans und Anoraks zu sehen waren und nichts von dem properen Braungrau, in das die Generation meiner Eltern gekleidet war: mein Vater in kurzem Mantel und klein kariertem Hut mit ganz schmaler Krempe, meine Mutter in ihrem grauen Mantel mit Synthetikfellkragen und einem blauen Filzhut. Der sah aus wie diese Minen, die in meiner Kindheit im Meer trieben. Ich war gegen den Demonstrationszug argwöhnisch geworden, weil es dort gar zu viele Inkamützen und Halsbänder mit großen Holzperlen gab.

Da sagte mein Vater: »Was, zum Kuckuck, ist denn das?«

Er zeigte auf ein Schild, das vor uns wippte.

**STOPPT DIE AUSROTTUNG
DER AMAZONASINDIANER**

»Laufen wir etwa bei den Kommunisten mit?«, knurrte er. Seit Karl Kilboms Zeiten bekam er bei dem Wort Kommunist Zuckungen. Der Zug bog jetzt ab, sodass er die Spitze sehen konnte, als die Leute in die Querstraße marschierten.

»Das sind doch, zum Kuckuck noch mal, nicht die Kramforsbläser«, sagte er mit lauter Stimme, um gehört zu werden. »Ich kenne jeden in dem Orchester.«

»Das ist das Bollsta-Väja Musikkorps«, erklärte ein bemütztes Bürschchen, das neben uns lief. »Ihr seid bei der Einheit-Solidarität. Sucht ihr den Zug der Nationalen Befreiungsfront?«

Letzteres sagte er natürlich boshaft, und mein Vater sprang prompt darauf an. Ich befürchtete, dass die Sache ausartete, packte ihn am Arm und zog ihn auf den Gehsteig. Es dauerte ein Weilchen, bis meine Mutter uns vermisste, und genau in dem Moment, als sie über die Regenpfützen gehüpft kam, hörten wir ein anderes Orchester *Befreit den Süden* blasen und dann die widerhallenden Rufe:

»Ho, Ho, Ho Chi Minh! Ho, Ho, Ho Chi Minh! Alle Macht dem Vietcong!!!«

In diesem Zug waren die Leute noch jünger. Ein kleiner

Junge saß auf den Schultern seines Vaters und rief unermüdlich: »Alle machen sich davon! Alle machen sich davon!«

»Meine Güte«, sagte mein Vater. »Jetzt indoktrinieren sie schon die Kinder.«

Ich versuchte ihn zu beruhigen, denn seine Gesichtsfarbe verhieß nichts Gutes. Wir fanden nirgends den sozialdemokratischen Zug, und ich schlug vor, in Mutters alte Konditorei zu gehen. Aber sie sagte, die sei heruntergekommen, und so gingen wir nach Hause und aßen zum Kaffee den Rührkuchen vom Vortag. Er war mit Rosinen.

»Meine Güte, was für Zeiten!«, sagte mein Vater.

Die kleine Stadt Verrières ist wohl eine der hübschesten in der Franche-Comté. Das schrieb Henri Stendhal; er begann mit diesem Satz sein ganzes Romanwerk *Rot und Schwarz*. Seine Stadt liegt am Fuß des Juras, und oberhalb der weißen Häuser mit den spitzen roten Ziegeldächern stehen Kastanienhaine, und der Fluss Doubs strömt lebhaft unterhalb der Festungsmauern dahin. Genau wie bei der Stadt meiner Kindheit gründete der Wohlstand Verrières' auf der Sägewerksindustrie. Eigentlich sollte ich Kramfors als die hübscheste kleine Stadt Ångermanlands oder warum nicht gleich ganz Schwedens beschreiben können. Keine andere Gemeinde hat eine so ausgesuchte Lage wie sie, die dort an der Mündungsbucht des Ångermanälven, umkränzt von waldigen Bergen, bis zu den roten Granitklippen der Höga Kusten reicht. Ihre Geschichte ist sicherlich ebenso lang und schön wie die von Stendhals Verrières, denn die Sägen arbeiteten hier schon in den 1740er-Jahren, und bereits im 12. Jahrhundert, als das Stenkil'sche Geschlecht unsere Könige stellte, gab es die Pfarre Gudmundrå. Aber Kramfors ist keine schöne Stadt, denn in Schweden herrschte ein Segregationsgeist vor, der ungestört die Schönheit vom Nutzen trennen konnte.

Heutzutage ist das Schöne künstlich angelegt und nennt sich Freizeitgebiet. Im Alltagsleben, wo wir auf Busse warten und die Karte in das Codeschloss des Büros stecken, glaubt man, wir brauchten keine anderen Stimulanzien als eingeschweißte Muffins und Automatenkaffee. Deshalb haben die Politiker in Kramfors, wie alle anderen Männer, die genug Macht und Kraft besaßen, um das Land nach ihrem Weltbild zu gestalten, ihre grauen Domus-Kaufhäuser, ihr noch graueres Volkshaus und ihre vom Regen gestreiften kiesgrauen Mietshausreihen so nachdrücklich im Straßennetz platziert, dass niemand auch nur an Wald, Felsen oder blaues Wasser denkt, die für den Gemeinsinn ja so gefährlich sind. Immer schon lauern subversive Kräfte dort draußen zwischen bedrohlichen, nicht zu sprengenden Steinblöcken, uralten Bäumen und unter trügerisch spiegelndem Wasser.

Kramfors hat sein Dasein und den Wohlstand seiner Bewohner darauf gebaut, dass man Berge fast jeder Größe sprengen und in Kies verwandeln kann. Man kann unvorstellbare Waldgebiete abholzen, und man kann Wasser voller Leben zum Kippen bringen, indem man undurchdringlichen Sägewerksabfall auf seinem Grund ausbreitet. Alles ist möglich.

Geschichte in Kramfors sind die Schüsse von Ådalen und das Blut der jungen Fabrikarbeiterin Eira Söderberg, Sehenswürdigkeiten sind der ausgestopfte Bär an der Brücke in Lunde und Skulesgogen, früher ein gefährlicher Wald, heute aber mit Schildern, Toilettenhäuschen, Papierkörben, Orientierungstafeln und Parkwegen versehen.

Wie üblich war ich also erzürnt, als ich nach dem missglückten Demonstrationsversuch durch die Stadt lief, um Lillemors Eltern ausfindig zu machen. Die mussten schließlich wissen, wo sie geblieben war.

Laut Telefonbuch waren sie umgezogen, und das neue

Haus lag am Gärdsbacken und war aus einem Material gebaut, das wie Kalkstein wirkte, aber wohl keiner war. Die Front bestand fast ausschließlich aus Fenstern, und die Gardinen waren vom selben Typ Rouleau wie im Hotel Appelberg in Sollefteå. In jedem Fenster standen zwei Lampen mit rosa Schirm und Messingfuß. Vielleicht sollte Lillemor schon bald wieder unter die Haube gebracht werden, denn für einen Hochzeitsempfang besserer Leute eignete sich dieses Haus wahrlich mehr als das vorige. Die Treppe bestand aus dunklem Granit. Kunststoffboote verkauften sich vermutlich wie geschmiert. Selbst mein Vater hatte eines, auf dem TROJS BÅTAR AB stand. Kompagnon Gustafsson schien verschwunden oder gestorben zu sein.

Als ich den Klingelknopf drückte, ertönte im Haus eine Melodie. Das war damals ziemlich ungewöhnlich, und ich musste noch mal klingeln, um zu hören, was es war, nämlich *Ach, du lieber Augustin.* Da niemand kam, durfte ich ein weiteres Mal klingeln. Auf dem Rasen lagen leere Sektflaschen und komischerweise eine Posaune und ein schwarzer Herrenstrumpf. Ganz am Ende bei der Hecke war offensichtlich im Frühbeet ein Feuer entzündet worden. Es schien ein ausgelassener Walpurgisabend gewesen zu sein.

Schließlich öffnete Kurt Troj die Tür, und er hatte sich über Hemd und Hose eine adrette rot karierte Volantschürze umgebunden. Als er sah, dass ich es war, guckte er höchst seltsam drein, wechselte aber sofort zu Herzlichkeit über. Etwas atemlos sagte er, ihm sei klar, dass ich Lillemor suche.

»Sie ist aber nicht hier. Und ich weiß wirklich nicht, wo sie jetzt ist.«

Das war vielleicht wahr, wenn man es wörtlich nahm, klang aber nicht sehr überzeugend. Kurt Troj war kein Gewohnheitslügner.

»Das macht nichts«, erwiderte ich. »Ich möchte bloß ihre Adresse haben.«

»Oje«, sagte er. »Das ist ja noch schlimmer.«

Er war auf den Treppenabsatz herausgekommen, stand in schwarzen Lackpantoffeln auf dem feuchten Granit und schloss rasch die Tür hinter sich. Er lehnte sich dagegen, was aber offenbar unbequem war, denn er wechselte die Stellung und sagte: »Seegetränkte Eiche.«

Ich kam mir vor wie Alice und hätte ebenso gut vor einer Raupe oder einer grinsenden Katze stehen können. Er musste mir angesehen haben, dass ich ihm nicht folgen konnte, denn er legte die Hand auf das hölzerne Türschild und tätschelte es voller Stolz. Er hatte es vorhin zwischen die Schulterblätter bekommen. Doch da kam es für ihn noch schlimmer: Die Tür, gegen die er sich gelehnt hatte, wurde aufgerissen, und Astrid Troj zeigte sich und schrie (ungelogen): »Wer ist da?«

Als sie mich sah, sagte sie: »Falls Sie Lillemor suchen, kann ich Ihnen nur sagen, dass Sie hier nichts verloren haben.«

Kurt Troj wollte etwas sagen, schluckte es aber hinunter, als sie ihm einen Basiliskenblick zuwarf. Sie trug einen rot und schwarz gestreiften seidenen Morgenrock über absolut nichts und stank aus dem Mund wie Aas. Dieses Gesicht mit den grauen Hautsäcken und rot unterlaufenen Augen war offenbar der Spiegel ihrer Seele, ihr Atem deren Kleid. Hier herrschte ein Mordskater, und Kurt Troj war gerade mit dem Abwasch nach dem Zechgelage zugange gewesen. Jetzt hüpfte er auf dem Rasen herum, der nach der Schneeschmelze nach Buttersäure roch, und sammelte Raketenstöckchen auf. Astrid ging ins Haus und schlug die Tür hinter sich zu.

Er kam mit ein paar Stöckchen in der Hand zu mir zurück und sagte kleinlaut: »Ich kann Ihnen leider nicht helfen, Lillemor zu finden.«

Da dämmerte mir, wie die Dinge lagen. Weil er gewohnt war zu gehorchen, wenn seine Frau ihn scharf ansah, machte ich es nun genauso, ziemlich nachdrücklich.

»Will sie nicht, dass ich ihre Adresse bekomme?«

Er nickte und nickte, als wäre der Mechanismus seines Atlas beschädigt, dann schob er die Tür hinter sich auf und huschte weiterhin lächelnd und mir zugewandt ins Haus.

Als ich zehn, vielleicht elf Jahre alt war, lernte ich ein Mädchen kennen, das mit ihrer Familie in die Bruchbude nebenan gezogen war. Sie hatte eine lila Samtmütze mit einer langen Seidentroddel, und sie besaß Viktor Rydbergs Mittelalterroman *Singoalla*. Ich kümmerte mich damals nicht viel um Autoren, denn ich begriff ihre Rolle beim Zustandekommen eines Buches nicht. Bücher waren Welten. Die gab es eben. Dagegen wusste ich, wie Kinder zustande kamen.

Hier waren nun *Singoalla* und dieses Mädchen, das älter war als ich und das Buch mehrmals gelesen hatte. Sie hatte es mit der Seele aufgesogen und war von dessen dunklem Verlangen erfüllt, das dem Ansturm der Hormone in ihrem Körper sicherlich entgegenkam. Ich, mindestens fünf Jahr jünger, hatte von dergleichen keine Ahnung. Dass mich sexuelles Begehren ebenso wie Brüste und Achselhaare heimsuchen sollten, war mir fern. Was mich anzog, als sie mir *Singoalla* lieh, waren die Hexereien. Ich liebte es, über die Mutter des schwarzen Assim zu lesen, die mit zahnlosem Schlund grinste. Ich wünschte, da hätte mehr über die Opferpriester unter seinen Vorfahren und ihre blutigen Riten gestanden. Den Defiziten des Romans half ich mit Hinzudichtungen auf, und schwindelig von Phantasien über Opfermessen und das Sabbern und Gebrüll der Wölfe, als sie Erlands Hunde auffraßen, stiefelte ich in Kramfors umher.

Ich bewunderte Naemi dafür, dass sie das Buch besaß, aber der einzige Punkt, in dem wir uns trafen, war im Grunde das Dunkle, von dem *Singoalla* einiges zu bieten hat. Ich mochte Passagen wie »Die Dunkelheit hatte alles in einen undurchdringlichen Schleier gehüllt.« Messer konnten aufblitzen, wenn »der Himmel von schwarzen Wolken verhüllt war, welche die Dunkelheit verdichteten«. Sie hatte einen anderen Geschmack und las mit einem leichten Beben in der Stimme: »Da so die Blicke sich vereinen, schmachtet auch Mund zu Mund, und schon begegnen die Lippen sich in langen Küssen, die zugleich wärmen und kühlen – ein scheues Verlangen zugleich stillen und entfachen.« Die ersten beiden Sätze kann ich herleiern, den dritten musste ich erst heraussuchen, als ich das hier schrieb. Naemi kann ihn aber vielleicht immer noch aufsagen.

Schließlich musste sie gemerkt haben, dass uns nicht die gleiche Art von Dunkel erregte, und außerdem las sie nun ein albernes Buch, das *Kleine Frauen* hieß. Naemi war jetzt oft erkältet, wenn ich bei ihnen klopfte. Sie hatte später Schulschluss als ich, und ich wusste genau, wann sie zu Hause sein würde. Aber am einen Tag sollte sie ihrer Mutter helfen, und am nächsten hatte sie so viele Hausaufgaben, dass sie nicht herauskommen konnte. Ich gab nicht auf. Erst als ich auf dem Zement vor der Tür nasse Fahrradspuren sah. Sie führten zu einem Verschlag, in dem sie, wie ich wusste, ihre Räder verwahrten.

»Sie ist nicht zu Hause«, sagte Naemis Mutter.

Aber ich war nicht dumm.

Seitdem hatte ich nie mehr Freundinnen gehabt. Die nasse Fahrradspur führt über den Zement in mein Herz.

Mit Lillemor war das ganz anders. Das Band zwischen uns ist und war stärker als Freundschaft, und jetzt riss sie daran. Obwohl ich Familie Trojs Türklingel diese Augustinmelodie mit ihrem *alles ist hin, alles ist hin* hatte bimmeln hören, war ich eher wütend und entschlossen als entmutigt. Mich würde sie nicht überlisten. Dazu taugte sie nicht.

Als Lillemor im frühen Morgengrauen erwacht, liegen die Manuskriptseiten auf der Bettdecke und vor dem Bett verstreut. Es ist unfassbar, dass sie über der Lektüre hat einschlafen können. Doch Hypnos ist ein Gott, der sich anschleicht, was man von Thanatos nicht erhoffen kann.

Während sie die Seiten aufsammelt und in die richtige Reihenfolge bringt, denkt sie: Das ist nicht mein Leben, das ist ein Roman. Babba hat durch Erzählen eine literarische Figur geschaffen, ebenso wie Serenus Zeitblom im *Doktor Faustus* Adrian Leverkühn durch Erzählen geschaffen hat. Doch hinter »Babba« steht eine Babba, die ich nicht kenne, ebenso wie hinter Zeitblom ein Thomas Mann stand, der dem pedantischen Humanisten eine Stimme gegeben hat. Dann wundert sie sich über die merkwürdige Assoziation, die ihr gekommen war: Die einzige Ähnlichkeit zwischen Leverkühn und mir besteht darin, dass auch ich in der Morgendämmerung der Geschichte eine Geschlechtskrankheit hatte. Mich hat sie aber nicht wahnsinnig gemacht, denkt sie tapfer.

Am Ende hilft nichts gegen die Einsicht: Der Pakt des Tonsetzers Leverkühn mit dem Teufel ist die Verkuppelung. Da überlässt sie die *paperasse* ihrem Schicksal, schlüpft in ihre rosarote Wolkenhülle, geht auf die Toilette und dann in die Küche, um ihre flüchtende Vernunft wieder einzufangen. Während sie Kaffee in die Maschine abmisst, beschließt sie, diese Barbro Andersson jetzt zu entdämonisieren. Die ist viel zu gewöhnlich, um zu einem Teufel zu taugen. Doch sogleich fällt Lillemor ein, wie banal das Böse immer ist. Seine kleine Schwester, Tante und Cousine ist stets die Boshaftigkeit. Es erhebt sich die Frage, ob sie nicht auch seine Mutter ist. Sie lebt auf jedem Schulhof und jeder Stehparty ein Leben. Sie amüsiert sich, fühlt sich wohl. Sie grunzt in der Hölle.

Lillemor versucht sich an den kindlichen Körper zu erinnern, der am Ufer des Ångermanälven herumhüpfte. Aber sie weiß nicht, was sie sieht, wenn sie sich den mit schwarzem Lehm beschmierten kleinen Teufel ins Gedächtnis ruft. Ist diese Erinnerung echt, oder ist es die Erinnerung an das, was sie gestern gelesen hat?

Da wird es richtig hässlich. Wird meine Erinnerung nun gegen Szenen aus diesem Papierhaufen ausgetauscht? Hat Geschriebenes die Macht, sie auszulöschen? Habe ich selbst bereits damit begonnen, sie auszulöschen, als ich Babba von meinem Leben erzählte? Weiß der Himmel, was alles. Fast alles, glaube ich. Dabei habe ich Erinnerungen erdichtet, und die ursprünglichen Bilder verschwanden, als wären sie auf einer alten Fotografie verblasst. Und Babba hat weitergedichtet.

Ist alles, was wir weitergeben, ein Handel mit einem diabolischen Empfänger? Wir verkaufen all unser Eigen, und was bekommen wir dafür? Mitleid, vielleicht geheuchelt, vielleicht schon morgen vergessen. Interesse, auch das bald vergessen. Bewunderung, bitter vom Neid, der bald dominieren wird, was wir so appetitlich dargeboten haben.

Wo gibt es ein Erzählen, das kein Handel ist? Wo gibt es einen Empfänger, der mich und das Meine aufnimmt, ohne es zu verdrehen?

Gott. Ja, Gott.

Wenn man liebt?

Ja, denn das kommt ja von Gott. Aber ich habe wohl nie einen Menschen so geliebt, dass es kein Handel war. Sune habe ich mein Vertrauen geschenkt. Aber nicht ganz. Über Babba und unseren Pakt habe ich geschwiegen. Das seine hat er mir in einer fahlen Nacht der Wahrheit geschenkt. Es hat Jahrzehnte gedauert, bis ich erkannt habe, was er nicht erzählt hatte.

Wir haben einen Handel betrieben. Freundlich, vertrauensvoll und falsch.

Zerstörung und Schwein

Der zweite Mai war ein Mittwoch, und ich wollte am nächsten Tag nach Hause fahren. Am Nachmittag ging ich in die Bibliothek von Kramfors, nur um zu sehen, ob noch alles beim Alten war. Im Zeitschriftenregal lagen einige Nummern von *Folket i Bild Kulturfront*, und ich brauchte sie gar nicht in die Hand zu nehmen, um zu wissen, wo Lillemor war. Ich sah durch das Papier hindurch, hörte ihre Stimme, bitter und piepsig, wie sie erzählte, sie hätten sich geweigert, ihre Schilderungen über die Waldweiberkommune ins Blatt zu nehmen.

Schilderungen. Es handelte sich also nicht um Beiträge zu einer Debatte. Sie musste dort gewesen sein. Und wahrscheinlich versteckte sie sich bei diesen Waldweibern mit ihrer Enttäuschung über dieses und jenes in einem Leben, das nicht so werden wollte, wie sie sich das gedacht hatte.

Ich musste in der Lokalredaktion von *Västernorrlands Allehanda* ganze Zeitungsbände durchblättern, um herauszufinden, wo sich die Waldweiber niedergelassen hatten. Jetzt war ich froh, dass ich mit dem Auto gekommen war. Meinen Eltern wollte ich nicht erzählen, wohin ich fuhr, sondern ließ sie in dem Glauben, ich würde nach Uppsala und in die Buchhandlung zurückkehren. Dort hatte ich aber bereits angerufen und mich krankgemeldet. Meine Erregung war wie ein schwaches und angenehmes

Fieber, und es machte mich leichter. Ich hatte das Gefühl, meine Füße wären kleiner geworden, doch ich flog noch nicht. Es kostete mich den ganzen Nachmittag, diesen Hof zu finden, den die Waldweiber besetzt hatten, und als ich hinkam, war er abgerissen.

Es sah zu erbärmlich aus. So weit oben im Wald und zig Kilometer entfernt von der Offenheit, die der Fluss geschaffen hatte, lag auf den mageren Lehden und verwässerten Ackerparzellen noch Schnee. Der Hof war dem Erdboden gleichgemacht, samt Viehstall und allem. Die Angestellten des Konzerns schienen ihn mit Maschinen demoliert zu haben. Ein Verhau aus halb vermodertem Bauholz, Bretterverschalungen, deren rote Farbe schon längst vor den Angriffen des Winters kapituliert hatte, kaputte Ziegel und zerbrochene, halb verrottete Schindeldächer, das war alles, was noch übrig war. In gewisser Hinsicht war es durchaus ein Segen, denn wie hätten sie mit Kleinkindern hier leben wollen? Wahrscheinlich war das schon in den Fünfzigerjahren nicht mehr möglich gewesen, und damals hatten die Mannsleute auf dem Hof noch Arbeit im Wald oder beim Sägewerk. Aber die Waldweiber wollten ihre Nahrung ja direkt aus Mutter Erdes Brust saugen, und die war so weit oben im Wald versiegt und hatte womöglich noch nie genügend gegeben. Bestimmt saß noch die Lungenschwindsucht in den Holzwänden, und unter den Schichten von Zeitungspapier, womit sie einst tapeziert waren, lauerten unsterbliche Wanzen.

Als ich im Schneematsch herumstapfte und das Vorjahresgras sich um meine Schuhe verfilzte, kam ich zum alten Kartoffelkeller. Hier Erdäpfelkeller genannt. Den hatten sie nicht eingerissen. Die Steine waren dicht gefügt und nur mit großer Kraft von der Stelle zu rücken. Die Tür stand jedoch offen, und als ich hinging, um einen Blick ins Kellerdunkel zu werfen, stieg mir Dieselgestank in die Nase.

Sie hatten ihn unbrauchbar gemacht. Den dabei verwendeten Kanister fand ich bei dem Brunnen mit der eisernen Pumpe. Sie hatten den Zementdeckel angehoben und das restliche Dieselöl in den Brunnen gekippt. Auf einer leeren Kraftstofftonne prangte der stolze Name des Konzerns.

Als ich dort wegfuhr, stellte ich mir die Flucht der Waldweiber vor, mit Kindern, Tüten und Taschen, Kartons und Säcken, und zum ersten Mal empfand ich noch etwas anderes als Belustigung und Mitleid.

Der erste bewohnte Hof, zu dem ich nach dem abgerissenen Schlupfwinkel der Waldweiber kam, hatte ein großes Schild über dem Gattertor. Vermutlich war es selbst geschmiedet, und es stand ANTES RANCH darauf. Mir gefällt diese Verrücktheit, die Leute dazu bringt, über ihr Dasein mühevoll stolze Worte zu schmieden, genauso wie mir die Holzkästen in Kramfors gefallen haben, bevor die meisten abgerissen wurden. Manche hatten sogar mit Teerpappe gedeckte Türmchen. Sie galten natürlich als Nachahmung von Bürgerlichkeit und belustigten die Architekten mit Parteibuch, die in die Stadt kamen. Doch diese Türmchen, wie auch das Schmiedeeisen, sind etwas anderes: Individualismus, der nicht sein eigenes substanzloses Spiegelbild anstarrt.

Ante war zu Hause und hatte schwanzwedelnde Hunde um sich herum. Einige bellten scharf, und er tätschelte demonstrativ meinen Arm. Er sagte, so würde er sie davon überzeugen, dass ich freundlich gesinnt sei, und sie hörten tatsächlich auf zu bellen. Bei meinem Anblick sei er erleichtert gewesen, sagte er, denn er dachte schon, der Konkursverwalter käme.

Als ich fragte, wo die Waldweiber nach der Katastrophe geblieben seien, machte er eine Geste nach hinten und sagte: »Die sind hier bei mir.«

Sie waren aber nicht bei ihm in dem großen roten

Haus mit Glasveranda, sondern in einem Sommerhaus, das zum Hof gehörte und ein Stück entfernt in Richtung Wald lag. Ante war richtig aufgekratzt, weil ich nicht wegen des drohenden Konkurses gekommen war, und wollte mich deshalb zum Kaffee einladen. Den nahm ich gern an, da ich vermutete, dass mir die Weiber Kräutertee oder, schlimmer noch, Yerba Mate anbieten würden, wenn ich mit ihnen klarkäme.

Einige der Hunde durften mit hineinkommen, und sie setzten sich hoffnungsvoll um den Küchentisch. Ich hatte schon befürchtet, so einen säuerlichen, hellbraunen aufgekochten Kaffee zu bekommen, wie er in diesem Landstrich üblich ist, aber Ante braute guten, starken Kaffee und bot tiefgefrorene Kopenhagener dazu an. Die taute er im Backofen des eisernen Herdes auf.

»Gekauftes Gebäck«, sagte er. »Die Alte ist weg. Am Tag, als der Gerichtsvollzieher kam. Tage gibt's im Leben!«

Ich gab ihm recht, auch wenn meine nicht so dramatisch waren.

»Diese Idioten haben alles demoliert«, sagte er im Hinblick auf den Hof, den die Waldweiber besetzt hatten.

»Dulden nichts, was sich nicht rentiert für sie. Nicht mal, wenn es sie gar nichts kostet. Das ist ihr Prinzip, weißt du. Die Rendite.«

»Lass uns eine rauchen«, sagte er nach der dritten Tasse Kaffee. »Aber draußen, denn dieser Scheißkonkursverwalter ist immerhin so was wie eine Amtsperson. Und er kann eine empfindliche Nase haben.«

Er leerte den braunen krümeligen Inhalt einer Zündholzschachtel auf ein Zigarettenpapier, das er um diese Füllung drehte. »Das ist die absolut letzte. Jetzt brechen andere Zeiten an.«

Auf dem Grund der Zündholzschachtel lag nur noch ein Backenzahn.

»Man hat so seine Andenken«, sagte Ante.

Wir rauchten den Joint vor seinem Schweinestall. Er hielt eine Kreuzung aus Haus- und Wildschwein, große rotbraune Viecher, die in ihrem Auslauf im Schlamm herumplatschten. Acht Stück waren es.

»Drei Sauen sind trächtig«, sagte er. »Dieser Eber müsste es der ganzen Gegend besorgen. Der ist hervorragend. Und jetzt wollen sie sie abpfänden oder wie das heißt. Es ist grausam.«

»Hast du Steuerschulden?«

»Na klar. Und veranlagt werde ich nach geschätztem Einkommen, weil niemand glaubt, dass man von so wenig leben kann. Ich habe auch noch Schulden für einen Traktor und für den Fernseher. Den durften sie gern mitnehmen, aber was soll ich ohne Traktor anfangen?«

»Warum bringst du diese drei Sauen und den Eber nicht weg? Hast du denn keine Scheune oder so, die ein bisschen abseits liegt?«

Er starrte mich an, während ihm der Joint zwischen den Lippen brannte, und dann warf er ihn abrupt weg.

»Mensch«, sagte er. »Spinn ich? Dass ich darauf noch nicht gekommen bin! Wie heißt du?«

»Babba.«

»Babba, Babba ... aber wie soll das gehen? Ich habe zwar Schweinekäfige, aber keinen Traktor.«

»Du hast doch massenhaft Hundeleinen«, erwiderte ich.

Während wir in aller Eile die Schweine anbanden, kamen die Waldweiber heraus. Sie sahen aus wie Hippies oder Freaks, waren aber freundlich und fröhlich, und sie wussten, wo Lillemor wohnte. Es heiße Solbacken, sagten sie.

Sie waren offenbar eine recht ruhige Sorte Rebellinnen. Sie trugen Stirnbänder und baumelnden Schmuck und hatten sich die Kleinkinder mit Tragetüchern auf den Rücken gebunden. Auch die Kinder trugen Stirnbänder, und ihre Klamotten aus dünnem Leder und einem dichten lodenähnlichen Stoff hatten Fransen. Filzmützen gab es auch und Samischuhe mit bunten Troddeln.

Sie sagten, Lillemor sei Lehrerin, doch kamen wir nicht dazu, uns in ihr Schicksal zu vertiefen, weil jetzt die Schweine weggebracht werden mussten. Ich gebe zu, dass ich Angst vor ihnen hatte. Die großen Sauen waren ruhig und recht fügsam. Ich führte eine an der Leine, zog und zerrte, da sie überall, wo wir gingen, wühlen wollte. Ab und zu traute ich mich, sie von hinten zu schubsen. Den Zuchteber, der schwieriger zu bändigen war, übernahm Ante. Er wagte es nicht, sich auf die Haltbarkeit einer Hundeleine zu verlassen, und hatte sich deshalb einen kräftigen Pferdezügel gesucht. Um den Eber zu locken, hüpfte ein Waldweib mit einem halben Laib Brot aus dem Konsum rückwärts vor ihm her. Er schnaubte und trat zu, bewegte sich aber voran. Sicherheitshalber ließ Ante zwei der schärfsten Hündinnen den Zug begleiten, und sobald der Eber störrisch wurde, rief er sie, und sie bellten gellend und bissen das Schwein in die Hinterbeine, sodass es gefügig wurde.

Es dauerte den ganzen Nachmittag, den Schweinen die Scheune herzurichten. Ante zeigte uns, wo Stroh war, und wir wuchteten einen Wasserbottich und einen Futterkübel auf eine große Schubkarre. Den Transport erledigten die Waldweiber und ich, Ante behielt die Straße im Auge. Als wir zurückkamen, um noch mehr Stroh zu holen, war auch der Konkursverwalter eingetroffen und stelzte im Lehm herum. Man fragt sich schon, wie viel Spaß so jemand im Leben hat.

Was ist der Unterschied zwischen dem Füttern einer Ratte und dem einer Amsel? Lillemor kann ihn sich nicht erklären, erinnert sich aber in aller Schärfe. Sie ekelte sich nicht, als der Mann in der Hocke herumhüpfte und der Amsel die Hand entgegenstreckte. Aber sie musste unweigerlich an die Ratte denken, wusste sie doch sehr wohl, dass die im Gebüsch oder in irgendeinem Loch im Rasen saß oder – Schreck, lass nach! – durch die Terrassentür ins Haus hatte wischen können.

Die hüpfende Gestalt mit den Keksbrümeln auf der Hand war der nette, redliche und obendrein gut aussehende Sune, der Rektor der Heimvolkshochschule. Einmal hatte er sie aufgefordert, ihre Hand in seine Hosentasche zu stecken, und sie hatte an einen plumpen Annäherungsversuch gedacht. Er hatte aber nur ein junges Eichhörnchen in der Tasche. Es war weich, biss sie jedoch in die Zeigefingerspitze.

Die Schülerinnen fütterten eine große Ratte, die einen kahlen Rücken und einen nackten Schwanz hatte. Sie gaben ihr Rührkuchenscheiben. Nachmittags roch es auf dem Flur des Schülerinnenheims immer nach frisch gebackenem Rührkuchen. Es waren erwachsene Frauen, sie lebten ihr Leben, hatten abgetrieben, lasen Illustrierte. Aus ihren Transistorradios kam eine Musik, die Lillemor schwer auf die Nerven ging. Genauso wie die Ratte. Wenn die in der Abenddämmerung ankam und nach Rührkuchen schnupperte, bleckte sie zwei gelbe Schneidezähne. Dann dachte Lillemor an die Amsel. Die so süß war. Aber das machte die Sache nur schlimmer.

Sie hätte Jeppe gern auf die Ratte losgelassen, wagte es aber nicht. Er hätte ja gebissen und vergiftet werden können. Wenn sie bei schönem Wetter eine Freistunde hatte, setzte sie sich mit ihrem Kaffeebecher an den Steintisch. Das muss ein alter Mühlstein gewesen sein. Sie erinnert sich an die groben Rillen in dem Stein. Jeppe lag wie hingekippt in der Maisonne. Obwohl fast alle Unterricht hatten, dudelte ein Radio, die Terrassentüren standen offen, und Lillemor hatte freie Sicht in das Zimmer des Mädchens, das von einer Kreuzotter gebissen worden war. Wollte die nicht Zahnarzthelferin werden? In Lillemors Erinnerung liegt sie da, das ausgestreckte Bein auf einem Hocker. Es ist dick wie ein Baumstamm und blauschwarz geschwollen.

Solbacken war eine Provinzialschule. Hierher kamen junge Leute, die in ein paar Jahren der Gesellschaft als Polizisten und Krankenschwestern dienen sollten. Der Rasen war noch nicht grün, er war graubraun. Anders als in den Broschüren der Schule sah man den blauen Fluss nicht. Die Häuser standen im Karree und waren graugelb. Das Essen wurde unter der Aufsicht einer ausgebildeten Wirtschafterin zubereitet. Es gab eine Bezirkskrankenschwester, die kam, sobald etwas passiert war: ein epileptischer Anfall, eine Sturzblutung oder ein Kreuzotterbiss. Die samstäglichen Feste hießen geselliges Beisammensein, aber es fanden sich nicht mehr viele dort ein. Viele Schülerinnen und Schüler fuhren im eigenen Auto in die Stadt und gaben sich Vergnügungen hin, nach denen sie in Kramfors oder Härnösand den Arzt aufsuchen mussten. Der Rektor und etliche Lehrkräfte hielten einen zähen Idealismus aufrecht.

Womöglich ist das Leben so, denkt Lillemor. Idealismus gegen Sturzblutungen. Eine Art Grenze bewachen. Grenze zu was bloß?

Sie erinnert sich sehr gut an ihre Wohnung im Giebel des Schülerinnenheims. Dort war sie tief einbezogen in die Welt der jungen Frauen, in der es nach Rührkuchen und Haarspray roch. Sie ekelte sich zunehmend. In ihrem Gemüt hatten Ratten und Kreuzottern die Herrschaft übernommen.

Jetzt ist sie bei dem Nachmittag, als die Kekskrümel aufgepickt waren, der Rektor sich erhob, ihr zuwinkte und davoneilte, um seines Amtes zu walten. Er trug einen karierten Pullunder. Sein Auftritt hatte ihr gegolten, das wusste sie.

Einen Moment lang war es fast still. Bis auf das Radio im Schülerinnenheim natürlich. Sie hätte eigentlich noch eine Stunde in mündlicher Darstellung vorbereiten müssen. Doch sie konnte sich nicht entschließen, an der offenen Terrassentür vorbeizugehen und die weiblichen Gerüche aus dem Heim einzuatmen. Sie dachte an die Zeit, als sie noch rauchte. Eine Zigarette wäre ein Trost und eine Gegenwehr gewesen. Sie hatte ihren Kaffee ausgetrunken und saß nur noch herum, während die Minuten ihrer ärmlichen Freistunde verrannen. Heute nimmt sie an, dass sie versucht hat, sich zu rechtfertigen: Ich arbeite, wenn auch vielleicht nicht so zäh und nicht mit Leib und Seele. Aber ich arbeite, und ich helfe, die Grenze aufrechtzuerhalten. Ich führe ein normales Leben.

Sollte sie das getan haben, so waren dies dessen letzte sonnige Minuten. Denn wie sie da an dem Steintisch saß, tauchte aus dem Gebüsch bei den Mülltonnen eine Gestalt auf. Oder aus einer Tonne? Sie hatte sie erst in diesem Moment entdeckt, kein Auto gehört und absolut nicht an dieses Individuum gedacht. Trotzdem war es, als hätte sie es herbeigestarrt.

Es war diese Person.

Anhängerkupplung Herbstregen

Am Abend ging ich den Bestand eines Geräteschuppens hinter dem Schülerinnenheim durch. Ich probierte verschiedene Schlagwaffen aus und entschied mich für eine Schneeschaufel. Als ich mich neben das Gebüsch auf Wache stellte, sah ich Lillemors ängstliches Gesicht zwischen den Gardinen.

Der Abend dämmerte, und genau wie sie gesagt hatte, kam eine Schar junger Frauen in Strickjacken und rosaroten und hellblauen Pullis heraus. Sie trugen Holzschuhe und hatten die Haare toupiert. Vorsichtig schlich eine von ihnen auf die Büsche zu, und ich duckte mich, um nicht gesehen zu werden. Sie legte etwas ins Gras und sprang dann erheblich weniger vorsichtig zu den anderen zurück. Danach standen sie alle auf den Zementplatten der Terrasse und schauten erwartungsvoll auf den Köder.

Die Ratte kam, alt, schlau, vorsichtig. Schnupperte. Setzte sich in Bewegung, den schweren Steiß und den nackten Schwanz hinter sich herschleppend. Ihr Kopf war kahl. Sie hielt inne und schnupperte wieder, doch ich stand so, dass der kühle Abendwind genau in meine Richtung stand.

Sie naschte jetzt ihre letzte Mahlzeit. Als sie den Rückzug antrat, hieb ich zu. Sie war platt. Drüben beim Haus kreischten ihre Wohltäterinnen wie Möwen über einer kommunalen Müllhalde. Lillemors blasses Gesicht am Fenster verschwand.

Als ich am Nachmittag gekommen war, hatte sie an einem Steintisch gesessen und diesen mattgrünen Cordanzug getragen, der mir so gut gefiel. Sie hatte beide Arme auf den Tisch gelegt und die Hände gefaltet. Zuerst bemerkte sie mich gar nicht, und ihre Augen hatten etwas Starres. Sie wirkte blicklos. Womöglich schlief sie mit offenen Augen? Am schlimmsten aber waren ihre dunkelroten Haare.

Es fiel ihr mittlerweile schwer, Kritiken zu schreiben, weil ihr die Autorinnen und Autoren leidtaten, die ihren Ambitionen oder zumindest ihren Träumen nicht gerecht wurden. Und das sind die meisten, sagte sie. Als die Herbstbücher erschienen, hätte sie am liebsten abgelehnt, aber das konnte sie sich nicht leisten, da sie an der Volkshochschule nur eine halbe Stelle hatte.

»Du kannst doch aufhören zu rezensieren«, sagte ich.
»Was mich angeht, so siebe ich genau aus, weil ich nur gute Sachen lesen will, und lieber lese ich Altes noch mal, als dass ich durch eine Flut neuer und mediokrer Bücher wate. Wir leben in einem kleinen grauen Land, und hier werden viele kleine graue Bücher geschrieben. Manchmal aber tut sich was. Denk nur an den Herbst, als *Das große Vergessen* erschien! Und bei *Die Heimkehr des Odysseus* jubilierte die ganze Welt!«

Lillemor nannte mich überheblich und verächtlich. Ich fragte sie, was ich denn ohne meinen Hochmut geschrieben hätte. Darauf gab sie keine Antwort.

»Und wer wärst *du*? Willst du wirklich ohne auskommen?«

»Du hörst doch selbst, wen du da rühmst«, sagte sie. »Lars Ahlin und Eyvind Johnson. Das ist die Welt der Männer, und es ist ihr Krieg. Als Verner von Heidenstam und August Strindberg in der Schweiz saßen und sich darauf verständigten, die Bannerträger der jungen Literatur zu werden, waren sie nicht anders als seinerzeit die Phosphoristen. Ich möchte nicht hinnehmen, dass die Literatur ein Kriegszug mit Heerführern ist. Das ist die Welt der Männer. Die ist zu hart. Und außerdem lächerlich.«

Ich erinnerte sie daran, wie wir bei Landings saßen und sie meinen Füller als Phallus bezeichnet hatte.

»Damals warst du beherzter. Was ist passiert? Hast du eine Ablehnung bekommen?«

Sie senkte den Blick. Das war offensichtlich eine kitzlige Angelegenheit. Jesses! Sie hatte es ohne mich versucht.

Ich ließ mir meine Entdeckung nicht anmerken, sondern sagte nur: »Ich gebe dir recht, dass die Kerle früher auch schon albern waren. Wenn die Frau in *Das Zimtstück* sich den hellroten Kamm ins schwarze Haar steckt, steht sie vor dem Spiegel. Dort gehören wir nach Meinung der Kerle hin. Vor den Spiegel. Wir sollen uns nicht umdrehen und in die Welt hinausschauen. Ahlin schrieb aber immerhin so, dass es sich gewaschen hat. Und das, obwohl er ein alter, reizbarer Dummkopf war, der zu viel übers Schreiben theoretisierte, weil er selbstverständlich ein Bannerträger sein wollte. Wir geben aber nicht auf, bisher ist es für uns doch gut gelaufen.«

»Es ist nicht so leicht, Lob anzunehmen«, sagte sie. »Kritik ist da irgendwie besser. Herber, aber wirklicher.«

»Ach du meine Güte, du musst doch jenseits dieser Kategorien Lob und Kritik deine Sachen schreiben.«

»Meine Sachen! Es sind doch eigentlich deine. Und wenn es an die Öffentlichkeit kommt, dann wird es verändert und verdreht und auf jeden Fall in diese wacklige, flimmernde Sphäre gezogen. In dieses Unwirkliche.«

Ich wusste ja, dass sie vor einigen Jahren eine zu hohe Dosis von dem Lachgas namens öffentliche Aufmerksamkeit abbekommen hatte. Jetzt aber war sie von dem betäubt, was sie ein normales Leben nannte. Wahrscheinlich lief sie genau wie ich herum und schrie vor Überdruss.

»Was, zum Kuckuck, machst du hier?«, fragte ich.

»Ich versuche, ein normales Leben zu führen.«

»Hast du dir deswegen die Haare dunkelrot gefärbt?«

»Ja«, sagte sie. »Ich möchte nicht erkannt werden. Du ahnst ja gar nicht, wie es ist, in ein Konzert oder einen ICA-Laden oder sonst wohin zu gehen – immer ist da jemand, der sagt: Jetzt gibt es wohl einen Mord hier!«

Später am Abend tranken wir Wein, und da kam heraus, dass sie bei den Waldweibern gewesen war und geglaubt hatte, mit ihnen leben zu können. Aber das war wahrscheinlich so, als ob man mit kleinen Trollen lebte, auch wenn sie das nicht sagte.

»Ich wollte authentisch leben«, erklärte sie. »So wie sie.«

»Du meine Güte! Die sind doch verkleidet.«

Lillemor war enttäuscht über *Folket i Bild Kulturfront,* wo man ihren Artikel über die Waldweiber abgelehnt hatte.

»Die Zeitschrift wird doch von Jan Myrdal gesteuert«, sagte ich. »Was erwartest du denn? Die männlichen Scharen formieren sich wieder und schauen, wer an der Spitze marschiert. Die linken Intellektuellen haben ihren Bannerträger gefunden. Die Zaghaften und Ängstlichen sind von seiner Arroganz und Selbstgefälligkeit fasziniert. Du wirst sehen, sie werden ihrem Rattenfänger von Hameln schnurstracks in die politische Havarie folgen. Wir pfeifen auf die! Wir schreiben lieber.«

»Unsere Geschichten entstammen ja deinen Karteikästen«, sagte sie. »Du hast sie wie in einer großen Patience angeordnet und ausgelegt. Ich glaube, es müssten sich mehr Möglichkeiten finden lassen, die gleichen Karten zu legen. Eine ganz andere Geschichte, allein dadurch, dass du die Karten anders anordnest.«

»Das habe ich jetzt nicht kapiert.«
»Das bisschen, was wir zwischendurch geschrieben haben, war nicht das Wesentliche.«
Sie sprach sehr leise, als fürchtete sie, außer mir könnte sie noch jemand hören. Erst als sie mich zu überzeugen versuchte, hob sie die Stimme ein wenig.
»Wenn du zum Beispiel eine Geschichte über mich schreiben würdest ...«
»Als Lebensversicherung?«
»Wie meinst du das?«
Sie sah erschrocken drein.
»Vergiss es«, sagte ich. »Sag, was du sagen wolltest.«
»Nein, ich weiß nicht«, murmelte sie. »Dass es eben einfach eine ganz andere Geschichte werden könnte.«
Ich wollte nicht, dass sie über diesen Punkt so viel nachdachte. Es war besser, wenn sie sich über den männlichen Blick ausließ. Dass er uns fixierte, wenn wir schrieben. Dass wir nicht davon loskämen.
»Wir haben doch unsere eigenen Augen«, sagte ich.
»Nein«, erwiderte sie. »Wir sehen mit deren Augen.«
Ich hatte eine Vision von lauter Augen, die aus ihren Höhlen gestochert und durch Glasaugen ersetzt werden. Puppenaugen. Ich wollte nicht darüber reden. Doch Lillemor fand kein Ende.
»Der männliche Blick ist entweder begehrlich oder unterdrückend«, sagte sie.
Woher hatte sie das alles bloß? Auch ging mir durch den Kopf, dass ich von vielen Enttäuschungen verschont geblieben war, hatte ich mich doch vor jener Sorte Männer gehütet, in die Lillemor sich verliebte. Die hatten mich im Übrigen auch nie beachtet. Allerdings kann sich auch einer, der lediglich Freundschaft und Genuss begehrt hat, als Unterdrücker entpuppen. So wie Herman, als er meine Geschichte an *All Världens Berättare* schickte.

Ante ließ einen Dorfschmied eine Anhängerkupplung an mein Auto montieren, denn es war immer hilfreich, mit Anhänger fahren zu können, nachdem er nun keinen Traktor mehr hatte. Immerhin kam es nicht zum Konkurs, doch erhielt er einen Tilgungsplan. Und als dann keine Amtspersonen mehr kamen, holten wir die Schweine zurück. Außerdem war es ihm eine Hilfe, dass ich ihn nun für Kost und Logis bezahlte.

Es regnete viel in jenem Sommer, und wir mussten die Abende oft im Haus verbringen. Lillemor kam angefahren, sobald ihr Unterricht zu Ende war, und da es keinen Fernseher gab, hatte sie die Idee, dass wir vorlesen könnten. Abends kamen die Waldweiber mit ihren Kindern in Antes Küche, wo im Holzherd eingeheizt war. Gierig lauschten sie dem langwierigen Prozess im Fall Jarndyce gegen Jarndyce, denn Lillemor hatte aus der Schulbibliothek *Bleak House* von Dickens mitgebracht. Es ist sein bester Roman, wirklich ein Meisterwerk, trotzdem war ich überrascht, dass alle zuhörten. Ante hatte Bretter auf Böcke gelegt und nahm darauf einen Motor auseinander. Er wollte versuchen, eine alte Harley Davidson wieder in Gang zu bringen. Logischer wäre es gewesen, den Motor in einem der vielen Schuppen auseinanderzubauen, doch auch Ante war wohl von den Verwicklungen des Romans fasziniert. Die Kinder waren mucksmäuschenstill, piepsten nur manchmal ein wenig, während sie auf dem Fußboden spielten. Antes Junge hatte bei seinem Auszug Spielsachen aus farbenfrohem Plastik zurückgelassen, einen Bagger, einen Zug, einen Hund auf Rädern, Autos und haufenweise Legosteine. Die Waldweiberkinder, die lange Zeit nur mit Fichtenzapfen und Stöckchen gespielt hatten, waren glücklich. Sie passten aber auch auf, was vorgelesen wurde, denn sobald der versoffene und durch und durch boshafte Krook zu krächzen anfing (Lillemor ließ mich seinen Part lesen), hörten sie aufmerksam zu. Sie waren von seiner widerlichen Katze fasziniert, und wenn die Sprache auf sie kam, merkten sogar die Hunde auf. Katze war schließlich ein Wort, das sie verstanden.

Seltsamerweise brachte Lillemor nach einiger Zeit den Rektor von Solbacken mit in Antes Küche. Es verstand sich von selbst, dass man nicht über seine Besuche in diesem kleinkriminellen oder zumindest Steuern hinterziehenden Milieu schwatzen würde, wo Leute mit extremen Ansichten und Haltungen in Ruhe gelassen wurden, solange sie zu den Schweinen nicht böse waren. Sune Bengtsson war im Übrigen ein talentierter Vorleser, besonders in den Partien mit dem eiskalten Tulkinghorn, obwohl er selbst ein so freundlicher Mensch war.

Der Regen lief über die Küchenfenster wie in früheren Zeiten über ein Metzgereifenster. Das Kartoffelkraut faulte, das Gras wurde zottig, und auf dem Dachboden, wo ich mein Arbeitszimmer hatte, tropfte es durch eine undichte Stelle im Dach in einen Eimer. Tagsüber wuchs langsam mein Kramforsroman, und Lillemor tippte die Seiten aus dem Spiralblock auf einer alten Olympia, die in der Volkshochschule ins Lager verbannt worden war, ins Reine und brachte sie mir zurück. Ich brauchte sie nicht weiter zu überreden, sie glitt in die Arbeit, als hätte es nie eine Unterbrechung gegeben. Dass sie versucht hatte, zu fliehen und mich daran zu hindern, ihre Adresse ausfindig zu machen, erwähnten wir beide nicht. Auch nicht, dass sie dunkel rothaarig und unkenntlich hatte sein wollen. Die Haare wuchsen sich allmählich aus, wurden aber erst mal karottenrot, und Lillemor war kreuzunglücklich und verbarg sie unter kleinen karierten oder getüpfelten Kopftüchern, die sie auch im Unterricht trug.

Ich schrieb und kündigte in der Buchhandlung, denn jetzt wollte ich Lillemor nicht mehr loslassen. Sobald wir mit dem Buch fertig wären, würde ich nach Uppsala fahren und meine Wohnung an Studenten vermieten.

Als wir in *Bleak House* ein Stück vorgedrungen waren, kamen wir zu der merkwürdigen Episode mit Miss Flites Vögeln. Lillemor war mit Vorlesen an der Reihe, und als sie die Namen all der Käfigvögel der verrückten alten Frau aufzählte, konnten wir beobachten, wie ihr die Tränen in die Augen stiegen. »Hoffnung, Freude, Jugend, Friede, Ruhe, Leben«, las sie, und bis dahin ging alles gut. Doch dann folgten «Staub, Asche, Verwüstung, Mangel, Untergang, Verzweiflung, Wahnsinn, Tod, List und Torheit«, und da weinte sie haltlos. Sie schluchzte nicht, die Tränen liefen ihr einfach herunter wie der Regen über die Fenster. Sie brachte es nicht fertig, den Rest zu lesen, und reichte das Buch weiter. Eines der Waldweiber, Torun, nahm es und las die Seite zuerst still für sich.

Dann sagte sie ganz leise: »Du bist traurig wegen all der ... Hoffnung und Freude und allem, was verschwunden ist. Vielleicht wurde es zu Asche und Ruinen und Verzweiflung, was weiß ich. Vielleicht sogar zu Verrücktheit. Aber nicht zu Tod, Lillemor. Nicht zu Tod. Wir sitzen alle hier, egal, was wir erlebt haben. Und du darfst dir die anderen Vogelnamen nicht wie einen Haufen Müll denken. Worte, Perücke, Wälzer, Pergament, Raub, Präzedenz, Galimathias, Quatsch und Unsinn sind ganz alltägliche Wörter.«

Sie las jetzt aus dem Buch.

»Vielleicht sind es auch gute Wörter«, sagte sie. »Keine so ernsten, Lillemor. Ein bisschen Quatsch manchmal. Und ein wenig Unsinn machen, was ist daran schlecht?«

Und dann las sie uns weiter vor. Lillemor lehnte sich auf der Küchenbank zurück, und als ich sah, wie Jeppe sich von seinem Platz unter dem Tisch erhob und mit der Schnauze ihre Hand suchte, kam mir eine Einsicht, die mir schon längst hätte kommen müssen: Lillemor war noch nie zuvor unter richtig netten Menschen gewesen.

Natürlich kam man einander näher, wenn man ein Doppelzimmer teilte. Es war zum einen billiger, und zum anderen hatten sie in der Schule nie die Möglichkeit gehabt, miteinander zu schlafen. Das Gerede wäre an ihnen kleben geblieben, obwohl Sune Witwer war. Immerhin war er der Rektor.

Wie schön, in den frühen Morgenstunden am Küchentisch zu sitzen, während das Radio leise über herannahende Tiefdruckgebiete und entfernte Katastrophen schnurrt. Wie schön, Ruhe zu haben vor diesem Papierhaufen, der im Schlafzimmer liegt und den Ablauf der Ereignisse mit sich selbst abmacht. Wahrscheinlich finden in seinem ungelesenen Innern Kernreaktionen statt, doch in diesem Augenblick weiß Lillemor nichts davon. Sie erinnert sich stattdessen an Dinge, von denen Babba keine Ahnung hat: dass in Leningrad und Moskau endlich etwas daraus werden sollte, miteinander zu schlafen. Aber es wurde nichts daraus. Jedenfalls nicht so richtig, wie sie sich vorgestellt hatte. Es ging so schnell. Und dann war es, als wäre es nie geschehen.

Er hatte so viele andere gute Seiten. Zum Beispiel erfasste er mit seiner ironischen Art Dinge, die Lillemor anfangs überhaupt nicht verstand. Wie zum Beispiel die Sache mit den Jeans, welche die Antiquitätenhändlerin den Pionieren in Komorsk schenken wollte. Sie war in der

Reisegruppe die Einzige über fünfzig und so enorm bepackt, dass sie sogar für Mehrgewicht bezahlen musste.

Die Zöllner gingen die Bücher im Gepäck der Gesellschaft sehr sorgfältig durch, und weil sie siebzehn in der Gruppe und alle irgendwie intellektuell links waren (außer Sune, dem wahren Sozialdemokraten!), wurde vieles beschlagnahmt. Lillemor kam mit Jan Olof Olssons Leningradbuch allerdings durch, das weiß sie noch.

Mit den Zollbeamten zu diskutieren wagte man eigentlich nicht, da sie gegenüber Büchern eine völlig andere Haltung einnahmen als gegenüber Jeans. Es zeigte sich, dass sie in der Familie Pioniere hatten, die amerikanische Jeans brauchten, weswegen es damit keine Probleme gab. Sune glaubte nicht mal, dass es überhaupt ein Komorsk gab. Er war klug.

Silvester feierten sie in Leningrad in einem Restaurant, das in einem Turm lag und sich über Treppen Absatz um Absatz so viele Etagen hochschraubte, dass man sie gar nicht zählen konnte. Breschnew sprach geschlagene drei Stunden aus dröhnenden Lautsprechern, was aber nicht viel ausmachte, da die Leute immer betrunkener wurden, zwischen den Tischen tanzten und Lachs, Stör, Kaviar, Piroggen, Roastbeef und Pasteten aßen. Als es Mitternacht schlug, prosteten sich alle feierlich zu, während Breschnew in dem Getöse aus Stimmen, Musik, Gläserklirren und auch einigem Bruch unverdrossen weiterleierte. Gittan aus Småland und ihr Freund Bengt wünschten allen ein gutes rotes Jahr, und sie fragten sich, wie es im neuen Jahr um den revolutionären Kampf in Schweden bestellt sein würde.

»Gute Frage!«, sagte Sune.

Deswegen, aber vielleicht vor allem wegen seines Lächelns, wurde ihm hart zugesetzt, als sie an Neujahr in Svennes und Lisbeths Zimmer zu Kritik und Selbstkritik zusammenkamen. Zuvor hatten sie die Eremitage und das

Gefängnis besichtigt, in dem die Zaren ihre politischen Gefangenen (unter anderen Gorki, woran sie sich sehr gut erinnert) eingesperrt hatten. Sune lächelte auf eine Lillemor nicht bekannte Art, aber er hatte sich auch ein paar ordentliche Schluck Wodka aus einem Porzellanpinguin genehmigt, den sie im Berjoskaladen gekauft hatten. Dort hatte sie auch Babuschkatücher erstanden, für Babba ein hellblaues mit roten Rosen als Dankeschön dafür, dass sie sich um Jeppe kümmerte. Das war möglich, weil von Antes Hündinnen gerade keine läufig war. Lillemor fürchtete jedoch, er könnte sich verlassen fühlen und vielleicht glauben, es würde mit neuen Einspritzungen und Operationen wieder im Labor enden.

Als sie nach Moskau kamen, durften sie Troika fahren und noch mehr Kaviar und Blini mit saurer Sahne essen. Lillemor und Sune pfiffen auf die Besuche von Schulen und Arbeitsplätzen, auch wenn es nicht ganz einfach war, sich der Reiseführerin zu entziehen. Sie hieß Natascha, wie die Heldin in *Krieg und Frieden*, hatte aber nicht die einnehmende Verspieltheit dieser richtigen Natascha, sondern nahm ihre Aufgabe, sie alle zusammenzuhalten, ernst. Folglich war es ein Kunststück, sich auf eigene Faust auf den Weg zu machen und mit einem Taxi zu Tschechows Haus zu fahren, von dessen Existenz sie wussten. Sune legte auch Schwarzgeld hin, damit sie in einem Restaurant einen Tisch bekamen, wo es Bärenfleisch gab, und Karten fürs Bolschoitheater, wo *Dornröschen* gegeben wurde. Damals fand sie es merkwürdig, dass er draußen in der Welt so gewandt sein konnte, wo er im Bett doch so unbeholfen war.

Als Natascha begriff, dass er Kellner und Kartenverkäufer bestochen hatte, war sie sehr aufgebracht und sagte, sie wollten keine Korruption in der UdSSR haben. Da lächelte Sune wieder.

Unter ihrer Führung besichtigten sie jedenfalls viele Kirchen und Kathedralen. Sie waren folgsam wie Schafe unter einem Hütehund, bis Natascha auf eine Taube zeigte, die von der Decke hing, und sagte, das sei die Friedenstaube. Da war Lillemor nun ihrerseits sehr aufgebracht. Sie hatte das Gefühl, von allen eigentlich die Bravste gewesen zu sein, und sie hatte nicht wie Sune nach dem Lubjankagefängnis gefragt. Vor Lenins Leiche hatte sie sich freilich geekelt, aber ihr hätte jede konservierte Leiche, egal, welche, Brechreiz verursacht, also war das wohl nichts Politisches. Und jetzt das!

»Irrtum«, rief sie unter dem Gewölbe. »Das ist keine Friedenstaube. Das ist der Heilige Geist.«

Und weil Natascha jetzt so tat, als verstünde sie kein Schwedisch, erregte sich Lillemor nur noch mehr und sagte auf Englisch, dass es *the holy ghost* sei, der da an einer Stange von der Decke schwebe, und keineswegs eine Friedenstaube. Ihre Reisegenossen nahmen ihr diesen Ausbruch noch übler als Natascha, und stillschweigend beschlossen Sune und sie, an diesem Abend nicht zur Kritik und Selbstkritik in Svennes und Lisbeths Zimmer zu gehen. Als sie auf dem Weg zurück ins Hotel im Bus saßen, verhielt sich die Gruppe sehr kühl zu Lillemor. Die Antiquitätenhändlerin war jedoch nach wie vor freundlich, sie drückte ihr eine kleine Bauernikone in die Hand und sagte, die solle sie sich in den BH stecken, wenn sie durch den Zoll gingen. Die Ikone war kleiner als ein Kalenderblatt, und auf dem abgegriffenen Holz war die Jungfrau Maria zu sehen, wie sie den Engel Gabriel und seine Beigabe empfängt.

Sie war noch immer aufgebracht, als sie wieder im Hotel anlangten, und Sune bestellte ihr Tee und eine Art Marmeladenpiroggen, die ihr schon mal geschmeckt hatten. Nichts half jedoch gegen den Verrat, der gegen den Heiligen Geist begangen worden war.

Schließlich musste Sune, sehr vorsichtig, fragen: »Glaubst du an diese Sache?«

Es war schwer zu sagen, was er mit »diese Sache« meinte, und es wurde auch nicht gerade besser, als er fragte, ob sie »am Kult teilnehme«. Er war so rational, und während sie Marmeladenpiroggen aß, erklärte er, dass er für seine Person sich nicht nach Unsterblichkeit sehne. Das war ihr ganzes religiöses Gespräch, denn Lillemor hatte weder damals noch später das Bedürfnis, zu erklären oder darüber zu diskutieren, dass sie mit Gott in ihrem Innern lebte. Hin und wieder kommt mit einem rationalen Menschen die Rede darauf, aber nicht alle sind so tolerant, wie Sune es war. Es gibt Leute, die werden böse. Dann muss sie an die Zeit der Orthodoxie denken, als es gesetzlich vorgeschrieben war, an Gott zu glauben. Aber es gab bestimmt auch damals Leute, die ihre Geheimnisse hatten, und denen fühlt sie sich verwandt, den Gotteslästerern und Blasphemisten.

»Verbirgst du noch mehr?«, hatte Sune gefragt. »Ich finde, wir sollten uns die Wahrheit sagen.«

Das tat er dann. Sagte er.

Massenmord Fuchsboa PV444

Als Lillemor von der Reise nach Leningrad und Moskau zurückkehrte, erzählte sie mir, im selben Hotel, in dem Lenin gewohnt habe, als er mit dem Zug aus Schweden gekommen sei, um eine Revolution zu machen, hätten Sune und sie eine Nacht der Wahrheit gehabt. Schon vor ihrer Abreise hätten sie beschlossen zu heiraten, und da ginge es nicht mehr an, etwas voreinander zu verbergen. Zu lügen oder etwas zu verschweigen würde ja bedeuten, die Ehe auf faulen Grund zu bauen. Diese Beichte sei Sunes Idee gewesen und habe bis in die frühen Morgenstunden gedauert. Dann sei er eingeschlafen und habe einen zufriedenen Eindruck gemacht, denn er war ein gewissenhafter Mann, und ich nehme an, dass er nicht schrecklich viel zu beichten hatte. Lillemor dagegen hatte wach gelegen, gepeinigt vom Gedanken an das, was sie ausgelassen hatte. Als sie nach Hause kam, sagte sie zu mir, sie müsse Sune jetzt die Wahrheit über uns erzählen. Es sei schlimm genug, dass sie in der Nacht der Wahrheit nichts davon gesagt habe. Aber er würde vielleicht verstehen, dass sie zuerst mit mir darüber sprechen musste.

Aha. Jetzt bewegten wir uns also wie Planeten um die Sonne Sune und sein Rechtsempfinden. Ich werde nicht leicht von Panik ergriffen, aber da musste ich mich aufs Bett legen und tief durchatmen. Lillemor klang ängstlich, als sie sagte: »Du verstehst mich doch, oder?«

Sie hatte sowohl vor mir als auch vor Sune Angst. Wie kann man bloß in so einem Elend landen? Im Grunde wusste ich die Antwort: weil man von allen geliebt werden möchte. Und am liebsten auch bewundert. Piep, piep. Da verwandelt man sich in ein verscheuchtes Kaninchen.

»Was, glaubst du, wird Sune machen, wenn du ihm von uns erzählst?«

»Ich glaube, er wird mir verzeihen«, sagte sie tapfer.

»Was denn?«

»Dass ich es neulich Nacht nicht erzählt habe.«

»Das glaubst du.«

Ich versuchte ruhig zu bleiben. Ich wusste, dass dies unser wichtigstes Gespräch war, wenn man von dem bei Güntherska damals absieht, als wir übereinkamen, dass sie meine Luciageschichte unter ihrem Namen und mit ihrem Foto einschicken würde.

»Begreifst du denn nicht, was er verlangen wird?«

»Ich verstehe nicht«, sagte sie und klang verwirrt.

Ich lag nach wie vor mit geschlossenen Augen auf dem Bett, und ich hörte den Korbsessel, in dem sie saß, unruhig knarren. Es kam jetzt darauf an, ruhig und besonnen zu bleiben.

»Er wird verlangen, dass du dem Verlag jede Krone, die du mit unseren Büchern verdient hast, zurückzahlst.«

»Aber das geht doch nicht! Ich habe das Geld nicht mehr. Außerdem war es nur die Hälfte. Wirst du denn auch zurückzahlen?«

»Nein«, sagte ich. »Ich habe die Bücher schließlich geschrieben. Der Verlag wird es aber nicht gnädig aufnehmen, dass du bei ihren Diners und Empfängen herumscharwenzelt bist und in allen Anzeigen gestanden hast und im Lauf der Jahre weiß der Himmel wie viele Interviews gegeben hast. Sie werden wissen wollen, wer die Bücher geschrieben hat.«

»Aber was können sie denn machen?«

»Es wird eine Anklage geben«, sagte ich. »Betrug. Untreue gegen den Auftraggeber. Und du blamierst Sune Wahrheit. Er wird die Schule verlassen müssen, und wer weiß, was er dann für einen Job bekommt. Wahrscheinlich geht es nach Afrika. Alle werden glauben, dass er es wusste. Das wird der schönste Skandal seit der Flucht von Carl Snoilsky mit der Gräfin Piper. Nein, warte. Seit Henning Hamilton wegen Unterschlagung aus der Schwedischen Akademie flog.«

Sie schwieg lange, und dann sagte sie, Sune werde es bestimmt mit ihr zusammen tragen.

Klar, dass ich mich einen Dreck um die hochliterarische feine Welt scherte, als ich da siebenhundert Kilometer von ihr entfernt auf Antes wackliger Ranch saß. Aber nicht ich musste mich in diese Welt begeben, sondern Lillemor mit dem, was ich schrieb. Und jetzt wollte sie aus dieser Welt ausbrechen, bevor wir richtig drinnen waren. Und das nur, weil sie durch diesen verdammten Sune einen moralischen Besserungsklaps erhalten hatte.

Die literarische Welt ernst zu nehmen fiel mir schwer. In den Sechzigerjahren war sie zu einer Spielwiese geworden, auf der man sprachliche Verkleidungen ausprobierte. Es ist wohl schwer vorstellbar, dass die Herren, die jetzt auf Treppen keuchen und Acetylsalicylsäure einnehmen, damals die Sprache sprengen wollten. Nicht die Gesellschaft; so weit waren sie noch nicht. Während ich in der Lundequistska-Buchhandlung schmollte, schrieben sie: »Uppa-puppa-upp-upp-upp, löst die Formen auf BAOUM!« Und sie eilten im bunt bemalten Körper der Göttin der Frauen rein und raus (welchen Eingang wohl!) und hörten den schönen Eisenschrott tingelingeln und kreischen, während sie auf Skeppsholmen auf einem Schotterhügel standen und sich den Regen ins Gesicht laufen ließen, denn sie waren Sprachsensualisten, die dann nach Hause gingen und darüber und über die Brötchenkrümel auf dem Fußboden des Cafés schrieben. Sie saßen gern auf dem Fußboden und becherten, und der Wein war sauer wie der Regen. So ein verspielter Schwindler mit zum Himmel gewandten Gesicht wurde später im Leben ein schmerbäuchiger alter Fuchs, der ganz verständlich über Buchfinken schrieb.

Die Leitfigur unserer Zeit kleidet sich wie ein Gangster aus den Dreißigerjahren, und unser größtes literarisches Rätsel besteht darin, ob seine Sonnenbräune echt ist oder Max Factor Lasting Performance. Stellt euch eine Zeit vor, in der ein Mann im karierten Arbeiterhemd und mit Sandalen aus dem Kreis der Verspielten trat und behauptete, ein europäischer Intellektueller zu sein. Es war lange her, dass jemand dieses Wort auszusprechen wagte, und die Verspielten scharten sich wie hypnotisierte Kaninchen um ihn. Sie unternahmen eine Gruppenreise nach Moskau (nach China war zu teuer) und kamen mit Lenins Reden auf einer LP und seinen Schriften in Pappbänden zurück, womit sie sich knapp zehn Jahre später zu nachtschlafender Zeit in den Müllraum hinunterschleichen mussten.

Jetzt hatte es sich wahrhaftig ausgespielt. Kein Uppapuppa-upp-pupp und Schmutz-Schmatz mehr, sondern gerade Bananen, strenge Logik, notwendige Massenmorde und Lieder zur Balalaika. Der Wein war freilich noch genauso sauer. Diese Zeit hatte ihre Göttin, und sie war an einer Theaterschule ausgebildet und unerbittlich wie eine weissagende Kassandra auf Kothurnen. In ihrem Treppenaufgang in Gröndal saßen rotznäsige, verfrorene Befreiungsfront-Jüngelchen, und am Ende musste sie zu den Mooren und Nebeln fliehen, wo ihre wunderliche Sprache zu Hause war.

Ich vermute, die meisten denken, wenn sie schreiben, aber das ist dumm. Denken soll man erst hinterher. Und auch dann soll man an dem, was man gesehen hat, nicht zu viel ändern. Man soll die Erscheinungen verwenden, die man hatte, als einem das Blut wie sengende Glut durch die Adern rauschte. Sehen, das ist das Wichtigste, und es ist nicht, wie die heutigen jungen Genies in ihren kurzen schwarzen Mänteln meinen, ein Zugeständnis an das Medium Film. Sie wollen ausschließlich mit literarischen Ausdrucksmitteln arbeiten, sagen sie, das heißt mit der Sprache und den von ihr getragenen Formen. Darum wird es auch sterbenslangweilig. Kein Mensch, der ihre vollendete Prosa liest, sieht etwas vor sich.

Ich war immer froh über das, was ich gesehen habe, wie nebulös und wackelig es sich mir auch dargestellt hat. Die Erscheinungen haben mich wie Elektroschocks getroffen. Sie sind viel wahrer als alle stets grauen Theorien.

Ich kann mich in die Zeit zurücksehnen, als ich noch nicht so kontrolliert war, als ich es sogar mochte, wenn der Text ein bisschen abdriftete. Weiß der Himmel, ob mich nun noch etwas wie ein Elektroschock treffen würde, abgesehen von Sunes Verdammung und den daraus resultierenden Folgen. Ich hatte längst das Gefühl, dass er mich als Lillemors Anhängsel und schäbigen Genius betrachtete. Ihr würde er sicherlich vergeben, und der Verlag würde die Angelegenheit vertuschen und nach den Manuskripten der Person fragen, welche die Bücher tatsächlich geschrieben hatte. Es war gut, solange sie an das Schreckbild von Anklage und Skandal glaubte, das ich ihr ausgemalt hatte, denn im Grunde ging es um etwas ganz anderes. Ich konnte ohne sie nicht schreiben. Wir mussten zu zweit sein.

Als ich dreizehn war, nahmen mich meine Eltern mit ins Volkshaus, wo wir Moa Martinson hören wollten. Ich hatte noch nie zuvor eine Schriftstellerin gesehen. Um den Hals hatte sie einen Pelz, ich weiß nicht mehr, ob es eine Fuchsboa war oder nur ein Kragen, und sie trug eine große, schwarze samtene Baskenmütze mit einer glänzenden Brosche, darunter sah man ihren nach vorn gekämmten Pony. Die Lippen hatte sie geschminkt.

Schriftstellerinnen umgab etwas Heikles, Überspanntheit genannt. Trotzdem konnte man sie bewundern. Moa Martinson hatte einen hohen, beinahe schrillen Tonfall, der gekünstelt klang. In Filmen aus jener Zeit kann man das noch hören. Es war einfach der offizielle weibliche Tonfall. Sie redete unaufhörlich über sich selbst.

Meine Mutter las ihre Bücher voller Bewunderung, war ihrer Person gegenüber jedoch skeptisch. Sie sagte, sie sei zu getulich, was bedeutete, dass sie sich verstellte. Hinterher bekam ich auch zu sehen, dass Moa Martinson Zigaretten rauchte. Sie entnahm ihrer Handtasche von der Größe eines halben Dackels eine Zigarettenschachtel, und der Vorsteher des Volkshauses geriet in Verlegenheit, weil man dort nicht rauchen durfte. Er traute sich aber nichts zu sagen, sondern fingerte eine Schachtel Zündhölzer aus seiner Hosentasche und gab ihr Feuer.

Wieder zu Hause, holte ich *Kirchliche Trauung* aus dem Bücherschrank und suchte nach der Stelle, wo Mia zu einem Haus in der Drottninggatan geht, um auszurichten, dass ihre Mutter nicht zum Putzen komme. In der Küche sitzt eine Untermieterin, eine Fabrikarbeiterin mit schwacher Lunge. Sie isst gebratenen Speck, Eier und Rahmspinat, und danach bekommt sie Rhabarbergrütze mit Milch. Nichts Sensationelles also, doch ich wollte vor allem lesen, dass sie die Geliebte eines Ingenieurs war und dass sie nach der Rhabarbergrütze rauchte.

Ich habe das Buch jetzt herausgesucht. Es ist braun gestreift und hat das geflügelte Pferd von Tidens Buchclub auf dem Einband. Und es stimmte: Wie verhext sieht Mia zum ersten Mal in ihrem Leben eine Frau rauchen. »Alles, was fotografiert oder gemalt war, stimmte also.« Das steht da, und es beeindruckte mich tief, zumal mir ein paar

Jahre zuvor noch nicht mal bewusst gewesen war, dass Bücher von einer speziellen Person geschrieben werden. Nun wusste ich es besser, aber die entscheidende Erkenntnis, was eine Schriftstellerin war, hatte mir der Abend im Volkshaus beschert. Das war eine, die im Volkshaus stand, die mit schriller Stimme sprach und die rauchte. Und dann war da eine andere, die verhext über rauchende Frauen und deren seltsames Leben schrieb.

Ich dachte natürlich nicht im Traum daran, Schriftstellerin zu werden, aber mir war jetzt klar geworden, dass das Monster zwei Köpfe hat.

Lillemor saß im Korbsessel und kaute an ihren Nägeln, die so wohlgefeilt waren und rosarot von hellem Nagellack, dass es eine Sünde war, sie zu ruinieren. Ich hütete mich, ihr gegenüber gar zu pathetisch zu werden.

»Warte noch ein klein bisschen«, sagte ich. »Das ist das Einzige, was ich verlange. Lass uns dieses Buch erst fertig machen. Wenn du mit der Sache jetzt herausrückst, erscheint es nie.«

Der Herbst kam. Das nasse Gras wurde gelb. Unser kleiner Roman war auf der Olympia der Volkshochschule säuberlich ins Reine getippt worden, der Verleger hatte ihn bekommen und einen gnädigen Brief geschrieben: »Dieses Buch ist Ihnen wirklich gelungen.« Jaja, es war wie von mir vermutet, sie hatte es zuvor allein versucht.

Das Espenlaub wurde braun und bildete unter kahlen Bäumen eine klebrige Decke. Ante schlachtete schwarz drei Schweine und konnte seine Stromrechnung selbst bezahlen. Die Korrekturfahnen kamen, aber ich bin keine Korrekturleserin, und würde ich dazu gezwungen, wäre ich miserabel.

Ich hatte ein kleines, graues Buch geschrieben. Seine

Fehler, so unbedeutend wie seine Verdienste, waren sorgfältig berichtigt. Die Korrekturfahnen in die Hand zu nehmen hatte mich nicht in die Sphären gehoben, in denen ich mich beim Schreiben aufgehalten hatte. Da war es mir egal gewesen, was ich aß und ob ich schlief und wie das Wetter war.

Der Geist hatte mich besucht, er, der in der Mitte des Lichtwirbels sitzt, die Form wechselt und seine Bilder aus Adern, Nerven, Speichel, Blut und Schleim webt. Das hier war weder Blut noch Licht. Ich hatte herumgetastet und getan, was ich konnte, aber es wurde nur eine Menge Papier daraus.

Dann erschien es als Gegenstand, wurde aufgeschnitten, rezensiert und verkauft. Es ärgerte mich, dass die Kritik mich vom Gefühl der Grauheit befreien konnte, dass ich mich auch noch darum kümmerte und vom Lob und von der Tatsache, dass sogar hochkarätige Rezensenten darüber schrieben, verführen ließ. Der Erste war Jakob Branting im *Aftonbladet*, und Lillemor kam mit der Zeitung und einem Roséwein namens Mateus an. Sie hatte unser Gespräch nicht vergessen und sagte, wir müssten das Ende unseres Schwindels feiern.

»Seid ihr so dicke befreundet, dass sie ihre Rezensionen hier bei uns feiert?«, fragte Ante, vielleicht nicht misstrauisch, aber verwundert. Er glaubte, ich würde da oben auf dem Dachboden Zeitungsartikel schreiben, und dass ich einen tristen Job aufgegeben hatte, war in seiner Welt nichts Merkwürdiges. Konnte ja auch sein, dass ich Ersparnisse hatte.

Zunächst schien das Kramforsbuch nicht viel abzuwerfen, wir erhielten 4500 Kronen als Garantiesumme, und im Verlag glaubte man, dass bei der Abrechnung vielleicht noch mal 5000 herausspringen würden. Doch dann wollte es der Buchklub Svalan haben. Da gab es 8000 als Garantie, und der Verleger sagte, es würde später noch ziemlich viel Geld und viele neue Leser geben. Die Aussichten besserten sich erheblich (mein schlimmster Albtraum war schließlich der, in die Bibliothek oder Buchhandlung zurückkehren zu müssen). Wir erhielten von der Zeitschrift *Vi* ein Stipendium von 4000 Kronen, und Lillemor wurde von *Västernorrlands Allehanda* interviewt, wo sie sich mit mädchenhafter Schüchternheit äußerte. Dass sie derlei Dinge für unser Buch tun musste, bevor wir aufhörten, konnte ich ihr begreiflich machen. Es ging darum, Zeit zu gewinnen.

Im Frühjahr erhielten wir ein Stipendium vom Gewerkschaftsbund. Wir fuhren nach Stockholm, um es im Stadttheater in Empfang zu nehmen. Zuerst verirrten wir uns und kamen zu einer Bühne, auf welcher der Kongress der Landwirte tagte, fanden aber dann den richtigen Saal, und Lillemor wurde, um schnell auf die Bühne zu kommen, in der ersten Reihe platziert. Dort saßen nebeneinander die anderen Stipendiaten, und ein paar erkannte ich von meinem Platz weiter hinten aus. Es waren Sonja Åkesson und eine junge Frau namens Kerstin Thorvall und außerdem dieser Typ, den Lillemor von früher kannte und der sie seinerzeit angerufen und ihr die Rezension im *Arbetarbladet* vorgelesen hatte. Er war jetzt mit einem Roman herausgekommen, dessen Vorzug vom Gewerkschaftsstandpunkt aus im gefurchten Arbeitergesicht auf dem Umschlag bestand.

Wir bekamen auch eine Lithografie und ein Zellophanpaket mit einer Rose. Anschließend hatte Lillemor große Lust, sich mit den anderen Autorinnen und Autoren zu unterhalten, aber niemand nahm Notiz von uns, ihr alter Bekannter schon gar nicht. Er folgte dem Hof um Sonja Åkesson, als dieser sich aufmachte, das Stipendiengeld zu verjubeln. Wir sparten unser Geld und übernachteten im Hotel der Heilsarmee in der Drottninggatan.

In diesem Sommer lagen wir an der Böschung des Faxälven und sahen Biber schwimmen, auf deren vom Wasser gestreiften Schädeln die Abendsonne glänzte. Lillemor war müde, da sie in den Orchideenmooren in Gideåberg Nornen gesucht hatte. Sie war auch fündig geworden, doch zu ihrer Enttäuschung steckte bei jedem der vierzehn Gewächse ein Stöckchen mit rot angestrichener Spitze. Es waren schon professionelle Botaniker vor ihr da gewesen. Wie hätte sie auch sonst wissen sollen, wo es Nornen gibt? Immer suchte sie nach etwas, was vom Blick der Menschen noch unberührt war. Deshalb war sie auch über ziemlich anspruchslose Funde glücklich, Hauptsache, es waren ihre eigenen und die Pflänzchen wuchsen in Bereichen, wo garantiert noch niemand herumgetrampelt war und Stöckchen verteilt hatte.

Sune Wahrheit lag auf dem Rücken und sah in die Wolken. Er war ein Gesellschaftsmensch und machte sich nicht viel aus Bibern und Blumen. Aber er fand Lillemor in ihrem geschäftigen Suchen natürlich süß. Ich war dabei, und was er davon hielt, weiß ich nicht. Möglicherweise nervte es ihn, dass wir uns übers Lesen unterhielten. Er verschwendete keine Zeit an die schöne Literatur.

Er wollte als Entwicklungshelfer nach Afrika, und dass er sich vom Chaos in der Schule freinahm und sich auf jungfräulicherem Boden der Erziehung von Leuten zu gesellschaftlichen Tugenden widmete, war nicht weiter merkwürdig. Es war alles einwandfrei, und wahrscheinlich begann ich deshalb über Hirsch zu sprechen.

»Erinnerst du dich an Rachels Geliebten, der sie prügelte?«, fragte ich Lillemor.

»Hirsch, ja«, sagte Lillemor. »Und ob ich mich an den erinnere.«

»Der in Afrika so total ausgeflippt ist, dass er zuerst einem Neger in den Kopf schoss, als der durch den Fluss schwamm – war der Junge nicht hinter einem Vogel her, den Hirsch geschossen hatte? – und dabei von einem Krokodil attackiert wurde. Es sollte wohl eine Art Barmherzigkeitsmord darstellen, und trotzdem schickte er dann den nächsten Bengel in den Fluss, um den Vogel oder was es war, zu holen.«

»Was lest ihr bloß für Bücher?«, fragte Sune.

»Nobelpreisträger«, sagte ich. »Wir haben *Die Thibaults* schon in Jugendjahren gelesen.«

Von mir aus konnte er ruhig erfahren, dass wir einander schon lange kannten, ja er sollte es sich ein für alle Mal merken. Lillemor wäre gern mit ihm nach Tansania gegangen, traute sich in der Schule aber nicht zu kündigen oder sich auch nur beurlauben zu lassen, um ihren Job nicht zu verlieren. Außerdem war da noch Jeppe.

Um ihn hätte ja ich mich kümmern können, aber ich bot es ihr nicht an, sondern sagte: »Dieses ganze verdammte Afrika war wie eine große, sanfte Finsternis, wo man samtweiche Neger fickte und folgenlos erschoss.«

Lillemor kicherte.

Sune setzte sich auf. »Jetzt geht ihr zu weit«, sagte er. »Aus euch beiden werde ich nicht schlau.«

Nein, wahrhaftig nicht. Meine Lillemor war nämlich eine andere als seine. Und jetzt würde sie den Rest des Sommers meine sein, denn er hatte sich bereits gegen die samtige Finsternis Afrikas impfen lassen.

Sengende Glut durch die Adern? Konnte mich an diesen Zustand nicht mal mehr erinnern. Lillemor dagegen war munter geworden. Sie hatte mit Sune zusammen Rachel Carsons *Der stumme Frühling* gelesen. Nachdem die Neger ausgelernt hatten und er aus Tansania zurückgekehrt war. Daraufhin wurde beschlossen, dass es an der Schule Projekttage zum Thema Umweltverschmutzung geben sollte. Man benutzte jetzt das Wort Umwelt und ersetzte damit das Wort Natur, ebenso wie man jetzt Leute durch Menschen ersetzte. Für mich bedeutete Umwelt in erster Linie meine unmittelbare Umgebung, die Menschen um mich herum, mein Milieu. Und bei Milieu musste ich an Sofas denken, aber auch an Bakterien. Das war wohl nötig. Worte werden eingesessen wie Sofas in sitzfreundlicher Umgebung und unbrauchbar wie Spüllappen voller Bakterien. Ein saures Milieu ist gar nicht so verkehrt, weder für Spüllappen noch für Literatur. Lillemor war also entbrannt und ließ in jeden Satz das Wort Umweltverschmutzung einfließen. Sune, der Umsichtige, glaubte wahrscheinlich, durch diese Anpassung an die Trends der Zeit in der Schule den Ansturm von links aufhalten zu können. Mäusebussarde wurden mit Bioziden vergiftet, Volkshochschulen mit Politik.

Dass ich einen Roman über Mäusebussarde schreiben würde, war allerdings ausgeschlossen. Außerdem ging mir dieser missionarische Jargon auf den Wecker. Ich sah jedes Mal meinen Vater, meine Mutter und Onkel Emil vor mir, wenn der Westen der Umweltverschmutzung beschuldigt wurde. Meine Güte, sicherlich hatten wir Phosphate in die Seen gekippt und die Luft verpestet, und wir hatten Müll aufgehäuft, die Otter getötet und dem Lachs die Beulenpest gebracht. Das wussten wir.

Doch was machte mein Vater eigentlich verkehrt? Er kaufte einen Volvo PV 444 und fuhr zu den birkenumsäuselten Maiglöckchenstellen und verlassenen Katen und Wiesenhügeln (die mittlerweile verwachsen waren), wohin meine Mutter und er mit dem Fahrrad Tage gebraucht hatten. Die Hügel in Ångermanland sind die einzigen, die sowohl auf dem Hin- als auch auf dem Rückweg bergauf führen. Ein stockfleckiges Zelt auf dem Gepäckträger und drei Tage Urlaub plus das Mittsommerwochenende, Primuskocher und Turnschuhe. Der PV schaffte das alles an einem Sonntagnachmittag.

Und meine Mutter, die jeden Sprachkurs zur Veredelung der Arbeiter seit den Tagen des Esperanto besucht hatte, sollte sie nicht vor Ort *muchas gracias* sagen dürfen? Dort wurde das Abwasser des Hotels direkt in die Badebuchten abgelassen, wenn auch die Kackwürste nicht sofort an die Oberfläche ploppten. Es dauerte zehn Jahre, bis das Wasser trüb wurde, doch dann hätten meine Mutter oder zumindest mein Vater es eigentlich begreifen müssen. Aber wie? Es war vermutlich nicht schwierig, sich davon zu überzeugen, dass die Welt außerhalb Schwedens ein einziger großer erzkapitalistischer Arsch war, aber dass das Dreckloch in Schweden selbst immer größer wurde oder zumindest immer mehr von sich gab, das war dann doch ein bisschen zu stark, als dass man es hätte glauben wollen.

Sie waren ja auch keine Intellektuellen, hatten vierzig Jahre lang nur Bücher aus der Leihbücherei gelesen und sich nicht um den Rasen gekümmert. Dass der vermoost war, hielten wir für Vaters Schuld, schließlich hatten wir keine Ahnung von Versauerung. Und doch war es auch seine Schuld, da er an Selbstdüngung glaubte und nie das Laub zusammenrechte.

Im September war Babelsberg märchenhaft. Eigentlich wohnten wir schöner als Trojs, auch wenn es sich oben bei uns um irgendetwas zwischen Arbeiterklasse und Kleinbürgertum handelte. Ich frage mich, ob Großvater unsere Bruchbude nicht aus Schalbrettern vom Sägewerk gebaut hat, obwohl man ja vor Vaters Renovierung, wenn es windig war, das Gefühl hatte, sie sei aus Pappe. »Großmutters Astern können doch nicht kaputtgegangen sein«, sagte meine Mutter, das vergesse ich nie. Sie glaubte, es seien ausdauernde Pflanzen, saß im Haus, las über Sally und die Apfelbäume und glaubte mindestens zehn Jahre lang, dass die Astern irgendwann noch mal kämen.

Woher sollte mein Vater wissen, dass sein PV zum Hinterausgang Gift ausspuckte? Aus den *Aufzeichnungen aus dem Kellerloch*? Im Übrigen sind mir nie Intellektuelle begegnet, die kein Auto gehabt hätten, doch, ein paar vielleicht, aber die trugen dann auch sogenannte Erdschuhe der Marke Knulp. In Kramfors waren wir so sozialdemokratisch, dass wir gegen das Böse, die Chemie und die Geschichte geimpft waren. Obwohl ich dann doch ein bisschen den Mund aufsperrte, als die Genossen meines Vaters das Hotel nach Kramm benannten. Man musste tatsächlich einigermaßen immun sein, um die Millionen der Gemeinde in ein Objekt zu stecken, das nach einem unternehmungslustigen Raubtier jener rohen Zeit benannt wurde, als man Planken aus vierhundert Jahre alten Fichten nach England verkaufte. Das heißt, es wurde vor allem Sägewerksabfall daraus, den wir behalten durften. Als das Ganze pleiteging, empfand ich eine Art gehässiger Freude, die ich nicht empfunden hätte, wenn das Hotel *Ådalens Poesie* oder auch *Krawall* geheißen hätte.

Wir hatten natürlich trotzdem unsere Monumente: den ausgestopften Bären beim Süßigkeitenkiosk in Lunde und den Gedenkstein für die Opfer von Lunde bei der Kirche von Gudmundrå. Lillemor hat dort Roffe Nyrén geheiratet, und ihr Vater war stolz auf das Gedicht, das als Inschrift auf dem Gedenkstein für die Erschossenen stand. Weil es so berühmt war, führte er die Hochzeitsgäste aus Uppsala dorthin und deklamierte: IHR VERBRECHEN WAR HUNGER VERGISS SIE NIE, wobei ihm die Tränen in die Augen stiegen, ungefähr so, wie wenn er im Männerchor sang. Nach allem, was er wusste, konnten der General samt Tochter und Enkel sowie seine übrige Sippe und seine Freunde direkt mit jenem Nils Mesterton verwandt sein, der die Schüsse angeordnet hatte. Vielleicht waren sie es ja auch.

Den Vers brachte er auch in seiner Tischrede. Er konnte es nicht lassen, und da weinte er. Kurtchen Troj war wirklich unbegreiflich. Was man von Lillemors Mutter zu halten hatte, wusste man immerhin zur Not. Steckte mehr dahinter, als dass er zu starken Gefühlen neigte und es in seiner Brust brausen sollte? In meinen Eltern brauste es nie, klopfte aber kräftig, wenn sie hinter der Ortsvereinsfahne und dem Blasorchester, in dem Onkel Emil Basstuba spielte, mitmarschierten. Wacht auf bumpumpumbum Verdammte dieser Erde, die stets man noch zum bumbumpumbum Hungern zwingt.

Emil gehörte zu den Männern, die nach der Schicht in Dyviken Barsche angelten und dabei immer weiter hinausrudern mussten. Das ging Jahrzehnte so, und sie wussten, dass ununterbrochen Holzfasern ins Wasser rieselten und sich wie ein Kuchen auf dem Grund absetzten, ein Pastetendeckel mit Dellen und Beulen, aber ohne Löcher.

»Landeinwärts ist der Grund tot«, sagte Emil, wenn er mit seinen Barschen ankam. Meine Mutter briet sie, und dann war von der Sache keine Rede mehr.

Was hätten sie auch tun sollen, Emil und der alte Persson und die anderen? Hätten sie zum Vorstandsvorsitzenden gehen sollen? Zum Aufsichtsrat? Wo saß der überhaupt? Und Zustimmung finden: Ja natürlich, wie gut, dass Sie uns darauf aufmerksam machen, wir stellen den Betrieb ein. Sie können ja gern auch Zäune streichen oder hausieren gehen.

Hausieren gegangen war Emil ja schon mal, zuerst in den Zwanzigerjahren und dann noch ein paar Jahre in den Dreißigern, und das merkte man. Er hatte etwas Rattenhaftes, Abwartendes an sich. Lediglich dieses Bumbumpumpum machte einen Menschen aus ihm. Und immerhin war er auch in Lunde dabei gewesen. Er hat Eira fallen und ihr Blut fließen sehen, Mädchenblut.

Emil hat etwas verkehrt gemacht, ich verstehe nur nicht, was. Er hat Phosphate und Holzfasern ausgekippt, sauren Rauch und Stickstoff, Nitrate und Plastikmüll, und Herr vergib Emil, denn er wusste nicht, was er tat. Er glaubte, Deine Schöpfung sei voller blauer Meeresbuchten, die niemals ein Ende nähmen. Dem Otter, dem Lachs und Emil erging es schlecht. Herr, in Emil ist toter Grund. Du vergibst ihm wohl, aber kannst Du auch meinem Vater und meiner Mutter vergeben, die abendelang unter der Leuchtstoffröhre am Küchentisch saßen und lasen?

Babba nörgelt an der Sozialdemokratie herum. Eine andere politische Idee hat sie nicht, nie gehabt, und darin gleicht sie den meisten schwedischen Autorinnen und Autoren. Sie kicken die Sozialdemokratie herum, als wäre sie ein Ball. Aber ist sie denn nicht eine geplatzte Tüte?

Wird Babba nie von Panik ergriffen? Bald ist das Leben zu Ende, und dann wird die Welt erlöschen, ohne dass Leute wie sie von deren Weite und Tiefe wirklich etwas erfahren haben. Außer vielleicht nach dem Krieg, als man zu reisen begann. Lillemor kann sich noch an die Hallen in Paris erinnern: an den Geruch nach Blut, die Glätte auf dem matschigen Boden und an den Geschmack einer leicht grauen Zwiebelsuppe, in die ein dickes, ebenso graues Stück Brot getaucht war. Und gleichzeitig – oder war es später? – in der Rue des Abbesses an arabische Sprachlaute aus tiefer Kehle und an verschlossene, dunkle Gesichter über einem Teller mit Couscous. Sie erinnert sich an die Leichen, die aus der Seine gefischt wurden und tagtäglich die kleine Notiz bekamen, dass ein *homme de type nord africain* erstochen oder erschossen gefunden worden sei. Sie erinnert sich an das Café, das sie nach einer Woche ihr Stammcafé nannten, das eines Morgens aber ausgebrannt und zerschossen war, die Wände voll eingetrockneter Blutkaskaden. Sie erinnert sich, wie sie vor einer Schießerei bei der Madeleinekirche davonlief und mehr Angst vor der Polizei als vor den algerischen OAS-Leuten hatte, deren Auto abgedrängt worden war.

Sie war in Paris, als Dag Hammarskjöld bei einem Flugzeugabsturz im afrikanischen Ndola starb. Es war spät im September und trotzdem dreißig Grad heiß, als die Schlagzeilen herausschrien: MONSIEUR H SE TUE EN AVION!

Die Franzosen nannten ihn nach dem Initial seines Namens Monsieur Asch, und er war in Frankreich ebenso verhasst wie in Belgien. Lillemor erinnert sich, wie sie und Rolf in der Hitze auf der Schattenseite der Straße zum Hotel rannten, um im Radio mehr über den Absturz zu hören. Die feuchtwarme Luft und der weiche Asphalt verstärkten das Gefühl der Unwirklichkeit. Die Schlagzeilenaushänge von vor dem Unglück hingen noch: GO HOME MONSIEUR H! Die Franzosen wollten nicht, dass er sich in die Geschäfte und den Krieg im Kongo einmische.

Die französischen Zeitungen schrieben, seine Maschine sei abgestürzt und habe Feuer gefangen, aber kein Wort von einem Attentat. Selbstverständlich glaubten Rolf und sie, dass er erschossen worden war. Wie Folke Bernadotte ja auch. Das war ihre Logik.

Sie erinnert sich, dass Rolf einen unfreundlichen Nekrolog in die Finger bekam, der Hammarskjöld als »einen Mann mit einigen wenigen Freunden« beschrieb, und dann lasen sie bestürzt einen gehässigen Angriff im *Paris Jour*. *Paris Presse* brachte einen höhnischen Nachruf: »Er war ein als Pfadfinder verkleideter Machiavelli, der stets so aussah, als wäre er eben dem Bad entstiegen.«

Für uns war er der Mann der lauteren Absichten, denkt Lillemor. Seine Gestalt war das Emblem unseres schwedischen Gefühls, auf dem richtigen Weg zu sein. Wenn die Welt Hammarskjöld tötete, war sie ein Dreckloch und sonst nichts. Wir fuhren nach Hause und verfolgten vom

Gehsteig aus den Trauerzug in Uppsala. Alles ging wieder mit rechten Dingen zu. Gewaltsames und Unbegreifliches waren kein Teil von uns, und wir gehörten der Welt nicht anders an, als wenn wir in den USA ins College gingen, so wie Rolf, ein paar Jahre bevor Lillemor ihn kennengelernt hatte. Damals erhielt er jene Dosis Entwicklungsoptimismus, die ihm in seiner Karriere Halt verleihen sollte.

Wir waren das Volk der lauteren Absichten, dessen Autorinnen und Autoren zwar über ihre Sozialdemokratie nörgeln konnten, ihr im Grunde aber Treue erwiesen.

Rein geografisch hat Lillemor später jedenfalls die Weite der Welt erlebt, dann aber ohne Alltäglichkeit, Gewalt und Schmutz. Babba hat ihres Wissens keine andere Welt als die um sich herum erlebt, in die sie hineingeboren wurde und an der sie sich festbiss. Keine Wiederaufbauarbeit im Nachkriegseuropa gemeinsam mit idealistischen Jugendlichen. Kein amerikanisches College mit einem Hauch von gemäßigtem Linksliberalismus. Kein Kibbuz mit Apfelsinenanbau, kein chinesisches Dorf mit haufenweise schlappen Kohlpflanzen.

Babba ist zutiefst und hoffnungslos provinziell. Ihre Arbeitermutter hat dank der Reiseorganisation der Arbeiterbewegung mehr von der Welt gesehen als sie. Das Einzige, wovon Babba etwas weiß, ist unsere alte Kultur. Aber auch die ist mit Ausnahme von Swedenborg und Linné provinziell. Und hätte sie sich ohne mich überhaupt je um Linné gekümmert, denkt Lillemor.

Ist Überheblichkeit im Übrigen nicht ebenfalls ein provinzielles Charakteristikum?

Kultur Wort

Ich saß in einem bazillenfeindlichen sauren Milieu fest, als Lillemor und Sune umweltbewusst wurden. Die Weltverbesserungskleinkünstler erbosten mich, mochten ihre Ziele (in manchen Fällen politisch dubiose) auch noch so löblich sein, es nützte nichts. Heraus kam immer nur, dass sie sich selbst in einen Sternstatus hineinredeten, während ihr politischer Einfluss minimal blieb. Das Publikum saß der großartigen und herzerhebenden Unterhaltung wegen da und um eine Person mit Charisma und Ruhm bewundern zu können.

Lillemor meinte nun, für unser letztes Buch ihren Teil beitragen zu müssen, und sie erhielt die Erlaubnis, ihre Stunden in der Schule umzulegen, sodass sie mit EINE KULTOUR MIT DEM KULTURBUS durch die Lande machen konnte. Vier Regionalautoren plus Lillemor und zwei Kulturbürokraten in Cordhosen waren daran beteiligt. Dann war noch ein Barde dabei, der sang Lieder von Dan Andersson und wurde gemocht. Die Autoren lasen in Dorfgemeinschaftszentren und Vereinshäusern, und nach dem ersten Auftritt schrieben die Lokalzeitungen darüber einzig und allein, dass in Lillemors Text das Wort Möse stand. In dem Zusammenhang, in dem es vorkam, war es natürlich und relevant, aber das nützte nichts. *Västernorrlands Allehanda* schäumte, hatte aber Mühe, diese Schändlichkeit auszumalen, ohne *das Wort* zu nennen.

Lillemor rief mich an und sagte, sie wolle bei der nächsten Lesung die Möse weglassen, aber das lehnte ich ab. Es war eigentlich dumm von mir, denn ich hätte wissen müssen, dass im Publikum alle die Zeitungen gelesen hatten und jetzt nur auf *dieses eine Wort* warteten und gar nicht mitbekamen, worauf die Geschichte hinauslief.

Nach den Lesungen gab es selbstverständlich Kaffee und Rührkuchen. Dabei sollten die Probleme der jeweiligen Ortschaften aufgegriffen werden. Meistens war es dann still. Bei einer dieser Zusammenkünfte war ich dabei, es war die letzte, und sie fand in Vilhelmina statt. Ich fuhr mit dem Auto hin, um Lillemor abzuholen, die keine Zeit hatte, zur Kritik und Selbstkritik bei Sandwichtorte nach Örnsköldsvik zu fahren. Sie musste rechtzeitig zur Zeugniskonferenz vor Weihnachten zu Hause sein.

Am besten erinnere ich mich an die letzten Meilen, den schwarzweißen Fichtenwald mit schneebeladenen Ästen und den endlosen Sternenhimmel darüber. Ich dachte an Orpheus, er hätte mit Eurydike im Gefolge zwischen den hohen Fichten durch diese Todeslandschaft gehen können. Fast am Ziel angekommen, sah ich zwei Frauen mit Tretschlitten zum Vereinshaus fahren. Ich fürchtete, sie würden schlimmstenfalls das gesamte Publikum stellen, aber als ich in die Ofenwärme kam, war der Saal voll besetzt, seltsamerweise vor allem mit Männern. Das war sonst nie so.

Lillemor las sehr gut, es war erstaunlich, wie der Text mit ihr eins war. Hinterher enterten alle männlichen Zuhörer die Bühne. Es stellte sich heraus, dass sie den Männerchor von Vilhelmina bildeten.

Wieder zu Hause, hatte Lillemor vor den Weihnachtsferien ein paar hektische Schultage. Danach kam sie zu uns und brachte Sunes Küchenmaschine mit, und wir machten Schweinswurst. Ich fand das ebenso unnötig wie diese Kulturbustour und sagte zu ihr, sie hätte nicht so herumzufahren brauchen. Sie habe aber dieses letzte Mal ihren Teil beitragen wollen, sagte sie (leise, damit Ante es nicht hörte). In ihren Augen waren Auftritte und Interviews wichtige Dinge, und damit hatte sie ja im Prinzip recht. Aber in Bjästa und Vilhelmina? Ich traute mich nicht mehr, darüber zu reden. Denn wie sollte ich so nackt, wie es war, sagen: Du brauchst doch nur da zu sein.

Dieser Meinung war sie nicht. Sie wollte selbst schreiben. Im Januar legte sie mir ihr Werk vor. Sie hatte mit einer Frauengruppe zusammengearbeitet, die ihre Wurzeln im KFML hatte, der nichtrevolutionären Gruppierung der marxistisch-leninistischen Kommunisten, und im Provinzialtheater. Herausgekommen war ein Manuskript zu einem Heimatstück über einen Sägewerkstreik in den 1870ern. Es gab genügend Sägewerke, in denen es sich aufführen ließ, denn viele Orte an der Küste waren jetzt verwaist, und die kleinen Wohnhäuser, die kaum ihr Bauholz wert waren, standen leer. Ich las Lillemors Opus und sagte, wie es war, und sie regte sich gewaltig auf.

Sie konnte nur schwer begreifen, dass sie eine kühne Geschichtsklitterung zusammengeschrieben hatte. Die Frauen in ihrem Stück waren stark und trieben die Männer zum Streik an. Ich sagte ihr, wie es wohl tatsächlich gewesen war: Die Frauen waren vor Schreck wie gelähmt und wussten nicht, woher sie für ihre Kinder etwas zu essen nehmen sollten, wenn die Männer keine Arbeit hatten. Die Stärke der Frauen lag darin, für die Kinder Essen zu beschaffen und das Heim sauber zu halten.

Das Gespräch artete in ein wüstes Gekeife aus, und ich erinnere mich nur vage daran. Aber ich nannte sie wohl wie Lars Ahlins Romanfigur »Letzte Erkenntnis«. Waren es keine Biozide, so war es die ausgebeutete Arbeiterklasse oder die Frauenbewegung oder der Krieg der USA oder irgendetwas anderes, was keine Wurzeln in ihr hatte.

»Wurzeln? Was sind denn Wurzeln?«, sagte sie.

»Wurzeln sind etwas, was schreit, wenn du sie herausziehst«, erklärte ich. »Aber du bist ja innerlich leer und hast statt Augen Glaskugeln im Kopf.«

Das ging natürlich zu weit. Kein Wunder, dass sie sich in ihren R4 setzte und losbrauste, dass der Schneematsch in graugelben Fontänen um die Reifen spritzte. Ante sah vom Fenster aus zu und drehte sich dann zu mir um, als erwartete er eine Erklärung. Er bekam aber keine, denn derlei war ich ihm nicht schuldig. Wir waren Freunde und hatten es gut miteinander. Wohlig hieß das Wort, das er dafür benutzte und das gut zu seiner ruhigen, genussvollen Sexualität passte.

Lillemor fuhr also los und kam drei Monate lang nicht wieder. Ich landete im selben Zustand wie damals, als sie aus Uppsala verschwunden war und ich mit den Plastiktüten dasaß und vorsichtig in den Kleidern kramte, die sie hatte loswerden wollen. Ich lag nachts wach und stellte mir vor: Jetzt hat sie mit Sune eine Nacht der Wahrheit. Jetzt ist alles aus.

Kein Schmerz, kaum eine Qual, aber recht viel Verlegenheit. Erinnerungen scheinen vor allem akkumulierte Peinlichkeiten zu sein. Lillemor ist jedenfalls jetzt dahintergekommen, wie sie ihnen den Ekel entziehen kann: Sie wird Babbas Beschreibungen zuvorkommen. Sie ahnt, was kommen wird, kennt die Chronologie, und ihr wird bereits vom Geruch etwas übel. Ich habe jedoch ein Recht auf meine eigene Wahrheit, denkt sie trotzig.

Der Gedanke daran, wie viele Wahrheiten es allein in ihrem Bekanntenkreis gibt, von der Welt als Ganzer erst gar nicht zu reden, macht sie gleich wieder mutlos. Was soll man denn mit seiner Wahrheit, wenn sie niemand anderen überzeugt?

Dann kommt sie darauf. Man schreibt einen Roman. Man lockt mit der Suggestion einer Geschichte. Komm mit. Lebe dich ein. *Nimm wahr.*

Jetzt nimmt sie jenen Geruch ohne literarische Suggestion wahr. Sie sieht den Jungen im Sessel bei der Stereoanlage. Sie war der Meinung, er sei tief in seine Musik versunken.

Wenn er allein war, setzte er nie Kopfhörer auf, und kam sie dann nach Hause, schien das Rektorshaus schier einzustürzen von der Musik, die sich wie donnernde Fernlaster im Verein mit Schneidbrennern und dröhnenden Eisenhämmern anhörte. In der Küche fiel ihr auf, dass sie gar nichts gehört hatte, als sie nach Hause kam. Es war absolut still gewesen. Und dann dieser chemische Geruch. Sie wollte gerade Teewasser aufsetzen, blieb aber an der Spüle stehen und überlegte, was für ein Geruch das war. Aceton? Lackierte er sich jetzt die Nägel schwarz? Seine Musik war von einer Aura von Merkwürdigkeiten umgeben. Er trug abgerissene silberfarbene Plateauschuhe, und eines Nachmittags war auf seinem Ärmel ein Hakenkreuzemblem aufgenäht, als er heimkam. Sune wurde natürlich rasend.

Lillemor sagte: »Er versteht das nicht, er versteht das nicht!«

Doch Sune wollte unbedingt wissen, warum er dieses Hakenkreuz trage.

»Aus Jux«, hatte Tomas geantwortet.

Sie ging wieder ins Wohnzimmer und betrachtete ihn. Ein Kind. Er war zwar schon fünfzehn, doch wenn er schlief, sah man, dass er noch ein Kind war. Das Kind, das sie gewissermaßen bekommen hatte. *Sabbath Bloody Sabbath* stand auf dem Plattencover, das vor dem Sessel lag. Er hatte ein kleines Stück Stoff vor dem Mund. Es sah aus wie ein winziges Kuscheltuch, und als sie erkannte, dass es sich um ein Stück ihres alten Nachthemds handelte, weiß mit rosaroten Blumen, war sie gerührt und bedrückt zugleich.

Sie berührte ihn vorsichtig am Arm und fragte, ob er Tee haben wolle. Der Arm war schlaff. Sie berührte sein Gesicht, rüttelte ihn an den Schultern, keine Reaktion. Da versuchte sie, ihm ein Lid aufzuschieben, sah aber keinen Blick, sondern nur ein Stück unsehenden grauweißen Augapfel. Der Junge war bewusstlos.

Als sie sich den Stofffetzen an die Nase hielt, merkte sie, dass er nach Lösungsmittel roch. Sie glaubte, sie würde tatkräftig und zupackend handeln, aber sie war unversehens von Panik ergriffen worden. Sie packte ihn unter den

Achseln und schleifte ihn in die Küche. Tragen konnte sie ihn nicht, obwohl er kein großer Fünfzehnjähriger war und überdies mager. Sie zog ihn zur Hintertür. Dann holte sie schnell ihre Handtasche mit den Autoschlüsseln und rannte zum Auto. Sie ließ den Motor an und fuhr ums Haus herum zum Kücheneingang. Hier war man von den Schulgebäuden aus nicht zu sehen. Es war ein wahnsinniges Gezerre, den Jungen auf den Rücksitz zu verfrachten, und als er endlich halbwegs dort lag, nach wie vor bewusstlos, begriff sie, dass sie in Panik gehandelt hatte, und dachte an ihre und Babbas Krimis und an das Geschleppe und die Vertuscherei, wenn es um Mord ging.

Worum ging es hier?

Sie hatte als Frau des Rektors gehandelt und es vermieden, einen Krankenwagen zu rufen. Keinen Skandal an der Schule. Sunes Vortrefflichkeit und Autorität mussten intakt bleiben. Er konnte unmöglich einen Sohn haben, der Lösungsmittel schnüffelte.

Schon nach drei Stunden waren sie zurück in ihrem Haus, und da erschien es nicht mehr so kriminell, dass sie versucht hatte, seinen Zustand zu verbergen. Im Krankenhaus hatten sie kein großes Interesse an ihm gehabt, weil er auf der Fahrt dorthin schon wieder zu sich gekommen war. Ein junger Arzt hob ihm das Lid an und besah sich das Auge, horchte das Herz ab und drückte lustlos mal hier, mal da.

»Lass den Scheiß«, sagte er.

Das war es auch schon. Auf dem Heimweg wusste sie nicht, was sie zu Tomas sagen sollte. Ihr Kopf war völlig leer. War er ein Kind? Oder ein halbwüchsiger junger Mann mit schlauem, schrägem Blick? Er hatte gedacht, sie würde den ganzen Nachmittag bis weit in den Abend fortbleiben. Es war abgemacht, dass er in der Schulmensa essen würde. Sie war jedoch vorzeitig zurückgekehrt.

Sie wusste, dass Tomas Geld aus ihrer Brieftasche stahl,

hatte jedoch nie etwas zu sagen gewagt, weil sie sich vor einem Ausbruch offener Feindseligkeit fürchtete. Darum muss Sune sich kümmern, dachte sie. Wenn er aus Stockholm zurückkäme, würde sich alles regeln. So war es nun mal, Teenager zu haben.

Tomas ging sofort hinauf und ins Bett. Ihm war schlecht, und er wollte nichts essen. Es wurde still im Haus. Frühlingsabend. Sie hörte Amseln, als sie das Fenster öffnete, um den Lösungsmittelgeruch hinauszulüften, den sie sich jetzt vielleicht nur noch einbildete. Schließlich verfliegt er schnell.

Es war ein schönes Zimmer. Ihre Erinnerung verweilte gern dort und bei dem melancholischen Gesang der Amseln. Es war auf die leicht unterkühlte Art schön, die ausländische Gäste der Schule als modern nordisch auffassten. Grau, graublau, weiß. Stahlrohr und Bugholz. Blasse Aquarelle. Weiße Leinenvorhänge, die das eindringende Licht abmilderten. Das schwarze Black-Sabbath-Cover mit seinen bluttriefenden Buchstaben lag noch auf dem hellgrauen Teppichboden.

Ende März kam sie zu mir zurück. Lillemor liest nur diesen Satz, dann legt sie ihre Daunendecke über das Manuskript. Warum um alles in der Welt, *warum* bin ich zurückgekommen? Um ausgescholten und verhöhnt zu werden. Um unübersichtliche Spiralblockseiten zu lesen und immer wieder über Kürzungen und Erklärungen und über Streichungen, besonders von Naturschilderungen, zu diskutieren. Wer liest schon Naturschilderungen? Babba sagte bockig, wenn sie nun endlich diese verdammte Natur entdeckt habe, dann könne sie wohl auch darüber schreiben.

Ihre Pflanzennamen berichtigen. Darauf hinweisen, dass das Hungerblümchen nicht zur selben Zeit blüht wie das Kleine Mädesüß. Ausrufezeichen entfernen. Wer benutzt die heute noch? Rechtschreibfehler und offensichtliche Satzbaufehler berichtigen. Abtippen. Durchschlagpapier einlegen. Umarbeiten. Umarbeiten und noch mal umarbeiten. Während Babba da oben auf dem Dachboden saß und aus ihrem Caran d'Ache ein Wortschwall floss, der nur durch die Notwendigkeit, Tinte nachzufüllen, gebremst werden konnte.

Warum bin ich zurückgekommen? Ehrlich gesagt, um nicht nur unter dem kalten Volkshochschulstern der Knappheit zu leben. Um Kleider nicht bei Dea und H & M kaufen zu müssen. Um ein bisschen gelobt zu werden. Viel übrigens.

Oje.

Dann ist da noch etwas anderes. Etwas im Grunde völlig Unbegreifliches. Lillemor denkt daran, als sie ihren Vorrat an chinesischen Nudeln inspiziert. Studenten ernähren sich angeblich davon. Dann kann sie das wohl auch, zumindest bis sie den Manuskriptpacken gelesen hat. Max wohnt in Saltsjö-Duvnäs und arbeitet in der Innenstadt. Unwahrscheinlich also, im Fältöversten auf ihn zu treffen. Aber das ist es nicht, was sie eigentlich fürchtet. Es sind die Menschen, die sie erkennen und die ihre Bücher gelesen haben, denen sie nicht begegnen möchte. Sie kommt mit deren Dankbarkeit nicht mehr klar.

Soll sie die Nudeln kochen? Sie weiß nicht genau, welche Tageszeit es ist. Ist es nicht Vormittag? Jedenfalls hat sie Hunger, und es endet damit, dass sie die Packung öffnet und die Nudeln in sich hineinknabbert.

Es lohnt sich wahrscheinlich nicht, darüber nachzudenken, warum Babba beschlossen hat, sich hinter ihr oder zumindest hinter ihrem Bild zu verstecken. Schon als sie Krimis schrieben, ahnte Lillemor, dass Babba eine ganz andere Art von Schriftstellerin werden wollte. Es war also nicht verwunderlich, dass sie drum herumkommen wollte, für die Krimis einstehen zu müssen, sollte mal ein richtiges Buch von ihr erscheinen. Ein schöngeistiger Roman wurde schließlich von Kritikern eines ganz anderen und viel gefährlicheren Kalibers besprochen. Das war es aber nicht, denn sie versteckte sich ja weiterhin. Sicherlich fürchtete sie sich vor vernichtender Kritik, hatte sie doch schon so manche zu spüren bekommen, und das saß. Und wie! Aber sollte das die Erklärung dafür sein, dass sie mit der Betrügerei fortfahren wollte? In ihrer Geschichte erwähnt sie nichts davon.

Lillemor erinnert sich, dass mal irgendwo stand, Lillemor Trojs Epik sei wuchtig. Und eine andere Autorin habe ein leichteres Händchen. Zuerst verharrte Babbas großer, schwerer Körper damals, als säße sie auf den Steinen und starrte ins Leere. Auf die Streifen des Flickenteppichs.

Dann sagte sie: »Das stimmt nicht.«

»Nein?«

»Na ja, es würde mich nicht wundern, wenn sie so was über Sophie Elkan schrieben.«

»Bitte?«

»Dass sie ein leichteres Händchen habe als Selma Lagerlöf.«

Ja, Babba konnte monströs sein in ihrem Hochmut. Sie sagte, Eselstritte und giftige Stiche gehörten zum Schriftstellerleben dazu. Sie seien ebenso unwirklich wie Hochjubelei und übertriebenes Lob. Das Schreiben liege jenseits all dessen.

Sie sagte: »Mein Reich ist nicht von dieser Welt.«

Man hätte erwarten können, dass sie über die Blasphemie feixen würde, als sie diesen Satz von sich gab. Aber nein. Sie sagte, das, was sie schreibe, liege jenseits von Gut und Schlecht, von Schwer und Leicht.

»Es *ist*«, sagte sie.

Lillemor verstand sie nicht. Sicherlich gab es ihr Reich, zwischen Buchdeckeln auf Papier gedruckt, es stand im Bücherregal. Aber es musste doch in die Gehirne, um zu leben und zu sein. Und dort konnte es sowohl gut als auch schlecht, sowohl schwer als auch leicht werden. Wo also, glaubte sie, dass es eigentlich sei?

Lillemor kann nicht die ganze Packung Nudeln in sich hineinknabbern, folglich muss sie wohl doch ins Fältöversten. Und es ist auch gar nicht verkehrt, aus dem Morgenrock zu kommen, zu duschen, sich innerlich und äußerlich sauber zu kleiden, mit der Fönbürste durchs Haar zu gehen und sich zu schminken.

Als sie in dem großen Einkaufskomplex am Spielwarenladen vorbeigeht, sieht sie eine Puppe in einem offenen Karton. Diese Puppe sieht genauso aus wie die Puppen in Lillemors Kindheit. Sie hat einen kleinen rosaroten Mund und große blaue Augen. Bestimmt hat sie Schlafaugen, und wenn man ihr auf den Bauch drückt, sagt sie Ma-ma. Selbstverständlich ist das glänzende Puppenhaar blond. Lillemor weiß, dass es Puppen mit brauner Kunststoffhaut und schwarzem gekräuselten Haar gibt. Aber gibt es auch Puppen, die Pa-pa piepsen?

Sie denkt nicht weiter darüber nach, während sie einkauft, da sie vollauf damit beschäftigt ist, ein irrsinnig teures Kalbskotelett, eine Zitrone und eine Packung richtig kleiner tiefgefrorener Erbsen, *petit pois*, zu erstehen. In der Markthalle in Uppsala konnte man früher ein Kalbskotelett kaufen, das nicht mal eine Studentin in die Pleite trieb. Aber Kälber in Boxen zu halten und sie zu hellem Fleisch heranzumästen war sicherlich Tierquälerei. Heute ist die Tierquälerei großartiger, und ihre Produkte sind exklusiv.

Trotzig hat sie beschlossen, sich auch noch eine Tüte Schleckerkram zu gönnen. Warum nicht? Sie hat noch nie stärkere Rauschmittel gebraucht als Schaumbananen und Lakritzschiffchen.

Erst als sie nach Hause kommt, fällt ihr die Schlafpuppe in dem Schaufenster wieder ein. Ich war die Puppe, erkennt sie. Mich durften sie mit Nadeln stechen. Sicherlich trafen die Stiche auch Babba. Aber nicht im eigenen Fleisch. Sie trafen die Puppenhaut und die Nerven darunter.

Da bleibt sie am Küchentisch sitzen und isst aus der Tüte mechanisch Schaumbananen, Geleehimbeeren, Lakritzschiffchen, Schokotropfen und diese herrlich zähen Dinger, die wie Spiegeleier aussehen. Als die Tüte leer ist, bereut sie es.

Unsinn Kuckucksspeichel Rhabarberblätter

Ende März kam sie zu mir zurück. Eigentlich hätte ich mir das ausrechnen können. Am Pult zu stehen und angehenden Zahnarzthelferinnen und Polizisten die Subjektregel und anderes, was sie für wichtig hielt, beizubringen, war anfangs eine Art Performance gewesen, und die liebte sie. Es wurde jedoch Alltag daraus, und es kamen frostige Vorfrühlingsmorgen, an denen sie mit Fingerhandschuhen und diesem kleinen, frisch gebügelten Kopftuch ums Haar, das immer hellroter wurde, im Laufschritt zum Schulgebäude eilte. Sie entdeckte, dass ein angehender Polizist Analphabet war, doch im Kollegium wollte es ihr partout niemand glauben, weil es das in Schweden nicht gebe. Sogar Sune war misstrauisch. Der Kerl, der weder lesen noch schreiben konnte, war nicht dumm und verbarg es geschickt. Er kam an mit: Brille vergessen und bitte, lies mir das mal vor und dergleichen. Er lieferte nie etwas Schriftliches ab, außer im äußersten Notfall, aber dann bat er einen Kollegen, es auf der Maschine ins Reine zu schreiben, weil er, wie er sagte, so eine schlechte Handschrift habe, und er las von einem Blatt mit Hieroglyphen ab, die keiner sehen durfte.

Klar, dass sie es leid wurde. In der Schule wurden die revolutionären Stürme immer heftiger. Die Schülerinnen und Schüler forderten die Abschaffung der Lehrbücher. Sie wollten Kompendien haben, die sie selbst zusammenstellten, und in Vollversammlungen über den Unterricht und den Speiseplan abstimmen. Das waren keine Zeiten für Lillemor und ihre Soloauftritte.

Daher kam sie zu mir zurück, stand eines Nachmittags in der Tür, und ihre Stimme war piepsig, aber trotzdem irgendwie beherzt: »Verzeih mir bitte, was ich gesagt habe.«

Ich wusste nicht, was sie meinte, denn eigentlich war ja wohl nur ich gehässig gewesen. Von ihrer Seite habe ich nur noch in Erinnerung, dass sie geschrien hatte: »Sitz wenigstens nicht da und saug an den Zähnen.« Und schließlich: »Es nützt dir nichts zu wissen, was Aluminiumchlorid ist, wenn du es nicht benutzt.« (Ihr Deodorant war rosarot und hieß Mum.)

Das Heimatstück war abgesetzt worden. Die Kommune wollte die Gelder, die sie in Aussicht gestellt hatte, nicht ausbezahlen.

»Nachdem sie das Stück gelesen haben?«, fragte ich, und sie nickte und sagte, es sei alles Politik, was ich allerdings nicht glauben wollte.

»Ich glaube ja, dass es auf der Welt bei vielem um Macht geht«, erwiderte ich. »Freud behauptete, es gehe um Sexualität. War es nicht einer seiner Konkurrenten, der auf die Machtgier aufmerksam gemacht hat?«

Ich hielt mich ein bisschen zurück und ließ sie eine Weile dozieren. Sie war augenscheinlich enttäuscht, dass das Heimatstück in die Binsen gegangen war, und ihr Gemütszustand musste dem ähneln, in den die Ablehnung des Verlags sie versetzt hatte. Die Motive hinter einer gegen sie gerichteten Kritik hat sie noch nie erkennen können. Es reicht, dass es eine schlechte Kritik ist. Die bringt sie ins Wanken: Sie ist nicht gut genug. Sie ist miserabel, mi-se-ra-bel, und muss sich ändern.

»Ich glaube, wir können aus deinem Stück noch was machen«, sagte ich. »Zumindest aus der Grundidee.«

In Wirklichkeit war meine Idee von ihrer meilenweit

entfernt, und ich war nicht erst darauf gekommen, als ich dieses schmissige Heimatstück las. Aber ich musste diese Gelegenheit jetzt wahrnehmen, denn ich begriff, dass sie mit Sune keine weitere Nacht der Wahrheit gehabt hatte. Und mir wurde auch klar, warum.

Lillemor hatte ja Sune Bengtsson und seine Wahrheitsliebe geheiratet. Das verstand sie unter einem richtigen Leben. Und sie bekam einen Stiefsohn von fünfzehn Jahren. Sune war psychisch stabil und im Besitz guter Bauerngene, sodass ihm Söhne hätten beschert werden müssen, aus denen Landwirte oder Lehrer wurden. Stattdessen hatte er nun diesen Unglückswurm bekommen, den Lillemor bewusstlos und mit einem nach Lösungsmittel riechenden Stofffetzen vor dem Mund gefunden und ins Krankenhaus nach Härnösand gebracht hatte. Da ihm weiter nichts fehlte, durften sie wieder nach Hause fahren. Aber schon nach wenigen Tagen war klar, dass die ganze Schule wusste, was passiert war.

»Wenn ich auch nicht begreife, woher«, sagte sie, als sie mir jetzt alles erzählte.

»Es ist kaum möglich, in einem Internat etwas unter dem Deckel zu halten«, erwiderte ich.

»Du scheinst es auch schon zu wissen«, sagte sie.

»Ich trinke schließlich immer mit Doris Kaffee, wenn ich in der Schule bin. Du weißt, ich kenne sie aus Kramfors. Wir sind zusammen konfirmiert worden.«

Sie war Bürokraft im Sekretariat der Schule und betrieb an ihrem Kaffeetisch einen Nachrichtendienst. Ich berichtete Lillemor, dass Doris mir erzählt hatte, der Sohn des Rektors habe schon vor langer Zeit Geschmack an einem Leim namens Elefantenkleber gefunden. Als sie dahintergekommen sei, warum der immer verschwand, habe Sune erklärt, Tomas klebe damit seine ausgeschnittenen Autos auf, und im Lager gebe es genug davon. Es sei also kein Problem.

Lillemor sollte sich schon vor ihrer Heirat um den Bengel kümmern, wenn Sune hin und wieder nach Stockholm fuhr, wo er sich bei SIDA, dem Amt für internationale Entwicklungszusammenarbeit, mit der Ausbildung von Afrikanern beschäftigte. Der Junge schloss sich den wenigen nichtpolitischen Elementen der Schule an, die Bewährung hatten oder zum Entzug in der Psychiatrie gewesen waren und rehabilitiert werden sollten. Die fanden es klasse, wenn der Sohn des Rektors die Augen verdrehte, und benutzten ihn als Maskottchen, ungefähr so wie die Mädchen seinerzeit die kahlköpfige Ratte. Dass mit ihm etwas nicht stimmte, mussten sie begriffen haben. Sie nannten ihn Tompa und brachten ihm bei, aus einer Plastiktüte Kleber zu schnüffeln und aus einem Lappen stärkere Sachen. In der Wohnung des Rektors befanden sich Schlüssel für das Lager des Hausmeisters und den Medizinschrank im Sekretariat, was die Schule zu einem Schlaraffenland machte, in dem er ihnen auch Ersatz für Hasch und Amphetamine beschaffen konnte, wenn der Nachschub ausblieb. Sune gelang es, den Sozialdienst davon zu überzeugen, dass die schlimmsten Junkies die Schule verlassen und woanders rehabilitiert werden müssten.

»Komisch, dass ich das nicht gewusst habe«, sagte Lillemor.

»Hat Sune in eurer Nacht der Wahrheit nichts davon erzählt?«, fragte ich.

»War das denn schon zu der Zeit?«

»Ja sicher, das hat sich das ganze Herbstsemester hingezogen, und bestimmt weißt du, dass die Früchtchen, die euch der Sozialdienst auf den Hals geschickt hat, vor Weihnachten den Laufpass bekommen haben.«

Sie wurde nun sehr nachdenklich. Das Monument Sune Wahrheit geriet ins Wanken.

Ich schwieg wohlweislich. Glaubte aber nicht, dass es

neue Nächte der Wahrheit geben würde, weshalb ich zu sagen wagte: »Ich komme ohne dich nicht weiter.«
»Was hast du geschrieben?«
»Hier sind die drei Spiralblocks dieses Winters«, sagte ich.
Ich reichte sie ihr, und sie las still. Da stand zum Beispiel (ich habe noch alles):

jetzt lassen wir dies nur einstürzen ein perlenbesetztes Sparkassengebäude niemand achtet mehr auf sein Kästchen als ich ein Splitter ein Splitter wir sehen die Welt durch einen fein gegitterten Splitter und ziehen unsere Schlüsse aus solchen Wörtern ist alles Blutmark gesogen von einem gierigen Stadtdiener weißt du was: besuche uns in Mariefred wir haben etwas Ungewöhnliches einen kleinen Schatz in einem Raum aus Rosenholz, du sollst ihn sehen ja ich verspreche nur ein Ton ein Ton es ist wohl ein japanischer Klingelkringel und Pollen stieben um seine braune Mütze

»Was ist das?«, fragte sie, und als ich nicht antwortete, blätterte sie weiter, aber es wurde nicht anders:

Aus Angst etwas Neues zu erfahren stopfe ich Hummeln in die Ohren Gott ist hier in einer Eichel, die Spitze die Mütze wurde über die Eichel gesenkt als Gott predigt er ist stark er isst Gusseisen reinliche Kredenz und wirbelnde Lumpen wenn wir auf der Ilias spielen

Nachdem sie eine Weile gelesen hatte, sah sie hoch und fragte: »Warum?«
Ich schüttelte nur den Kopf.
»Hat das was mit deiner Kindheit zu tun?«
Sie las Dinge wie »Die Hecke ist ein großer Surma da-

rin knispern die Marienkäfer nun kommt der blinde alte Mann pass auf du kleiner Einörepimmel.«

Nun schien sie sich auf festerem Grund zu befinden, denn sie sagte: »Sie hat vielleicht deine Sprache geformt?«

»Wer?«

»Deine Kindheit.«

Und dann las sie weiter: »Das Holz ist aufgelöst es schrumpft und aus den Steinsplittern ragen Blattöhrchen auf.«

Ihre Miene war jetzt sehr sachlich, als sie sagte: »Das meiste hier besitzt ja ein starkes existenzielles Gefühl. Alles scheint dennoch aus deiner eigenen Erfahrung zu stammen, oder? Man kann es nicht als Metaphern bezeichnen, trotzdem ist in gewissem Sinn alles metaphorisch.«

denk nicht schlecht von uns ein letztes Mal ziehen wir fort von diesem Innersten wir ziehen dessen Schrammen zwischen unsere gespreizten Netzhäute es ist Laub das glimmt und sich wendet spröd und kleingedruckt wir wissen vom Adernetz dass es platzen kann es wird welker und gespannter ein starrer Ton Streifen feuchte Weinträume das Glas und Spalt

Als sie im nächsten Spiralblock blätterte und im übernächsten und immer noch keine andere Art Text kam, sammelte sie sich und fragte: »Ist dir bei deinem Schreiben der sprachliche Rhythmus wichtig?«

So schnell konnte ich gar nicht antworten, wie sie fortfuhr: »Ist das im Grunde nicht Konstruktivismus? Ich meine, Wirklichkeit ist darin ja vorhanden, aber dich interessierst nur, wie sie wahrgenommen wird. Oder? Und es gibt darin wohl auch eine metaphysische Ebene? Davon hast du dir bisher nie etwas anmerken lassen. Du bist doch Epikerin und Realistin, das war bisher jedenfalls immer mein Eindruck.«

Schließlich schien es, als hätten die drei Spiralblocks ihrem Ausdrucksvermögen den Garaus gemacht. Sie saß da und starrte die Küchenwand an, wo eine große hölzerne Uhr mit gusseisernen Fichtenzapfen als Gewichten und einem geschnitzten Adler mit ausgebreiteten Schwingen hing. Außerdem war da noch ein weihnachtlicher Wandbehang, den wir vergessen hatten abzunehmen. Antes Großmutter hatte ihn genäht, und er stellte zwei Weihnachtsmänner dar, die aussahen, als hätten sie Skoliose. Sie knieten vor einer Breischüssel und rührten darin. Neben den Weihnachtsmännern hing der Kalender einer Traktorfirma mit einer vollbusigen Lady in einem Badeanzug aus Silberlamé. Lillemor starrte die Wand und deren Zier an, womöglich ohne etwas zu sehen. Sie war schlicht aus dem Konzept geraten.

Kapierte sie nicht, dass ich drei Spiralblocks Seite um Seite mit Galimathias gefüllt hatte, nur um sie glauben zu machen, dass ich ohne sie nur eine rechte Gehirnhälfte ohne Lenkung war?

War ich das denn?

Da sagte ich leise, dass ich gern wieder Epikerin und Realistin würde, sie mir aber dabei helfen müsse.

Sie wandte den Blick von den buckligen Weihnachtsmännern ab. »Was für eine Idee ist dir denn gekommen? Bei meinem Heimatstück.«

»Das Sägewerk«, sagte ich. »Die Streiks und all das. Alles ab den Achtzigerjahren, als sie ernsthaft darangingen, die Wälder abzuholzen und zu exportieren. Der Fluss und was er mit sich trug. Hast du von dem Mann gehört, der im Frühjahrshochwasser einen eisernen Herd antreiben sah? Oder von dem Kind, das auf einem Tisch steht, einen Dreispitz aufhat und eine selbst genähte blaue Uniform mit gelber Hose und hohen, viel zu großen Schmierlederstiefeln trägt? Sie, denn es ist ein Mädchen, ruft: ›Er, Karl, der Held und König, stand selbst in Rauch und Staub.‹ Und der Hunger der Kinder. Flechten. Zahnschmerzen. Würmer im Hintern. Alles, was sie geglaubt, und alles, was sie nicht begriffen haben. Das Große um sie herum.«

»Ich verstehe nicht ganz«, sagte sie. »Entfernst du dich jetzt nicht vom Sägewerk und den Streiks?«

»Ganz und gar nicht. Ich spreche von den Kindern. Wir werden über die Kinder schreiben. Über diejenigen, die von Politik und Kampf und Gerechtigkeit nichts wissen. Die Kinder sind die kleinen Krebsscheren, sie leben ganz nahe am Schlammboden der Gesellschaft und wissen alles über sie.«

»Und der eiserne Herd?«, sagte sie. »Der scheint eher dahin zu gehören.«

Sie zeigte auf die Spiralblocks.

»Aber nein. Das ist Realismus, wenn der im Fluss antreibt. In Wirklichkeit war er aus schwarz gestrichenem Holz, ein Requisit aus einem Theaterstück. Es gab damals Kultur dort oben. Guttemplergruppen mit Chor und Theater. Genauso konfus wie alle wirkliche Kultur: Kinder, die sowohl Esaias Tegnérs *König Karl* als auch Ossiannilssons *An einen Unterdrücker* aufsagten. Ich denke, das können drei Bücher werden. Bis zum Ende des Zweiten Weltkriegs, wenn die Kinder über andere Kinder lesen, die vor den Verbrennungsöfen erschlagen wurden. Wir werden sie *Jahrhundert der Kinder* nennen. Diese Folge, diese Trilogie. Jedes Buch wird einen eigenen Titel haben. Das erste soll *Kuckucksspeichel* heißen.«

»Aber das ist ja wieder so was«, sagte sie mit einer hilflosen Geste in Richtung der Spiralblocks.

»Ganz und gar nicht. Im Kuckucksspeichel, da verbirgt sich die Blutzikade, wenn sie an einem Grashalm sitzt. Und die Kinder haben ihre Blasen dort, wo sie zu überleben versuchen.«

Lillemor kündigte ihre restlichen Stunden bei der Schule. Sie wollte weg von alledem und in Archiven und Abhandlungen jetzt nach den Kindern und deren Leben suchen. Wir sprachen auch diesmal nicht darüber, dass es mit unserer Zusammenarbeit beinahe zu Ende gewesen wäre. Wir nahmen sie einfach wieder auf und kümmerten uns nicht um die Geschichte mit der Wahrheit und den Bekenntnissen. Sie fuhr zu den frauengeschichtlichen Sammlungen nach Göteborg, wurde aber enttäuscht, denn Kinder kamen dort nicht vor.

Die Kinder saßen unter den Rhabarberblättern und den sich wiegenden Kronen und Spitzengewirken des Wiesenkerbels. Sie standen in den Tümpeln, mucksmäuschenstill und mit bloßen Beinen, bis sich die Blutegel festgesogen hatten, worauf sie aus dem Wasser stiegen, die Tiere ablösten, sie in ein Glas steckten und damit zur Apotheke rannten.

Die Kinder kauerten unterm Küchentisch und bepinkelten sich, wenn die Mutter Prügel bekam. Sie pickten dort Zwiebackkrümel auf und warteten geduldig, fast schlau, bis die schweren Schritte sich entfernten, die Treppe hinunterknarrten und verschwanden.

Sie sammelten Knochen in einem Sack, ausgekochte Suppenknochen und Knochen von einer Hausschlachtung, alle möglichen Arten einträglicher Knochen. Es gab nämlich Männer, die für alles bezahlten. Einer wollte, dass man ihm an den Schwanz langte, und ein Junge war so kühn und hatte eine Wurzelbürste in Bereitschaft, er wurde gelobt. Aber natürlich sind fünfundzwanzig Öre nun mal fünfundzwanzig Öre, also kann man Egel, Flaschen, Knochen und gelbe Bärlappsporen sammeln, aber genauso gut auch einen Mann so anlangen, dass er keucht. Das tut einem ja nichts.

Nein, es ist nicht möglich, das Leben der Kinder aus Pappkartons und dicken Büchern aufzusammeln, denn sie kommen dort nicht vor, sie sitzen unter Rhabarberblättern verborgen. Sie haben ihre eigene Welt mit Liedern und Reimen, nicht alle sind schön, aber lustig sind sie, wie »Lebe glücklich, werde alt, bis die Welt in Stücke knallt«. Es gibt Hexen mit Eckzähnen, so gelb wie Makkaroni, die ihnen Schreibschrift und Malnehmen beibringen, Trolle mit Moos in den Nasenlöchern und Kisten voll Geld, um sich dafür Geleehimbeeren und Negerküsse zu kaufen, die aber trotzdem Heringsklöße mit Korinthensoße essen. Da gibt es Prinzessinnen mit Pissflecken in der Unterhose und Prinzen, die nicht Schlittschuh laufen können. Die Kinder unter den Blättern und den Kronen von Doldengewächsen wissen vieles, was sie vergessen müssen, wenn für sie der Ernst des Lebens beginnt.

Es gibt rotznäsige Kinder und Kinder mit Skrofeln und Flicken hinten auf der Hose, aber es gibt auch feine Kinder, deren Leibchen im Rücken geknöpft werden, weil immer Leute zur Stelle sind, die ihnen beim Knöpfen helfen können. Wenn sie in die Schule kommen, werden sie natürlich ausgelacht. Feine Kinder haben richtige Puppenstuben, in die man hineinschauen kann, und keines der Kinder unter den Rhabarberblättern hat je so eines gesehen, aber sie haben davon gehört, weil sie Schwestern haben, die in den Räumen mit den kleinen Gebäuden, die Puppenhäuser genannt werden, den Fußboden putzen und Feuer machen.

Feine Kinder haben auch Läden mit richtigen Dosen und Geld in einem Kasten, aber solche Läden sind doch nur Quark gegen das, was die Mädchen auf dem Hof auf zwei Steinen und einem Brett ausbreiten und aufstapeln können: Ampfer, den man als Kaffee abstreift, kleine Erbsenschoten von Zaunwicken, Blumenbonbons und Kiesbonbons und Steinbonbons und Nudeln aus Löwenzahnstängeln.

In den Kindermägen regiert der Hunger, und einmal

schlich ein Junge durch die Fliederhecke und holte sich den Zwieback, den eine Frau für die Eichhörnchen ausgelegt hatte. Später gab es dann die Schulspeisung, und da gingen die armen Kinder in einer langen Reihe zu einem Extrahaus und aßen Extraessen. Aber sie revanchierten sich dafür, wenn sie zurückkamen und gehänselt wurden, denn dann prügelten sie sich.

Die Kinder sind Krebsscheren, die mit ihren Nabelsträngen im Schlamm unten auf dem Grund leben. Hoch über ihrem Versteck rauschen der Sozialismus und die Abstinenzbewegung, die Frömmigkeitsbewegung und die Kriege. Die Kinder leben in seichten und stehenden Gewässern, ja in Teichen und Gruben, und sie wähnen sich möglicherweise geschützt, weil ihr wahres Leben nicht zu sehen ist und weil sie so viel wissen: wie sich die Körnigkeit eines verputzten Hauses in der Handfläche anfühlt und wie es klingt, wenn man beim Gärtner die Fuchsienknospen aufknackt. Nur eben von dem, was da oben rauscht, wissen sie nichts, und deshalb können sie aus ihrem lauen Schlamm herausgezogen und erschlagen oder vergast werden. Eigentlich sollen sie ja nach oben treiben und blühen, so wie die Krebsschere nach oben treibt und zu einer starren weißen Wasseraloe wird. Doch am Ende entströmt den ausgeschlagenen Blüten ein übler Geruch, und sie werden wieder auf den Grund sinken und für ihre Brutknospen Halt finden.

Als Lillemor auf die folgenden Seiten linst, sieht sie, was ihr bevorsteht: der Tod ihres Vaters. Sie möchte ihn vor Babba retten, weiß aber nicht, ob sie es schaffen wird. Geschriebenes ist so stark im Vergleich zu flimmernden Erinnerungen. Ist es stärker als Liebe?

Vielleicht war er lächerlich mit seinen Kunststoffbooten, denkt sie. In Babbas Augen war er es ganz sicher. Ich kann ihn nicht in Schutz nehmen. Das konnte ich nicht mal gegen Mutter. Aber es gibt etwas, wovon Babba nichts weiß: Er schrieb Gedichte.

Es ist ihm immer leichtgefallen, Verse zu schreiben. Zu runden Anlässen fabrizierte er Lieder, die zu bekannten Melodien gesungen wurden. Doch das war etwas anderes. Sie war schon längst von zu Hause ausgezogen, als er ihr das erste Gedicht zusteckte. Sie musste versprechen, es nie jemandem zu zeigen oder zu sagen, dass er schrieb. Dieser Jemand war natürlich Mutter. Das Gedicht war eine verschwommene Impression von Kramfors. Unwirkliche Stadt unter eines Wintermorgens braunem Nebel. Füße trampeln des Alltagslebens Pfade. Unsere verwirrten Schritte. Etwas in dieser Art. An ein paar Zeilen erinnert sie sich aus gutem Grund:

Der Fluss schwitzt
Öl und Teer

Das Holz treibt
mit dem Strom

Sehr viel später fand sie Karin Boyes *Des Baumes wegen*, das sie bei den Eltern in Kramfors zu Hause zurückgelassen hatte, und in der Übersetzung von Eliots *Das wüste Land* standen die Zeilen über den Fluss, der Benzin und Teer schwitzt. Allerdings waren es dort Kähne, die mit Ebbe und Flut trieben. Den braunen Nebel und die unwirkliche Stadt gab es da auch. Sie war natürlich peinlich berührt. Aber sie sagte nichts zu ihm.

Beim nächsten Gedicht, das er ihr gab, meinte er: »Du weißt, das sind freie Verse. Aber so was kennst du ja.«

Leider. Aber wer war sie, dass sie über Stümperei urteilte? Babba sagte doch auch immer: Literatur gebiert Literatur. Und war es im Übrigen nicht eher erstaunlich als lächerlich, dass ein Hersteller von Kunststoffkähnen nach Vorlage modernistische Verse schrieb?

Er starb langsam, gequält und verwirrt. Sein Körper wurde gelblich und ausgemergelt. Das Wundliegen, der Schleim, der Stuhlgang auf dem Laken – das war er. Und das scheue Lächeln war seines, als sie an sein Krankenhausbett kam.

Einmal noch besaß er genug Kraft, ihren Kopf zwischen seine Hände zu nehmen, als sie sich zu ihm hinunterbeugte. Er strich ihr mit beiden Händen übers Haar. Immer und immer wieder, und er nuschelte dabei die Worte »eine normale kleine Familie«. Kann sein, dass es die letzten Worte waren, die sie ihn sagen hörte. Später redete er natürlich noch mit sich selbst, brabbelte und schaute die Wände an, wo sich Erscheinungen abspielten. Jene Worte aber waren wirklich an sie gerichtet, und sie wusste nicht, ob es sich dabei um eine Beschwörung oder womöglich ein Flehen handelte.

Als er tot war, durften sie für ein paar Stunden nach

Hause fahren, während er hergerichtet wurde. Bei ihrer Rückkehr war er wirklich tot. Starr und grau, aber gefällig lag er da und zeigte fast ein Lächeln. Jedenfalls waren seine Zähne ein klein wenig zu sehen. Das Personal hatte eine Kerze angezündet und einen Gedichtband offen auf den Nachttisch gelegt. Das Gedicht, das sie aufgeschlagen hatten, war Bo Setterlinds *So dacht' ich mir den Tod*.

Mutter fasste eine Pflegerin am Arm und flüsterte: »Wie aufmerksam. Wie bezaubernd.«

Da verließ Lillemor den Raum, und jetzt, so lange Zeit danach, wird ihr klar, dass dies vielleicht ihre einzige Protesthandlung war. Überhaupt jemals. Sie verließ das Krankenhaus durch lange und stickige unterirdische Gänge. Die Beine wollten ihr schwach werden, und ständig dachte sie an das Gedicht über den Tod, der mit großer Zärtlichkeit Lebewesen in seinen Korb aufliest. Festen Schritts ging sie über die Betonböden, und ihre Absätze schmetterten: falsch, falsch, falsch. Dieses Gedicht war nichts als eine zuckersüße Lüge, denn der Tod liest auf, um zu quälen, um Flügel und Beine auszureißen, um zu peinigen und hungern zu lassen.

Nun sitzt sie mit dem Manuskript am Küchentisch und versucht gegen das, was sie zu lesen bekommen wird, anzukämpfen: mit seinem scheuen Lächeln gegen die Sarkasmen, mit seinen Händen um ihren Kopf und den leise geflüsterten Worten gegen das Geschriebene, das so machtvollkommen ist und so leicht über ein Flüstern siegt.

Tod Tod Tod

Kurt Troj starb. Das tun ja alle mal, aber kaum mit so viel Dramatik wie er. Klytämnestra brachte seinerzeit Agamemnon schon im ersten Akt um die Ecke. Kurt Trojs Verbrechen war genauso unverzeihlich (Astrid Troj war man nämlich nicht folgenlos untreu), doch sie wartete, bis ihr Mann starb, und nannte seinen Tod vermutlich natürlich. Es gab keinen Chor der Ältesten, der über Kurt Trojs Sterben ein Lamento angestimmt hätte, die beiden waren zunächst ganz allein. Die prophetisch klagende Tochter, die noch im Palast weilte, hatte am Gärdsbacken kein Gegenstück, denn Lillemor weinte nur. Ansonsten aber nahm das Schicksalsdrama in Kramfors nicht anders als in Argos seinen Lauf: Kurt Trojs Nieren arbeiteten immer schlechter und versagten schließlich ganz.

Nun folgte die Beerdigung, und Lillemor suchte mich auf und bat mich mitzukommen. Sie war sehr blass und hatte seit der letzten Begegnung mit ihrer Mutter Kratzer von vier Nägeln auf der Wange.

In der ersten Reihe in der Kirche von Gudmundrå stieg einem der Geruch der Chrysanthemen, Levkojen und Rosen drückend und stickig in die Nase. Ich dachte daran, dass Kurt Troj nun unter der Blumenpracht und der gebohnerten Eiche lag und lächelte. Lillemor hatte mir erzählt, sein Gesicht habe im Tod ein Lächeln gezeigt. Ich erwiderte, dass dies wohl von einem letzten Muskelspasmus herrühre. Es konnte sich ja kaum um einen durch Strychnin hervorgerufenen Risus sardonicus handeln, denn zu solch extremen Maßnahmen hatte Astrid Troj nicht greifen müssen. Sie war mit einem Witwenschleier behängt, der verhinderte, dass man sah, ob sie ebenfalls lächelte. Die Kirche war voller schwarz gekleideter Menschen, und im Chor standen befrackte Männer und hielten Ordensstandarten und Vereinsfahnen. Auf der Empore sang eine Dame das Ave-Maria.

Beim Essen im Kramm saß ich ziemlich weit oben, was mich verwunderte. Astrid behandelte mich nicht mehr wie den letzten Dreck, und erst sehr spät am Abend begriff ich, warum. Lillemor drang darauf, dass ich mit zu ihnen nach Hause fuhr, sie fürchtete sich vor ihrer Mutter und vor allem davor, mit ihr allein zu sein.

In dem großen Wohnzimmer standen die Vasen noch voller Kondolenzblumen, die meisten welk. Es roch nach abgestandenem Blumenwasser, denn es waren heiße Julitage gewesen. Lillemor wollte ihr schwarzes Kostüm und die ebenfalls schwarzen Strümpfe und Schuhe ablegen und sich umziehen.

Aber Astrid erlaubte es nicht. »Du kannst ihm durchaus die Ehre erweisen, in Trauer gekleidet zu bleiben, zumindest heute.«

Da fing Lillemor an, verwelkte Blumen hinauszutragen, aber auch das unterband Astrid.

»Lass mir diesen Trost noch«, sagte sie. »Die Leute haben immerhin Anteil genommen.«

Die Wahrheit war, dass die Mühlen in Kramfors ziemlich lange über Kurt Trojs Untreue geklappert hatten, bevor jemand Astrid davon erzählte. Man hatte sich darüber auch amüsiert, denn Kurt glaubte, besonders listig zu sein, wenn er mit dem Schlüssel für das Miethaus seiner Geliebten einen Eingang benutzte, der weit von dem ihren entfernt war, und durch den Keller zu ihrem Aufgang ging. Der gemischte Tratschchor bildete den Hintergrund zu Astrids Drama, ob sie es nun begriff oder nicht. Aus ihr war schwer klug zu werden. So wie jetzt, als wir am Couchtisch saßen und sie sich einen Gin Tonic gemixt hatte. Lillemor und ich tranken weiterhin Kondolenzsherry.

»Na«, sagte sie. »Wie fandest du den Gesang von Gunilla Lamberg?«

Erst in dem Moment ging mir auf, dass Kurts heimliche Liebe da auf der Empore gesungen hatte. Sie hatte es schwerlich ablehnen können, weil sie auch sonst immer bei Beerdigungen sang, und es hieß, sie und Kurt hätten sich kennengelernt, als alle Chöre der Gegend zusammengelegt wurden, um *Der Gott in Verkleidung* zu singen.

Lillemor sagte piepsig, es sei schön gewesen.

»Ja, das will ich meinen«, sagte Astrid. »Sehr gefühlvoll – nicht wahr?«

Es war eine Qual für Lillemor und sollte es wohl auch sein, denn Astrid hatte ja sonst niemanden mehr, an dem sie ihren Zorn auslassen konnte. Trotzdem war sie schwer zu begreifen. Psychologie ist ja das Thema der Klappermühlen. Doch ich bekenne mich nicht zum Glauben an diese Wissenschaft, ich weiß nicht mal, ob sie überhaupt interessant ist. Ich verstand auch nicht, warum Lillemor immer tat, was Astrid sagte. Auf ihr Geheiß hin schleppte sie jetzt Projektor, Leinwand und Kästen mit Dias an. Wir sollten Familienbilder sehen.

»Aber zuerst gibt es einen Imbiss«, sagte Astrid.

Der wurde im sogenannten Frühstücksraum aufgetragen, der Projektor kam auf den weißen Tisch, und die Leinwand wurde auf ihrem Stativ vor der Tür zum Esszimmer aufgebaut. Dann wurden die Vorhänge zugezogen. Es gab kaltes Hähnchen und Fleischklößchen, Räucherlachsscheiben und mehrere Sorten Käse, wovon einer schnell den kleinen warmen und dunklen Raum mit seinem strengen Geruch erfüllte. Astrid schenkte Schnaps ein, aber Lillemor trank ihren nicht. Sie hatte jedoch Verstand genug, ihn nicht rundheraus abzulehnen, weil sie dann zu hören bekommen hätte, dass sie eine Gans sei. Alkohol zu trinken und zu vertragen gehörte Astrid Trojs Meinung nach zum gesellschaftlichen Leben, und man sollte für einen gewissen, nicht unbeträchtlichen Verbrauch geradestehen können. Prost!

Dann begann die Vorführung. Astrid hatte Lachsfett und Käse an den Fingern, als sie die kleinen gerahmten Glasbilder aus den Kästen nahm, die mit HOLLANDREISE und LYSEKIL 1965 und dergleichen beschriftet waren. Auf den Bildern kamen nur sie und Kurt vor. Kurt lehnte in Badehosen an gestreiften Sonnenstühlen, betrachtete Tulpenfelder und war vor einer weißen Kirche überbelichtet. Astrid stand neben dem Amazon, neben einer mittelalterlichen Dorfpumpe in einer holländischen Stadt und auf dem Deck einer Autofähre. Ihr Haar war stets ordentlich. Kurt trug verschiedene Mützchen. Sie lächelten.

»Eine glückliche Ehe, nicht wahr?«, sagte Astrid.

Wir schwiegen, und ich glaube, ich grinste dämlich. Denn was soll man machen?

»Zumindest geglückt«, sagte sie und lachte so schrill, dass ich dachte, allmählich ist sie voll.

Die Bilder mit den fettigen Fingerabdrücken, die auf der Leinwand wie Ektoplasmen wirkten, wurden in einem reißenden Strom weitertransportiert. Lillemor war wie paralysiert. Plötzlich – und dieses Wort sollte in der Literatur eigentlich vermieden werden – stand sie auf.

Aber es geschah wirklich ohne Vorwarnung, und sie sagte mit dieser ängstlichen Piepstimme, aber trotzdem recht resolut: »Ich gehe jetzt zu Bett.«

»Und ich werde mich auf den Heimweg machen«, ergriff ich die Gelegenheit hinzuzufügen, noch bevor Astrid protestieren konnte. Und so schlich Lillemor davon. Wenn sie ein Hund gewesen wäre, hätte ihr der Schwanz zwischen den Beinen gezittert. Ich lief hinterher, doch an der Haustür holte Astrid mich ein und legte mir resolut den Arm um die Schultern.

»Wir zwei genehmigen uns noch einen Gin Tonic, komm«, sagte sie. »Wir haben doch das eine oder andere zu besprechen.«

Hin-und-her-Geschwatz. Gin und Tonic in hohen Kristallgläsern mit dickem Boden. Astrid leierte weiter. Sie wollte aber etwas, und darauf wartete ich, nicht ohne Unruhe.

Schließlich kam es. »Es läuft ja gut für dich und Lillemor.«

»Für Lillemor«, berichtigte ich.

»Na ja ...«

Sie kicherte.

»Die Bücher schreibst doch du.«

Stellt euch diese Unverfrorenheit vor! Wie ein Spieß stracks durch den Leib. Und dazu dieses halb aufgelöste grinsende Gesicht. Der Geruch nach fauligem Blumenwasser (wir saßen jetzt im Wohnzimmer) und mittendrin frenetische Klaviermusik.

Sie hatte eine Platte aufgelegt und gesagt: »Chopin. Kurt hat Chopins Musik vergöttert. Das ist die Polonaise As-Dur. Du weißt ja, dass er musikalische Interessen hatte.«

Das Letzte kam mit einem bitteren Lachen. Ich hatte einen derart trockenen Mund, dass ich nicht sprechen konnte.

Ich trank einen Schluck von dem Gin Tonic und presste schließlich hervor: »Wie kommst du denn darauf?«

»Hä! Ist doch klar, dass du sie schreibst.«

»Ich verstehe kein Wort! Lillemor tut sich etwas schwer mit der Rechtschreibung und der Grammatik und kann auch nicht sonderlich gut Maschineschreiben. Also braucht sie Hilfe.«

»Ha!« Astrid nahm einen tiefen Schluck aus ihrem Glas. »Lillemor ist hervorragend in Rechtschreibung und beherrscht Rebbes Sprachlehre vor- und rückwärts. In der Schule hat sie furztrockene Aufsätze geschrieben, nie ein frei gewähltes Thema. Schulmädchenkorrekt.«

»Aha, soso. Dann ist ja klar, dass du nicht verstehst, wie sie schreibt, wenn sie jetzt ihrer Phantasie freien Lauf lässt.«

»Phantasie! Sie hat nicht mehr Phantasie als ein ...«

Sie lallte noch nicht, suchte aber nach Worten und entschied sich für Wischmopp.

»Sie kann auch ausgezeichnet Maschineschreiben«, sagte sie. »Ich habe sie selbst drauflosrattern sehen.«

»Ich glaube, du hast da was völlig falsch verstanden«, erwiderte ich. »Du glaubst nicht an Lillemor. Bist sogar ziemlich herablassend zu ihr. Als würde sie zu überhaupt nichts taugen.«

»Außer zum Heiraten!« Astrid lachte. »Dieser neue Typ ist doch ein hoffnungsloser Langweiler. Findest du nicht?«

Ich glaubte schon, sie sei vom Thema abgekommen.

Aber da schlug sie zu: »Ich habe doch gesehen, dass sie deine Manuskripte auf der Maschine ins Reine schreibt. Spiralblocks, handgeschrieben.«

»Was willst du eigentlich?«, fragte ich. »Ich gehe jetzt. Du bist ja betrunken.«

Ich war ihr jetzt nicht mehr gewachsen. Ich musste nach Hause und nachdenken. Schnell.

Wir saßen in der Falle. Lillemor verwahrte meine Spiralblocks in der obersten Kommodenschublade, die sie selbstverständlich abschloss. Doch den Schlüssel, wo deponierte sie den? Hätte sie ihn im Kühlschrank in die

Butter gesteckt oder zwischen die Schinken geklebt, selbst dann hätte ich bezweifelt, dass sie ihre Mutter überlisten konnte.

In dieser Nacht sah ich Astrid Troj unser Leben zerstören. Ich sah wie in einem amerikanischen Spielfilm aus den Vierzigerjahren Schlagzeilen aus der Druckmaschine vorbeirollen. Ich sah die Nemesis Divina mit über den Mund hinaus geschminkten Lippen und mit einem Gin Tonic in der Hand. Ich wünschte, sie wäre tot. Auf der Stelle.

Dieser Gedanke war eigentlich völlig natürlich.

Es heißt, Kreativität habe mit Schizophrenie zu tun. Dopamingehalte im Thalamus oder wie immer sich das verhält. Mein Gehirn blitzte jetzt tatsächlich von seiner Chemie. Ich sah Astrid sterben. Ich sah ihre Beerdigung. Die Lilien, die Kerzen, Lillemors kleinen, unmodernen Jackie-Kennedy-Hut zum schwarzen Kostüm und auf der Empore Kurt Trojs Geliebte, die das Ave-Maria krähte – eine berückende Ironie!

Ich schwelgte.

Am Ende der Autofahrt, zurück auf dem Dachboden von Antes altem Kasten, wurde der Thalamus grau und schrumpfte. Mein Gehirn war wieder nüchtern. Fakt aber blieb: Wenn es nicht dazu kommen sollte, dass Astrid unser Leben zerstörte, musste sie weg. Die Frage war nur, wie. Mir fiel ein, dass ich mir sechs Intrigen für Kriminalromane ausgedacht und mit guten Rezensionen unter Dach und Fach gebracht hatte.

Drei Wochen lang ging mir dieses Projekt immer wieder durch den Kopf, und das erinnerte mich sehr an die erste Zeit mit einer Romanidee. Man dreht und wendet das Bild, das man skizziert hat, und tastet nach einer Sprache dafür. Nach einem Ton. Das kann Wochen dauern, ja Monate. Jetzt aber musste es fix gehen.

Ich wollte selbstverständlich nicht Hand an sie legen. Das könnte ich auch gar nicht. Mit einem Tranchiermesser und Blut herumpatschen, eine Krawatte oder einen Gürtel zuziehen, stoßen, stechen, schießen – womit? Antes Schrotflinte? Unmöglich. Wenn ich handeln sollte, musste es mit einer Berechnung vor sich gehen, die mich in große Entfernung vom Ablauf des Geschehens brachte, so weit weg, als hätte ich nur darüber geschrieben. Mit List.

Wäre es eine Romanintrige gewesen, so hätte ich es mit Pilzen versucht: ein paar richtig schönen Riesenrötlingen, in Sahne geschmort und auf einen warmen Toast gelegt. Champignons für die Tochter und die Ghostwriterin, auf das Brot der Letzteren ein Scheibchen Giftpilz, des Erbrechens und der Glaubwürdigkeit wegen. Das Problem mit dieser Idee war, dass wir nach wie vor erst Juli hatten. Bevor die Pilzsaison begann, hätte sie unser Leben wahrscheinlich bereits zerstört und Asche und Verwüstung hinter sich gelassen.

Ante und ich saßen am Küchentisch und aßen Reibekuchen, etwas längliche nach dem Modell meiner Mutter, mit Speck und Preiselbeeren, als Lillemor vors Haus gefahren kam.

»Ich muss mit dir reden«, sagte sie, als sie eintrat.

Ich mochte es nicht, wenn sie Ante so deutlich zeigte, dass sie und ich Geheimnisse hatten. Er ist nicht dumm, und er hatte schon mal gesagt, dass ich ihr bei ihren Büchern ja ziemlich viel helfen müsse. Im Moment aber bestand die Gefahr, dass Astrid zugeschlagen hatte, also ließ ich meine Reibekuchen kalt werden. Wir gingen auf den Dachboden.

»Wir haben den Kulturpreis des Provinziallandtags bekommen«, sagte Lillemor. »Fünfzigtausend Kronen.«

Sie war blass.

»Himmel!« Ich war erleichtert. Das Dies Irae war offensichtlich aufgeschoben.

»Ich kann ihn nicht entgegennehmen.«

Sie schob den Schnabel nach oben, wie immer, wenn sie ein neues Leben anzufangen gedachte.

Es ermüdete mich. »Mach jetzt um Gottes willen keine Zicken!«

»Ich habe schon ausgeschlagen«, erklärte sie.

»Fünfzigtausend ausgeschlagen?«

»Nein, nur die Preisverleihung im Theater in Härnösand. Ich habe gesagt, ich würde zu der Zeit operiert.«

»Spinnst du? Du wirst doch gar nicht operiert.«

»Nein, aber ich habe es gesagt. Ich kann den Preis nicht entgegennehmen. Es ist nicht richtig.«

»Du, ich bitte dich nur um eines«, sagte ich. »Mach jetzt keine Zicken. Nicht ausgerechnet jetzt.«

Dann folgten einige Ergüsse über die Falschheit ihrer Situation. Das war nichts Neues. Eine Nacht der Wahrheit mit Sune plante sie nicht mehr. Er hatte es seinerseits gar zu offensichtlich an Aufrichtigkeit mangeln lassen und ihr dieses Unglück Tompa aufs Auge gedrückt. Trotzdem hatte sie noch immer ihre kleinen Anwandlungen. Hätte sie geahnt, wie verdammt nahe sie der öffentlichen Stunde ebendieser Wahrheit war, hätte sie ihren Ton sicherlich etwas gemäßigt. Aber ich hatte ihr nichts von Astrid erzählt. Sie würde nur hysterisch werden und eine Heidenangst bekommen.

Sie ließ sich nicht dazu bewegen, bei der Kulturverwaltung des Provinziallandtags anzurufen und zu sagen, dass die Operation verschoben worden sei. Allerdings war das die geringere Sorge, gemessen an der, dass weitere zwei Wochen verstrichen waren, in denen mir keine sichere Lösung des Problems Astrid Troj eingefallen war. Wir näherten uns aber der Pilzsaison.

Die Augustmorgen waren neblig, doch nach ein paar Stunden hatte die Sonne die Feuchtigkeit aus dem Gras gedampft. Halbwüchsige Fuchswelpen spielten im Tau, ich hörte die Schweine über den letzten Rest im Trog zanken, und maunzend segelte ein Mäusebussard über das Espenwäldchen, das in der ersten Brise raschelte. Es hätte in seiner ländlichen Ruhe ein gesegneter Morgen sein können – wenn die Ruhe denn Wirklichkeit gewesen wäre. Wenn die Texte in den Spiralblocks nicht von Astrids Fingern und Blick beschmutzt worden wären. Ante kam mit dem Traktor zum Kaffee nach Hause gefahren. Als er vom Fahrzeug heruntergeklettert war, sah ich, dass er die Zeitung geholt hatte. Doch was sie enthielt, sah ich erst, als er mit seiner Kaffeetasse dasaß und die Sportseite las. Der Provinziallandtag hatte seinen Kulturpreis verliehen. Auf der ersten Seite prangten das Bild einer lächelnden Astrid Troj und die Schlagzeile:

MUTTER DER KULTURPREISTRÄGERIN
ÜBERRASCHT IM THEATER

Als Ante endlich die Zeitung weglegte, schnappte ich sie mir und wollte sie mit auf den Dachboden nehmen, aber als ich halb die Treppe oben war, klingelte das Telefon, und Ante rief, dass es Lillemor sei.

»Hast du's schon gelesen?«, fragte sie.

Ich hatte es natürlich noch nicht gelesen, tat es aber mit dem Hörer am Ohr.

Bei der feierlichen Verleihung des Kulturpreises des Provinziallandtags gestern Abend im Provinzialtheater betrat völlig unerwartet die Mutter der Preisträgerin die Bühne. Lillemor Troj, die sich einer Operation unterziehen musste, hatte sie gebeten, an Stelle ihrer Tochter den Preis entgegenzunehmen und eine Dankesrede zu halten.

Die Mutter der beliebten Autorin berichtete in ihrer Rede vom dritten Band der Ångermanlandtrilogie, der bald fertig sei und im Herbst erscheine. Sie gewährte einen munteren Einblick in die lebenspralle Welt des Romans, die besonders die Leser in unserer Gegend schätzen gelernt haben, und rief damit stürmischen Beifall hervor. Mit fünfzigtausend Kronen in der Tasche kann Lillemor Troj jetzt ihren Siegeszug fortsetzen, und ihre Mutter meint, das Preisgeld müsste auch noch einen vierten Band in dieser Romanfolge ermöglichen.

Im Hinblick darauf, was Astrid Troj ausbrütete, hätte es womöglich noch schlimmer kommen können. Aber auch das war schon schlimm genug.

»Wie zum Teufel konntest du sie bitten, dorthin zu gehen?«, fragte ich.

»Ich habe sie nicht darum gebeten. Ich habe nichts davon gewusst, sondern es erst aus der Zeitung erfahren.«

Wahrscheinlich starrte sie wieder mit diesem leeren Blick vor sich hin, wobei ihre Augen aussahen, als wären sie aus Glas.

»Ich frage mich, was sie über den dritten Band erzählt hat«, sagte sie. »Aber sie war schon immer gut im Erfinden.«

Astrid brauchte nichts zu erfinden, denn sie hatte alles in meinen Spiralblocks gelesen. Das sagte ich Lillemor aber nicht, weil sie sich dann nur tödlich aufgeregt hätte. Ich konnte es mir aber nicht verkneifen, sie zu fragen, wo sie den Schlüssel zur obersten Kommodenschublade deponiert habe.

»Unter dem Deckchen auf der Kommode natürlich. Warum fragst du?«

Ja, warum fragte ich. Das schien jetzt nur noch eine untergeordnete Rolle zu spielen.

Mir war, als ob das, was ich geschrieben hatte, mit Lachsfett und Hühnerschmalz befleckt wäre und mir jetzt nichts anderes übrig bliebe, als alles umzuschreiben und mir Verwicklungen auszudenken, die das Publikum im Provinzialtheater noch nicht kannte. Vielleicht war das eine Idee? Zu Astrid könnte ich sagen, ich würde Lillemor oft Vorschläge machen, wie sich die Geschichten entwickeln sollten. Doch würde sie meinen Rat selten, ja nie befolgen.

Ich brannte vor Lust, sie zu treffen, und jetzt hatte ich auch einen Anlass. Sowohl einen inneren, nämlich ihr weiszumachen, dass Lillemor meine Ideen verwerfe, als auch den äußeren, ihr diesen Auftritt im Theater vorzuwerfen. In meinem Thalamus kribbelte es. Womöglich sähe ich, wenn ich erst mal dort wäre, eine einfache und natürliche Methode, sie aus dem Weg zu räumen.

Auf dem Weg zum Gärdsbacken ging ich in den Spirituosenladen und kaufte eine große Flasche Beefeater Gin. Nach näherem Überlegen beschloss ich, noch eine zu kaufen, und handelte mir einen komischen Blick ein, als ich ein zweites Mal kam. Es war aber nicht dieser Blick, der jemanden trifft, der billigen Fusel kauft. Anschließend fuhr ich zu meinen Eltern. Mein Vater war in einem der Kunststoffboote der Firma Troj unterwegs und versuchte, über den Holzfasergründen etwas zu angeln. Meine Mutter sah mich sorgenvoll an und fragte, ob ich finanziell über die Runden käme, wo ich doch gerade keine feste Arbeit hätte. Wenn ich etwas brauche, könne ich mir gern was leihen. Von ihrer Großzügigkeit blieb mir fast die Luft weg. Feste Arbeit und Geld auf der Bank. Das eine Arbeitsleben lang die nach Säure riechenden Hallen des Sägewerks, das andere die Übelkeit erregenden Gerüche der Konditorei. Ein Küchentisch mit rissigem Wachstuch und eine gute Stube, die früher nie benutzt worden war, wo sie aber jetzt fernsahen. In der schattigen Kühle ging dort eine Porzellanblume auf. Und wenn es heiß war, krümmten sich die Stearinkerzen in Großmutters Messingleuchtern. Meine Mutter ging sicherlich ab und zu hinein, gab der Blume einen Schluck Wasser und pflegte ihre eigene Normalität.

»Du bist anders als sonst«, sagte sie.

Als ich vor dem Schild aus seegetränkter Eiche stand und bimmelte *(alles ist hin, alles ist hin)*, dauerte es lange, bis ich begriff, dass sie nicht zu Hause war. Es war so, als würde ich aus der intensiven Beschäftigung mit einer Geschichte in die unberechenbare Wirklichkeit versetzt. Hätte ich diese Situation geschrieben, wären jetzt ihre Schritte zu hören gewesen. Schlappende, fersenfreie Hausschuhe mit halbhohem Absatz und einer Verbrämung aus synthetischer Schwanendaune. Oder so.

Ich musste nach Babelsberg zurückfahren, und nun war mein Vater mit vier Barschen nach Hause gekommen, die meine Mutter auf der *Nya Norrland* schuppte. Sie hatten natürlich nicht *Västernorrlands Allehanda* mit dem Bericht über Astrid Trojs Auftritt im Provinzialtheater. Der hätte sie auch kaum interessiert. So weit hatten wir uns voneinander entfernt.

Meine Mutter legte die geschuppten Barsche jetzt in den Sud, den sie mit Salz, Zwiebeln, Dill und Lorbeer gekocht hatte. Sie ließ sie köcheln, schnitt Petersilie in eine Tasse und verknetete Butter und Weizenmehl. Die Kartoffeln waren bereits gar, als sie von dieser Beurre manié, von der sie nicht mal wusste, dass sie so hieß, kleine Stücke zuppelte und geschickt im Sud verteilte. Mir ging durch den Kopf, wie einfach es doch war, in der Wirklichkeit zu leben und immer zu wissen, was zu tun ist.

Schwierigkeiten und Schereien kommen und gehen vorüber im Leben wie die Waggons eines Güterzugs. Das ist meine Erfahrung. Man muss lernen, sie nicht zu beachten, ungefähr so wie jemand, der an einer Bahnstrecke lebt. Alle Sorgen, die kommen, gehen schließlich vorüber. Nach einer Weile erinnert man sich gar nicht mehr daran. Erinnerte ich mich denn noch an die Affenköpfe in der Stadtbibliothek von Uppsala oder an die Gecken in der Lundequistska-Buchhandlung, die den Schwanz nach oben gerichtet trugen?

Das hatte ich zu Lillemor immer gesagt, denn sie kümmerte sich um alles. Nahm auch zu viel auf sich. Jetzt saß sie wegen Tompa zweimal die Woche in einer Gesprächstherapie. Der Bengel war irgendwann zu einem Psychologen gekommen, der sich, vermutlich durch Teilung, vermehrt hatte, denn der andere, der sich um Lillemor kümmerte, war genau gleich. Sie hatten halblange Haare und trugen karierte Hemden aus dem Arbeitsklamottenladen, KFML-Abzeichen und dreckige weiße Socken mit grauschwarzen Sohlen. In den Genuss dieses Anblicks kam Lillemor, wenn sie die Füße auf den Schreibtisch legten. Hätte ich das vorher gewusst, dann hätte ich sie gewarnt: Bloß keine vertraulichen Mitteilungen, um Gottes willen! Doch sie erzählte treuherzig, dass der Lappen, aus dem Tomas Lösungsmittel geschnüffelt hatte, als sie ihn fand, aus ihrem Nachthemd herausgerissen war, weiß mit rosaroten Blumen.

Jetzt wurde daraus Psychologie: Ihr war es demnach nicht gelungen, ihm die Geborgenheit zu geben, die er brauchte, und deshalb nahm er ihr Nachthemd. Als sie irgendwann bei mir auf dem Dachboden saß und mir das erzählte, versuchte ich das Ganze mit Vernunft auseinanderzunehmen: Den Lappen hatte er doch im Putzschrank gefunden. Er konnte nicht wissen, dass es ein altes Nachthemd war, und außerdem war er auf die Lösungsmitteldämpfe aus, nicht auf sie. Lillemor war jedoch felsenfest davon überzeugt, dass ihm ihre ungeteilte Liebe fehlte.

Und Sunes ungeteilte Liebe? Fragten sie danach nicht?

Darauf antwortete sie nicht, denn es war ja nicht Sunes Nachthemd, an dem Tompa geschnüffelt hatte. Und Sune Wahrheit hatte absolut keine Zeit, eine Therapie zu besuchen, und im Übrigen verstehe er sich, wie er sagte, nicht so gut auf Beziehungen wie sie.

Warum war Sune so wichtig für sie? Und wie kam es, dass Tompa jetzt ihre Angelegenheit war? Wie oft hatte ich ihr nicht gesagt, dass die Menschen in unserer Umgebung Figuren auf dem Tuch des Lebens sind! Sie wandern vorbei, wenn neue Stoffbahnen ausgerollt werden. »An wie viel erinnerst du dich noch von Roffe Nyrén? Und wie viel machst du dir aus dem, woran du dich erinnerst? Ist er nicht fortgewandert, als das Tuch weiter ausgerollt wurde?«

»Der Gobelin«, sagte Lillemor.

»Bitte?«

»Das Tuch des Lebens mit all diesen Figuren. Das ist ein Gobelin. Wir hängen ihn an kahle Wände. Ohne diese Figuren würden wir zwischen feuchten Steinwänden in Eiseskälte wohnen.«

Manchmal ist sie richtig pfiffig.

Ich hatte jetzt jedoch eine Sorge, die nicht vorüberrollte. Aus einem der Güterwagen stieg nämlich der Wolf mit Großmutters Nachtmütze auf dem Kopf, und ich war mit zwei Flaschen Beefeater Gin auf dem Weg zu ihm.

Um sieben Uhr war ich wieder bei dem Haus am Gärdsbacken, und jetzt war Astrid daheim. Es waren aber Leute da, und mich überkam wieder dieses schwankende Gefühl, auf den grundlosen Boden der Wirklichkeit zu treten. Mit großem Hallo und einem gewissen Gingeruch kamen sie auf die Vortreppe heraus, im Begriff, sich zu verabschieden. Astrid winkte ihnen ausgelassen hinterher, bis sie auf der Straße bei ihren Autos waren.

»Ich habe eine Führung abgehalten«, sagte sie. »Man muss es den Spekulanten ein bisschen gemütlich machen.«

Sie wollte das Haus also verkaufen. Und wohin würde sie dann gehen? Es gab vieles, was ich herausfinden wollte, ging es aber vorsichtig an. Erst mal zog ich eine der Flaschen aus der Tasche. Astrid war hin und weg und sagte, dass sie zum Glück Tonic im Haus habe. Auf fersenfreien Lackschuhen, ohne Schwanendaunen, klapperte sie über den Marmorboden der Diele davon.

»Das ist nett von dir, dass du vorbeischaust.«

Aber ja doch. Sie soll es genießen. Ich würde mich aber nicht schurigeln lassen.

»Ich bin gekommen, um dir zu sagen, dass du es schön bleiben lassen sollst, in Lillemors Namen aufzutreten und Preise entgegenzunehmen.«

»Das sagst ausgerechnet du.«

»Ja, das sage ich, weil Lillemor sich nicht traut, sich dir zu widersetzen.«

»Ja, sie war schon immer verhuscht«, sagte Astrid, hob ihr Glas und nahm einen Schluck, der nicht der erste des Tages zu sein schien.

»Du schüchterst sie ein«, sagte ich. »Aber mich schüchterst du nicht ein.«

Ich hatte den Eindruck, mich gut zu schlagen, bis sie erwiderte: »Dann solltest du nicht vergessen, dass ich nicht so hasenfüßig bin wie Lillemor. Sie hast du wahrscheinlich ziemlich leicht da gehabt, wo du sie haben wolltest. Pah!«

Es war grotesk. Und dann fing sie auch noch lauthals zu lachen an. Ich sah Gold, aber kein Amalgam. Das hatte sie vorne wohl durch Jacketkronen ersetzen lassen.

»Das ist ja alles schlau ausgedacht«, sagte sie. »Mit deinem Aussehen würdest du nie ein Buch unterbringen – und wie du schon angezogen bist! Latschst in fleckigen Strickjacken und ausgetretenen Schuhen herum.«

»Das hängt ja wohl nicht vom Aussehen ab«, entgegnete ich und klang bestimmt lahmer, als ich dachte.

»Ach nein? Schau dir deine schriftstellernden Kolleginnen an. Wie die aussehen!«

In diesem Augenblick hatte ich an anderes zu denken, aber später blätterte ich mal das Literaturhandbuch durch und dachte über Astrids Aussage nach. Ich wusste jetzt, dass ich hätte sagen müssen, es handle sich um Lillemors Kolleginnen, nicht meine.

»Wir gehen jetzt auf die Altane hinauf und genießen die Abendsonne«, sagte sie. »Du darfst das Tablett tragen und zwei zusätzliche Tonics aus dem Kühlschrank holen.«

Diese Altane war ein Balkon mit Liegestühlen, deren Bezug wie Segeltuch aussah. War dieser auch steif, so war doch die Füllung weich, und wenn man sich setzte, musste man sich mit dem Stuhlrücken nach hinten lehnen. Ich hatte das Gefühl, nach unten zu sinken, und kam mir vor wie beim Zahnarzt. Astrid plapperte fröhlich über alle Vorteile und Reize von Gärdsbacken, die sie jedoch inzwischen satthabe.

»Kleinbürgerlich«, erklärte sie. »Kontrolliert, weißt du. Kurt liebte das hier. Ich möchte eigentlich gern etwas gefährlicher leben.«

Und dann sah sie mich an, als hätte sie gesagt: So wie du.

»Ach ja«, sagte sie und trat ans Geländer. »Hier breitet es sich aus, das Leben, das Kurt haben wollte. Mit Rhododendren und Tagetes.«

Als sie so mit dem Rücken zu mir stand, zum Geländer gebeugt und nur auf einen Fuß gestützt, während der andere mit dem Schuh wippte, begriff ich, dass dies meine Gelegenheit war. Ich brauchte nur lautlos aufzustehen und zu überprüfen, ob in irgendeinem der Gärten ringsum Leute waren oder ob man in den Fenstern Gesichter sah. Es war aber wahrscheinlich nirgends jemand, denn als wir heraufkamen, war kein Mensch zu sehen gewesen. Nur

Rhododendrenbüsche und Tagetestöpfe. Vor allen Fenstern hingen irgendwelche faltigen Tüllrollos.

Nun sollte ich vorgebeugt, fast kriechend und ganz leise hingehen und sie bei den schmalen Fesseln packen. Sie hatte wirklich hübsche Beine. Mit festem, raschem Griff sollte ich sie übers Geländer kippen. Unten lagen die Marmorplatten der Terrasse.

Und wenn sie davon nicht starb?

Ich kam gar nicht erst aus dem Stuhl. Er war wie eine Falle. Als wir gehen wollten – weil das Tonic zu Ende war –, musste ich mir von ihr aufhelfen lassen. Wir verließen das Obergeschoss, und träge dachte ich, wenn ich aus ihrem Holz geschnitzt wäre, würde ich sie jetzt die Treppe hinunterstoßen. Aber wahrscheinlich wäre sie auch davon nicht gestorben. Lähmende Mutlosigkeit hatte mich ergriffen. Mein Blut war wie kalter Fischsud.

Mitten in diesem elenden Zustand kam mir jedoch *die* Idee. Sie entstand in meinem Kopf wie die Eingebung zu einem Roman. Und sie war gut. Ich brauchte nicht mal ihre Solidität zu prüfen.

Ich würde Astrid unter den Tisch saufen. Oder richtiger gesagt, tief ins Sofa. Wenn sie dort eingeschnarcht wäre, käme für mich die Stunde des Handelns. Und diese Handlung wäre so diskret, so nahezu unmerklich, dass ich nicht davor zurückzuscheuen brauchte.

Zuerst müssten wir ins sogenannte Fernsehzimmer gehen, denn dort gab es, wie ich wusste, einen offenen Kamin. Ich würde jammern, dass mir kalt sei. Das war gar nicht so weit hergeholt, denn die Augustabende wurden allmählich kühl, und wir hatten eine gute Weile auf der Altane zugebracht. Wenn dann das Feuer endlich brannte, würde ich die zweite Flasche Gin holen und sagen, dass ich sie eigentlich meinen Eltern hatte mitbringen wollen. So scharf, wie sie auf Alkohol war, würde sie sich erst zufriedengeben, wenn wir auch diese Flasche geleert hätten.

Wenn ich die Drosselklappe vorgeschoben und sorgfältig die Tür zu dem Zimmer mit der schnarchenden Astrid Troj (wie sie sich selbst immer nannte) geschlossen hätte, würde sie nie wieder aufwachen. Sie würde an der Kohlenmonoxidvergiftung sterben, vor der meine Mutter am Heiligen Abend immer warnte, wenn wir im Kachelofen in der guten Stube Feuer machten.

Sie wollte aber nicht ins Fernsehzimmer, es sei so klein und muffig, sagte sie, und ich dachte, genau das ist ja der Witz. Sie nahm Kurs auf einen Sessel im Wohnzimmer. Mir sank der Mut, doch ich dachte, ich würde sie schon noch vor den offenen Kamin bringen, und sei es dadurch, dass ich die Flasche mitnahm. Zunächst landeten wir also in den ihr zufolge taubengrauen Wohnzimmermöbeln vor dem Panoramafenster, wo jetzt nicht weniger als drei Lampen mit Messingfuß standen, alle mit rosa Seidenschirm. Ich setzte mich auf dem Sofa in die Nähe eines großen Ficus benjamini mit einem prächtigen Übertopf aus Messing. In den würde ich, wenn sie gerade nicht hersah, nach und nach meinen Gin Tonic schütten. Ich durfte ja nicht Gefahr laufen, selbst alkoholisiert zu werden.

Astrid lachte viel. Sie plapperte über Spannung und Risiken und darüber, eine andere Art Leben zu beginnen als das, was sie mit Kurt geführt hatte. Dann wurde sie vertraulich, sagte, ich sei doch klug, obwohl ich aussähe wie – ja, ich weiß nicht, wie sie fand, dass ich aussah. Gerissen sei ich jedenfalls.

»Und Lillemor ist dein Püppchen.«

Ich weiß noch, dass sie das sagte.

»Das Püppchen, das du vorschickst, das hübsch und nett ist und immer das Richtige sagt.«

Und dann lachte sie lauthals.

Ich muss nun sagen, wie es ist: Ich erinnere mich nicht mehr genau an alles. Es hatte eine Komplikation gegeben. Astrid wurde vertraulich, setzte sich mit aufs Sofa und schubste mich weiter, sodass ich von dem Benjamini wegkam.

Es hat keinen Zweck weiterzumachen, denn es wird doch nur Dichtung. Die Wahrheit ist, dass ich mich an nichts mehr erinnere. Das mit dem Püppchen weiß ich noch und dann Astrids schallendes Gelächter voll Gold und hübschen Jacketkronen. Und dass ich zum Benjamini schaute und ihn gleichsam entschweben sah. Danach ist alles schwarz. So sagt man doch. Eigentlich hat es aber gar keine Farbe.

Woran sich niemand erinnert, das ist nie geschehen. Wenn aber nur ich mich nicht daran erinnere, dann ist es vielleicht doch geschehen.

»Was ist bloß los mit dir?«, fragte Lillemor. »Wie kannst du dich nur so aufführen! Und ausgerechnet mit Mutter! Was ist eigentlich in dich gefahren?«

Ungefähr so. Es war jedenfalls eine Wortkaskade. Lillemors Gesicht kam näher, dann zuckte sie zurück. Ante war auch da und hatte ein großes Glas Wasser in der Hand, nach dem ich mich zu strecken versuchte. Ich versuchte auch etwas zu sagen, und ich glaube, ich habe Benjamini gesagt. Denn an den erinnerte ich mich noch. Der war schließlich die Erklärung. Es gelang mir, in den Kissen nach oben zu rutschen, sodass ich nach dem Wasserglas greifen und den lauwarmen Inhalt in mich hineinkippen konnte.

Dann sagte ich versuchsweise: »Tablette. Wasser.«

Es klang krächzig.

Ante verflüchtigte sich aus meinem Gesichtsfeld.

»Was ist passiert?«, fragte Lillemor.

»Weiß nicht.«

Ich flüsterte, weil das weniger heiser klang. Ich hatte so fürchterliche Kopfschmerzen, dass mir ein Tumor vorschwebte. Das deutete ich Lillemor an, die hörbar schnaubte. Es schien, als könnte ich höchstens zwei Wörter aneinanderreihen, mit nur einem war es aber einfacher. Dann begann ich zu überlegen, wie ich nach Hause gekommen war.

Ante kam zurück, und das Wasser im Glas zischte von einer aufgelösten Brausetablette. Ich trank. Es war eine ungeheure Erleichterung, den Kopf wieder hinzulegen.

»Platzt«, sagte ich.

»Was?«

»Kopf.«

Ante lachte lauthals los. »Du stinkst aus dem Mund wie ein Fuchsbau«, sagte er.

Ich lag in dem alten Bett aus geflammter Birke von Antes Großeltern, das man der Länge nach ausziehen konnte. Es hatte einen Giebel, so hoch und verziert wie ein Grabmonument. Lillemor holte sich einen Stuhl aus dem großelterlichen Bestand entlang den Wänden und setzte sich ein Stück von mir entfernt.

»Heim?«, sagte ich. »Ich, gefahren?«

Ante lachte wieder schallend.

»Mutter hat mitten in der Nacht angerufen«, sagte Lillemor. »Sie sagte, dass du voll bist und Auto fahren willst.«

»Lüge.«

»Du hast immerhin auf dem Fahrersitz gesessen. Oder besser gelegen. Du hättest wegen Trunkenheit am Steuer drankommen können, denn sie wollte eigentlich die Polizei rufen, hat es aber nicht getan.«

»Brav.«

Dann gelang es mir, mehrere Wörter aneinanderzureihen: »Brave alte Astrid. Menschenfreundin.«

»Es war nicht leicht, dich auf den Rücksitz zu verfrachten«, sagte Lillemor, und Ante warf ein, es sei wohl so gewesen, als verrückte man ein Klavier.

Dann sagte er, dass er los müsse. »Wir wollten doch Kartoffeln ernten. Hast du das vergessen?«

Ich erinnerte mich weder an Kartoffeln noch an sonst was. Aber die Erinnerung würde bestimmt zurückkommen. Ich sah die Fotografien von Antes Großmutter und Großvater, vergrößert und in Goldrahmen. Dachte an das Tuch des Lebens. Wie hatte ich in diesem Zimmer mit Bildern eines ahnenstolzen Bauernstandes landen können?

Wahrheiten und Schaumbananen

Lillemor und ich wohnten beide in der Nähe von Kramfors, das jetzt Pulvercity genannt wurde, und Tompa sollte dort die Sekundarstufe I besuchen. Damals war Drogenkonsum ein Zeichen von Revolte, und die Rebellen ließen sich die Haare wachsen, kleideten sich in Lumpen und setzten sich auf die Gehsteige. Wenn heutzutage ein viel größerer Anteil der Bevölkerung Drogen konsumiert, geschieht es diskreter. Tompa ließ sich ein Hakenkreuz auf den Unterarm tätowieren.

Nachdem er diese Schulstufe geschafft hatte, weigerte er sich, aufs Gymnasium zu gehen, und bekam einen Termin bei einer Berufsberaterin, die es für gesund hielt, gegen einen bürgerlichen Hintergrund zu rebellieren, und ihm vorschlug, Autolackierer zu werden. Vermutlich hatte er sie manipuliert, denn auf diese Weise kam er ja nun als Lehrling in das lösungsmitteldunstige Paradies, das seine Kindheitserinnerungen für alle Zeiten auslöschte. Er blieb nicht lange dort; der Werkmeister war ein harter alter Knochen, der die Schlimmsten rausschmiss, egal, was die Sozialtanten sagten. So wurde der Sohn des Rektors freier Unternehmer, und es dauerte nicht lange, bis jemand aus dem Polizeipräsidium in Härnösand anrief und mitteilte, man habe ihn wegen bewaffneten Raubüberfalls festgenommen. Dabei handelte es sich um ein Missverständnis, denn in Wirklichkeit war der Tankstellenpächter die Einbrüche allmählich leid und hatte sich bewaffnet. Er stellte die beiden Jüngelchen eines Morgens um drei und hielt seine Schrotflinte auf sie gerichtet, bis die Polizei eintraf.

Sune war gerade in Stockholm, also stürmte Lillemor nach Härnösand, durfte Tompa aber nicht sehen, weil sie nicht seine Mutter war. Stattdessen durfte sie zwei Schachteln Zigaretten für ihn holen. Er wurde inhaftiert, erhielt aber von dem Anwalt, den Sune besorgte, den Rat, einen Strafbefehl zu akzeptieren, wobei es sich natürlich um Fürsorge handelte, denn jetzt war ganz Sozialkramfors auf den Beinen, um den Sohn des Rektors zu retten.

Er wurde zu einer Kate in Hoting geschickt und bei einem jungen Paar untergebracht, das Ziegen hielt und ein ursprüngliches Leben führen wollte, aber nicht über die Runden kam. Deshalb nahm das Paar Kostgänger seines Schlags auf, und sie waren nicht die Einzigen. Eine ganze Betreuungskleinindustrie war erblüht. Es handelte sich um rechtschaffene Menschen, die sich Riedgras in die Stiefel stopften und mit Fettkraut Milch einzudicken versuchten, immerhin aber Telefon hatten. Als die erste Telefonrechnung kam, riefen sie im Sekretariat des Rektors an und sagten, sie seien ruiniert, wenn Sune die Rechnung nicht bezahlte. Er hatte sie gewarnt, Tomas mit dem Telefon allein zu lassen, da er mit seinen Kumpels aus Pulvercity gern stundenlange Jointgespräche führte. Von den Kumpels waren die meisten nach Stockholm abgehauen, unternahmen aber auch Einkaufstouren nach Amsterdam. Die Gespräche konnten also teuer werden.

Tompa hatte für dieses naturnähere Leben neue Kleidung und Bettwäsche bekommen. Von der Ausstattungsliste des Sozialamts fehlte nicht ein Frotteehandtuch. Doch als er türmte, nahm er die Jacke, die Stiefel und die Wanderschuhe von Fjällräven, den Gestellrucksack, das Vogelfernglas, die Kamera und das kleine blaue Zelt mit und vertickte alles. Dann verschwand er für drei Wochen und fand sich in den Schlagzeilen wieder:

EINBRUCH IN DIREKTORENVILLA
JUNGER DIEB AUF FRISCHER TAT ERTAPPT
TERRASSENFENSTER MIT KOSTBARER VASE
ZERTRÜMMERT

Er war offenbar ganz allein und high wie ein Drachen und schien nicht gemerkt zu haben, dass das Haus eine Alarmanlage hatte, bis das Auto der Wachgesellschaft angefahren kam. Da warf er eine Vase von Simon Gate gegen ein geschlossenes, mit Alarm versehenes Terrassenfenster, um auf diesem Weg zu entkommen, was aber nicht gelang. Zuvor hatte er lediglich eine silberne Tabaksdose einstecken können und ein Bild des Sägewerks aus den 1760er- Jahren abgehängt. Das zertrat er, als er zum Terrassenfenster stürzte. Das Bild wurde Elias Martin zugeschrieben, was die Experten des Nationalmuseums, zu denen die Versicherungsgesellschaft Kontakt aufnahm, jedoch für zweifelhaft hielten.

Der Fall Tomas Bengtsson schleppte sich hin und wurde mit vielen Worten betrieben; Tompa musste in eine Therapie, Lillemor ebenfalls – und auch Sune wäre hingegangen, falls er denn Zeit gehabt hätte.

Gesprächstherapie war für die 1970er-Jahre das, was für die Antike Theriak gewesen war, doch wurde dieses Allheilmittel mit Politik statt mit Opium und Meerzwiebel versetzt. Es gab auch eine unpolitische Art, die mit tierischen Schreien betrieben wurde und von einem Herrn namens Janov stammte. Eine geglättetere Therapie bot die humanistische Psychologie, die sich aus Protest gegen die naturwissenschaftliche Betrachtungsweise, gegen Elektroschocks und Psychopharmaka entwickelt hatte. Man sollte sich jetzt selbst verwirklichen, was aber gar nicht so einfach war, weil das Selbst ja nicht gerade mit Pflöcken abgesteckt ist.

Lillemor hatte während ihres Klinikaufenthalts vor langer Zeit über Abraham Maslows *peak experiences* gelesen und war für den Gedanken an eine Art von Vollendung des Lebensprojekts sehr empfänglich gewesen. Ich hatte ihr bereits damals zu erklären versucht, dass die Sache mit Einleitung, Entwicklung, Höhepunkt und Schluss allenfalls in Romanen zu Hause ist. Und diese sind im Allgemeinen wohlgeordneter als das Leben, gehorchen zwar auch Gesetzen, aber nicht denselben. Schmuggelte man eine Vollendung in sein Leben, müsste sie schon von der Art Erica Jongs sein.

Lillemor schweigt lange, wenn etwas richtig schiefgeht, schließlich aber saß sie doch bei mir auf dem Dachboden und erzählte. Der Zufall wollte es, dass ich gerade etwas über die Gefangenschaft der karolinischen Soldaten und das trostlose schwedische Elend las, das es schon gab, lange bevor bei Perewolotschna die Gewehre zuhauf niedergelegt wurden und der König und sein Stab auf flinken Pferden flohen. Gefangene waren bereits bei Narva gemacht worden, es hatte fortgesetzt Sklavenarbeit in Sümpfen, Todesmärsche, Prügel und Hunger gegeben, was nach der Niederlage bei Poltawa kulminierte.

Sie lebten mit stinkenden Proviantstonnen, das Elend unserer Zeit manifestiert sich in industriell hergestelltem Instantkartoffelbrei. Aber Leiden ist Leiden, und man kann nicht umhin, darüber nachzudenken, woher es kommt. Machtverrückte, rücksichtslose Könige von Gottes Gnaden betrachteten ihre Untertanen als Vieh, das sie je nach Gutdünken zwischen den Hörner kraulen oder schlachten lassen konnten. Das ist eine Erklärung, wenn auch natürlich eine simple. Wie erklärt es sich aber, wenn wohlmeinende und vom Volk gewählte Politiker in einer florierenden Wirtschaft einem Volk vorangehen, das die Gewalt und den Missbrauch und seinen einzigartigen Wohlstand ebenso vertieft wie sein eigenes Leiden, Jahr für Jahr, bis in unsere Tage? Lillemor meinte natürlich, ich würde übertreiben und sei zynisch.

Sie wollte alles richtig und gut machen, und als das Leiden nur immer noch weiter zunahm, meinte sie, es sei ihre eigene Schuld. Ich sagte ihr, dass man schon seit der Schlange und Evas Zeiten alles auf die Frauen schiebe und sie nicht länger zu den Psychologen rennen und sich abquälen solle. Sie tat es trotzdem.

Tompa war jetzt lange genug bei den Unterirdischen, um gelernt zu haben, dass jeder Süchtige eine hurende Mutter und einen prügelnden, saufenden Vater gehabt haben muss. Die Geschichte über sein eigenes Leben war natürlich kultivierter. Sein Vater habe ihn nicht geprügelt, sondern terrorisiert. Als Kind habe er ihn in Wannen mit kaltem Wasser gesetzt. Die Mutter starb, und ihre Nachfolgerin behandle ihn mit eisigem Schweigen. Lillemor staunte und versuchte den Psychologen zu erklären, dass das nicht stimme, aber die fanden es ausgezeichnet, dass Tomas sich nun allmählich erinnere und verstehe, wie es ihm ergangen war. Das sei der Beginn seiner Rehabilitierung.

Er war jetzt in die Psychiatrie eingeliefert worden, wo man erklärte, nicht er sei krank, sondern die Familie. Er trage deren Nöte, die sie sich selbst nicht eingestehen wolle. Lillemor ist nicht dumm und kam schnell dahinter, was sie gelesen hatten. Es handelte sich um einen britischen Psychiater namens Ronald D. Laing, der über Familienleben und gespaltene Ichs schrieb. Es nützte aber nicht viel, dass sie fleißig las. Sie hatten Tomas in eine geschlossene Abteilung verlegt, aus der er regelmäßig ausbrach, um dann mit Leib und Seele dem Symptombild nachzueifern, das sie an die Wand gemalt hatten.

In Lillemor steckt jedoch etwas, was sich nicht unterkriegen lässt. Sie erzählte, dass sie jedes Mal, wenn man ihr dort eine Tracht Wahrheit eingetrichtert hatte, bei einem Kiosk angehalten und sich eine ordentlich große Tüte voll Schaumbananen, Sahnestäbchen, Geleehimbeeren, Lakritzschiffchen und Punschpralinen gekauft und alles aufgegessen hatte, bevor sie weiterfuhr.

Oje. Lillemor weiß, sie hat gerade ein Frühstück aus Zucker, Schweineschwarten, Kalbsknochen und Farbstoffen, die aus Läusen gewonnen werden, zu sich genommen. Sie hat noch den Geschmack dieses Trostes im Mund, er hat sich an den Zähnen festgesetzt. Der zähe Kram ist am schlimmsten. Die Mäuse.

Jetzt entschließt sie sich zu Kaffee und Roggenbrot mit Käse. Und nie wieder dieses klebrige Zeug! Während sie den Kaffee braut, überlegt sie, ob Babba etwas über die Ramsökommune schreiben wird. Interessiert sie das, hat sie überhaupt davon erfahren?

Diese Kommune, hieß es, erziele gute Behandlungsergebnisse und war deswegen sehr gefragt. Dort sollte eine fehlgeleitete Arbeiterjugend auf den rechten Weg gebracht werden und nicht, wie Babba sagen würde, eine verwöhnte Bürgerbrut. Folglich war es für Sune nicht ganz einfach gewesen, für Tomas einen Platz zu beschaffen, über Parteibeziehungen war es ihm jedoch gelungen. Ramsö war nämlich durch seinen Leiter, ein angesehenes Mitglied des Gemeindevorstands, zuverlässig sozialdemokratisch.

Lillemor fuhr auf gewundenen Sträßchen dorthin und hatte erwartet, irgendwie empfangen zu werden. Immerhin war sie mit dem Leiter, er hieß Claes-Erik Andersson, zu einem Gespräch über Tomas verabredet. Sie fragte die drei Leute nach ihm, die sie draußen erwischte (im Haus hatte auf ihr Rufen niemand reagiert), aber die guckten nur fragend drein.

Erst nach einer Weile rief einer von ihnen: »Ach so, Klasan!«

Klasan war jedoch zu einem Kurs oder Kongress oder sonst was. Sie wurden sich nicht ganz einig darüber, auf jeden Fall war er nicht da. Dagegen war Gumpan da, seine Frau. Sie wirkte müde und rauchte, ohne die Zigarette aus dem Mund zu nehmen, eine Kunst, die Lillemor seit Necklunds und Goldies Tagen kaum jemanden hatte ausüben sehen.

»Ach so, du«, sagte sie. Dann ging sie mit schleppendem Schritt zum Haus, drückte in einem zu diesem Zweck aufgestellten Blumentopf mit Sand ihre Zigarette aus und rief: »Kattis! Kattis, komm mal!«

Nachdem sie eine Weile gerufen hatte, kam eine junge Frau mit einem großen Frotteehandtuch um den Kopf.

»Zeig doch Tompas Mutter das Zimmer«, sagte Gumpan und verschwand.

»Ich muss erst meine Haare trocknen«, erwiderte Kattis und ging in einen Raum, wo in einem Fernseher gerade ein Spielfilm lief. Es gab ein langes, geschwungenes Sofa mit fleckigem weinroten Plüschbezug und einen Kieferntisch, auf dem Karten von mindestens zwei Kartenspielen verstreut lagen und Tassen mit Kaffeesatz standen. Kattis setzte sich, da sie offensichtlich den Film zu Ende sehen wollte, und als eine Art Alibi bearbeitete sie ihre Haare mit dem Frotteehandtuch, allerdings nicht sonderlich eifrig. Lillemor fiel nichts Gescheiteres ein, als sich ans andere Ende des Sofas zu setzen (wo es weniger durchgesessen war) und auf den Film zu starren: Anita Björk in der Tracht einer Bezirkskrankenschwester hatte mit dem Fahrrad angehalten und unterhielt sich mit einem bäurisch wirkenden Ulf Palme.

Mitten in den Verwicklungen fragte Kattis: »Was machst du?«

Lillemor war unsicher, ob sie den Film kommentierte, wo ein offenbar seniler und boshafter Alter in der Ecke einer Küche Ungemach bereitete, oder ob die Frage an sie gerichtet war.

»Was arbeitest du?«, wiederholte Kattis, ohne den Blick vom Bildschirm zu wenden.

»Ich bin Schriftstellerin«, sagte Lillemor und dachte, wie absurd diese Antwort in jeder Hinsicht war.

Dieser Meinung war offensichtlich auch Kattis, denn sie schüttelte nun ihre fast trockene Mähne und fragte: »Wie, Schriftstellerin? Schreibst du Bücher und so?«

»Ja«, antwortete Lillemor.

»Was für Bücher?«

Doch hier verlief die Grenze dessen, worauf sie eine Antwort formulieren konnte, darum stand sie auf und sagte: »Ich geh mal nachsehen, ob es sonst noch jemanden gibt, der mir das Zimmer zeigen kann.«

»Mein Gott, was bist du giftig«, sagte Kattis. »Ich kann's dir doch zeigen, wenn du willst.«

So ging das während ihres Besuchs auf Ramsö weiter. Zu spät begriff sie, dass Kattis nicht feindselig war, ja sie war nicht mal unfreundlich zu nennen. Ihr Verhalten war für dieses Milieu völlig normal. Sie war einfach nur der Auffassung, Lillemor könne sich den Film anschauen und währenddessen ein bisschen von sich erzählen. Zupackend war sie nicht, das war auf Ramsö niemand. Sie kannten keine Eile, und draußen hatten die meisten eine Zigarette im Mundwinkel oder zwischen den Fingern.

Die praktische Arbeit auf dem Hof verrichteten nicht Gumpan und die Angestellten. Das machten die Internen, die Klienten, die Schüler oder wie immer man sie nennen wollte. Hier wurden sie Jungs genannt, obwohl auch zwei Mädchen darunter waren. Die Jungs (und die zwei mitgemeinten Mädchen) machten die Betten, putzten, kochten, buken, fütterten die Schweine und Pferde und mähten den Rasen. Gumpan gab Anweisungen und sah mit gleichbleibend gelangweilter Miene zu. Die Arbeit der Angestellten fand auf Sofas oder in völlig durchgesessenen Sesseln statt. Dort führten sie Gespräche mit den Jungs und den Mädchen. Manchmal führte Gumpan Gespräche mit dem Personal, dann wurde die Tür zugemacht. Es waren immer sehr lange Besprechungen, und öffnete man zufällig die Tür, sah man die Leute sich auf dem Sofa lümmeln. Gumpan lehnte sich aus dem Fenster und rauchte. Im Haus herrschte Rauchverbot.

»Mein Gott, was hast du es eilig«, sagten sie, als Lillemor mit dem ihr zugeteilten Staubsauger umherflitzte. Diese Schlaffheit ging ihr auf die Nerven. Ihr schwante allmählich, dass zupackendes Handeln hier als bürgerlich und neurotisch galt. In der Ramsökommune bewegten sich alle, als wandelten sie unter Wasser.

Aus Tompa bekam sie kein einziges Wort heraus. Er verdrückte sich, als er sie sah. Sie legte Wäsche zusammen, schälte kiloweise Möhren, wischte den Fußboden im Duschraum und goss aus eigenem Antrieb die Geranien, die ebenso schlaff wirkten wie das problemlösende Personal auf dem Sofa.

Zum Schlafen bekam sie ein Giebelzimmer auf dem Dachboden. Allerdings konnte von Schlafen kaum die Rede sein, denn sie grübelte darüber nach, was sie tun sollte, wenn sie mal müsste. Sie traute sich nicht, durch den dunklen Dachboden zu gehen, um zur Toilette zu gelangen. Der Schalter für die Dachbodenlampe saß am Fuß der Treppe. Sie verspürte zwei Arten von Angst. Zum einen die alte, gewöhnliche, wenn knackende oder murmelnde Geräusche aus dem Dunkel es überaus wahrscheinlich machten, dass jenseits unserer Illusionen über die Wirklichkeit noch manch anderes existierte. Die Kulissen oder Gobelins oder wie man die Vorstellungen nennen sollte, die bei Tag ganz natürlich wirkten, konnten in der Dunkelheit und Einsamkeit eines nicht mehr verbergen: Ein Mensch ist in einem unfassbar murmelnden und knackenden und potenziell lebensgefährlichen Universum allein. Böse Gesichter flimmern vorüber, wenn er zwischen Schlafen und Wachen schwebt.

Das war die existenzielle Angst vor der Dunkelheit. Die andere war die soziale. Sie dachte an die großen und muskulösen Jungs da unten. Sie hatte gedacht, Junkies würden abnehmen und mager wirken. Aber die hier hatten sich wohl mit Möhren, Schweinefleisch, Margarine und Pferdesteaks herausfuttern können. Sie hatte zufällig ein paar Sätze aufgeschnappt, als sie den Staubsauger ausgeschaltet hatte und das Personal lauter sprach. Es ging um eines der beiden Mädchen. Lillemor wollte nicht darüber nachdenken, was nach Meinung der Betreuer dem Mädchen bei den Jungs in der Sauna passiert war.

Sie lag auf einer Klappliege mit einer dünnen Schaumgummimatratze auf federndem Grund. Die Zudecke war mit synthetischer Watte gefüllt und hatte einen Bezug, der stark nach Waschmittel roch. Das Kissen war aus Schaumgummi und roch wie die Matratze.

Sune lag jetzt unter einer Sommerdaunendecke – sie würde sie gegen die Winterdecken austauschen, sobald sie nach Hause käme, denn die Nächte wurden langsam kalt – und las bestimmt eine Zeitschrift. Warum lag sie nicht neben ihm?

Warum ist man überhaupt an dem einen Ort und nicht an einem anderen? Ihre Gedanken wirbeln jetzt von der Wohnung in der Breitenfeldsgatan zurück zu der Vierzimmerwohnung in Eriksberg mit dem Karl-Johan-Sofa und dem Tisch, auf den sie die Kandelaber des Generals gestellt hatten. Dann sieht sie Necklunds dösiges und alkoholseliges Gesicht vor sich und dann das, ja, aufrichtig gesagt, Loch in der Bäverns Gränd, wo sie auf einer fürchterlich fleckigen Matratze zu den Klängen einer Miles-Davis-Platte gevögelt hatten, in der Annahme, dies sei das Leben. Ebenso deutlich erinnert sie sich an das zusammengepferchte und ängstliche Dasein der Waldweiber nach der Katastrophe und an den Brotkorb aus Birkenrinde, der so pathetisch unbeholfen geflochten war. Und daran, wie sie eingesehen hat, dass sie nicht wie diese Frauen leben konnte, sondern es um sich herum sauber, bequem und hübsch haben wollte. Ja bürgerlich, wenn es das wäre.

Jetzt hatte sie es so. Das heißt zu Hause. Sie wollte nicht in der Ramsökommune sein. Sie traute sich nicht, das Licht auszumachen. Und die Tür ließ sich auch nicht abschließen, um die sozialen Gefahren auszusperren. Da fielen ihr zwei Dinge ein. Babba sagte immer, Ideen kämen stets unversehens, man könne sie sich nicht ausdenken. Ihre erste Idee war, die Kommode vor die Tür zu schieben. Ein oder gar mehrere kräftige Jungs würden sie natürlich trotzdem aufbekommen. Wahrscheinlicher aber war, dass sie meinten, die Tür sei abgeschlossen, wenn sie sich nicht öffnen ließ.

Sie war richtig zufrieden mit dieser Idee und führte sie prompt aus. Es machte einen Heidenlärm auf dem Bretterboden, das schwere Möbel zu verschieben. Um die Barrikade zu vollenden, sah sie sich um, ob sie nicht etwas auf die Kommode stellen konnte, was scheppern oder herunterfallen und zerschellen würde, wenn man sie von der Stelle bewegte. Sie entdeckte eine Vase auf dem Bücherregal, und da kam ihr Idee Nummer zwei.

Die Vase war aus schwarzem Glas mit dem Bild eines Schwans in Silber. In die könnte sie pinkeln. Viel passte nicht hinein, aber sie könnte jeweils kleine Portionen machen und aus dem Fenster kippen. Sie probierte es sogleich aus, und es funktionierte. Die Öffnung der Vase war genau richtig. Sie schüttete die paar Tropfen in die Herbstnacht hinaus.

Als sie sich hinlegte, waren der Raum und das Bett nicht mehr gar so feindselig. Sie glaubte, den Geruch des Schaumgummikissens zu kennen, und kam irgendwann darauf, dass es so roch wie in der Werkstatthalle, wo das Material für Trojs Kunststoffboote hergestellt wurde. Da traute sie sich endlich, die Lampe auszumachen.

Am nächsten Tag würde sie nach Hause fahren. Claes-Erik Andersson würde wohl nicht so schnell zurückkommen. Außerdem glaubte sie nicht mehr an ein Gespräch. Sie schlief ein und war sich dessen bewusst. Ein Weilchen schwebte sie zwischen den Zuständen Schlafen und Wachen und sank in den besseren der beiden.

In der Wohnung in der Breitenfeldsgatan ist die Kaffeetasse ausgetrunken. Lillemor schwebt zwischen zwei Zeiten. Irgendwie ist die Vergangenheit besser. Sie ist zumindest vorbei.

Silberlöffel Kuckucksflucht

Wir hatten nun beide das Rauschen von zweiundvierzigtausend Exemplaren im Herzen, und es sang in den Fichten vor dem Haus. Ich schrieb etwas über eine Kröte, die einer Frau Silberlöffel schenkte, weil sie ihr beim Gebären half. Das war wohl eine Art Wahrheit oder so nahe daran, wie man ihr kommen kann. Allerdings wusste ich nicht, wie ich den Einfall verwenden sollte, und steckte ihn in den Karteikasten.

Den Durchbruch schaffen, nennt man das, und wenn ich dieses Wort höre, denke ich immer an einen Zirkushund, der durch eine runde Pappscheibe springt. Hepp! Doch es war Lillemor, die sprang, ich saß im Schutz der Fichten, und sie rauschten vierundvierzigtausend, sechsundsechzigtausend ...

Nach all diesen Jahren war es Wirklichkeit geworden, nach Jahren wie weiche, wattige Nebel. Bei uns war Ante langsam, aber sicher aus der Schuldengrube herausgekommen. Er besaß die Gottesgabe einer Freundlichkeit, die sogar beim Gerichtsvollzieher ihre Wirkung tat. Und warum sollte ich nicht für einen Teil der Tantiemen einen Traktor kaufen?

Heutzutage lässt man gern mal etwas auf den Markt los, und bei diesen Worten sehe ich ein großes, zottiges Tier vor mir, das abhaut und sich nicht einfangen lassen will, oder ich denke daran, wie Carlsson in Strindbergs *Die*

Hemsöer über die Wechselwirtschaft referiert: »Das eine fängt an, wenn das andere nachlässt.« Und Rundqvist fragt: »Wer hat einen gelassen?« In jenem Jahr ließen so einige Literaten was vom Stapel, und ihre eher geglätteten als zottigen Tiere purzelten aus den Verlagen. Aber wir waren Siegerinnen. Zweiundvierzigtausend Exemplare gleich zu Beginn und Rezensenten aus der oberen Liga: Olof Lagercrantz und Åke Janzon.

Die Bedrohung Astrid Troj war latent. Astrid hatte den Finger am Abzug, drückte aber noch nicht ab, weil sie sich an unserem Schrecken wohl erst noch ein bisschen ergötzen wollte. Wahrscheinlich glaubte sie, wir wüssten beide, dass sie wusste, und beorderte Lillemor deshalb sehr selbstsicher zu Auftritten und Buchvorstellungen bei einer Reihe von Frauenvereinigungen, in denen sie Mitglied war oder werden wollte. Als Erstes war ein Distrikt von Inner Wheel dran, eine Art Damenklub von Rotary. Lillemor sagte, sie werde mit Gottes Hilfe versuchen abzulehnen, obwohl sie es Auge in Auge mit Astrid nicht gewagt hätte.

»Tu, was sie sagt«, empfahl ich. »Es ist für uns beide das Beste.«

Es waren hundertfünfzig Kilometer zu fahren, doch ich kam mit, weil ich Sorge hatte, Astrid könnte auf irgendeine Teufelei verfallen, die nicht auf dem Programm stand. Es fiel jedoch nichts Besonderes vor. Eine Dame, die wie ein frisierter Keiler aussah und drei Reihen Perlen um den Hals hängen hatte, hieß Lillemor samt ihrer Entourage, die aus mir und Astrid bestand, willkommen. Lillemor hielt mit recht dünner Stimme ihren Vortrag, den sie selbst geschrieben hatte. Darin war sie gut. Vor dem Tee und den Garnelenbrötchen kamen die üblichen Fragen: Woher nehmen Sie Ihre Ideen, wann haben Sie gemerkt, dass Sie Schriftstellerin werden wollen, schreiben Sie nur, wenn Sie eine Inspiration überkommt, oder bringen Sie Arbeitsdisziplin auf?

Astrid lächelte über Lillemors Antworten auf eine für mich kaum zu verkennende Art. Lillemor schlug sich tapfer. Es war vermutlich ein fürchterlicher Herbst für sie. Sie trauerte wirklich um Kurt Troj, und das konnte ich verstehen, denn als Vater war er eigentlich nicht verkehrt gewesen. Und dann hatte sie diesen Junkie Tompa an der Backe, der ständig aus irgendwelchen Einrichtungen türmte, den vortrefflichen Sune und all die Vorträge. Zu guter Letzt war auch noch Jeppe gestorben. Er war bestimmt schon fünfzehn, was laut Ante für einen so großen Hund ungewöhnlich war. Im letzten Jahr war er taub gewesen, und zum Schluss hatte er ins Haus gepinkelt. Um die schwere Entscheidung ist Lillemor allerdings herumgekommen, da er eines Morgens tot in seinem großen Korb lag. Die einzige Widrigkeit, die ihr erspart blieb, war der Schrecken davor aufzufliegen, den ich verspürte.

Astrid entschwand unvermutet an die spanische Sonnenküste. Nur weil sie jetzt in dem steuerparadiesischen Schwedengetto außerhalb von Fuengirola wohnte, war sie nicht entwaffnet. Aber wir hatten sie immerhin auf Abstand. Der Winter verging, ohne dass wir etwas von ihr hörten, außer wenn Lillemor bei ihr anrief, oft ohne Erfolg, denn Astrid wechselte in einer Tour die Wohnung. Komischerweise von größeren zu kleineren. Doch das war erklärlich. Als sie Trojs Kunststoffboote verkaufte, stellte sich heraus, dass Kurt angesichts einer dann nie erfolgten Erweiterung hohe Schulden gemacht hatte. Auch für das Haus war nicht das herausgesprungen, was sie erhofft hatte. Lillemor hatte ihr Erbe noch nicht in Anspruch genommen, ob sie sich nun nicht traute oder es nicht brauchte, sei dahingestellt. Sie bekomme einen Schuldschein, hatte Astrid gesagt. Praktisch also hatte Lillemor ihr Erbe bei ihrer Mutter ausstehen.

An Silvester waren Lillemor und Sune in Sundsvall und suchten Tompa, der schon seit zwei Wochen verschwunden und dort gesehen worden war. Lillemor saß am Steuer, und Sune ging in Lokale mit psychedelisch rotierenden Lichtkugeln und Lautsprechern, aus denen Raubtiergebrüll und ein Krach wie aus einem Stahlwerk bei voller Produktion drangen. Sie fanden ihn nicht und hätten noch bis zum Neujahrsauftakt des sozialdemokratischen Unterbezirks weitergemacht, doch Lillemor konnte nicht mehr. Nachdem sie Sune im Kramm abgesetzt hatte, tauchte sie bei uns auf.

Wegen der Hunde zündeten wir keine Raketen, und Ante schoss auch nicht mit der Schrotflinte. Also wurde die Neujahrsnacht so still und ruhig, wie Lillemor es brauchte. Wir hörten *Das alte Jahr vergangen ist* und die Glocken aller Dome. Dann musste sie jedoch Astrid anrufen und ihr ein gutes neues Jahr wünschen.

»Ich werde die Zeit stoppen und es bezahlen«, sagte sie zu Ante.

»Lass nur, wohl bekomm's«, erwiderte er, denn er hatte natürlich keine Ahnung, wie lange sich ein Gespräch mit Astrid hinziehen konnte. Am Morgen steckten jedenfalls zwei Hunderter unter dem Telefon.

Ich hörte, wie sie mit Astrid sprach, und die Entfernung machte sie beherzter als sonst.

Sie sagte: »Nein. Du hörst, was ich sage. Nein.«

Daraufhin folgte eine lange Auslassung von Astrid, von der ich Bruchstücke mitbekam. Ich verstand die Worte »deine Mutter ist kein Gänschen«, ja, wohl wahr! Das Gespräch dauerte lange, und zu meiner großen Überraschung war es Lillemor, die das Ganze schließlich beendete.

Sie sagte: »Jedenfalls nicht mit meinem Geld. Sieh dich vor und gutes neues Jahr.«

Am Neujahrstag war es sehr still, der Schnee fiel auf die Felder und löschte den letzten braunschwarzen Streifen von Antes Ackerfurchen aus. Am Waldrand tauchte eine große Elchkuh auf. Sie schien in der vibrierenden Schneeluft zu schwimmen und zu verschwinden.

Tiere ließen sich jetzt immer seltener sehen. Ich fragte mich, was sie in ihren Höhlen und Bauen taten. Vielleicht schliefen sie, aber zag, wie man hier sagte. Stets ein Ohr aufrecht, ein Auge nur halb geschlossen. Sie wussten nichts von Ambitionen. Dafür umso mehr von leisem Hunger und Wachsamkeit. Die meisten von ihnen leben solitär. Wenn sie nicht gerade brünstig sind oder säugen, sind sie immer allein. Im Mai spielen die Hasen auf dem Acker Paarungsspiele, jagen einander und erheben sich auf die Hinterbeine, um sich wie kleine Kängurus zu schlagen. Das sieht drollig und schnuckelig aus. Ist aber vermutlich ernst. Gleichwohl haben die Tiere nicht dieses ätzende Bedürfnis, bösartig zueinander zu sein, um ihre Verlassenheit zu mildern. Wir haben es. Weil wir nicht solitär leben, sondern uns scharen? Rangverlust, schlimmstenfalls Ausgrenzung, macht uns verzweifelter als ein Massensterben irgendwo weit weg, als hungernde Kinder, als die Verseuchung von Seen, Flüssen und Meeren.

Ante stand in der Tür und sagte: »Aber wir haben doch den zweiten Teil noch gar nicht zu Ende gelesen.«

Im Spätherbst hatten wir wieder begonnen, *Bleak House* zu lesen. Mister Krook war von all dem Alkohol, den er getrunken hatte, von innen heraus verbrannt und hatte auf Rockärmeln und Fensterbrettern Ruß und widerlich riechendes Öl hinterlassen. Ester war gerade krank geworden. Wir wussten noch nicht, dass es die Pocken waren, ahnten es aber.

Ich konnte natürlich anbieten, das Buch hierzulassen, aber ich wusste ja, dass er nicht so gern las. Und außerdem ging es nicht nur um Dickens' Roman. Vielmehr um das, was er zu mir gesagt hatte, als wir in der Neujahrsnacht, nachdem Lillemor gefahren war, im Bett lagen und ich ihm eröffnet hatte, was werden würde.

»Aber wir haben es doch so wohlig«, hatte er gesagt.
»Und da ziehst du fort.«
»Ich muss«, sagte ich nur.

Sune war es, der nicht bleiben konnte. Schon als wir *Bleak House* lasen, hatte ich bei Sir Leicester Dedlock an ihn gedacht: streng gegen jegliche Kleinlichkeit und Niedertracht, redlich, beharrlich, zuverlässig und hochherzig. Dass alle in der Gegend davon sprachen, dass er einen Sohn hatte, der Rauschgift nahm und Einbrüche verübte, und dass er den Jungen terrorisiert habe, ging natürlich nicht an, denn Sune hatte jetzt die Möglichkeit, zur nächsten Reichstagswahl bei den Sozialdemokraten auf einen aussichtsreichen Listenplatz zu kommen. Er musste hier weg. Deshalb hatte er bei der Heimvolkshochschule gekündigt und sich dank seiner parteipolitischen Meriten mit guten Chancen auf einen Schulleiterposten in Borlänge beworben. Er bekam ihn und trat ihn an. Lillemor war hier noch mit dem Umzug des Rektorenhaushalts beschäftigt, und ich packte meine Ordner und Karteikästen. Ante würde zurückbleiben. Es war zu traurig. Aber was sollte ich machen?

»Ich komme dich besuchen«, sagte ich.
»Das ist nicht dasselbe.«
Damit hatte er natürlich recht. Aber ich konnte doch unser Schreiben nicht aufgeben, um es mir mit Ante im Ausziehbett seiner Großeltern wohlig sein zu lassen. Er wollte wie ein Kranich als Paar leben. Ich solitär wie ein Fuchs oder Kuckuck.

Lillemor sieht jetzt Antes Küche vor sich. Schaut in sie hinein wie in eine Glaskugel mit Weihnachtsmotiv oder in ein Guckei. Vor dem Fenster fällt sacht der Schnee. Es riecht nach Motoröl und Kaffee. Die Gardinen sind kariert und müssten gewaschen werden, ansonsten aber ist es nicht unordentlich oder auch nur ungepflegt. Sune liest aus *Bleak House* vor. Seine Stimme ist warm und sicher.

So hätte es bleiben können. Wir hätten da oben grau werden können, er als Rektor, ich als Rektorsfrau und kultureller Feuergeist in einem ångermanländischen Sprengel. Nach seiner Pensionierung wären wir natürlich nach Härnösand gezogen. Ich ginge jetzt auf die Seniorenuniversität. Machte Bildungsreisen. Ich hätte immerhin recht hübsche Kleider haben können. Zumindest in Sundsvall gibt es Boutiquen.

Aber da war Tomas, und da war Babba. Das Guckei zerplatzte. Die Weihnachtskugel wurde geschüttelt, und ihr Inhalt wirbelte im Schneechaos.

Lillemor ahnt, was auf sie zukommt, und wagt es kaum, das Manuskript weiter durchzusehen. Diese furchtbare *paperasse* ist kein Leben, sie zeigt nur wacklige Scheinbilder. Ein Gaukelspiel, inszeniert von einem rachsüchtigen und machtvollkommenen weiblichen Satan. Ein Blendwerk, das ich zu leben gezwungen war, denkt sie. Die Glaskugel hat aber nicht Babba allein zum Zerplatzen gebracht. Tomas war damals ein äußerst aktiver kleiner Teufel. Log, dass ihm blaue Flammen aus dem Mund hätten schlagen müssen. Aber man glaubte ihm natürlich. Vertrieb uns für alle Zeit aus der Kleinbürgerlichkeit. Keine Kulturabende in der Bibliothek und kein Tanz in Sankt Petri Logen in Härnösand. In Borlänge versuchten wir noch mal was aufzubauen, geborgen, wie wir uns in der Sozialdemokratie fühlten – und was mich betrifft, mit einer handhabbaren Betrügerei. Aber auch das zerplatzte. Diesmal lag es allerdings nicht an Babba.

Lachs Iris Rosen

Der Siljansee war an diesem Morgen mattgrau wie ein alter Zinnteller. Er sah aus, als hätte er schon so dagelegen, als der Meteorit vor drei- oder vierhundert Millionen Jahren eingeschlagen und der Krater sich langsam mit Wasser vom Himmel und aus dem Fjäll gefüllt hatte. Ich wusste nichts von Herbstnebeln, vom Sturm oder vom Eis, das sich gegen die Ufersteine wälzte, denn wir waren erst vor Kurzem hierhergekommen.

Ich war ganz allein, und nachdem ich auf den See hinausgerudert war und mich vom Vogelgesang entfernt hatte, hörte ich nur noch das leise Jammern der Riemen. Ich ruhte mich oft auf ihnen aus und sah nach den weißen Schwimmern, die nach unten gezogen wurden. Damals war das Wasser so klar, dass man die ausgelegten Netze in beträchtlicher Tiefe sehen konnte. Ich war zeitig gekommen, und Lillemor schlief noch. Eigentlich hatte ich nur die Netze prüfen wollen. Wenn sie leer waren, konnten sie noch liegen bleiben, so frei von Müll und Algen war der See damals.

Mitten im Verlauf des Netzes verschwanden die kleinen weißen Spulen nach unten. Vermutlich saß dort ein Lachs oder eine große Maräne. Ich musste das Netz allerdings von der gelben Spülmittelflasche aus einholen, die als Markierung draußen trieb, und folglich musste die Sache warten, bis Lillemor wach war und mich rudern konnte.

Ich ruderte an Land und hörte bald wieder den Vogelgesang dieses Maimorgens. Drosseln und Buchfinken vor allem. Ich war zum Wasser, zum Morgen geflohen – obwohl ich eigentlich vor gar nichts fliehen musste. Dass Thorsten Jonssons Erzählband ein Verbrecheralbum ist, kümmerte mich in dem Moment nicht. Hatte nur den Titel im Kopf: *Flieh zum Wasser, zum Morgen* – Worte aus Dunst und Nebel, die immer wieder aufscheinen, wenn sie sich verflüchtigt haben.

Da sah ich Lillemor auf dem Bootssteg stehen, und ich weiß noch, dass sie eine rosarote Strickjacke, eine weiße Bluse und Jeans trug, was allerdings nichts mit meinem guten Gedächtnis zu tun hat, sondern mit den Fotos, die ein paar Stunden später gemacht werden sollten.

Ich dachte an den Lachs, falls es denn einer war, und ob wir ihn braten oder kochen sollten. Oder falls es eine Maräne war, ob sie dann so groß wäre, dass man sie beizen konnte. Bevor der Meteorit eingeschlagen hatte, gab es hier ringsum vielleicht Tiere, die daran dachten, was sie fressen würden. Irgendwann starben natürlich alle. Wir waren noch nicht gestorben, und ich wusste auch noch nichts von dem Einschlag in unsere Welt. Es war nichts als ein Maimorgen auf dem Wasser.

Als ich zum Steg kam, sah ich, dass Lillemor blass war. Derlei schreiben Leute in Kriminalromanen ja heute noch: Er wurde blass, sie schauderte, ihr standen die Haare zu Berge, und ihm wurde ganz kalt. Lillemor war jedoch wirklich graublass und sehr ernst. Verdammt, dachte ich. Endlich! Astrid Troj ist tot.

Aber so war es keineswegs.

Lostgården hieß das Haus, das ich oben im Dorf gemietet hatte. Es lag an einer Dorfstraße, wo die Häuser noch wie zu der Zeit vor der Flurbereinigung angeordnet waren. Dort hatte die Witwe eines gewissen Lost Erik Pettersson gewohnt. An den Fenstern hingen noch ihre selbst gewebten Streifengardinen, und auch ihre Flickenteppiche mit zahlreichen Einsprengseln blauer Arbeitskleider waren noch da, ebenso der Klapptisch in der Küche, die Standuhr mit Rosen auf der Tür des Gewichtsgehäuses, die Pfostenstühle, das Paneelsofa, die Kommode aus geflammter Birke mit Frisierspiegel und geklöppeltem Spitzentuch, die Lehnsessel samt bestickten und mit Quasten versehenen Kissen, die Brauttruhe, der Messingleuchter für zwölf Kerzen und die großen, mit Blumen und den Jahreszahlen 1799 und 1812 bemalten Schränke. Der eine hatte zudem ein Zifferblatt und im Innern ein funktionierendes Uhrwerk mit Gewichten. Da die Schläge beider Uhren Tote aufwecken konnten, hatte ich die Gewichte bis zum Boden ablaufen lassen und nicht mehr aufgezogen.

Da waren auch Bierkrüge mit dem für die Gegend typischen Kurbitsdekor gewesen und aus Haaren gestickte Bilder, Schalen aus den kranken Auswüchsen von Birken, Maserknollen genannt, Rietblätter, Schafscheren, Laufgewichtswaagen und anderes, was auf dem Hof früher genutzt wurde, jetzt aber zusammen mit Barometern und Holzbrandbildern an den Wänden hing. Eines der Barometer zeigte konstant auf Erdbeben, doch ich erkannte darin kein Omen. Alles, was nicht niet- und nagelfest war, hatten Lillemor und ich vorsichtig in Papiertüten vom Konsum in Rättvik verstaut und diese nummeriert. Es sollte beim Auszug möglich sein, hunderterlei Zierstücke in ihre angestammte Ordnung zurückzustellen.

Angefangen hatte alles damit, dass Lillemor und Sune sich unten am See ein Sommerhaus gekauft hatten. Früher weideten dort die Kühe von Lostgården, doch jetzt war der Grund abgeteilt. Man hatte gezimmerte alte Bruchbuden dorthin verfrachtet und daraus Häuser und Schuppen errichtet. Ein Steg aus Stein und Zement wurde bei jeder Eisschmelze Stück für Stück abgetragen, und in die magere Grasnarbe des Grundstücks waren Birkenschösslinge eingedrungen. Überhaupt hatte der Angriff von See und Wildwuchs auf das Anwesen etwas Wütendes an sich, während alles Angepflanzte verkümmerte.

Aber es gab dort Elektrowärme und fließendes Wasser, die Schönheit des Siljans und zum Einschlafen Wellengeplätscher. Eigentlich war es so gedacht, dass die drei Geschwister, die dieses Anwesen von ihrem Vater bekommen hatten, dort den Sommer verbringen und bis ans Ende der Zeiten in ihrem Paradies Weihnachten, Ostern und Mittsommer feiern sollten. Doch sie hatten sich natürlich zerstritten, und die Schwägerinnen zischten wie die Schlangen, wenn sie einander sahen. Außerdem war das Grundstück mit dem Sommerhaus auf der Landzunge im Wert gestiegen, weshalb sie es unbedingt verkaufen wollten, wovon sie zu Lost Eriks Lebzeiten keinen Mucks zu sagen gewagt hatten.

Im selben Winter, in dem Sune die Stelle in Borlänge bekam, erlitt die Witwe auf Lostgården einen Schlaganfall, und die Kinder glaubten schon, sie würde das Zeitliche segnen. Während sie im Krankenhaus lag, verkauften sie das Sommerhaus an den neuen Schulleiter in Borlänge oder vielmehr an seine Frau. Den Hof im Dorf wollten sie verkaufen, sobald die Alte den Geist aufgegeben hätte. Doch sie war zäh und berappelte sich wieder. Sie lag auf der Langzeitpflege, war aber immer noch die Eigentümerin von Lostgården. Das Thema Verkauf wagten die Kinder nicht anzuschneiden. Aber auf Vermietung ließ sie sich ein, weil sie gesagt hatten, dass das leere Haus zu Einbruch und Vandalismus einladen würde. Und so mietete ich es.

Eigentlich war es so gedacht, dass Lillemor zusammen mit Sune nur die Wochenenden in Örnäs verbringen würde, wie das Haus nach der Landzunge, auf der es lag, hieß. In der ersten Zeit hatte sie jedoch so viel damit zu tun, es einzurichten, dass sie selten in der Wohnung war, die sie in Borlänge gemietet hatten. Auch Sune war nicht sehr oft zu Hause. Seine parteipolitischen Verpflichtungen riefen ihn oft nach Stockholm. In diesem Frühjahr gab Lillemor Borlänge mehr oder weniger auf. Der Grund, sagte sie, sei Sjunga. In gewisser Weise stimmte das, doch ich wusste, dass sie die Stadt, in der sie gelandet waren, hasste. Für sie bestand sie bloß aus Industrie, Beton und Lokalbonzen.

Sjunga kam in einer Chiquitabananenkiste an, die auf dem Vordersitz von Antes Opel Kadett platziert war. Sie war das Ergebnis einer Fehlpaarung seiner Laikahündin mit einem kleinen Mischling, in dem möglicherweise ein Dackel enthalten war. Der hatte sie schon von Weitem gerochen und war tatsächlich an die ersehnte Stelle gelangt. Es wurde also nicht wie geplant ein reinrassiger Jagdhundewurf, der Antes Finanzen aufgeholfen hätte. Die Laikahündin bekam sechs Bastarde. Als Ante Sjunga brachte, war sie acht Wochen alt, und er sagte natürlich, es sei ein Geschenk für Lillemor. Eigentlich aber kam er, weil er mich dazu bewegen wollte zurückzukehren. Wieder nach Hause zu kommen, wie er sagte. Beim Abschied war er traurig. Ich war es wirklich auch. Aber was soll man machen?

Die Hündin erhielt ihren Namen, weil sie die Schnauze tüchtig in die Höhe reckte und heulte. Man musste nur fragen: »Kannst du singen?«, schon tat sie es. Lillemor hatte ja Angst vor der Dunkelheit, was sich aber besserte, als sie den Hund hatte, und außerdem waren die Nächte jetzt hell.

So war es bei uns. So glaubten wir, dass es sein sollte. Jetzt aber stand eine bleiblasse Lillemor auf dem Steg, die Arme fest um den Körper geschlungen.

Sie sah aus, als hätte jemand sie zu Tode erschreckt.
»Komm mit rauf«, sagte sie. »Ich muss dir was erzählen.«
Als wir im Haus waren, bat sie mich, Kaffee zu kochen. Sie hatte sich auf einen Küchenstuhl gesetzt und sagte, sie friere. Noch immer hatte sie die Arme fest um den Körper gepresst. Ich wurde ziemlich ungeduldig, aber sie sprach erst, als sie einen Becher heißen Kaffee vor sich stehen und daran genippt hatte.

Da kam es: »Der Sekretär der Schwedischen Akademie hat angerufen«, sagte sie. »Weißt du, wer das ist?«

»Ja sicher. Ein guter Autor. Ich verstehe nicht, warum er diesen Job auf sich genommen hat.«

Ich dachte, die Akademie habe uns einen großen Preis zuerkannt und Lillemor erleide ihre üblichen Qualen. Ich wollte gerade sagen, sie solle nicht immer so einen Zirkus veranstalten und sich damit abfinden, dass es war, wie es war.

Da piepste sie: »Gestern war Donnerstag.«

»Ja und?«

»Da treten sie zusammen.«

»Das weiß ich wohl«, sagte ich. »Erbsensuppe und Kerzenlicht. Haben wir einen Preis bekommen?«

»Nein.«

Jetzt wurde auch mir angst. Ich musste meinen Kaffeebecher ganz vorsichtig absetzen, um nichts zu verschütten.

»Sie haben mich in die Akademie gewählt.«

Dann sah sie hoch und korrigierte sich: »Uns.«

Da hob Sjunga, die vor dem Küchentisch saß, zu einem langen und ausdrucksvoll heulenden Klagegesang an. Wahrscheinlich wollte sie damit nur sagen, dass sie Hunger habe, doch es klang schicksalsschwer.

»War er stinkig?«, fragte ich.

»Weswegen?«

»Als du abgelehnt hast.«

Sjunga verstummte, Lillemor auch.
»Hast du nicht Nein gesagt?«
Sie trank von ihrem Kaffee und saß dann da und biss sich auf die Unterlippe. »Ich habe gesagt … ich weiß nicht … dass wir, ich meine, dass ich erst so wenig geschrieben habe, dass ich nicht verstehe … aber er hat so viel geredet. Er ist fix.«
»Und was hast du dann gesagt?«
»Dass ich es mir überlegen wolle«, sagte sie.
»Warum?«
Sie seufzte resigniert. »Damit wir auf eine nette Art ablehnen können natürlich. Wir müssen doch erst übereinkommen, was wir sagen wollen. Außerdem wurde mir ganz kalt. Bin gewissermaßen verstummt.«
»Aha. Aber jetzt rufst du ihn an«, sagte ich. »Sag, dass du aus gesundheitlichen oder politischen oder aus weiß der Geier was für Gründen dem Ruf nicht Folge leisten kannst. Bedanke dich vielmals und grüß von mir, wenn du willst«, fügte ich noch hinzu und fing lauthals zu lachen an. Es lag eine große Spannung in der Luft. Wie elektrisch geladen. Schon fast zu riechen. Und Lillemor fror.
»Ich möchte es mir nicht mit ihnen verderben«, sagte sie. »Wir müssen uns also was wirklich Gutes ausdenken, etwas, das sie respektieren können. Und ehrlich gesagt, glaube ich nicht, dass ich mich noch mal mit ihm zu sprechen traue. Ich denke, wir schreiben ihm. Danken für die Ehre und alles und … ja, schieben es auf irgendwas.«
»Ruf jetzt an«, sagte ich.
So ging das eine ganze Weile. Sie hatte eine Heidenangst vor dem Sekretär. Ich sah ein, dass er sie an die Wand reden konnte, wenn sie ihn in diesem Zustand anrief, und schlug vor, erst das Netz einzuholen. Sicherlich würde sie sich auf dem See draußen beruhigen, lag er doch noch ebenso glatt, zinnmatt und millionenjährig da wie vorhin, als ich in Richtung Vogelgesang heimgerudert war.

Wir hatten an der Stelle, wo es sich gesenkt hatte, tatsächlich einen ziemlich großen Lachs im Netz, und ich musste ihn mit der Hakenstange holen, denn das Biest war stark und wollte sich mithilfe seines Schwanzes losschlagen. Lillemor hieb ihm mit dem Ruder auf den Kopf, sie hatte sichtlich Mut gefasst. Mit entschiedenen Ruderschlägen pullte sie zum Steg, und sobald sie im Haus war, setzte sie sich ans Telefon.

»Ich muss die Auskunft anrufen, weil ich die Nummer der Akademie nicht habe«, sagte sie. »Ist gut«, erwiderte ich, »aber überleg nicht zu viel. Und lass dich von ihm nicht an die Wand reden.«

Dann ging ich hinaus, um den Lachs auszuweiden. Zu diesem Zweck hatten wir einen alten Tisch neben einem der Schuppen, der die Sicht auf den kleinen Weg zum Sommerhaus verdeckte. Ich hörte ein Auto kommen.

Im selben Moment trat Lillemor aus dem Haus und hatte den Zettel mit der Nummer der Schwedischen Akademie in der Hand. »Ich möchte, dass du dich zu mir setzt, wenn ich mit ihm spreche«, sagte sie.

Ich wischte mir die Hände ab und schob den Tisch mit dem aufgeschlitzten Fisch in den Schatten. Das Auto hatte hinter unserem Brennholzschuppen angehalten.

»Da hat sich wieder jemand verfahren«, sagte Lillemor.

Ich ging zu dem kleinen Weg hinauf, um dem Fahrer zu sagen, dass er bis zum Bootsanleger des Dorfs weiterholpern müsse, um wenden zu können.

Da stieg er aus und sagte: »Wohnt hier Lillemor Troj?«

Er hatte ein großes Paket im Arm.

Jetzt war auch Lillemor dazugekommen.

»Ja, das sehe ich ja«, sagte er und gab ihr das Paket.

Er setzte sich wieder ins Auto und fuhr los. Wir sahen ihn im Birkenwald in Richtung Bootsanleger verschwinden, und wir sahen ihn zurückkommen, nachdem er gewendet hatte, und in Richtung Dorf fahren. Die ganze

Zeit über stand Lillemor mit dem Paket im Arm da. Es war groß und verjüngte sich nach unten.

»Mach es mal auf«, sagte ich, überaus Böses ahnend.

Wir legten es auf den Schlachttisch, und ich schlitzte mit dem Messer das Papier auf. Es war ein gigantischer Strauß gelber Rosen und blauer Iris. Lillemor war wieder ganz blass geworden. Sie zog die Karte heraus, die in einem Kuvert steckte, und las. Anschließend reichte sie mir die Karte. »Die Gemeinde Rättvik gratuliert voll Stolz zur Mitgliedschaft in der Schwedischen Akademie!«, stand da, unterzeichnet vom Gemeinderat, obwohl bestimmt die Verkäuferin im Blumenladen alles nach Telefondiktat geschrieben hatte.

»Scheiße«, sagte ich. »Er hat sofort bei der Nachrichtenagentur angerufen. Ganz schön gerissen, der Kerl. Sie riskieren natürlich keine Ablehnung.«

Zu dieser Zeit wurden keine hochtrabenden Artikel über die berühmte Tür und ihre ebenso berühmte vergoldete Klinke oder über die Krawatte des Sekretärs bei der Bekanntgabe des Nobelpreises oder auch nur über seine berühmten Katzenjammer geschrieben. Dieser Sekretär, wahrlich kein Dummkopf, konnte natürlich nicht wissen, wie nahe Lillemor der Linken stand, die, einst bissig, jetzt pompös geworden war. Sie hatte die Kulturseiten erobert und dominierte TV2, und er wusste, was er nach der Verleihung des Nobelpreises an zwei schwedische Schriftsteller, die in den Augen der Linken unbedeutende Klassenverräter waren, zu erwarten hatte. Also hatte er gleich mit der Nachrichtenagentur TT zugeschlagen, und da standen wir nun mit einem riesigen Blumenstrauß in den schwedischen Farben und einem Lachs, dem es in der Wärme nicht wohl war.

Ich weidete den Lachs aus, filetierte ihn, nahm ihn mit ins Haus und packte ihn in den Kühlschrank. Als ich fertig war, saß Lillemor am Küchentisch und sah wieder so aus wie am Morgen, als sie auf dem Steg gestanden hatte. Ich kochte noch mehr Kaffee, aber bevor wir ihn uns hatten einverleiben können, kam schon das nächste Auto. Das heißt dasselbe. Dieses Blumenpaket war genauso groß und enthielt massenhaft gelbe Iris und blaue Anemonen. Sie kamen von der Gemeinde Borlänge, sie gratulierte und war stolz auf ihre Gemeindebewohnerin. Die Gemeinden wetteiferten nun um ihre Berühmtheit.

Dass ich derart wie vor Schreck gelähmt war! Lillemor findet es merkwürdig, damals nicht sofort begriffen zu haben, dass sie es war, die man in die Akademie gewählt hatte. Wirklich. Babba wäre niemals infrage gekommen, egal, was sie geschrieben hatte. Und sie hätte sich natürlich sofort danebenbenommen. Den Sekretär bei seinem Anruf ausgelacht. Sich die Hucke vollgelacht, wie sie selbst es ausgedrückt hätte.

Es war ein schrecklicher Tag, das muss sie zugeben. Irgendwann war es dann doch ruhig geworden. Sune schnarchte in seinem Bett, das an der anderen Wand stand. In seinem Enthusiasmus über ihre Wahl hatte er seine gestreifte Pyjamahose ausgezogen und mit ihr geschlafen, was in ihrem Zusammenleben nicht oft vorkam. Er hatte zwei Flaschen Knutstorps Sparkling mitgebracht, als er aus Borlänge kam, und sicherlich gehört, wie Babba schnaubte. Auch nach Lillemors Ansicht hätte er ruhig echten Champagner spendieren können. Aber auf der anderen Seite ist ja auch ihre Mitgliedschaft falsch. So dachte sie damals.

Sie lag in dem weißen Bett, das ein Schreiner so hoch gebaut hatte, dass man sich hinaufschwingen musste und einem von der dicken, weiß lackierten Kante die Schenkel wehtaten. Die Matratzen waren ebenfalls hoch und hatten Sprungfedern, die kaum nachgaben. Sie hatte sie behalten, weil nur schwer moderne Matratzen in der Größe dieses

Betts zu bekommen sind, diesem Standardmaß falscher Rustikalität. Wenn Lillemor allein war, schlief sie in einem der Bodenkämmerchen. Es war klein, überschaubar und ließ sich abschließen. Die Angst vor der Dunkelheit drang in diesen Kokon mit weißen Spitzengardinen nicht richtig ein. Das kleine Hundemädchen duselte in seiner Kiste.

Im Schlafzimmer war in der Nacht, als sie Akademiemitglied geworden war, kein Schlaf zu finden. Das Schnarchen und das Geplätscher der Wellen vor dem halb offenen Fenster hielten sie bei messerscharfen Gedanken und einer leichten Übelkeit wach. Sie kletterte aus dem Bett und schwor sich, dass es ihr zum letzten Mal die Schenkel misshandelt habe.

Aber auch in dem kleinen Zimmer konnte sie nicht einschlafen. Sie ging früh nach unten, machte sich einen Becher Kaffee und setzte sich an den Tisch in der großen Stube. Es kann nicht später als fünf Uhr gewesen sein, vielleicht erst vier. Das Licht war noch fahl. Ja, das weiß sie noch.

Sie legte die Karten, die mit den Blumen gekommen waren, vor sich aus. Insgesamt waren im Lauf des Tages mindestens ein Dutzend Sträuße und sechs Journalisten mit ebenso vielen Fotografen eingetroffen. Tomas, der mit seinem Vater im Auto aus Borlänge gekommen war, hatte sich vorgedrängt, um mit ihr fotografiert zu werden. Es sollte Familienaufnahmen geben, auf denen sie einander den Arm um die Schultern legten. Babba hatte Tomas jedoch am Arm gepackt und ihn nach hinten gezogen. Mit einem Mal hatte er aufgehört zu posieren und seine Jeansjacke gesucht. Babba hatte mit verschränkten Armen dagestanden, einem Götterbild gleich, das die Gläubigen soeben mit einem Schlachttier gefüttert hatten. Zu guter Letzt hatte Tomas seine Jacke gefunden und hektisch die Taschen durchsucht.

»Er hat die Jacke ausgezogen, damit das Hakenkreuz

auf seinem Arm in die Zeitung käme«, hatte Babba hinterher gesagt. »Ich hab sie genommen und seine Scheißhaschpfeife darin gefunden und sie vor seinen Augen am Treppenstein zerschlagen und das Hasch in den See geworfen. An mich traut er sich nicht ran.«

Nein, sie war für den schmächtigen Tomas zu groß. Schenkel wie alttestamentarische Säulen und geschwellte Armmuskeln. Sie hätte ihn nur anzutippen brauchen, schon wäre er zu Boden gegangen. Er hatte Babba angeglotzt und war verschwunden. Hinterher wurde ihnen klar, dass er per Anhalter in einem der Journalistenautos mitgefahren war.

In der Morgendämmerung fing Lillemor an, Dankeskarten zu schreiben. Sie weiß noch sehr gut, dass ihr die erste ihrer Meinung nach konventionell geraten war. Auch der Rest geriet so. Ihre Schrift war zittrig. Ihr schwante, dass die Karten aufgehoben und womöglich lange nach ihrer Zeit auftauchen würden. Eigentlich hätten sie spiritueller sein müssen, weil sie jetzt eine von den Unsterblichen geworden war. Das stand tatsächlich auf einer der Karten. Sie hatte sie gleich gelesen, als der Blumenstrauß kam, und gedacht: Ist das eine Bosheit? Doch Babba erklärte, es ziele auf *Les immortels* der Académie française ab. Sie nannten sich immer noch so und trugen bei feierlichen Anlässen kleine Degen.

»Ich glaube, Gustav der Dritte hat alles nur nachgeahmt, als er seine Akademie gebastelt hat«, sagte Babba. »Also bist du jetzt, hol's der Teufel, unsterblich.«

In dieser Morgendämmerungsstunde dachte Lillemor bei Unsterblichkeit nicht an Marmorbüsten und ehrenvolle Grabstätten in irgendeinem Pantheon. Sie dachte vielmehr daran, ein hohes Alter erreichen zu können. Steinalt, das Gesicht voller Furchen, mit hängender Unterlippe, womöglich sabbernd und mit Gebiss, dünne, knotige Beine in großen Schuhen und knochige Hände, auf denen sich unter papierdünner Haut blaue Venen schlängelten. Mit frischer Dauerwelle würde sie in einem steifen neuen Kleid dasitzen und Geburtstagsaufwartungen, eine Torte, Blumen und die ehrerbietige Huldigung eines jungen Akademiesekretärs entgegennehmen. Nichts mehr würde sie dann können, nicht mal mehr Dankeskarten schreiben. Tüchtiges Mädchen, hatte Sune am Abend zu ihr gesagt. Sie war vierundvierzig, und schlimmstenfalls hatte sie noch mehr als fünfzig Jahre in dieser Situation vor sich.

Sie schrieb die nächste Karte und die übernächste. Mag sein, dass sie nichtssagend gerieten, aber man bedankt sich nun mal für Blumen und Glückwünsche. Das macht man immer so. Ihre Schrift, vor Schlafmangel tattrig, wurde allmählich sicherer.

Mühlsteine Blendwerk

Vom Küchenfenster auf Lostgården aus sah ich Sune mit seinem großen grünen Volvo zur Arbeit nach Borlänge fahren. Es war am Vormittag gegen zehn Uhr, und ich machte mich sofort auf den Weg zu Lillemor hinunter. Ihre Tür stand offen, aber sie war nicht im Haus. Die Blumen in der großen Stube waren alle weg, und nur die Karten, die den Sträußen beigegeben waren, lagen fein säuberlich auf dem Tisch aufgereiht. Die Vasen, Kannen und Einmachgläser, in denen die Sträuße gestanden hatten, türmten sich in der Spüle.

Das Telefon klingelte und klingelte immer wieder, da niemand abhob. Schließlich ging ich in die Stube und nahm den Hörer ab. Es war Astrid Troj. Mit nur einem Tag Verzögerung hatte die Nachricht an diesem Morgen die spanische Sonnenküste erreicht.

»Wo ist Lillemor?«, rief sie lautstark.

Dann hatte sie wohl mitbekommen, wer am Apparat war, denn sie sagte in einem völlig anderen Ton: »Du? Was machst du denn da?«

Und dann wieder in höherem Register: »Meine Güte, ich muss mit meiner Kleinen sprechen! Meinem wunderbaren, kleinen tüchtigen Mädchen!«

Sie sagte, sie sei von guten Freundinnen umgeben, und ich hörte ihr Gegacker, als sie auf Lillemor tranken. In Fuengirola fing man offensichtlich früh an.

»Ich weiß nicht, wo sie ist«, sagte ich und legte auf. Das alte Telefon hatte keinen Stecker, also packte ich zwei Sofakissen darauf. Dann ging ich hinaus, um Lillemor zu suchen. Als ich entdeckte, dass das Boot weg war, wurde mir angst.

Was ich dachte, wollte ich nicht wahrhaben, und doch drang es in mich ein, als käme es von außen, und mir wurde speiübel. Ich musste fortwährend Speichel schlucken und hatte einen säuerlichen Geschmack im Mund. Es gab niemanden, mit dem ich mich schlagen konnte, obwohl ich, weiß Gott, egal wem, so richtig eins hätte reinhauen können. Wen hätte ich denn anklagen sollen? Was einmal als großer Spaß begonnen hatte, war krank geworden. Konnte jetzt jäh in ein schwarzes Loch abstürzen. Mitten in allem schoss ein Kuckuck aus der Küchenuhr und kuckuckte. Ich drosch derart darauf ein, dass das Uhrengehäuse mit dem geschuppten Dach zu Boden fiel, noch eine Weile surrte und schließlich verstummte. Dies brachte jedoch keinerlei Erleichterung, und ständig rumorte unter den Kissen dumpf das Telefon.

Wäre ich Raucherin gewesen, hätte ich geraucht, hätte ich einen Kaugummi gehabt, hätte ich gekaut. Vom bloßen Gedanken an Kaffee wurde mir nur noch übler.

Es war eine Stunde des Todes. Oft habe ich mir schon gedacht, dass Leute sehr schnell sagen, sie würden nichts bereuen. Wie ist das möglich?

Ich begann, am Ufer herumzulaufen, unschlüssig, ob ich den Rettungsdienst oder Sune alarmieren sollte. Oder die Polizei? Ich stolperte über die Ufersteine, die Wellen in Millionen von Jahren geschliffen hatten. Trotzdem konnte ich die Sache nicht unter dem Gesichtspunkt der Ewigkeit betrachten. Wir sind zwar ephemere Geschöpfe, schaffen es aber, auf dem kurzen Weg, den der Mönch Beda Venerabilis als den Flug eines Sperlings durch die dunkle Halle von einem Fenster zum anderen beschreibt, so einiges Elend anzurichten.

Um zwanzig vor zwölf entdeckte ich das Boot. Es dauerte eine geraume Weile, bis ich wagte, davon überzeugt zu sein, dass es Lillemors Kahn war und sie auch tatsächlich ruderte. Als sie ausstieg und ihn vertäute, war sie absolut ruhig, ich dagegen gar nicht. Ich schimpfte sie aus. Was trieb sie da eigentlich? War das irgendein Theater? Sie reagierte nicht, sondern hob nur einen großen geflochtenen Weidenkorb, eine sogenannte Kiepe, aus dem Boot.

»Lass uns jetzt raufgehen und eine Tasse Kaffee trinken«, sagte sie.

Sie war irgendwie sehr gesammelt und sehr traurig. Es war warm geworden, und wir trugen das Kaffeetablett hinaus und setzten uns auf die Gartenmöbel Marke Eigenbau aus dicken, krummen Eichenästen und mit schweren Planken als Sitzen. Sie sprach nicht viel, starrte vor allem aufs Wasser. Ich glaubte alles ertragen können – nur nicht diese Traurigkeit.

Nach einer ganzen Weile sagte sie: »Gefangen.«

Ich wartete auf eine Fortsetzung.

»Erinnerst du dich nicht an Mister Polly?«, fragte sie.

Selbstverständlich erinnerte ich mich an ihn. Und da kapierte ich. Sie war wirklich gefangen.

Gefangen. Fürchterlich, grässlich, hoffnungslos und entsetzlich gefangen, sagte Mister Polly.

Ihre Stimme war völlig ausdruckslos, und sie starrte weiterhin auf den See. Mister Polly in H. G. Wells' Roman hatte seine Kleider abgelegt, war ans andere Ufer geschwommen und dort an Land gestiegen, um ein neues Leben anzufangen. Für Lillemor gab es aber kein neues Leben jenseits des Wassers, wo man die blauen Höhenrücken sah. Das Schlimmste aber war ihre Traurigkeit. Wäre sie böse gewesen, verzweifelt, hysterisch – was auch immer –, dann hätte ich sie vielleicht sanft oder unsanft zur Vernunft bringen können. Aber gegen diese Traurigkeit war ich machtlos. Ich versuchte es immerhin und sagte, es sei eigentlich nicht schlimmer als vorher.

»Ach nein?«

Schließlich bat sie mich, nach Hause zu gehen. Aber ich wollte sie nicht allein lassen. Ich hatte nach wie vor Angst, wenn ich an den See und den Kahn dachte.

»Ich möchte dich nicht allein lassen«, sagte ich, und ein Weilchen war es still.

»Wir kommen da nicht raus, Lillemor.«

»Darüber bist du doch froh.«

»Nicht ganz. Ich finde aber, du solltest es nicht dramatisieren.«

»Ach nein?«

Sie wandte sich mir heftig zu. »Ich bin eine falsche, eine Art ... ach, ich weiß nicht, was ich bin. Jedenfalls nicht das, was sie in der Akademie von mir glauben. Ich habe das, wofür sie mich gewählt haben, ja gar nicht geschrieben.«

»Du hast ziemlich viel an unseren Büchern gearbeitet.«

»Ach was!«

»Im Übrigen haben sie dich nicht für das gewählt, was du geschrieben hast.«

Sie drehte sich abrupt zu mir um. »Spinnst du?«

»Sie haben dich aus politischen Gründen gewählt.«

»Ich und politisch!«, sagte sie.

»Nein, aber genau deswegen haben sie dich gewählt. Hätten sie in dieser Zeit jemanden von der Linken genommen, dann hätten sie einen Korb riskiert. Im Übrigen glaube ich nicht, dass sie irgendwelche Revoluzzer oder Rebellen oder auch nur Progressive haben wollen. Die wollen jemanden wie dich. Eine kultivierte Dame mit akademischem Abschluss. Eine Frau ist doch ein Pluspunkt für sie. Du passt dorthin, und ich glaube, du wirst viel Nützliches tun. Das ist genau dein Stil.«

»Du meinst, ich bin ein tüchtiges Mädchen?«
»Warum sagst du das?«
»Weil Sune das gestern gesagt hat.«

Es wurde wieder ein langer und arbeitsreicher Tag für Lillemor. Sie bat mich zu gehen, als die Journalisten kamen, und ich verstand sie. Es war ihr natürlich unangenehm, mich dabeizuhaben, wenn sie die Fragen über ihre Kindheit und das Erwachen ihres schriftstellerischen Talents beantwortete. Ich traute mich, sie allein zu lassen, weil ich wusste, dass sie vorsichtiger geworden war. Alles, was sie sagte, schwebte auf der Grenze zwischen reiner Lüge und Wahrscheinlichkeit. Außerdem bat sie mich, den Hund in Obhut zu nehmen, weil sie Briefe beantworten und Dankeskarten schreiben müsse.

Als ich von meiner Bleibe aus das letzte Auto Örnäs und Lostbyn verlassen sah und es allmählich dunkel wurde, ging ich wieder zum Sommerhaus hinunter. Eine andere Art von Unruhe hatte mich ergriffen. In Lillemors Leben gab es etwas, was sie das Messer aus der Dunkelheit nannte. Das klang hochdramatisch, aber ich wagte nicht, mich darauf zu verlassen, dass es nur Theater war.

Sie hatte mal erzählt, dass sie versucht habe, diesen Ausweg zu nehmen, von dem mir übel wurde. Zwei-, dreimal war das vorgekommen. Das erste Mal war es sicherlich nur das hysterische Spiel eines jungen Mädchens gewesen. Mit dreizehn oder vierzehn Jahren hatte sie den Arm durch ein kleines Fenster im Ankleideraum des Elternhauses gestoßen. Sie wollte sich dabei so verletzen, dass die Pulsadern durchgeschnitten würden. Das passierte natürlich nicht, aber sie hat auf der Innenseite der Handwurzel eine weiße Narbe davongetragen. Das zweite Mal war in ihrem ersten Semester in Uppsala. Was genau sie da gemacht hatte, verstand ich nicht, aber jedenfalls war es ergebnislos geblieben. Sie war in der Nacht draußen gelandet und vom Parthenon zum Friedhof und zum Infektionskrankenhaus hinaufgegangen. Dort war sie stehen geblieben und hatte sich am Gittertor festgehalten, und sie sagte, sie habe gehofft, dass jemand käme, sie aufnähme und in ein Bett legte.

Und dann war da diese Walpurgisnachtgeschichte mit Ritalin und Mackipillen. Damals hätte es wirklich schiefgehen können. Ich war von diesen Geschichten so unangenehm berührt, dass ich nicht viel danach fragte. Ich machte wohl irgendeine Bemerkung, wie merkwürdig es doch sei, dass jemand Pläne schmieden könne, dem einzigen Leben, das man bekommen habe, ein Ende zu setzen. Darauf sagte sie, dass man so etwas keineswegs plane. Es komme wie das Messer aus der Dunkelheit.

Ich wusste, dass sie mich jetzt nicht sehen wollte, und blieb vor dem Haus. Ich wanderte, vom Erlengebüsch am Uferrand halb verborgen, auf und ab, und das erinnerte mich daran, wie ich mich seinerzeit im Engelska Parken an sie herangeschlichen hatte. Damals war ich allerdings von meiner Idee erregt, mir ihr Gesicht zu leihen. Jetzt war mir übel vor Angst. Irgendetwas an ihrer Abweisung und ihrer einsamen Rudertour auf den See erschreckte mich. Würde sie wieder hinausrudern, wenn es richtig dunkel war?

Ich spähte zwischen den Erlenzweigen hindurch und sah sie in der großen Stube am Tisch sitzen. Sie schien zu schreiben. Auch das ängstigte mich. Denn sie schrieb ja wohl nicht bis tief in die Nacht ihre idiotischen Dankesbriefe!

Schließlich ging das Licht aus und nach einer Weile in ihrem Zimmer im oberen Stock an. Musse wurde jetzt unruhig. (Wir hatten die kleine Hündin umgetauft, da sie voll Inbrunst losheulte, sobald das Wort Sjunga fiel.) Ich ging mit ihr zu Lillemors Auto, und da es offen war, konnte ich sie auf den Rücksitz packen. Auf Welpenart schlief sie sofort ein.

Es wurde eine lange, kalte Nacht. Der Siljan war nicht mehr glatt wie mattes Metall, sondern von kurzen Wellen bewegt, die unruhig gegen die Ufersteine schwappten. Die letzten noch wachen Vögel schrien mehr, als dass sie sangen. Warnten sie? Mir fiel Sigurd Fafnesbane ein, der die Gabe erhalten hatte, die Vogelsprache zu verstehen. Aber eigentlich dachte ich wohl an den, dem als Erstem eingefallen war, die Völsunga-Saga zu erzählen. Er muss den Vögeln gelauscht und auf den Gedanken gekommen sein, dass sie eine Sprache hatten, welche die Menschen nicht verstehen.

Es drangen auch andere Geräusche aus der Nacht. Ein klagender Schrei. Ein Hase, den der Fuchs riss? Ich wusste nicht viel von dem, was sich in der Nacht tat. Aber war es nicht die Dunkelheit, aus der das Messer kam? Ich fror jetzt erbärmlich und wollte eigentlich den Hund nehmen und zu mir hinaufgehen, mir heiße Milch mit Whisky machen und mich ins Bett verkriechen. Unter dem bewölkten Himmel wurde es immer dunkler. Aber ich wagte es nicht, wegzugehen.

Im Auto lag ein Plaid, das holte ich mir und wickelte mich darin ein. Dann saß ich auf den Gartenmöbeln, hatte krumme Eichenäste im Rücken, fror und verlor ab und zu den Kopf im Schlaf, wurde wieder wach und fror. Ein Weilchen legte ich mich zusammengekrümmt wie eine gekochte Garnele auf die harten Planken. In Lillemors Zimmer brannte die ganze Zeit kein Licht.

Der Morgen kam und befreite mich. Allein das Licht und der erwachende Vogeljubel nahmen mir die Angst. Die Dunkelheit gab es nicht. Das Messer war ein Lügenmärchen. Oder eine Metapher! Ja natürlich. Ich wurde allmählich munter, als die Buchfinken einander wie Tenöre in einer italienischen Freiluftarena herausforderten, und kam mir ein bisschen blöd vor, weil ich so ängstlich gewesen war. Es hatte aufgefrischt, und ich entdeckte, dass die Wellen etwas ans Ufer spülten. Steifbeinig und durchgefroren ging ich hinunter, um zu sehen, was da zwischen den Ufersteinen auf und ab schaukelte und am Abend noch nicht da gewesen war. Es waren Blumen. Kostbare Blumen.

Da war mir klar, was Lillemor beim Hinausrudern in der Kiepe gehabt und sich vom Hals geschafft hatte. Welch eine Geste! Ich wurde böse.

Ich wollte schnell ins warme Haus kommen und heißen Kaffee haben und Lillemor wegen meiner erbärmlichen Nacht irgendwie zur Verantwortung ziehen, selbst wenn mir klar war, dass dies schwierig würde. Ich klopfte an die Tür, obwohl es erst halb sechs war. Es war eine schicke moderne Eichentür, die sich schlecht mit dem graubraunen Holzkasten vertrug. Hier war alles eine Mischung aus falscher und echter Rustikalität. Die Fahnenstange war frisch mit Kurbitsdekor bemalt. Ich bewegte ein paarmal den schmiedeeisernen Türklopfer, auch er ziemlich neuen Datums. Dann saß ich leise kochend auf der Treppe, die aus zwei alten Mühlsteinen bestand. Dachte: Das Geld nimmst du an, aber mich willst du nicht sehen. Schließlich stand ich auf und hämmerte wütend an die Tür. Da öffnete Lillemor. Stand in dieser kleidsamen Blässe da, die von den moralischen Qualen herrührte, welche sie empfand oder sich zumindest vorspielte.

»Himmel, was siehst du tragisch aus!«, sagte ich. »Ist der Erfolg so unangenehm?«

»Du weißt, wie ich mich fühle«, erwiderte sie.

»Möchtest du mich nicht reinlassen? Ich bin doch immerhin die andere Hälfte deines Elends. Ich bin der Mühlstein um deinen Hals. Nein, der hängt ja eher um meinen Hals. Schließlich war ja wohl ich es, die eine Unschuld verführt hat. Ich sage dir aber, da draußen liegen in Wirklichkeit zwei Mühlsteine, auf einem davon habe ich gesessen und mir einen kalten Hintern geholt. Du musst mir Kaffee machen mit einem Schuss Whisky. Sune wird seinen Famous Grouse doch hoffentlich nicht weggeschlossen haben?«

»Red keinen Unsinn«, sagte sie und ging vor mir hinein.

»Und du nimm das Ganze nicht so ernst«, entgegnete ich. »Das ist doch alles nur ein großer Spaß.«

Als wir einander mit unserem Kaffee und der Whiskyflasche an dem auf alt getrimmten Kieferntisch jüngsten Datums gegenübersaßen, sagte sie: »Für dich gibt es nichts Ernstes.«

»Doch, schon. Aber nicht in dieser Komödie mit Blumengebinden und Stühlen mit vergoldeten Nummern und all dem Kram. Wie zum Teufel kann jemand so was ernst nehmen?«

»Aber ich täusche die Akademie doch. Ganz Schweden im Übrigen.«

»Na ja«, sagte ich. »Die Mehrzahl in diesem Land kümmert sich doch einen feuchten Kehricht um das höhere kulturelle Leben. Wenn sie überhaupt von derlei Kenntnis nimmt.«

»Es ist jedenfalls Betrug.«

»Ja sicher. Aber es ist nur eine von all den Augenwischereien, die du betreibst. Ohne diese literarische Schwindelei wäre dein Leben jedenfalls eine lange Serie kleiner Betrügereien. Ein Hokuspokus vor den Augen der anderen.«

»Wie kannst du so etwas sagen!«

»Hör dich doch bloß mal selbst an, deine kleinen, aparten Ausrufe: Wie *kannst* du so etwas sagen! Wo du sehr wohl weißt, dass es so ist. Du bist eine Schauspielerin, Lillemor. Ein Spiegelwesen. Es kommt vor, dass ich dich bewundere.«

»Verstehst du denn nicht, dass mir von dem Betrug übel ist?«

»Warum denn? Du brauchst doch deine Koketterie, deine anmutigen Gesten und kleinen Ausrufe, ob nun wahr oder falsch. Du buhlst mit dem Leben, Lillemor, und spielst deine Orgasmen vor, während du dich gleichzeitig zutiefst und inbrünstig danach sehnst, dass sie echt wären. Das Leben dort oben, wo du dich jetzt befindest, enthält zu viel Sauerstoff. Es berauscht und vergiftet. Es nährt dich nicht so wie die Erde.«

»Ich gebe doch nur vor, Schriftstellerin zu sein«, sagte sie und begann zu schluchzen.

»Du bist Schriftstellerin. Du bist es genauso wie Rut Hillarp oder wie Sven Lindqvist oder Erik Beckman Schriftsteller sind. Oder Herman Wouk, was das angeht. Du hast doch *Ein Mann kam nach New York* gelesen.«

»O Gott, ein schlechter Roman.«

»Genau. Die Wahrheit über das Leben eines Schriftstellers. Ein richtiger Lesezirkelroman für dämliche Tanten, oder? Aber stell dir vor, dein ganzes Leben wäre ein solcher Roman. Verachte deine Leser nicht, Lillemor. Die suchen hinter all den Gesten vielleicht nach deiner Wahrheit. Und du hast Glück: Es gibt sie. Sie ist hier unten auf der Erde, wo ich mich herumtreibe.«

Obwohl die Morgensonne durch die Fenster mit den vielen kleinen Scheiben schien, sah ich nicht viel von Lillemor. Sie hatte sich auf dem Sofa zusammengekauert und den Kopf mit dem Gesicht nach unten auf ein Kissen gelegt.

»Du brauchst deine Augenwischereien«, sagte ich. »Ich für meine Person brauche die Anonymität, ich brauche sie wie der Regenwurm die Erde. Ich fühle mich wie der Wurm, wenn er die Erde frisst und umwandelt. Die Anonymität ist meine dunkle Nahrung.«

Das klang etwas pathetisch, aber ich war mir ohnehin

nicht sicher, ob sie hörte, was ich sagte, oder sich überhaupt darum kümmerte. Ich sah nur ihre Haare und ihren zusammengekauerten Körper. Als sie sich aufrichtete und sich in ihrem Nachthemd vor das Sofa stellte, sah sie jedoch aus wie Lucia di Lammermoor im letzten Akt, nachdem sie ihren Bräutigam geschlachtet hat und auf dem Weg in den Wahnsinn ist.

Gesten! Ausdruck! Mein Gott, wie leid ich sie manchmal hatte.

In der dunklen Stube mit den braunen Holzwänden und all den Wandbehängen, welche die Geräusche dämpften, fragte ich mich, ob sie der Braut von Lammermoor deshalb so sehr glich, weil ihr eine Idee gekommen war: Wenn sie sich im Affekt statt ihrer selbst meiner entledigte, bekäme sie ein oder zwei Jahre in der Klapsmühle und könnte anschließend in ein ruhiges Dasein auf ihrem vergoldeten, nummerierten und mit Seide bezogenen Stuhl zurückkehren. Sie wäre nicht die Erste, die nach der Aufnahme in die Akademie verstummte. Und in diesem Moment hasste sie mich, das sah ich. Oder war es nur ein neuer Ausdruck?

Da sagte sie – und ich zögere nicht zu schreiben, dass sie es mit bebender Stimme tat –: »Ich habe Angst.«

»Jetzt hast du endlich mal ein wahres Wort gesprochen. Du hast Angst davor aufzufliegen. Wenn wir aber geschickt vorgehen, brauchst du keine Angst zu haben. Die größte Gefahr ist bereits beseitigt.«

»Welche denn?«

»Deine Mutter.«

»Meinst du, sie ahnt etwas?«

Sie schwieg eine Weile und dachte nach. »Das würde einige Merkwürdigkeiten erklären, die sie von sich gegeben hat«, sagte sie.

»Giftigkeiten«, sagte ich. »Du bist so an sie gewöhnt, dass du gar nicht merkst, wenn sie dich mit kleinen Dosen zu vergiften versucht. Wie hieß doch gleich dieser verdammte Krimi, wo die Opfer mit Tannin versetzte Zahnpasta bekamen? War er nicht von Agatha Christie? Sie blichen dahin, wurden langsam und unmerklich todkrank. Starben schließlich.«

»Du bist widerlich!«

»Das ist jetzt jedenfalls vorbei. Deine Mutter ist keine Gefahr mehr. Dein Erfolg hat sie entwaffnet. Sie wird bei deinem Eintritt in die Akademie an der feierlichen Versammlung teilnehmen und es genießen. Du glaubst doch nicht etwa, dass sie dich jetzt auffliegen lässt? Sie ist bestimmt dazu übergegangen, an dich als Schriftstellerin zu glauben, und sie ist sich absolut klar darüber, dass du deine Begabung von ihr geerbt hast.«

»Und du glaubst, dass ich meine Falschheit von ihr geerbt habe!«

»Nein«, erwiderte ich. »Du hast ihre Gesten gelernt, weil sie sich in dir gespiegelt hat. Aber du bist gutmütig, und ich glaube, das hast du von deinem Vater.«

Da weinte sie. Eine ganze Weile saß sie auf dem Sofa und schluchzte in ein Plaid. Ich holte eine Rolle Haushaltspapier und schenkte ihr noch mal Whisky in die Kaffeetasse. Sie kippte ihn auf ex hinunter, schüttelte den Kopf und kokettierte ein bisschen, dass er so stark sei. In diesem Moment fand ich sie mit ihren Gesten fast süß.

»Es ist jedenfalls Betrug«, sagte sie. »Und ich weiß nicht, ob ich damit leben kann.«

»Doch, das kannst du. Alle Schriftsteller können das. Sie müssen es können.«

»Aber die haben ihre Bücher immerhin selbst geschrieben!«

»Ach ja? Du weißt es besser, du hast schließlich Literaturgeschichte studiert und eine ganze Menge rezensiert. Du weißt doch, dass Schriftsteller stehlen und lügen. Entlehnen, beeinflussen, paraphrasieren, parodieren, anspielen oder weiß der Himmel, welche feinen Bezeichnungen es dafür gibt. Alles außer plagiieren, denn das darf man nicht. Jedenfalls darf man es nicht so nennen. Auf alle Fälle aber stehlen sie. Literatur lebt von Literatur. Du weißt ganz genau, dass die Autoren voneinander stehlen. Sie beuten andere aus und schmarotzen, entkleiden ihre Nächsten bis auf die nackte Haut und noch tiefere Schichten. Sie plündern das Grab ihrer Mutter und riechen an den Unterhosen ihres Vaters, und sie tun dies schon seit der Zeit des Ersten Buches Mose. Sie legen ihre Geliebte vor Publikum auf eine fleckige Matratze und berauben sie ihrer Unschuld. Und um all das treiben zu können, ohne dass ihnen speiübel wird, geben sie sich oft einen anderen Namen. Aus Arouet wird Voltaire. Aus Poquelin wird Molière. Der Diplomat Henri Beyle fürchtete derart um seinen Ruf, dass er sich Stendhal nannte, wenn er schrieb. Edvin Johnsson träumte von einem anderen Leben, und das buchstabierte sich Eyvind Johnson.

Früher versteckten sich Frauen hinter Männernamen, und es ging ihnen sogar gut dabei, denn sie wurden dadurch stärker und frecher. Aurore Dudevant verschwand irgendwie, und George Sand wurde wirklich George Sand. Ich glaube, sie war stolz darauf.

Ansonsten aber glaube ich, dass sie sich vor allem deshalb anders nannten, um ihre Schamlosigkeit zu ertragen. Nicht Johan Fridolf Johansson schreibt die Rohheiten in *Eine Nacht im Juli*. Die schreibt Jan Fridegård. Und dieser Fridegård wird am Ende auch ein Geschöpf jenes anonymen Johanssons. Du erinnerst dich vielleicht, wie er in Uppsala auf der Övre Slottsgatan dahinschritt, umsäuselt von all den Geistern, die er gesehen hatte, und über alle Maßen erhöht und respektabel. Er hat bestimmt nie die Pferdeställe der Leibgarde ausgemistet. Das hat allenfalls Johansson in trüber Vergangenheit getan und eine Figur, die den Namen Lars Hård verpasst bekam.

Manche nennen sich nie anders, als sie von Geburt an oder durch Heirat hießen, aber vermutlich bewegen sie sich innerhalb dieses Namens, der zu einer Phantasmagorie geworden ist, an der sie ebenso energisch arbeiten wie an ihren Geschichten und Gedichten. Ich nenne mich Lillemor Troj.«

»Und ich?«, fragte Lillemor. »Wer bin ich?«

»Diese Frage hätte dich auch gequält, wenn ich nie in dein Leben getreten wäre.«

Abgelegte Kleider sind ausrangiertes Leben. Man hat gehofft, sie nicht mehr sehen zu müssen, doch dann tauchen sie wieder auf, werden auf einem Bett ausgebreitet und riechen muffig.

Es begann damit, dass sie nicht wusste, was sie anziehen sollte. Die Sommerkleider mit Falten und hier und da einem Volant sahen nach Mädchenkleidern aus. Ein Kostüm kam in der Hitze nicht infrage. In dieser Situation versuchte Babba, behilflich zu sein.

»Schau mal, ob davon etwas passt«, sagte sie und legte eine ganze Reihe Kleider aufs Bett. Sie waren alle zerknittert und rochen nach Kellerverschlag. Sogar das alte Abendkleid aus apfelgrüner Duchesse war dabei, nach wie vor mit den Fettflecken auf der großen Rosette.

Wie konnte Babba im Besitz einer ganzen Kiste Kleider und Schuhe sein, die eine Putzfrau vor langer Zeit geschenkt bekommen hatte? War sie nicht ganz bei Trost?

»Hast du sie ihr abgekauft?«

Sie gab keine Antwort.

»Herrje. Wirf das Zeug weg.«

Das werde ich wohl gesagt haben. Lillemors Gedächtnis spult Kleiderbahnen ab. Es ekelte sie alles an und so auch die Erinnerung daran, als sie jetzt steif am Küchentisch in der Breitenfeldsgatan sitzt und die Wand anstarrt, ohne sie zu sehen.

In der Kiste fand sich aber doch etwas Brauchbares, erinnert sie sich. Sie hatte zu guter Letzt in einer Boutique in Borlänge ein Kleid gefunden, und da fielen ihr die blauen Pumps von Magli ein, die bei den von Babba aufgehobenen Sachen waren. Das Kleid war zweiteilig, mittelblau und aus ganz leicht gekreppter Baumwolle. Es hatte einen glockigen Bahnenrock und ein Oberteil im Hemdblusenstil mit langen Ärmeln und Manschetten. Um die Taille saß ein Gürtel mit einer stoffbezogenen Schnalle. Lillemor war zufrieden damit. Sommerlich, aber trotzdem diskret elegant. Die dunkelblauen Schuhe passten wie eigens dazu gekauft. Als sie sich damals den Waldweibern anschließen wollte, hatte sie nicht geglaubt, je wieder solche Schuhe zu tragen.

In diesen Maglipumps ging sie ein paar Tage später über das Kopfsteinpflaster des Stortorgets und versuchte, auf die Absätze zu achten. Sie hatte sich noch eine Strumpfhose gekauft, weil ihr eingefallen war, dass es vielleicht nicht ganz korrekt war, Strümpfe zu tragen, die unter dem Knie endeten. Der Rock konnte ja nach oben rutschen.

Sie war zu früh dran und wartete einen Moment im Trångsund direkt vor dem Eingang zur Storkyrkan. Sie glaubte auf einem Backblech zu stehen und fürchtete, unter den Achseln Schweißflecken zu bekommen. Um fünf vor zwölf ging sie los und um das Börsenhaus herum, da sie herausgefunden hatte, dass sich der Eingang in der Källargränd befand. Dort gab es eine Sprechanlage. Eine Frau meldete sich sehr prononciert mit: »Schwedische Akademie«. Als Lillemor ihren Namen nannte, rutschte ihr ärgerlicherweise die Stimme einen Tick nach oben. Während sie die schwere Tür aufschob, musste sie die Augen schließen und sich vergegenwärtigen, dass sie eine bald fünfundvierzigjährige berufstätige Frau war, gewohnt, sicher aufzutreten und sich unter Leuten zu bewegen. Trotzdem pochte ihr die Angst im Zwerchfell.

Sie nahm nicht den Aufzug, sondern stieg die Treppen hinauf, um sich zu beruhigen. Es war lächerlich, Angst zu haben. Es gab nichts, wovor sie Angst haben musste. Sie trug ein korrektes und doch sehr süßes mittelblaues Kleid und ein Paar Maglischuhe mit nicht zu hohem Absatz. Ihre Schultertasche war aus cremeweißem Leder. Nichts zu Exklusives. Um den Hals trug sie die Goldkette, die ihr Vater ihr geschenkt hatte. Das Make-up würde trotz der Hitze hoffentlich halten, doch sicherheitshalber griff sie noch mal zur Puderdose, bevor sie an der Tür klingelte.

Sie hatte einen Kanzleiangestellten oder Untersekretär erwartet, doch der Sekretär persönlich öffnete die Tür, und er drängelte sich dort mit einem alten Herrn, den sie natürlich von Zeitungsfotos her kannte. Er trug eine Sonnenbrille und sprudelte begeistert in seinem Schonisch.

Hier rann die Zeit dahin. Sie hatte das Gefühl, Kohlensäurebläschen im Blut zu haben. Oder Champagner! Obwohl sie nur Ramlösa tranken, Wein gab es erst später im Gyllene Freden. Alles wirbelte durcheinander: das blaue Leinenhemd des Sekretärs, das so unerhört neu wirkte, und die blauschwarz schillernde Sonnenbrille des alten Herrn. Er hatte sicherlich ein Problem mit den Augen. Die beiden führten sie in der Geschichte herum, die im Zimmer des Sekretärs hübsches und geschmackvolles 18. Jahrhundert war. Die Pendeluhr, irgendwas war damit. Auf dem Schreibtisch mit den gebogenen Beinen stand eine silberne Schreibgarnitur von irgendwoher, doch Lillemor vergaß auf der Stelle, was sie darüber erzählt hatten. In der Ecke eine Marmorbüste. Bernhard von Beskow, sagte der Sekretär. Wer war das nun wieder?

Wie wenig ich doch wusste!

Der Börsensaal ist ja groß, und sie weiß noch, wie ihre Schritte hallten, als sie ihn auf dem Weg zum Versammlungsraum durchqueren. Der alte Herr sagte etwas über die Bürgerbälle im 19. Jahrhundert und beschrieb leicht schnarrend und voll Ironie, wie die heiratsfähigen Bürgerstöchter gemeinsam mit ihren wachsamen Müttern die Wände bekleidet hatten. Der Sekretär zeigte auf die Tür zur Nobelbibliothek und erklärte, dass für den zwanzigsten Dezember die königliche Box davor aufgebaut würde.

»Wenn wir unsere kleine Rokokovorstellung haben«, sagte er. »Eine Art Theater, bei dem Sie, da bin ich mir sicher, Ihre Rolle mit Bravour spielen werden.«

Es gab viele Kristalllüster, am schönsten aber war der Dielenboden. So vornehm einfach und spartanisch, wie sich nur das 18. Jahrhundert von seiner besten Seite präsentieren kann. Die Bänke wirkten allerdings nicht bequem. Die Stühle um den Tisch im Versammlungsraum waren dagegen weiße Sessel mit Armlehne, und sie waren mit blauem Samt bezogen.

»Keine Nummern?«

»Nein, auf dem Stuhl mit Ihrer Nummer dürfen Sie bei der feierlichen Zusammenkunft sitzen. Und hier habe ich die Urkunde hingelegt, die Sie unterschreiben müssen.«

»Jetzt?«

»Nein. Es gehört zu der Rokokovorstellung, dass das neue Akademiemitglied bei seinem Eintritt unterschreibt, während alle zusehen. Sie können sie aber jetzt lesen, wenn Sie wollen.«

Es war ein umfangreiches Dokument. Das Papier sah fast wie Pergament aus. Du liebe Zeit, das konnte sie doch jetzt nicht alles lesen!

»Das Wichtigste ist, dass nichts preisgegeben werden darf«, sagte der alte Herr. »Das ist es im Grunde, was man unterschreibt.«

Im Gyllene Freden aßen sie Seezunge mit Hummer und Champignons. Nicht unten im Restaurant, sondern ein Stockwerk höher. Dort waren sie ganz allein in einem Raum mit Stühlen, bei deren Anblick sie sich erneut ins

18. Jahrhundert versetzt fühlte. Als sie dies sagte, erzählte der alte Herr von Maria Walewska, der Geliebten Napoleons, der zu Ehren dieses Liebesmahl komponiert worden sei. Lillemor wusste, dass es sich um eine sehr viel spätere Walewska handelte, die mittels gratiniertem Fisch unsterblich geworden war, doch das sagte sie nicht, denn wie alle Herren fühlten diese beiden sich am wohlsten, wenn sie Frauen belehren durften.

Die von der Schale befreiten Hummerscheren lagen wie eigentümliche blassrosa Hände auf der Gratinsauce. Lillemor hatte den Eindruck, als griffen sie nach ihr, denn sie spürte den Weißwein allmählich und dachte daran, dass nichts preisgegeben werden dürfe, wenn sie auf den Nobelpreis zu sprechen kämen. Sie hatten eben erst ihre Gutachten über den von ihnen befürworteten Nobelkandidaten abgegeben. Beide hatten etwas über einen griechischen Lyriker geschrieben, von dem Lillemor noch nie etwas gehört hatte. Als der alte Sekretär meinte, die massenmediokre Gesellschaft werde Giannis Ritsos fordern, warf Lillemor rasch ein, politisch sei dies natürlich gut möglich, da er immerhin einen anderen Hintergrund habe als Konstantinos Kavafis. Die Herren blickten fragend drein.

Dieser Name war wie eine Schwalbe vorbeigeflogen, und was sein Großvater väterlicherseits (oder war es der mütterlicherseits?) getrieben hatte, war ihr seltsamerweise mit demselben Gedächtnisblitz gekommen. Sie hatte sich immer auf diese Blitze verlassen. Auch schon in den Examinatorien, wo schnelle Repliken und Auffassungsgabe mit professoralem Beifall belohnt wurden.

Ein Schauder der Lust und Spannung durchrieselte sie, und sie erkannte, dass sie besser hierherpasste als Babba. Die hätte gesagt, sie habe keine Ahnung, um was für Tattergreise es sich bei irgendwelchen griechischen Dichtern handelte. Oder etwas in der Art.

Woher hatte sie das bloß genommen? Sie wusste über diesen Dichter ja auch nichts, doch in ihrem Gehirn klebte ein Etikett auf dem Namen Kavafis. Ihr Gehirn war aktiv, es flatterte und wirbelte und perlte darin. Sie liebte eine Situation wie diese, und sie erkannte, dass sie sich etliche Jahre tödlich gelangweilt hatte. Das Leben war wie ein Gang durch Lehm gewesen. Jetzt aber flog sie.

Der alte Sekretär Emeritus, der ihr hatte zuprosten wollen, saß, die blauschwarze Brille auf sie gerichtet, mit erhobenem Glas da. Den Kopf hatte er wie eine Schildkröte vorgereckt.

»Der Enkel des Diamantenhändlers«, sagte sie lächelnd.

Dass sie das herausgebracht hatte! Dass ihr das zugeflogen war!

Präzedenzien Galimathias

Als Lillemor aus Stockholm zurückkehrte, kam sie zum Lostgården herauf, setzte sich in einen der unbequemen Lehnsessel und fragte: »Warum tust du das?«

Ich arbeitete und hatte überall auf dem Klapptisch Zettel und Blockblätter verteilt. Eigentlich wollte ich nicht gestört werden, doch ich vermutete, dass sie schier platzte vor lauter Eindrücken in der Akademie und erzählen wollte. Stattdessen aber kam nun ganz unvermittelt diese Frage.

»Du meinst, warum ich schreibe?«

»Nein, warum gibst du vor, dass ich die Bücher schreibe? Oder besser gesagt, warum geben *wir* das vor?«

»Ist jetzt wieder die Stunde der Wahrheit angesagt?«, fragte ich.

Sie schüttelte den Kopf. »Ich möchte es nur wissen.«

»Und das fragst du nach – wie viele sind es jetzt? – fast dreißig Jahren?«

»Zwanzig.«

»Warum um alles in der Welt fragst du danach?«

»Ich möchte es *wissen*«, sagte sie. »Ich kann nicht mit einer Lüge leben.«

»Natürlich kannst du das, du hast es zwanzig Jahre lang bewiesen. Fünfundzwanzig, wenn wir von der Luciageschichte an rechnen. Und Lüge? Ist es eine Lüge?«

»Was denn sonst?«

»Nicht doch. Wir brauchen einander, damit die Bücher geschrieben werden. Das heißt nicht, dass wir mit einer Lüge leben.«

»Was denn sonst!«

»Dass etwas verborgen ist, heißt nicht unbedingt, dass es unwahr oder falsch ist«, sagte ich. »Warum sollte das, was du eine Lüge nennst, zu einer Wahrheit werden, wenn es an den Tag kommt?«

Darauf konnte sie natürlich nicht antworten.

»Weißt du noch, wie du zu den Psychologen gerannt bist?«, fragte ich. »Die mit den dreckigen Strümpfen. Die waren doch der Meinung, Tompa habe über Sune und dich die Wahrheit aufgedeckt: Der Junge sei misshandelt und Psychoterror ausgesetzt worden.«

»O Gott«, sagte sie. »Komm mir nicht damit. Ich bin froh, dass wir das hinter uns haben.«

»Es war nun wirklich keine Wahrheit«, sagte ich. »Es war reine Lüge, und das wusstet ihr. Trotzdem musstet ihr wegziehen. Oder? Nachdem sie Tompas sogenannte Wahrheit aufgedeckt hatten, konntet ihr nicht mehr dort wohnen bleiben. Die Heimvolkshochschule konnte sich keinen Rektor leisten, von dem es hieß, er habe sein eigenes Kind misshandelt.«

»Worauf willst du hinaus?«

»Wird denn etwas dadurch wahr, dass es öffentlich wird? Muss unser Verhältnis, das vielleicht nicht so leicht erklärbar ist, eine Lüge sein? Wird es eine Lüge, dass wir einander brauchen, nur weil wir es niemandem erzählen? Ist nur das wahr, was in der Zeitung steht?«

»Sophistin«, versetzte sie.

»Keineswegs. Es gibt bestimmt eine Wahrheit über dich und mich. Aber ich glaube nicht, dass man so leicht an sie herankommt. Gibt es einen Grund zu glauben, dass jemand anderes das kann? Sune? Einige Hunderttausend Abendzeitungsleser?«

»Du machst mich ganz wirr im Kopf«, sagte sie.
»Ich setze mal Kaffee auf.«
Als wir ihn in der Fliederlaube tranken, erzählte sie von ihrem Besuch im Börsenhaus und im Gyllene Freden, und sie sprudelte vor Begeisterung. Offenkundig war sie am richtigen Ort gelandet und auch glücklich, was in ihrem verwickelten Leben selten vorkam. Ich gönnte es ihr. Sie war willkommen geheißen und anerkannt worden. Das musste gutgetan haben nach all den Gehässigkeiten, denen sie nach ihrer Wahl in die Akademie ausgesetzt gewesen war. Dass die politisch bedingt waren, blieb sich gleich. Lillemor war davon getroffen. Sie hatte aber auch rühmende Gratulationsbriefe erhalten und außerdem solche, über die wir zu lachen versuchten. Ein älterer Herr fragte in zittriger Schrift, wie sie, die völlig unlogisch Sätze mit der nebenordnenden Konjunktion »und« einleite, in diese altehrwürdige Institution eintreten könne, deren Mitglieder dazu bestellt seien, die Hoheit und Reinheit der schwedischen Sprache zu pflegen. Sie antwortete munter, dass es Präzedenzien gebe: Die Prosa Harry Martinsons und die Verse des Ersten Buches Mose lieferten Beispiele dafür, dass man Sätze ruhig auf diese Art einleiten könne. Es erschütterte sie jedoch, dass sein Ton so hasserfüllt war. Ein anderer Herr fragte, wie sie den blanken Schild ihrer Sprache mit Wörtern beflecken könne, die er nicht einmal zitieren wolle. Ich nehme an, da spukte jene Möse von vor vielen Jahren herum.

Jetzt hatte sie ein Nest, in dem sie sich verstecken konnte. Diesen Eindruck gewann ich, als sie von der Akademie erzählte. Sie sagte, sie sei eine überaus geschlossene Welt, und es dürfe nichts preisgegeben werden. Welch ein Wort!

»Die Mitglieder dieser Akademie scheinen in die Katakomben abgetaucht zu sein, als die Radikalen Gift und Galle darauf spuckten«, sagte ich.

»Auf *sie*«, verbesserte mich Lillemor.
»Bitte?«
»Die Akademie gilt als ein weibliches Wesen.«

Dass sie dort Quark verzapften, wunderte mich nicht. Sie schien heimgefunden zu haben.

Nachtlicht Struktur Fluss

Es war Nacht, als ich ihm begegnete. Die große Wasserschale des Siljans vibrierte vor Licht, und der Himmel war juninachtblank. Die Gräber dufteten schwer und süßlich nach welkenden Rosen.

Ich habe lange gezögert, über ihn zu schreiben. Er trat in jener Nacht in mein Leben. Nicht in Lillemors. Wir sind freilich so miteinander verflochten, dass ich in diesem Buch über sie nun doch auch über ihn schreibe. Eigentlich will ich nicht. Aber es bleibt mir nichts anderes übrig.

Sie rief mich kurz nach zwölf aus dem Diözesanzentrum in Rättvik an. Ob ich Musse abholen könne, die singe nämlich, wenn sie die Mitternachtsmesse höre. Ihr Geheul war von Lillemors Zimmer bis in die Kapelle hinunter zu vernehmen.

Als ich ankam, stand sie mit der Hündin an der Leine vor dem Eingang. Sie übergab sie mir und eilte wieder hinein. Ich weiß nicht, warum sie dieses zweieinhalbtägige Retreat im Diözesanzentrum machte. Wollte sie mit Gott in unserem gemeinsamen Unternehmen stochern? Ich hatte bei ihr Sissela Boks *Lügen. Vom täglichen Zwang zur Unaufrichtigkeit* gesehen. Jaja, gewiss doch. Ich kann aber nicht behaupten, dass mich das beunruhigte, denn ein öffentliches Bekenntnis würde sie jetzt gar zu viel kosten. Auf meine Frage, ob sie es gelesen habe, hatte sie gesagt,

es gehöre Sune. Er hatte wieder eine Nacht der Wahrheit gehabt. Diesmal ging es um seine Untreue mit jemandem aus dem Entwicklungshilfeteam in Tansania.
»Aber das ist doch schon Jahre her.«
»Ich glaube nicht, dass es zu Ende ist«, sagte sie.
»Macht dir das nichts aus?«
»Doch, schon.«
Es hörte sich an, als müsste sie darüber nachdenken, ob es ihr wirklich was ausmachte.
»Also schlägst du dich weiter mit Sune Wahrheit herum. Das sieht dir nicht sehr ähnlich.«
»Man ändert sich«, sagte sie und fügte fast munter hinzu: »Sei ihm gewogen, wenn er's wert, wenn nicht, im Grolle sei er dir beschert.«
Nein, wer lächelnd Anna Maria Lenngren zitiert, denkt nicht daran, ein neues Leben zu beginnen. Ich konnte also unbesorgt sein. Sie brauchte es aber, manchmal den Gottesdienst zu besuchen.

Es war eine sehr schöne Sommernacht. Kleine Wellen spielten gegen die Steine und rührten Seewassergeruch auf. Der Siljan ist nie richtig still, er ist zu groß, um ganz zur Ruhe zu kommen. Stets bewegt irgendeine Strömung oder ein leichtes Lüftchen das Wasser, das jetzt mattblau war und, wo es leise gegen die Ufersteine schwappte und die Oberfläche aufbrach, silbrig wurde. Musse und ich gingen durch Wogen von Blumenduft, die mitunter so stark gesättigt waren, dass sie den Seegeruch überlagerten. Dank Lillemor wusste ich, wie die meisten Blumen hießen. Ich wusste sogar, dass die Waldhyazinthe, deren Duft jetzt die schwache Seebrise aufwog, keine Hyazinthe war, sondern eine Orchidee. Anfangs hatte ich nur deshalb Pflanzennamen in den Text gestreut, weil sie es mir geraten, manchmal nahezu gefordert hatte. Mittlerweile wusste ich selbst, wohin sie in meinen Wortlandschaften gehörten. In der Zeit mit Ante auf seiner gesegneten Schweineranch hatte das Gefolge der Waldblumen in mein Schreiben Einzug gehalten.

Ich hatte den Pfad eingeschlagen, der unterhalb des Friedhofs am See entlangführte, und ich war dankbar, dass ich geweckt worden war. Juninächte sollte man nicht verschlafen. Musse und ich hatten den gesamten Friedhof umrundet und waren nun auf dem Rückweg, als ich Geigenmusik vernahm. Zuerst leise, dann immer lauter, je näher wir einer kleinen Kapelle kamen. Doch die Musik kam nicht von dort. Ein Mann stand an einem Grab und spielte. Musse wollte natürlich sofort zu singen anfangen, doch ich packte sie am Nackenfell und hielt ihr den ausgestreckten Zeigefinger vor die Schnauze. Sie hatte gelernt zu gehorchen und schwieg finster. Sie hatte wohl genauso große Freude wie ich, in der Nacht diese Geige zu hören. Mitsingen durfte sie aber nicht.

Er spielte eine kunstvolle Melodie. Ich bin mir sicher, dass es im Grunde nur ein einziges Lied war, doch er spielte Variationen, die er improvisierte. Ich verstand nichts von Volksliedern, doch diese Musik, sowohl schwermütig als auch schwer zu spielen, erinnerte mich an richtig guten Jazz. Sie war nicht durchgehend wehmütig. Es kamen Partien, die im Nachtlicht schwebten, und Veränderungen des Ursprungsthemas, die sich nur humoristisch auffassen ließen. Hier empfand einer Trauer und Schmerz und wagte doch, damit zu scherzen.

Er stand vor einem Grab, das erst vor Kurzem zugeschüttet worden war und auf dem noch die Kränze und Buketts von der Beerdigung lagen. Breitbeinig und sicher stand er da in einer grünen Waldarbeiterhose mit vielen Taschen. Auf dem Rücken seines T-Shirts war Cewes Cement zu lesen. Ihm musste beim Spielen warm geworden sein, denn ich sah, dass er auf dem Grabstein neben dem frisch angelegten Grab mit seinen Blumen und goldbeschrifteten Bändern ein kariertes Flanellhemd abgelegt hatte.

Er hatte kurze Beine, und obwohl er eine Hose trug, sah ich, dass sie muskulös und gut gebaut waren. Oder weiß ich das aus späteren Zeiten und Tagen? Seinen dicken Bauch kann ich damals nicht bemerkt haben, denn er stand mit dem Rücken zu mir. Die kräftigen Schultern und die schwarzen Locken, die sich ein Stückchen über seine Ohren ringelten, die bemerkte ich. Die Geige sang, sie sang, als wäre er ihr Werkzeug. Sie sang, sie quinkelierte und vollführte kühne Schritte, als läge die Voraussetzung für ihre Verwegenheit just darin, dass er, der sie hielt, so sicher im Kies des Friedhofs stand. Er war ein Fels, und aus diesem Felsen brach die Musik und in ihr seine Trauer hervor. Vielleicht auch seine Freude. Was wusste ich schon?

Eigentlich wollte ich nichts wissen, denn wenn ich mich zu erkennen gäbe und wir ins Gespräch kämen, würde die Musik verstummen. Ich nahm Musse auf den Arm, da sie jetzt vor lauter Lust zu heulen zitterte. Langsam zog ich mich zu einem Grab mit einem großen liegenden Stein zurück. Ich setzte mich mit ihr hin und hoffte, dass er sich nicht umdrehte und wir weiterhin ungesehen zuhören konnten. Der kleine Hundekörper bebte warm an meiner Brust. Mir kam die verrückte Idee, dass Musse ein Auswuchs von mir sei, ein aus meinem Körper ausgeschlagenes Seelenohr. An so was erinnert man sich. Wann er uns entdeckt hat, weiß ich dagegen nicht mehr. Dafür seine ersten Worte.

Die sind schwer zu vergessen. »Wer zum Teufel bist du?«

Er hatte seine Geige in den Geigenkasten gelegt, der auf dem Rand des Grabes lag, und eine Flasche aufgehoben, die er ebenfalls dort stehen hatte. Im Sommernachtslicht gab es keinen Zweifel, dass es eine kleine Flasche Klarer war. Nachdem er sie an den Mund gesetzt hatte, drehte er sich um und blickte über den Friedhof hin. Ich glaube, er wollte das Wasser sehen. Aber dort saß ich.

»Was zum Teufel machst du hier, hab ich gefragt!«

»Zuhören«, war das Einzige, was ich antworten konnte.

Da lehnte er die Flasche wieder an einen Kranz und nahm die Geige aus dem Kasten. Er machte eine eindeutige Geste mit dem Bogen. »Hau ab«, sagte er. »Das ist nicht für deine Ohren bestimmt.«

»Ach nein«, erwiderte ich. »Für wessen dann?«

»Verschwinde«, sagte er. »Und zwar ein bisschen plötzlich.«

Musse sprang von meinem Arm herunter, stellte sich hin und bellte ihn an. Er kehrte uns den Rücken zu und begann seine Geige zu stimmen. Mir blieb nichts anderes übrig, als den Hund an die Leine zu nehmen und zu gehen. Seinem Blickfeld entschwunden, ging ich nicht auf dem Weg hinaus, den ich gekommen war, sondern hinter die kleine weiße Kapelle und setzte mich auf eine niedrige steinerne Grabeinfassung. Hier konnte er mich nicht sehen.

Aber er spielte nicht mehr, er schien ernsthaft gestört worden zu sein. Es war die Einsamkeit, die er suchte, das Nachtlicht und das nahezu unhörbare Gemurmel des Siljanwassers an den Ufersteinen, während er spielte. Keine Zuhörer. Als ich begriff, dass er zusammenpackte, und nach einer Weile seine Schritte im Kies hörte, stand ich auf.

Lächerlicherweise kamen wir gleichzeitig auf dem Parkplatz an, allerdings von zwei verschiedenen Kieswegen her, die in der Nacht knirschten. Musse bellte jetzt seine untersetzte Gestalt neben einem Kastenwagen an, einem ramponierten Isuzu.

Dort stand er nun, trank aus der Flasche und lachte über Musse. »Ist ja ganz schön bös, der Hund!«

»Eigentlich ist sie nicht böse«, sagte ich. »Aber es ist

Nacht, und sie hat dich da oben gehört. Du hast dich ja nicht gerade freundlich angehört.«

»Ojojoj, mit so einem kleinen Hundemädchen muss man natürlich turteln. Komm mal her!«

Musse knurrte ihn jetzt an und legte die Ohren zurück. Er lachte. »Was zum Teufel macht ihr zwei eigentlich hier?«, fragte er. »Auf dem Kirchhof. Mitten in der Nacht.«

»Und du?«

Er reichte mir die Flasche, und ich trank.

»Spielen«, erklärte er.

»Ja, das habe ich gehört. Du spielst gut.«

»Ich spiele für einen Mann, der besser war als ich. Er ist vor elf Tagen gestorben.«

Hat er das damals gesagt? Ich weiß es nicht mehr. Vielleicht. Nach und nach erfuhr ich ja alles: wie man ihm zu verstehen gegeben hatte, dass er auf der Beerdigung nicht erwünscht sei, dass die religiöse Verwandtschaft des alten Spielmanns diese Musik nicht mochte und außerdem glaubte, Rusken könne nicht nüchtern bleiben. Er hatte aber dem Mann, von dem er so viel gelernt hatte, obwohl er aus einem der Rättvikkirchspiele kam, huldigen wollen. Und er hatte den Alten sehr geliebt.

Rusken. Diesen Namen verwendete er für sich selbst. Er spielte aber nicht nur Geige wie Chuck Berry Gitarre, sondern war auch ein Mann, der sich das Wort lieben zu verwenden traute.

Seit ich schreibe, muss ich strenge Regeln beachten und jene Linie einhalten, die Lillemor gepredigt hat. Ich musste Passagen ummodeln und umstellen, ganze Teile (die sie Kapitel nennt) kürzen und hinzufügen und in den Texten herumfuhrwerken, ganz nach ihrer – ja, man nennt es wohl Logik. Ich habe ihr erklärt, dass das Leben nicht logisch ist, sich nicht auf einer Linie voranbewegt und die Erinnerungen nicht strukturiert sind. Wenn unsere Eindrücke in der Speicherbank landen, werden sie nicht in irgendeiner Ordnung abgelegt. Jedenfalls in keiner, die wir erkennen können. Was immer das Gedächtnis sein mag, es ist jedenfalls nicht auf Befehl zugänglich. Es ist eine Nachtnelke, die Dämmerlicht braucht, um sich zu öffnen, und schlägt seine Verschlossenheit erst auf, wenn die Vernunft in Dämmer sinkt.

Die eigentümliche, vermutlich assoziative Ordnung darin (da unten?) hat absolut nichts mit einer rationalen Struktur zu tun. Lillemor hat aber darauf beharrt, dass Romane eine Struktur haben müssen, auch wenn das Leben keine hat. Nicht alle Romane hätten eine, hielt ich dagegen. Es gebe welche, die nicht mal eine erkennbare Chronologie besäßen. Ich habe Romane erwähnt wie *Der Herbst des Patriarchen* von Márquez, und schnippisch hat sie *Finnegans Wake* ergänzt und wie etwas ganz Entscheidendes gesagt: »Das ist nicht die Sorte Romane, die wir schreiben.«

Das mag sein. Ich bin mir voll und ganz im Klaren darüber, kein James Joyce zu sein. Doch glaube ich wirklich, dass ich ein bisschen schöpferischer gewesen wäre, wenn sie meine Texte in Ruhe gelassen hätte.

Oder es wäre auch gar nichts geworden.

Das sollte ich streichen. Aber einstweilen kann es stehen bleiben. Noch ist es lange hin. Ich kämpfe mit dieser Biografie oder — mit ihren feinen akademischen Worten — dieser *Lebensbeschreibung* jetzt schon an die drei Jahre. Nachdem ich nun so weit gekommen bin, weiß ich, dass ich schreiben kann, ohne sie über mir zu haben. Aber ich habe natürlich etwas hinzugefügt und nach bestem Vermögen gestrichen und umgestellt und herumgefuhrwerkt, denn in meinem Gehirn finden sich durchaus noch Spuren ihrer reglementierten Ordnung.

Ich kann. Ich schreibe auf meine Spiralblockseiten, und

nach einer Weile tippe ich es in den Computer. Erst jetzt, wo ich über Rusken schreiben soll, fällt es mir schwer. Über ihn wollte ich eigentlich überhaupt nicht schreiben. Oder aber in einem Fluss aus Hitze und Trauer und dem Duft der Nachtblumen erzählen. Aus knirschendem Kies und dem Schnapsgeruch aus seinem Mund und den kalten Nebeln des Junimorgens. Alles ist in mir. Ich fror. Meine Haut wurde heiß. Fieber? Ja ...

Aber es wird wohl das Übliche: Struktur. Denn mir ist klar geworden, dass das Buch sie sonst nicht treffen wird. Und auch nicht das aufgeregte Gerede der Klappermühlen des Kulturestablishments in Schwung bringen wird, wenn es nicht in ihrer Art zu lesen ist. Es soll wehtun. So, wie sie mir wehgetan hat.

Danke. Auf jeden Fall danke. Sie gibt zu, dass ich mit ihren Texten gearbeitet und Einfluss darauf genommen habe. Lillemor liest die Zeilen, die von ihrer Arbeit handeln, noch mal, die erneute Lektüre verringert sie aber eher. Sie findet, dass sie als kompetente Verlagsredakteurin dargestellt wird. In Wirklichkeit aber ist es schlimmer, viel schlimmer. Sie waren wie zwei Topfpflanzen in einem viel zu kleinen Gefäß. Ihre Wurzeln haben sich ineinander verschlungen und verfilzt. Sie haben aneinander zu saugen versucht, als es zu eng und zu nährstoffarm wurde. Doch wer schmarotzt am meisten? Wer bildet die Hauptnahrung für die andere?

Es ist Donnerstag. Der Donnerstag vor der Bekanntgabe, an dem sich die Akademie erklärt. Dabei geben alle ihre Stellungnahme ab, und sie lässt sich kaum rückgängig machen. In diesem Jahr gibt vermutlich eine einzige Stimme den Ausschlag für die Ernennung des Nobelpreisträgers. Lillemor zählt die Stimmen an den Fingern ab. Sie kann ihre Finger jetzt nur mit Babbas Augen sehen, sieht, dass sie sauber gefeilt sind und vom rosaroten Nagellack glänzen. Es ist wie in den ersten Minuten nach einem Film: Man hat das Gefühl, eine Kamera sei auf einen gerichtet, während man sich bewegt.

Ihre Zählung bringt sie zu dem Ergebnis, dass ihre

Stimme den Ausschlag geben wird. Da beschließt sie, zur Versammlung zu gehen. Es ist ihre Pflicht. Wenn sie ein Taxi nimmt, dürfte Max eigentlich nicht entdecken, dass sie noch in der Stadt ist.

Mit einem Mal ist es ein richtig schöner Tag. Ein Nachmittag der Pflicht, der Gewohnheiten und des Zuhauseseins. Sie macht sich ein Omelett zum Mittagessen. Zwei Eier, ein Esslöffel Wasser, einer mit Sahne. Salz und schwarzer Pfeffer. Sie krümelt etwas übrig gebliebenen Schafskäse hinein. Geht mit französischen Gewürzkräutern aus der Streudose darüber.

Sie wählt einen Blazer mit dezentem Tartanmuster. Das Karo ist in gedämpftem Rot mit Dunkelgrau und Weiß, dazu passen eine weiße Bluse, eine graue Hose und schwarze Pumps mit moderatem Absatz. Der Geruch des Taxis, die Abgeschiedenheit der Källargränd, die Steinstufen zum Eingang, die Bedienung der Sprechanlage und die wohlbekannte, freundliche Stimme – alles ist jetzt und immer. Der Aufzug knarrt nicht mehr wie früher, er ist repariert und modernisiert. Oben aber ist alles wie gehabt, und es umfängt sie wie die Ewigkeit, die Gustav III. so heiß begehrt hat. Er hat die Akademie nicht gestiftet, sondern »gestichtet«. Hier drinnen gibt es andere Wörter, Zeiten, Schatten und Stimmen.

Sie betritt die Nobelbibliothek, und nachdem sie ihren Kamelhaarulster und das Kenzotuch aufgehängt hat, geht sie über den roten Teppich auf dem Steinfußboden in den Leseraum der Bibliothek. Es sind fast alle da. Sie erheben sich und begrüßen sie, allerdings nicht mit diesem neumodischen Wangenküsschengeschmatz, sondern stilvoll. Die Alten haben es den Jungen beigebracht. Hier breitet sich über alle Dinge, Bewegungen und Stimmen die Vergangenheit. Sie ist wie ein leichter Nebel, macht das Heute weich und umfängt sie mit der Verheißung ungestörter Ewigkeit.

Zeitschriften rascheln, und leise, freundliche Stimmen sind zu hören. Sie weiß, dass es im Laufe der Jahre hier Groll gegeben hat. Aber nicht in diesem Augenblick. Hier mögen sie mich, denkt sie und kommt sich wie ein kleiner, geliebter Hund vor. Ein alter Hund natürlich.

Langsam ziehen sie in den Versammlungsraum ein. Lillemor bleibt ein wenig zurück, denn sie muss noch ihr Hörgerät einschalten, sodass sie das bekannte kleine Signal erhält. Als sie allein über die silbergrauen Scheuerdielen im Börsensaal geht, denkt sie daran, wie sie das erste Mal hier war, an die Angst, die rasch verflog, an die Aufregung, die wie Kohlensäure in ihren Adern prickelte. Hier ist man ihr stets mit Liebenswürdigkeit begegnet. Sie hatte zwar anfangs geargwöhnt, dass eine ehrgeizige Schülerin bei einem Praktikum in der Nobelbibliothek auf ähnliche Art behandelt worden wäre. Aber hier herrscht das hierarchische Prinzip der Seniorität, sodass sie mit jedem Jahr eine Rangstufe nach oben gestiegen ist. Auch den Greisen wird Achtung zuteil, denn die Atmosphäre ist schonungsvoll. Man macht einander Komplimente für das, was zuletzt in Schriftform erschienen ist oder an dem Rednerpult in Gold und Weiß drüben im Börsensaal gesagt wurde. Draußen in nasser Kälte, in Wind, Neid und Geschwätz kann man eine pottmoderne Blenderin genannt werden. Hier drinnen ist man ein Mensch mit Wert und Würde.

Vor den hohen Fenstern steht das graue Herbstlicht, das sich, mit Rußpigmenten verwischt, zur Abenddämmerung verdichtet. Die Häuserzeilen im Trångsund und am Stortorget gleichen Kulissen eines alten Theaters. Außerhalb davon gibt es keine Welt mehr. Und wenn, dann nur in weiter Ferne.

Sie geht zu dem weißen, mit blauem Samt bezogenen Lehnstuhl, der ihr Platz ist. Nicht dass dies jemand gesagt hätte, auch nicht damals, als sie zum ersten Mal hier war. Damals saß sie weit unten am Tisch, heute sitzt sie in der

Nähe des Sekretärs. Das Alter hat sie allmählich nach oben befördert. Sie erinnert sich gern an den Reichsmarschall und Ritter des blauen Seraphinenbandes, einen munteren und unkomplizierten Herrn. Er saß ganz unten und rückte nie weiter. Es gibt subtile Arten, sich in einer Hierarchie zu behaupten. Eine davon ist die, sich *hors catégorie* zu stellen. Lillemor flirtete von Anfang an mit dem Herrn da unten.

Der Direktor eröffnet jetzt mit überaus leichtem Hammerschlag die Versammlung. Die Tagesordnung umfasst viele Punkte, und der Preis kommt ganz zuletzt. Der Zustand der Immobilien (Dachrinnen, Abflüsse) wird nicht weiter besprochen, wie es bei der ersten Versammlung, an der sie teilgenommen hat, der Fall war. Zur Sprache kommt lediglich der Aufzug in einem der Häuser der Akademie. Ein paar Gesuche sollen bekannt gegeben und dann abgewiesen werden. Über einen langwierigen Streit mit dem Oberverwaltungsgericht wegen einer Permutation in einem der Preisfonds ist Bericht zu erstatten. Eine eventuelle Neueinstellung in der Bibliothek ist anzukündigen. Man wird sich durch die sicheren Alltäglichkeiten zur Deklaration über den Nobelpreisträger des Jahres vorarbeiten, um einander davon zu überzeugen, dass diese Akademie nicht der Modernitätshetze und dem Schlagzeilendenken erliegt.

Jetzt erhält der Sekretär das Wort, und er verliest die Aufzeichnung. So wird das Protokoll genannt und immer genannt werden. Wie so oft verliert Lillemor während dieser Verlesung den Faden und versinkt in einen außerweltlichen Dämmerschlaf. Sie ist damit nicht allein. In dem fahlen Licht, das die Kristallüster verbreiten, sehen mehrere wie schlafende Robben auf einer Eisscholle aus. Hin und wieder schauen sie mit glänzenden oder tränenden Augen auf den gerade Sprechenden, den Sekretär oder den Direktor. Dann wiegen sie sich wieder in ihren Nachmittagsdämmerschlaf. Lillemor muss daran denken, dass große Teile von Gamla Stan, einschließlich des Reichstagsgebäudes, auf Pfählen im Schlamm stehen. Wie können wir in einem derart schwankenden Dasein an Ewigkeit glauben? Dass die immer gleiche weiße Tischplatte den immer gleichen leichten Hammerschlag entgegennehmen und die immer gleiche Penduhr leise erklingen wird, dass wir einer nach dem anderen einschlafen und durch andere glatte Robben ersetzt werden, die sich unmerklich wiegen, Silberköpfe bekommen und allmählich ihre eigene Telefonnummer vergessen, aber nicht den Widersacher, der sie einst bei einer Lehrstuhlbesetzung auf den Listenplatz drei verwiesen hat.

Da kommt es wie ein Messerstich aus der Wirklichkeit: Babba will ihr übel. Babba will sie aus diesem friedlichen Winkel der Welt vertreiben.

Als sie die Pendeluhr die halbe Stunde schlagen hört, fragt sie sich, ob irgendjemand in diesem Raum Babbas Buch Glauben schenken wird. Hier herrscht schließlich unerschütterliche Loyalität. Es ist hier nicht wie bei einer politischen Partei, wo man sich nach einer Wahlniederlage gegenseitig die Köpfe einschlägt und die blutigen Reste eines geschäftsführenden Vorstands dem Kongress zum Fraß hinwirft. Hier heißt der Geist Zusammenhalt. Hier rührt es an die Ehre, den Worten des anderen nicht zu glauben. Und niemand darf sich an der Ehre eines anderen versuchen.

Nachdem sehr gründlich zum Problem mit dem Aufzug Stellung genommen wurde, nachdem Punkt für Punkt durchgegangen und mit Beschlüssen besiegelt wurde, nachdem Ankündigung für Ankündigung mit pedantischem Eifer abgearbeitet wurde, lässt der Direktor sie auf die Deklarationen los. Denn nun hat sich die Akademie selbst bewiesen, dass sie nicht hetzt. Sie wendet keine massenmedialen Prinzipien an.

Die Deklarationen sind ein wenig garniert. Mit einem Kompliment an die Mitglieder des Nobelkomitees für ihre Arbeit mit den Gutachten. Oder auch mit einem ruhigen Exkurs in die Geschichte des Nobelpreises oder einfach nur mit einer Reverenz an den Sekretär, sofern man sich der Priorisierung seines Gutachtens anschließt. Nur selten lässt die Garnierung auf eine hingebungsvolle Lektüre schließen. Lillemor bekommt einen gelinden Wutausbruch. Sie liest die Nobelkandidaten immer. Es gehört zu ihrem Schulmädchenverhalten, und das sitzt. Im Übrigen muss sie es tun: Sie sitzt schließlich im Nobelkomitee.

Jetzt wissen alle, was kommt. Letzten Endes hat doch nicht nur eine Stimme den Ausschlag gegeben. Der formelle Beschluss wurde noch nicht gefasst, aber der Preisträger ist jetzt eine Person, über die sie diskutieren, nachdem der Direktor die Versammlung geschlossen hat und sie aus dem Versammlungsraum ausziehen. Hat er eine Frau oder einen Freund? Wird er mit einer großen Entourage anreisen? Na ja, das ist Sache der Nobelstiftung. Während der Sekretär ihr in den Mantel hilft, denkt Lillemor, dass wohl einzig der Bescheid, unheilbar an Krebs erkrankt zu sein, das Leben eines Menschen so radikal verändern kann wie der Beschluss, auf den sie sich eben festgelegt haben und den sie am nächsten Donnerstag fassen werden.

Die Pflastersteine auf dem Weg zum Gyllene Freden hinunter sind nass und glitschig. Sie geht mit einem sehr alten Professor untergehakt. Es soll so wirken, als stützte er sie ritterlich, aber es ist im Gegenteil sie, die ihn führt und einmal davor bewahrt, in seinen Überschuhen auf dem Hang der Köpmangatan vor dem hl. Georg zu stürzen.

Als sie im Restaurant ankommen und die Treppe zu den separaten Räumen hinaufsteigen, stellt sich nicht dieses erhabene Gefühl von Abgeschiedenheit und Frieden ein. Mit den anderen Gästen in der Garderobe und dem Personal, das die Drinks serviert, ist die Welt eingedrungen. Jene Welt, in der es Babba mit ihrem Hohn gibt. Lillemor weiß nun, dass sie heute Abend, schwer vom Essen und leicht benebelt vom Wein, mit einem Taxi nach Hause fahren wird. Und dort wartet die Lektüre.

Pferdehändlerblut Langer Mantel und Medaillen

Er war schlitzäugig, schwarzhaarig und kurzbeinig, hatte einen dicken Bauch und einen kräftigen, muskulösen Körper. Er hatte grobe Hände, doch gelenkige Finger, und die linke Hand war so flink auf den Saiten, dass die Augen ihren Bewegungen nicht folgen konnten. Sein dichter Oberlippenbart bildete von den Mundwinkeln abwärts zwei Tampen, die sich zu Strichen verjüngten.

In diesem ersten Sommer mit ihm fuhr ich zu Spielmannstreffen und Hochzeiten, zu Heimatabenden und Musikfestivals. Mit dem Wohnwagen am Isuzu reisten wir zu der anbiedernden und aufgeputzten Hochkultur in Tällberg, Leksand, Mora und Rättvik, zockelten aber auch auf krummen Schotterstraßen nach Bingsjö und zu Dörfern im Armenwald mit den glitzernden Gewässern.

Sein Vater hieß Utmes Johan Larsson, und das Geschlecht hatte bereits lange vor der Flurbereinigung eine Achtelhufe besessen und so wenige Kinder bekommen, dass der Hof bei Erbteilungen nicht gar zu sehr zerstückelt wurde. Er selbst hieß eigentlich Utmes Lars Johan Larsson, doch davon wollte er nichts wissen. Aber Lasse durfte man ihn nennen.

Zur Hälfte war er also Abkömmling des ehrlichen schwedischen Bauernstandes, aber seine hohen Backenknochen und die schräg geschnittenen Augen lenkten die Gedanken darauf, dass an seiner Herkunft auch Finnen und Sami beteiligt sein könnten. Um gleich zu sagen, wie es ist, so bekamen fahrende Pferdehändler in der Regel schwarzäugige Kinder. Er erzählte, dass seine Mutter eine dunkle Schönheit aus der Orsa Finnmark gewesen sei, die in diese Achtelhufe in einem wohlhabenden Rättvikkirchspiel geheiratet habe, und dass viele sich das Maul zerrissen hätten über ihre Herkunft und darüber, dass ein guter Rättvikbauer auf diese Weise nach unten geheiratet hatte.

»Jeder dahergelaufene Bauerntölpel gilt doch mehr als einer aus dem fahrenden Volk«, sagte er bitter. »Aber wie soll das gehen, wenn wir uns immer nur an unseresgleichen halten?«

»Ja, dann lebten wir wohl in einem Land voller blasser, blaugrauäugiger, knochiger Kätnerabkömmlinge mit großen Händen und Füßen und mit Haaren in der Farbe von Stroh oder Rattenfell«, sagte ich.

»Tun wir das denn nicht?«

Lasse war ein sehr stolzer Mann, und seine Würde und Selbstachtung hatte er von der mütterlichen Seite. Bruder und Vater seiner Mutter hatten ihm das Spielen beigebracht, obwohl sein Vater, der Rättvikbauer, nicht zulassen wollte, dass er in den Schulferien in die Finnmark fuhr. Es kam aber so, und als er zu Hause auf dem Hof allmählich alt genug war, um zu arbeiten, blieb ihm zu guter Letzt nichts anderes übrig, als auszureißen.

Der Onkel hieß Lindgren und wurde Rusken genannt, warum, wusste ich zunächst nicht. Er spielte auf Hochzeiten und zum Tanz und trug dabei einen schwarzen Anzug mit Silberknöpfen, ein weißes Hemd mit flatternden Kragenenden und um den Hals ein rotes Seidentuch. Lasses Großvater war ähnlich ausstaffiert gewesen, wenn er auf Bauernfesten gespielt hatte, allerdings trug er einen schwarzen Zylinder, der mit den Jahren ziemlich abgegriffen war. Meines Wissens war er der Erste, der Rusken genannt wurde, und er brachte dem Jungen, bevor dieser konfirmiert wurde, die Orsamelodien bei. Mit den Melodien der Rättvikkirchspiele fing Lasse an, als er dann irgendwann öffentlich auftrat. Oft übernahm er die zweite Stimme für einen der richtig großen Spielmänner, nämlich den, an dessen Grab er in jener Nacht gespielt hatte.

Er wurde selbst ein Großer. Spielte die zweite Stimme für einen Mann aus einem benachbarten Kirchspiel, der in der Hofkapelle saß und mit der Spielmannsauszeichnung *Zornmärket in Silber* zugleich Reichsspielmann war. Dieser hatte ihm geraten, die Rättviktracht zu tragen, wenn er vor dem Ausschuss aufspielte. Und als Lasse dann selbst Reichsspielmann geworden war, ließ er sich einen langen Mantel mit Achselstickereien schneidern. Dazu trug er Moleskinhosen mit Bommeln an den Kniebändern, ein besticktes Leinenhemd und eine Weste sowie handgefertigte Schuhe mit Lasche und Silberspange. Mit größtem Stolz erfüllte ihn – trotz Auszeichnungen und der Reichsspielmannschaft –, dass er in der Orsa Finnmark jetzt Rusken genannt wurde. Denn er hatte es mit den Melodien seines Großvaters und seines Onkels so weit gebracht, dass nun er diesen Ehrennamen trug.

Das schwarze Pferdehändlererbe war auch dann nicht zu übersehen, wenn er sich in Schale geworfen hatte, noch deutlicher aber wurde es, wenn er das bestickte Leinenhemd auszog. Arme und Nacken waren zottig und dunkel behaart. Im Nacken wirkte das Haar weich. Man konnte Lust bekommen, es überall gleichzeitig zu berühren, um den Unterschied zu spüren. Wenn wir unterwegs waren, ließ sich unschwer erkennen, dass nicht nur mich diese Lust überkam. Am Bauch und in Richtung Schritt hatte er ein schwarzes Haarkreuz, worin, wenn er befriedigt war, sein schöner Schwanz ruhte.

Er war schwer hinter Frauenzimmern her und sicherlich gewohnt zu bekommen, was er wollte. Doch ich war schon in der Nacht auf dem Parkplatz unterhalb der Kirche von Rättvik davon überzeugt, dass ich ihn bekommen würde. Auch wenn er nichts davon wusste, besiegelten wir dies mit den letzten Schlucken aus seiner kleinen Schnapsflasche. Es dauerte noch eine Weile, bis es ernst wurde. Und als ich dann herumfuhr, um ihn spielen zu hören, war ich mir ganz sicher, dass er der Meine und nur der Meine würde. Ich verstand seine Musik ja auch viel besser als diese dämlichen Tanten, die um ihn herumhingen.

Mein Aussehen empfand ich nicht als Handikap. Mein Bild musste ja auch keine Zeitungsinterviews oder Verlagsanzeigen zieren. Im Übrigen ahnte ich schon seit Jugendzeiten, dass Schönheit sexuell hinderlich wirken konnte. Hermans Verlobte damals war überaus hübsch gewesen. Ich hatte Fotos gesehen und sehr wohl begriffen, dass sie immer daran denken musste, wie sie sich ausnahm, wenn sie den Kopf nach hinten legte und wenn sie die Beine spreizte. Ihre Schreie und ihr Wimmern mussten ja zu ihrer blonden Sprödheit passen.

Mein Körper passte zu Lasses Körper, ohne dass ich mich anstellen musste. Wir waren beide stämmig. Ich wusste, dass wir einander viel Genuss bereiten würden, mehr als die Hübschen ihm je verschaffen könnten und mehr als ich in meinem Leben je bekommen hatte. Obwohl ich bisher beileibe nicht schlecht weggekommen war.

Wenn ich seinem Spiel lauschte, saß ich weit vorn auf einer der meist lehnenlosen Bänke. Das Gras war feucht und frisch gemäht und duftete so stark, dass es um uns herum fast stechend roch. Da war ich mir sicher, dass ich ihn bekommen würde. Es ging aber nicht von jetzt auf gleich, obwohl ich es so gewollt hätte. Eines Nachts, in seinem Wohnwagen, war es fast so weit. Er war jedoch zu betrunken. Am Morgen passierte es dann endlich. Dabei musste er einmal unterbrechen und hinausgehen, um den Stützfuß herunterzukurbeln, damit der Wagen nicht so heftig schaukelte.

Lillemor verheimlichte ich ihn, wie ich ihr auch meine anderen Männer verheimlicht hatte. Wahrscheinlich hatte sie sich vorgestellt, dass ich bei Ante nur ein Zimmer gemietet hatte und wir abends in platonischer Freundschaft zusammensaßen und Scrabble spielten. Sie beklagte sich nämlich über meine Liebesszenen. Besonders nachdem wir in der *Finanstidningen* eine Rezension bekommen hatten, die vor allem aus einem Ausbruch von Widerwillen bestand. Darin hieß es, dass ich, das heißt sie, frigid sei. Normalerweise diente die *Finanstidningen* als Pissrinne für das *Svenska Dagbladet*, und der feineren Zeitung musste dieser Text, den sie vermutlich abgelehnt hatte, zu drastisch gewesen sein. Lillemor heulte zuerst und machte dann ein Mordsbuhei, dass wir mehr über die Liebe schreiben müssten. Ich sagte ihr, dass ich im Moment über die Mütter meiner Kuckucksspeichelkinder schriebe und diese Mütter eine Heidenangst vor Generalstreiks und Arbeitslosigkeit und Vätern hätten, die vor diesem ganzen Elend Reißaus nähmen. Ein Kind mehr bedeute da nur Hunger. In solcher Lage lebe man nicht sonderlich ausschweifend, auch wenn man sehr wohl starke Gefühle haben könne. Und damit mussten sowohl sie als auch die *Finanstidningen* sich zufriedengeben.

Darüber zu schreiben, wie jemand oder man selbst vögelt, ist nicht weiter schwierig. Und eigentlich war es wohl das, was gefragt war, und die Nachfrage, heißt es, regelt den Markt. Wie sind wir bloß zu einem Volk von Spannern geworden?

Die Liebe ist anständig und blüht im Verborgenen. Sie ist für zwei da. Nicht für diejenigen, die zuschauen wollen.

Der Sommer mit all den Auftritten und Fahrten dazwischen war hektisch. Nach dem Spiel auf der Bühne und nach der Session und allen bewundernden Annäherungsversuchen und, freiweg gesagt, Aufdringlichkeiten setzte Lasse, sobald er in den Wohnwagen kam, die Flasche an den Mund. Er nahm einen Schluck und verschlang ein heißes Würstchen mit Brot, das er draußen bekommen hatte, nahm noch einen Schluck und aß eine zweite Wurst, die ich ihm reichte.

Ich kann mich noch gut an den Geruch nach zertrampeltem Gras und den Würstchen mit Senf an den Ständen erinnern, die im Getümmel an den Spielstätten aufgebaut worden waren, und an den Geruch nach Schnaps und Bier aus seinem Mund und den nach späten Blumen, wenn der Sommer dunkler wurde: Schafgarbe, Baldrian, Dost und am Ende Rainfarn, der einsam die Grabenränder mit hartem Gras beherrschte.

Wenn der Sommer mit seinen Ereignissen zu Ende war, hatte Lasse sich durch das Bingsjötreffen Anfang Juli samt allen Veranstaltungen und durch alle anderen Auftritte bis Anfang September gespielt. Er sagte, er habe für seinen Geigenbogen viel Rosshaar verbraucht und sei müde. Jetzt war es an der Zeit, den Wagen zu nehmen, landabwärts zu fahren und mit der Arbeit zu beginnen, denn im Winter verdiente er seinen Lebensunterhalt als Installateur. Er selbst bezeichnete sich als Klempner und sagte, ich hätte großes Glück, denn wer den Klempner kenne, sei nie schlecht dran, wenn das Rohr verstopft ist. Oder wenn es, anders gewendet, überläuft. Ich wusste sehr wohl, wie schwierig es war, einen ins Haus zu bekommen.

Lasse arbeitete auf großen Baustellen in Stockholm und Umgebung, denn dort verdiente man am meisten Geld. Es widerstrebte ihm jedoch, in den Süden zu fahren. Nachdem das Gras hart geworden war, roch es immer stärker aus Wald und Moor, und es zog ihn hinauf in die Finnmark. Er wolle mir Ruskmyr zeigen, sagte er, und auf diese Weise erfuhr ich, woher sein Spielmannsname kam. So zogen wir mit dem Isuzu und dem großen Bjølseth im Schlepp los. Am ersten Abend bogen wir in eine Forststraße ein und stellten uns auf einen Holzlagerplatz. Als es dunkel wurde, ging mir durch den Kopf, dass rings um uns Wald war und kein Mensch auf der Welt wusste, wo wir uns aufhielten.

Wir waren jedoch in Schweden, vielleicht in dem, was wirklich unser Land war und ist und es noch sein wird, wenn unter den Flugzeugen der Lichtmüll der Großstädte erloschen ist. Dann versinkt das Land wieder in sein altes Dunkel, in dem verstreut schwache Lichter glimmen, die vom Flugzeug aus nicht zu sehen sind – falls es dann überhaupt noch Treibstoff zum Fliegen gibt.

Warum glauben, dass man in der Zeit zurückreist in das Schweden der ärmlichen Stunden, wenn man sich in Wirklichkeit in der Gegenwart bewegt und es über unfassbar große Gebiete so aussieht wie hier. Man fährt in ein nördliches Waldland mit einem Netz kleiner Straßen, dem geschotterten Blutkreislauf eines großen Körpers mit glitzernden Gefühlspunkten weit jenseits des Blendenden. Und es ist sicher, dass man in der Gegenwart fährt und diese Gegenwart für diejenigen, die in den verstreuten Häusern und Dörfern leben, ebenso gilt wie für diejenigen, die im stark Ausgebeuteten, im Dichten und Zusammengedrängten leben.

Wir kamen spät am Nachmittag in Ruskmyr an, und es regnete so fein, dass das Gesicht von einem feuchten Film überzogen wurde. Die kleinen Gebäude der Kätnerstelle hatte der Wind gegerbt, und die rote Farbe war grau geworden. Zwei Fenster der Kate waren eingeschlagen, und wenn man hineinlinste, sah man eine Küche und auf dem Fußboden Glassplitter und eine tote Eule. Lasse starrte stumm auf den Kahlschlag hinterm Haus. Schließlich sagte er, hier habe mal dunkler, dichter Fichtenwald gestanden, was ich ja durchaus von selbst begriff, als ich die Baumstümpfe sah. Nachdem sie den Großvater begraben hatten, war die Kate auf den jüngsten Onkel gekommen, der aber dann weggezogen war.

Die Tür war abgeschlossen, doch Lasse wusste noch von früher, wo der Schlüssel hing, er holte ihn und schloss auf. Aus der Hütte schlug uns ein strenger Geruch entgegen.

»Das kommt vom Hermelin«, sagte Lasse. »Es benutzt wohl den Vorraum als Abort und haust in der Küche. Jedenfalls im Herbst, wenn die Ratten eindringen.«

Frierend standen wir herum und betrachteten den eisernen Herd, der von einer fuchsroten Schicht Rost bedeckt war.

»Das war mal ein schöner kleiner Herd«, sagte Lasse und zog mit den Fingern die Verzierung der Ofentür und die Buchstaben Marieholm nach. Dann betrachtete er lange einen dreckigen Flickenteppich.

»Lass uns gehen«, sagte ich.

Wir gingen hinaus, und als er den Blick über den Kahlschlag schweifen ließ, meinte er, dass zumindest der Waldsee noch da sein müsse. Er blieb stehen und sah schweigend auf den Verhau aus Steinen und Baumstümpfen und auf das Himbeergestrüpp und die Weidenröschen, die sich längst von ihrem Flaum getrennt hatten und langsam rot wurden. Ich dachte, wir hätten nicht hierherfahren dürfen, und hielt es für das Klügste, dass wir uns so schnell wie möglich wieder auf den Weg machten.

»Früher gab es in dem Waldsee reichlich Fische«, sagte er. »Große, dunkle Biester. Manche hatten Fischläuse auf der Haut, die sahen aus wie Silbernieten. Großvater hat irgendwas über die Läuse erzählt. Irgendwas …«

Es schien ihm nicht mehr einzufallen, und er fuhr in nüchternerem Ton fort: »Wir suchen jetzt Würmer und versuchen, uns ein paar Forellen zum Abendessen zu fangen.«

Eine kompakte und beißend riechende Felldecke aus hohen Nesseln hinter dem Stall zeigte an, wo früher der Mist hingeschaufelt worden war. Dort gruben wir und brachten etliche Würmer zusammen, auch wenn Lasse die Ausbeute mager fand. Dann zogen wir durch den Kahlschlag, ein garstiger Weg.

Nachdem wir über Steingeröll und Reisergestrüpp gestiegen waren, wurde das Gelände moorig und war mit einem lichten Wald aus kleinen Kiefern und verwachsenen Fichten bestanden. Sumpfporst wuchs hier, der noch stark duftete, obwohl seine Blütezeit vorbei war, und das Rauschbeerengestrüpp trug blau betaute Beeren. Da und dort gab es Pilze, vor allem Runzelschüpplinge und rote Fliegenpilze, die sich ausbreiteten und immer gelber wurden. Hier war nur für den Hausbedarf gefällt worden, und das schon vor langer Zeit; die Baumstümpfe waren mit grauen Flechten und Polstern voll dunkelroter schwerer Preiselbeeren bewachsen oder mit einem Gewirr braungelber Honigpilze. Der Waldsee war mit steilen, schroffen Ufern tief in den Moorboden eingeschnitten.

Lasse blieb mit der Angelrute in der Hand am Wasser stehen, das still und schwarz dalag, und sagte: »Hier gibt es keine Fische.«

»Es kann doch welche geben, auch wenn sie nicht an die Oberfläche kommen«, sagte ich. »Jetzt im Herbst gehen sie auf den Grund und suchen nach Libellenlarven.«

Er schien etwas ganz anderes gehört zu haben als das, was ich gesagt hatte, denn er erwiderte: »Du hast recht. Hier ist alles ins Vergessen gesunken.«

Dann drehte er sich abrupt um und sagte, was ich oben im Haus schon gesagt hatte: »Lass uns gehen.«

Und so gingen wir, und er sah nicht zurück, als er von

der Kate wegfuhr. Wir mussten hinaus auf die große Straße, die nach Mora und Rättvik führte, und wir hatten zu beiden Seiten sowohl Kahlschläge als auch dichten Wald. Lasse sagte, es handle sich um einen Allmendewald von Orsa, und wir kurvten lange auf Straßen, die uns auch durch Dörfer mit wenigen Häusern und baufälligen Ställen führten. Auf den Höfen standen aber Autos, folglich gab es hier Leben, auch wenn die Gegend auf mich gottvergessen wirkte. Lasse erklärte, die Leute seien hier in Armut geraten, weil nach dem Willen der Regierung und des Reichstags die Steuereinnahmen aus Forstunternehmen, Gruben und Kraftwerken an den Staat gingen, sodass für die kleinen Kommunen, die diese Ressourcen ursprünglich besessen hatten, nichts übrig blieb.

»Aber vergessen sind sie«, sagte er. »Da hast du recht. Begraben und vergessen.«

Dann fuhren wir schweigend dahin, was wir sonst nie taten. Erst als wir nach Noppikoski kamen, wurde Lasse wieder munter und sagte, er habe Hunger. In einem Lokal neben der Tankstelle aßen wir Würstchen mit Kartoffelbrei.

»Ich will jetzt nicht gleich nach Rättvik zurück«, sagte er und wischte sich mit dem Handrücken den Senf um den Mund ab. »Ich denke, wir wenden und fahren Richtung Norden.«

»Richtung Sveg?«

»Ja, aber nur bis Bånn«, sagte er. »Dort lebt mein jüngster Onkel.«

Ich suchte auf der Karte nach dem Dorf und sagte, dass es nur einen großen See namens Bondsjö gebe und ein Dorf namens Bondsjöberg.

»Verdammt noch mal, das heißt aber so«, entgegnete Lasse. »Das haben sich ein paar Landvermesser ausgedacht. Die stiefeln offensichtlich rum, ohne auch nur irgendjemanden hier nach dem richtigen Namen der Orte zu fragen. Der See heißt schon immer Bånn, und das Dorf heißt nach ihm, da mag auf der Karte stehen, was will.«

In seiner Stimme schwang Hass. Ich vermutete, dass es für ihn nicht leicht war, durch diese Gegenden zu fahren, aus denen seine Musik stammte. Wir waren auf eine Schotterstraße eingebogen und rumpelten darauf acht Kilometer weit, aber wir fanden das Dorf nicht, wie ich erwartet hatte, am See, sondern in dichter Bebauung beidseits der Straße. Man hatte sich hier zwar, was Äcker, Weideland und Wald betraf, nach den Flurbereinigungen des 18. und frühen 19. Jahrhunderts richten müssen, aber die Häuser in Bånn hielten in alter Gemeinschaft um eine Straße zusammen, die einst vielleicht nicht mehr als eine Viehtrift gewesen war. In den Fenstern war es ziemlich dunkel, nur hin und wieder schimmerte eine Zierlampe zwischen den Gardinen.

Lasse hielt bei einer Reihe Gebäude an, wovon eines ein Wohnwagen mit einer Treppe vor der Tür zu sein schien. Am größten Haus war ein offensichtlich selbst gebasteltes Schild angebracht. In der Dunkelheit erkannte ich nur die größten Buchstaben: GEBRAUCHT. Ich war schläfrig und erfasste lediglich, dass es sich um Autos handelte, da auf dem Hof viele geparkt standen; bei manchen war um die Räder das Gras hochgeschossen. Lasse meinte, wir sollten einstweilen an der Straße stehen bleiben und uns ruhig verhalten, damit wir seinen Onkel und seine Tante nicht aufweckten. Aber sobald ich die Autotür zumachte, begannen auf dem Hof mindestens zwei Hunde lautstark zu bellen, und kurz darauf erschien auf der Vortreppe des größten Hauses ein hochgewachsener Mann. Er war mit Unterhemd und Unterhose bekleidet, jener Art blaugrauer Unterwäsche, die zuvor an den Wäscheleinen in den Finnmarkdörfern angezeigt hatte, dass es auf den Höfen noch Leben gab. Rasch erlosch die Außenleuchte, er wollte offensichtlich nicht gesehen werden.

Er brüllte mit fester, tiefer Stimme: »Was zum Teufel macht ihr hier?«

»Stell die Flinte weg, Evert«, sagte Lasse und stiefelte zur Vortreppe. Es gab ein heftiges Umarmen und kräftiges Rückenklopfen, und Lasse sagte: »Das ist Babba«, als ich dazukam. Die Frau, die herausgetaumelt kam, war nur halb so groß wie Lasses Onkel Evert und wickelte sich erst noch in ihren hellblauen Morgenrock. Sie hieß Gertrud, und als wir in die Küche kamen, stellte sie Sülze und Rote Bete, Butter und einen großen Laib selbst gebackenes Brot auf den Tisch. Dazu tranken wir Milch, und Evert und Lasse genehmigten sich einen Schnaps. Es war fast drei Uhr morgens, als Lasse von seinen Auftritten in diesem Sommer zu Ende erzählt hatte und wir auseinandergingen. Den Besuch in Ruskmyr hatte er allerdings nicht erwähnt.

Ich wachte wie üblich um sechs auf und wollte nicht noch mal einschlafen. Wenn das der ganze Rest von Lasses Familie war, dann sollten sie nicht denken, ich sei eine, die den Vormittag verschlief. Er hatte ihnen erzählt, ich würde Artikel und dergleichen schreiben, und das glaubte er ja auch selbst. Was die Leute von der schriftstellernden Zunft hielten, wusste ich ja. Ich stand jedoch jeden Morgen auf, setzte mich an den Galeerenriemen und ruderte in den Geschichten voran:

O taktfest taktfest!
O mein Ruderblatt, taktfest tauch ich dich ein!

Ekelöf hatte wohl etwas von dieser Arbeit gewusst. Auch wenn er vor allem Gedichte schrieb. Aber vielleicht hat man ja auch damit seine liebe Mühe.

Lasses angeheiratete Tante war die kleinste Frau, die ich je gesehen habe. Sie war dünn und in ihren Bewegungen so schnell, dass man an eine Bachstelze denken musste, wenn sie zwischen den Schuppen dahintrippelte, die ihr Lebensinhalt und -unterhalt waren. Flohmärkte, wie sie heute auf jedem zweiten Hof auf dem Land ausgeschildert sind, gab es damals noch nicht. Gertrud war die Idee gekommen, Sachen in Kommission zu nehmen und zu verkaufen. Anfangs waren es nur Möbel und Ziergegenstände gewesen. Als das Geschäft dann lief, hatte sie es von dem großen Wohnhaus auf eine Scheune und ein Haus ausgedehnt, in dem die Eltern des früheren Hofbesitzers als Altenteiler gelebt hatten. Mit der Zeit hatte sie dann auch einen Großteil des Stalls beansprucht. Dort gab es Dinge wie Rasenmäher und allerlei Gerätschaften, aber auch ein paar Schneescooter und Mopeds, und da kam bei ihren Geschäften auch Evert mit ins Spiel. In dem abgestellten Wohnwagen, zu dem Evert eine Holztreppe gezimmert hatte, verkaufte sie Werkzeug und Elektrogeräte, und offensichtlich zählte für sie dazu auch Weihnachtsbaumbeleuchtung.

Ich ging staunend in den Schuppen umher und betrachtete die Regale, Kisten, Kleiderbügel und Gestelle mit all dem Zeug, das veräußert werden sollte. Da waren Schafspelze, Teppiche, Wandbehänge, Kissen, Robbenfellhandschuhe, Adventsleuchter, Schneeschuhe aus Bambus, Strickjacken im Norwegermuster, Angelruten und Kupfergefäße. Ich sah samtige Wandbehänge mit Pferde-, Hunde- und Rosenmotiven, Weihnachtsmänner aus Holz, Plastik und bemaltem Gips, Osterhähne, Papierserviettenhalter aus Neusilber, Kaffeetassen mit Goldrand und mit Veilchen bemalt sowie vier Teetassen mit Untertassen, die doch wahrhaftig Stig Lindbergs Bersåservice entstammten. Vasen gab es zu Hunderten, ebenso Kochtöpfe, Sahnekännchen, Krüge und Milchsatten.

Lasse begleitete mich lächelnd und erzählte, wie der Betrieb gewachsen war. Im Dorf hatte es natürlich hohen

Klatschwert, hierherzukommen und zu schauen, was zum Verkauf angeboten wurde. Jeder Gegenstand war mit einem kombinierten Buchstaben- und Zahlencode statt dem Besitzernamen versehen. Doch die Dorfbewohner waren schnell dahintergekommen, welcher Nachbar sich hinter Bezeichnungen wie G17 oder F5 verbarg.

»Ein Dorf braucht einen Ort, an dem man zusammenkommen kann«, sagte Lasse. »Gemeinschaftseinrichtungen gibt es ja keine mehr. Das Postamt ist längst weg, der Laden ist geschlossen. Aber hier haben die Leute was, wo sie miteinander reden können, und im Sommer ist mordsmäßig was los durch Besucher von auswärts.«

Anfangs war das Geschäft GEBRAUCHT – MÖBEL KLEIDER TRÖDEL eine Anlaufstelle für die unmittelbare Nachbarschaft gewesen. Jetzt kamen die Leute von weit her, um etwas zu kaufen, und manche, um etwas in Kommission zu geben.

Ich kaufte eine Kuckucksuhr als Ersatz für die, welche ich in Örnäs zerdeppert hatte, die vier Bersåteetassen, einen Wandbehang aus Seidensamt mit zwei King Charles Spaniels in einem Körbchen sowie eine Kiste mit Büchern, darunter Erskine Caldwells *Die Tabakstraße*. Als ich mich im Wohnwagen damit hinsetzte, entdeckte ich, dass es die schwedische Erstausgabe von 1945 war. Da wurde die Vergangenheit wieder wach, und ich erinnerte mich, wie ich *Die Tabakstraße* zum ersten Mal gelesen hatte, wie Caldwell die Armut sowohl urkomisch als auch ergreifend schildert und wie erstaunt ich gewesen war, dass er sich das traute. Und ich erinnerte mich an Olov Jonason, der das Buch übersetzt hatte, und an seine Kurzgeschichten in *Parabellum*. Ich glaube, sie wurden in der Zeit geschrieben, die damals Bereitschaft hieß, ein Zustand, der sicherlich trotz der latent drohenden Okkupation todlangweilig gewesen war.

Ich dachte: Ihr seid wahrscheinlich vergessen, weil man

euch in einem Pappkarton mit der Aufschrift BÜCHER 10 KRONEN findet, so vergessen, wie Lillemor Troj irgendwann in Pappkartons vergessen und verkauft oder schlichtweg verschenkt sein wird. Ihr habt aber geschrieben, um den Überdruss und die zermürbenden Wiederholungen des Lebens und jenen grauen Star der Seele zu besiegen, die stets unsere Lebenslust auszulöschen drohen. Und ihr habt es obendrein gut gemacht. Besser als ich, aber ich gebe auf keinen Fall auf. O taktfest taktfest!

Lange saß ich mit den Resten der Vergangenheit, die ich ergattert hatte, im Wohnwagen. Im zweiten Jahrzehnt hatte die Entvölkerung der größten und nördlichsten Teile Schwedens eingesetzt, und dieser Prozess war noch lange nicht abgeschlossen. Äcker verwuchsen, Kahlschläge breiteten sich aus, Katen standen leer, Ställe verfielen. Aus Möbeln, Teppichen, Deckbetten und dem ganzen Kram wurde meistens Müll. Doch Gertrud leistete in ihren Trödelschuppen der Tendenz zum Allerwahrscheinlichsten Widerstand, zu jenem Zustand der Unordnung, worin alle Entropie endet: der Welt als Müllhalde.

Es gab auch keinen Wärmeverlust, wie ich am Abend merkte, nachdem wir mit Elchfarce gefüllte Kohlrouladen mit hellbrauner Sahnesauce, frisch eingekochten Preiselbeeren und großen, erst kurz zuvor aus der Erde geholten King Edward in rosiger Schale gegessen hatten. Danach bekamen wir zarte Rote Grütze mit Milch, und Lasse pries Gertrud für die Gottesgaben. Da meinte Evert, es gebe nur eine Art, sich zu bedanken, und er wisse schon, welche das sei. Lasse lächelte und erwiderte, er wolle sich nicht lange bitten lassen, stand auf, ging hinaus und holte seinen Geigenkasten. Wir hatten in unserem Wagen elektrischen Strom bekommen, weil Lasse um seine kostbare Geige fürchtete, sie durfte keinen starken Temperaturschwankungen ausgesetzt werden.

Er spielte an diesem Abend in der Stube, weil er es in

der Küche mit dem emaillierten eisernen Herd für die Geige zu heiß fand; hier würde sie zu schnell verstimmen. Ich saß auf einem Stuhl mit hoher Lehne und hörte ihm zu, Evert und Gertrud saßen auf dem Plüschsofa. Die erste Melodie war traurig und eigenartig und hatte ein langsames Tempo. Doch anschließend spielte er eine Polska, und da kam in die beiden alten Leutchen auf dem Sofa Bewegung, und als Lasses Spiel noch lebhafter wurde, stand Evert auf und griff sich die kleine Gertrud, und so traten sie mit ein paar einleitenden Schritten, die einem Hambo glichen, auf dem Dielenboden des Zimmers zum Tanz an. Mit sicheren Schritten begannen sie sich im Rhythmus der Polska zu drehen. Gertrud wirkte, als der große, massige Mann sie hielt, mehr denn je wie ein Vögelchen, doch bildeten sie ein erstaunlich harmonisches Tanzpaar.

Evert war damals zweiundsiebzig und Gertrud ein bisschen jünger. Sie hatten einander vielleicht bei einer Polska auf einem Tanzboden in der Orsa Finnmark gefunden. Wenn sie nicht beim Jazz der Vierzigerjahre den Gleichklang ihrer Körper entdeckt hatten. Lasse änderte das Tempo, die Polska wurde langsamer, und die Schritte gerieten feierlich. Mir schwindelte davon, auf eine Weise in der Gegenwart zu sein, wie ich es nur während dieser Monate tiefster Verliebtheit war, und gleichzeitig in einem alten Land und in einer vergangenen Zeit.

Die Birken schüttelten gelbe Blätter ab, und die Ebereschen begannen zu flammen. Es war schön und deshalb nicht verwunderlich, dass es einen mit Freude erfüllte. Es war aber nicht so, wie Harriet Löwenhjelm schreibt: »Wieder will es uns betören, dieses alte Wunderwerk.« Dieser Sommer war nichts Altes, es war, als hätte ich früher nichts auch nur annähernd Gleichartiges gesehen. Ich machte nun die Erfahrung, dass mich auf einmal eine Stallwand im mildesten Alter ansprach; das uralte gesprungene Holz mit seinen faluroten Resten offenbarte eine Schönheit, die ich nie zuvor bemerkt hatte, und ich konnte mir nicht erklären, warum ich sie nie bemerkt hatte. In den Moorschlenken sah ich jetzt in ihrer Erlesenheit die Sterne des Fieberklees mit seinen weißen Flaumhärchen auf den Kronblättern, und mir wurde klar, dass ich früher keine Ahnung davon gehabt hatte. Das Wasser der Waldseen war schwärzer geworden und offenbarte in der Tiefe eine Spiegelwelt, die mich derart anzog, dass ich Angst bekam und dachte, es wäre doch schön zu sterben. Denn besser, als es war, würde es nicht werden.

Ich wusste, dass es die heftige Verliebtheit war, die meine Augen auf diese Weise sehend machte, die mir Erlebnisse bescherte, welche mir Elektroschocks durch den Körper jagten und mein Sehvermögen entfachten. Eigentlich wusste ich über Liebesleidenschaften ja ganz gut Bescheid, schließlich war ich ein lesender Mensch. Ich wusste, dass es vorübergehen würde. Die Intensität der Erlebnisse erschöpfte mich, und ich sehnte mich nach einer ruhigeren Phase, einer selbstverständlichen Liebe. Ich, die ich mich immer gerühmt hatte, allein klarzukommen, suchte nun bei einem anderen Menschen Geborgenheit, und mir war klar, dass ich noch nie so verletzlich gewesen war wie jetzt. Ich fürchtete mich aber nicht. Ich glaubte an Lasse und mich, daran, dass wir fürs ganze Leben zusammengehörten.

Als der Morgen kam, hatte ich das Gefühl, die ruhige Phase sei bereits eingetreten. Lasse und Evert hatten vollauf mit einem verstopften Ablauf zu tun. Sie fuhren in einem alten Duett weg und kamen mit einem langen, stabilen Drahtseil zurück, das sie sich von dem Klempner geliehen hatten, zu dem Evert jetzt kein Vertrauen mehr hatte. Dieser Klempner hatte nämlich im vorigen Herbst die Rohre umverlegt und eine Dreikammergrube gebaut. Im Winter hatte das Ganze jedoch zu mucken begonnen.

»Die Kacke treibt immer wieder nach oben«, sagte Evert fuchtig.

Also zog Lasse den ganzen Vormittag, kaum dass er eine Kaffeepause machte, das Drahtseil vom Keller zum Ablauf und zurück. Er erklärte, dass dies nur im Moment oder bestenfalls in den nächsten Wochen helfen werde. Er müsse wiederkommen und das, was ein unfähiger Klempner da fabriziert habe, aufgraben, um den Fehler zu finden. Wahrscheinlich liege es an der Neigung, sagte er. Wahrscheinlich müsse er das gesamte Ablaufsystem umverlegen, und zwar bevor der Boden gefriere.

Sie aßen, wie früher üblich, mitten am Tag warm, und wir bekamen Fleischwurst mit Kartoffelbrei. Erdäpfelstampf, wie mein Vater sagte, und hier hieß es offenbar genauso. Gertrud trippelte zwischen Herd und Küchentisch hin und her und nahm sich erst Zeit zu essen, nachdem wir unsere Teller ausgekratzt und die runzligen Wursthautkringel an den Rand geschoben hatten.

Dann setzte auch sie sich an den Tisch und fragte: »Fährst du ins Heim?«

Lasse lachte. »Ist es schon herum, dass ich da bin?«

Eine weitere Erklärung bekam ich in diesem Augenblick nicht, aber kurz nach zwei setzte er sich mit seinem Geigenkasten und einer großen Tasche in Everts Auto. Wir fuhren alle vier zum Altersheim, das natürlich schon damals anders hieß, wie, weiß ich nicht mehr. Jetzt heißt es Seniorenheim, denn wir werden ja nicht mehr alt, wir werden nur älter und älter.

»Wenn ich hier bin, spiele ich immer für sie«, sagte Lasse. »Ihnen gefallen alte Melodien.«

Nun traten wir in die Welt der Alten ein; sie war blank und sauber, und an den Wänden hingen Blumenlithografien. Der Speisesaal war rammelvoll mit Tischen und Leuten.

»Aha«, sagte Lasse. »Die Buschtrommeln haben funktioniert. Wohl mit deinem Telefon als Ausgangspunkt, Gertrud.«

Auf ein kleines Podium hatte man einen Stuhl gestellt, einen Notenständer, wozu auch immer Lasse den brauchen sollte, und einen Tisch mit einer Geranie und einem Wasserglas. Es war so voll, dass wir ganz vorn an einem Tisch landeten, an dem zwei Alte saßen, eine Frau, die auf ihrem blanken Schädel nur noch ein paar dünne Haarsträhnen hatte, und ein kleiner Mann mit munteren Augen und einem Pissfleck am Hosenschlitz. Die alte Frau war mit ihrem Gebiss zugange. Sie tat die obere Hälfte raus und rein und begutachtete sie genau. Ich empfand in dem Moment einen tief gehenden Schrecken vor dem Altwerden. Aber da begann Lasse seine Geige zu stimmen, und nach einem Weilchen erklang seine ruhige dunkle Stimme. Die Ältesten machten sich nichts aus Worten, doch als die ersten Bogenstriche zu hören waren, beugten sich viele vor und bewegten sich leise. Dass sie sich wiegten, wäre zu viel gesagt, aber es saß noch Musik in ihren Körpern und lebte auf, als sie dem Geigenspiel begegnete.

Die alte Oma neben mir tat weiterhin ihre oberen Zähne raus und rein, und der Anblick wurde ein bisschen unerträglich, nachdem sie von der Torte gegessen hatte, die das Personal während Lasses Auftritt servierte. Die Pflegerinnen verteilten auch Kaffee und schenkten nach, und ich wunderte mich, dass Lasse so große Geduld mit den Alten hatte. Normalerweise tolerierte er nicht, dass während seines Auftritts Krach gemacht wurde, und hier scheppterte es nun, wenn ungeschickte Hände die Tassen hoben oder auf die Untertasse setzten. Es wurde geschlürft und Kaffee durch Zuckerstücke eingesogen, aber nicht aus der Untertasse getrunken. Diese Methode, den Kaffee abzukühlen, ist nichts für Tatterer.

Ich glaube, in der Musik schwang der Geruch der

Moore und der heißen Liebe, der Räusche und der harten Arbeit. Lasse hatte mir erklärt, Musik kenne weder Grenzen noch Entfernungen. In einer Polska gebe es Melodieschnörkel, die Leute aufgeschnappt hätten, wenn die Gutsherrentochter hinter den Fenstern auf dem Tafelklavier spielte. Es steckten Musikfragmente darin und ganze Melodien aus Arabien und von noch weiter her. Sie seien als Wiegenlieder und als Trinklieder gewandert, und es sei sinnlos, von Dur oder Moll zu sprechen, von Trauer oder Freude.

Der kleine Opa neben mir, der jetzt stark roch, bewegte die Arme zu einem Marschlied aus Orsa und vergaß seinen Kaffee. Die Oma mit den Zähnen schien in ihrem eigenen Limbus versunken zu sein. Lasse bat die Zuhörer jetzt, ihm beim Repertoire behilflich zu sein, da er sein Buch zu Hause vergessen habe, und so wünschten sie sich was.

»Dazu muss ich jetzt wohl meine alte Quetsche rausholen«, sagte er und entnahm seiner großen Tasche eine Ziehharmonika. Es ging wie ein Stromstoß durch die gealterten Körper, als er *Svinnsta skär* spielte. Und dann gab es Jazz, ja er ließ ihnen Erik Franks *Novelty accordion* zuteilwerden, und ich begriff nicht, wie er sich an etwas so Schwieriges heranwagte. Doch es gelang ihm, ich kann es nicht anders nennen, mit Akkuratesse. Allerdings wirkte er dabei etwas angespannt.

Dann rief jemand: »Grüß mir die zu Hause!«, und er begann etwas suchend, wie man sich vorstellen kann, wenn man den Schritt von *Novelty accordion* zur schwedischen Hitparade macht, doch er fand, was er suchte, und die prachtvolle Knopfharmonika aus der Akkordeonfabrik in Älvdalen jubilierte. Da erklang eine klare Stimme an meiner Seite. Es war die Oma, die jetzt ihre Zähne eingesetzt hatte und sang:

Grüß mir die zu Hause,
grüß die Eltern mein,
grüß das grüne Wäldchen,
grüß mein Brüderlein.
Wenn ich Flügel hätte,
flöge ich mit dir,
Schwalbe, flieg zur Heimat,
grüße sie von mir.

Zurück in Gertruds Küche fragte ich Lasse, wie solche Wunder möglich seien, dass eine demente alte Oma sich an ein Lied erinnerte, das sie in ihrer Jugend gehört hatte. Er sagte, die Musik würde uns als Letztes verlassen – und womöglich verlasse sie uns nie. Dann begannen er und Evert wieder über den Ablauf zu diskutieren, und sie legten fest, wann Lasse wiederkommen sollte.

»Du kommst doch wieder mit rauf«, sagte er am Abend, als wir im Heck des Bjølseths das Bett hergerichtet hatten und beieinanderlagen. »Ich muss nach Rättvik runter und Werkzeug und Rohre holen, und Evert muss irgendwo einen Bagger besorgen. Es wäre schön, wenn du wieder mit raufkommen würdest. Ich finde, wir sollten uns nicht trennen, jetzt nicht mehr.«

Mir rauschte nur so das Blut durch den Körper, und ich konnte gar nichts sagen.

»Du kannst deine Artikel doch auch hier schreiben«, meinte er.

Es war dunkel. Lasse hatte Evert gebeten, die Außenleuchte zu löschen, damit wir im Wagen diese stille Dunkelheit ohne einen Lichtstreifen hätten. Sein warmer Körper krümmte sich um den meinen, und ich spürte seinen Bauch.

Da wusste ich, dass es an der Zeit war. »Ich schreibe keine Artikel«, sagte ich. »Das habe ich nur so gesagt.«

»Du schreibst nicht?«, fragte er überrascht.

»Doch. Ich schreibe andauernd. Aber keine Artikel.«
»Was schreibst du dann?«
»Romane. Ich schreibe seit Ende der Fünfzigerjahre. Neunzehnhundertsechzig kam mein erstes Buch heraus. Allerdings ein Krimi.«
»Wie bitte? Das wusste ich nicht. Das hätte ich doch sehen müssen.«
»Nein«, erwiderte ich. »Das kannst du nicht gesehen haben. Weil ich unter Pseudonym schreibe.«
»Unter welchem denn? Bist du dieser Bo Balderson?«
»Aber nein, schon was Besseres. Und heutzutage schreibe ich richtige Romane. Mein Pseudonym ist Lillemor Troj.«
»Aber die gibt es doch«, erwiderte er. »Sie hat doch das Sommerhaus bei dir unten.«
»Ja, die gibt es«, sagte ich. Und dann erzählte ich alles, beginnend mit dem Kurzkrimi in dem Magazin, mit dem Luciamord und allem, was vor langer Zeit passiert war.
Lasse hörte mir im Dunkeln zu, ohne ein Wort zu sagen. Als ich zu dem Punkt kam, wo ich Lillemor in der Heimvolkshochschule Solbacken aufgespürt hatte und wir dann irgendwann einen Roman veröffentlichen, der kein Krimi war, aber gute Rezensionen erhielt und ordentliche Tantiemen abwarf und ein Stipendium vom Gewerkschaftsbund in Höhe von fünfzehnhundert Kronen einbrachte, setzte er sich auf und schaltete das Licht ein. Er sagte noch immer nichts, sah mich nur unverwandt an. Er blickte ernst, fast streng drein, doch als ich zu dem Morgen in Örnäs kam, an dem der Blumenbote aus Rättvik zwei Sträuße in den Nationalfarben geliefert hatte und Lillemor Akademiemitglied geworden war, begann er zu lachen. Ich wusste zwar, dass er sich unüberhörbar freuen konnte, aber ein derart schallendes Gelächter hatte ich den ganzen Spielsommer über nicht gehört.
»Leck mich, das ist das Beste, was ich je gehört habe«,

sagte er, als er sich wieder gefangen hatte. »Du bist schon gut, du!«

»Ach ja«, sagte ich. »Aber glaub bloß nicht, dass es immer leicht war.«

»Das kann ich mir gut vorstellen, aber du hast das Problem gelöst. Das ist die Hauptsache. Du hast es gelöst, mein Liebes.«

Ich wusste nicht, was er meinte. Und er sagte es auch nicht, sondern stand auf, holte die Whiskyflasche aus dem Wandschrank und tat, was wir an manchen Abenden so taten, wenn wir etwas zu feiern hatten, einen gelungenen Auftritt oder dass es uns beiden gleichzeitig gekommen war. Er schenkte sich ein Glas ein und erhitzte für mich auf dem Gasherd Milch, die er in eine der herumstehenden Bersåtassen schüttete. Dann gab er noch einen Löffel Honig und einen Schuss Whisky hinein. Anschließend prosteten wir uns fast feierlich zu, und er sagte erneut, dass ich das Problem gelöst hätte.

»Hol's der Teufel, wenn du das nicht getan hättest«, sagte er.

Er löschte das Licht wieder, und wir kuschelten uns aneinander, sodass er mit dem Bauch an meinem Rücken lag und die Arme um mich geschlungen hatte, und dann erzählte er im Dunkeln, dass er eigentlich nur er selbst sei, wenn er so spielte wie an dem Abend in Everts und Gertruds Stube, als sie tanzten. Oder damals auf dem Friedhof in Rättvik. Dann sei er der Musiker, der er sein konnte. Dann sei er am besten.

»Ansonsten steht er mir immer im Weg«, sagte er.

»Wer?«

»Diese Figur im langen Mantel und mit den Medaillen. Dieser umschwänzelte Typ, der klingende Rättviksmelodien ebenso geschickt spielt wie alles andere.«

Er schlief vor mir ein. Ich lag wach und dachte daran, wie gut ich das verstand. Das war aber nicht immer so gewesen, sondern erst mit der Zeit gekommen. Außerdem sehr langsam. Trotzdem hatte ich stets so gehandelt, als hätte ich es gewusst. Ich hatte gelogen, überredet, erschreckt und vielleicht sogar gedroht. Denn ich hatte die ganze Zeit verstanden, was es wert war. Und jetzt war ich verdammt besorgt darum.

Lillemor hat sich entschieden. Es ist halb drei am Morgen, und sie hat einen trockenen Mund. Sie wird sich nicht mehr vor Max verstecken, sondern ihn anrufen, sobald er vermutlich wach ist. Mit vereinten Kräften und mit allen Mitteln, die dem Verlag zur Verfügung stehen, nicht zuletzt Anwälten, muss Barbro Andersson bekämpft werden. Ihr eine Abfindung vorzuschlagen wäre völlig zwecklos. Lillemor weiß nur zu gut, dass Babba sich nicht viel aus Geld macht, und schließlich würde sie, wenn diese ungerechte Schilderung auf den Markt käme, traumhaft viel verdienen. Der einzige Ausweg besteht darin, zu leugnen und zu behaupten, sie sei einem fürchterlichen Übergriff ausgesetzt und es sei alles nur erfunden. Lillemors Gehirn formuliert bereits den Angriff: Früher fiel man über tote Autoren her und fabulierte Enthüllungen aus ihrem Leben zusammen. Und heute fällt man also über die lebenden her. Barbro Andersson, die mir in jungen Jahren beim Maschineschreiben geholfen hat, ist darin eine Pionierin.

Babbas Bild von Lillemors Leben ist vielleicht nicht in allen Teilen unwahr, aber es ist gefälscht und ungerecht – und vor allem snobistisch. In ihren eigenen Augen ist Babba ein Genie, ebenso wie dieser dunkle Geiger. Eine bessere Sorte Mensch, nicht entwürdigt vom Maschineschreiben oder Textverarbeitungsprogramm des Computers, vom Wörterbuch der Schwedischen Akademie, von Sprachlehre, Vertragsverhandlungen und Korrektur, von Interviews, Präsentationen und Buchmessenauftritten. Auch nicht vom Fotografiertwerden. Vor allem nicht davon. Das Genie ist nämlich nicht fotogen – um es behutsam auszudrücken. Und außerdem hat diese geniale Künstlerseele eine Heidenangst vor Rezensionen. Ihren ganzen Lebensweg hat sie ihr großes Ego dadurch im Gleichgewicht gehalten, dass sie allen Belastungen auswich und Leute verachtete, die derlei aushalten mussten. Deshalb versteckt sie sich.

Lillemor sieht eklige Bilder vor sich: eine schmutzige Kakerlake im Müll, einen Mehlkäfer zwischen seinen eigenen Exkrementen in einer Packung Haferflocken. Das Leben im Dämmerlicht hebt die Kakerlake über andere hinaus. Da unten im Müll, den sie ihre Nahrung nennt, adelt sie sich selbst. Doch jetzt wird sie erschlagen, so wie sie ihrerseits die kahlköpfige Ratte erschlagen hat, die in der Dämmerung auf den Rasen in Solbacken gekrochen kam, um Rührkuchen zu fressen.

Heringstäubling Drambuie

Eine Villa brauchte ich und eine Einladung zu einem Diner mit Bonzen aus der sozialdemokratischen Kommunalverwaltung und der Wirtschaft, die eine innige Koalition eingegangen waren, auch wenn man dies in Wahlzeiten nicht gerade an die große Glocke hängte. Ich wollte mit dem nächsten Band der Kuckucksspeichelserie anfangen, nachdem das Manuskript des dritten jetzt fertig war. Lillemor war strikt dagegen, dass ich schon an einem neuen Band schrieb, bevor der dritte erschienen war und wir gesehen hätten, wie er aufgenommen wurde. Ein Roman ist aber kein neues Automodell, das um jeden Preis so vielen Käufern wie möglich angedreht werden muss. Vielmehr muss er geschrieben werden, wenn er einem in den Schoß fällt oder noch besser in den Kopf kommt und dort wie eine hartnäckige Melodie erklingt.

Als ich mit meinem Geiger im Schweden der ärmlichen Stunden unterwegs gewesen war, hatte sie mich ganz erfüllt. Ich wollte eines der Kinder aus *Kuckucksspeichel* als erwachsene Frau von weither in dieses Land zurückkehren lassen, wo Leute wie Sune für die Politik, das Schulwesen und Entwicklungsfragen und nicht zuletzt für die Betonierung, Asphaltierung und Giftverklappung verantwortlich waren. Er war ein stattlicher und gut gebauter Mann von zweiundfünfzig Jahren, der stets den Eindruck machte, etwas zu repräsentieren. Weil ihm mal eine Amsel aus der Hand gefressen und er ein aus dem Nest gefallenes Eichhörnchen aufgezogen hatte, sollte man eigentlich glauben, dass er ein Händchen für Kinder und Tiere hätte, aber dem war nicht so. Wenn er dem seligen Jeppe den Kopf getätschelt hatte, war der Hund aufgestanden und hatte sich geschüttelt, und Tompa stahl seinem Vater Geld, statt ihn darum zu bitten.

Auch wenn Kinder und Tiere Sune gegenüber skeptisch waren, auf ihn hatte ich es nicht abgesehen. Ich war nicht mal sonderlich neugierig auf ihn. Was mich interessierte, waren der Umgang und die Atmosphäre in dieser dicht gedrängten Machtkonstellation. Ich sollte von Sune jedoch mehr abkriegen, als ich mir hatte träumen lassen, nachdem ich zu dem Haus in Borlänge und dem dortigen Leben endlich Zutritt hatte. Allerdings erfasste ich das nicht ganz. Nicht auf Anhieb.

Als sie ein Diner geben wollten, das Lillemor eine große Sause nannte, bestand ich darauf, dabei zu sein. Achtzehn Personen, mit mir neunzehn, würden um einen Tisch sitzen, den sie sich im Volkshaus ausgeliehen hatten. Die tristen Sperrholzplatten verschwanden unter farbenfrohen Tischdecken von Marimekko. Es sah wirklich frappant aus, um ein Lillemorwort zu gebrauchen, dem sie entwachsen war: tiefrote Baumwolle, bedruckt mit stilisierten Pflanzen in Schwarz und einzelnen Ausbrüchen von kräftigem Violett. Wir deckten mit dunkelbrauner Keramik von Arabia, also rundum finnisch. Die Servietten aus Baumwolle, gleichfalls von Marimekko, waren abwechselnd tiefrot, orange und violett. Lillemor hatte sie ebenso wie die Tischdecken aus Meterware zugeschnitten und gesäumt. Woher sie dazu die Zeit genommen hatte, während sie den dritten Teil von *Kuckucksspeichel* Korrektur las und sich mit ihrer Antrittsrede herumschlug, war mir schleierhaft. Darüber hinaus versuchte sie, sobald sie in Stockholm war, Tompa ausfindig zu machen.

Manchmal hatte er eine Adresse, genauso oft aber tauchte er in den Untergrund ab.

Es war Spätherbst, und sie dekorierte den Tisch mit bronzefarbenen Chrysanthemen in Vasen und steckte flammend roten wilden Wein dazwischen. Warum sie sich mit dem Essen so viel Arbeit machte, war mir unbegreiflich, aber ich habe über alles genaue Notizen und kann die Hand dafür ins Feuer legen, dass es so war, wie ich es beschreibe. Vielleicht mit Ausnahme dessen, was am Ende dieses denkwürdigen Abends gesagt wurde. Denn wer kann sich schon wortwörtlich Repliken merken? An den verbitterten Inhalt aber erinnere ich mich gut.

Ich half ihr beim Tischdecken und später auch beim Auftragen. Das war der Vorwand für meine Anwesenheit, die Sune eigentlich nicht tolerieren wollte. Servierhilfen kamen jedoch nicht infrage. Es hätte einen unanständigen Eindruck gemacht, wenn solche Hilfen in Schwarz-Weiß hereingeschwebt wären, während diese Menschen, von denen mindestens die Hälfte aufrechte Sozialdemokraten waren, zu Tisch setzten. Als Erstes gab es im Ofen gebackene Paprika mit Pilzfüllung. Das klingt armselig, doch dürfen wir nicht vergessen, dass es für diese Kreise zu Champagner, Gänseleber, Ziegenkäse, Maränenrogen und Serranoschinken noch ein paar Jahre hin war. Die Füllung der Paprika schmeckte übrigens leicht nach Krustentieren, denn Lillemor war auf der Suche nach Heringstäublingen in den Wäldern herumgehetzt und hatte es dann mir überlassen, sie zu putzen. Es gebe leuchtend rote, bräunliche, olivgrüne und goldgelbe, belehrte sie mich, und man bestimme ihren Speisewert, indem man etwas von den Scheiben koste. Jetzt sorgten sie notfalls auch für Gesprächsstoff. Ich hatte zwischen zwei Rektoren aus Sunes Schulverwaltung einen Platz zugewiesen bekommen, war aber die meiste Zeit auf den Beinen, um Platten rein- und rauszutragen.

In der Mitte der Längsseite hatte Lillemor den Vorsitzenden des Gemeindevorstands als Tischherrn, der nur wenige Jahre später kurzzeitig Verteidigungsminister in der Regierung Palme sein sollte. Sune saß neben der in geblümten Brokat gekleideten Frau des Chefs der Feinblechindustrie. Lillemor schien diese unheiligen Allianzen und die stechenden Blicke zwischen den Damen in Brokat und den Tanten, die noch immer das vom Konsum in den frühen Siebzigern lancierte Basiskostüm anhatten, gewohnt zu sein.

Ich trug drei große Platten mit Rinderfilet in Blätterteig auf, Saucieren mit dunkelbrauner Madeirasauce, Schüsseln mit gebräunten Kullerkartoffeln und Schüsseln mit Mischgemüse aus grünen Bohnen, Karotten und Blumenkohlröschen. Lillemor hatte natürlich keine ganzen Rinderfilets in Blätterteighülle im Ofen backen und gleichzeitig mit dem Gemeindeboss auf ihrer einen und dem Vorstandsvorsitzenden der örtlichen Papierfabrik auf ihrer anderen Seite Konversation treiben können. Von den Gästen verborgen, arbeitete in der Küche eine Kochfrau. Ihre Stirn war schweißnass, und zwischendurch genehmigte sie sich einen Schluck aus der Madeiraflasche. Und ich rannte. Wenn ich ehrlich sein soll, hatte ich reichlich Spaß. Die Konversation sei mal dahingestellt; darüber habe ich übrigens später geschrieben. Was ich aber über diesen Abend erzählen möchte, geschah, lange nachdem die vom Eis mit Mandelblättchen und Moltebeeren verschmierten Schälchen abgetragen waren, lange nachdem der Kaffee samt Kognak in großen Schwenkern und Drambuie für die Damen eingenommen waren, nach zwei Uhr in der Nacht, als der Whisky ausgetrunken war oder noch in Neigen in den Gläsern stand, die ich hinaustrug.

Am nächsten Vormittag sollten zwei Hilfen kommen und den Abwasch erledigen, sodass ich nun nach Hause fahren konnte. Zuvor ging ich aber eine Runde mit Musse, um zu testen, ob ich noch fahrtüchtig war. Ich hatte dem Wein nur sehr vorsichtig zugesprochen, war aber hundemüde. Sune sagte mir Gute Nacht, als wir in der Halle aufeinandertrafen, und bedankte sich äußerst freundlich oder jedenfalls gnädig für meine Unterstützung. Dann verschwand er, um Lillemor zu helfen. Ich hörte, wie sie ihn im Wohnzimmer bat, die Aschenbecher zu leeren. Ihre Stimme klang schrill vor Müdigkeit.

Das ist, dachte ich, meine Chance, das ganze Haus zu sehen, denn es war unwahrscheinlich, dass ich noch mal eingeladen würde. Und so jagte ich die Treppe hinauf und besah mir die ganze Herrlichkeit, den Fernsehraum mit den cremefarbenen Ledersofas in der oberen Halle, die beiden Schlafzimmer, Lillemors rosa und hellgelb, Sunes herrenbetont mit einem Plaid im Schottenkaro auf der braunen Tagesdecke. Sein Arbeitszimmer und das ihre, beide proper. Musses Körbchen in der Halle und in Lillemors Zimmer.

Auf dem Weg nach unten hörte ich Lillemors Stimme. Sie kam näher und klang spitz: »Ich weiß, dass du sie nicht magst.«

Und Sune erwiderte: »Darum geht es nicht. Obwohl sie, weiß Gott, unverschämt ist. Ich begreife nicht, warum du sie hierherschleppst. Sie ist nicht stubenrein. Hör dir doch bloß mal ihre Lache an. Als ob man auf einmal eine Hyäne im Haus hätte.«

Offensichtlich glaubten sie, ich wäre schon gegangen. Dabei kam ich nur vom oberen Stockwerk herunter und hatte flüchtig Lillemors Gesicht gesehen, sie war blass vor Müdigkeit und hatte hektische rote Flecken auf den Backenknochen. Ich zog mich ein Stück zurück und setzte mich. Lillemor war hörbar ärgerlich, obwohl sie es zu unterdrücken versuchte, indem sie leise sprach.

»Jetzt übertreib nicht«, sagte sie. »Sie ist ja wohl kein wildes Tier. Nur eben relativ unberechenbar.«

Sune hob die Stimme. »Du hättest sie nicht hierherkommen lassen sollen.«

»Ach nein?«

»Ich mache so was nicht«, sagte er. »Die Lebensbereiche, die ich für mich persönlich haben will, ziehe ich nicht in meinen gesellschaftlichen Umgang und die Politik hinein. Und du solltest das auch nicht tun.«

Lillemor war zwar ärgerlich, aber ihre Antwort klang quengelig. Das lag wahrscheinlich an ihrer Müdigkeit. »Das ist wohl nicht dasselbe!«

»Warum nicht? Was gibt es denn sonst für eine Erklärung?«

Nun gingen sie eindeutig wieder ins Wohnzimmer, ich hörte sie mit Gläsern klirren und über Aschenbecher reden und sah ein, dass ich sofort verschwinden musste, wenn ich unentdeckt bleiben wollte.

Ich nahm meinen Mantel vom Haken, pfiff auf meine Tasche, die noch irgendwo stand, huschte zur Haustür hinaus und schloss sie so leise wie möglich hinter mir. Musse bellte kurz. Ansonsten tat sich nichts, und ich verstand nicht recht, was ich da soeben mitbekommen hatte. Welche Lebensbereiche waren das, die Sune tunlichst nicht in seinen gesellschaftlichen Umgang und die Politik hineinzog?

Ich habe gute Lust, hier etwas vorauszudeuten, aber dagegen hat Lillemor was. Sie mag auch keine Rückblenden, sagt, der Leser sehne sich bei Rückblenden nur danach, schnell wieder in die Erzählgegenwart zu kommen. Außerdem gebe es ein ewiges Hin und Her mit dem Plusquamperfekt, das erst unmerklich ins Imperfekt übergehen soll und dann wieder irgendwie hineingeschmuggelt werden muss, um deutlich zu machen, wo man sich befindet.

Die Vorausdeutung mache den Autor allwissend, sagt sie immer. Es gehöre nicht in einen modernen Roman, auf kommende Ereignisse zu blicken. Ich stand auf einer Straße in einer der besseren Villenviertel von Borlänge, und in den Heckenrosen saß der Frost. Er hatte sich auch wie ein Film auf die Blechbuckel der Autos gelegt. So lief ich vor mich hin, gedankenvoll und noch ahnungslos.

Zuerst war es ein Triumphgefühl, dass Babba tatsächlich nicht gewusst hat, was Sune für sich persönlich haben wollte. Dann kamen diese Sätze, dass sie in die Zukunft schauen könne. Das ist die Demonstration des totalitären Erzählerzugriffs, und somit wird sich Sune nicht gegen Babbas Giftigkeiten verteidigen können. Sie lauern womöglich im Fortgang der Geschichte.

Jetzt überkommt Lillemor das kleinmütige Gefühl, nicht mal sich selbst verteidigen zu können. Nicht nur, weil es ihr an der Sprache mangelt und sie höchstens mündlich unterhaltsame Anekdoten zustande bringt. Sondern auch deshalb, weil sie ein Geschöpf Babbas ist. Wie sie geht und steht, ist sie vermutlich dazu geworden. Wenn man jemanden so früh mit Beschlag belegt, wie sie es mit mir getan hat, denkt Lillemor, dann produziert man nicht nur eine Puppe, sondern einen Menschen, der sich nie anders verhalten wird, als sein Gestalter es von ihm erwartet. Möglicherweise geht er daran kaputt.

Wie erging es Olympia? Fiel sie am Ende nicht als scheppernder Schrotthaufen in sich zusammen?

Ein erschreckender Gedanke. Sie muss weiterlesen, denn sie hat jetzt das Gefühl, nur dort im Text vor dem Zerfall geschützt zu sein.

Maiblumen Allers Fahrrad

Ich konnte mit Lasse nicht noch mal nach Bånn fahren, denn meine Mutter rief an und sagte, ich müsse nach Hause kommen. Mein Vater sei krank. Als ich jedoch heimkam, sagte niemand was von seiner Krankheit. Er sah aus wie immer, war allerdings magerer und schien gereizt zu sein. Sobald wir gegessen hatten, ging er schlafen, was ich merkwürdig fand. Ich glaube, es war höchstens acht Uhr.

»Wir müssen das Haus verkaufen«, sagte meine Mutter, als wir allein in der Küche waren. »Hilf mir bitte beim Ausmisten.«

»Ich begreife nicht, warum«, sagte ich.

»Nein, du begreifst natürlich nichts«, erwiderte sie und schien jetzt genauso gereizt zu sein wie mein Vater. »Wie sollen wir den Kasten denn in Schuss halten? Überall leckt es, die Fensterrahmen müssten gestrichen werden, der Garten wächst zu.«

»Ein richtiger Garten war das ja wohl nie«, sagte ich. »Ein bisschen Flieder und so.«

Da wurde sie böse. »Du wirst morgen beizeiten aufstehen, und dann werden wir von oben bis unten ausmisten. Hast du verstanden?«

Meine Eltern waren Menschen, die ein ruhiges Leben führten, und meine Mutter war in aller Regel besonnen. Den rasenden Dämon, der am nächsten Vormittag Zeitungspacken und alte Schuhe in Kartons aus dem Konsum vom Dachboden herunterbeförderte, erkannte ich nicht wieder. Die Erklärung erfolgte in kleinen Wutausbrüchen: »Begreifst du denn überhaupt nichts? Wie soll er den Kasten denn in Schuss halten? Er stirbt!« Das Letzte zischte sie nur, damit er es nicht hörte. Er lag noch im Bett. Es war alles so merkwürdig. Ich wusste doch, dass er Prostatakrebs hatte.

»Ach ja, das weißt du! So viel hast du immerhin an uns gedacht, dass du dich noch erinnerst, dass dein Vater Krebs hat!«

»Aber das ist doch lange her«, entgegnete ich. »Es hieß doch, er würde noch lange damit leben können. Zehn Jahre, hat der Doktor gesagt, glaube ich.«

»Diese zehn Jahre sind um.«

Ja, natürlich waren die mittlerweile um. Ich schämte mich. Er hatte im Schatten dessen gelebt, was der Doktor gesagt hatte, und nun sollte er davon verschlungen werden. Ich wollte nicht auf diese Art an ihn denken. Er war doch mein Vater, nicht irgendeiner, der einem leidtat. Aber jetzt tat er mir leid. Mir ging durch den Kopf, dass er Knut hieß und hier im Haus geboren worden war. Das wusste ich. Aber sonst? Von der langen Zeit, bevor er im Werk angefangen hatte, wusste ich nicht viel. Und warum hatte er gerade dieses Leben mit den Leihbibliotheksbüchern und meiner Mutter bekommen? Noch konnte ich ihn fragen, wusste aber, dass ich es nicht tun würde.

Jetzt mussten wir unser Leben aus dem alten Kasten ausmisten. Unmengen von Zeugs, Kram und Plunder waren da. Mein Vater hatte sogar krumme Nägel aufgehoben, die er irgendwann geradebiegen und wieder verwenden wollte. Alte Klamotten. Wacklige Tische und zerschlissene Sonnenstühle. Blumentöpfe. Schulbücher, bei deren bloßem Anblick mir schon übel wurde. Und da war auch noch das rosarote Kinderfahrrad. Ob meine Mutter in dem Moment, als ich es aus dem Keller hochschleppte, die Idee kam, mich zur Rede zu stellen? Ich weiß es nicht.

Es war wieder wie am Abend zuvor. Nachdem wir Salzheringe mit weißer Soße und Pellkartoffeln gegessen hatten, ging mein Vater schlafen. Er hatte im Übrigen nicht viel zu sich genommen.

Meine Mutter kochte Kaffee und fragte, mit dem Rücken zu mir: »Sag mal, wovon lebst du eigentlich?«

»Das weißt du doch«, antwortete ich. »Ich schreibe Artikel.«

»Und wo?«

»Das habe ich doch schon mal gesagt. Im *Arbetarbladet* und *Gefle Dagblad* und – ja, noch ein paar anderen.«

»Man sieht nie was davon«, sagte sie.

»Nein, ihr habt ja nur *Nya Norrland*.«

»Es gibt Bibliotheken.«

Eine Weile war es sehr still. Wir saßen einander gegenüber, sahen auf das Wachstuch hinunter und tranken unseren Kaffee.

Es schien sie zu reuen, denn etwas lahm sagte sie jetzt: »Du musst dich mit gekauften Keksen begnügen. Ich habe weder gebacken noch sauber gemacht, weil ich genug mit dem Ausmisten zu tun habe.«

Nach einer Weile wurde sie jedoch wieder wütend: »Ich glaube dir nicht! Du schreibst keine Artikel.«

»Was willst du damit sagen?«

»Ja, was weiß ich. Vielleicht schreibst du ja solche Pornogeschichten. Wundern würde es mich nicht.«

Pornogeschichten? Mir kam in den Sinn, dass sie womöglich diese Anthologie namens *Liebe* gelesen hatte, die vor bald zehn Jahren in zahllosen Bänden erschienen war. Sogenannte seriöse Autoren hatten pornografische Geschichten veröffentlicht, und als ich nun auf das Wachstuch starrte und ununterbrochen in meiner fast leeren Kaffeetasse rührte, dachte ich nur an die Geschichte von einem Vater, der zärtlich und lieb seine halbwüchsige Tochter verführt. Du lieber Himmel, hoffentlich hatten sie das nicht gelesen! Aber wie kommt sie bloß darauf? Porno, das Wort nahm sich in ihrem Mund unmöglich aus.

»Porno«, sagte ich. »Welch ein Wort.«

»Jedenfalls ist das, was du treibst, nicht ganz koscher, schließlich kannst du dir ein teures Auto leisten und kommst mit Weihnachtsgeschenken an, dass man nur so staunt. Du machst irgendwas, wofür du dich schämst. Du warst schon immer so.«

»Ich verstehe dich nicht«, erwiderte ich. »Wofür hätte ich mich schämen sollen?«

»Die Maiblumen.«

»Ach du lieber Himmel!«, sagte ich. »Das ist vierzig Jahre her.«

»Schon. Aber du bist noch die Alte.«

Mit den Maiblumen war das so, dass wir in der Schule einen Karton voll Pappkärtchen mit Maiblumen bekamen. Damit sollten wir von Tür zu Tür gehen und sie zugunsten bedürftiger Kinder verkaufen und das Geld dann bei der Lehrerin abliefern. Ich behielt das Geld jedoch und kaufte mir etwas dafür, was, weiß ich nicht mehr. So weit hatte ich nicht gedacht, dass wir irgendwann darüber Rechenschaft ablegen müssten. Zu meinem Fräulein Lehrerin sagte ich, dass ich das Geld verloren hätte. Sie glaubte mir nicht. Da sagte ich, dass mir ein paar Jungs die Schachtel mit dem Geld weggenommen hätten. Obwohl es eine recht gute, mit vielen Details ausgemalte Geschichte war, glaubte sie auch das nicht, sondern rief meine Eltern an. Ich sehe noch diesen Telefonapparat mit dem Reichswappen auf dem Holzgehäuse an der Wand hängen. Kein Wunder, dass daraus Katastrophen kamen.

»Knutte musste die Summe ersetzen«, sagte meine Mutter. »Das wirst du ja noch wissen.«

»Das ist doch lange her«, erwiderte ich.
»Und dann die Sache mit *Allers*.«
»Das weiß ich nicht mehr«, sagte ich, obwohl ich mich daran erinnerte. Mein Vater kaufte am Werkskiosk *Hemmets Journal*, und ich ärgerte mich, weil er nicht *Allers* kaufte, meiner Meinung nach die weit bessere Zeitschrift. Er ließ sich aber nicht umstimmen. Da besorgte ich sie mir selbst. Meine Mutter schickte mich immer mit einer Krone zum Konsum, wo ich in unserer Aluminiumkanne drei Liter Milch holen sollte. Ein Liter kostete 27 Öre. Drei mal 27 waren 81. Ich konnte also 19 Öre für mich behalten. Nicht immer. Aber ziemlich oft. Ich glaube, dass ich auf diese Weise das Geld für die *Allers* zusammenbrachte. Hin und wieder mopste ich wohl auch eine. Und deswegen versteckte ich sie sorgfältig.

»Ich habe die Hefte unter deiner Matratze gefunden«, sagte meine Mutter und sah so drohend aus wie damals, als sie mit dem Packen ankam und ihn auf den Küchentisch knallte. Sie hatte noch immer dunkle, zusammengewachsene Augenbrauen, und hätte man ihr Hörner auf die Stirn gesetzt, hätte sie ausgesehen wie Moses mit den Gesetzestafeln.

»Jetzt hör schon auf«, sagte ich, da ich nur darauf wartete, dass sie zu dem rosaroten Fahrrad kommen würde. Gott sei Dank ließ sie es sein. Damals hatte ich gesagt, ich hätte es von einer bekommen, die Kinderlähmung gekriegt habe und nicht mehr Rad fahren könne. Im Konsum hatte ich eine Dose Lack gemopst und das Fahrrad draußen im Wald, wo ich es versteckt hatte, umgestrichen. Ich hatte ja Angst, dass es erkannt würde. Als ich zum ersten Mal damit durch den Ort fuhr, begegnete ich meinem Vater, obwohl es die völlig falsche Zeit war. Die Schicht war noch gar nicht zu Ende. Er gab keine Erklärung, sondern griff sich das Fahrrad und musterte wütend den Anstrich. Ich war damit recht zufrieden gewesen, sah aber nun, dass Kiefernnadeln und Insekten im Lack klebten.

»Wem gehört das?«, fragte er.

Ich weiß bis heute nicht, ob sie meine Erklärung mit der Kinderlähmung geglaubt haben. Womöglich hatten sie schlicht Angst davor zu erfahren, wie alles zusammenhing. Ein Fahrrad zu klauen ist schließlich kein Pappenstiel, und ihre Courage und Moral hatte eindeutig Grenzen. Das Mädchen, dem das Fahrrad gehörte, war die Tochter eines Ingenieurs aus dem Werk. Sie bekam alles. Schlittschuhe mit weißen Stiefeln, deren Schaft bis zu den Waden reichte. Ein Spielhäuschen mit richtigem Herd. Man konnte ihn natürlich nicht einheizen. Aber immerhin. Ja, und dann dieses Fahrrad. Nachdem sie nach Örnsköldsvik gezogen waren, war sie für mich nur noch die mit der Kinderlähmung.

»Wir waren immer redliche Leute«, sagte meine Mutter, als ob sie meine Gedanken gelesen hätte.

»Jaja«, erwiderte ich, denn das wusste ich ja. Es war gewissermaßen die Inschrift über ihrem Leben und hätte eigentlich als Wahlspruch auf ihrem Haus stehen müssen.

»Und wir haben unsere Pflicht getan«, betete sie her.

»Ja doch«, sagte ich. »Ihr habt immer im Konsum eingekauft und die Sozialdemokraten gewählt.«

»Nein«, entgegnete sie. »Bei der letzten Wahl nicht.«

Das Dach stürzte gar nicht ein, komisch.

»Bist du nicht bei Trost? Was habt ihr dann gewählt?«

»Thorbjörn«, sagte sie. »Aber das kapierst du bestimmt nicht.«

Ich kapierte es durchaus. Sie glaubten, Thorbjörn Fälldin würde das Land retten. Er würde die ländlichen Gebiete und kleinen Ortschaften bewahren und am Leben erhalten und uns außerdem vor dem giftigen Abfall der Kernkraftwerke beschützen.

Nach diesem Bekenntnis, das sie wohl selbst als recht erschütternd empfand, kam sie vom Thema ab und fragte nicht weiter, wovon ich lebte.

In dieser Nacht konnte ich schlecht schlafen. Ich fragte mich, ob mein Vater ebenfalls wach lag oder ob er so müde war, dass er gar nicht die Kraft hatte, sich zu fürchten. In der Stube, die sie jetzt Wohnzimmer nannten, hatte ich ein Buch aus der Bibliothek gefunden, das ich im Bett las. Es war Ivar Lo-Johanssons *Pubertät*. Er schrieb, dass er einem überwucherten Waldpfad zu seiner Jugend folge und dass der Wald sein Beichtstuhl und Erlöser sei. Das war sicherlich übertrieben. Wenn man am Schreibtisch sitzt und seine Erinnerungen niederschreibt, können sich die Dinge größer und bedeutungsvoller ausnehmen, als sie in Wirklichkeit waren. Mein Wald. So schrieb er. Der innere Raum, der ihm die Welt geweitet habe.

Mein Wald war ein Kiefernhang, wo ich ein Fahrrad anstrich und dabei Nadeln und Schalen und kleine Fliegen im Lack kleben blieben. Jetzt schäme ich mich. Nicht wegen des Fahrrads, das ist lange her. Sondern weil ich nun doch über mein eigenes Leben schreibe.

Tresor Sessel Todeswarnung

Lillemor versuchte mir zu erklären, dass man die Aufmerksamkeit des Finanzamts auf sich lenke, wenn man Jahr für Jahr kein Einkommen versteuere. Man müsse schließlich irgendwelche Einkünfte haben. Ich kümmerte mich nicht darum, denn das war ja wohl bekloppt. Hatte man das Landstreichergesetz denn nicht aufgehoben?

»Was zum Geier geht es die Behörden an, wie ich lebe? Warum sollten sie Einblick in mein Leben bekommen? Du bezahlst doch Steuern für das, was wir mit den Büchern verdienen, und wir tun so, als ob du das meiste verbrauchen würdest, in Wirklichkeit aber gibst du die Hälfte mir – wen geht das was an?«

Darauf wusste sie keine Antwort, sondern sagte nur, es sei eben so.

»Das ist grotesk«, sagte ich. »Ich stehle nicht. Ich morde nicht. Ich hau auch niemandem die Hucke voll. Was wollen die Behörden von mir? Die können mich mal.«

Lillemor seufzte nur und sagte dunkel: »Mach, was du willst. Mir wird ja nichts passieren.«

Ich stellte es mir interessant vor zu sehen, was passieren würde. Als aber meine Mutter fragte, wovon ich lebte, sah ich ein, dass ich etwas tun musste. Und so ließ ich mich auf Lillemors Idee ein, das Antiquariat in der Vegagatan zu kaufen. Wir sollten nämlich alle, auch Sune und Musse, im Herbst nach Stockholm ziehen. Irgendwas war mit

Sune Wahrheit vorgefallen. Auf der Liste zur Reichstagswahl tauchte er nicht mehr auf, und er bewarb sich von Borlänge weg zu SIDA nach Stockholm.

Der Inhaber des Antiquariats hieß Apelgren, und wenn er nicht in Konkurs gehen wollte, blieb ihm nichts anderes übrig, als zu verkaufen. In den vergangenen Jahren war er nicht viel losgeworden, wie er ehrlich erklärte, als ich sagte, ich sei Spekulantin. Er hatte rot geränderte Augen. Dünne, fettige Haarsträhnen zogen sich über seine Glatze, und er trug stets braun karierte Filzpantoffeln. Doch er liebte die Bücher und das Kabuff, in dem er sie aufgestellt hatte. Er fing ernsthaft an zu weinen, als ich sagte, er könne in dem Laden sitzen und so viel oder wenig verkaufen, wie er wolle. Er dürfe nur nicht damit rechnen, besonders gut bezahlt zu werden. Aber er habe ja seine Rente.

Ich glaube, er schlief in dem Laden, denn er hatte im Hinterzimmer ein schmales Bett stehen. Ich mischte mich da nicht ein. Es roch oft nach Essen, wenn ich kam. Er hatte eine Kochplatte, und es gab einen kleinen Ausguss. Ich glaube nicht, dass er noch eine andere Adresse als die des Antiquariats hatte. Aber es war nicht meine Sache, falls die Behörden ihm nachspürten wie einem Fuchs zu seinem Bau. Im Übrigen konnte es interessant sein zu sehen, wie so was ging. Ich für meine Person zählte ja nun nicht mehr zu den Landstreicherinnen.

Zum Inventar, das ich beim Kauf übernahm, gehörte ein grün gestrichener Tresor mit Ornamenten in Gold. Er war wie ein alter eiserner Herd verziert. Apelgren hatte mir ein Kuvert gegeben mit einem Zettel, auf dem die Zahlenkombination des Schlosses notiert war. Ich versiegelte das Kuvert mit Siegellack und einem Petschaftring, den ich in einem Laden in der Jakobsbergsgatan gekauft hatte. Den Ring warf ich anschließend in einen Gully, damit Lillemor ihn nicht zufällig bei mir finden würde. Ich sagte, dass ich den Tresor gebraucht gekauft habe, damit sie ihre Tagebücher darin verwahren könne. Nachdem ich ihr das Kuvert gegeben hatte, war sie überzeugt davon, dass einzig sie allein Zugang zu ihrer Vergangenheit habe. Lillemor ist in gewisser Hinsicht eine ehrliche Seele.

Seit ich den Ablehnungsbrief des Verlegers gefunden hatte, las ich natürlich ihre Post. Es war nicht sonderlich schwierig, an sie heranzukommen. Mit den Tagebüchern war es eine andere Geschichte. Ich bot ihr an, sie bei mir zu verwahren, damit keine neugierige Putzhilfe reinschauen könne. Oder Sune, aber das sagte ich nicht. Schließlich bestand die große Gefahr, dass sie die von Lillemor so genannte Wahrheit über uns enthielten.

Wenn sie kam, um ein vollgeschriebenes Buch mit schwarzem Wachstucheinband in den Tresor zu legen, setzte sie sich normalerweise in Viktor Rydbergs Sessel und las in einigen Bänden. Sie hatte immer eine Tüte mit Schoko-Erdnüssen, Schaumbananen, Geleehimbeeren und Lakritzkonfekt dabei. Da ich den Inhalt der Tagebücher ja kannte, verstand ich, dass sie Trost brauchte. Aber warum las sie das? Und warum musste sie ihre Schwulitäten alle aufschreiben?

Apelgren hatte seine Wohnung über dem Laden kündigen müssen und daraus so einiges angeschleppt, was er nicht ausrangieren wollte. Unter anderem einen Ohrensessel, der mit einem dicken und ripsartigen braunroten Stoff mit orientalischem Blumemuster bezogen war. Er war arg zerschlissen, doch saß man bequem darin. Es gefiel mir zunehmend, mich bei meinen Besuchen in diesen Sessel zu setzen und zu lesen. Hingegen wollte ich nicht, dass die Leute darin Platz nahmen und sich ewig im Laden aufhielten. Deshalb befestigte ich ein Seil daran, eigentlich eine alte Bademantelkordel, die ich über den Sitz spannen und einhaken konnte, wenn die Ladenglocke bimmelte und ich aufstehen musste. An eine der Armlehnen hatte ich eine Karte geheftet, auf der VIKTOR RYDBERGS

LESESESSEL stand. Bei den meisten rief dies Verwunderung hervor, und bei denen, die wussten, wer Rydberg war, Ehrfurcht. Manchmal garnierte ich das Ganze ein bisschen und sagte, er habe darin *Abenteuer des kleinen Vigg am Heiligabend* geschrieben.

Die Sache begann mir Spaß zu machen. Apelgren störte mich nicht. Ich hatte mir in der Birkagatan eine Zweizimmerwohnung gekauft, wo ich mit Lasse wohnte, der im Winter in Stockholm klempnerte. Dort schrieb ich. Es war aber auch nicht schlecht, in die Vegagatan zu gehen und zwischen den Büchern zu sein. Ich wollte nicht, dass Lillemor zu mir nach Hause kam, wenn Lasse da war. Unsere Manuskripte gingen wir anfangs in dem Haus in Sollentuna durch, das sie und Sune gekauft hatten.

Nie habe ich mich so auf jemanden verlassen wie auf Lasse. Wir hatten nicht viel über das gesprochen, was ich ihm über Lillemor und mich anvertraut hatte. Aber nicht nur, dass ich mich auf ihn verließ. Ich wollte auch vollkommen ehrlich zu ihm sein. Zu niemandem sonst. Aber zu ihm schon.

»Es war keineswegs so, dass ich von Anfang an genau wusste, was ich tat«, sagte ich zu ihm. »Zuerst verstand ich das, was du das Problem nennst, gar nicht. Ich war lediglich auf ein Foto aus von einer, die so hübsch war, dass die Geschichte in dem Magazin einen Preis bekommen konnte. Und außerdem hatte ich Angst. Sonst habe ich ja ein gesundes Selbstvertrauen, möglicherweise sogar etwas zu viel. Immer schon. Sobald es aber um mein Schreiben ging, war ich so empfindlich, dass die erste Ablehnung mich krank gemacht hat. Es war übrigens die einzige. Bisher.«

»Was war das?«, fragte er.

»Eine Kurzgeschichte. Jemand hat sie hinter meinem Rücken eingeschickt. Ich hatte sie nur aus Spaß geschrieben, und das Schlimmste war, ich wusste, dass ich es besser konnte.«

»Und du bist krank geworden?«

»Ja, wirklich. Danach war jedenfalls alles nur ein großer Spaß. Ich meine, ich konnte diese Krimis, die wir zusammenbrachten, nicht ernst nehmen. Ich wollte aber, dass sie gut gemacht waren. Und ich lernte viel dabei, sie zu schreiben. Lillemor hatte ein gutes Händchen mit Journalisten, und auf Bildern war sie perfekt.«

»Die *wir* zusammenbrachten, hast du gesagt? Ihr habt sie also zusammen geschrieben? Macht ihr das immer noch?«

»Nein, eigentlich haben wir das auch damals nicht gemacht. Aber sie musste das doch glauben. Es war ziemlich schwierig, sie dazu zu bewegen mitzuziehen.«

»Wie zum Teufel hast du sie nur dazu gebracht, so weit zu gehen? Akademiemitglied!«

Er fing lauthals zu lachen an.

»Beruhige dich«, sagte ich. »Zum einen ist sie ein bisschen gierig. Nein, das ist übertrieben. Jedenfalls aber scharf aufs Geld, und wir machen fifty-fifty. Von Anfang an schon. Und zum anderen ist ihr Leben nicht gerade lustig. Sie wollte aber immer schon glückhaft sein. Überaus gern.«

»Was sagt denn ihr Mann dazu? Ist der nicht Politiker?«

»Er weiß von nichts. Nur du weißt es – und ihre Mutter, die ist von sich aus dahintergekommen. Aber die ist jetzt ungefährlich, stolz, wie sie ist, eine Tochter in der Schwedischen Akademie zu haben.«

Lasse verschluckte sich an einem Bissen belegtem Brot.

»Lass das«, sagte ich. »Wenn du über das Elend lachen willst, musst du vorher runterschlucken.«

Ich durfte mich um Lillemors Hund kümmern, wenn sie und ihr Mann auf Auslandsreise waren. Wie alle gut gestellten Angehörigen der oberen Mittelschicht meinten sie, die ganzen USA sowie China, Japan, Ägypten, Kambodscha und am liebsten auch Peru sehen zu müssen, bevor sie starben. Lillemor hatte darüber hinaus ein jährliches Reisebudget von der Akademie. Ich weiß nicht, ob vorgesehen war, dass sie im Yellowstone Park nach Nobelpreiskandidaten suchen sollte.

Ich ging zum Tegnérlunden mit dem Hund, der Jeppe mit dem Schraubspund und Musse, die singen konnte, nachgefolgt war. Es war ein munteres Mädchen und hieß Polly. Sie gehörte zur Rasse der Parson-Jack-Russell-Terrier, aber das wusste sie natürlich nicht. Ich bin mir nicht sicher, ob sie überhaupt wusste, dass sie ein Hund war, denn sie war an ihresgleichen augenfällig desinteressiert. Wir kamen gut miteinander aus, so gut, dass Lillemor meinte, ich solle mir selbst einen Hund anschaffen.

Aus schlechtem Gewissen wollte sie mir über unsere Fifty-fifty-Abmachung hinaus gern alles Mögliche aufdrängen. Auf diese Weise kam ich zu einer Kaffeemaschine, die sowohl Cappuccino, Caffè Latte als auch Espresso machen kann, zu zwei Nordic-Walking-Stöcken mit Pumpeffekt, einem riesigen Plasmabildschirm, einem Hektar gepflanztem Wald in Kenia und einem Kopierer mit allen Schikanen, der sowohl verkleinern als auch vergrößern kann. Damit fertigte ich Kopien von Parkscheinen mit mir genehmen Uhrzeiten an. Sie gerieten sehr glaubwürdig, aber sicherheitshalber achtete ich stets darauf, dass die Autoscheibe davor ein bisschen verschmuddelt war.

Ich erhielt auch einen Turban. Er war aus olivgrünem Jersey und mit einem Material gefüttert, das steifer war als Vlieseline. Lillemor kam damit an und meinte, ich solle ihn im Laden statt meiner Strickmütze aufsetzen. Ich bekam Kopfschmerzen, wenn ich in der Zugluft saß, und mittlerweile ging die Tür ja mehrmals am Tag auf. Die Leute kamen und gingen, es war längst nicht mehr so friedlich wie am Anfang. Ich trug immer eine Mütze, die meine Mutter mir irgendwann während des Kriegs aus Restgarn gestrickt hatte. Sie war gelb, grün und braun gestreift. Meine Mutter war keine sehr geschickte Strickerin, und die Mütze war zu groß geraten und reichte mir bis zu den Augenbrauen. Dadurch bildete sie aber einen hervorragenden Schutz gegen Zugluft. Sie passte mir ausgezeichnet, und deshalb warf ich den Turban, der mir der Damenmode der Vierzigerjahre entsprungen zu sein schien, in die Ecke. Doch dann kaufte ich bei Buttericks einen Totenschädel aus beinweißem Plastik, setzte ihm den Turban auf und stellte ihn ins Schaufenster. Es vergingen drei Wochen, bis Lillemor kam und ihn entdeckte. Fuchsteufelswild stürmte sie in den Laden und riss den Schädel samt Turban aus dem Schaufenster. Sie stopfte beides in eine Plastiktüte und verschwand. Als sie wiederkam, wollte sie partout nicht sagen, wohin sie ihn geworfen hatte.

Wenn Lillemor auf Reisen war, ging ich mit Polly im Tegnérlunden und auf dem Observatoriekullen spazieren. Sie interessierte sich auf den verpinkelten Rasenflächen für alles Mögliche, nur nicht für leere Zigarettenschachteln. Ich hatte jedoch angefangen, sie einzusammeln. Ich las auch die Warnhinweise auf den achtlos hingeschmissenen Weinflaschen unter den Bäumen. Nach einer Weile begann ich auch noch die Texte von Weinannoncen in Zeitungen zu sammeln. Mir war die Idee gekommen, dass ich mit meinem tollen Kopierer Zettel anfertigen könnte mit Texten, die meiner Tätigkeit angepasst waren. Zum Beispiel:

Literatur
schädigt das Gehirn
und vermindert
die Fruchtbarkeit.

So einen Zettel klebte ich hinten in jedes Buch, das ich verkaufte. Lillemor hatte mich an antikvariat.net angeschlossen, was als Erleichterung gedacht war. Dadurch sollte ich weniger Kunden im Laden haben und möglicherweise darauf verzichten können, ihn zu öffnen. Und so klebte ich die Warnzettel auch in die Bücher, die ich einpackte und verschickte. Es kam vor, dass ich erregte Briefe und Ansichtskarten erhielt von Leuten, die den Kauf rückgängig machen wollten, weil sie die Zettel übel nahmen. Die können mich mal, dachte ich. Gebraucht ist gebraucht.

Bücher via Internet zu verkaufen führte nicht dazu, dass weniger Leute in den Laden kamen. Im Gegenteil, es kamen neugierige junge Männer und kauften aufs Geratewohl. Sie grinsten anerkennend, wenn sie einen Warnzettel in einem Buch entdeckten.

Als ich eine Ausgabe von Karin Boyes *Astarte* hereinbekam, konnte ich es mir nicht verkneifen, folgenden Zettel hineinzukleben:

Literatur
ist Ursache für
die meisten Selbstmorde
in unserem Land.

Er nützte. Der glatzköpfige Angehörige der ironischen Generation, der das Buch lediglich wegen der eingeklebten Warnung kaufte, würde *Astarte* vielleicht lesen. Vergessene Bücher liegen mir am Herzen, weil ich weiß, dass man auch meine in Nachlasskartons packen und in den überquellenden Antiquariaten ablehnen wird und dass sie via Hilfsorganisationen oder Brockensammlungen irgendwann auf der Müllkippe landen werden.

Ich entdeckte, dass eine bestimmte Sorte Kunden einen Warnzettel erwartete, ja es kam sogar vor, dass sie danach fragten, wenn sie vor den Regalen in einem Buch blätterten. Ich antwortete, die Warnung werde erst eingeklebt, wenn das Buch bezahlt sei. Bei jungen oder noch nicht ganz mittelalten Männern, denen mit schwarzen Röhrenjeans und mächtig langen Schuhen, wurden die Zettel das, was man Kult nennt, und die Geschäfte begannen viel besser zu laufen, als mir lieb war.

*Lesen führt zur Verstopfung
in den Blutgefäßen des Gehirns
und verursacht
Herzinfarkte und Schlaganfälle.*

Ist man zwischen zwanzig und dreißig oder vielleicht sogar schon fast vierzig, glaubt man nicht an den Tod. Aber man liebt todesbewusste Musik. Je massiver und härter, desto besser. Deshalb hatte ich immer Krebs- und Infarktzettel parat, wenn ein Dreißigjähriger in kurzem schwarzen Mantel sich im Laden umsah.

*Bücherstaub verursacht
tödlichen Lungenkrebs.*

Einmal landete ich bei einer jungen Frau einen Volltreffer, glaube ich. Ihr Blick wurde stier, als sie las:

*Lesen in der Schwangerschaft
schadet Ihrem Kind.*

Eigentlich ist es ja nicht so schwierig zu sehen, ob eine Frau schwanger ist. Ich war mir ziemlich sicher, dass sie erst vor Kurzem auf der Toilette gesessen und ihren Test angestarrt hatte. Ich kam mir wie eine Hexe vor, und das war gar nicht dumm. Ungefähr wie die alte Pflöke in *Ich, Ljung und Medardus*. Hjalmar Bergman wusste seltsamerweise, was sich in einem alten Frauenkörper unter Stoffschichten regen kann.

Wenn forsche Mütter von Kleinkindern in den Laden kamen und beinahe militant nach *Pippi Langstrumpf* fragten, suchte ich nach einem Buch von Astrid Lindgren. Ich hatte einen ganz hervorragenden Zettel, den ich für die Kinder als Warnung vor mütterlichem Kulturimperialismus einkleben konnte.

Lesen Sie Kindern nichts vor.
Es kann ihr Gehör schädigen.

Den klebte ich ein, weil ich schon im Laden gewisse Mütter mit schriller Überzeugung ihre Vorlieben auf die Kinder übertragen hören konnte.

Muss die Lektüre der Kinder nicht großenteils geheim sein? Ich habe das Gefühl, dass sie heutzutage behördlich organisiert ist. In der Nähe meiner Wohnung in Birkastan gab es eine Kita. Das Gattertor des Spielplatzes wurde zum Schutz vor Pädophilen abgeschlossen. Von dort marschierten die kleinen Kinder, einander bei der Hand haltend, zwei und zwei in Reih und Glied ab. Sie trugen gelbe Westen, die sie vor dem Verkehr schützen sollten. Kann es sonderlich schwer sein, sie auch als Erwachsene im Takt marschieren zu lassen? Vielleicht findet so ein Kind, wenn es mal erwachsen ist, diesen Zettel und glaubt, dass er tatsächlich in einer Behördenschreibstube eingeklebt wurde:

Lesen macht
sehr schnell abhängig.
Fangen Sie gar nicht erst damit an.

Die glatzköpfigen oder mit einem Rattenschwanz im Nacken versehenen Träger schwarzer enger Jeans brachten jetzt Bücher ins Antiquariat, die sie verkaufen wollten und die den alten Apelgren erschreckt hätten, wenn er noch gelebt hätte. Das erste war, wenn ich mich recht erinnere, Irvine Welshs *Trainspotting*. Der alte Mann war in aller Ordnung im Krankenhaus von Danderyd gestorben, und ich hatte in seinen letzten Tagen bei ihm gewacht. Wenn ich nun nicht im Laden festsitzen wollte, musste ich für Ersatz sorgen. Es war ja jetzt möglich, jemanden zu bezahlen, denn für meinen Geschmack hatten die Geschäfte viel zu viel Fahrt aufgenommen. In gewisser Hinsicht ist es aber auch erfreulich, wenn etwas gelingt. Ich nahm jetzt nicht mehr alles an, was angeboten wurde, und sagte auch zu Apelgrens Nachfolger, er müsse wählerisch sein. Die Bücher von den Typen mit den schwarzen Jeans, auf die sollten wir uns konzentrieren. Und immer mit Warnungen, die sie auch wirklich schätzten.

Frack Haarteil Königsblut

Nach unserem Schock in Örnäs mit den blaugelben Blumensträußen und den Journalisten, die auf der holprigen Straße von Lostbyn heruntergefahren kamen, arbeitete Lillemor den ganzen Sommer über an ihrer Antrittsrede. Ich wollte sie ihr auf der Grundlage ihrer Recherchen schreiben, wie es die übliche Art unserer Zusammenarbeit war. Ich durfte aber nicht. Unmittelbar bevor die Rede bei der Zensur (es wurde natürlich nicht so genannt, doch strich der Sekretär ein paar ihm unliebsame Namen der zeitgenössischen Literatur heraus) eingereicht werden musste, war Lillemor wie gelähmt vor Schreck und gab sie mir nun doch, sodass ich den Schulmädchenaufsatz in Fasson bringen konnte.

Am zwanzigsten Dezember erfolgte ihr Eintritt.

Wir trafen im Schneegestöber beim Börsenhaus ein und ließen das Taxi im Trångsund vorfahren, damit Lillemor den Fotografen und Journalisten entging, die in der Källargränd warteten. Astrid war damit natürlich nicht zufrieden. Sie konnte gar nicht genug bekommen von den Fotos ihrer Tochter in den Zeitungen und hatte eine große Ausschnittsammlung angelegt. Ihren Kurswechsel fand ich bewundernswert. Es ging ihr nicht mehr darum, mit ihrem Wissen, wer die Bücher schrieb, zu triumphieren. Ich frage mich, ob sie nicht sogar alles vergessen oder zumindest aussortiert hatte, wie ich den Krebs meines Vaters.

Wir entgingen nun also in diesem Moment den Fotografen, und Lillemor stürmte durch die Eingangstür, die ich ihr aufhielt, damit der Schneewind ihr nicht die Frisur durcheinanderbrachte. Wir gelangten in den Korridor der Nobelbibliothek und gingen den Steinfußboden entlang (es war lange bevor der rote Teppich ausgelegt wurde). Astrid wäre gern hiergeblieben und hätte Leute begrüßt, doch da war niemand außer den Wachen, die vermutlich aus der Leibgarde stammten. Sie hatten bereits Aufstellung genommen und ihre Bärenfellmützen aus synthetischem Pelz neben sich auf den Fußboden gelegt. Sie sagten, sie bekämen Kopfschmerzen davon. Astrid, die so lange wie möglich dort verweilen wollte, unterhielt sich mit ihnen über ihre Mützen und MPs. Lillemor schob uns jedoch entschieden ins Treppenhaus hinaus und sagte, wir sollten eine Etage tiefer unsere Mäntel aufhängen. Sie wollte uns loswerden, und sie hat mich stets auf diese Art aus diesen stillen, hohen Räumen und ihrem Leben dort herauszuhalten versucht.

Wir mussten eine Ewigkeit warten, bis wir endlich in den Börsensaal eingelassen wurden, weil Lillemor so zeitig hatte da sein wollen, dass sie sich in dem großen Toilettenraum noch schminken konnte. Die dazu nötigen Utensilien hatte sie alle in einem kleinen Bag. Das Haar hatte sie sich bei einer Friseuse aufstecken lassen. Da ihr bescheidener Pagenkopf nicht für einen Knoten reichte, war mit einem Haarteil nachgeholfen worden. Astrid war mit der Frisur nicht zufrieden, wohl aber mit dem Kleid. Es war der Traum aller kleinen Mädchen vom Prinzessinnenkleid, ein tiefblaues Samtkleid mit Empiretaille und recht großzügigem Ausschnitt, aber langen Ärmeln. Sie trug natürlich Silberschuhe dazu und hatte ein Abendtäschchen aus demselben Stoff wie das Kleid. Ihre Antrittsrede hatte sie dem Hausdiener gegeben, damit er sie auf ihren Platz am Tisch legte.

Der Saal füllte sich langsam mit leisem Raunen und Parfümduft. Ich lauschte auf das Gemurmel, das so anders war als im Kino oder im Volkshaus. Es wurde diskret gehüstelt. Ich erkannte nur wenige Leute: Lillemors Verleger, der Geld für einen Preis gestiftet hatte, und den jovialen Kulturminister mit Haaren wie ein Kaffeehausgeiger vor sechzig Jahren. Die laut Lillemor eingeladene höhere Verwaltungsebene war mager und grau, und die dazugehörigen Damen trugen altmodische Abendkleider und Halsketten mit Perlen im Verlauf, Granatbroschen und Stoffblumen, die schon einige Auftritte erlebt hatten. Wir saßen ihnen so nahe, dass mir der Geruch ihrer Kleider, die lange weggehängt gewesen waren, in die Nase stieg.

Mir ging durch den Kopf, dass es im öffentlichen Leben Schwedens Nischen gab, die so unbekannt waren wie die Tiefseebecken im Atlantik. Wer darin lebte, war es nicht gewohnt, bespäht zu werden. Mit einem solchen Presseaufgebot und der bisher nie da gewesenen Fernsehaufzeichnung des Ereignisses hatten sie nicht gerechnet. Sonst wären sie vielleicht eine neue Stoffrose kaufen gegangen.

Diese Menschen verfügten wohl auch über eine extrasensorische Witterung für königliche Hoheiten, denn unmittelbar bevor die Türen zur Nobelbibliothek aufgeschlagen wurden, veränderte sich die Atmosphäre, das Gemurmel erstarb, und Stille senkte sich herab. Dann scharrte und raschelte es leise, als sich alle erhoben, und ein traten der König, erstaunlich sparsam dekoriert, und die Königin in etwas sehr Schlichtem und Langem und mit einem der intellektuell betonten Feierlichkeit des Abends angepassten Lächeln. Astrid war so ergriffen, dass sie meine Hand drückte. Und wenn Astrid Troj drückt, dann spürt man das.

Viele Menschen hegen den atavistischen Wunsch, sich vorbehaltloser Ehrfurcht hinzugeben. Ist er tatsächlich atavistisch? Wie dem auch sei, kann man doch vom Volk gewählten Politikern keine Ehrfurcht entgegenbringen, und es ist auch nicht das, was das verzückte Publikum eines Rockkonzerts mit Feuerzeugflammen demonstriert. Politiker und Sänger sind schließlich Leute, die man beurteilt. Könige und Königinnen sind in dem Augenblick, in dem sie in einen Saal eintreten (und sie treten meistens in Säle ein), über alles erhaben, was Beurteilung und Bewertung gleichkommt. Man kann fast alles über ihre intellektuelle Kapazität oder ihre sexuellen Vorlieben wissen und in der Zeitung darüber schreiben. Doch wenn die Überdekorierten und Prachtvollen in Gemächer eintreten, wo man sich nur im buchstäblichen Sinne nach der Decke strecken muss, fällt das alles ab.

Ist das Opfertier erst an den Altar getreten, wird es geschlachtet, und der erhabene Augenblick ist vorbei. Dann kann man sich an seinem Fleisch gütlich tun. Hier im Börsensaal war es noch nicht ganz an der Zeit, sich der Diskussion darüber hinzugeben, wie das Make-up der Königin ausgefallen war und ob der König wirklich geschlafen oder sich nur mit geschlossenen Augen seinem reichen Innenleben gewidmet hatte. Doch wurde alles für die am Abend anstehenden Expertisen registriert.

Bemerkenswerterweise zog die Akademie erst nach dem Königspaar mit seinem Gefolge aus zwei Kammerherren, einer Hofdame und einem Adjutanten ein. Sie gingen zwei und zwei, wie die Tiere auf dem Weg zur Arche Noah. In keinem anderen Zusammenhang dürfen die Leute auch nur versuchen, erst nach den königlichen Hoheiten in den Saal zu huschen. Hier marschierten sie in einer Prozession aus Fräcken und Halbschuhen in den stillen Saal ein. An Frackrevers glänzten Sterne aus emailliertem Silberblech. Lillemor, die noch nicht dabei war (sie antichambrierte, wie das hieß), hatte mir verraten, dass es sich um reines Rokokotheater handelte. Der König galt, wie seinerzeit

Gustav III., in seiner für die Zeremonie aufgebauten Box als inkognito anwesend, folglich kümmerte man sich nicht um ihn. Man tat es aber doch, denn Konsequenz scheint keine Sache von Akademien zu sein: Jedes Mitglied stellte sich vor die königliche Box und verneigte sich, bevor es seinen Stuhl aufsuchte.

Einer dieser Käuze trug weiße Joggingschuhe zum Frack. Lillemor erzählte später, dass er an Gicht leide, die er hartnäckig Podagra nenne, weil diese schmerzhafte Krankheit in den Zehen dadurch einen historischen Touch bekomme. Ein anderer hatte eine Milchstraße von Schuppen auf dem Frack, wie ich bemerkte, als er direkt vor Astrid und mir seinen Stuhl fand. Und weil wir sehr nah an dem langen Tisch saßen, sah ich, dass eine der Kerzen schief brannte, und ich roch das Stearin, ja wir saßen sogar so nah, dass ich die Flecken auf der verblassten Seidentischdecke erkennen konnte. Die graublaue Seide der Stühle wirkte frischer, sie waren bestimmt neu bezogen worden, und das wahrscheinlich schon mehrmals im Lauf von zweihundert Jahren.

Es war eine zermürbend lange Sitzung. Der Vorsitzende, mitnichten so genannt – er wurde Direktor tituliert und war gelb im Gesicht –, hielt eine Rede. Ein alter Dichter trug mal brüllend, mal flüsternd seine Poeme vor, und der Sekretär verlas die Liste derer, die einen Preis der Akademie erhalten hatten. Er war immerhin schnell.

Neben mir seufzte Astrid, die eine leichte Kognakfahne hatte. Sie saß unruhig zuckend auf der unbequemen Bank. Die Lider seiner Majestät waren nach wie vor geschlossen, und seine Gemahlin wirkte überaus interessiert. Lillemor wurde vom Sekretär hereingeleitet, der sich erhoben hatte, um sie zu holen, als ein befrackter Hausdiener eine der Doppeltüren zum Versammlungsraum aufschlug.

Sie ergriff mit den Fingerspitzen den Rock ihres Kleides und verneigte sich so, wie es eine sozialdemokratische

Ministerin einst als Gruß weiblicher Untertanen vor Majestäten eingeführt hatte. Dann unterschrieb sie am Tischende jenes umfangreiche Dokument auf steifem Papier, möglicherweise Pergament, das für den Fall der Geschwätzigkeit über die Angelegenheiten der Akademie mit dem Ausschluss drohte, der aber nie vollzogen wurde. Anschließend sprach sie mit ihrer dünnen Stimme fünfundzwanzig Minuten lang, ohne allzu piepsig zu klingen. Astrid seufzte, aber nicht vor Begeisterung. Ihr wären spektakulärere Zeremonien bestimmt lieber gewesen als ein Vortrag. Warum nicht Schwerter, Totenköpfe und Umhänge? Und die Verwandlung des Leitungswassers in den Gläsern auf dem Tisch in das Blut des hochseligen Gustavs III., wenn die Eingeweihten daran nippten?

Am Ende, als das königliche Gefolge abgezogen war, entstand ein fürchterliches Gedrängel. Astrid hatte Lillemor dazu überredet, zu der Zeremonie ein paar Verwandte einzuladen, doch hatten die meisten abgesagt. Auf der Bank für die Angehörigen saßen lediglich sie und ich und eine Tante von Lillemor, die Elna hieß und ziemlich bissig war.

»Soll dieser kleine Knubbel intellektuell sein?«, bemerkte sie über Lillemors Knoten auf dem Scheitel.

Es kam fast zu einem Handgemenge, und in dem Geschubse und Gedränge verrutschte Astrids kastanienbraune Perücke. Ich hatte das Gefühl, dass Lillemor vor uns in das Zimmer des Sekretärs floh, wo für das Diner gedeckt war. Sie war leichenblass.

Für die zur Jahresfeier der Schwedischen Akademie geladenen Gäste ist das Ende des Abends eine enttäuschende Angelegenheit. Da legen sie Abendgarderobe samt Orden und Schmuck an, und wenn nach etwa einer Stunde alles vorbei ist, dürfen sie, nicht anders als das Königspaar, nach Hause fahren und sich in *Rapport* die Nachrichten anschauen. Astrid wollte jedoch ausgehen und in einem

Restaurant feiern, und sie brachte Tante Elna dazu, sie zu begleiten. Ich kann mir die Stimmung lebhaft vorstellen, denn Elna war durchaus in der Lage, den gewaltigen Hochmut ihrer Schwägerin noch mehr zu stauchen.

Ich lehnte den Restaurantbesuch mit den bedeutungsschweren Worten ab: »Du verstehst bestimmt, dass ich nach Hause muss und schreiben.«

Doch Astrid befand sich jenseits solcher Subtilitäten. In der Garderobe hatte sie sich einen ordentlichen Schluck aus dem Flachmann in der Tasche ihres Pelzes genehmigt. Als die beiden im Schneegestöber von dannen zogen, gestikulierte sie wie ein kampfbereiter Taschenkrebs.

Lillemor legt das Manuskript zusammen, schließt die Augen und rutscht auf dem Kissen, das sie im Bett als Rückenstütze benutzt hat, nach unten. Im Liegen versucht sie sich nun zu entsinnen, wie es wirklich war. An das Schneegestöber, das ihr die Frisur zu zerstören drohte. Ansonsten aber scheint dieses Ereignis wie weggewischt. Nur Fragmente sind noch da. Sie hört die Orden des alten Sekretärs klimpern, als sie ihm in den Mantel hilft, und wie er den Stock fallen lässt, als er in den großen Wagen von Freys Limousinenservice einsteigen will. Ja, an den Stock erinnert sie sich und an die Glätte und die Todesahnungen, begreift aber, dass es Erinnerungen an einen späteren zwanzigsten Dezember waren. Die wenigen Jahre, die er noch zu leben hatte, fuhren sie immer im selben Wagen, damit sie ihm behilflich sein konnte.

Ihr Eintritt in die Akademie scheint wie weggebrannt. Die Fragmente können auch aus irgendeinem anderen Jahr stammen. Klickende Kameras. Ein großer Stearinfleck auf der hellblauen blassen Seide. Sie erinnert sich an einen alten Dichter, der den Königlichen Preis erhalten hatte und nach dem Diner volltrunken und überglücklich auf dem Steinfußboden im Treppenhaus zusammenbrach.

Babba hat sich des Ereignisses von Lillemors Eintritt in die Akademie bedient und daraus eine Geschichte gemacht. Lillemor erkennt einige Teile, aus der sie zusammengesetzt ist. Die Joggingschuhe waren keineswegs Bestandteil einer Jahresfeier, sondern des Jubiläums zum hundertjährigen Bestehen der Schwedischen Literaturgesellschaft in Finnland. Damals hatte ich Fieber, erinnert sie sich, und fror dermaßen, dass ich einen dunkelblauen Wollschlüpfer unter dem Abendkleid trug. Am nächsten Morgen war in *Helsingin Sanomat* ein Foto, auf dem ich mit dem Außenminister tanze und mein plissierter Chiffonrock bei einer Walzerdrehung so schwingt, dass der Schlüpfer zu sehen ist. Zum Glück habe ich ihr das nie erzählt.

Lillemor ist Babbas Erzählung gegenüber machtlos. Wie soll sie sich selbst definieren können, wenn sie weder Babbas Sprache noch ihren narrativen Instinkt besitzt. Meine Sprache ist allgemein, das weiß ich, denkt sie. Es gibt keine »Wirklichkeit«, es gibt keine »Wahrheit«, die nicht von sozialen und logisch folgernden Aspekten und Strategien abhängig wären. Sind diese schwach, verliert man den Kampf um die Macht.

Dominanz ist jedoch etwas, dem wir unsere Zustimmung erteilen, das hat Lillemor wahrhaftig begriffen. Aber nicht, warum. Sie sieht ein, dass Babba und sie niemals Freundinnen waren und dass ihr dies immer bewusst gewesen ist. Aber offensichtlich waren wir nicht mal Partnerinnen, denkt sie. Ich wurde von vorn bis hinten benutzt. Babba hat immer gesagt, meine Mutter habe mich als Spiegel benutzt und sich mit der Ähnlichkeit gebrüstet, die durch meine Jugend und später durch meine soziale Position so wundervoll veredelt worden sei. Babba hat mich aber selbst viele Jahre, ja Jahrzehnte lang als Schaufensterpuppe benutzt, und jetzt benutzt sie mich als Material. Wenn ich aber dagegen protestieren will, fallen meine Einwände lahm aus, da ich, verglichen mit ihr, keine Sprachgewalt besitze. Ich kann doch nicht hergehen und

Pflastersteine nach ihr werfen oder ihr Auto in Brand stecken.

Sie war ebenso stark wie dieser käsig wabbelige, kränkliche Diktator in Nordkorea und auch nur wie er zu begreifen – durch seine Erzählung. Er bekam dadurch Macht, dass er die Geschichte seines Volkes erzählte, und diese Erzählung handelte vor allem von dessen Feinden. Hitler hat ebenfalls auf diese Weise erzählt. Was wäre aus ihm geworden, hätte er nicht vor einem Volk, das von seiner eigenen Reinheit und der Unreinheit der jüdischen Rasse überzeugt werden wollte, seinen narrativen Instinkt besessen und die Erzählstrategien beherrscht? Er erzählte nicht *die* Geschichte, sondern Geschichten über eine manipulative ökonomische Bedrohung des Reiches durch die Juden.

Desgleichen Jesus. Wer wäre er ohne die biblischen Geschichten? Alle diese kleinen sinnreichen Erzählungen aus dem jüdischen Alltagsleben, die am Ende in etwas bis dahin nie Gehörtes münden. Der verlorene Sohn vergeudet alles, kommt arm und ausgehungert heim und wird mit Liebe und Luxus empfangen. Wer hätte dem zugehört, wenn die Botschaft als abstraktes moralisches Traktat angelegt gewesen wäre? Unerhörtes kann nur erzählt werden, Absurdes wird durch das Geschenk der Erzählung an den Zuhörer glaubhaft.

Wer aber erzählt worden ist, der bleibt mundtot am Wegesrand sitzen, wo die bunte und laute Prozession der Geschichten dahingezogen ist.

Weihnachtspunsch Bockshödlein

Lasse sollte auf einer Vernissage im Kulturhaus in Rättvik spielen. Ich kam natürlich mit, doch als ich aus dem Auto stieg, begegnete ich Lillemor samt einem ganzen Gefolge von Kulturdamen. Ich dachte, ich würde mir nicht anmerken lassen, dass ich ihn kannte, und dass wir sicherlich wegkämen, ohne dass sie etwas mitbekam.

Nachdem die Kulturreferentin eine viel zu lange Begrüßungsrede gehalten hatte, stieg Lasse in seiner Festtagstracht aus dem Rättvikkirchspiel aufs Podium. Ein Raunen ob seines Ruhms ging durch den Saal, wie schon vorher, als Lillemor hereingekommen war. Ihm war bestimmt warm in seinem Mantel aus blauem Loden, dessen Vorderkanten und Ärmel säuberlich rot eingefasst waren. Die Achseln waren reich bestickt. Lasse legte seinen schwarzen Hut ab, um dessen Kopfteil ein rotes und weißes Brettchenwebband mit roten Bommeln an den Enden saß. Er trug grobe weiße Wollstrümpfe, und seine schwarzen Schuhe waren handgemacht und mit Silberspangen verziert. Er sagte immer, in der Tracht sehe er aus wie ein wandelndes Heimatmuseum, und sie sei ziemlich warm. Auf den Spielmannstreffen spielte er oft in Hemd und Weste, aber hier wurden offenbar höhere Ansprüche gestellt.

Er sollte später jedoch sowohl den Mantel als auch die Weste ablegen, und das ist es, was ich erzählen muss, auch wenn es schmerzt. Lillemor war mächtig aufgedreht, und nachdem die Leute nach seinem Auftritt eine Weile herumgezockelt und sich bleichsüchtige Landschaftsgemälde angesehen hatten, schnappte sie sich Lasse, der gerade zum Auto ging. Ich hörte nicht, was sie sagte, aber ich witterte Unheil und eilte zu ihnen auf den Hof hinaus.

»Du kommst doch mit?«, fragte Lillemor.

»Wohin?«

»Nach Örnäs«, sagte sie. »Lasse hat versprochen, für uns zu spielen, wenn er ein bisschen was zu essen bekommt. Du kannst unterwegs was einkaufen.«

So kam es, dass ich mit Tragetaschen voll Fleischwurst, Fleischklößchen, gegrilltem Rippenspeer und was er, wie ich wusste, sonst noch mochte, lange nach den anderen eintraf. Pilsner hatte ich ebenfalls gekauft. Eine der Kulturtanten chauffierte mich. Sie gehörte wohl auch zu denen, die anderen die Taschen tragen dürfen. Lillemor briet Kartoffeln, und die Damen plauderten und tranken Wein. Es war fürchterlich kulturell, und ich dachte mir, ohne Schnaps würden sie Lasse nie zum Spielen bewegen. Lillemor war jedoch nicht auf den Kopf gefallen. Als er über eine trockene Kehle klagte, machte sie ihm ein Pilsner auf und holte außerdem Sunes Whisky und seinen Jubiläumsaquavit aus dem Schrank.

Ich werde das jetzt nicht in die Länge ziehen, denn es ist nur peinlich. Am Ende trank Lasse alten Weihnachtspunsch, den Lillemor in den Tiefen eines Schranks aufgestöbert hatte. Lasse schwitzte und hatte den langen Mantel und die Weste längst aufs Sofa geworfen. Unter den Achseln hatte er große Schweißflecken im Leinenhemd. Er spielte so, dass die Tanten sagten, es klinge hübsch. Da wurde er sauer, riss sich die Hemdknöpfe auf, sodass sein Fell zu sehen war, und begann ernsthaft zu spielen.

Lillemor, die normalerweise nicht sonderlich viel trank, hatte einen sitzen. Eine andere Erklärung gibt es nicht. Sie

nannte ihn Dschingis Khan und sagte dann auswendig
Gedichte von Karlfeldt auf, während er spielte. So was
wie »in dunkler Augustnacht« und »köstlich berauscht
und ganz sacht« und anderen halbpornografischen Kram.
Weil Lasse sich ausschließlich Lillemor widmete und
offenkundig nur für sie spielte, brachen die Tanten zu
nachtschlafender Zeit allmählich auf, um nach Hause zu
fahren. Lillemor hörte gar nicht hin, als sie sich bedank-
ten, denn sie lag auf dem Sofa und deklamierte über die
Venusblume, Bockshödlein und wie »im Dunkel der Lei-
denschaft Bogenstrich schwingt«. Lasse improvisierte auf
seiner Geige zu ihren Deklamationen, und es klang nicht
sonderlich gut in meinen Ohren. Er war knüppelhagel-
voll, hatte er doch Sunes Whisky und Aquavit noch den
Weihnachtspunsch hinterhergeschüttet. Folgenden Er-
guss von Lillemor habe ich eigens nachgeschlagen, denn
ich erinnerte mich an die Schlüsselwörter darin:

Tief in der Wurzel, heimlich es fließet
irdischer Mumm
der Venusblume, Satyrium.

Mir wurde allmählich speiübel. Das Letzte, was ich hörte,
bevor ich hinausging, um die Tanten zu verabschieden
und sie vor dem unbeschrankten Bahnübergang zu war-
nen, war, wie Lasse mit grollendem Bass lallte:

Sieh meinen Kürbis, die Haltung, den Schmiss!
Noch höher er schießt, gar stattlich er sprießt.

Jetzt war mir richtig schlecht, und es war angenehm, für
einen Moment an die frische Luft zu kommen. Als ich
zurückkam, waren sie weg, und es war still im Haus. Ich
war auf der Hut, stand still in dem Durcheinander in der
großen Stube und starrte auf den Tisch voller Gläser, Fla-

schen und Teller mit abgenagten Rippchen. Da war ein unmissverständliches Geräusch zu hören. Im Giebelzimmer über mir krachte das Bett. Dann hörte ich Lillemor kichern. Wieder ein Krachen und ein langes Stöhnen von Lasse. Und wieder ein Kichern.

Ich konnte nicht länger zuhören. Ich ging hinaus in die nächtliche Kühle und wusste, dass ich hier wegmusste. Ich hatte jedoch kein Auto, da ich ja mit Lasses Isuzu zum Kulturhaus gekommen war. Also ging ich zum Steg hinunter und machte das Boot los.

Es war alles so einfach. Es hätte komisch sein können. Aber damals konnte ich das nicht so sehen. Der Schmerz war unfassbar. Ich war voll wütender Energie und begriff, dass sie nicht lange anhalten würde, deshalb war Eile geboten. Ich ruderte, was ich konnte, bis ans Ende der Bucht, stieg aus dem Kahn und schob ihn ins Wasser zurück. Der Wind war ablandig, und der Kahn trieb hinaus, Meter für Meter, absichtslos. Etwas, was man von sich stößt und der Windschaukel des Zufalls überlässt. Wenn nur alles so einfach gewesen wäre. In menschliche Verhältnisse mischt sich jedoch immer Praktisches. Alltäglichkeiten, denen man nicht entkommt.

In bitterer Morgendämmerung stiefelte ich eine ansteigende Lehde hoch und überquerte, ohne auch nur zu horchen oder nach rechts und links zu schauen, das Bahngleis. Von einem Zug zu Brei gemacht zu werden, das wäre natürlich eine großartige Geste gewesen. So denke ich jetzt. Damals stiefelte ich bloß drauflos, gelangte zur Schotterstraße nach Lostbyn und trabte im Laufschritt die Steigung hinauf. Im Haus angekommen, zog ich aus dem Spülschrank große Papiertragetaschen vom Konsum hervor. Irgendein Teil meines Gehirns hatte sich das ausgedacht, während sich im Rest der Verrat einätzte.

Wir sind wie Beutel. Häng uns auf, und schon fährt der Wind in uns. Wir bewegen uns in den Gebärden der Liebe.

Rascheln in denen des Verrats. Der Schmerz indes trifft auf keinen leeren Beutel. Er schneidet ins Fleisch.

In die Tragetaschen packte ich sein Zeug. Jede Unterhose, jedes saubere und jedes schmutzige Hemd. Bis hin zu der Tube mit dem Wachs, womit er seine schwarzen Schnurrbartenden spitzte. Turnschuhe. Schwarze Schuhe. Schallplatten. Kassetten. Seine blöde rosarote Zahnbürste. Rasierzeug. Das Buch über Tonalitätsprobleme in der schwedischen Volksmusik. Krimis in aufgeplatzten Pappbänden. Als ich daran dachte, was sie in Örnäs gerade trieben, an ihren hastigen Genuss, seine Stöße, seine Ejakulation, hätte ich am liebsten das Küchenbeil von der Holzwand genommen, um damit ins Sommerhaus hinunterzugehen und es durch Haare, Kopfhaut, Knochen und Hirnsubstanz zu treiben.

Das war freilich bloß Beutelgeknatter im Wind. Mein Fleisch, meine Knochen und meine tätigen Muskeln packten sein Leben in fünf Tragetaschen vom Konsum, drei von ICA plus eine vom Spirituosenladen.

Ich stellte alles auf die hopfenberankte Vortreppe und habe noch immer ihr Bild vor Augen. Folglich muss ich eine Weile dagestanden und sie angestarrt haben. Verhandelte ich mit mir über ein Zurück? Ich glaube nicht. Mein Ekel war zu stark. Ich musste weg von dort.

Bei Herausforderungen kann man so allerlei in sich entdecken, wovon man nichts gewusst hat. Ich verstand nun die Abscheu, die manche vor Prostituierten empfinden. Verstand in gewisser Hinsicht den jahrhundertealten, ja jahrtausendealten Wachdienst um die Reinheit der unberührten Frau. Hier ging es jedoch um einen Mann. Er war jetzt benutzt und beschmutzt. Sein Spermafluss, seine schweißfeuchte Haut, sein Speichel waren eklig. Er hatte aus Spaß das gemacht, was wir im Ernst taten. Er würde am Vormittag zum Lostgården heraufgestiefelt kommen und versuchen, alles wegzulachen. Sagen, er sei volltrunken und dumm gewesen und verstehe nicht, warum er sich so idiotisch aufgeführt habe. Und ich hätte, wenn ich geblieben wäre, gesagt, dass es jetzt zu spät sei. Er war beschmuddelt und besudelt. Aber ich konnte nicht bleiben. Ich wagte es nicht, mich der Versuchung auszusetzen, ihn einzulassen, eine Weile ein Mordstheater zu veranstalten und ihn dann zurückzunehmen. Das wäre so, als würde man vorsätzlich einen Bissen Gammelfleisch hinunterschlucken.

Puppe Kröte

Gestern habe ich Lillemor im Fernsehen gesehen. Der Moderator hieß Skavlan. Es gibt noch viele andere, sogar reihenweise: Grosvold, ebenfalls aus Norwegen, Bredal in Kopenhagen, Bardischevska vom europäischen Kanal Arte, der deutsche Herr Hauke, der Däne Thomas Thurah, der sanfte Daniel Sjölin und vor langer Zeit gar auch Lennart Hyland mit seinem falschen Lächeln. Jetzt war es eben Skavlan, und er verblasste ebenso wie die anderen, jedenfalls in meinen Augen. Lillemor saß da, vollendet. Ich nahm eine Handvoll Chips mit Schinken- und Zwiebelgeschmack.

Sie hat wahrhaft seelenvolle Augen. Sie sind ein Erbe von Astrid Troj, die am Ende nicht mehr Seele besaß als eine leere Flasche. Aber auch ihre Augen hatten dieses tiefe Blau, und in träumerischen Momenten, die von Rosita, Marinella oder, wenn sie bei Kasse war, Campari hervorgerufen wurden, waren sie zum Teil von schweren Lidern verdeckt. Ich weiß, dass Lillemor ihre Lider beim Schminken zuerst mit einem hellen Abdeckstift grundiert, damit sie nicht schwer und dunkel wirken und eine allzu große Portion düsterer Seele zeigen.

Und wie gewandt sie heutzutage ist! Sie sagt stets das Richtige, und sie sagt es in einem Ton, der nach natürlicher Nachdenklichkeit klingt. Ich musste kichern und prustete Chipskrümel auf den Couchtisch. Ich brauche nicht mehr unten im Publikum zu sitzen, sie weiß auch so, dass ich sie im Auge behalte. Aber eigentlich ist es nicht nötig. Sie ist voll ausgebildet und vollendet.

Es ist vorgekommen, dass sie mir leidtat. Ich weiß noch, wie wir mal in einer Poliklinik waren, um uns gegen Grippe impfen zu lassen. Es dauerte lange, bis wir an der Reihe waren, und das Wartezimmer war voll. Alle schauten natürlich zu Lillemor. Anfangs waren es rasche Blicke, um zu registrieren, dass es ein Promi war. Es gebe in der Sprache sonst kein derart abscheuliches Wort, sagt Lillemor oft. Es klinge, als hätte man den Mund voller Schleckerkram. Aber sie mag Schleckerkram.

Zuerst also dieser rasche Blick, der verzeichnete, dass ein Stück öffentliches Eigentum den Raum betreten hatte. Dann krochen die Blicke wie Fliegen auf entblößtem Fleisch, und wie Fliegen hoben sie ab, drehten eine Runde durch die Umgebung, um gleich wieder zurückzukehren. Eine der Frauen kannte keine Scham. Ihr Blick hob nie ab. Er blieb auf Lillemor geheftet und verzeichnete jede Pore ihres Gesichts, jede Nuance ihres Make-ups, jede Wimper und jedes Schüppchen ihrer Lippen. Es war unmöglich zu sagen, was diese Frau sich dabei dachte.

Dachte sie überhaupt etwas? Vielleicht war ihr Inneres leer und ebenso braungrau wie ihr Äußeres? Schwer zu sagen. Sie sog sich jedenfalls mit Lillemor Troj voll, trank sich aber nicht satt an ihr. Ihr Starren war obszön, doch nur für uns. Sie dagegen gab sich ihm so unbefangen hin, wie ein ganz kleines Kind an seinen Geschlechtsteilen fingert. Ich glaube, ihr kam nicht mal der Anflug des Gedankens, dass sie Lillemor belästigte. Hätte man es ihr gesagt, hätte sie auf ihrem Recht bestanden. Die sie da ansah, war doch zum Anschauen da. Sie stellte sich im Fernsehen zur Schau und ließ sich von Pressefotografen ablichten, damit die Menschen sie sähen. Hier saß das Original. Was war verkehrt daran, es anzuschauen?

Schließlich hielt Lillemor es nicht mehr aus. Sie hatte versucht zurückzustarren, aber natürlich war sie es, die den Blick zurücknehmen musste. Sie drehte den Kopf weg und bot der Glotzerin eine neue Seite zur Ansicht dar. Sie griff sich den Gesundheitsführer auf dem Tisch, wusste aber, als sie ihn sich vors Gesicht hielt, dass nun ihre Schuhe und Beine und ihre Kleidung begutachtet wurden. Schließlich stand sie auf und sagte leise zu mir, dass sie in den Flur hinausgehe und ich ihr Bescheid sagen solle, wenn sie aufgerufen würde.

Als ihr Name ertönte, war das eine Fanfare. Alle Köpfe drehten sich. Ein Weilchen herrschte fast Verwirrung. Als ich aber mit Lillemor zurückkam, war die Welt wieder in Ordnung. Lillemor existierte. Die Leute konnten nach Hause oder zu ihrer Arbeit zurückkehren und beim Kaffee sagen: Ich habe heute in der Poliklinik diese Lillemor Troj gesehen. Sie ist in Wirklichkeit gar nicht so hübsch.

Es war vor drei Jahren, als Lillemor etwas sagte, was ich eigentlich nicht mehr erwartet hatte. Sie sagte, sie wolle nicht mehr, und sie sagte es ohne Umschweife: »Ich will nicht mehr.«

Obwohl das letzte Mal lange her war, wusste ich, was sie meinte. Aber ich ließ sie ein bisschen schmoren.

»Was nicht mehr? Was willst du nicht mehr?«

»Ich finde, wir sollten nicht mehr weitermachen«, sagte sie. »Ich bin müde.«

»Müde?«

»Ja, ich bin alt. Und du auch.«

»Du bist sechsundsiebzig«, sagte ich.

»Ja, das ist doch keine unrechte Zeit zum Aufhören. Autoren verstummen.«

»Ach so«, sagte ich. »Ich soll mundtot gemacht werden, und du wirst weiter in deinem akademischen Seniorentreff sitzen und Lebensbeschreibungen verfassen, Direktorenreden halten und auf Nobelfesten herumalbern. Das hast du dir so vorgestellt! Was?«

Sie schwieg natürlich.

»Ich weiß, du hast es nicht gemocht, wenn ich früher zur Jahresfeier kam, und wenn ich auf der Buchmesse und im Vasatheater und im Akademibokhandel und weiß der Himmel, wo du aufgetreten bist, in der ersten Reihe saß. Du wolltest mich nicht dabeihaben. Und in den letzten Jahren bin ich ja auch nicht mehr gekommen. Habe ich dich gestört?«

Ich musste es noch mal sagen, damit sie antwortete, und dann reagierte sie lediglich mit einem Kopfschütteln und ohne den Blick zu heben.

»Unsere Zusammenarbeit in den letzten Jahren war doch rein beruflich«, sagte ich. »Wir sind zusammen die Manuskripte durchgegangen. Du hast Korrektur gelesen und die Bücher vorgestellt. Wie viel Geld du eingestrichen hast, nicht zuletzt mit den ausländischen Ausgaben, davon reden wir erst gar nicht. Jedenfalls hast du so viel, dass es reicht, und ich weiß, dass du es mithilfe einer Vermögensverwaltungsgesellschaft gut angelegt hast. Was ich nicht tun konnte. Weil mein Geld schwarz ist und nicht mal auf ein Konto eingezahlt werden kann.«

Ich dachte, sie würde darauf reagieren, aber es kam nichts, und so fuhr ich fort. »Du glaubst, du kannst mich mundtot machen.«

Sie schwieg und sah auf ihre Hände. Dann murmelte sie etwas davon, dass sie Angst habe.

»Wieso Angst? Glaubst du, dass du jetzt noch auffliegst? Das ist doch lächerlich.«

Sie murmelte wieder etwas, und ich musste nachfragen: »Angst? Vor mir?«

Sie ließ den Kopf hängen und sah auf ihren Schoß hinab. Nickte mehrmals.

»Das ist unglaublich«, sagte ich.

Als sie den Blick weiter gesenkt hielt, wurde ich ärgerlich. Warum führte sie sich dermaßen auf? Markierte das verängstigte Kind. Ihr üblicher Hilflosigkeitstrick.

»Hör auf«, sagte ich. Doch dann wurde mir klar, dass ich nicht so weitermachen wollte. Sie konnte meinetwegen gern dasitzen und ihre Hände im Schoß anstarren. Sie hatte sie so fest geballt, dass die Knöchel glänzend weiß und rot gestreift leuchteten. Immer diese elaborierte Ausdrucksweise. Ihr Körper hielt gehorsam die entsprechende Haltung bereit.

Ja, war sie nicht ein Automat, der vor hingerissenen Zuschauern hampelte und weinte und sang? Ich war aber nicht hingerissen. Ich hörte die Maschinerie in ihr knirschen und stand auf, um zu gehen. Sobald sie allein wäre, hätte die Demonstration ein Ende, das wusste ich. Nachdem ich die Tür hinter mir zugemacht hätte, wäre ein Seufzer wie aus einer hydraulischen Pumpe zu vernehmen. Um das zu wissen, brauchte ich mich nicht umzudrehen.

Auf den Gedanken, dass *ich* die Wahrheit über uns erzählen könnte, kam sie gar nicht. Ich kam ja selbst nicht darauf, war nie darauf gekommen, komischerweise. Zu Hause angelangt, stieg mir diese simple Tatsache mit einer unmittelbaren Kraft, die nur mit dem Ausbruch eines artesischen Brunnens verglichen werden kann, in den Sinn. Ich stand mit einem ausgewrungenen Spüllappen in der Hand in der Küche. In meinem Innern wurde es vollkommen still, der Tag und die Zeit versanken. Ich sah meinen Roman vor mir wie seinerzeit Proust den seinen, als er vor dem Palast der Guermantes über den Pflasterstein stolperte.

Die Geschichte über Lillemor Troj war ein Geschenk des Zorns, und der entzündete alle Lichter in mir. So kann der Zorn der Abgewiesenen eine starke Kraftentfaltung bewirken, statt sich selbstzerstörerisch nach innen zu richten.

Ich weiß nicht, wie lange dieser Zustand anhielt, doch war ich nicht mehr in der Küche, als er vorüber war, sondern saß am Schreibtisch. Ich hielt den Füller in der Linken und tastete nach Papier. Der Rausch war vorüber, aber die Vision war noch da. Auch am nächsten Tag noch und am übernächsten. Sie verschwand nicht, und ich dachte: Danke, Lillemor Troj. Endlich bin ich dich los. Endlich kann ich meinen Roman allein schreiben, und ich weiß, wie er heißen wird. Ich brauchte ziemlich lange, um eine Karteikarte zu finden, die ich vor langer Zeit beschrieben hatte, damals, als es für uns gut zu laufen anfing. Ich holte meine alten Karteikästen hervor, und schließlich fand ich sie. Darauf steht:

Es war eine Frau, die sah eine große, dicke Kröte, welche gebären sollte. Die Frau sagte: Soll ich kommen und dir helfen, wenn es so weit ist? Es war natürlich ein Scherz. Eines Tages aber wurde die Frau zu einer Höhle unter einem Stein gerufen. Sie half dem Geschöpf, das kaum eine Kröte war, gebären. Und bekam Silberlöffel.

Lillemor teilt jetzt Max' Sorge, dass das Manuskript aus dem Verlagshaus gelangen könnte. Seit sie die vom Bett gerutschten Blätter aufgesammelt hatte, achtete sie auf die Reihenfolge und steckte jedes gelesene Blatt nach hinten. Auf diese Weise hat sie immer die ganze *paperasse* bei sich gehabt, wenn sie in der Wohnung von einem Zimmer zum anderen gegangen ist. Und deshalb bekommt sie auch einen Schock, als das Titelblatt auftaucht. Es ist, als wäre das Manuskript hier zu Ende. Was ja nicht möglich ist.

Sie liest noch einmal die paar Zeilen über die Kröte. Blättert zurück, findet aber keine übersprungenen Seiten und erkennt, dass sie das Ganze noch mal von vorn bis hinten durchblättern muss. Sie ist jetzt nervös und beschließt, sich zu beruhigen, indem sie duscht, sich anzieht und sich ein Frühstück bereitet. Anschließend kann sie das Manuskript am Küchentisch sorgfältig durchblättern, um den fehlenden Teil zu finden.

Babba hat tatsächlich den ganzen Papierhaufen paginiert. Es ist bemerkenswert, dass sie weiß, wie das geht. Das gesamte handschriftliche Manuskript in ein Textverarbeitungsprogramm einzugeben muss für sie mühsam gewesen sein. Es wäre jedoch zu viel erhofft, dass keine Sicherungskopien existieren. Zumindest bei Rabben und Sjabben haben sie welche angefertigt, und Max hat selbstverständlich auch mindestens zwei, drei machen lassen und in den Tresor gelegt. Der ganze Cyberspace blitzt und flimmert von Kopien der Kopien von allem möglichen Schund, und natürlich findet sich auch dieses Manuskript als elektronisches Duplikat in irgendwelchen Computern und wird nicht endgültig getilgt werden können. Lillemor wünscht, es wäre in einem versiegelten Tontopf so tief in der ägyptischen Wüste vergraben, dass es niemals gefunden und gedeutet werden könnte.

Babba hat über Autobiografien von Schriftstellern immer höhnisch gelacht und gesagt, am wenigsten wahr seien sie in den Beschreibungen des eigenen Scheiterns. Selbstkritische Koketterie hat sie das genannt. Und jetzt hat sie selbst eine geschrieben. Es ist natürlich eine *mock autobiography*, eine ebenso missgestaltete Hybride wie die *mock turtle* in *Alice im Wunderland*. Unter anderem deswegen, weil sie keinen Schluss hat. Es ist, als hätte man dieser Falschen Suppenschildkröte den Kalbskopf abgeschlagen. *Head off!* Ruck, zuck und ohne zu fackeln.

Vermutlich wäre alles, was sie geschrieben hat, so geworden, wenn ich nicht eingegriffen und die Texte in Fasson gebracht hätte, denkt Lillemor. Abrupt, unstrukturiert – und bissig. Babba ist ja nicht mal intellektuell. Ihre Lektüre hatte immer etwas Rohes an sich. Sie hat wie eine Wildsau nach den Trüffeln gewühlt und die Kartoffeln und Steckrüben liegen lassen. Ein intellektueller Mensch darf aber nicht wählerisch sein. Ein Humanist muss doch auf jeden Fall das Denken seiner Zeit erfassen und versuchen, es zu verstehen! Es ist Vermessenheit, Vergil zu seinem Zeitgenossen zu machen, Wahnsinn zu behaupten, Ekelöfs *Mölna-Elegie* sei die einzig gültige Beschreibung der modernen Welt, die in Schweden entstanden sei, und ein Scherz, Thomas Mann habe den galligsten Humor unserer Zeit. Ach herrje! Lillemor sieht Adrian Leverkühns zweideutiges Lächeln vor sich, wenn der Vater in *Doktor*

Faustus den Jungen die Abnormitäten der Natur zeigt. Thomas Mann war ungesund!

Als sie mit dem Kaffeebecher neben sich dasitzt, versucht sie, sich Ruhe einzureden. Ihre Hände sind jedoch flattrig, als sie das Manuskript durchblättert. Sie hält inne, als sie zu der Seite kommt, wo steht:

Während sich Lillemor Troj so erfolgreich durch die Welt schwindelte, hatte natürlich auch ich ein Leben. Aber dies ist nun mal ihre Biografie, denn auf den Bildern ist schließlich sie zu sehen gewesen.

Wer hat geschwindelt? Und ich soll die Protagonistin sein? Ich bin doch die Antagonistin in dieser geköpften Geschichte. Babba hat es doch auf mich abgesehen. Sie will sich rächen, und sie hat alles weggelassen, was ich in den letzten Jahren für unsere Autorschaft getan habe. Dieses Wort würde sie freilich nicht verwenden. Sie hatte den Autor verhöhnt, der gesagt hat, dass er keine Bücher schreibe, sondern eine Autorschaft baue. (Wer war das, Lars Gyllensten?) Ein Autorschapp, sagte Babba spöttisch. Das baue er.

Alles ist weg, alles ist ihr gleichgültig. Dass ich umhergereist bin und mich für unsere Bücher eingesetzt habe, dass ich auf unzähligen Fernsehsofas und Bühnen mit grellem Scheinwerferlicht in den Augen gesessen habe, ist höchstens lächerlich. Hätte sie die Rede in der Blauen Halle halten können, als wir den Literaturpreis des Nordischen Rates bekamen? Sie bezeichnete ihn als das Grand Final in der Schwindlerbranche, und sie wollte partout nichts mit meiner Dankesrede zu tun haben.

Lillemor schließt die Augen, lehnt sich zurück und fragt sich, wie Babba die beiden Male ausgesehen hätte, als ihre Romane den renommierten August-Preis zuerkannt bekamen. Wäre sie in ihren großen Schollschuhen angepatscht gekommen? Hätte sie sich mit dieser Strickmütze, die sie sich in die Stirn und über die Ohren zog, im literarischen Stockholm bewegt? Im vornehmen Antiquariat Rönnells, in Hedengrens Buchhandel und im Börsensaal, im Kulturhaus und im größten Saal des Arbeiterbildungsverbands? Nachdem Lillemor zu ihr gesagt hatte, sie solle das Ding wegwerfen, trug sie es nur noch hartnäckiger. Babba erwiderte, die Mütze sei ganz ausgezeichnet. Und dann schlug sie auf Canettis *Masse und Macht*, dass es staubte, und sagte, es habe zu allen Zeiten Widerstandsnester gegeben, und grabe man nur in den Kartons, die ihr aus Nachlässen geliefert wurden, so könne man Schmuggelware gegen die Verdummung finden.

Dieser Hochmut. Woher rührte er?

Sie hätte nie mit den anderen Mitgliedern im Nobelkomitee arbeiten können, zumindest nicht ohne höhnische Kommentare. Sie hätte etliche Autoren auf der Liste als unlesbar bezeichnet und schallend über den hehren Ton gelacht. Niemals hätte sie geduldig schwedische und zeitgenössische Autorinnen und Autoren gelesen und dafür plädiert, ihnen Preise zuzuerkennen, da sie lediglich Verachtung für sie übrighat und immer nur von den großen Toten spricht. Und dies ist tatsächlich die einzige Form von Demut, die sie je gezeigt hat.

Die 1950er-Jahre, in denen sie zu schreiben begonnen hat, erachtet sie ja in literarischer Hinsicht für sehr bemerkenswert. Damals erschien Eyvind Johnsons *Eine große Zeit*, Lars Ahlins *Nacht im Jahrmarktszelt* und *Gewohnter Gang*, Willi Kyrklunds *Solange* und *Meister Ma* und Harry Martinsons *Aniara*. Sie meinte, dass man damals vor dem Versuch, ein Buch zu veröffentlichen, noch Scheu haben konnte, und sie sich deshalb entschloss, es mit einem Krimi zu versuchen. Sie glaubt, dass heutige Debütanten keinen Grund haben, vor den zeitgenössischen Größen befangen zu sein und zu zittern.

Es brauchte also ein ganzes Leben, bis sie es wagte, allein einen Roman zu schreiben und ihn an einen Verlag zu schicken. Und sie hatte nicht aus Ehrfurcht vor den großen Toten so lange damit gewartet. Sondern aus Feigheit. Sie hat eine Heidenangst vor einer Ablehnung. Und nun hat sie eine bekommen.

Jetzt ist sie tief gedemütigt, denkt Lillemor, vermutlich ganz wild vor Scham, weil Rabben und Sjabben es abgelehnt hat, ihren Roman herauszubringen. Max hat sich wahrscheinlich noch nicht bei ihr gemeldet. Er glaubt ja, dass ich ihn geschrieben habe.

Bis jetzt glaubt er das doch? Vielleicht.

Die Schmach wird jedoch irgendwann abebben. Wenn Babba sich wieder gefangen hat, wird sie das Manöver der Verleger durchschauen. Dann begreift sie, dass diese Lillemor Troj zu schützen versuchen. Sie weiß aber auch, dass dies nicht auf Dauer möglich ist. Es stehen viele Verlage zur Auswahl, und dieses Warenzeichen kaputtzumachen kann ein gutes Geschäft werden.

Babba scheint jetzt zu glauben, dass sie ohne mich schreiben kann. Aber das funktioniert wahrscheinlich nur so lange, wie sie sich an diesen Stoff hält. Sie bereitet ihm während des Schreibens selbst ein Ende. Es ist in Wirklichkeit ihr eigenes Grand Final in dem, was sie Schwindlerbranche nennt. Wenn sie Lillemor Troj erst vernichtet hat, wird sie nichts mehr haben.

Zweimal hat Lillemor an diesem Vormittag das Manuskript durchgeblättert und erkennen müssen, dass sich in der *paperasse* nichts versteckt hat. Der Roman endet mit dem Text über die Kröte und die Silberlöffel. Es wird Nacht, bevor sie erkennt, dass dies auch eine große Erleichterung ist. Sunes wegen. Ihr ist nämlich wieder etwas in den Sinn gekommen: Babba, die sich mit Sune über Literatur streitet.

Politisches Denken sei systematisch-analytisch und schließe verworrene und widersprüchliche Teile der Wirklichkeit aus, seien sie nun kommunistisch oder sozialdemokratisch, sagte sie einmal. Systematisch denkende Menschen schrieben Bücher, die gejäteten Beeten glichen. Man bekomme keinen Arthur Rimbaud oder James Joyce in einer gerechten und rechtschaffenen Volksbildungskultur wie der unsrigen.

Sunes Wangen hatten bestimmt Farbe bekommen. Er erwiderte, dass er Analyse einem noch so literaturfördernden Gedankenwirrwarr vorziehe.

»Wirrwarr hast du ja trotzdem schon«, sagte Babba. »Freilich ist er nicht so umfassend, sondern läuft wohl vor allem darauf hinaus, dass etliche Bücher aus der Schulbibliothek rausgeschmissen werden sollen. Das wird nicht mehr lange dauern.«

Es musste sich demnach um eine Erinnerung aus den Siebzigerjahren handeln, als die Heimvolkshochschule glühend marxistisch wurde. Da fällt Lillemor ein, dass in dem Manuskript etwas über diese unbehagliche Episode aus *Die Thibaults* steht, als Rachel, die mit Hirsch in Afrika gelebt hat, den liebenswürdigen Antoine verlässt, um sich von Hirsch wieder prügeln zu lassen und in dieser ... *Atmosphäre* zu leben. In der alles erlaubt ist und nicht mal ein Menschenleben etwas bedeutet. Und dass sie sich selbst daran beteiligt hat, Sune mit dieser Art Nihilismus zu reizen. Sie will nicht mehr daran denken, sich nicht erinnern, wie stark Babba sie einst beeinflussen konnte.

Sune ist immerhin davongekommen, denkt sie. Er ist Babbas Hohn entgangen. Er ist zwar tot, aber Lillemor möchte auch nicht, dass er posthum Schmähungen ausgesetzt wird. Als Babba ihn mit Afrika und Hirschs Liederlichkeit aufzog, war sie dem schmerzlichen Punkt in Sunes Leben sehr nahe. Wusste sie das?

Lillemor knipst die Lampe über dem Bett an, steht auf und holt das Manuskript. Sie sucht die Stelle heraus: *Dieses ganze verdammte Afrika war wie eine große, sanfte Finsternis, wo man samtweiche Neger fickte und folgenlos erschoss.*

Babba hat etwas Widerliches an sich. Sie behauptet, durch Leute, Gebäude und Zeiten hindurchsehen zu können. Lillemor hat das für großtuerisches Geschwätz, Genieattitüden und Aufgeblasenheit gehalten. Doch manchmal hat sie sich gefragt, ob Babbas Blick nicht etwas hat, nichts Übernatürliches, sondern eher etwas gar zu Natürliches. Sie muss Jonathan Tegete in der Schule gesehen haben. Wusste sie, dass Sune ihm in dessen Heimatdorf in Tansania gefolgt war? Dass er ihn liebte?

Lillemor hatte nichts begriffen. Als Sune Sissela Boks *Lügen* las, bekam er wieder einen Wahrheitsschub, doch er nannte keinen Namen. Hinterher ist ihr durch den Kopf gegangen, dass er weder sie noch er gesagt hatte. Sie hatte selbstverständlich angenommen, dass es sich um eine Frau handelte.

Er hatte Gewissensbisse, in welchem Umfang und weshalb eigentlich, wusste sie nicht genau. Weil Jonathan Tegete schwarz war und zumindest am Anfang noch ein sehr junges Bürschchen? Gewissensbisse hatte er aber natürlich auch ihretwegen. Denn zu guter Letzt war von ihrem gemeinsamen Sexualleben ja nichts mehr übrig. Ein klinisches Wort, das gut in eine Zeit passt, die Sexualität sowohl als ein Recht als auch eine Pflicht betrachtet. Weiß Gott, ob es mit dem Glück nicht auch so ist, denkt Lillemor, nachdem sie die Bettleuchte ausgeschaltet hat. Man ist verpflichtet, es sich zu beschaffen. Ebenso, wie man die chinesische Mauer sehen muss und Kinder haben, die Geige spielen oder Islandpferde reiten. An die Mittelschicht werden hohe Anforderungen gestellt.

Wie ist es ausgegangen? Sune hat sich der sozialdemokratischen Bruderschaftsbewegung angeschlossen, denn die Liebe zu Jonathan hatte ihn derart in seinen Grundfesten erschüttert, dass er christlich wurde. Er las seine Konfirmationsbibel, bis sie Eselsohren hatte. Es kann nicht sehr tröstlich gewesen sein. Alle, die so lebten, verdienten den Tod, schreibt Paulus über Männer mit Sunes Veranlagung. Womöglich waren Paulus und die Bruderschaftsbewegung daran schuld, dass er bereits mit dreiundsechzig Jahren starb. Sie zehrten an seinem Herzen. Und wahrscheinlich tat das auch Jonathan Tegete, denn er heiratete, wurde Rechnungsprüfer in einer Bank in Daressalam und bekam Zwillinge. In dem Jahr, als Sune starb, schickte Jonathan zu Weihnachten eine bunt glänzende Merry-Christmas-Karte von den Kindern. Immerhin hatten sie keine Weihnachtsmannmützen auf, denkt Lillemor.

In dem Haus in Borlänge saß Babba mal nach einem Fest auf der Treppe und war der Wahrheit so nahe, dass nur ein Wort mehr genügt hätte, sie ihr zu bescheren. Damals sah sie jedoch nicht durch uns hindurch. Sie schnupperte bloß wie eine Ratte in der Dunkelheit.

Zu guter Letzt muss es ihr aber klar geworden sein. Doch warum schont sie ihn dann in ihrer Geschichte? Die Antwort ist eigentlich einfach:

Weil sie es auf mich abgesehen hat.

Als Lillemor das einsieht, weiß sie, dass sie sich Babba schnappen muss.

Eine Hotmail-Adresse ist alles, was sie hat. An die hat sie in den letzten drei Jahren, seit diese seltsame Eiseskälte herrscht, die durchgesehenen Manuskripte und Änderungsvorschläge geschickt. Jetzt ahnt sie wenigstens, warum Babba so wütend war auf sie. Es muss an dieser lächerlichen Geschichte mit Rusken liegen. Ist es wirklich das, wofür sie sich jetzt rächt?

Über diese Geschichte kann man sich nicht via E-Mail austauschen. Sie müssen sich treffen, und es müsste möglich sein, Babba mithilfe des Einwohnermeldeamts ausfindig zu machen. Aber würde das wirklich funktionieren? Wenn sie nicht gefunden werden will, ist sie sicherlich nicht an ihrem tatsächlichen Wohnsitz gemeldet. Doch im Antiquariat muss man auf alle Fälle ihre Adresse haben.

Jetzt ist es ihr egal, ob Max sie in Vasastan sieht. Es ist ein komisches Gefühl, am Odenplan aus der Linie 4 zu steigen und nicht zum Ärztehaus zu gehen, wo ihr immer schlechter werdendes Gehör geprüft wird und sie sich normalerweise Trost, wenn schon nicht Heilung holt für ihre Allergien, die Augen und Nase zum Laufen bringen. Sie trottet an Åhléns vorbei und die Vegagatan hinauf und sieht, dass der Buchladen nach wie vor Apelgrens Antiquariat heißt. Der einzige Unterschied besteht darin, dass auf dem Schild jetzt auch seine Internetadresse angegeben ist. Lillemor hat es schon mal gesehen, als sie nach einem

Arztbesuch aus Neugier durch die Vegagatan gegangen ist. Damals sagte sie sich, dass Babba schließlich doch akzeptiert hatte, über antikvariat.net zu verkaufen, und der Laden sich jetzt vielleicht rentierte.

Lillemor ist nie in den Sinn gekommen, sich zu fragen, was passieren würde, wenn sie Babba das ihr zustehende Geld nicht mehr schickte. In ihrem Gehirn muss es einen blinden Fleck gegeben haben, da sie sich nicht bedroht gefühlt hat. Im Gegenteil, sie hat immer geglaubt, die Überlegene zu sein und sich zurückziehen zu können. Und zu guter Letzt hat sie das ja auch getan.

Dem galt wohl auch Babbas Rache. Nicht dieser Geschichte mit dem betrunkenen Spielmann. So lange, wie das schon her ist. Zuerst verschwand Babba und blieb fort – wie lange? Vielleicht ein Jahr. Dann kehrte sie mit einer Romanidee zurück, sie gingen wieder das Manuskript durch und arbeiteten Korrekturen ein. Lillemor fand es angenehm, sie nicht so oft treffen zu müssen, denn Babba war boshaft geworden. Endgültig abgebrochen war die Verbindung dann vor drei Jahren. Nachdem Lillemor zu ihr gesagt hatte, dass sie aufhören wolle.

»Ich mache mir einen Körper aus Worten«, hat Babba mal gesagt. Lillemor glaubte damals, Babba sei mit ihrem unförmigen Körper unzufrieden und kompensiere dies mit Schreiben. Jetzt geniert sie sich vor sich selbst, wenn sie an diese naive Deutung denkt. Babba machte sich nämlich tatsächlich einen Körper aus Worten, und diesen Körper vermisst Lillemor nun schon seit drei Jahren.

Das Antiquariat ist natürlich noch geschlossen, es öffnet erst um elf Uhr, und das verstimmt sie. Mag ja sein, dass Edelgeschäfte solche Öffnungszeiten haben, aber das hier ist bloß ein Trödelladen für ausrangierte Bücher. Sie trottet zur Dalagatan hinauf und findet dort eine Konditorei, wo sie eine Stunde sitzen und in ihrem kalt werdenden

Kaffee rühren kann. Sie isst eine Punschrolle aus grünem Marzipan mit Schokoladendekor. Die ist so eklig, dass sie sie kaum hinunterbekommt. Doch sie schafft es, Bissen für Bissen, und nachdem sie zweimal den *Expressen* von gestern durchgeblättert hat, ist es endlich kurz vor elf.

Ein Mann in absolut undefinierbarem Alter sieht von seinem Kaffeebecher auf, als die Ladenglocke bimmelt und Lillemor das Antiquariat betritt.

»Ja?«, sagt er.

Ganz offensichtlich hat er von Babba gelernt, dass es läppisch ist, höflich zu sein.

»Ich suche die Inhaberin«, sagt sie.

»Sie ist nicht da.«

Dann wendet er sich völlig desinteressiert wieder dem vor ihm liegenden Comicalbum zu. Sie weiß, dass es Comics für Erwachsene gibt. Dieser Typ ist mehr als erwachsen. Er hat einen Pferdeschwanz und graue oder fast graue Haare; Gesicht und Körper sind hager.

»Ich möchte nur ihre Adresse haben«, sagt Lillemor.

Jetzt hebt er tatsächlich den Blick. »Wenn Sie sich über irgendwas beschweren wollen, können Sie das hier tun«, sagt er und blättert in dem Comicalbum weiter.

Sie fragt sich, wie viele solcher Figuren Babba seit den Zeiten des alten Apelgren schon eingestellt hat. Sie erinnert sich noch an den Ersten. Er war, bevor er in den Laden kam, Schleusenwärter an der Hammarbyschleuse gewesen und dort für die Brückenöffnungen zuständig, wobei er in seinem Wärterhäuschen viel Zeit zum Lesen hatte. Wenn sie ins Antiquariat kam, um mit Babba ein kürzeres Manuskript, einen Vortrag für die Buchmesse oder eine Präsentation für die Verlagsvertreter durchzugehen, sah sie unter den Kunden öfter Typen dieses Schlags.

Einmal hatte sie in ihrer Wohnung in der Breitenfeldsgatan einen Wasserschaden, und nachdem die Handwerker fort waren, musste sie eine Reinigungsfirma mit dem Saubermachen beauftragen. Die Betreiberin der Firma, eine kräftige Jugoslawin, war mit zwei Mitarbeitern gekommen. Sie waren von genau demselben Schlag wie dieser pferdeschwänzige, ergraute Kauz. Mit großer Sorgfalt staubten sie ihre Bücher ab und unterhielten sich mit ihr darüber. Lillemor erinnert sich vor allem an den einen, der Robert Musils *Mann ohne Eigenschaften* schätzte und mit ihr darüber diskutieren wollte. Sie weiß noch, dass er etwas von moralischen Ereignissen in einem Kraftfeld sagte, sie ihn aber nicht verstand. Er hatte tatsächlich geduldig und ohne zu zögern eine Stelle in diesem vierbändigen Werk nachgeschlagen, das sie nie zu Ende gelesen hat. Wie hätte sie, als sie im Nobelkomitee saß, die Zeit haben sollen, tote Autoren zu lesen?

Sie war geflohen, doch der Typ mit dem Pferdeschwanz hatte an der Stelle ein Lesezeichen ins Buch gelegt, und sie hatte sie mal aufgeschlagen, aber auch dann nicht begriffen. Sie fragte ihre Kollegen in der Akademie, ob sie diese Art Menschen kannten, eindeutig vorwiegend Männer. Einer der älteren meinte, das seien Quasiintellektuelle, die habe es schon immer gegeben. Und ein jüngerer meinte, das intellektuelle Leben spiele sich heute in allerlei Nischen ab. Das machte ihr die Sache nicht begreiflicher. Es war im Gegenteil ein erschreckender Gedanke, dass es Horden junger Männer gab mit Ring im Ohr, kahlem Schädel oder Haaren, die mit einem Gummiband zu einer mageren Peitsche zusammengefasst waren, und die also eine Art Intellektuelle sein sollten. Man hatte keine Ahnung, was sie trieben. Wenigstens ist der Putzmann, der ihr Bücherregal abgestaubt hatte, nicht so feindlich gewesen wie der hier.

»Ich gebe die Adresse nicht heraus«, sagt er. »Wenn Sie etwas von ihr wollen, müssen Sie hierher schreiben.«

Sie bleibt unschlüssig stehen, und er stichelt:

»Möchten Sie was kaufen – oder?«

Sie verabscheut diese Art, an einen Satz ein »oder« zu hängen. Das gehört nicht in unsere Syntax, denkt sie. Womöglich kommt dieses Phänomen schlecht gekleideter Männer, die zwar nicht erwachsen wirken, es aber sind, ursprünglich nicht aus Schweden. Wo waren sie, um sich diese Attitüde der Selbstgenügsamkeit zuzulegen? In Paris oder New York? Sind sie homosexuell?

Um Zeit zu gewinnen und ihn möglicherweise doch noch zu erweichen, dreht sie eine Runde an den Regalen entlang und findet tatsächlich ein Buch, das sie haben möchte. Es steht in dem Regal mit Apelgrens alter Beschriftung THEOLOGIE UND RELIGIONSWISSENSCHAFT, und es ist Gustaf Wingrens *Credo*. Sie sagt, sie wolle dieses Buch kaufen, und schaut sich um, während er es in eine Tüte steckt.

Dann versucht sie es noch mal. »Ich bin wirklich eine ganz alte Freundin von Barbro Andersson«, sagt sie. »Können Sie nicht so nett sein und mir ihre Adresse geben?«

Diesmal antwortet er gar nicht, sondern reicht ihr nur die Büchertüte und sagt: »Hundertfünfundzwanzig Kronen.«

Er ist arm, denkt sie. Sein T-Shirt, das eigentlich schwarz sein sollte, ist so ausgewaschen, dass es schon einen Stich ins Graue hat. Seine Joggingschuhe sind abgetragen. Sie hat eine Idee, wie sie ihn überreden könnte.

Sie geht quer über den Odenplan zur Handelsbanken an der Ecke Norrtullsgatan. Während sie wartet, bis sie an die Reihe kommt, setzt sie sich und blättert in Wingrens Buch. Da entdeckt sie, dass er in den hinteren Deckel einen dieser Zettel geklebt hat, die Babba so geistreich findet.

Lesen lässt Ihre Haut altern.

Das treibt ihr das Blut in Hals und Wangen. Verflixt noch mal, denkt sie. Babba muss ihn speziell vor mir gewarnt haben.

Arm ist er, und deshalb kann er nicht unbestechlich sein. Sie legt zuerst zwei Tausender auf den Ladentisch.

»Sind Sie nicht ganz gescheit?«, lautet seine Reaktion.

Da legt sie noch einen dazu.

Er lässt sie stehen und setzt sich mit seinem Kaffeebecher und seinem Comicalbum hin.

»Ich muss sie unbedingt sprechen«, fleht Lillemor. »Sie können noch mehr haben, wenn Sie mir ihre Adresse geben. Nennen Sie ihren Preis.«

Da nimmt er umständlich seine Lesebrille ab und sagt: »Sie kapieren nicht, dass ich Nein sage, wie?«

»Doch, aber ich verstehe nicht, warum.«

»Ich möchte meinen Job nicht verlieren.«

Es ist das erste Mal, dass er sich menschlich anhört.

Sie will nicht gern etwas im Stil von »Jetzt ist alles aus« denken. Das ist zu pathetisch. Als sie nach Hause kommt, hat sie jedoch das Gefühl, am Ende zu sein. Es hat wahrscheinlich von Anfang an auf sie gewartet.

In ihrem alltäglichen Leben, dem, das jetzt vom Schrecken aufgebrochen ist, hat sie viel zu tun. Sie hat E-Mails und Briefe zu beantworten, einen Vortrag für die Söderberggesellschaft zu schreiben, und sie muss einen Text für eine Lesung am *Writers in Prison Day* finden. Außerdem muss sie einen ihrer alten Romane Korrektur lesen, der aus der Backlist des Verlags neu aufgelegt wird. Sie weiß, dass etliche Fehler darin sind.

Tomas wartet auf Geld, sechstausend Kronen diesmal. Er lässt sich treiben und versucht seine SMS-Kredite auf die Reihe zu bringen. Er hat aber zusammen mit einem anderen Typen im schnieken Anzug ein PR-Büro. Sie haben auch schon Computerspiele verkauft, die ein Genie mit fettigen Haaren konstruiert hat, und eine Zeit lang hat Tomas im Internet Schmuck verkauft.

Sie verliert den Halt. Kann sich nicht erinnern, dass ihr das seit der weit zurückliegenden Zeit, als sie in der Psychiatrie der Uniklinik hinter einem Sessel gehockt hatte, je wieder passiert wäre. Sie versinkt in einen Dämmerzustand und sehnt sich auf Station 57 zurück. Saubere, steif gemangelte Provinzialkrankenhauslaken. Starke und betäubende Medikamente. Keine Verantwortung. Keine Zukunft.

Lillemor sitzt in ihrer Wohnung, presst das Manuskript an den Körper und hält die Hände darüber, als schützte sie ein ungeborenes Kind. Es ist jedoch ein Kreuzotternnest, das an ihrem Bauch ruht. Panik steigt in ihr auf, und eine geraume Weile wälzt sie den Plan, sich in die Welt hinauszubegeben und von der literarischen Bühne des Landes zu verschwinden. Mit den Ressourcen, die sie hat, müsste es möglich sein, in der Ferne und unbemerkt zu leben. Oder werden Babba und der Verlag sie zwingen, das Geld zurückzuzahlen? Das glaubt sie nicht. Die Einkünfte waren für Babba noch nie das Wichtigste. Sie will mich kaputtmachen, denkt sie. Mein Ansehen und mein Leben mit der Akademie. Meinen Ruhm. Die Liebe meiner Leserinnen und Leser. Mich! Das ist es.

Sie versucht sich ein Dasein in der Ferne vorzustellen, mit den Kontonummern der drei Banken als einziger Rettungsleine. Ein Kloster auf Kreta? Eine Mansarde in Montparnasse. Ein Häuschen auf Mallorca, wo Chopin mit George Sand lebte. Ein Riad mit offenem Dach in Marrakesch und Schlafräumen entlang einer Galerie im ersten Stock. Sie hat mal ein solches Haus besucht und Stoffbahnen gesehen, die vorgezogen werden, wenn es regnet oder die Sonne herunterbrennt. Im Dezember hatte sie gebibbert vor Kälte. Es gab dort nicht mal einen Gasofen. Florida? Taifune. Strände voller Öl.

Sie will nicht fort, sie ist hier zu Hause. In Stockholm kann sie ins Königliche Dramatische Theater gehen, in der Berwaldhalle Konzerte hören und bei NK einkaufen. In Schweden kann sie Laubwälder aufsuchen mit seltenen Funden wie dem Spießblättrigen Helmkraut und Steinbeerenhybriden, Fjällhänge mit Enzian (wenn sie für ihre miserablen Knie nicht zu hoch liegen), Wiesen und Reichmoore mit Orchideen sowie Weiden, auf denen noch die Mondraute vorkommt. Sie will einzig und allein, dass der Albtraum ein Ende nimmt, damit sie jeden Donnerstag mit der U-Bahn nach Gamla Stan fahren und zur Versammlung der Akademie gehen kann. Dort sind sie nett zu mir, denkt sie, und sie werden es auch noch sein, wenn ich – ja, vielleicht verwirrt sein werde. Mutter wurde dement. Sie hatte jedoch ein Wernicke-Korsakow-Syndrom. Lillemor hat nie viel getrunken. Wie eine Blaumeise, sagen die freundlichen jungen Männer in der Akademie.

Sie hat den Telefonstecker herausgezogen und macht kein Licht, liegt auf dem Bett und versucht, sich dieses Gefühl von Zeitlosigkeit zurückzurufen, das sie hinter dem Sessel auf Station 57 hatte. Bis Babba kam. Der Unterschied besteht darin, dass sie damals von Medikamenten und Insulinspritzen benommen war. Jetzt bekommt sie allmählich Hunger.

Es wird Montag. Sie hat fast zwei volle Tage vor sich hingedämmert, als die Post auf den Teppich in der Diele plumpst. Die kann da ruhig liegen bleiben, denn Lillemor ist in einer Hoffnungslosigkeit gelandet, die sie nur schwer aus dem Bett kommen lässt. Ihr sitzen jedoch alte Gewohnheiten im Leib und bringen sie allmählich auf die Beine. Als Erstes spült sie das Geschirr ab, das nach ihrem Sonntagsessen, primitiven Spaghetti alla Carbonara aus der Gefriertruhe, noch dasteht. Dann sammelt sie in der Diele die Briefe und Werbesendungen vom Fußboden auf. Da ist auch ein großes Kuvert vom Verlag, und als sie es aufmacht, sieht sie, dass es die Honorarabrechnung über den Verkauf des Jahres ist. Da passiert ihr das Gleiche wie Babba, als sie mit dem ausgewrungenen Spüllappen in der Hand in der Küche stand, und Proust, als er vor dem Palast der Guermantes stolperte. Ihr präsentiert sich die Lösung, und in ihrem Innern wird alles licht. Ihr Blut gerät in Wallung, sie bewegt sich flink, und ihre Hände zittern vor Eifer, als sie nach dem Stift greift, um Berechnungen anzustellen.

Eigentlich ist die Sache ganz einfach. Sie soll Babba ihren Honoraranteil zusammen mit einer Kopie der Abrechnung schicken. Babba möchte ihr Geld in den wattierten Kuverts von der Post und portionsweise haben. Das ist natürlich eine Vorsichtsmaßnahme. Sie will es ins

Antiquariat geschickt bekommen, und sowohl auf dem äußeren Kuvert wie auf dem inneren mit dem Geld soll PRIVAT stehen. Vereinbart ist, dass Lillemor, sobald sie die Sendung eingeworfen hat, Babba per E-Mail an ihren Hotmail-Account die Nachricht schickt, dass die Post aufgegeben ist.

Heutzutage machen die Banken ja Schwierigkeiten, wenn man große Summen abheben will. Man muss das Geld vorher bestellen, und Summen wie diese 175 500 Kronen erregen Aufmerksamkeit. Mit Bargeld werden ja nur noch schwarze Geschäfte abgewickelt. Deshalb hat Lillemor in diesen drei Jahren, in denen sie sich nicht getroffen haben, Geld in kleineren Portionen abgehoben und in ein Bankfach gelegt. Sie hat zudem bei zwei weiteren Banken Konten eröffnet. Außer bei Handelsbanken hat sie jetzt auch Geld bei der Swedbank und der SEB. In dem Jahr, das seit der letzten Abrechnung vergangen ist, hat sie auf diese Weise 110 000 Kronen zusammengebracht. Die noch fehlenden 65 500 müssen jetzt abgehoben werden. Das wird sie über die Vermögensverwaltungsgesellschaft erledigen, wo keine Fragen gestellt werden.

Die Summe ist etwas größer, als sie erwartet hat. Immerhin ist es mehr als drei Jahre her, dass sie einen Roman veröffentlicht haben. Doch mit der Backlist und den ausländischen Ausgaben sind 351 000 Kronen und 54 Öre zusammengekommen. Das Buchhaltungsprogramm des Verlags rechnet noch immer mit diesen imaginären Öre.

Sie dürfe nie mehr als 30 000 auf einmal schicken, hat Babba festgelegt. Lillemor wird ihr jetzt aber alles auf einen Schlag zukommen lassen. Sie wird Babba eine Summe schicken, die sie ins Antiquariat stürmen lassen wird, aus Furcht, das Geld könnte entdeckt und gestohlen werden.

Am Mittwochmorgen um acht sitzt Lillemor in einem gemieteten Nissan Micra in der Vegagatan. Sie hat von der

Post nur eine sehr vage Auskunft über die Verteilungszeiten in Vasastan erhalten. Man hat ihr gesagt, sie könne nicht damit rechnen, dass die Post vor neun Uhr komme. Doch Lillemor will auf der sicheren Seite sein. Weil es in dem kalten Auto also ein, zwei Stunden oder auch mehr werden können, hat sie ihren alten Waschbärpelz angezogen, was sie sich sonst nicht traut. Aber im Auto werden wohl kaum Tierschutzaktivisten über sie herfallen. Und sie hat sich einen Persianerhut in die Stirn gezogen. Er ist noch von Astrid und gehörte zu einem Pelz, der zu den Zeiten schick war, als das Geschäft mit Trojs Kunststoffbooten auf Hochtouren lief.

Gegen neun Uhr kriecht ihr trotz Lederstiefeln und langer Hose die Kälte die Beine hoch, und sie lässt ein Weilchen den Motor laufen. Um von den Politessen unbehelligt zu bleiben, hat sie viel Geld in den Parkautomaten gesteckt.

Leute kommen und öffnen ihre Geschäfte. Lillemor kümmert sich nicht um das, was sie sieht, und könnte es auch nicht beschreiben, wenn jemand sie danach fragte. In Erwartung des Autos, das kommen muss, ist ihre Aufmerksamkeit auf den Rückspiegel gerichtet. Das schlimmste Szenario wäre, wenn vor dem Micra ein Parkplatz frei würde, sodass Babba dort ihr Auto abstellen und sie entdecken könnte. Sie will auf gar keinen Fall mit ihr im Antiquariat reden, wo gegen elf der Pferdeschwanz auftauchen würde. Sie will sie für sich allein haben. Sie muss mit ihr verhandeln. Lillemor weiß nicht, ob sie etwas anzubieten hat, und sie will jetzt nicht daran denken. Sie beobachtet auch die Gehsteige auf beiden Seiten und die Straßenmündung. Schließlich ist denkbar, dass Babba zu Fuß kommt, und dann kann sie vom Odenplan her in die Einbahnstraße kommen.

Sie sitzt fröstelnd in der Langeweile dieser sich hinziehenden Warterei, als der Briefträger gegen die Einbahnrichtung in die Vegagatan geradelt kommt. Es dauert über zwanzig Minuten, bis er bei Apelgrens Antiquariat ist. Er wirft einige Sendungen in den Briefkasten an der Tür, und Lillemor erkennt den wattierten braungelben Umschlag, den sie geschickt hat. Danach dauert es nur eine Viertelstunde, bis eine unförmige Gestalt in braunem Steppmantel bei ihr am Auto vorbeigeht. Der Rücken, der Gang – alles Babba. Außerdem bleibt sie bei Apelgrens Antiquariat stehen und schließt mit einem Schlüssel auf. Es ist zwanzig vor elf. Genau wie von Lillemor vermutet, hat sie darauf geachtet, vor dem Pferdeschwanz da zu sein, um ihr Geld zu holen.

Zwanzig Minuten reichen nicht zum Verhandeln. Sie muss warten, bis sie herauskommt, und ihr folgen. Wenn Babba denselben Weg zurückgeht, den sie gekommen ist, muss Lillemor gegen die Einbahnrichtung fahren. Das hat sie noch nie in ihrem Leben getan. Sie bedenkt dies ebenso wie die Tatsache, dass sie nie zu Bett gegangen ist, ohne sich zu waschen und die Zähne zu putzen. Nicht mal während dieser liebesfiebrigen Tage in der Bäverns Gränd in Uppsala. Ihre Gedanken schwirren davon. Sie muss sich konzentrieren. Geht Babba zur Observatoriegatan hinauf, kann Lillemor ihr folgen, egal, welche Richtung sie dort einschlägt. Denn das ist keine Einbahnstraße.

Sie zieht den Hut noch tiefer ins Gesicht und lehnt sich, auf ein langes, fröstelndes Warten eingestellt, zurück. Da kommt Babba mit einer Plastiktüte in der Hand aus dem Laden. Sie geht in Richtung Odenplan, und Lillemor lässt den Motor an und fährt in einem, wie sie findet, passenden Abstand ganz langsam hinter ihr her.

Wenn sie nun auf dem Weg zum Hauptbahnhof ist, um irgendwohin zu fahren – was mache ich dann? Es gibt jetzt so viele Möglichkeiten, die sie bei ihrer Planung nicht bedacht hat. Die Gestalt im braunen Steppmantel kann wie ein großes Tier überall hintrotten, ohne Spuren zu hinterlassen. Im Moment trottet sie gemächlich vor sich hin, biegt nach rechts in Richtung Åhléns ab, stellt sich an den Fußgängerüberweg und wartet. Lillemor muss weiterfahren, als es grün wird, weil sie sonst eine wütende Kakophonie von Autohupen hinter sich zu hören bekäme. Sie will dann links abbiegen, denn Babba wird ja wohl nicht die Odengatan hinuntergehen, wenn sie die Straße überquert hat.

Sie ahnt, dass Babba auf dem Weg zur Bank ist, um das Geld in ein Schließfach zu legen. Hier kann sie aber nicht links abbiegen, und Lillemor fürchtet, dass die Norrtullsgatan eine Einbahnstraße ist. Dann kann sie genauso gut bis zum Sveavägen weiterfahren. Dort biegt sie, als es endlich grün ist, links ab und fährt bis zur Frejgatan, wendet glücklich und fährt nun auf dem Sveavägen in südlicher Richtung.

Sie muss sich beruhigen. Sie hat Herzklopfen und schwitzt, obwohl es ihr eben noch eiskalt gewesen ist. Es herrscht ein höllischer Vormittagsverkehr. Sie biegt nach rechts wieder in die Odengatan ein, und als sie die Bank an der Ecke Norrtullsgatan passiert hat, findet sie tatsächlich eine Stelle, wo sie anhalten kann. Von dort kann sie im Rückspiegel sehen, ob Babba aus der Bank kommt. Schon bald aber wird sie angehupt und muss weiterfahren. Kurz darauf hat sie den Eingang der Bank nicht mehr im Rückspiegel.

Soll sie es auf gut Glück versuchen? Es ist immerhin wahrscheinlich, dass Babba ins Antiquariat zurückkehrt, um mit ihrem Mitarbeiter ein paar Worte zu wechseln. Vielleicht müssen sie ja Rechnungen durchgehen. Sie fährt also bis zur Upplandsgatan, dann wieder hinauf zur Observatoriegatan und kommt so zurück zur Vegagatan. Ihr Parkplatz ist jetzt natürlich besetzt. Sie steht ein Weilchen in zweiter Reihe, muss weiterfahren und hält dann einige Zeit neben einem anderen Wagen. Doch schließlich löst sich das Problem. Weiter unten fährt ein Transporter weg, und schneller, als sie von sich erwartet hat, fährt sie dorthin und stellt sich auf seinen Platz.

Es ist angenehm, mal Luft zu holen. Der Schweiß auf der Stirn ist getrocknet, und das Herzklopfen lässt nach. Jetzt will sie einfach nur eine Weile so dasitzen. Es wird mehr als eine halbe Stunde daraus, recht bald aber auch eine Qual. Sie muss mal. Obwohl sie am Morgen keinen Tee getrunken hat, um diese Situation zu vermeiden. Kann das an den Nerven liegen? Aber auch in diesem Fall ist es nicht weniger dringend. Sie muss auf die Toilette. Und zwar bald.

Als Babba zurückkommt, hat sie eine Brottüte in der Hand. Sie werden also Kaffee trinken. Das bedeutet, dass Lillemor etwas Zeit hat, und sie rauscht zum Odenplan. Eine öffentliche Toilette hat sie in ihrem ganzen Leben noch nicht aufgesucht und würde es auch jetzt nicht wagen. Sie läuft zum Ärztehaus und fährt mit dem Aufzug in den vierten Stock. Die Sprechstundenhilfe an der Empfangstheke beim Ohrenarzt kennt sie, doch Lillemor hat keine Zeit, ihr Anliegen zu erklären, sondern eilt schnurstracks zur Toilette und erleichtert sich. Dann rauscht sie wieder ab. Schafft es aber nicht, wie geplant Geld in den Parkautomaten zu werfen.

Drei Stunden. Sie wird später oft daran denken. Diese drei eiskalten Stunden in einer Straße, wo Leute, mit denen sie nichts zu schaffen hat, gesenkten Hauptes entlanglaufen, wo man nicht erkennen kann, welche Jahreszeit herrscht, und auch nicht den Sinn dessen, was dort vor sich geht. Ab und zu lässt sie den Motor laufen, damit es im Wageninnern wärmer wird, aber sie friert dermaßen, dass die Wärme offenbar nicht in sie dringt. Sie will nicht aufgeben. Sie *wird* nicht aufgeben. Sie braucht aber eine heiße Wurst. Sie hatte sich überlegt, eine Thermoskanne Kaffee mitzunehmen, dann aber darauf verzichtet, weil sie ja dann bloß öfter zur Toilette müsste. Aber warum hat sie sich keine belegten Brote eingepackt?

Um zwanzig vor drei kommt Babba aus dem Laden. Der Pferdeschwanz steht in der Tür und redet bis zuletzt mit ihr. Dann trottelt sie, wie Lillemor angenommen hat, in Richtung Observatoriegatan. Es ist jetzt überall so vollgeparkt, dass Lillemor keine Chance hat, zu wenden und gegen die Einbahnrichtung zu fahren. Sie muss wieder zum Odenplan und dann die Upplandsgatan hinauf. An der Ampel fängt sie bei dem Gedanken, dass sie Babba jetzt aus den Augen verlieren könnte, fast zu weinen an. Als es endlich grün wird, kann sie immer noch nicht schnell fahren, da die Leute einfach über die Straße laufen, ohne von irgendwelchen Überwegen Notiz zu nehmen.

Sie biegt nach links in die Observatoriegatan ein, hält im selben Moment an und senkt den Kopf, sodass nur der Persianerhut zu sehen ist. Babba kommt nämlich angetrottelt. Als sie am Micra vorbeigeht, beugt sich Lillemor hinunter, als würde sie auf dem Boden des Wagens etwas suchen. Sie ist sich aber ziemlich sicher, dass Babba nicht herschaut.

Sie muss jetzt wenden, doch das ist erst am Ende der Straße möglich. Sie bemüht sich, Babba im Rückspiegel nicht aus den Augen zu verlieren und zu sehen, ob sie in die nächste Querstraße einbiegt und, wenn ja, in welcher Richtung. Lillemor wirbeln die Einbahnrichtungen, die sie sich vorzustellen versucht, durch den Kopf. Da sieht sie, dass Babba an einem kleinen roten Auto stehen bleibt und es aufschließt.

Lillemor weiß nicht, ob sie versuchen soll zu wenden. Sie kommt gar nicht dazu. Babba hat ihr Auto angelassen und fährt nach etwa einer Minute an dem Micra vorbei. Er steht also schon in der richtigen Richtung, und Lillemor braucht dem roten Auto jetzt nur zu folgen. Sie tut es fast wie in Trance. Sie muss jetzt nicht mehr denken. Doch ihr zittern die Hände.

Lillemor besitzt selbst kein Auto mehr, mietet sich aber im Sommer manchmal eines, um zu den Exkursionen der Schwedischen Botanischen Gesellschaft zu fahren. Hin und wieder unternimmt sie auch allein einen Autoausflug zu einem interessanten Pflanzenstandort. Bei diesen Gelegenheiten bricht sie frühmorgens auf, bevor der zermürbende Verkehr so richtig in Gang gekommen ist. Er ängstigt sie. Normalerweise wählt sie die Touristenstrecken, um dem Tempodruck auf den Autobahnen zu entkommen.

Solange sie Babbas rotem Auto folgt, einem kleinen Citroën, fällt es ihr leicht zu fahren. Sie hängt sich einfach an das Auto, das zwischen sie geraten ist, bleibt an den Ampeln stehen und fährt ohne Angst wieder an. Als sie sich jedoch dem Sveaplan nähern, wird ihr klar, dass es womöglich auf die E4 in Richtung Norden geht, und das ängstigt sie. Doch Babba biegt in den Vanadisvägen ab und steuert den großen Lebensmittelmarkt im ehemaligen Nordbahnhof an. Lillemor muss sich dort hinuntermühen und sich ein Stück von Babba entfernt einen Parkplatz suchen.

Es wird wieder eine lange Warterei, und Lillemor ist jetzt durchgefroren. Als Babba endlich mit Tüten voller Lebensmittel und einem Getränkekasten im Einkaufswagen herauskommt, dreht sie den Kopf weg. Nachdem sie alles mühsam in dem kleinen Auto verstaut hat, fährt Babba endlich ab, ohne je einen Blick auf den Micra geworfen zu haben.

Es geht nun doch auf die E4. Nachdem sie das Karolinska-Krankenhaus passiert haben, überholen Lillemor mehrere Autos, wobei zwei hupen. Sie weiß, dass sie die Geschwindigkeit halten muss, nicht zuletzt deswegen, weil sie Babba sonst aus den Augen zu verlieren droht. Sie wagt sich auf die linke Spur und überholt ein paar Autos, bis sie den roten Citroën wieder im Blick hat. Solche Manöver sind schwindelerregend. Seit zehn, vielleicht fünfzehn Jahren hat sie es nicht mehr gewagt, andere Autos zu überholen.

Als sie am Friedhof vorbeifahren, denkt sie natürlich an den Tod, und sie fragt sich, ob die anderen Fahrer das auch tun oder ob sie ganz eins sind mit ihrem Vorwärtskommen auf dem Transportband Autobahn und gar nicht daran denken, wie es enden kann. Dann versucht sie sich darüber klar zu werden, was geschehen würde, wenn sie bei einem Verkehrsunfall umkäme. Wäre sie total entwürdigt und würde postum aus der Akademie entlassen? In diesem Fall wird ihr Nachfolger nach den Statuten des Stifters statt einer Rede über sie eine über die großen Gustavs halten. Über diesem Gedankengeflatter verliert sie an Geschwindigkeit und hat jetzt mehrere Autos zwischen sich und Babbas Citroën.

Sie konzentriert sich wieder aufs Fahren und verscheucht diese Gedanken. Zwei Autos zwischen ihnen sind genau richtig. So geht es recht gut. Babba ist keine Raserin, hält aber die Geschwindigkeit so, dass keine Irritationen aufkommen. Schneller, als Lillemor erwartet hat, kommen die Hinweisschilder nach Arlanda, und als Babba dort abfährt, fürchtet Lillemor, dass all ihre Mühe, Babbas Spur zu folgen, womöglich vergebens ist. Der Citroën kann ja ein Mietwagen sein. Setzt sie sich in ein Flugzeug, wird Lillemor sie aus den Augen verlieren.

Aber der Flughafen Arlanda ist nicht das Ziel, auch wenn sie ganz in der Nähe sind. Sie entfernen sich von der Autobahn und nehmen mehrere Abzweigungen. Schließlich sieht Lillemor das Schild ALMUNGE. Sie überkommt das sonderbare Gefühl, abwärts durch die Zeiten zu rasen, weiß aber noch nicht so recht, warum. Erst als sie auf der langen geraden Straße sind, die früher von dunklem Fichtenwald gesäumt war, jetzt meist von Kahlschlägen, begreift sie, wo sie ist. Sie reist in die Vergangenheit, die ihr mit Flusskrebsen, Waldhyazinthen, Gemeinem Schneeball und der Angst vor der Dunkelheit entgegenwirbelt, mit weidenden Kühen, Seerosen in schwarzem Wasser, Schlaflosigkeit und dem schreckenerregenden Aufstieben der Auerhähne.

Sie traut sich nicht, jetzt näher aufzufahren, weil es fatal wäre, wenn Babba sie entdeckte und anhielte und sie vermutlich abwiese. Das kann sie natürlich auch tun, wenn sie ankommen, aber Lillemor fühlt sich sicherer, wenn sie das Auto abstellen und zu Fuß zum Haus gehen kann.

Wenn sie denn überhaupt zur Kate unterwegs ist. Es gibt ja auch weiter weg noch Ortschaften, und vielleicht ist es ja nur eine Route, um nach Hallstavik zu kommen. Oder nach Norrtälje.

Nachdem sie an dem großen See Vällen vorbei sind, zieht Lillemor den Persianerhut so tief wie möglich in die Stirn und fährt so nah auf, dass nur noch knapp hundert Meter zwischen ihnen sind.

Richtig! Sie biegt nach Rotbol ein.

Lillemor hält jetzt am Straßenrand an und lässt Babba einen größeren Vorsprung. Ohne recht zu wissen, warum, ist sie den Tränen nahe und denkt jetzt an diese Kleider, die Babba aufgehoben hat. Das hellgrüne Abendkleid und alles andere. Angeschmuddelte Reste einer Vergangenheit, die nicht zu ändern ist. Wäre das Gewesene doch so barmherzig, sich mit dem Verblassen der Erinnerungen selbst auszulöschen! Wenn man aber darüber schreibt, werden zwar die Erinnerungen ausgelöscht, doch die Begebenheiten ragen hart auf, als wären sie von der Sprache emailliert. Nahezu unzerstörbar.

Das Kostbarste, was wir besitzen, ist das, was wir nie einem Menschen erzählt haben. Das kann nicht verdreht werden. So denkt sie, doch was man auch für Gedanken im Kopf hat und welche Gefühle einem durch die Seele rauschen, der Körper arbeitet unverdrossen an seinen Bedürfnissen. Lillemor muss mal wieder, qualvoll dringend. Doch jetzt kann sie aussteigen, einen Graben überqueren und sich ein Stück in den Wald setzen.

Nach einer Weile lässt sie den Motor wieder an und fährt langsam auf die Straße zur Kate. Die Eichen stehen noch. Das rührt sie. Es ist Herbst, und die Bäume verlieren ihre Blätter, aber das Eichenlaub ist nur welk geworden und hängt noch. Sie erinnert sich, wie es im Wind raschelt.

Bei einer Ausweichbucht, die es früher noch nicht gegeben hat, fährt sie an den Straßenrand, steigt aus und geht zu Fuß weiter. Die Eichen rauschen und rascheln tatsächlich noch wie früher. Der Duft von Moos und Moor steigt auf und treibt ihr wieder die Tränen in die Augen.

Sie sieht den Brunnen mit der gusseisernen Pumpe. Den Stall, den Brennholzschuppen, den Erdkeller. Nichts ist neu hier, aber die Gebäude müssen erst vor Kurzem mit roter Farbe gestrichen worden sein, denn es ist nichts von einem windzerfressenen, grauen Verfall zu erkennen. Lillemor verlangsamt ihren Schritt, als sie Babba mit großen Lebensmitteltüten ins Haus gehen sieht. Und als sie wieder herauskommt, steht Lillemor nur wenige Meter vor der Vortreppe. Babba bleibt stehen. Und dann kommt das Sonderbare: Sie lächelt.

Die unförmige Gestalt hat weder Stacheln noch Krallen. Aber so ist das wohl mit den Trollen, denkt Lillemor. Sie locken einen freundlich in den Berg. Lassen Silber klingen und schmieren einem Honig ums Maul.

Obwohl es lange her ist, dass sie verlockt wurde. Und nun soll sie hinausgeworfen werden. Die Öffentlichkeit ist viel größer, als man glaubt, wenn man darin heimisch ist und sich, gut gekleidet und allgemein respektiert, dort sicher bewegt hat. Sie hat eiskalte Ecken, wo die Verstoßenen sich tummeln, die fast vergessen, doch für immer gezeichnet sind. Was haben sie denn eigentlich getan? Niemand weiß es mehr genau. Ein paar Rechnungen frisiert? Eine Frau in einem Hotel vergewaltigt?

»Haaallo«, sagt Babba und klingt genauso wie seinerzeit im Engelska Parken. Und dann kommt nichts Ominöseres aus ihr heraus als: »Wo hast du denn das Auto?«

Auf dieser Straße kann jemand kommen, der Micra muss weggefahren werden. Eigentlich ist es nicht nötig, denn sie hat sich ja in die Ausweichbucht gestellt, aber sie ist für die Unterbrechung dankbar und geht hin. Babba sagt, sie bringe nur erst die Sachen ins Haus und werde ihr dann einen Platz zeigen. Als Lillemor an der offenen Heckklappe von Babbas Citroën C4 steht, sieht sie in einer der Tüten zuoberst eine Packung Würstchen liegen. Sie hat fürchterlich Hunger, und ohne nachzudenken, öffnet sie ihre Handtasche und holt eine Nagelfeile heraus. Damit öffnet sie das Wurstpaket, und als Babba zurückkommt, hat sie bereits drei Würstchen gegessen.

Nun erfolgt das Automanöver, wobei nur über Praktisches gesprochen wird. Danach stehen sie in der hereinbrechenden Dämmerung und schauen sich um.

»Es ist alles noch beim Alten«, stellt Lillemor fest.

»Es wird langsam wieder so«, sagt Babba. »Die Kahlschläge sind ja nun bepflanzt, und die Bäume wachsen heran.«

»Wohnst du hier?«

»Ja, ich habe für die Kate eine Erbpacht auf neunundneunzig Jahre. Der Baron steht auf so altes Zeug. Er will nicht verkaufen. Oder darf nicht.«

Was redet sie denn alles, denkt Lillemor. Ist sie nervös?

»Gibt es den Tümpel noch?«

»Ja, sicher«, sagt Babba und trottet in die Richtung, wo er liegt.

Lillemor findet es merkwürdig, dass es ihn auch in der Wirklichkeit geben kann, die jetzt im Übrigen sehr sonderbar ist. Sie raschelt. In der Dämmerung dort stehen wohl noch Eichen. Oder Espen mit welkem Laub. Man steigt im Espenwald einen kleinen Hang hinauf, und dann geht es steil nach unten. Dort ist er. Nicht in die Erinnerung samt ihrer Befreiung versenkt, sondern in der Gegenwart glänzend, die so schnell vorbeigeht, dass sie die Spiegelung eines Tümpels hinterlässt, die nichts anderes ist als die Spiegelung einer Spiegelung eines Tümpels tief in der Zeit.

»Niedriger Wasserstand«, stellt Babba fest.

So sonderbar wie der Tümpel ist alles andere in diesem Moment, als sich die Dunkelheit verdichtet. Wie kann er zugleich schwarz sein und wie helles Metall glänzen?

Babba hat keine Ader für die Dämmerungsmystik, sie brüllt: »Was zum Geier ist denn das?«

»Ein Ast«, sagt Lillemor, da sie ebenfalls etwas aus dem Wasser ragen sieht.

Babba geht an den Rand des Tümpels hinunter und patscht in den Morast. »Nein, das ist kein Ast«, ruft sie. »Komm her, dann siehst du es.«

Lillemor geht ihr nach, und als sie unten ist, sieht sie, dass es kein Ast sein kann, an dem ein paar Zweige sitzen. Es sieht wie eine Hand aus.

»Verdammt!«, sagt Babba.

Sie starren die Hand an, sie hat knochige Finger. Es sieht aus, als gehörte sie jemandem, der aus dem Wasser hochzukommen versucht.

»Wir kümmern uns nicht darum«, sagt Lillemor.

Sie hat jetzt heftige Magenschmerzen. Wahrscheinlich von den drei Würstchen, die sie kalt auf nüchternen Magen gegessen hat, doch gehen sie mit einer Übelkeit einher, die eher etwas mit der Hand und den Fingern da draußen zu tun hat.

Babba sagt nur: »Bleib hier stehen. Ich komme gleich wieder.«

Lillemor bleibt stehen, obwohl sie es gar nicht will. Sie hat jedoch derartige Magenschmerzen, dass sie sich nicht rühren kann. Und was immer das da draußen sein mag, es kann nicht hochkommen und nach ihr greifen. Es ist tot.

Ganz still steht sie in der Einsamkeit, die von Blätterrascheln und leisen Lüftchen auf dem Tümpel erfüllt ist, von Kälte unterm Waschbärpelz und Schmerzen im Magen. Babba kommt mit einem Rechen zurück und hat jetzt Gummistiefel an. Vorsichtig tastet sie sich mit den Füßen so weit in den Tümpel, bis sie mit dem Rechen an die Hand heranreicht. Möge sie doch zusammenfallen und verschwinden, denkt Lillemor. Sie betet geradezu. Doch die Hand, vom Rechen erfasst, kommt, während Babba rückwärtsgeht, immer näher ans Ufer.

»Komm, schau dir das an.«
Es ist jetzt ganz nahe vor ihr, noch immer zur Hälfte im Wasser. Lillemor will nicht hingehen.
»Mensch, jetzt komm schon!«
Warum gehorcht sie? Im Augenblick ist alles unerklärlich. Als sie am Rand des Tümpels steht, zieht Babba dieses Etwas heran. Was immer es sein mag. Ein Tier, allerdings starr. Und schwer. Tentakeln in alle Winde. Es trieft schwarz, als es aus dem Wasser kommt.
»Lass das doch«, bittet Lillemor.
»Siehst du denn nicht, was es ist!«
Da nimmt Babba dieses starre schwarze Etwas vom Rechen und schwenkt es im Wasser. Zieht es dann wieder heraus, aber Lillemor kapiert immer noch nicht, was es ist. Da schwenkt sie es noch mal im Wasser und bittet Lillemor, einen Zweig oder dünnen Ast zu holen. Selbstverständlich gehorcht sie, wie verhext. Mit dem Ast kratzt Babba an dieser Hand und an einer anderen Hand, die vorher nicht zu sehen war. Riesige schwarze Pflanzenteile fallen ins Wasser. Im Halbdunkel zeichnen sich Konturen ab.
»Jetzt erkennst du es hoffentlich.«
»Ja«, flüstert Lillemor. »Es ist einer dieser Kandelaber.«
»Richtig! Das Hochzeitsgeschenk. Bitte sehr.«
Lillemor springt beiseite. »Wirf ihn wieder rein«, sagt sie.
»O nein, so einen Fund wirft man kein zweites Mal weg.«
Wieder muss sie warten, während Babba einen zweiten Rechen holt. Und wieder gehorcht sie! Sie tut es, weil sie Magenschmerzen hat und friert und weil sie es am allerwenigsten merkt, wenn sie in ihrem Pelz stillsteht und möglichst an überhaupt nichts denkt.
Sie suchen jetzt systematisch, um auch den zweiten Kandelaber des Generals zu finden. Wenn man ein gutes

Stück in den Tümpel hinauswatet, erreicht man mit einem Rechen sein Zentrum, größer ist er bei diesem niedrigen Wasserstand nicht. Sie wühlen herum. Es ist widerlich, mit den Zinken etwas aufzugabeln und hochzuheben. Meistens sind es Äste. Es gibt auch Dinge, die sich nicht hochheben lassen, doch wenn man darauf schlägt, macht es den Eindruck von Blech.

Lillemor weint jetzt. Sie weiß, dass Babba sie hart antreibt, schafft es aber nicht, den Rechen hinzuschmeißen und zu gehen. Denn da kommen ihr die Gedanken an die Auseinandersetzung, die sie führen müssen. Sie hätte keine gute Ausgangsposition, wenn sie nicht gehorcht.

Den zweiten Kandelaber findet Lillemor. Er liegt nicht weit von der Mitte des Tümpels. Ich war jung und stark, denkt sie, und habe weit geworfen. Auf dem Rückweg trägt sie beide Rechen, und Babba, deren Handschuhe nass und schmutzig sind, nimmt die Kandelaber. Merkwürdigerweise steht die kleine Schlachtbank noch immer an der Vortreppe. Die habe nicht immer da gestanden, erklärt Babba. Bereits die ersten Gäste, die das Sommerhaus hier mieteten, hätten sie entfernt und stattdessen Gartenmöbel aufgestellt.

Bereits die ersten Gäste? Ist sie oft und schon seit Langem hierhergefahren? Ist das nicht sonderbar? Lillemor will nicht daran denken. Babba stellt die Kandelaber auf die Schlachtbank, betrachtet sie und ist vermutlich sehr zufrieden. Doch es ist jetzt dunkel und ihr Gesichtsausdruck nicht so leicht zu deuten.

Lillemor zieht ihre Sachen aus, die alle nass und morastig geworden sind, und duscht in einem Badezimmer, das neben der Vortreppe eingebaut wurde. Es ist mit schauderhaft geblümten Fliesen gekachelt, aber trotz der Enge sehr bequem. Früher gab es hier kein fließendes Wasser, und man musste auf ein Plumpsklo neben dem Stall gehen.

Als sie mit dem wohlig warmen Wasser allein ist, kommt sie zum Nachdenken. Denn jetzt müssen sie die Auseinandersetzung über die *paperasse* führen. Das Sonderbare ist nur, dass sie sich über meine Rückkehr fast zu freuen scheint. Oder triumphiert sie?

Dann fällt ihr ein, dass Babba womöglich gar nicht weiß, dass das Manuskript weitergereicht wurde und sie es gelesen hat. Wo soll sie anfangen? Vielleicht damit, was einst ihren Hass ausgelöst hat.

Obwohl es grotesk ist, denkt Lillemor. Sie kann doch nicht allen Ernstes glauben, dass ich mit diesem verschwitzten Geiger ins Bett gestiegen bin. Einem fetten und untersetzten Klempner (er war doch Klempner, zumindest hat sie das geschrieben) mit dieser Art Dialekt, den, wie ich gelernt habe, die Männer in Orsa und in den Finnmarken sprechen, eine tiefe, dröhnende Männlichkeit, die unter dem Bauch sitzt.

Es sei alles ein Missverständnis, wird sie sagen.

Das ist ja wie in einem Roman von Jane Austen. Doch da werden die Missverständnisse ausgeräumt. Lillemor fürchtet, Babbas Bitterkeit könnte noch ätzender werden, wenn sie begreift, dass alles nur eine Wahnvorstellung war. Schließlich war die Deutung eines Tischs mit leeren Flaschen, Resten von Rippchen und streng riechendem Havarti, eines krachenden Betts und eines Stöhnens lediglich schablonenhaft.

Es ist sehr gut möglich, denkt sie, dass ich gekichert habe. Er war ja dermaßen voll, dass er sich kaum auf den Beinen halten konnte. Sie hatte aber auch getrunken und konnte ihn nicht nach Hause fahren, wusste außerdem gar nicht, wo er wohnte. Und er war nicht in der Lage, es ihr zu sagen. Babba war weg, sie dachte, sie sei mit den anderen Gästen gefahren. Unendlich langsam hatte sie den Koloss die Treppen hinaufgebracht und im Giebelzimmer in das hohe Bett verfrachtet. Demonstrativ stellte sie einen Nachttopf bereit, bevor sie das Zimmer verließ und die Tür schloss.

Vielleicht ist es möglich, das Missverständnis auszuräumen. Aber ist es überhaupt nötig? In dem Haus scheinen viele Installateurarbeiten ausgeführt worden zu sein. Vielleicht ist er ja wieder da. Als Lillemor einen Blick ins Wohnzimmer geworfen hatte, sah sie zwei Geigen an der Wand hängen. Es ist wohl nicht anzunehmen, dass Babba ohne seine Geschichten aus der Finnmark und ohne dass er bei ihr war, eine ganze Trilogie über das fahrende Volk hätte schreiben können. Wollte sie im Übrigen eines ihrer allerbesten Porträts von einem Stück verdorbenem Fleisch machen?

Lillemor sitzt auf der Toilette und probt einen Dialog mit Babba. Sie traut sich wahrscheinlich nicht zu sagen: Ich habe nie mit ihm geschlafen. Sie muss versuchen, es neutraler auszudrücken.

Ich wollte dir nichts zerstören, wäre besser.

Babba wird sie wie einen kläffenden Hund betrachten, den man vor einem Laden angebunden hat. Lillemor weiß das.

Es war ein Missverständnis.

Was?

Nein, das geht nicht. Sie weiß, wie die Antwort lauten würde.

Ach ja.

Und wenn sie versucht zu sagen:

Es tut mir wirklich leid, lautet die Antwort:

Warum denn?

Oder einfach nur: Bitte?

Das sagt Babba gern, um Zeit zu gewinnen.

Oder aber sie wird antworten: Du scheinst dir nicht darüber im Klaren zu sein, dass du einen Roman gelesen hast.

Du meinst, es ist nicht wahr?

Ja, was glaubst denn du!

Sie hat die Macht, denkt Lillemor, während sie auf der Toilette sitzt und Angst hat.

Babba hat ihr eine Art Hausanzug aus hellblauem Fleece gegeben, der ihr viel zu groß ist. Außerdem hat sie ein Paar große Lammfellpantoffeln bekommen. Sie könnte schwören, dass die einem Mann gehören. Der Anzug ist warm und angenehm, und als sich die Wärme in ihrem Körper ausbreitet, legt sich die Panik, und die Magenschmerzen vergehen. Während sie im Duschraum ist, hört sie jemanden kommen. Eine Männerstimme redet laut und munter. Doch als sie hinauskommt, ist er fort, und ein Hund schnüffelt an ihrem Hosenbein. Es ist eine alte Mischlingshündin mit grauer Schnauze und kurzem, gelb und schwarz meliertem Fell. Sie hinkt mit dem rechten Hinterlauf, als sie zu ihrem Körbchen geht.

»Das ist Sassa«, sagt Babba.

»Ist das deine?«

»Aber ja. Der Nachbar bringt sie immer in seinem Zwinger unter, wenn ich in die Stadt fahre.«

»Du Glückliche kannst einen Hund halten«, sagt Lillemor.

»Du etwa nicht?«

Da fällt Lillemor auf, wie einsam sie seit Sunes Tod eigentlich ist. Sie weiß unter allen ihren Bekannten niemanden, der sich um einen Hund kümmern könnte, wenn sie verreist.

Babba hat den Holzherd eingeheizt, der neu zu sein scheint. Er ist weiß und emailliert. Daneben steht ein elektrischer Miniherd, worauf bereits ein Topf Kartoffeln kocht. Die Bratpfanne stellt Babba dagegen auf den Holzherd. Sie nimmt für jede eine geräucherte Grützwurst und brät sie in Butter. Sie hat Dünnbier da, schenkt aber auch jeder einen Aalborgs Jubiläums Aquavit ein. Es ist lange her, dass Lillemor etwas Hochprozentiges getrunken hat, aber diesen Schnaps nimmt sie. Und dann essen sie die Wurst mit Roten Beten und Spiegelei.

Sie sitzen einander jetzt gegenüber, und es lässt sich nicht mehr wegdenken, wie Babba aussieht. Lillemor wird böse, als sie die schweren Wangen und die unförmige Nase sieht. Diese in Fettpolster eingebetteten Augen. Warum erlaubt sie sich, so dick zu werden? Aber das war ihr schon immer egal. Ist das wieder ihr Hochmut?

Nach dem Essen braut Babba Kaffee, und mit den Tassen packt sie eine große Tüte Schleckerkram auf den Tisch.

»Frisch«, sagt sie. »Hab ich für dich gekauft.«

»Bei PrisXtra?«

Sie nickt.

»Du hast gewusst, dass ich dir gefolgt bin?«

»Ja, Steve hat mich vor dir gewarnt. Er hat gesagt, dass du Ende vergangener Woche da warst.«

»Du hast mich in dem Auto heute gesehen?«

Babba nickt.

Ihr bleibt kaum etwas anderes übrig, als anzufangen, die Tüte zu leeren. Und es ist unmöglich, über das zu sprechen, weswegen sie gekommen ist. Sie weiß einfach nicht, wie sie anfangen soll, und sie ist so müde, dass ihr nichts einfallen will.

Als sie im Wohnzimmer *Rapport* anschauen, schläft Lillemor auf ihrem Stuhl ein. Sie wird davon wach, dass Babba einen Laut von sich gibt, und sieht auf dem Bildschirm Blut auf Asphalt und kaputte Schuhe. Es hat mal wieder ein Attentat gegeben. Zweiundfünfzig Menschen sind in Bagdad in die Luft gejagt worden. Darunter Kinder.

»Aha«, sagte Babba spitz. »Und wo ist da jetzt Gott? Was macht er dagegen?«

Lillemor will auf diesen Ausbruch erst nicht reagieren. Das hat sie ja auch früher nie getan.

Aber in diesem Halbdämmer der Müdigkeit sagt sie

stattdessen genau, wie es ist: »Gott handelt durch die Menschen.«

»Bitte?«

»Denk an all die Fürsorge und alltägliche Arbeit. An alles, was Menschen anderen Gutes tun. Es gibt solche Taten auf der Welt. Überall. Die gibt es zur selben Zeit wie Terror und Zerstörung.«

Babba widerspricht ihr komischerweise nicht, sondern brummelt nur, dass sie ein Bett herrichten werde. Sie schüttelt einen quietschgelben Bettbezug mit türkisfarbenen Blumen auf.

Lillemor wird jetzt in dem Raum die Nacht verbringen, in dem sie vor langer, langer Zeit allein gelegen hat, schlaflos und voller Angst. Das Bettsofa steht am selben Platz, an dem vor über fünfzig Jahren das Bett stand. Es ist alles so sonderbar. Sie schläft jedoch darüber ein.

Am Vormittag sitzen sie einander wieder am Küchentisch gegenüber. Als Lillemor Babba bei Tageslicht sieht, denkt sie: Warum soll ich mich für das, was ich getan habe, schämen? Es war doch gut, dass ich es getan habe. Ich habe eine Autorschaft entbunden. Mag sie das Wort noch so sehr verabscheuen, es ist das, was ich getan habe. Sie hätte nie eine Chance gehabt. Nicht in unserer Welt. Nicht mit diesem Aussehen.

Scham empfindet Lillemor aber trotzdem, wenn auch wegen etwas anderem. Sie denkt daran, wie unangenehm es ihr war, wenn Babba sie zu einem Auftritt begleitet hat. Oder zur Jahresfeier der Akademie. Ich habe mich ihretwegen geschämt, denkt sie. Dafür, wie sie aussah. Es gibt kein anderes Wort dafür. Ich habe mich immer geschämt, mich zusammen mit ihr zu zeigen, und das schon, als wir uns zum ersten Mal in einer Konditorei treffen wollten. Deswegen habe ich Güntherska gewählt. Ins Landings kamen Leute, die ich kannte, und in meiner Welt durfte man nicht so aussehen. Das ging in Ångermanland an, sogar in Dalarna. Zumindest damals und auf dem Land. Aber nicht in Stockholm. Deshalb kann ich mich auch nicht an sehr viel von meinem Eintritt in die Akademie erinnern, denkt Lillemor. Ich weiß nur noch, dass sie hinter mir auf der Bank für die Angehörigen saß. Hässlich und schwer.

»Weißt du, dass ich deinen Roman gelesen habe?«, fragt sie.

»Mir schwante schon so was«, antwortet Babba. »Einer von Rabben und Sjabben hat mir geschrieben, dass der Roman nicht so recht in ihr Programm passe. Er habe das Manuskript an deinen Verlag weitergeschickt. Sie halten wohl zusammen und wollen dich schützen.«

»Nein, das glaube ich eigentlich nicht«, sagt Lillemor. »Wenn es bei einem anderen Verleger oder auch nur bei einem anderen Lektor bei Rabben und Sjabben gelandet wäre, dann wäre dieses Manuskript bestimmt als interessant beurteilt worden. Und rentabel. Der Zufall wollte es aber, dass der Lektor, der es gelesen hat, meinen Verlag verlassen hatte und zurückwollte. Da tut man schon mal jemandem einen Gefallen, weißt du.«

Sie schweigen, während Babba den Kaffee vom Herd holt.

Als sie wieder am Tisch sitzt, sagt sie: »Und jetzt willst du, dass ich darauf verzichte, den einzigen Roman, den ich ohne dich zustande gebracht habe, herauszubringen. Das kannst du vergessen.«

In dem Augenblick, als sie das sagt, wird Lillemor ganz ruhig.

»Ganz und gar nicht«, sagt sie und bringt Babba wirklich dazu aufzusehen. Sie scheint tatsächlich verblüfft zu sein. Ist es mir jemals gelungen, sie zu überraschen? Nein, ich war wohl immer berechenbar. Sogar als ich mit diesem Geiger, der ihr Kerl war, ohne dass ich es wusste, Quatsch gemacht habe. Aber um ihn geht es hier gar nicht. Es geht darum, dass ich sie nicht mehr öfter als nötig treffen wollte und vor drei Jahren verlassen habe. Ich habe sie praktisch im Stich gelassen. Das ist es, worum es sich hier dreht.

Ich weiß nun, was ich in Verhandlungen anzubieten habe. Mich selbst.

»**Ich rufe jetzt** meinen Verleger an«, sagt Lillemor.

»Dir ist hoffentlich klar, dass ich mich von dort nicht mit einer abschlägigen Antwort zufriedengebe.«

Babba klingt wieder bösartig.

»Es gibt viele Verlage«, verdeutlicht sie.

»Ich weiß«, sagt Lillemor.

Dann steht sie auf und nimmt das Wandtelefon herunter. Routiniert wählt sie die Nummer des Verlags und die Durchwahl von Max. Sie befürchtet, es könnte kompliziert werden, weil er womöglich in einer Besprechung sitzt oder nicht im Haus ist.

Er ist tatsächlich in einer Sitzung, doch die Assistentin am anderen Ende der Leitung sagt, sie könne sofort mit ihm sprechen und dürfe auf gar keinen Fall auflegen. »Ihm ist sehr daran gelegen, mit Ihnen zu sprechen«, sagt sie.

Er ist außer Atem, als er kommt.

»Hallo, Max«, sagt sie.

»Wieder im Lande?«

»Ich war gar nicht fort, weißt du. Ich war zu Hause und habe das Manuskript gelesen, das du mir gegeben hast. Noch mal gelesen, meine ich.«

Während er einige Sätze von sich gibt, in denen die Worte übereinanderstolpern, wirft Lillemor einen Blick auf Babba und den Hund, der neben ihr sitzt. Beide sehen sie unverwandt und aufmerksam an.

»Ich denke, ich will es auf jeden Fall veröffentlichen«, sagt sie. »Es war dumm von mir, es an einen anderen Verlag zu schicken, und albern, es unter Pseudonym zu tun. Doch ich stehe jetzt dafür ein. Werde es nur noch mal durchgehen, denn ich finde, es hat ein etwas abruptes Ende. Oder eher, als hätte man ihm den Kopf abgeschlagen.«

Da ändert sich Babbas Gesichtsausdruck. Sie hat noch nie gern Kritik angenommen. Der Hund schaut unverändert drein.

»Aber Max, da gibt es nichts zu besprechen. Und es ist auch absolut nichts zu befürchten. Hast du noch nie was von Autofiktion gehört?«

»Und, hat er?«, fragt Babba, als Lillemor aufgelegt hat.

»Klar. Das ist doch der letzte Schrei.«

Es ist Donnerstag. Sie muss zur Endabstimmung über den Nobelpreis für Literatur, und sie muss zusehen, die sechstausend Kronen an Tomas auf den Weg zu bringen.

»Nimmst du die Kandelaber mit?«, fragt Babba.

»Nein, ich denke, die behalten wir hier.«

Dann fährt sie, unter dem Waschbärpelz trägt sie den Fleeceanzug, und die morastigen Kleider hat sie in einer Plastiktüte. An der Ausweichbucht angekommen, hat sie gute Lust, den Motor abzustellen und das Fenster herunterzukurbeln, nur um das Eichenlaub rascheln zu hören. Aber das ist nicht nötig. Sie haben beschlossen, dass sie nach dem Wochenende mit dem Bus zurückkehrt. Sie haben schließlich viel Arbeit vor sich.